석헌 정규복 총서 2

구운몽 원전의 연구

정규복 지음

보고사

自序

  기축년을 마감하는 시점에서 필자의 팔십 평생 학문적 여정을 정리하는 '석헌 정규복 총서'를 간행하게 된 것을 매우 영광스럽게 생각한다.

  본 총서를 간행할 수 있었던 것은 여러 동학과 제자들의 도움이 컸다. 김흥규 교수는 고려대학교 민족문화연구원 원장으로 국내 최대의 연구조직을 이끌어가는 바쁜 가운데 흔쾌히 편집위원장을 맡아서 총서 출판의 밑그림을 그려주었다. 뿐만 아니라 필자가 소장하고 있던 구운몽 관련 자료를 스캔 작업을 거쳐 보관할 수 있도록 지원하였다. 장효현 교수와 우응순 교수는 출판사를 섭외하고 여러 대학원생을 독려하여 원고를 교정하는 등 실무를 맡아 수고하였다. 박성규 교수, 오춘택 교수, 진경환 교수와 이상구 교수는 총서 출판 기획에 참여하여 여러 가지 조언을 해주었다. 모두에게 깊은 감사의 뜻을 전한다.

  총서에 수록된 논문과 저서 중 필자와 특히 관계가 깊은 것은 구운몽 관련 논저들이다. 필자는 1975년 『구운몽 연구』로 문학박사 학위를 받았고, 1994년에는 대한민국 학술원으로부터 『구운몽 원전의 연구』로 인문과학상을 수상하였다. 필자는 「구운몽 영역본 연구」, 「구운몽 이본고」, 「구운몽의 근원사상고」, 「구운몽 노존본의 연구」, 「구운몽 노존본의 첨보 작업」 등 40여 년 동안 35편의 구운몽 관련 논문을 써

왔는데, 2006년에는 이러한 연구 성과를 인정받아 영국 International Biographical Center에서 선정하는 '21세기의 뛰어난 2천 명의 지성인 (2000 Outstanding Intellectual of the 21st Century)' 명단에 오르기도 하였다.

이제 내 나이는 팔십대에 올랐다. 하루 저녁에 구운몽을 이루었다는 西浦 金萬重은 지하에서 "내가 하루 저녁에 이루어 놓은 것을……" 하며 내가 40년 동안 연구하는 모습을 보고 비웃을지도 모른다. 그렇지만 적당한 자료가 나오면, 나는 또 쓸 것이다.

오래된 원고를 깔끔하게 손질하고 여러 차례 번거로운 교정 작업을 해 준 장예준·이종필 군을 비롯한 고려대학교 국어국문학과 박사과정 대학원생들에게 다시 한번 고마운 마음을 전한다.

2009년 12월
정규복

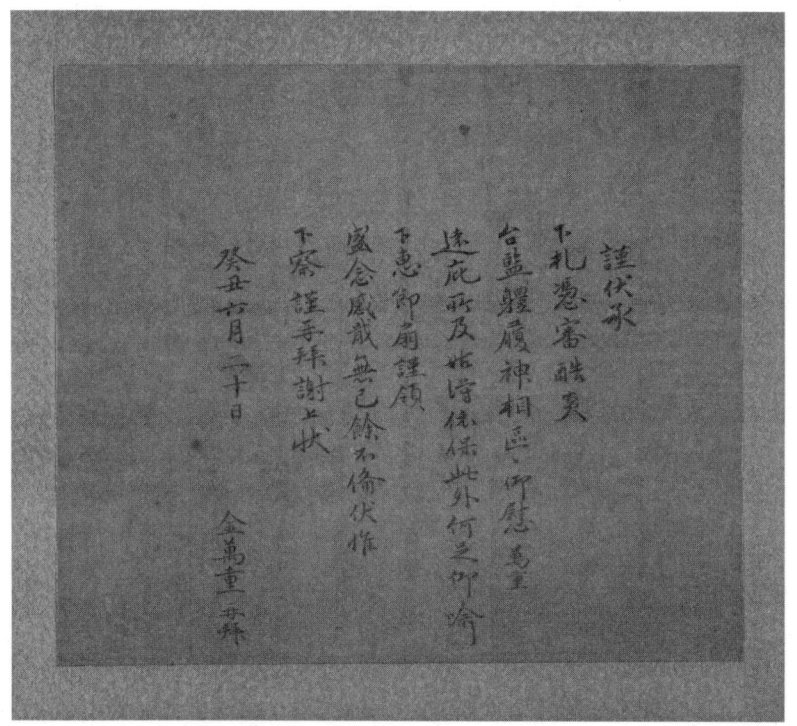

서포 간찰

　조선시대 사대부들 사이에는 더운 여름을 시원하게 보내라는 뜻으로 선물로 부채를 주고받는 풍습이 있었다. 이 편지는 서포 김만중이 어떤 대감으로부터 부채를 선물 받은 후 감사의 뜻을 담아 보낸 것이다.

　편지의 겉봉이 남아 있지 않고 그 내용 또한 소략하여 받는 이가 누구인지는 알 수 없으나, 극히 공손한 어조의 표현을 사용한 것으로 보아 김만중보다 상당히 높은 연배의 인물인 듯하다.

　편지 말미에 있는 "癸丑 六月 二十日"이라는 기록을 통해 김만중이 그의 나이 37세가 되던 해인 1673년(현종 14) 음력 6월 20일에 썼음을 알 수 있다. 『西浦年譜』에 의하면, 이 당시 김만중은 홍문관 부교리로 있었다.

일러두기

※

❶ 이 책은 1977년 일지사에서 간행한 『九雲夢原典의 研究』를 저본으로 하였다.

❷ 저본에는 없던 논문과 서평을 추가하였는데, 최초 발표 지면은 다음과 같다.
「서평 : 정병욱·이승욱 교주 구운몽」, 『인문논집』 제18집, 고려대학교 문과
대학, 1973.
「구운몽의 표기문자에 대하여」, 『개신어문연구』 제1집, 개신어문학회, 1981.
「다니엘 부셰의 「구운몽 저작언어 변증」 비판」, 『한국학보』 통권69호, 일지
사, 1992.
「구운몽 텍스트 문제의 근황」, 『민족문화연구』 제40호, 고려대학교 민족문
화연구원, 2004.
「구운몽 만고」, 『고전과 해석』 제1집, 고전문학한문학연구학회, 2006.
「정길수의 「구운몽 원전의 탐색」을 읽고」, 『민족문화연구』 제48호, 고려대
학교 민족문화연구원, 2008.

❸ 저본의 오기나 오식을 바로잡았으며, 맞춤법과 띄어쓰기 또한 현행 한글맞
춤법과 표준어 규정에 따라 수정하는 것을 원칙으로 하였다.

❹ 한자는 가급적 한글로 바꾸었다.

❺ 이 책에서 사용한 기호는 다음과 같다.
　『 　』: 단행본, 작품집, 문집 등
　「 　」: 논문
　〈 　〉: 작품명

머리말

1974년도에 졸저『구운몽 연구』를 낸 바 있다. 나는 그곳에서『구운몽 연구』의 속편을 낼 것을 약속한 바도 있다. 그것은 졸저『구운몽 연구』에서 텍스트 연구, 사상적 연구 및 비교문학적 연구 등 <구운몽>이 지닌 골격을 세 가지 부분으로 나누어 다루었지만, 이들 중 무엇보다도 텍스트 연구에 역점을 기울여, 그곳에서 <구운몽>의 원전(Original Text)을 현 이본(異本) 중 노존본(老尊本)으로 추정하였기 때문이다. 그러므로『구운몽 연구』의 속편이란 것도 결국 노존본의 재구작업을 뜻하는 것이다.

그러나 노존본의 재구작업이란 그리 용이한 일이 아니다. 여기에 방법론적으로도 다양한 문제가 제기될 수도 있지만, 현재 20여 종이나 되는 <구운몽> 한문본의 교합(校合)·대비의 작업은 무엇보다도 지루하고 뼈아픈 일이다. 물론 내가 이런 교합·대비 작업을 졸저『구운몽 연구』를 낸 후에 착수한 것은 아니다. 졸저를 낼 때, 교합에 대한 자료는 이미 이루어져 있었다. 그러나 이미 이루어진 교합 자료를 체계 있게 정리하는 데도 근 3년에 가까운 시간을 소비했던 것이다.

이제 노존본의 재구작업은 끝났다. 이로써 <구운몽>의 텍스트는 이루어진 셈이다. 누가 무엇이라 해도 앞으로 <구운몽>의 작가 서포(西浦)와 직결시키기 위해 <구운몽>에 담겨진 문체·사상·미학 등 소위 본격적인 연구는 여기 재구된 노존본으로 수행해야 할 것은 두말할 나위가 없다.

본서에 논술된 텍스트의 확립문제 같은 것은 졸저 『구운몽 연구』에 이미 언급되어 있으므로 본서에서 긴히 언급해야 할 것도 모두 졸저 『구운몽 연구』에다 미루어 두었다. 그러므로 본서는 결국 『구운몽 연구』와 함께 읽지 않으면 안 될 것이다. 말하자면 본서는 『구운몽 연구』의 속편인 동시에 일종의 자매편에 해당된다.

노존본의 재구작업이 끝나니 나 자신도 감개무량한 동시에 홀가분함을 금할 길이 없다. 그것은 앞으로 내가 몇 권의 연구 저서를 낼지 미지수이지만, 본서야말로 내 생전 가장 힘을 기울였다고 자부하기 때문이다.

본서의 부록에 현재 기록상 최고본(最古本)에 해당하는 을사본(乙巳本, 영조 원년(1725) 간행, 필자 소장)과 노존본 계열 중 최선본(最善本)인 하버드본 등 진귀본을 자료로 세상에 내어 놓는다.

본서를 이루는 데는 많은 분들의 협조가 있었다. 노존본의 최선본인 하버드본을 머나먼 미국에서 복사해 보내 주신 신동욱 교수, 또 귀중본을 서슴지 않고 대여해 주신 강전섭·신동욱·이가원·지헌영·김근수·김광순·인권환·윤귀섭·권영철 여러분에게 충심으로 사의(謝意)를 표한다. 이 분들의 귀중본을 무려 5년 내지 10년이나 염치없이 가지고 있었으니 죄송스럽기 그지없다. 이제 모두 돌려보내 드려야 되겠다.

끝으로 졸고를 흔쾌히 출판해 주신 일지사 김성재 사장님께 사의를 표하며, 본서의 교정을 애써 맡아준 편집원들과 정연봉 양에게도 아울러 고마움을 표한다.

1977년 8월

丁奎福 識

목 차

Ⅲ

국역본고

Ⅳ

을사본과 노존본의 대비

Ⅴ

결론

구운몽 노존본의 첩보작업

자료

부록

여기 <구운몽> 연구에 제기된 원전 연구는 소위 원전비평(Textual Criticism)에 속한다. 우리 고소설에 대한 텍스트 연구는 두 가지가 있다고 본다. 즉 하나는 <춘향전>과 같이 작자가 미상일 뿐 아니라, 그 작품이 후대로 내려오면서 변형·유파(流播)되어 온 일종의 유파작품인 경우, <춘향전>의 작자는 누구이며 그 원작은 어떤 형태였는가를 밝히는 일보다는, 그 작품이 어떤 유파과정을 겪으며 전래하였는가를 살피는 유파과정의 구명에 중점을 두는 방법이다. 다른 하나는 <구운몽>과 같이 작자가 뚜렷한 작품인 경우, 여러 텍스트의 출입을 통하여 그 작품이 어떤 변형과정을 거쳐 내려왔는가를 살피는 일보다는, 그 작품의 원작은 무엇이며, 원작이 존재치 않는 경우, 여러 이본(異本) 가운데 원작에 대한 근사본(近似本)은 무엇인지를 가려내서 텍스트를 확정시켜 놓는 연구방법이다. 말하자면, 작자와 시대가 뚜렷한 경우, 텍스트가 확립된 후, 비로소 작가, 시대, 사상, 문체 등 본격적인 연구가 가능해진다는 것은 말할 나위가 없다.

원전비평은 넓은 뜻에서 실증주의적인 역사주의 비평에 속한다. 원전비평의 목적은 제지술, 제본술, 필적감정 등 서지학적인 비평을 거쳐 텍스트를 확립해 놓는 데 있다. 소위 역사주의 비평에 있어서 텍스트의 확립만큼 더 중요한 작업은 없다고 본다. 그것은 말할 것도 없이 텍스트의 확립 없이는 이른바 본격적인 문학연구가 이루어질 수 없겠기 때문이다. 환언하면, 원전과 거리가 먼 텍스트를 기반으로 한 문학연구는 시간의 낭비일뿐더러, 학문에 있어서 가장 중요한 방향감각을 상실케 하여, 마침내 자신이 함정에 빠질 뿐 아니라 인접과학인 역사학, 사회학, 철학 등의 결론까지도 종종 와해로 이끌어가는 경우를 볼 수 있다는 것이다.

텍스트의 확립의 필요성은 단지 문학작품에만 한정되는 것은 아니다. 역사학, 사회학, 철학 등에서 한 글자 혹은 한 획으로 하나의 사건, 혹은 각고의 노력 끝에 도출된 모처럼의 결론이 휘둘리는 예를 우리는 얼마든지 볼 수 있다. 그 좋은 예가 최근에 일본 사학계에 있었던 광개토대왕비문의 논쟁이 아닌가 한다. 이와 같이 텍스트에 대한 연구의 중요성은 문화인류학 전반에 걸치고 있다.

한국 고소설의 경우, <홍길동전>의 이본은 현재 7종이 전하고 있다. 이들 가운데 두드러지게 출입이 심한 것은 경판(京板) 중 한남본(翰南本)과 완판본(完板本)이다. 이들 사이에 서로 상반되는 것은 불교사상의 접근 문제에 있다. 완판본은 작품 전체에 배불론(排佛論)으로 일관되어 있는가 하면, 한남본은 약간 친불론(親佛論)으로 기울어져 있다. 말하자면, 텍스트의 선택 여하에 따라 허균의 불교사상은 배불론으로 볼 수 있고, 혹은 친불론으로 규정지을 수도 있게 된다.

그러면 한남본이 진본인가 아니면, 완판본이 진본인가. 필자는 원전비평을 통하여 현존하는 이본 가운데 한남본이 호남 지방으로 들어가 배불론및 익살스러운 내용이 첨가되어 재구성된 것이 완판본임을 추론한 바 있다.[1] 다시 말하면, 완판본은 한남본의 가본(假本)이라는 것이다. 그러므로 아직 <홍길동전>의 원본은 나타나지 않았지만, 현재의 이본 유파로 보면 <홍길동전>의 본격적 연구는 부득이 한남본으로 수행할 수밖에 없다는 것이 필자의 결론이다.

이러한 텍스트의 중요성은 아직 연구사가 일천한 한국문학에만 국한된 것은 아니다. 연구사가 우리보다 훨씬 긴 구미문학계에서도 오늘날, 특히 1960년대에 이르러 원전비평이 더욱 활발히 진행되고 있음을 본다.

1965년도에 *New Cambridge Shakespeare*가 Dover Wilson에 의해 출간된 일이 있는데, 이 *New Cambridge Shakespeare*가 출간된 경위로 말하면, William Wilson, Dover Wilson 형제가 1920년도에 셰익스피어 작품에 원전비평을 가하기 시작해서 그간 형 William Wilson이 세상을 떠나고 아우 Dover Wilson이 1960년대에 와서 비로소 이를 완료하여 출간한 것이 *New Cambridge Shakespeare*라는 것이다. 그러나 Dover Wilson도 이를 완료하고 몇 해 뒤 세상을 떠났으니 *New Cambridge Shakespeare*는 결국 Wilson의 한평생의 각고 끝에 이루어졌다는 것을 알 수 있다.

또 10여 년 전에 빠스깔의 『빵세(*Pensée*)』가 라프마에 의해 새로 출간된 예도 들 수 있다. 그간 브랜시비크의 『빵세』가 정본(正本)으로 가장 권위가 있는 텍스트였는데, 라프마는 빠스깔의 제자가 쓴 수고본(手稿本)을 모 인쇄소에서 찾아내어 이를 재구해 놓았다고 한다. 그리고 미국의 저명한 문화인류학자 매치슨이 멜빌의 『백경(白鯨, Mobby

---

1) 정규복, 「홍길동전 이본고」, 『국어국문학』 49 · 51.

Dick)』에 나오는 구절 "Soiled fish of the sea"(바닷물에 더럽혀진 물고기)를 작품 내용상 중요시하여 극구 칭찬한 일이 있다. 그러나 후에 원전비평가가 텍스트를 연구해 보니 위의 구절 중 "Soiled"는 "Coiled"(몸을 사린)로, 말하자면 C가 S로 잘못 읽힌 것이 판명되어 결국 매치슨의 모처럼의 연구가 수포로 돌아갔다는 것이다.[2]

동양에 원전비평이 체계 있게 들어온 것은 근자의 일이지만, 중국은 옛적부터 교감학(校勘學), 교수학(校讐學), 목록학, 판본학 등 텍스트에 대한 연구가 있었고, 한국에서는 『완당집(阮堂集)』의 여러 시 중 일본인 藤塚隣에 의해 위작의 당시(唐詩)가 밝혀진 일이 있었음을 확인할 때 그 기원을 더 오래 전부터로 잡을 수 있을 것이다. 또 최근에 일부 서지학자들에 의해 활발히 진행되고 있는, 활자·지질·필적 등을 연구하는 서지학도 넓은 뜻으로는 원전비평에 일익을 담당할 것이라고 본다. 몇 해 전 출간을 본 심재완 교수의 『시조의 문헌학적 연구』 또한 이 면에 있어서 괄목할 만한 업적이라 할 수 있다.

그리고 조윤제 교수가 일찍이 『진단학보』에 「춘향전이본고(春香傳異本攷)」를 써서 텍스트 연구를 시도한 이래, 김동욱 교수가 「춘향전이본고(春香傳異本攷)」를 써서 텍스트 연구를 일층 발전시켰고, 필자가 이를 이어 「구운몽이본고(九雲夢異本攷)」를 써서 구운몽의 텍스트에 대한 연구를 시도한 일이 있다. 그러나 김동욱 교수의 「춘향전이본고」는 <춘향전>이 작자미상인 일종의 유파작품이니만큼 원전을 찾는 작업이라기보다는 <춘향전>이 유파되어 온 경로를 더듬은 것이라고 보겠으나, 필자에 의해 이루어진 「구운몽이본고」는 <구운몽>이 <춘

---

2) Fredson Bowers의 *Textual Critisism*, ed., James Thorpe(New York 1970), 29쪽.
  이상섭, 『문학연구의 방법』, 탐구당, 1972, 16쪽.

향전>과는 달리 작자가 분명하니만큼, 그것이 어떤 과정을 거쳐 내려
온 것인가를 탐색하기보다는 작자의 원전을 찾아내는 작업이 그 목적
이므로 결국 원전을 찾아내는 이본고는 필자에 의해 처음으로 시도되
었다고 본다. 즉 「춘향전이본고」와 「구운몽이본고」는 앞서 언급한 우
리 고소설의 텍스트 연구방법에 해당하는 대표적인 논문이라고 본다.

필자는 근자에 출간된 졸저『구운몽 연구』에서 <구운몽>의 여러 이
본 가운데 <구운몽>의 원전으로 노존본을 추정한 바 있다. 또한 노존
본의 재구에 대한 연구 저서도 따로 출간할 것을 언급한 바도 있다.
그러므로 이 책은 <구운몽>의 원작을 재구하는 작업으로, 졸저『구운
몽 연구』중 텍스트 연구를 보다 확대하고 체계화하기 위해 기획되었
다고 할 수 있다. 논의의 순서는 다음과 같다. 첫째 <구운몽>의 이본
중, 우선 한문본을 살피고 나서 다음 국역본을 살피고 난 다음, 현재
<구운몽>의 원전의 위치에 있는 노존본을 재구하기 위하여 기록상 최
고본(最古本)인 을사본과 대비키로 한다. 이러한 점에서 본 작업은 엄
격히 말해 노존본의 재구작업에 속한다.

그러면 논의를 <Ⅰ. 漢文本攷>, <Ⅱ. 國譯本攷>, <Ⅲ. 을사본과 노
존본과의 대비> 의 항목으로 나누어 전개하기로 한다.

II
한문본고

1. 序言

현재 <구운몽>의 한문본은 20여 종이 전하고 있는데, 이들을 크게 나누면, 계해본 계열, 을사본 계열, 노존본 계열 등 세 가지로 분류된다. 여기에서 계해본이라 함은 조선조 순조 3년(1803)에 간행된 것을 말하고, 을사본이라 함은 조선조 영조 원년(1725)에 간행된 것을 말하고, 노존본이라 함은 을사본이 간행될 당시, 그의 모본이 된 것을 말한다.

필자는 <구운몽> 이본의 전래과정에 있어서, 국문본은 한문본의 번역 과정에서 유래하였고, 문헌학적 및 서지학적인 고증과 아울러 <구운몽>의 구조적인 면과 <구운몽>의 저작 동기 및 이를 둘러싼 서포 문중 설화 등을 통하여, <구운몽>의 원전이 한문본이라는 것을 이미 밝힌 바 있다.1) 그러므로 이 문제에 대해선 더 거론치 않겠다. 또한 국문본의 원전 역할을 한 한문본도 그 분포 과정은 노존본에서 을사본으로, 을사본에서 다시 계해본으로 전승되어 나왔다는 것도 아울러 밝힌 바 있으므로2) 이 문제에 대해서도 더 언급치 않겠다.

---

1) 정규복, 『구운몽 연구』, 200~213쪽.

그러면 <구운몽> 한문본의 20여 종을 노존본 계열, 을사본 계열, 계해본 계열 등으로 분류하여 이들을 열거하고 나서, '계해본과 을사본', '을사본과 노존본'으로 분류하여 계해본, 을사본, 노존본의 특징을 구명하고 나서, 나아가 뚜렷한 노존본의 성립 시기를 밝혀 보기로 하겠다.

2. 한문본의 이본에 대하여

가. 노존본 계열

(1) 하버드본

상중하 3책. 상 47장, 중 65장, 하 52장, 30×20, 필사본, 필사연도 미상. 미국 하버드대학 연경학회 소장

---

2) 위의 책, 131~156쪽.

(2) 나손본(羅孫本)

상하 1책. 105장, 29.4×20, 필사본, 필사연도 乙丑年正月寫始庚寅十一月畢. 김동욱 소장

(3) 석헌본(石軒本)

상하 2책. 상 35장, 하 47장, 33×20, 필사본, 필사연도 癸亥流月小念新陵高樓以逍遣潦熱菪莣落膽畢. 정규복 소장

(4) 장암본(藏菴本)

상하 2책. 상 35장, 하 47장, 27×17.5, 필사본, 필사연도 光武二年十一月日雪窓無事謄畢. 지헌영 소장

(5) 김광순본

상하 1책. 65장, 26.5×19, 필사본, 필사연도 미상. 김광순 소장

(6) 석헌본(B)

낙질. 상권 69장, 24×17, 필사본, 필사연도 미상. 정규복 소장

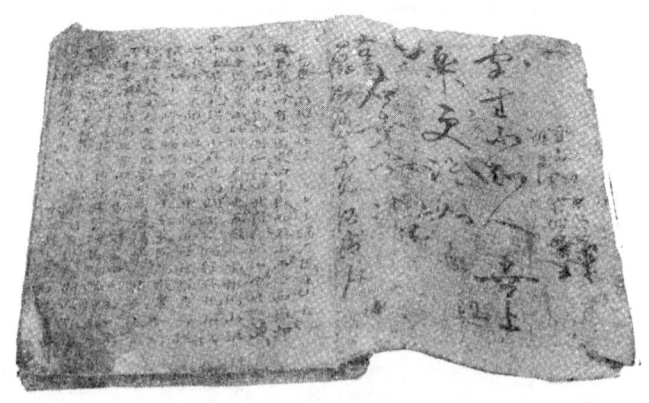

(7) 석헌본(C)

낙질. 상권 70장, 21.5×18.5, 필사본, 필사연도 미상. 정규복 소장

(8) 나손본(B)

낙질. 하권 47장, 25×15.5, 필사본, 필사연도 미상. 김동욱 소장

(9) 일본본(日本本)

낙질. 상권 65장, 25×18, 필사본, 필사연도 乙丑仲春下澣更記. 大谷森繁 소장

나. 을사본 계열

(10) 목각본

상하 2책. 상 84장, 하 84장, 25×18, 10행, 20자, 목각본, 崇禎後再度 乙巳錦城午門新刊. 강전섭·정규복 소장

(11) 윤귀섭본(尹貴燮本)

상하 1책. 90장, 24.5×18.5, 필사본, 필사연도 미상. 윤귀섭 소장

(12) 연민본(淵民本)

상하 2책. 상 84장, 하 67장, 23×16.5, 필사본, 필사연도 미상. 이가원 소장

(13) 성암본(誠巖本)

상하 1책. 62장, 22×14, 필사본, 필사연도 大正七年陰臘月念三日. 김근수 소장

(14) 권영철본(權寧徹本)

상하 1책. 106장, 27×23, 필사본, 필사연도 미상. 권영철 소장

(15) 석헌본

낙질. 상권 71장, 23.5×16, 필사본, 필사연도 미상. 정규복 소장

(16) 인권환본(印權煥本)

낙질. 곤(坤) 68장, 27×17.5, 필사본, 필사연도 檀君誕降後四千三百一年. 인권환 소장

다. 계해본 계열

(17) 목각본

6권 3책. 상 52장, 중 58장, 하 59장, 27×18, 판심(板心) 19×16, 10행, 20자, 목각본, 간행연도 崇禎後三度癸亥. 정규복 소장

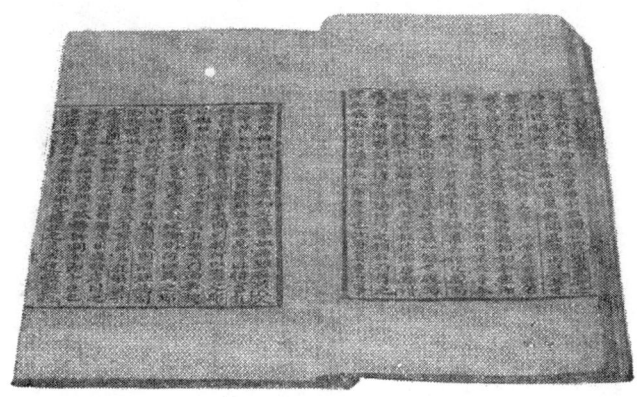

(18) 언토본(諺吐本)

1책. 115항, 국판, 활판본, 간행연도 1916. 10. 20, 경성 유일서관 간행. 정규복 소장

(19) 한문일역본(漢文日譯本)

1책. 500항, 국판, 활판본, 大正 3년 靑柳綱大朗 조선연구회 간행. 고대 중앙도서관 소장

(20) 석헌본

상하 2책. 상 105장, 하 101장, 22×21, 필사본, 필사연도 기유 2월 초3일 등서. 정규복 소장

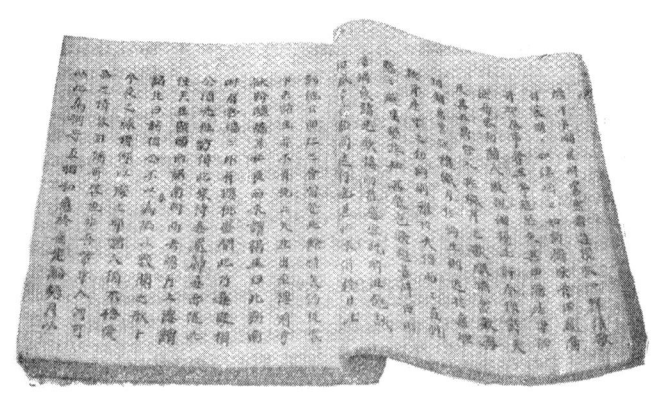

(21) 서울대학본

상중하 3책. 상 50장, 중 50장, 하 50장, 28.3×19.6, 필사본, 필사연도 미상. 서울대 중앙도서관 소장

위와 같이 노존본 계열이 9종, 을사본 계열이 7종, 계해본 계열이 5종 등 도합 21종의 한문본이 현존하고 있는 셈이다.

그러나 위에 든 노존본 9종 가운데 김광순본의 상권 부분은 노존본과 을사본의 내용이 엇갈려 있으며, 이후 하권 부분은 완전히 을사본의 내용으로 돌아갔고, 석헌본도 하권 중 14·15·16회 등 3회분은 역시 을사본으로 돌아갔고, 장암본도 상하권이 노존본의 내용을 지니고 있으면서도 군데군데 을사본의 내용과 같은 것이 나타나 있고, 나손본도 8회장(回章)을 비롯 약간의 내용이 역시 을사본으로 돌아갔고, 하버드본도 극소수의 내용이 을사본으로 돌아간 것이 보이므로 현재 완전한 노존본은 전무하다. 이 외에 이들에게 오문(誤文)·결문(缺文) 등이 곳곳에서 발견된다. 이것이 말하자면 노존본의 재구를 불가피하게 하는 것이다. 또 을사본 계열 중에서도 연민본의 하권은 완전히 노존본의 내용으로 돌아갔고, 성암본도 역시 8회장부터는 노존본으로 돌아갔고, 권영철본은 상권이 노존본의 내용과 궤를 같이하고 있으며, 인권환본도 14·15·16회의 3회분은 노존본의 내용과 같아 순수한 을사본의 내용을 지니고 있는 것은 다만 윤귀섭본뿐이다.

3. 계해본과 을사본

계해본은 조선조 순조 3년에 판각될 당시 을사본을 모본으로 하여 이루어졌다. 그러나 계해본이 을사본에 나타난 오류를 시정해 놓은 것도 있지만, 거의가 을사본을 잘못 옮겨 놓은 것이 훨씬 많다.[3] 그러므

---

3) 앞의 책, 128쪽.

로 계해본에 오자가 곳곳에 보이지만 가장 큰 오류는 <구운몽> 14회
장에 양승상이 월왕과의 낙유원 놀이에 있어서 적경홍이 활로 꿩을 잡
아 이로 그 공을 축하하는 장면이 판각자의 부주의로 모두 누락되었고,
또한 16회장에 양승상이 호승(胡僧)과의 문답에서 이루어지는 대각장
면(大覺場面)이 역시 판각자의 부주의로 누락된 것이다. 즉 위에서 언
급된 계해본에 나타난 오류를 적어 두는 것이 계해본의 특색을 말해
주는 것이나, 여기서는 편의상 계해본의 특색을 나타내는 한도 내에서
번잡을 피하고 적어 두기로 하겠다.

倩女冠鄭府遇知音　老司徒金榜得快壻 (4회)

三月晦日　乃靈符道君誕日 (계해본 12 전-2)
二月晦日　乃靈符道君誕日 (을사본 32 후-2)

賈春雲爲仙爲鬼　狄驚鴻乍陰乍陽 (6회)

賜以絹三千匹　馬五千匹 (계해본 8 후-1)
賜以絹三千匹　馬五十匹 (을사본 60 전-4)

宮女淹淚隨黃門　侍妾含悲辭主人 (8회)

至數日　鄭司徒亦惶恐　杜門謝客 (계해본 29 후-7)
至數月　鄭司徒亦惶恐　杜門謝客 (을사본 80 전-10)

樂遊園會獵鬪春色　油壁車招搖古風光 (14회)

諸美人皆稱賀曰 吾輩虛做十年工夫矣 蟾月內念日 (계해본 11 후-5)
諸美人皆稱賀曰 吾輩虛做十年工夫矣 此時所獲翎毛 士委山積 兩

處射女 所殪雉免亦多矣 各獻於座前 丞相與越王等第其功 各賞百金
更成坐次 俾停衆樂 只使五六美人 各奏淸絃 洗酌更斟矣 蟾月內念日
(을사본 하 61 전-7)

楊丞相登高望遠 眞上人返本還元 (16회)

胡僧拍掌大笑曰 是矣是矣 然只記夢中之一見 不記十年之同處 誰
謂楊丞相聰明 高聲問曰 性眞人間滋味果如何耶 性眞叩頭流涕曰 性
眞已大覺矣 (계해본 33 전 4~6)

胡僧拍掌大笑曰 是矣是矣 然只記夢中之一見 不記十年之同處 誰
謂楊丞相聰明乎 丞相憫然曰 少游十六歲以前 不離父母之眼前 十六
歲登第 連有職名 不出京城 南使燕鎭 西擊吐蕃之外 足跡無所不及處
何時與師傅十年相從乎 胡僧笑曰 丞相尚未醒昏夢矣 少游曰 師傅可
能使少游大覺乎 胡僧曰 此不難矣 高擧手中錫杖 大叩欄干至再 遽有
白雲 亂起於四面山谷之間 陣陣飛來 環擁臺上 昏昏暗暗 尋丈不卜 丞
相若在醉夢中矣 良久乃大聲疾呼曰 師傅不以正道 指教少游 乃以幻
術相戲耶 言未盡 雲氣盡捲 胡僧及兩夫人六娘子 皆無蹤跡矣 大驚大
惑 定睛詳視 則層樓複臺 疎簾密箔 都不可見 而自顧其身 則獨在小庵
中蒲團上 火消香爐 月在西峰 自撫其頭 則頭髮新剃 餘根鬆鬆 百八顆
念珠 已垂項前 眞是小和尙形摸 非復大丞相威儀 神情惚惚 胸膈憧憧
矣 旣久忽覺 其身是蓮花道場性眞小和尙也 回念初被師傅戒責 隨力
士往豊都 幻生人世 爲楊家之子 早捷壯元 爲翰苑之官 出將三軍 入摠
百揆 上疏乞退 謝事就閑 與兩公主六娘子 對歌舞聽琴瑟 盃酒團欒 晨
昏行樂 皆一場春夢中事耳 乃曰 此師傅知吾一念之差 俾着人間之夢
要令性眞 知富貴繁華 男女情慾 皆妄幻也 急向石泉 淨洗其面 着衲整
弁 自詣方丈 衆闍梨已齊會矣 大師高聲問曰 性眞人間滋味果如何耶

性眞叩頭流涕曰 性眞已大覺矣 (을사본 하 80 전후)

　이들 외에도 계해본은 을사본과 비교하여 상이한 장면이 곳곳에서 발견되고 있지만, 위에 예거한 것은 그 중 두드러지게 다른 장면이다. 그러나 계해본의 이러한 차이점은 계해본이 판각될 당시, 의식적으로 고쳐진 것이 아니라, 판각자가 을사본을 자형의 유사, 혹은 부주의로 잘못 본 데서 오는 산략(刪略)에 의해 발생한 것이다.

　그러므로 계해본과 을사본은 같은 종류이지만, 위에 예거한 차이점을 가지고 우리는 계해본이냐, 아니면 을사본이냐 하는 것을 쉽게 분별할 수 있게 된다. 따라서 을사본의 특색도 결국 위에 든 상이점을 가지고 을사본 여부를 분별할 수 있으므로 을사본의 특색에 대한 언급은 생략하기로 한다.

4. 을사본과 노존본

　다음은 노존본의 특색에 대하여 알아보기로 하자. 노존본은 앞에서 말한 바와 같이 을사본이 판각될 당시 그 텍스트가 되었으므로, 노존본의 특색은 결국 을사본과 비교하는 데서 자연 밝혀지는 것이다. 노존본은 을사본에 비해 그 내용이 주로 대화체로 이루어진 만연체인데 비하여, 을사본은 서술체를 위주로 한 간결체로 이루어져 있음을 볼 수 있다. 이는 을사본이 판각될 때, 기존 <구운몽>의 텍스트인 노존본을 그냥 판각하는 것이 아니라, 교정자에 의해 대화체를 위주로 이루어진 만연체를 깎고 다듬었기 때문에 이루어진 것임을 쉽게 납득할 수

있다. 이에 대하여는 이미 졸저『구운몽 연구』에도 상세하게 언급되어
있지만[4] 뒤에서 따로 난을 만들어 상술하겠다.

그러면 노존본과 을사본의 그 중요한 차이점을 들기로 하겠다. 예문
은 이 글을 전개해 나가기 위하여 편의상 각 장에서 한 장면씩 들었다.

老尊師南嶽講妙法 小沙彌石橋逢仙女[5](1회)

性眞收拾驚魂 擧目而見之 則蒼山鬱鬱而四圍 淸溪曲曲而分流 竹
籬茅屋 隱映草間者 纔十餘家 數人相對而立 私相語曰 楊處士夫人
五十後有胎候 誠人間稀罕之事矣 (을사본 상 9 후)

性眞收拾驚魂 擧目而見之 則蒼山鬱鬱而四圍 淸溪曲曲而分流 竹
籬茅屋 隱映草間者 纔十餘家矣 使者携性眞立於數間精舍門外 自入
於內 性眞獨立彷徨聽得人語 數三女人 相對而立 私相語曰 楊處士夫
人 五十後有胎候 誠人間稀罕之事矣 (노존본)

華陰縣閨女通信 藍田山道人傳琴(2회)

生拜敬登程 及到洛陽 猝値驟雨 避入於南門外酒店 沽酒而飮 生謂
店主曰 此酒雖美 亦非上品也 主人曰 小店之酒 無勝於此者 相公若
求上品 天津橋頭酒肆所賣之酒 名曰洛陽春 一斗之酒 千錢其價 味雖
好而價則高矣 (을사본 상 20 전)

生拜敬登程 及到洛陽 猝値驟雨 避入於南門外酒店 主人問曰 相公
欲飯酒乎 生曰 取美酒而來 主人携一大樽而至 生連倒七八觥 謂主人

---

4) 앞의 책, 136~142쪽.

5) 1회장 명칭이 을사본은 '蓮花峰大開法宇 眞上人幻生楊家'로 되어 있는 데 대하여
노존본은 '老尊師南嶽講妙法 小沙彌石橋逢仙女'로 되어 있음은 우리가 다 잘 아는
사실이다. 그러나 장회명칭은 노존본의 특색을 밝히는 데 있으므로 편의상 노존본의
장회명칭을 적어두기로 한다.

曰 此酒雖美 亦非上品也 主人曰 小店之酒 無勝於此者 相公若求上
品之酒 天津橋頭 酒樓所賣之酒 名曰洛陽春 一斗之酒 千錢其價 味
雖好而價則高矣 (노존본)

楊千里酒樓擢桂 桂蟾月駕被薦賢(3회)

從來四五年間 眼閱千萬人矣 尙未見近似於郎君者 (을사본 상 26 전)
從來三四年間 眼閱千萬人矣 尙未見近似於郎君者 (노존본)

倩女冠鄭府遇知音 老司徒金榜得快壻(4회)

生喜而謝 拜而退 屈指待日矣 (을사본 상 32 후)
楊生喜而謝曰 謹奉尊敎矣 退歸旅次 屈指待日矣 (노존본)

詠花鞋透露懷春心 幻仙庄成就小星緣(5회)

司徒送楊壯元 忙入內寢 喜色已津津矣 謂小姐曰 瓊貝汝今日有乘
龍之慶 甚是快活事也 夫人以小姐之言傳之 司徒更問於小姐 知楊生
彈求鳳曲之顚末 大笑曰 楊壯元眞風流才子也 (을사본 상 42 후)
司徒送楊壯元 忙入內寢 喜色已津津矣 謂小姐曰 吾女瓊貝 汝今日
有乘龍之慶 甚是快活事也 夫人曰 女兒之意 與吾夫妻大異 仍以小姐
之言傳之 司徒更問於小姐 知楊生彈求鳳曲之顚末 大笑曰 楊壯元眞
風流才子也 (노존본)

賈春雲爲仙爲鬼 狄驚鴻乍陰乍陽(6회)

翰林自遇仙女以來 不尋朋友 不接賓客 靜處花園 專心一慮 夜至則
待來 日出則待夜 (을사본 상 52 후)
翰林自遇仙女以來 不尋朋友 不接賓客 靜處花園 專心一慮 日出則

待夜 夜至則待來 (노존본)

金鸞直學士吹玉簫 蓬萊殿宮娥乞佳句(7회)

先時太后出臨蓬萊殿 窺見楊少游 心甚喜悅 (을사본 상 73 후)
時太后出臨蓬萊殿 窺見楊少游 心甚喜悅 (노존본)

宮女淹淚隨黃門 侍妾含悲辭主人(8회)

妻問 吾三人共事師傅 同受明教 (을사본 상 84 후)
妻曰 吾三人共事師傅 同受明教 (노존본)

白龍潭楊郎破陰兵 洞庭湖龍君宴嬌客(9회)

楊元帥與龍女同坐 捽入南海太子 厲聲責之曰 我奉行天討 征伐四
夷 百鬼千神 莫不從命 汝小兒不知天命 敢抗大軍 是自促鱗鯢之誅也
(을사본 하 5 전)
楊元帥與龍女同坐 捽致南海太子於前 太子俛首靉尾 不敢仰視 楊
元帥厲聲大叱曰 我奉行天討 征伐四夷 百鬼千神 莫不從命 汝小兒不
知天命 敢抗大軍 是自促鯨鯢之誅也 (노존본)

楊元帥偸閑叩禪扉 公主微服訪閨秀(10회)

頃日小姐爲訪小女 過垂厚眷 老身良用感謝 而其時病未能相接 至
今慚歎 (을사본 하 16 전)
頃日小姐爲訪小女 過垂厚眷 老身良用感謝 而其時適有病憂 未接
芳儀 慚歎至今 (노존본)

兩美人携手同車 長信宮七步成詩(11회)

公主告於太后曰 小女雖幸成篇 其詩意孰不能思之 姐姐之詩 曲盡精妙 非小女所及也 太后曰 然女兒之詩穎銳 殊可愛也 (을사본 하 24 전)

公主告於太后曰 小女雖幸成篇 其詩意孰不能思之 姐姐之詩 曲盡精妙 非小女所及也 太后曰 然女兒之詩穎銳 殊可愛也 時先朝老宮人皆在左右矣 見太后及兩人 俱有忻悅之顔 進奏曰 婢子等自少 粗學文字 而天性質鈍 不能解詩中之命意 伏乞娘娘 以兩詩之意 解釋下敎 則婢子等亦與 有今日之樂矣 太后微笑 卽把兩詩 說盡其意 老尙宮等亦大喜 皆呼萬歲 (노존본)

楊少游夢遊上界 買春雲巧傳玉語(12회)

上重違其懇 更下恩旨 以楊少游爲大丞相 封魏國公 食邑三萬戶 其餘賞賜 不可勝記 楊丞相隨法駕入闕 (을사본 하 31 후)

上重違其懇 更下恩旨 以楊少游爲大丞相 封魏國公 食邑三千戶 賞賜黃金一萬斤 白金十萬斤 蜀錦一萬定 駿馬一千匹 其餘珍寶 不可勝記 楊丞相隨法駕入闕 (노존본)

合卺席蘭英相諱名 獻壽筵鴻月雙擅場(13회)

太后曰 吾直戲耳 豈曰恩也 是日上受群臣朝賀於正殿 (을사본 하 46 전)

太后曰 吾直戲耳 豈曰恩也 丞相若不棄小女則 此所以報老身也 丞相叩頭聽命 是日上受群臣朝賀於正殿 (노존본)

樂遊園會獵鬪春色 油壁車招搖占風光 (14회)

丞相笑曰 汝姑勿放 卽抽箭翻身仰射 中鵝左目 而墜於馬前 越王大
贊曰 丞相妙手 今之養由己也 (을사본 하 57 전)

丞相笑曰 姑勿放鷹 卽抽出金鞞箭於腰間 翻身仰射 中天鴉左目 而
墜於馬前 越王大贊曰 丞相妙手 今之養由基也 (노존본)

駙馬罰飮金厄酒 聖主恩借翠微宮 (15회)

太后大笑 命宮女扶送於殿門之外 謂兩公主曰 丞相爲酒所困 氣必
不平 汝等卽隨去 公主承命 卽隨丞相而去 (을사본 하 68 후)

太后大笑 命宮女扶送於殿門之外 謂兩公主曰 楊郞必爲酒所困 有
不平之氣 汝等卽隨去 解衣而安其身 進茶而解其渴 兩公主笑曰 雖無
小女等 兩人解衣進茶之人 不患不足矣 太后曰 雖然婦女之道 不可廢
矣 兩公主承命 卽隨丞相而去 (노존본)

楊丞相登高望遠 眞上人返本還元 (16회)

是日與兩夫人六娘子 登其上 頭揷一枝黃菊 以賞秋景 相對暢飮
(을사본 하 78 후)

是日與兩夫人六娘子 登其上 頭揷一枝黃菊 以賞秋景 乃斥珍羞屛管
絃 使春雲挈果榼 使蟾月携玉壺 滿酌泛菊 與妻妾以次暢飮 (노존본)

이상은 노존본을 을사본과 비교하여 서로 다른 점을 들어 노존본의
특질을 밝혀본 것인데, <편의상> 구운몽의 16회장 중 각 장에서 한
장면씩, 모두 16장면을 들었다.

그러므로 <구운몽> 한문본이 계해본, 을사본, 혹은 노존본 중 어느

본에 해당하느냐에 대하여 이를 분별할 경우, 위에 열거한 '계해본과 을사본' 및 '을사본과 노존본' 중, 계해본은 '계해본과 을사본'에서 그 특질이 드러나고, 을사본은 '계해본과 을사본' 및 '을사본과 노존본'에서 그 특질이 드러나고, 노존본은 '을사본과 노존본'에서 그 특질이 드러나게 된다. 이로써 우리는 계해본, 을사본 및 노존본의 특질을 분별할 수 있게 되었다.

그러나 계해본이 조선조 순조 3년(1803)에 판각될 당시, 을사본을 모본으로 하여 판각되었다는 것은 뚜렷하게 밝혀져 있지만, 을사본이 조선조 영조 1년(1725)에 판각될 당시, 노존본이 그 모본이 되었다는 것은 확실한 문헌적 근거가 없어, 졸저『구운몽 연구』에서 추론한 바만 있으므로6) 여기에서는 보다 더 많은 보충자료를 열거하여 추론에서 확증으로 그 논리를 전개해 나갈까 한다.

5. 노존본의 성립연대에 대하여

을사본이 조선 영조 1년에 판각될 당시, 노존본을 모본으로 하여 이루어졌다는 것은 첫째 판각의 문제로, 을사본 하권 73장 후면에 팔선녀가 결의형제를 맺는 서문 후절이 다음 판각도에서와 같이 잘못 판각되어 있다는 사실이다.

이 판각도의 후문 2절에

兩夫人以妹子呼之 此後六娘子 雖自守名分 不敢以兄弟稱號

---

6) 정규복,『구운몽 연구』, 156쪽.

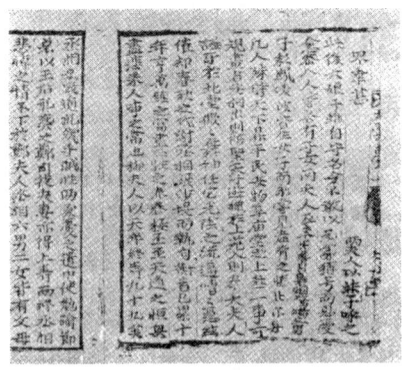 가 보이는데, 이 면이 노존본엔

此後六娘子　雖自守名分　不敢
以兄弟稱號　而兩夫人以妹子呼之

로 되어 있다. 말하자면, 노존본
의 "此後六娘子　雖自守名分　不
敢以兄弟稱號" 다음에 "而兩夫
人以妹子呼之"로 이루어져 있는 것이 을사본엔 "兩夫人以妹子呼之"
다음에 "此後六娘子　雖自守名分　不敢以兄弟稱號"로 이어져 있다는
것이다. 그러므로 을사본보다는 노존본이 더욱 합리적이라는 것은 말
할 것도 없다.

그러면 왜 노존본의 합리적인 내용이 을사본엔 불합리하게 연결되
어 있을까. 이는 위 판각도에서 볼 수 있는 바와 같이 을사본의 판각자
가 "此後六娘子　雖自守名分　不敢以兄弟稱號云云"으로 판각해 놓았
다가 이후 "而兩夫人以妹子呼之"가 누락된 것을 알고 "此後六娘子
云云" 이하에는 판각할 공간이 없어 위의 판각도에서와 같이 그 전행
(前行)의 작은 여백에 부랴부랴 작은 글자로 판각해 놓은 것이다. 그러
므로 을사본의 이 면은 분명 오각이다.

둘째는, 자형의 혼동으로 을사본에 오각된 곳이 곳곳에 보인다는 점
이다. 일례로 양승상이 삼진과 토번을 정복하고 돌아와 정소저와 해후
하는 장면을 들어 보기로 하자.

明日丞相與蘭陽公主　會英陽公主房中　閑坐傳杯　英陽低聲招侍女
請秦氏　丞相聞其聲音　中心自動悽黯之色　忽上於面　盖曾入鄭府對小

姐彈琴 聞其評曲之聲音 此容兒尤慣矣 <을사본 하 37장 후면>

에서 위의 방점 부분 "此容兒尤慣矣"는 이 용모에 더욱 익숙하다는
뜻인데, 계해본의 역본인 『新飜九雲夢』[7])에도 그와 같은 뜻으로 번역
되었으나, 이 구절이 노존본엔 "比容兒尤慣矣"로 되어, 말하자면 을사
본의 "此"자 대신에 "比"자로 되어 있다. 그러면 "此"가 옳으냐, "比"
가 옳으냐에 대해서는 위 인용문의 앞뒤 문맥으로 보아 굳이 이를 풀
이할 것도 없이 "比"가 옳음은 말할 나위도 없다. 그런데 왜 을사본에
서는 "比"가 "此"로 판각되었는가. 이는 두말할 것도 없이 "比"와 "此"
의 자형의 유사에서 오는 오각이다.

　셋째로, 노존본의 만연체가 을사본의 간결체로 이루어지는 가운데,
무리한 산략에서 오는 **컨텍스트의 不備**가 을사본에 나타나 있는데, 이
것은 을사본이 노존본을 대본으로 하여 이루어졌다는 결정적인 요인
이 되므로, 이들에 대해서는 편의상 을사본 상하권에서 각기 하나씩
예를 들어 논증해 보기로 한다.

　을사본 상권에서 성진이 양소유로 환생하는 장면 중, 성진이 地府에
서 使者를 따라 淮南道 秀州縣으로 인도되는 장면이 을사본에는 다음
과 같다.

　　性眞收拾驚魂 擧目而見之 則蒼山鬱鬱而四圍 淸溪曲曲而分流 竹
　籬茅屋 隱映草間者 纔十餘家 數人相對而立 私相語曰 楊處士夫人
　五十後有胎候 誠人間稀罕之事矣 臨産已久 尙無兒聲 可怪可慮 性眞
　默想曰 今者我當輪生於人世而顧此形身 只箇精神而已 骨肉正在蓮花

峰上 已火燒矣 我以年少之故 未畜弟子 更有何人收我舍利 思量反覆
心切悽愴 俄而使者出 揮手招之言曰 此地卽大唐國淮南道秀州縣也
此亦卽楊處士家也 處士及汝父親 其妻柳氏乃汝慈母也 (을사본 상 9
장 후면~10장 전면)

즉 성진이 사자를 따라 회남도 수주현으로 가는 가운데 성진이 혼을
수습하여 보니 蒼山이 울울하여 사면으로 우거져 있고, 淸溪는 굽이굽
이 나누어져 흐르고 竹蘺茅屋이 수풀 사이에 은연히 비치는 중, 몇 사
람의 대화에 양처사 부인이 오십이 넘어 처음으로 태기가 있다는 것을
듣고 비로소 자기가 양씨의 집안에 환생하는 것을 알고, 자기의 사리
를 걷어줄 사람이 없음을 한탄하는 장면이 나오고, 곧바로 위 인용문
중 방점 부분 "俄而使者出"에서와 같이 별안간에 사자가 나왔다고 되
어 있다. 그러나 사자가 어디에서 나왔다는 것인지 앞뒤 문맥이 전혀
연결되지 않는다. 그렇지만 노존본은

性眞收拾驚魂 擧目而見之 則蒼山鬱鬱而四圍 淸溪曲曲而分流 竹
蘺茅屋 隱映草間者 纔十餘家矣 A[使者携性眞立於數間精舍門外 自
入於內 性眞獨立彷徨 聽得人語 數三女人 相對而立] 私相語曰 楊處
士夫人 五十後有胎氣 誠人間稀罕之事矣 臨産已久 尙無兒聲 可怪可
慮 性眞默想曰 今者我當輪生於人世 而顧此形身 只箇精神而已 骨肉
正在蓮花峰上 已火燒矣 我以年少之故 未畜弟子 更有何人收我舍利
思量反覆 心切悽愴 B[俄而使者出] 揮手招之言曰 此地卽大唐國淮南
道秀州縣也 此家卽楊處士家也 處士及汝父親 其妻柳氏乃汝慈母也
(노존본)

로 되어 있다. 즉 위 노존본의 A 방점 부분은 을사본에 누락된 장면인

데, 그 방점 부분 "使者携性眞立於數間精舍門外 自入於內 性眞獨立
彷徨 聽得人語 數三女人 相對而立"에서와 같이 사자가 성진을 정사
문(精舍門) 밖에 세워 놓고 안(楊處事家內)으로 들어갔다는 구절이
삽입된 후, 위의 B 방점 부분 "俄而使者出"이 출현하므로 앞뒤가 잘
연결된다.

두말할 것도 없이 이 부분이 을사본에서는 연결이 안 되는 것은 노
존본의 "使者携性眞立於數間精舍門外 自入於內" 이하가 무리하게
산략이 된 데 그 이유가 있다.

또 을사본 하권에서 양소유가 그의 만년에 팔부인과 함께 翠微宮
高臺에 올라가 玩遊하는 장면이 역시 문리가 연결되지 않고 있다. 그
예문은 다음과 같다.

　　是日與兩夫人六娘子 登其上 頭揷一枝黃菊 以賞秋景 相對暢飮 而
已返照倒射於昆明 雲影低垂於廣野 秋色燦爛 如展活畫 丞相手把玉
簫 自吹一曲 其聲嗚嗚咽咽 如怨如訴 如泣如思 若荊卿渡易水 與高
漸離 擊筑相和 伯王在帳中 與虞美人 唱歌怨別 諸美人悲思盈襟 慘
怛不樂 兩夫人問曰 丞相早成功名 久享富貴一世所羨 近古所罕 當此
佳辰 風景正美 菊英泛觴 玉人滿座 之亦人生之樂事 而簫聲甚哀 使
人堪涕 今日之簫聲 非舊日之聞何也 (을사본 하 78장 후면)

즉 위 인용문에서 양승상이 그의 晬日을 당하여 누각에 올라 위의
방점 부분에서와 같이 머리에 노란 국화꽃을 꽂고 가을 경치를 완상하
며 서로 마음껏 화락하며 즐긴다(暢飮)는 구절이 나온 후, 양승상의
玉簫가 처량함에 대하여 양부인의 질문에서 위의 방점 부분 "菊英泛
觴"이 출현한다. 그러나 "菊英泛觴"의 앞 예문에는 방점 부분에서와

같이 "頭揷一枝黃菊 以賞秋景 相對暢飮"으로 되어 있을 뿐, 그 뒤에 "菊英泛觴"의 구절을 인출할 만한 말은 없다. 그러나 노존본은 앞뒤 문맥이 다음과 같이 잘 연결되고 있다.

> 是日與兩夫人六娘子 登其上 頭揷一枝黃菊 以賞秋景 A[乃斥珍羞 屛管絃 使春雲挈果楂 使蟾月携玉壺 滿酌泛菊 與妻妾以次暢飮] 而已 返照倒射於昆明 雲影低垂於廣野秋色燦爛 如展活畫 丞相手把玉簫 自吹數曲 其聲嗚嗚咽咽 如怨如思 如泣如訴 若荊卿渡易水 與高漸離 擊筑相和 覇王在帳中 與虞美人 唱歌怨別 諸美人悲思盈襟 慘怛不樂 兩夫人問曰 丞相早成功名 久享富貴 一世所羨 近古所罕 當此佳辰 風景正美 B[菊英泛觴] 玉人滿座 是亦人生樂事 而簫聲甚哀 使人堪 涕 今日之簫聲 非昔日之吹簫也 (노존본)

즉 위의 인용문 A 방점 부분에서와 같이 珍羞와 管絃을 물리고 춘운은 果楂을 들고, 섬월은 玉壺를 들게 하여 잔에 국화주를 가득 부어 처첩과 함께 차례로 마음껏 마셨다는 구절이 삽입된 후에, B 방점 부분 "菊英泛觴"이 출현하여 문맥상 앞뒤가 잘 연결되고 있다.

말하자면, 을사본엔 노존본의 방점 부분인 "乃斥珍羞屛管絃 使春雲 挈果楂 使蟾月携玉壺 滿酌泛菊 與妻妾以次暢飮"이 "相對暢飮"으로 축소된 데서 문맥이 맞지 않고 있는 것이다. 이와 같이 노존본의 만연 체가 을사본에 간결체로 다듬어졌지만 앞뒤 문맥을 전연 고려치 않은 지나친 축약으로 을사본의 이 부분은 확실히 오문이다.

위에서와 같이 을사본을 노존본과 비교하여 을사본에 나타난 팔선 녀의 결의형제를 맺는 서문의 오각 내지 유사한 자형에서 오는 오각,

또는 무리한 간결체로 다음어진 데서 야기되는 컨텍스트의 불비 등으로 결국 을사본이 판각될 당시, 노존본이 그 텍스트가 되었다는 것을 알게 된다.

이상에서와 같이 을사본이 간결체로 이루어졌는데 비해 노존본이 만연체라는 점은, 결국 을사본이 노존본을 기반으로 한 데서 기인하며, 이로 보아 노존본의 성립연대는 을사본이 이루어진 1725년 이전에 해당된다는 것을 알 수 있다. 말하자면 <구운몽>의 이본계열은 노존본에서 을사본으로, 을사본에서 다시 계해본으로 연결되고 있음을 알겠고, 이러한 점으로 보아 노존본은 서포의 원작 혹은 이에 가장 가까운 텍스트로서 <구운몽>의 宗主本에 해당된다는 것은 말할 나위가 없게 된다.

6. 結語

위의 「한문본의 이본에 대하여」에서는 현존한 <구운몽> 한문본의 이본을 노존본 계열, 을사본 계열, 계해본 계열 등 3종으로 나누어 그들의 서지적 사항을 살폈다. '계해본과 을사본' 및 '을사본과 노존본'에서는 계해본, 을사본, 노존본의 특색을 밝혔고, '노존본의 성립연대에 대하여'에서는 을사본에서 나타난 결의형제를 맺는 부분에서 판각의 부주의에서 오는 오각 및 유사자에서 오는 오각, 상하권에 나타난 컨텍스트의 불비 등을 통하여 노존본은 을사본이 판각될 당시 그 대본이 되었음을 밝혔다. 말하자면 노존본은 현존하는 <구운몽> 이본 중 서포의 원작, 혹은 원작에 가장 가까울 것이라는 점을 아울러 밝힌 셈이 되는 것이다.

Ⅲ
국역본고

1. 序言

현재 <구운몽>의 국역본은 상당수가 전하고 있다. 필자가 졸저 『구운몽 연구』에서 거론한 국역본 텍스트는 이가원본, 李在秀本, 康允浩本, 정규복본, 서울대학본, 이화여대본, 구왕실본, 경판본, 완판본, 唯一書館本, 신번구운몽 등 11종이고, 이들 외에 이가원 교수가 소장하고 있는 국역본 2종, 필자가 소장하고 있는 국역본 2종 등 무려 19종이나 된다.

또 이들 외에도 현재 전국적으로 개인 혹은 도서관, 해외에서 소장된 것도 상당수가 되리라고 보나, 이들의 공통점은 모두가 한문본의 번역 과정에서 유래하였다는 것이다.[1]

그러나 여기에 <국역본고>를 설정하여 논의를 전개하는 뜻은 국역본이 이들의 원전이 된 한문본, 즉 계해본, 을사본 및 노존본 중 어느 텍스트의 번역 과정에서 유래하였는가를 실문을 들어 분석하고, 나아가서 국역본이 이들 한문본 중 어느 텍스트의 역본인가를 구명하려는

---

1) 정규복, 『구운몽 연구』, 99쪽.

데 있다.

여기에 텍스트로 사용하려는 것은 현존하는 많은 <구운몽>의 국역
본 중 비교적 중요하다고 생각되는 텍스트로, 활자본으로서는 신번구
운몽과 유일서관본을, 판각본으로서는 경판본과 완판본을, 필사본으로
서는 서울대학본과 鄙藏本 2종 등 도합 7종을 사용하고자 한다.

그러면 이들 텍스트에 대하여 그 개요를 간략하게 아래에 적어 두기
로 하겠다.

(1) 신번구운몽

상하 2책. 상권 120頁, 하권 117頁. 1913년 3월 경성 동문관 간행,
활자본. 상권 정규복 소장, 하권 김근수 소장

(2) 유일서관본

상하 2책. 상권 118頁, 하권 118頁. 1913년 7월 30일 유일서관 간행, 활자본. 李佑成 소장

(3) 경판본

단책, 32장, 28.5×19.5. 경성 한남서림 간행, 간행연도 미상, 목판본, 고려대학교 중앙도서관 소장

(4) 완판본

2권 2책. 상권 55장, 하권 50장, 21×17. 임술년(1862) 全州刊, 목판본. 서울대학교 중앙도서관 소장

(5) 석헌본(A)

3권 3책. 상권 61장, 중권 60장, 하권 51장, 도합 172장, 32×21. 필사본, 己酉八月初日筆完. 정규복 소장

(6) 석헌본(B)

3권 3책. 상권 64장, 중권 68장, 하권 80장, 도합 212장, 23.5×24. 필사본, 필사연대 미상. 정규복 소장

(7) 서울대학본

4권 4책. 1권 61장, 2권 64장, 3권 53장, 4권 68장 도합 246장, 22×25.5. 필사본, 필사연대 미상. 서울대학교 중앙도서관 소장

2. 한문본과 국역본

다음은 위에 든 신번구운몽, 유일서관본, 경판본, 완판본, 석헌본 (A)·(B), 서울대학본 등 7종의 국역본이 한문본 중 어떤 계열의 국역 본인가를 살펴보기로 하자. 우선 앞질러 언급해 둘 일은 신번구운몽과 유일서관본은 계해본 계열이고, 경판본, 완판본, 석헌본(A)·(B) 등은 을사본과 노존본이 아울러 혼용되어 있고, 서울대학본은 비교적 노존 본에 가깝다는 것이다.

가. 을사본과 계해본

그러면 우선 신번구운몽과 유일서관본이 계해본 계열의 국역본임을 알아내기 위해 이들을 한문본과 비교해 보기로 하겠는데, 이를 예증하 기 위해 한문본의 예문은 'Ⅱ. 한문본고'에서 계해본의 특징을 살핀 바 있는 '계해본과 을사본'의 예문 4회, 6회, 8회, 14회, 16회를 재인용하여 신번구운몽과 유일서관본을 살펴보기로 하자.

倩女冠鄭府遇知音 老司徒金榜得快壻 (4회)

二月晦日 乃靈符道君誕日 (을사본 상 32 후-2)
三月晦日 乃靈符道君誕日 (계해본 12 전-2)
슴 월 그믐날은 령부도군의 탄일이라 (신번구운몽 상 43쪽)
슴 월 그믐날은 령부도군의 탄일이라 (유일서관본 상 42쪽)

賈春雲爲仙爲鬼 狄驚鴻乍陰乍陽 (6회)

賜以絹三千匹 馬五十匹 (을사본 상 60 전-4)

賜以絹三千匹 馬五千匹 (계해본 8 후-1)

짐이 진실노 가상히 녁여 비단 삼천필과 말 오쳔필을 주어 나의 포장ᄒᆞᆫ 뜻을 보이노라 (신번구운몽 상 82쪽)

짐이 실노 가상히 녁여 비단 숨빅필과 말 오쳔필을 주어 포장ᄒᆞᆫ 뜻을 보이노라 (유일서관본 상 81쪽)

宮女淹淚隨黃門 侍妾含悲辭主人 (8회)

至數月 鄭司徒亦惶恐 杜門謝客 (을사본 상 80 전-10)

至數日 鄭司徒亦惶恐 杜門謝客 (계해본 29 후-7)

수일이 지니도록 사를 아니 나리시니 졍ᄉᆞ되 쏘흔 황공ᄒᆞ야 (신번구운몽 상 112쪽)

(유일서관본 누결)

樂遊園會獵鬪春色 油壁車招搖占風光 (14회)

諸美人皆稱賀曰 吾輩虛做十年工夫矣 此時所獲翎毛 士委山積 兩家射女 所殪雉兔亦多矣 各獻於座前 丞相與越王等第其功 各賞百金 更成坐次 俾停衆樂 只使五六美人 各奏淸絃 洗酌更酣矣 蟾月內念日 (을사본 하 61 전)

諸美人皆稱賀曰 吾輩虛做十年工夫矣 蟾月內念日 (계해본 11 후-3)

모든 미인이 다 하례ᄒᆞ야 굴ㅇ디 우리들은 십년공부를 헛ᄒᆞ얏다 ᄒᆞ거늘 (신번구운몽 하 104쪽)

모든 미인이 다 하례ᄒᆞ되 우리들은 십년 공부를 헛ᄒᆞ엿다 ᄒᆞ거늘 (유일서관본 하 89쪽)

楊丞相登高望遠 眞上人返本還元 (16회)

胡僧拍掌大笑曰 是矣是矣 然只記夢中之一見 不記十年之同處 誰
謂楊丞相聰明乎 丞相憫然曰 少游十六歲以前 不離父母之眼前 十六
歲登第 連有職名 不出京城 南使燕鎭 西擊吐蕃之外 足跡無所不及處
何時與師傅十年相從乎 胡僧笑曰 丞相尙未醒昏夢矣 少游曰 師傅可
能使少游大覺乎 胡僧曰 此不難矣 高擧手中錫杖 大叩欄干至再 遽有
白雲 亂起於四面山谷之間 陣陣飛來 環擁臺上 昏昏暗暗 尋丈不卞丞
相若在醉夢中矣 良久乃大聲疾呼曰 師傅不以正道 指教少游 乃以幻
術相戲耶 言未盡 雲氣盡捲 胡僧及兩夫人六娘子 皆無蹤跡矣 大驚大
惑 定睛詳視 則層樓複臺 踈簾密箔 都不可見 而自顧其身 則獨在小庵
中蒲團上 火消香爐 月在西峰 自撫其頭 則頭髮新剃 餘根鬆鬆 百八顆
念珠 已垂項前 眞是小和尙形摸 非復大丞相威儀 神情惚惚 胸膈憧憧
矣 旣久忽覺 其身是蓮花道場性眞小和尙也 回念初被師傅戒責 隨力
士往豊都 幻生人世 爲楊家之子 早捷壯元 爲翰苑之官 出將三軍 入摠
百揆 上疏乞退 謝事就閑 與兩公主六娘子 對歌舞聽琴瑟 盃酒團欒 晨
昏行樂 皆一場春夢中事耳 乃曰 此師傅知吾一念之差 俾着人間之夢
要令性眞 知富貴繁華 男女情慾 皆妄幻也 急向石泉 淨洗其面 着衲整
弁 自詣方丈 衆闍梨已齊會矣 大師高聲問曰 性眞人間滋味果如何耶
性眞叩頭流涕曰 性眞已大覺矣 (을사본 하 80 전후)

胡僧拍掌大笑曰 是矣是矣 然只記夢中之一見 不記十年之同處 誰
謂楊丞相聰明 (을사본의 방점 부분 429字 略) 高聲問曰 性眞人間滋
味果如何耶 性眞叩頭流涕曰 性眞已大覺矣 (계해본 33 전 4~6)

중이 박장디소ᄒᆞ며 갈ᄋᆞ디 올타올타 그러나 다만 꿈속의 한번 본
것만 긔억ᄒᆞ고 십년동거ᄒᆞᆫ 것은 긔억지 못ᄒᆞᄂᆞ뇨 뉘 양승상이 총망
ᄒᆞ다 ᄒᆞ더뇨 ᄒᆞ고 (을사본의 대각 장면 누결) 고셩ᄒᆞ야 갈ᄋᆞ디 셩진아

인간자미가 과연 엇더ᄒ뇨 셩진이 머리를 두다리고 눈물을 흘니며 갈
ᄋ디 셩진이 임의 크게 ᄭ다랏나이다 (신번구운몽 하 135~136쪽)
　로승이 박장디소ᄒ며 닐아디 올토다 올토다 그러나 다만 꿈속에 한
번 본 것만 긔억ᄒ고 십년동거ᄒ든 것은 긔억지 못ᄒ난도다 (을사본의
대각 장면 누결) 이에 고셩대호ᄒ되 셩진아 셩진아 인간자미 좃터냐
셩진이 눈을 번쩍 ᄧ셔 치어다보니 륙관디사 음연히 셧는지라 (유일서
관본 하 116쪽)

이상에서와 같이 한문본 을사본과 계해본의 차이점을 들고, 국문본
신번구운몽과 유일서관본을 예로 들어 비교해 본 결과, 위의 5頁 중
8회의 내용이 누락된 것 외에는 모두가 계해본과 그 류를 같이하고 있
음을 볼 수 있다. 이로써 신번구운몽과 유일서관본은 분명 계해본 계
열의 국역본임이 밝혀졌다.

나. 노존본과 을사본

다음은 경판본, 완판본, 석헌본(A)·(B), 서울대학본 등을 한문본
노존본과 을사본을 들어 비교해 보기로 하자. 역시 한문본 중 노존본
과 을사본은 편의상 'Ⅱ. 한문본고'에서 을사본과 노존본의 특징을 살
핀 바 있는 '을사본과 노존본'을 중심으로 예를 들기로 한다.

老尊師南嶽講妙法 小沙彌石橋逢仙女[2](1회)

性眞收拾驚魂 擧目而見之 則蒼山鬱鬱而四圍 淸溪曲曲而分流 竹
薐茅屋 隱映草間者 纔十餘家矣 使者携性眞立於數間精舍門外 自入

---

2) 여기서도 장회명칭은 편의상 노존본을 사용하기로 한다.

於內 性眞獨立彷徨聽得人語 數三女人 相對而立 私相語曰 楊處士夫
人 五十後有胎候 誠人間稀罕之事矣 (노존본)

性眞收拾驚魂 擧目而見之 則蒼山鬱鬱而四圍 淸溪曲曲而分流 竹
蘺茅屋 隱映草間者 纔十餘家 數人相對而立 私相語曰 楊處士夫人
五十後有胎候 誠人間稀罕之事矣 (을사본 상 9 후)

졍신을 ᄎ려보니 산이 둘넛고 물이 ᄇ러온 가온디 초기 열나문은
ᄒ더라 ᄉ지 셩진을 ᄃ리고 흔집의 니르니 집안의 게집사ᄅ이 둘
네거눌 ᄉ지 셩진을 손쳐 니르되 (하략)3) (경판본 86쪽)

졍신을 수습ᄒ야 눈을 쩌보니 비로소 싸히 셧더라 흔 고즐 니르니
쳥산은 ᄉ면으로 둘넛고 녹슈는 챵챵ᄒ디 ᄆ을이 잇ᄂ지라 ᄉ재 셩
진을 머므르고 ᄆ을노 드러가거늘 셩진이 혼자 셔셔 드르니 수
삼녀인이 셔로 디ᄒ야 일으디 양쳐ᄉ 부인이 오십이 너믄 후에 티
긔이셔 임산ᄒ연지 오래되 지금 희산치 못ᄒ니 고이타 ᄒ더라4) (완
판본 106쪽)

놀난 혼을 슈십ᄒ고 눈을 들어 본직 쳥산은 은은ᄒ여 사면으로 둘
너 잇고 시ᄂ는 잔잔ᄒ여 곡곡이 흘너 잇고 슈간쵸옥이 슈림시이의
빗쳐난디 팔구 촌낙이 쇼죠흔지라 두어ᄉ람이 셔로 말ᄒ여왈 양ᄎ
ᄉ부인이 오십후의 티긔가 잇ᄉ니 진실노 인간의 희한흔 일이라 (석
헌본(A) 상 9 장 후)

셩진이 놀닌 혼을 수십ᄒ야 눈을 들어보니 창송이 울울ᄒ고 ᄉ면을
둘넛시며 쳥계곡곡이 나ᄂ 흐르ᄂ디 죽이모옥이 풀시이로 은은이 빗
최여 졔우 십여가인이라 두어 ᄉ름이 셔로 디ᄒ야 셔셔 물ᄒ야 가

---

3) 여기 경판본의 텍스트는 편의상 연세대학교 인문과학연구소 『영인고소설판각본전서』
   (1)를 사용하기로 한다.
4) 여기 경판본의 텍스트도 역시 연세대학교 인문과학연구소 『영인고소설판각본전서』
   (1)를 사용하기로 한다.

로디 양쳐샤 부인이 오십후에 티휘 잇시니 진실로 인간에 희흔흔 이
리라 (석헌본(B) 상 10 장 후)

정신을 출혀보니 프론 뫼히 네녁흐로 두르고 시닉믈이 구븨지어 흐
르ᄂᆞᆫ디 대밭과 프론 집이 슈플ᄉᆞ이의 여라문인가는 ᄒᆞ더라 ᄉᆞ재 셩진
을 인ᄒᆞ여 흔집의 니르러 문밧긔 셔시라 ᄒᆞ고 안으로 드러가거늘
냥구히 셔셔 드ᄅᆞ니 겨집사룸이 져희ᄭᅩ치 말ᄒᆞ디 양쳐ᄉᆞ의 부쳬
오십의 처음으로 잉틱ᄒᆞ니 인간의 드믄 일이러니5) (서울대학본 22쪽)

이 부분은 성진이 地府에 환송되었다가 염라대왕의 동정을 받고 환
생하기 위해 사자를 따라 양처사집에 이르는 장면이다. 여기서 노존본
과 을사본의 차이는 노존본이 방점 부분에서와 같이 "使者携性眞立於
數間精舍門外 自入於內 性眞獨立彷徨聽得人語 數三女人 相對而立
私相語曰"로 되어 있는데, 을사본은 다만 "數人相對而立 私相語曰"
로 약술되어 있다는 점이다.

위의 국역본에 있어서 경판본은 그 방점 부분 "ᄉᆞ지 셩진을 드리고
흔집의 니르니 집안의 게집ᄉᆞ룸"에서와 같이 노존본으로 이루어졌고,
완판본은 그 방점 부분 "ᄉᆞ재 셩진을 머므르고 ᄆᆞ을노 드러가거늘 셩
진이 혼자 셔셔 드ᄅᆞ니 수삼녀인이 서로 디ᄒᆞ야 일으디"에서와 같이
역시 노존본으로 이루어졌고, 석헌본(A)는 그 방점 부분 "두어ᄉᆞ람이
셔로 말ᄒᆞ여 왈"에서와 같이 을사본으로 이루어졌고, 석헌본(B)는 그
방점 부분 "두어 ᄉᆞ룸이 셔로 디ᄒᆞ야 셔셔 믈ᄒᆞ야 가로디"에서와 같이
역시 을사본으로 이루어졌고, 서울대학본은 그 방점 부분 "ᄉᆞ재 셩진을

---

5) 여기 서울대학본의 텍스트는 편의상 『구운몽』(민중서관, 한국고전문학대계(9))을 사
용하기로 한다.

인호여 혼집의 니르러 문밧긔 셔시라 호고 안으로 드러가거놀 냥구히 셔셔 드르니 겨집사룸이 저히 곳치 말호디”에서와 같이 노존본과 같다.

華陰縣閨女通信 藍田山道人傳琴(2회)

生拜敬登程 及到洛陽 猝値驟雨 避入於南門外酒店 主人問曰 相公欲飯酒乎 生曰 取美酒而來 主人携一大樽而至 生連倒七八觥 謂主人曰 此酒雖美 亦非上品也 主人曰 小店之酒 無勝於此者 相公若求上品之酒 天津橋頭 酒樓所賣之酒 名曰洛陽春 一斗之酒 千錢其價 味雖好而價則高矣 (노존본)

生拜敬登程 及到洛陽 猝値驟雨 避入於南門外酒店 沽酒而飮 生謂店主曰 此酒雖美 亦非上品也 主人曰 小店之酒 無勝於此者 相公若求上品 天津橋頭酒肆所賣之酒 名曰洛陽春 一斗之酒 千錢其價 味雖好而價則高矣 (을사본 상 20 전)

싱이 슈명호고 길을 써나 여러날만의 낙양의 니르러 남문밧 쥬졈의 들어 슐 십여 비롤 먹고 쥬흥을 씌어 나귀를 츠처 텬진교를 향호여 가니 (경판본 88쪽)

싱이 힝쟝을 츠려 하직호고 가니라 낙양짜히 니르니 낙양은 졔왕지쥬라 번화흔 풍경을 구경코져흐야 천진교의 니르니 (완판본 110쪽)

싱이 흐직호고 길을 써나 낙양짱으로 향홀시 홀연이 급흔 비을 만나 남문박 쥬졈의 들어가 슐을 먹고 쥬인달여 물어왈 이 슐이 비록 죠흐나 상품이 안이로다 쥬인왈 상공이 만일 상품을 구호실진딘 천진교의셔 파는 슐이 일홈은 낙양츈이라 흔쟌의 갑시 쳔젼이오니 상공이 상품을 취흐실진딘 그리고 힝흐쇼셔 (석헌본(A) 상 21장 전면)

성이 졀ᄒ고 기를 ᄶ여나 낙양에 이르니 소내기비을 못나 피ᄒ야 남
문밧 쥬졈의 가 수를 샤먹고 주인다려 일너 ᄀ로디 이 수리 비록 죠
ᄒ나 샹품이 아니로다ᄒ니 주인이 ᄀ로디 소졈 수리 이예서 나신 수
리 업시니 샹공이 만일 샹품수를 구ᄒ시거든 천진교샹의셔 파는 술일
흠이 낙양춘이니 ᄒ말 술갑시 천젼이라 그 마슨 조ᄒ나 갑시 만ᄒ니
다 (석헌본(B) 상 23장 전면)

성이 졀하여 명을 밧고 길을 나 여러날 힝ᄒ여 낙양의 니르러 급ᄒᆫ
비를 만나 남문밧 쥬졈의 드니 쥬인이 무르디 샹공이 술을 쟈시려
ᄒᄂ냐 성왈 됴ᄒᆫ 술을 가져오라 쥬인이 술을가져오거늘 성이 년
ᄒ야 여라믄 잔을 거후르고 닐오디 네 술이 비록 됴ᄒ나 샹품이 아
니로다 쥬인왈 쇼졈술은 이도곤 나으니 업ᄉ니 샹공이 만일 샹품쥬를
구홀진디 셩듕텬진교머리예 쥬루의 ᄑᆞᄂᆞ 낙양츈이란 술을 ᄒ말 갑시
십쳔젼이다 (서울대학본 50쪽)

이 부분은 양소유가 과거 응시를 위해 상경하던 중 洛陽 주점에 이
르러 술을 사먹는 장면이다. 여기서 노존본과 을사본의 큰 차이점은
이들 방점 부분에서와 같이 노존본이 "主人問曰 上公欲飮酒乎 生曰
取美酒而來 主人携一大樽而至 生連倒七八觴 謂主人曰"로 양소유와
점주 사이에 비교적 구체적인 대화가 전개되고 있으나, 을사본은 이들
이 "沽酒而飮 生謂店主曰"에서와 같이 다만 서술체로 축소되어 있다
는 것이다.

위의 국역본에 있어서 경판본은 그 방점 부분 "남문밧 쥬졈의 들어
슐 십여 비를 먹고"에서와 같이 을사본의 내용이 반영된 듯하고, 완판
본은 그 내용이 축약되어 무엇을 대본으로 하여 이루어졌는지 전연 알

수가 없고, 석헌본(A)는 그 방점 부분 "슐을 먹고"에서와 같이 을사본으로 이루어졌고, 석헌본(B)도 역시 그 방점 부분 "수를 샤먹고"에서와 같이 을사본으로 이루어졌고, 서울대학본은 그 방점 부분 "쥬인이 무르디 샹공이 술을 쟈시려 ᄒᄂ냐 셩왈 됴흔 술을 가져오라 쥬인이 술을 가져오거놀 셩이 년ᄒᆞ야 여라문 잔을 거후르고 닐오디"에서와 같이 노존본을 텍스트로 하여 이루어졌다.

> 楊千里酒樓擢桂 桂蟾月駕被薦賢 (3회)
>
> 從來三四年間 眼閱千萬人矣 尙未見近似於郎君者 (노존본)
> 從來四五年間 眼閱千萬人矣 尙未見近似於郎君者 (을사본 상 26 전)
> (경판본 누결)
> (완판본 누결)
> (석헌본(A) 누결)
> 죵니 샤오년샤이예 눈으로 천만인을 보되 낭군갓흔 이는 보지 못ᄒᆞ야더니 (석헌본(B) 상 31장 전면)
> 삼ᄉᆞ년 ᄉᆞ이예 사롬디나기롤 구름ᄀᆞ치 ᄒᆞ여시디 낭군긔 방불ᄒᆞ니롤 보디 못ᄒᆞ여시니 (서울대학본 66쪽)

이 부분은 계섬월이 양소유에 사랑을 고백하는 장면이다. 이 부분에서 노존본과 을사본의 차이점은 이들 방점 부분에서와 같이 노존본이 "三四年間"으로 되어 있는데 을사본은 "四五年間"으로 되어 있다는 것이다. 위의 국역본에서 경판본, 완판본 및 석헌본(A)는 이 부분이 누락되어 무엇을 대본으로 하였는지 알 수가 없고, 석헌본(B)는 그 방점 부분 "샤오년 샤이예"에서와 같이 을사본으로 이루어졌고, 서울대학본은 그 방점 부분 "삼ᄉᆞ년 ᄉᆞ이예"에서와 같이 노존본으로 이루어졌다.

倩女冠鄭府遇知音 老司徒金榜得快壻 (4회)

楊生喜而謝曰 謹奉尊敎矣 退歸旅次 屈指待日矣 (노존본)

生喜而謝 拜而退 屈指待日矣 (을사본 상 32 후)

양성이 연스의 계교를 듯고 샤례왈 삼가 명디로 흥리이다 (경판본 90쪽)

싱이 대희흥야 날을 기드리더니 (완판본 116쪽)

싱이 긔거 도라 손을 꼬바 그날을 기다리더라 (석헌본(A) 상 31장 후면)

싱이 깃거 비샤흥고 물너와 날을 지다리더라 (석헌본(B) 상 38장 전면)

양싱이 크게 샤례흥야 닐오디 삼가 명디로 흥리이다 흥더라 (서울대학본 82쪽)

이 부분은 양소유가 상경하여 杜鍊師를 찾아 배필을 구해 줄 것을 부탁하였다가 두련사의 응낙을 받고 즐거워하는 장면이다. 여기서 노존본과 을사본의 차이점은 그 방점 부분에서와 같이 노존본이 "楊生喜而謝曰 謹奉尊敎矣 退歸旅次"로 되어 있는데, 을사본은 다만 "生喜而謝 拜而退"에서와 같이 서술체로 축약되었다는 점이다. 위의 국역본에서 경판본은 노존본으로 이루어졌고, 완판본은 을사본으로 이루어졌고, 석헌본(A)와 석헌본(B)는 모두 을사본으로 이루어졌고, 서울대학본은 노존본으로 이루어졌다.

詠花鞋透露懷春心 幻仙庄成就小星緣 (5회)

司徒送楊壯元 忙入內寢 喜色已津津矣 謂小姐曰 吾女瓊貝 汝今日

有乘龍之慶 甚是快活事也 夫人曰 女兒之意 與吾夫妻大異 仍以小姐
之言傳之 司徒更問於小姐 知楊生彈求鳳曲之顚末 大笑曰 楊壯元眞
風流才子也 (노존본)

　司徒送楊壯元 忙入內寢 喜色已津津矣 謂小姐曰 瓊貝汝今日有乘
龍之慶 甚是快活事也 夫人以小姐之言傳之 司徒更問於小姐 知楊生彈
求鳳曲之顚末 大笑曰 楊壯元眞風流才子也 (을사본 상 42장 후면)

　이윽고 亽되 니당의 드러와 희식이 만안ᄒ야 소져ᄃ려 니ᄅ되 내
너ᄅᆯ 위ᄒ여 텬하의 긔지ᄅᆯ 엇은지라 엇지 깃부지 아니리오 부인이
ᄀᆞᄅ되 녀아의 ᄯᅳᆺ은 우리 ᄆᆞ음과 다르다 ᄒ고 슈말을 고ᄒ니 亽
되 디소왈 양댱원은 진실노 풍뉴남지로다 (경판본 91쪽)

　亽되 한림을 보내고 밧비 드러와 쇼져을 불어 왈 경픠야 오늘은 뇽
을 투고 하늘의 올나가는 경시를 보와시니 엇지 깃부지 아니ᄒ리오 부
인이 쇼져의 혐의ᄒᄂᆫ 말슴을 술은디 亽되 대쇼왈 양냥은 진실노 만
고풍뉴남지로다 (완판본 120쪽)

　사되 양장원을 보니고 니당의 들어와 희식이 만면ᄒ여 쇼져을 도라
보와 왈 네가 이제 용을 타고 ᄒ날의 울으는 긔상을 으더스니 웃지 상
쾌흔 일이 안이리요 부인이 겻희 잇다가 쇼져의 말노 亽도의게 낫
낫치 고ᄒ니 亽되 다시 슈말을 쇼져의 뭇다가 양싱의 봉구황곡 연유
를 듯고 디쇼왈 양쟝원는 진실노 풍유지ᄌᆞ로다 (석헌본(A) 상 45장
전면)

　샤도 양장원을 보니고 밧비 니침에 들어와 희식이 임의 진진ᄒ야
소져다려 일너 ᄀᆞ로디 경픠야 네 오날 룡을 탄 경시 잇시니 이 심히

쾌활호 일이라 부인이 소져의 물로써 샤도의게 젼호니 샤도 다시 소져의게 물어 양셩이 구황곡탐을 알고 크게 우셔 フ로더 양장원은 참 풍유지ᄌ로다 (석헌본(B) 상 49장 젼면)

　ᄉ되 양장원을 보니고 양미간의 희식이 그득호여 드러오며 갈오더 경회녀ᄋ야 금일의 농을 타는 깃브미 이시니 フ쟝 쾌호도다 부인이 ᄀ오더 녀ᄋ의 뜻은 우리 부쳐와 다ᄅ이다 호고 인호여 쇼져의 말을 뎐호더 다시 무러 봉황곡 주호던 말을 듯고 더욱 깃거 대쇼호고 갈오더 양낭은 진실노 풍뉴지지로다 (서울대학본 110쪽)

이 부분은 鄭使徒가 장원급제한 양소유를 사위로 결정하고, 그 즐거운 소식을 가족에게 알리는 장면이다. 여기서 노존본과 을사본의 큰 차이점은 그 방점 부분에서와 같이 노존본의 "夫人曰 女兒之意 與吾夫妻大異 仍以小姐之言傳之"가 을사본엔 "夫人以小姐之言傳之"로 축약되어 있다는 것이다.

위의 국역본에 있어서 경판본은 그 방점 부분 "부인이 フ르되 녀아의 뜻은 우리 ᄆ음과 다르다 호고 슈말을 고호니"에서와 같이 노존본으로 이루어졌고, 완판본은 그 방점 부분 "부인이 쇼져의 혐의호는 말슴을 술은디"에서와 같이 을사본으로 이루어졌고, 석헌본(A)는 그 방점 부분 "부인이 곗히 잇다가 쇼져의 말노 ᄉ도의계 낫낫치 고호니"에서와 같이 역시 을사본으로 이루어졌고, 석헌본(B)는 그 방점 부분 "부인이 소져의 물로써 샤도의게 젼호니"에서와 같이 을사본으로 이루어졌고, 서울대학본은 그 방점 부분 "부인이 ᄀ오더 녀ᄋ의 뜻은 우리 부쳐와 다ᄅ이다 호고 인호여 쇼져의 말은 뎐호더"에서와 같이 노존본으로 이루어졌음을 볼 수가 있다.

賈春雲爲仙爲鬼　狄驚鴻乍陰乍陽 (6회)

翰林自遇仙女以來 不尋朋友 不接賓客 靜處花園 專心一慮 日出則
待夜 夜至則待來 (노존본)

翰林自遇仙女以來 不尋朋友 不接賓客 靜處花園 專心一慮 夜至則
待來 日出則待夜 (을사본 상 52 후)

츠셜 한님이 쟝녀 만나므로부터 일념이 젼혀 미인의게 잇셔 날이
시면 밤을 기드리고 밤이 오면 미인 오기룰 기드리는지라 (경판
본 93쪽)

(완판본 누결)

츠셜 할임이 션여을 만난 후로 붕우도 찻지 안이ᄒ고 차져오는 빈
긱도 보지 안이ᄒ고 홀로 화원심쳐의 거ᄒ여 다만 밤이 되면 미인 오
기을 기달이고 날이 발그면 밤오기을 기다리되 녀당의 쇼식이 돈
졀ᄒᄋ지라 (석헌본 상 59장 젼면)

할임이 션녀 만는 후로는 붕우를 츷지 아니ᄒ고 빈긱을 더졉지 아
니ᄒ야 화원에 고요이 쳐ᄒ야 ᄆ음을 올옷시ᄒ야 싱각을 ᄒ갈갓치ᄒ
며 밤이 일은즉 오기을 지다리고 날이 난즉 밤을 지다려 오즉 져
로 ᄒ여곰 감격흠을 바래다 (석헌본 중 1장 젼면)

싱이 신녀 만난 후는 붕우를 찻디 아니ᄒ고 고요히 화원의 이셔 ᄆ
음을 젼일이 ᄒ여 다시 만나기를 ᄇ라더니 (서울대학본 134쪽)

이 부분은 양소유가 선녀로 가장한 가춘운을 만나 즐긴 후로 두문불
출하여 가춘운을 간절히 기다리는 장면이다. 여기서 노존본과 을사본

의 차이점은 그 방점 부분에서와 같이 노존본이 "日出則待夜 夜至則
待來"로 되어 있으나 을사본은 "夜至則待來 日出則待夜"로 전도되어
있다는 것이다.

위의 국역본에 있어 경판본은 방점 부분 "날이 시면 밤을 기드리고
밤이 오면 미인 오기롤 기드리는지라"에서와 같이 노존본으로 이루어
진 것이 분명하고, 완판본은 누락되어 이를 알 수 없고, 석헌본(A)는
그 방점 부분 "밤이 되면 미인 오기을 기달이고 날이 발그면 밤오기을
기다리되"에서와 같이 을사본으로 이루어졌고, 석헌본(B)는 그 방점
부분 "밤이 일은즉 오기을 지다리고 날이 난즉 밤을 지다려"에서와 같
이 역시 을사본으로 이루어졌고, 서울대학본은 그 방점 부분 "다시 만
나기롤 브라더니"에서 볼 수 있듯 그 내용이 너무 축소되어 이를 분명
히 가려낼 수가 없다.

金鸞直學士吹玉簫 蓬萊殿宮娥乞佳句 (7회)

時太后出臨蓬萊殿 窺見楊少游 心甚喜悅 (노존본)

先時太后出臨蓬萊殿 窺見楊少游 心甚喜悅 (을사본 상 73 후)
(경판본 누결)

처엄의 황태휘 상서를 보시고 대열ᄒ야왈 (완판본 130쪽)
각셜 티후 봉닉젼의 나와 양쇼유를 엿보신후 마음의 깃부ᄉ 황상다
려 왈 (석헌본(A) 중 19장 후면)

션시네 황티후 봉닉젼에 출임ᄒ샤 양소유을 렷보고 ᄆ음에 심히
깃거ᄒ야 황상다려 일너 ᄀ로더 (석헌본(B) 중 29장 전면)

이째 태휘 봉닉뎐의셔 양샹셔롤 보신 후 만심환희ᄒ야 샹긔 닐오디
(서울대학본 182쪽)

이 부분은 황태후가 부마로 택하기 위해 蓬萊殿에서 양소유를 엿보
는 장면이다. 여기서 노존본과 을사본의 차이점은 그 방점 부분에서와
같이 노존본은 다만 "時"로 되어 있는데, 을사본은 "先時"로 되어 있
다는 것이다. 위의 국역본에 있어 경판본은 누락되어 무슨 요소로 이
루어졌는지 전연 알 수 없고, 완판본은 그 방점 부분 "처엄의"에서 보
면 을사본으로 이루어진 듯하고, 석헌본(A)는 그 방점 부분 "각셜"에
서 보면 을사본으로 이루어진 듯하고, 석헌본(B)는 그 방점 부분 "션
시녜"에서와 같이 을사본으로 이루어졌고, 서울대학본은 방점 부분
"이째"에서와 같이 노존본으로 이루어졌다.

宮女淹淚隨黃門 侍妾含悲辭主人(8회)

妾曰 吾三人共事師傅 同受明敎 (노존본)
妾問 吾三人共事師傅 同受明敎 (을사본 상 84 후)
(경판본 누결)
첩이 고이 녀겨 무른대 (완판본 133쪽)
첩이 그 연고을 물은즉 (석헌본(A) 중 30장 전면)
첩이 물어 ᄀ로디 우리 셰ᄉ롬이 흠기 샤부을 셤겨 흔가지 명교을
바드니 (석헌본(B) 중 44장 전면)
첩이 니르므러 흔가디로 ᄉ부의 ᄀᄅ치믈 닙어시디 (서울대학본
208쪽)

이 부분은 심요연이 전장에서 양소유를 만나 자기의 내력을 고백하는 장면이다. 여기서 노존본과 을사본의 차이점은 그 방점 부분에서와 같이 노존본이 "妾曰"로 되어 있는데, 을사본은 "妾問"으로 되어 있다는 것이다. 위의 국역본에 있어 경판본은 누락되어 무엇으로 이루어졌는지 전연 알 수 없고, 완판본은 방점 부분 "무른대"에서와 같이 을사본으로 이루어진 것이 분명하고, 석헌본(A)는 방점 부분 "물은즉"에서와 같이 역시 을사본으로 이루어졌고, 석헌본(B)도 방점 부분 "물어ㄱ로티"로 보면 을사본으로 이루어진 듯하고, 서울대학본은 이 부분이 전연 나타나 있지 않아 무엇으로 이루어졌는지 알 수가 없다.

白龍潭楊郎破陰兵 洞庭湖龍君宴嬌客 (9회)

楊元帥與龍女同坐 捽致南海太子於前 太子俛首蹙尾 不敢仰視 楊元帥厲聲大叱曰 我奉行天討 征伐四夷 百鬼千神 莫不從命 汝小兒不知天命 敢抗大軍 是自促鯨鯢之誅也 (노존본)

楊元帥與龍女同坐 捽入南海太子 厲聲責之曰 我奉行天討 征伐四夷 百鬼千神 莫不從命 汝小兒不知天命 敢抗大軍 是自促鱗鯢之誅也 (을사본 하 5 전)

(경판본 누결)
(완판본 누결)

원슈 용녀와 흔가지로 안져 남히틱즈를 잡어들여 슈죄ᄒ니 틱자 머리를 숙이고 쏠이를 ᄉ리고 감이 우러러 보지 못한지라 원슈 크게 ᄶ지져왈 너가 황명을 밧줍고 오랑키을 쇼멸ᄒ민 쳔지신명이 호

위ᄒ고 산쳔귀신도 다 두려워ᄒ거늘 너갓흔 요마ᄒ 어린 아희 쳔명을
모르고 디군을 항거ᄒ니 너가 맛당이 네 머리를 벼혀 군법으로 시힝
할 거시로디 (석헌본(A) 중 35장 전후면)

   원슈 룡녀로 더부러 함긔 안ᄌ 남힉티ᄌᆞᆯ 잡아드리니 티ᄌᆞ 고기
을 수긔고 ᄭᅩ리을 ᄭᅵ프려 감히 우러러 보지 못ᄒ더라 양원슈 쇼
리을 가다드마 크게 ᄭᅮ짓쳐 ᄀᆞ로디 내 쳔ᄌᆞ의 명을 바다 샤이을 졍
벌ᄒ미 빅귀쳔신이 영을 좃지아니리 업거늘 너는 겨근 아희라 쳔명을
아지 못ᄒ고 디군을 항거시니 이ᄂ 시스로 죽기을 지쵹홈이라 (석헌
본(B) 중 53장 후면~54장 전면)

   양원슈 뇽녀로 더브러 안고 남힉태ᄌᆞ롤 잡아드려오니 감히 우러러
보디 못ᄒ거늘 샹셰 ᄭᅮ지쳐 굴오디 내 텬명을 밧ᄌᆞ와 ᄉ이롤 딘뎡
ᄒ니 일빅신녕이 텽녕치 아니리 업거늘 어린 아희 망녕되이 텬명을
아지못ᄒ고 텬병을 항거ᄒ니 이ᄂ 스스로 죽기를 취ᄒ미라 (서울대학
본 22쪽)

이 부분은 白龍潭에서 양소유가 백능파를 구출하기 위해 남해태자
를 잡아들여 꾸짖는 장면이다. 여기서 노존본과 을사본의 큰 차이점은
그 방점 부분에서와 같이 노존본의 "捽致南海太子於前 太子俛首蹙尾
不敢仰視 楊元帥厲聲大叱曰"이 을사본엔 "捽入南海太子 厲聲責之曰"
로 축소되어 있는 데 있다.
위의 국역본에 있어서 경판본과 완판본은 이 부분이 완전 누락되어
무엇을 대본으로 하여 이루어졌는지 전연 알 수가 없고, 석헌본(A)는
그 방점 부분 "티자 머리를 숙이고 꼴이를 ᄉ리고 감이 우러러 보지

못한지라 원슈 크게 쑤지져왈"에서와 같이 노존본으로 이루어졌고, 석
헌본(B)는 방점 부분 "틱즈 고기을 수긔고 쏘리을 찌프려 감히 우러러
보지 못ᄒ더라 양원슈 쇼리을 가다드마 크게 쑤짓져 ᄀ로디"에서와 같
이 역시 노존본으로 이루어졌고, 서울대학본은 방점 부분 "감히 우러
러 보디 못ᄒ거늘 샹셰 쑤지져 굴오디"에서와 같이 노존본으로 이루어
졌음을 알 수 있다.

> 楊元帥偸閑叩禪扉 公主微服訪閨秀 (10회)
>
> 弟子鄭氏瓊貝 謹使婢子春雲 齋沐頓首 敬告于諸佛及菩薩座下 (노
> 존본)
>
> 弟子鄭氏瓊貝 謹使婢子春雲 齋沐頓首 敬告于諸佛前 (을사본 하
> 10 후)
>
> (경판본 누결)
> (완판본 누결)
>
> 제즈졍경파는 돈슈빅비ᄒ옵고 비즈 가츈운으로 목욕지계ᄒ옵고 졔
> 불졔승의 좌ᄒ의 고ᄒ나이다 (석헌본(A) 중 41장 후면)
>
> 제자 졍씨 경픠는 삼가 이 비즈 춘운을 보너야 공경히 졔불과 보살
> 좌하에 알외너다 (석헌본(B) 중 59장 후면)
> 뎨즈 뎡시 경패는 삼가 비구 츈운으로 ᄒ여금 머리를 좃고 모든 부
> 쳐와 보살긔 고ᄒ느니 (서울대학본 246쪽)

이 부분은 팔선녀가 형제를 결의하기 위하여 부처 앞에서 맹세하는

장면이다. 여기 노존본과 을사본의 차이점은 노존본이 그 방점 부분에서와 같이 "諸佛及菩薩座下"로 되어 있는 데 대해, 을사본은 다만 "諸佛前"으로 되어 있다는 것이다. 위의 국역본에 있어서 경판본과 완판본은 이 부분이 누락되어 무엇을 대본으로 하여 이루어졌는지 알 수 없고, 석헌본(A)는 방점 부분 "졔불졔승의 좌ᄒ의"에서와 같이 노존본으로 이루어졌고, 석헌본(B)는 방점 부분 "졔불과 보살좌하에"에서와 같이 역시 노존본으로 이루어졌고, 서울대학본은 방점 부분 "모든 부쳐와 보살긔"에서와 같이 노존본으로 이루어졌음을 알 수가 있다.

兩美人携手同車 長信宮七步成詩 (11회)

公主告於太后曰 小女雖幸成篇 其詩意孰不能思之 姐姐之詩 曲盡精妙 非小女所及也 太后曰 然女兒之詩穎銳 殊可愛也 時先朝老宮人 皆在左右矣 見太后及兩人 俱有忻悅之顔 進奏曰 婢子等自少 粗學文字 而天性質鈍 不能解詩中之命意 伏乞娘娘 以兩詩之意 解釋下敎 則婢子等亦與 有今日之樂矣 太后微笑 卽把兩詩 說盡其意 老尙宮等亦大喜 皆呼萬歲 (노존본)

公主告於太后曰 小女雖幸成篇 其詩意孰不能思之 姐姐之詩 曲盡精妙 非小女所及也 太后曰 然女兒之詩穎銳 殊可愛也 (을사본 하 24 전)

(경판본 누결)
(완판본 누결)

공쥬 틱후게 고왈 소녀가 비록 글을 지엿ᄉ오나 져져의 글은 더욱 졍묘ᄒ와 소녀의 밋칠비 안이로소이다 틱우 웃고 더욱 사랑ᄒ시더라

잇찌 늘근 궁녀덜이 틱후게 혜뫼셔다가 고왈 쇼비등도 소시의 글즈을 비와삽더니 지죠가 읍스와 이 글뜻졀 알슈읍스오니 낭낭은 자셔이 풀어 가르쳐 쥬옵쇼셔 틱후 말숨으로 일으시니 궁녀 덜이 디희ᄒᆞ여 만만셰를 부르난지라 (석헌본(A) 중 53장 후면~15장 전면)

공쥬 틱후게 고ᄒᆞ야 ᄀᆞ로디 소녀 비록 다힝이 지녀시나 그 글쓰즐 뉘 능히 싱각ᄒᆞ리요 겨겨글이 곡진정요ᄒᆞ야 쇼녀 밋칠비 아니로소이다 틱후 ᄀᆞ로디 글어ᄒᆞ다 ᄒᆞ시더라 썬예 선쵸노궁인이 좌우에 잇셔 틱후와 두 스룸이 함기 질거ᄒᆞᄂᆞᆫ 빗슬 보고 알외여 ᄀᆞ로디 비즈등이 옥쥬 글즈 비움으로붓터 보고 들어시되 쳔질이 뇌둔ᄒᆞ야 글 쓰슬 아지 못ᄒᆞ오니 낭랑은 두 글쓰즈로써 히셔ᄒᆞ야 하교ᄒᆞ읍시면 비즈등도 ᄯᅩᄒᆞᆫ 오늘날 질김이 잇시이다 틱후 웃고 곳 두 글을 잡고 그 쓰즐 셜화ᄒᆞ시니 노샹궁등이 ᄯᅩᄒᆞᆫ 크게 깃거ᄒᆞ야 만셰을 불으더라 (석헌본(B) 중 91장 후면)

공쥐 후긔 술오디 쇼녀는 요힝 셩편ᄒᆞ야시니 쇼녀 글뜻이야 뉘 싱각디 못ᄒᆞ리잇가 오딕 겨겨의 글이 완곡ᄒᆞ야 쇼녀의 밋츨배 아니로소이다 휘왈 진실노 녀의 글이 ᄯᅩᄒᆞᆫ 녕혜ᄒᆞ니 ᄉᆞ랑하읍도다 이째 션됴 늙은 궁인이 태후룰 뫼셧더니 후긔 술오디 비지 텬셩이 둔탁ᄒᆞ야 쇼녀졔 글을 비화시디 시듕의 깁흔 뜻을 아디못ᄒᆞᄂᆞ니 낭낭이 두 글뜻을 삭여 하교ᄒᆞ시믈 ᄇᆞ라ᄂᆞ이다 좌위 시위도 듯고겨ᄒᆞᄂᆞ이다 휘 웃고 굴오샤디…중략…소샹궁이 크게 깃거 졔인으로 더부러 만셰룰 브ᄅᆞ더라 (서울대학본 278~280쪽)

이 부분은 영양공주와 난양공주의 七步詩에 대하여 老尙宮들이 태

후에게 評釋을 간청하는 장면이다. 여기서 노존본과 을사본의 차이점
은 그 방점 부분에서와 같이 노존본엔 칠보시에 대하여 노상궁들이 태
후에게 그 평석을 간청하여 이를 듣고 만세를 부르는 기나긴 장면이
부연되어 있는데, 을사본엔 이들이 생략되고 다만 영양·난양공주가 칠
보시를 지어 태후에게 바치는 것으로 이야기가 끝나고 있다는 것이다.

위의 국역본에 있어서 경판본과 완판본은 이 부분이 누락되어 무엇
을 대본으로 하여 이루어졌는지 전연 알 수가 없고, 석헌본(A)는 그
방점 부분에서와 같이 칠보시에 대하여 노상궁의 평석의 요청과 이에
대한 태후의 평석이 덧붙여져 노존본이 그 대본이 된 것을 알겠고, 석
헌본(B)도 역시 방점 부분에서와 같이 노존본으로 이루어졌고, 서울대
학본도 노존본으로 이루어졌음을 알겠다.

> 楊少游夢遊上界 買春雲巧傳玉語 (12회)

> 上重違其懇 更下恩旨 以楊少游爲大丞相 封魏國公 食邑三千戶 賞
> 賜黃金一萬斤 白金十萬斤 蜀錦一萬疋 駿馬一千匹 其餘珍寶 不可勝
> 記 楊丞相隨法駕入闕 (노존본)

> 上重違其懇 更下恩旨 以楊少游爲大丞相 封魏國公 食邑三萬戶 其
> 餘賞賜 不可勝記 楊丞相隨法駕入闕 (을사본 하 31 후)

> 샹이 위로ᄒᆞ시고 됴셔롤 나리와 양소유롤 대승샹 위국공을 봉ᄒᆞ시
> 고 황금빅만근과 촉금십만필을 샹ᄉᆞᄒᆞ시고 (경판본 97쪽)

> 즉일의 대승샹 위국공을 봉ᄒᆞ시고 삼만호을 ᄯᅳ어 주시고 (완판본
> 140쪽)

　　상이 특지를 니리ᄉ 양쇼유로 위국공을 봉ᄒ시고 황금 일만근과
빅금 십만근과 비단 일만필과 쥰마 일쳔필을 상ᄉᄒ시고 그 남은
지믈은 불가승슈라 (석헌본(A) 하 23장 후면)

　　다시 하교ᄒ샤 쇼유로써 더승샹 위국공을 봉ᄒ시고 식읍 삼쳔호을
더ᄒ고 황금 만근과 촉금 만필과 쥰마 일몬필을 쥬시고 그 남은
진보ᄂ 가히 이기여 긔록지 못ᄒᆯ너라 (석헌본(B) 하 18장 후면)

　　텬지 지개를 아롬다이 녀기ᄉ 이제 됴셔를 ᄂ리와 양쇼유로써 대승
샹 위국공을 봉ᄒ시고 식읍 삼만호요 샹ᄉᄒ신 황금이 일만근이오
빅금이 십만근이오 촉금이 십만필이오 쥰미 일쳔필이오 이밧 각
식 진보ᄂ 이로 긔록디 못ᄒᆯ너라 (서울대학본 302쪽)

　이 부분은 양소유가 삼진을 항복받고 귀국하자 천자가 상을 내리는
장면이다. 여기서 노존본과 을사본의 차이점은 그 방점 부분에서와 같
이 노존본엔 "食邑三千戶　賞賜黃金一萬斤　白金十萬斤　蜀金一萬疋
駿馬一千匹　其餘珍寶　不可勝記"로 賞賜品이 구체적으로 적혀 있으
나, 을사본엔 다만 "食邑三萬戶　其餘賞賜　不可勝記"로 추상적으로 나
타나 있다는 것이다.

　위의 국역본에 있어서 경판본은 방점 부분 "황금빅만근과 촉금십만
필을 샹ᄉᄒ시고"에서와 같이 노존본으로 이루어졌고, 완판본은 방점
부분 "삼만호"에서와 같이 이는 분명 을사본의 "食邑三萬戶"로 을사
본이 대본이 된 것으로 여겨지며, 석헌본(A)는 방점 부분 "황금 일만
근과 빅금 십만근과 비단 일만필과 쥰마 일쳔필을 샹ᄉᄒ시고"에서와
같이 노존본으로 이루어졌고, 석헌본(B)는 방점 부분 "식읍 삼쳔호를

더ᄒ고 황금 만근과 촉금 만필과 쥰마 일만필을 쥬시고 그 남은 진보
는 가히 이기여 긔록지 못ᄒ너라"에서와 같이 노존본의 직역으로 이루
어졌고, 서울대학본은 방점 부분 "식읍 삼만호요 샹ᄉ하신 황금이 일
만근이오 빅금이 십만근이오 촉금이 십만필이오 쥰미 일쳔필이오"에
서와 같이 노존본으로 이루어졌음을 알 수 있다.

合卺席蘭英相諱名 獻壽筵鴻月雙擅場 (13회)

太后曰 吾直戱耳 豈曰恩也 丞相若不棄小女則 此所以報老身也 丞
相叩頭聽命 是日上受群臣朝賀於正殿 (노존본)

太后曰 吾直戱耳 豈曰恩也 是日上受群臣朝賀於正殿 (을사본 하
46 전)

(경판본 누결)

티후 왈 니의 희롱ᄒ미 무삼은혜ᄅ 하리오 ᄒ시더라 이날으 샹
이 군신조회를 바드실ᄉ (완판본 146쪽)

티후왈 이ᄂ 너의 잠시 희롱ᄒ 거시니 웃지 은덕이라 ᄒ리요 다만
바라나니 승샹은 나의 녀아를 바리지 아니ᄒ면 되리혀 은혜가 될
가 ᄒ노라 ᄒ시니 승샹이 고두ᄉ은ᄒ더라 ᄎ셜 잇써의 샹이 정전
의 젼좌ᄒ시고 됴회를 바드실ᄉ (석헌본(A) 하 18장 전면)

티후왈 내 참 희롱홈이라 엇지 은혜라 ᄒ리요 승샹이 만일 쇼녀을
바리지 아니ᄒ면 이ᄂ 써 노신을 갑폼이리라 승샹이 고두쳥명ᄒ
더라 이날 샹이 군신을 됴회을 정젼에 바드실ᄉ (석헌본(B) 39장 후
면~40장 전면)

태휘왈 우연이 희롱ᄒ미니 므슨 은혜리오 다만 승샹이 쇼녀를 ᄇ
리디 아니ᄒ면 늙은 몸을 갑흐미라 승샹이 고두ᄒ야 명을 밧더라
이날 텬지 션경뎐의 됴회롤 바드실ᄉ (서울대학본 338쪽)

이 부분은 영양·난양공주가 양소유에게 꾀병으로 속임을 당한 후,
이를 알아내고, 다시 태후가 양소유의 꾀병을 알고 일장대소하는 장면
이다. 여기서 노존본과 을사본의 차이점은 그 방점 부분에서와 같이
노존본에 "豈曰恩也 丞相若不棄小女則 此所以報老身也 丞相叩頭聽
命"으로 태후의 말이 길게 부연되어 있는데, 을사본엔 이것이 다만 "豈
曰恩也"로 축소되어 있다는 것이다.

위의 국역본에 있어 경판본은 누락되어 무엇이 대본으로 되었는지
알 수 없고, 완판본은 방점 부분 "너의 희롱ᄒ미 무삼 은혜ᄅ ᄒ리오
ᄒ시더라"에서와 같이 을사본으로 이루어졌고, 석헌본(A)는 방점 부
분 "다만 바라나니 승상은 나의 녀아를 바라지 아니ᄒ면 되리혀 은혜
가 될가 ᄒ노라 ᄒ시니 승상이 고두ᄉ은ᄒ더라"에서와 같이 노존본으
로 이루어졌고, 석헌본(B)도 방점 부분 "승상이 만일 쇼녀을 바리지
아니ᄒ면 이ᄂ 써 노신을 갑픔이리라 승상이 고두청명ᄒ더라"에서와
같이 역시 노존본으로 이루어졌고, 서울대학본도 방점 부분 "다만 승
샹이 쇼녀롤 ᄇ리디 아니ᄒ면 늙은 몸을 갑흐미라 승샹이 고두ᄒ야 명
을 밧더라"에서와 같이 노존본으로 이루어졌다.

樂遊園會獵鬪春色 油壁車招搖占風光 (14회)

丞相笑曰 姑勿放鷹 卽抽出金鞬箭於腰間 翻身仰射中天鴉左目 而
墜於馬前 越王大贊曰 丞相妙手 今之養由基也 (노존본)

丞相笑曰 汝姑勿放 卽抽箭翻身 仰射中鴉左目 而墜於馬前 越王大
贊曰 丞相妙手 今之養由己也 (을사본 하 57 전)

(경판본 누결)
(완판본 누결)

승상왈 아즉 머무르라ᄒ고 허리의 금픠젼을 쎼여 우러러보며 ᄒ
번 쏘니 그 계우가 왼편 눈이 마져 마ᄒ의 나려진이 월왕이 디찬왈 승
상은 이졔 셰상의 양유긔라 ᄒ난 ᄉ람과 갓도쇼이다 (석헌본(A) 하
28장 후면)

승샹이 웃고 화를 당긔여 쳔아을 쏘아 오른 눈을 뭇쳐 말압ᄒ 써러
지니 월왕이 크게 층찬ᄒ여 ᄀ로디 승샹의 묘지는 이제 양유긔로다
(석헌본(B) 하 48장 젼면)

승샹이 웃고 왈 아닥 날회라ᄒ고 허리ᄉ이로셔 텬ᄎ 주신 보궁과
금비젼을 쎄혀 몸을 번듸쳐 ᄒ 살노 텬아의 머리롤 마쳐 몰아리 써
러지니 왕이 크게 기려왈 승샹묘지는 사롬의 밋츌배 아니로소이다
(서울대학본 306쪽)

이 부분은 양소유가 월왕과 함께 낙유원 놀이에서 궁시 경쟁을 벌이
는 장면이다. 여기서 노존본과 을사본의 큰 차이점은 그 방점 부분에
서와 같이 노존본의 "抽出金鞞箭於腰間"이 을사본엔 다만 "抽箭"으
로 되어 있고, 노존본의 "天鴉"도 을사본엔 다만 "鴉"로 되어 있을 뿐
이다.

위의 국역본에 있어서 경판본과 완판본은 이 부분이 누락되어 무엇

을 대본으로 하여 이루어졌는지 알 수 없고, 석헌본(A)는 방점 부분 "허리의 금펴젼을 쎄여"가 노존본의 "抽出金鞭箭於腰間"에 해당되므 로 노존본으로 이루어졌음을 알겠고, 석헌본(B)는 방점 부분 "천아"가 역시 노존본의 "天鴉"로, 노존본으로 이루어졌음을 알겠고, 서울대학 본은 방점 부분 "허리스이로셔 텬즈 주신 보궁과 금비젼을 쌔혀"와 "텬아"에서와 같이 노존본으로 이루어져 있다.

駙馬罰飲金巵酒 聖主恩借翠微宮 (15회)

太后大笑 命宮女扶送於殿門之外 謂兩公主曰 楊郎必爲酒所困 有不平之氣 汝等卽隨去 解衣而安其身 進茶而解其渴 兩公主笑曰 雖無小女等 兩人解衣進茶之人 不患不足矣 太后曰 雖然婦女之道 不可廢矣 兩公主承命 卽隨丞相而去 (노존본)

太后大笑 命宮女扶送於殿門之外 謂兩公主曰 丞相爲酒所困 氣必不平 汝等卽隨去 公主承命 卽隨丞相而去 (을사본 하 68 후)

(경판본 누결)

(완판본 누결)

티후 우스시며 궁녀 슈인를 명ᄒ여 부익ᄒ여 궐문박계 보니고 양공쥬다려 왈 양낭이 슐이 곤ᄒ미 되여신니 응당 긔운이 불평홀지라 너의덜이 나가 그 몸을 편케ᄒ라 양공쥬 우셔왈 쇼녀등 안이라도 옷셜 끌으고 차을 나올 ᄉ람이 죡죡ᄒ여이다 티후왈 부녀의 도리가 그러치 못ᄒ다 ᄒ시니 양공쥬 승명ᄒ고 나오미 (석헌본(A) 하 40 장 후면)

티후 대쇼ᄒ고 궁녀을 명ᄒ야 붓ᄌ바 전문밧게 보니고 두 공쥬다려
일너 ᄀ로디 양낭이 반다시 슐에 곤ᄒ 비 되야 블평ᄒ 긔운이 잇실
거시니 너의 등은 곳 ᄯ라가 옷슬 ᄀ르며 그 모믈 편이ᄒ야 ᄎ을
나쇼와 그 갈ᄒ믈 풀라 두 공쥬 우셔 ᄀ로디 비록 쳡등이 업시나
옷슬 ᄀ르고 ᄎ을 나슈울 ᄉ람이 부족홈을 근심치 아니ᄒ리니다
티후 ᄀ로디 비록 그러나 부녀의 도리을 가히 폐치 못ᄒ리라 두
공쥬 승상을 ᄯ라가니 (석헌본(B) 하 60장 후면)

휘 대쇼ᄒ시고 궁녀로 ᄒ야곰 붓드러내여 보내시다 냥 공슈드려 니
ᄅ시디 양낭이 슐이 곤ᄒ야 긔운이 편티못홀 거시니 너희 홈긔 나아
가 옷슬 벗기며 차ᄅ 드리게 ᄒ라 냥공쥐 디왈 쇼녀등 아녀도 옷
벗길 사롬은 젹디아녀이다 휘왈 비록 그러ᄒ나 부녀의 도리롤 아
니 출ᄒ디 못ᄒ리라 ᄒ시니 공쥐 승상을 ᄯ라가니 (서울대학본 390
~392쪽)

이 부분은 양소유가 축첩으로 인해 벌주를 받고 취하니 태후가 양공
주에게 양소유를 부축하라는 명령을 내리는 장면이다. 여기서 노존본
과 을사본의 중요한 차이점은 그 방점 부분에서와 같이 노존본의 "汝
等卽隨去 解衣而安其身 進茶而解其渴 兩公主笑曰 雖無小女等 兩人
解衣進茶之人 不患不足矣 太后曰 雖然婦女之道 不可廢矣"가 을사본
엔 다만 "汝等卽隨去"로 되어 있을 뿐, 이하의 내용은 의식적으로 산
략되어 있다는 것이다.

위의 국역본에 있어서 경판본과 완판본은 이 부분이 누락되어 그
대본을 알 수 없고, 석헌본(A)는 방점 부분 "너의덜이 나가 그 몸을
편케ᄒ라 양공쥬 우셔왈 쇼녀등 안이라도 옷셜 ᄯᆯ고 차을 나올 ᄉ람
이 죡죡ᄒ여이다 티후왈 부녀의 도리가 그러치 못ᄒ다 ᄒ시니"에서와

같이 노존본으로 이루어졌고, 석헌본(B)는 방점 부분 "너의 등은 곳
쓰라가 옷을 그르며 그 모를 편이ᄒ야 춧을 나쇼와 그 갈ᄒ들 풀
라……"에서와 같이 역시 노존본으로 이루어졌고, 서울대학본도 방점
부분 "너희 흠긔 나아가 옷슬 벗기며 차롤 드리게 ᄒ라……"에서와 같
이 역시 노존본으로 이루어졌음을 분명하게 알 수 있다.

楊丞相登高望遠 眞上人返本還元 (16회)

是日與兩夫人六娘子 登其上 頭揷一枝黃菊 以賞秋景 乃斥珍羞屛管
絃 使春雲挈果楂 使蟾月携玉壺 滿酌泛菊 與妻妾以次暢飮 (노존본)

是日與兩夫人六娘子 登其上 頭揷一枝黃菊 以賞秋景 相對暢飮
(을사본 하 78 후)

승샹이 이날의 냥부인과 뉵낭ᄌ로 더부러 그 우희 오를시 츈운으로
과합을 잇글고 셤월노 옥호롤 가져 ᄎ례로 마실시 (경판본 99쪽)

승상이 부인과 낭ᄌ를 ᄃ리고 올나가 츄경을 희롱ᄒ더니 (완판본)

승상이 양부인과 육낭ᄌ로 더부러 구경ᄒ더니 (석헌본(A) 하 46장
후면)

이날 두 부인과 뉵낭ᄌ로 더부러 그 우에 올나 머리에 국화를 쏫고
츄경을 귀경ᄒ더니 이에 진슈을 물이치고 관현을 파ᄒ고 춘운으로
ᄒ여곰 과합을 익글고 셤월로 옥호을 가지고 슈를 가득 부어 국
화을 쯰워 쳐쳡으로 더부러 ᄎ례로 창음ᄒ더니 (석헌본(B) 하 70
장 후면)

이날 냥부인과 뉵낭ᄌ를 ᄃ리고 디의 올나 머리의 국화를 쏫고 츄
경을 희롱ᄒᆯ시 입의 팔진이 염어ᄒ고 귀의 관형이 슬믠디라 다만

춘운으로 ᄒᆞ여곰 과합을 붓들고 셤월노 옥호롤 잇글며 국화쥬롤
ᄀᆞ득 부어 쳐쳡이 ᄎᆞ례로 헌슈ᄒᆞ더니 (서울대학본 408쪽)

이 부분은 양소유가 그의 晬日을 당하여 팔선녀와 함께 종남산에
올라가 가무와 음주를 즐기는 장면이다. 여기서 노존본과 을사본의 차
이점은 그 방점 부분에서와 같이 노존본의 "乃斥珍羞屛管絃 使春雲挈
果榼 使蟾月携玉壺 滿酌泛菊 與妻妾以次暢飮"이 을사본엔 다만 "相
對暢飮"으로 축약되어 있다는 데 있다.

위의 국역본에 있어서 경판본은 방점 부분 "춘운으로 과합을 잇글
고 셤월노 옥호롤 가저 ᄎᆞ례로 마실식"에서와 같이 노존본으로 이루어
졌고, 완판본은 다만 "승상이 부인과 낭ᄌᆞ를 ᄃᆞ리고 올나가 츄경을 희
롱ᄒᆞ더니"로 되어 있는 것으로 보아 을사본으로 이루어진 것이 분명하
고, 석헌본(A)도 "승상이 양부인과 육낭ᄌᆞ로 더부러 구경ᄒᆞ더니"로 되
어 있어 역시 을사본으로 이루어진 것을 알 수 있고, 석헌본(B)는 방점
부분 "이예 진슈을 물이치고 관현을 파ᄒᆞ고 춘운으로 ᄒᆞ여곰 과합을
익글고 셤월로 옥호을 가지고 슈를 가득 부어 국화을 씌워 쳐쳡으로
더부러 ᄎᆞ례로 창음ᄒᆞ더니"에서와 같이 노존본으로 이루어졌고, 서울
대학본도 방점 부분 "입의 팔진이 염어ᄒᆞ고 귀의 관형이 슬믠다라 다
만 춘운으로 ᄒᆞ여곰 과합을 붓들고 셤월노 옥호롤 잇글며 국화쥬롤 ᄀᆞ
득 부어 쳐쳡이 ᄎᆞ례로 헌슈ᄒᆞ더니"에서와 같이 역시 노존본으로 이루
어졌음을 알 수 있다.

3. 結語

위에서 한문본과 국역본의 상호관계를 서술하고, 국역본이 노존본, 을사본, 계해본 등 한문본 중 무엇을 대본으로 하여 이루어졌는가를 분석 고찰하였다. 이상에서 계해본 계열의 역본인 신번구운몽과 유일 서관본을 제외하고 그 결과를 도표로 제시하면 다음과 같다.

장회 ＼ 텍스트	경판본	완판본	석헌본(A)	석헌본(B)	서울대본
1	노존본	노존본	을사본	을사본	노존본
2	을사본	미 상	을사본	을사본	노존본
3	미 상	미 상	미 상	을사본	노존본
4	노존본	을사본	을사본	을사본	노존본
5	노존본	을사본	을사본	을사본	노존본
6	노존본	미 상	을사본	을사본	미 상
7	미 상	을사본	을사본	을사본	노존본
8	미 상	을사본	을사본	을사본	미 상
9	미 상	미 상	노존본	노존본	노존본
10	미 상	미 상	노존본	노존본	노존본
11	미 상	미 상	노존본	노존본	노존본
12	노존본	을사본	노존본	노존본	노존본
13	미 상	을사본	노존본	노존본	노존본
14	미 상	미 상	노존본	노존본	노존본
15	미 상	미 상	노존본	노존본	노존본
16	노존본	을사본	을사본	노존본	노존본
노존본	6	1	7	8	14
을사본	1	7	8	8	0
미 상	9	8	1	0	2

이 도표에서 볼 수 있는 바와 같이 경판본은 한문본의 16회장 가운데 노존본의 요소가 6개소, 을사본의 요소가 1개소, 미상이 9개소로, 대체로 노존본으로 이루어졌음을 알겠고, 완판본은 노존본의 요소가

1개소, 을사본의 요소가 7개소, 미상이 8개소로, 대체로 을사본으로 이루어졌음을 알겠고, 석헌본(A) 을사본의 요소가 8개소, 노존본의 요소가 7개소, 미상이 1개소로, 대체로 상권은 을사본으로 이루어졌고, 하권은 노존본으로 이루어져, 말하자면 노존본과 을사본의 혼역본임을 알겠고, 석헌본(B)는 노존본의 요소가 8개소, 을사본의 요소가 8개소로, 상권은 을사본으로 이루어졌고, 하권은 노존본으로 이루어져 있어, 석헌본(A)와 같이 역시 노존본과 을사본의 혼역본임을 알겠고, 서울대학본은 노존본의 요소가 14개소, 을사본의 요소는 전무하고, 미상이 2개소로, 순수한 노존본으로 이루어진 역본임을 알겠다.

위 도표에 제시된 미상의 부분은 국역본으로서 모두가 축역 내지 漏譯에서 오는 결과임을 말해 두며, 이는 현존하는 국역본이 그만큼 全譯으로 이루어지지 않았음을 알게 된다.

이제 총 마무리로 들어가면, 위에서 살핀 국역본 7종 중, 계해본 계열의 역본은 신번구운몽과 유일서관본이 이에 해당하며, 을사본 계열의 역본은 완판본이 이에 해당하며, 노존본 계열의 역본은 경판본과 서울대학본이 이에 해당하고, 석헌본(A)와 (B)는 노존본과 을사본의 혼역본이라는 것이다. 이를 도표로 작성하면 다음과 같다.

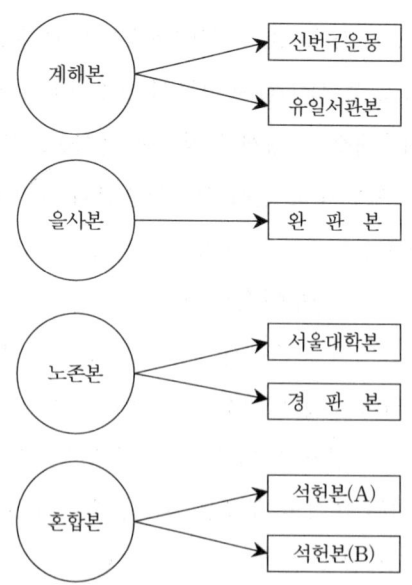

　여기에 일러둘 일은 <구운몽> 이본 중 양대본인 노존본과 을사본
의 차이점은 조사 및 소구, 소장면 등 900여 개소로 이들을 모두 위의
7종의 국역본과 일일이 대조하여 통계를 추출하는 것이 원칙이겠으나,
번잡을 피하기 위해 16회장 중 각 장에서 대표적인 것을 한 장씩 골라
비교하였지만 텍스트를 결정하는 대체적인 통계에는 변동이 없을 것
이다.

　앞으로 <구운몽>의 국역본은 모두가 위와 같이 대조되며, 또한 그
결과는 계해본 계열, 을사본 계열, 노존본 계열의 역본 및 혼역본 중
어느 한 종에 해당될 것이다.

Ⅳ
을사본과 노존본의 대비

1. 序言

을사본은 조선조 영조 원년(1725)에 판각된 것으로 현재 기록상 最古本에 해당한다는 것은 전 항에서 이미 밝힌 바 있다. 그리고 노존본은 을사본이 판각될 당시, 그의 대본이 되었다는 것도 아울러 밝혔다. 여기서는 노존본의 재구를 가능케 하기 위하여 을사본과 노존본을 대비하여 그들의 차이점을 밝히기로 한다.

현재 노존본의 완본은 유감스럽게도 아직 전하지 않고 있고 그 내용이 각 이본에 분산되어 있기 때문에 노존본의 재구작업, 다시 말하면 <구운몽>의 원전재구는 시급한 일이며, 또한 불가피한 일이다. 노존본의 내용에 대하여 다만 상하권으로 노존본의 내용을 비교적 충실하게 갖고 있는 것은 전항에서 열거된 바 있는 하버드본, 나손본, 석헌본, 장암본 등 네 책이 있을 뿐이고, 상권의 낙질로서 노존본의 내용을 충실히 갖고 있는 것은 비장본 2종 및 일본인 大谷森繁씨 소장본이 있고, 하권의 낙질로서 김동욱 교수 소장본이 있으며, 이들 외에 상하권의 완질로서 그 중 상권이 비교적 노존본의 내용을 갖고 있는 것은 김광순 교수 소장본 및 권영철 교수 소장본 등이 있고, 하권이 비교적 노존본의 내용에 가까운 것은 이가원 교수 소장본과 김근수 교수 소장본 및 인권환 교수 소장본 등이 있다. 이들 외에 국역노존본으로서는 서울대학본이 있고, 하권만이 노존본의 내용을 지닌 것으로는 비장본 2종이 있다. 그러므로 노존본의 완전한 재구도 현재로서는 이들의 내용을 다양하게 상호 비교함으로써 이루어질 수 있는 것이다.

위에서 언급된 노존본의 내용을 비교적 상세히 갖춘 이본을 전항 'II. 한문본고' 및 'III. 국역본고'에서 밝힌 바에 준하여 아래에 열거하면 다음과 같다. '

    (1) 하버드본 (상중하 3책. 하버드대학 연경학회 소장)[1]
    (2) 나손본 (상하 1책. 김동욱 소장)
    (3) 석헌본 (상하 2책. 정규복 소장)
    (4) 장암본 (상하 2책. 지헌영 소장)
    (5) 석헌본(B) (낙질 상권. 정규복 소장)
    (6) 석헌본(C) (낙질 상권. 정규복 소장)
    (7) 일본본 (낙질 상권. 大谷森繁 소장)
    (8) 나손본(B) (낙질 하권. 김동욱 소장)
    (9) 김광순본 (상하 1책. 김광순 소장)
    (10) 권영철본 (상하 1책. 권영철 소장)
    (11) 연민본 (상하 2책. 이가원 소장)
    (12) 성암본 (상하 1책. 김근수 소장)
    (13) 인권환본 (낙질 곤. 인권환 소장)
    (14) 서울대학본 (4권 4책. 서울대학교 중앙도서관 소장)

---

1) <구운몽>의 한문본 및 국역본의 서지적 사항에 대하여는 그 구체적인 내용을 이미 전항에서 밝힌 바 있으므로, 여기서 다만 권수와 소장자를 밝히고자 한다.

(15) 국역석헌본2) (상중하 3책. 정규복 소장)

그러면 앞으로 이 글을 전개함에 있어서, 편의상 이들의 명칭을 약어로 표시할까 하는데, 하버드본은 “하”로, 나손본은 “羅”로, 석헌본은 “石”으로 장암본은 “藏”으로, 석헌본(B)는 “石b”로, 석헌본(C)는 “石c”로, 일본본은 “日”로, 나손본(B)는 “羅b”로, 김광순본은 “光”으로, 권영철본은 “權”으로, 연민본은 “淵”으로, 성암본은 “誠”으로, 인권환본은 “印”으로, 서울대학본은 “서”로, 국역석헌본은 “石국”으로 표시하기로 한다. 또한 을사본과 계해본의 경우, “乙”이나 “癸”로 표시하고, 張序 및 전면·후면·行序의 표시는 아라비아 숫자로 표시코자 하는데, 가령 을사본 2장 전면 3행인 경우 “乙 2 전-3”과 같다.

여기에 노존본의 내용으로 판정하는 방법에 있어서 노존본의 내용을 비교적 많이 갖고 있는, 상하권 완질로 된 하버드본, 나손본, 석헌본, 장암본 등이 그 중심이 되며, 이들 외에 傍系資料로 사용되는 텍스트는 상권에 있어서 석헌본(B), 석헌본(C), 김광순본, 권영철본, 일본본 및 서울대학본이며, 하권으로는 나손본(B), 연민본, 성암본, 인권환본 및 국역석헌본, 서울대학본 등이 이에 해당한다.

그러나 이들 사이에 출입이 있는 경우, 원칙적으로 하버드본, 나손본, 석헌본, 장암본 등의 내용을 위주로 하였다. 또한, 이들 노존본의 기둥 역할을 하는 네 이본 사이에 다시 출입이 있는 경우, 가장 노존본의 내용을 많이 보유하고 있는 하버드본, 나손본을 위주로 판정하였다.

---

2) 여기의 국역석헌본이란 것은 전항 ‘국역본고’에서 열거된 석헌본(B)를 지칭한다. 그리고 여기서도 국역본으로서 석헌본(A)가 열거되는 것이 마땅한 일이나 번잡을 피해 편의상 생략하였다.

 그렇지만 이들을 위주로 하여 판정할 경우에 출입이 있을 경우, 네 이본인 하버드본, 나손본, 석헌본, 장암본 등은 각주에서 그들의 출입을 일일이 밝혔으나 오자・탈자의 경우엔 이들을 밝히지 않았고, 또한 을사본으로 돌아간 경우에도 각주에다 이들을 모두 밝혀 놓았다. 이들 네 이본 외에 방계자료로 쓴, 앞서 언급한 허다한 텍스트는 출입이 있는 경우, 이들을 각주에서 밝혔지만, 오자, 탈자, 또 을사본의 내용과 같은 경우는 이들을 각주에 표시하지 않았을 뿐 아니라, 이들을 자료로 예거하지도 않았다.

 그러면 을사본과 노존본을 상호 대비한 결과, 을사본에 나타난 특징을 '誤謬', '相異', '漏缺', '添補'로 나누어 논의를 전개해 나갈까 한다.

2. 誤謬

老尊師南嶽講妙法 小沙彌石橋逢仙女(1회)

春風使人胎蕩 物色挽人留連(乙 3 후-4)
春風使人駘蕩 物色挽人留連(하, 羅, 石, 藏, 石b, 石c, 光, 權, 日)

上面昏花儵眼 自訟曰(乙 4 전-8)
上面昏花纈眼 自訟曰(하, 羅, 石, 藏, 石b, 石c, 光, 權, 日)

石橋甚俠 菩薩齊坐(乙 5 전-8)
石橋甚狹 菩薩齊坐(하, 羅, 石, 藏, 石b, 石c, 光, 權, 日)

不以爲罪 但設法而敎之(乙 8 전-1)

不以爲罪 但說法而敎之(하, 羅, 石, 藏, 石b, 石c, 光, 權, 日)

此亦即楊處士家也 處士乃汝父親(乙 10 전-5)
此家即楊處士家也 處士乃汝父親(하, 羅, 石, 藏, 石b, 石c, 光, 權, 日)

押送其弟子性眞 要令溟司論罪(乙 29 전-2)
押送其弟子性眞 要令冥司論罪(하, 羅, 石, 藏, 石b, 石c, 光, 權, 日)

華陰縣閨女通信 藍田山道人傳琴(2회)

以門戶之責 付之於少子(乙 11 후-7)
以門戶之責 付之於小子(하, 羅, 石, 藏, 石b, 石c, 光, 權, 日)

今家計貧屢 老母勤勞(乙 11 후-8)
今家計貧寠 老母勤勞(하, 羅, 石, 藏, 石b, 石c, 光, 權, 日)

楊千里酒樓擢桂 桂蟾月駕被薦賢(3회)

望之如南海觀音 婷婷獨立於會素之中矣(乙 22 전-7)
望之如南海觀音 婷婷獨立於繪素3)之中矣(하, 羅, 石, 藏, 石b, 石c, 光, 權, 日)

生一一披閱 則大都十餘丈詩(乙 22 후-3)
生一一披閱 則大都十餘張詩(하, 羅, 石, 藏, 石b, 石c, 光, 權, 日)

必有羞瀙之心而然也 生曰(乙 23 후-8)
必有羞涉之心而然也 生曰(하, 羅, 石, 藏, 石b, 石c, 光, 權, 日)

---

3) 彫逾繪素 彩奪華蟲之節(李嶠, 「與崔少府書」)

苟有才也 豈可徒執撝嫌乎(乙 24 전-3)

苟有才也 豈可徒執撝謙⁴⁾乎(하, 羅, 石, 藏, 石b, 石c, 光, 權, 日)

撣板一聲 淸歌自發(乙 24 후-6)

檀板一聲 淸歌自發(하, 羅, 石, 藏, 石b, 石c, 光, 權, 日)

家事零替 故山迢逖(乙 26 전-6)

家事零替 故山迢遞(하, 羅, 石, 藏, 石b, 石c, 光, 權, 日)

倩女冠鄭府遇知音 老司徒金榜得快壻(4회)

太陽初湧於彤霞 芳蓮政映於綠水矣(乙 35 전-2)

太陽初湧於彤霞 芳蓮正映於綠水矣(하, 羅, 石, 藏, 石b, 石c, 光, 權, 日)

生乃改坐 授琴先奏霓裳羽衣之曲(乙 35 전-8)

生乃改坐 援琴先奏霓裳羽衣之曲(하, 羅, 石, 藏, 石b, 石c, 光, 權, 日)

楊生又奏一闋 小姐曰(乙 35 후-7)

楊生又奏一闋 小姐曰(하, 羅, 石, 藏, 石b, 石c, 光, 權, 日)

乃其被戮於東市也 顧日影彈一曲(乙 36 전-8)

及其被戮於東市也 顧日影彈一曲(하, 羅, 石, 藏, 石b, 石c, 光, 權, 日)

何曲也 生乍對曰(乙 37 후-5)

何曲也 生詐對曰(하, 羅, 石, 藏, 石b, 石c, 光, 權, 日)

採韓吏部多態度春定雲之句(乙 38 후-4)

---

4) 六四 无不利撝謙(『易經』, 謙).

採韓吏部多態度春空雲之句(하, 羅, 石, 藏, 石b, 石c, 光, 權, 日)

詠花鞋透露懷春心 幻仙庄成就小星緣(5회)

春雲對日 賤妾徧荷娘子撫愛之恩(乙 45 전-9)
春雲對日 賤妾偏荷娘子撫愛之恩(하, 羅, 石, 藏, 石b, 石c, 光, 權, 日)

景致瀟洒 非人境也(乙 45 후-4)
景致蕭洒 非人境也(하, 羅, 石, 藏, 石b, 石c, 光, 權, 日)

吾欲與一遊 瀉此幽悄(乙 46 전-3)
吾欲與一遊 瀉此幽情(하, 羅, 石, 藏, 石b, 石c, 光, 權, 日)

仙厖吠雲外 知是楊郎來(乙 47 전-2)
仙狵吠雲外 知是楊郎來(하, 羅, 石, 藏, 石b, 石c, 光, 權, 日)

少焉排瑤床 設徛饌(乙 47 후-9)
少焉排瑤床 設綺饌(하, 羅, 石, 藏, 石b, 石c, 光, 權, 日)

翰林携美人同寢 若劉玩之入天台(乙 48 전-10)
翰林携美人同寢 若劉阮之入天台(하, 羅, 石, 藏, 石b, 石c, 權, 印)

山鳥已啍於花梢 而窓紗已微明矣(乙 48 후-2)
山鳥已啍於花梢 而紗窓已微明矣(하, 羅, 石, 藏, 石b, 石c, 光, 權, 日)

巫山何夜雨 願濕襄王衣(乙 48 후-10)
巫山他夜雨 願濕襄王衣(하, 羅, 石, 藏, 石b, 石c, 光, 權, 日)

更辦一場之遊 玩蝶舞而亦鶯歌矣(乙 49 후-8)

更辦一場之遊 玩蝶舞而聽鶯歌矣(하, 羅, 石, 藏, 石b, 石c, 光, 權, 日)

管絃山鳥學 羅倚野花傳(乙 50 후-2)
管絃山鳥學 羅綺野花傳(하, 羅, 石, 藏, 石b, 石c, 光, 權, 日)

情之綢密 一陪於前矣(乙 52 후-1)
情之綢密 一倍於前矣(하, 羅, 石, 藏, 石b, 石c, 光, 權, 日)

賈春雲爲仙爲鬼 狄驚鴻乍陰乍陽(6회)

惟望郎君保嗇 妾從此永缺矣(乙 54 후-7)
惟望郎君保嗇 妾從此永訣矣(하, 羅, 石, 藏, 石b, 石c, 光, 權, 日)

鄭生曰 以楊兄割達之量(乙 56 전-2)
鄭生曰 以楊兄豁達之量(하, 羅, 石, 藏, 石b, 石c, 光, 權, 日)

推燕王恃其地遠兵强 不肯歸順(乙 59 후-9)
惟燕王恃其地遠兵强 不肯歸順(하, 羅, 石, 藏, 石b, 石c, 光, 權, 日)

兵家勝敗 不專在於士卒之多小(乙 60 전-9)
兵家勝敗 不專在於士卒之多少(하, 羅, 石, 藏, 石b, 石c, 光, 權, 日)

光彩照耀於一路 先聲震攝於諸州(乙 61 후-6)
光彩照耀於一路 先聲震愊[5)]於諸州(하, 羅, 石, 藏, 石b, 石c, 光, 權, 日)

仍前導僻易 下位於路傍(乙 63 전-7)
仍前導辟易[6)] 下位於路傍(하, 羅, 石, 藏, 石b, 石c, 光, 權, 日)

---

5) 鞭撻宇宙 震愊華夷(『宋史』,「趙普傳」).

少年答日 少生北方之人也(乙 63 후-5)
少年答日 小生北方之人也(하, 羅, 石, 藏, 石b, 石c, 光, 權, 日)

吾已杖節歸來 桂娘獨不在焉(乙 64 전-6)
吾已仗節歸來 桂娘獨不在焉(하, 羅, 石, 藏, 石b, 石c, 光, 權, 日)

人事乖張 佳期婉晚(乙 64 전-7)
人事乖張 佳期腕晚(하, 羅, 石, 藏, 石b, 石c, 光, 權, 日)

滿城群妓欄街 行人孰不羨小妾之貴命(乙 65 전-10)
滿城群妓攔街7) 行人孰不羨小妾之貴命(하, 羅, 石, 藏, 石b, 石c, 光, 權, 日)

蟾月顧見翰林 頗有羞涉之態(乙 66 전-5)
蟾月顧見翰林 頗有羞澁之態(하, 羅, 石, 藏, 石b, 石c, 光, 權, 日)

金鸞直學士吹玉簫 蓬萊殿宮娥乞佳句(7회)

設離抱 結新歡(乙 68 후-9)
說離抱 結新歡(하, 羅, 石, 藏, 石b, 石c, 光, 權, 日)

仍命晉酒 連飮數觥(乙 69 전-6)
仍命進酒 連飮數觥(하, 羅, 石, 藏, 石b, 石c, 光, 權, 日)

翰林醉目朦朧 鬢髮崩鬐(乙 70 후-8)
翰林醉目朦朧 鬢髮觪鬐(하, 羅, 石, 藏, 石b, 石c, 光, 權, 日)

---

6) 赤泉侯爲騎將追項王 項王瞋目而叱之 赤泉侯人馬俱驚 辟易數里(『史記』,「項羽傳」).

7) 襄陽小兒拍手笑 攔街爭唱白銅鞮(李白,「襄陽歌」).

卽使宮女 以御前琉璃現甲(乙 71 후-8)
卽使宮女 以御前琉璃硯匣(하, 羅, 石, 藏, 石b, 石c, 光, 權, 日)

王曰 吾當歸奏於天階(乙 73 전-8)
王曰 吾當歸奏於天陛(하, 羅, 石, 藏, 石b, 石c, 光, 權, 日)

宮女淹淚隨黃門 侍妾含悲辭主人(8회)

族賤而地微 才灟而學蔑(乙 80 후-4)
族賤而地微 才譾而學蔑(하, 羅, 石, 藏, 石b, 石c, 光, 權, 日)

伏願陛下博採廟議 廓揮朝斷(乙 82 후-8)
伏願陛下博採廟議 廓揮乾斷8)(하, 羅, 石, 藏, 石b, 石c, 光, 權, 日)

以刀斗之響 替琴瑟之聲(乙 85 전-9)
以刁斗之響 替琴瑟之聲(하, 羅, 石, 藏, 石b, 石c)

白龍潭楊郎破陰兵 洞庭湖龍君宴嬌客(9회)

鏗鏗鑱鑱 簾却水晶宮殿(乙 4 후-1)
鏗鏗鑱鑱 簸却水晶宮殿(하, 羅, 石, 藏, 淵, 誠, 羅b, 印)

請與楊元師 決雌雄矣(乙 5 전-2)
請與楊元帥 決雌雄矣(하, 羅, 石, 藏, 淵, 誠, 羅b, 印)

親詣軍前 進賀元師(乙 5 후-3)
親詣軍前 欲進賀元帥(하, 羅, 石, 藏, 淵, 誠, 羅b, 印)

---

8) 守則永固邊隅 伏乞乾斷(『國朝先正事略』,「施襄壯公事略」).

敢抗大軍 是自促鱗鯢之誅也(乙 5 후-8)
敢抗大軍 是自促鯨鯢之誅也(하, 羅, 石, 藏, 淵, 誠, 羅b, 印)

楊元帥偸閑叩禪扉 公主微服訪閨秀(10회)

垂厚誼 而救少女(乙 6 후-7)
垂厚誼 而救小女(하, 羅, 石, 藏, 淵, 誠, 羅b, 印)

尙書又聞曰 柳先生今何在耶(乙 7 전-9)
尙書又問曰 柳先生今何在耶(하, 羅, 石, 藏, 淵, 誠, 羅b, 印)

及涉絶巘上 高頂有一寺(乙 8 전-3)
乃涉絶巘上 高頂有一寺(하, 羅, 石, 藏, 淵, 誠, 羅b, 印)

方誦經設法 眉長而綠(乙 8 전-5)
方誦經說法 眉長而綠(하, 羅, 石, 藏, 淵, 誠, 羅b, 印)

山野之人聾憒 不知大元帥之來(乙 8 전-6)
山野之人有同聾聵 不知大元帥之來(하, 羅, 石, 藏, 淵, 誠, 羅b, 印)

宰相家女兒 不可贅致(乙 10 후-1)
宰相家女兒 不可脅致(하, 羅, 石, 藏, 淵, 誠, 羅b, 印)

楊郎被揀於錦鬮 君命至嚴(乙 11 전-3)
楊郎被揀於禁鬮9) 君命至嚴(하, 羅, 石, 藏, 淵, 誠, 羅b, 印)

---

9) 晋孝武帝欲以晋陵公主妻謝混 夫幾帝崩 袁崧又欲以女妻之 王珣曰 卿莫近禁臠……
(下略)(『晋書』,「謝混傳」).

俱享遐筭 壽與天齊(乙 11 전-10)
俱享遐筭 壽與天齊(하, 羅, 石, 藏, 淵, 誠, 羅b, 印)

使之還生於善地 長亨逍遙快活之樂(乙 11 후-8)
使之還生於善地 長享逍遙快活之樂(하, 羅, 石, 藏, 淵, 誠, 羅b, 印)

日漸憔悴 將成膏盲之疾(乙 12 전-3)
日漸憔悴 將成膏肓之疾(하, 羅, 石, 藏, 淵, 誠, 羅b, 印)

竹林鸊鷉 手品絶妙(乙 12 전-8)
竹林鸊鷉 手品絶妙(하, 羅, 石, 藏, 淵, 誠, 羅b, 印)

聞候之禮 尙此闕如矣(乙 14 전-5)
問候之禮 尙此闕如矣(하, 羅, 石, 藏, 淵, 誠, 羅b, 印)

兩美人携手同車 長信宮七步成詩(11회)

歸意如矢 不可復姐(乙 17 후-3)
歸意如矢 不可復沮(하, 羅, 石, 藏, 淵, 誠, 羅b, 印)

敢以私懇 仰瀆於夫人矣(乙 18 전-2)
敢以私懇 冒瀆於夫人矣(하, 羅, 石, 藏, 淵, 誠, 羅b, 印)

但欲得日昏而去矣 李小姐大喜起謝曰(乙 18 전-9)
但欲待日昏而去矣 李小姐大喜起謝曰(하, 羅, 石, 藏, 淵, 誠, 羅b, 印)

小妹所送之轎 雖甚朴陋(乙 18 전-10)
小妹所乘之轎 雖甚朴陋(하, 羅, 石, 藏, 淵, 誠, 羅b, 印)

車馬儀杖 已盡來待(乙 19 후-2)
車馬儀仗 已盡來待(하, 羅, 石, 藏, 淵, 誠, 羅b, 印)

與小妹同乘而執嫌何 太過耶(乙 20 전-5)
與小妹同乘而執謙 太過耶(하, 羅, 石, 藏, 淵, 誠, 羅b, 印)

心旣敬服 情又綢膠(乙 20 후-2)
心旣敬服 情又綢繆(하, 羅, 石, 藏, 淵, 誠, 羅b, 印)

雖簡褻 亦當着之於父母之前者也(乙 21 전-1)
雖簡褻 亦嘗着之於父母之前者也(하, 羅, 石, 藏, 淵, 誠, 羅b, 印)

距敢與貴主 同其列而齊其位乎(乙 21 후-3)
詎敢與貴主 同其列而齊其位乎(하, 羅, 石, 藏, 淵, 誠, 羅b, 印)

太后曰 爾之避遜(乙 21 후-5)
太后曰 爾之辭遜(하, 羅, 石, 藏, 淵, 誠, 羅b, 印)

降以爲婢僕 又敢違忤天命(乙 21 후-8)
降以爲婢僕 不敢違忤天命(하, 羅, 石, 藏, 淵, 誠, 羅b, 印)

二則所以成蘭陽視汝之志也(乙 22 전-10)
二則所以成蘭陽親汝之志也(하, 羅, 石, 藏, 淵, 誠, 羅b, 印)

楊少游夢遊上界 賈春雲巧傳玉語(12회)

使鄭氏爲妾 則亦近於强脅矣(乙 24 전-9)
使鄭氏爲妾 則亦近於强脅矣(하, 羅, 石, 藏, 淵, 誠, 羅b, 印)

以爲御妹從嫁之媵 娘娘幸矜而頷之(乙 25 후-5)
以爲御妹從嫁之媵 娘娘幸矜而頷之(하, 羅, 石, 藏, 淵, 誠, 羅b, 印)

方議指壘而降 吐蕃諸將生縛贊普(乙 29 후-8)
方議詣壘而降 吐蕃諸將生縛贊普(하, 羅, 石, 藏, 淵, 誠, 羅b, 印)

斷鴈流哀 令人有羈旅之悲矣(乙 30 전-2)
斷鴈流哀 令人有羈旅之悲矣(하, 羅, 石, 藏, 淵, 誠, 羅b, 印)

元師夜入客館 懷抱甚惡(乙 30 전-2)
元帥夜入客館 懷抱甚惡(하, 羅, 石, 藏, 淵, 誠, 羅b, 印)

穿黃金瑣子甲 乘千里大宛馬(乙 31 후-2)
穿黃金鎖子甲 乘千里大宛馬(하, 羅, 石, 藏, 淵, 誠, 羅b, 印)

上卽命設太平宴 以視禮遇之恩(乙 32 전-2)
上卽命設太平宴 以示禮遇之恩(하, 羅, 石, 藏, 淵, 誠, 羅b, 印)

合卺席蘭英相諱名 獻壽筵鴻月雙擅場(13회)

聞其評曲之聲音 此容貌尤慣矣(乙 37 후-9)
聞其評曲之聲音 比容貌尤慣矣(하, 羅, 石, 藏, 淵, 誠, 羅b, 印)

燒龍香於金爐 屛錦衾於象床(乙 40 전-4)
燒龍香於金爐 展錦衾於象床(하, 羅, 石, 藏, 淵, 誠, 羅b, 印)

要與英陽相決 英陽何往而不來乎(乙 43 전-6)
要與英陽相訣 英陽何往而不來乎(하, 羅, 石, 藏, 淵, 誠, 羅b, 印)

來候英戶外 卽入謁曰(乙 44 후-9)
來候於戶外矣 卽入謁曰(하, 羅, 石, 藏, 淵, 誠, 羅b, 印)

精神如秋水之澄徹 不似病起之人矣(乙 45 전-5)
精神如寒氷之澄澈 不似病起之人矣(하, 羅, 石, 藏, 淵, 誠, 羅b, 印)

皇上偓下 幷育之恩(乙 45 후-4)
皇上陛下 幷育之恩(하, 羅, 石, 藏, 淵, 誠, 羅b, 印)

臣雖摩頂旋踵 瀝膽露肝(乙 46 전-3)
臣雖摩頂放踵 瀝膽露肝(하, 羅, 石, 藏, 淵, 誠, 羅b, 印)

以備甘毳之供 不揣寸分(乙 46 후-5)
以備甘毳之供 不揣才分(하, 羅, 石, 藏, 淵, 誠, 羅b, 印)

祿任太暴 則躁競之刺興(乙 46 후-8)
祿任太早 則躁競之刺興(하, 羅, 石, 藏, 淵, 誠, 羅b, 印)

不幸當之矣 至於錦蠻抄簡(乙 47 전-7)
不幸當之矣 至於禁蠻妙簡(하, 羅, 石, 藏, 淵, 誠, 羅b, 印)

不待陟屺望雲 而肝腸已寸斷無餘矣(乙 47 후-8)
不待陟屺10)望雲 而肝腸已寸斷無餘矣(하, 羅, 石, 藏, 淵, 誠, 羅b, 印)

落花飛絮 撩亂於春風(乙 50 전-7)
落花飛絮 撩亂於春風(하, 羅, 石, 藏, 淵, 誠, 羅b, 印)

---

10) 陟彼屺兮 瞻望母兮(『詩經』, 魏風 「陟岵」)

少子今日之樂 皆鍊師之德也(乙 50 후-3)
小子今日之樂 皆鍊師之德也(하, 羅, 石, 藏, 淵, 誠, 羅b, 印)

樂遊原會獵鬪春色 油壁車招搖占風光(14회)

樂遊園會獵鬪春色 油碧車招搖古風光(乙 50 후-1)
樂遊原會獵鬪春色 油壁車招搖占風光(하, 羅, 石, 藏, 淵, 誠, 羅b, 印)

或觀獵或聽樂 補張昇平盛事(乙 52 전-4)
或觀獵或聽樂 鋪張昇平盛事(하, 羅, 石, 藏, 淵, 誠, 羅b, 印)

丞相妙手 今之養由己也(乙 57 전-7)
丞相妙手 今之養由基[11]也(하, 羅, 石, 藏, 淵, 誠, 羅b, 印)

庖人進饌 釘鉅生香(乙 58 전-4)
庖人進饌 飣飴生香(하, 羅, 石, 藏, 淵, 誠, 羅b, 印)

越王亦聞知蟾月兩人姓名 乃曰(乙 59 전-3)
越王亦聞知鴻月兩人姓名 乃曰(하, 羅, 石, 藏, 淵, 誠, 羅b, 印)

兩美人自野外 驅油壁車(乙 61 전-10)
兩美人自野外 驅油壁車(하, 羅, 石, 藏, 淵, 誠, 羅b, 印)

駙馬罰飮金巵酒 聖主恩借翠微宮(15회)

不虛一席之地 未敢卽踵於門下矣(乙 64 후-2)

---

11) 養由基 春秋楚大夫 善射 去柳葉百步射之 百發百中 晋楚戰於鄢陵 由基蹲甲而射
徹七札焉(『中國人名大辭典』臺灣商務印書館 刊)

不許一席之地 未敢卽踵於門下矣(하, 羅, 石, 藏, 淵, 誠, 羅b, 印)

秦賈兩娘子 問於蟾月兩人曰(乙 64 후-10)
秦賈兩娘子 問於鴻月曰(하, 羅, 石, 藏, 淵, 誠, 羅b, 印)

故言亦大 之言未必無實也(乙 65 전-5)
故言亦大 大言未必無實也 (하, 羅, 石, 藏, 淵, 誠, 羅b, 印)

丞相聽訖納拱 其辭曰(乙 67 전-7)
丞相聽訖納供 其辭曰(하, 羅, 石, 藏, 淵, 誠, 羅b, 印)

或未及釋葛時所卜 或奉命外國時所從(乙 67 후-6)
或未及釋褐時所卜 或奉命外國時所從(하, 羅, 石, 藏, 淵, 誠, 羅b, 印)

多畜姬妾 不害爲大夫風度(乙 68 전-1)
多畜姬妾 不害爲丈夫風度(하, 羅, 石, 藏, 淵, 誠, 羅b, 印)

容有可怒 而過好盃酌(乙 68 전-2)
容有可恕 而過好盃酌(하, 羅, 石, 藏, 淵, 誠, 羅b, 印)

使凌波居之 他之南有假山(乙 71 전-7)
使凌波居之 池之南有假山(하, 羅, 石, 藏, 淵, 誠, 羅b, 印)

尖峯斲玉 重壁積鐵(乙 71 전-8)
尖峯斲玉 重壁積鐵(하, 羅, 石, 藏, 淵, 誠, 羅b, 印)

何關於畢境之成就(乙 72 후-1)
何關於畢竟之成就乎(하, 羅, 石, 藏, 淵, 誠, 羅b, 印)

凌波白氏 越宿齊沐(乙 72 후-5)
凌波白氏 越宿齋沐(하, 羅, 石, 藏, 淵, 誠, 羅b, 印)

爲風兩所憾 或落於宮殿(乙 72 후-10)
爲風兩所撼 或落於宮殿(하, 羅, 石, 藏, 淵, 誠, 羅b, 印)

飫錦爛之味 以蓬蒿之蹤跡(乙 75 후-1)
飫禁爛之味 以蓬蒿之蹤跡(하, 羅, 石, 藏, 淵, 誠, 羅b)

又加賞封五千戶 姑收丞相印俊(乙 77 후-6)
又加賞封五千戶 姑收丞相印綬(하, 羅, 石, 藏, 淵, 誠, 羅b, 印)

楊丞相登高望遠 眞上人返本還元(16회)

東望則 粉墻僚繞於靑山(乙 79 전-2)
東望則 粉墻繚繞於靑山(하, 羅, 石, 藏, 淵, 誠, 羅b, 印)

雄豪意氣 軒輊宇宙(乙 79 전-6)
雄豪意氣 軒輊[12]宇宙(하, 羅, 石, 藏, 淵, 誠, 羅b, 印)

神情惚惚 胃膈憧憧矣(乙 81 후-3)
神精惚惚 胃膈憧憧矣(하, 羅, 石, 藏, 淵, 誠, 羅b, 印)

深得菩薩大道 畢境皆歸於極樂世界(乙 83 후-4)
深得菩薩大道 畢竟皆歸於極樂世界(하, 羅, 石, 藏, 誠, 羅b)

---

12) 戎車旣安 如輊如軒(『詩經』, 小雅 「六月」).
　　生名師服其姓劉 自少軒輊非常儔(韓愈, 「劉生詩」).

3. 相異

老尊師南嶽講妙法 小沙彌石橋逢仙女(1회)

蓮花峰大開法宇 眞上人幻生楊家(乙 1 전-1)
老尊師南嶽講妙法 小沙彌石橋逢仙女(하, 羅, 石, 藏, 石b, 石c, 光, 日)

玆送洒掃之婢 敬修起居之禮(乙 2 후-10)
玆遣洒掃之婢 敬修起居之禮(하, 羅, 石, 藏, 石b, 石c, 光, 日)

男兒在世 幼而讀孔孟之書(乙 5 후-9)
男兒生世 幼而讀孔孟之書(하, 羅, 石13), 藏14), 石b, 日)

哀我佛家之道 不過一盂飯一瓶水(乙 6 전-3)
噫我佛家之道 不過一盂飯一瓶水(하, 羅, 石, 藏, 石b, 石c, 光, 日)

振勵精神 輪盡項珠(乙 6 후-3)
振刷精神 輪盡項珠(하, 羅, 石15), 藏, 石b, 石c)

忽然童子立窓外呼之曰(乙 6 후-3)
忽聞童子立窓外呼之曰(하, 羅, 石, 藏, 石b, 石c, 光, 權, 日)

師兄着寢否 師父命召之矣(乙 6 후-3)
師兄睡着乎 師父命召之矣(하, 羅, 石16), 藏17), 誠)

---

13) 석헌본은 을사본과 동일.
14) 장암본은 을사본과 동일.
15) 석헌본은 을사본과 동일.
16) 석헌본은 을사본과 동일.
17) 장암본은 을사본과 동일.

乃勵聲責之日 性眞汝知汝罪乎(乙 6 후-6)
乃厲聲責之日 性眞汝知汝罪乎(하, 羅, 石, 藏, 石b, 石c, 光, 權, 日)

小子服事師父 十閱春秋(乙 6 후-7)
弟子服事師父 十閱春秋(하, 羅, 石, 藏18), 石b)

修行之功 其目有三(乙 6 후-9)
修行之工 其目有三(하, 羅, 石, 藏, 石b, 石c, 光, 權, 日)

日身也日意也日心也(乙 6 후-10)
日身也日言也日意也(하, 羅, 石19), 藏20), 石b, 石c, 淵, 日)

及其還來 且尙繾綣(乙 7 전-2)
及其還來 尙且繾綣(하, 羅, 石, 藏, 石b, 石c, 光, 日)

其罪固不可仍留於此地也(乙 7 전-4)
其罪固大矣不可留於此地也(하, 羅, 石, 藏, 石b, 石c, 權, 日)

汝欲去之 吾令去之(乙 7 후-4)
汝自欲去 吾令去之(하, 羅, 石, 藏, 石b, 石c, 權, 日)

師傅師傅 聽此性眞之言(乙 7 후-10)
師父   聽此性眞之言(하, 羅, 石, 藏, 石b, 石c, 權, 日, 誠)

流涎富貴 其視於阿難也何如(乙 8 전-5)

---

18) 장암본은 을사본과 동일.

19) 석헌본은 "日身也日意也日言也".

20) 장암본은 "日身也日志也日言也".

流涎富貴 其視於阿難何如耶(하, 羅, 石21), 藏, 石b, 石c, 權, 日)

今仍何事辱至於此乎 性眞大慚(乙8 후-7)
今因何事辱至於此乎 性眞大慚(하, 羅, 石, 藏, 石b, 石c, 光, 權, 日, 淵)

路逢性眞小和尙 有問答之事矣(乙 9 전-10)
路逢性眞小和尙 有問答之語矣(하, 羅22), 石, 藏, 石b, 石c, 光, 權, 日)

隱映草間者 纔十餘家 數人相對而立 私相語曰(乙 9 후-9)
隱映草間者 纔十餘家矣 使者携性眞立於 數間精舍門外 自入於內 性眞
獨立彷徨 聽得人語 數三女人 相對而立 私相語曰(하, 羅, 石, 藏, 石b, 石c,
權, 日, 서)

對爐煎藥 香臭靄靄然襲衣(乙 10 전-8)
對爐煎藥 香臭靄靄然襲人(하, 羅, 石, 藏, 石b, 石c, 日)

華陰縣閨女通信 藍田山道人傳琴(2회)

或尋古跡 客路殊不寂寥矣(乙 12 전-7)
或尋古跡 客路殊不寂寞矣(하, 羅, 石, 藏, 石b, 石c, 光, 權, 日)

遂垂鞭徐行 迫以視之(乙 12 전-9)
遂垂鞭徐行 迫而視之(하, 羅, 石, 藏, 石b, 石c, 權, 誠)

長條拂畫樓 願君勤種意(乙 12 후-4)

---

21) 석헌본은 "其視於阿蘭何如也".
22) 나손본은 "有問答之言矣".

長條拂畵樓 願君勤種植(하, 羅, 石, 藏, 石b, 石c, 光, 權, 日, 서)

生拆見 卽楊柳詞一絶也(乙 15 전-9)
生拆見 卽楊柳詞一首也(하, 羅, 石, 藏, 石b, 石c, 權, 日)

正大之言 非小生所及也(乙 16 전-7)
正大之意 非小生所及也(하, 羅, 石, 藏, 石b, 光, 權, 日, 서)

方欲呼童 而秣馬矣(乙 16 전-9)
方欲呼童 而秣驢矣(하, 羅, 石, 藏, 石b, 日)

籠山絡野 紛騈雜遝(乙 16 후-2)
籠山絡野 紛迸雜遝(하, 羅, 石, 藏, 石b, 光, 日)

望藍田山而去 欲竄伏於岩穴之間矣(乙 16 후-7)
望藍田山而去 欲竄伏於深谷間矣(하, 羅, 石, 藏, 石b, 光, 日)

雲影掩翳 鶴聲淸亮(乙 16 후-8)
雲影掩翳 鶴聲淸夾(하, 羅, 石, 藏, 石b, 光, 日)

有道人凭几而臥 見生至(乙 16 후-9)
有道人凭几而臥 見楊生(하, 羅, 石, 藏, 石b, 光, 權, 日)

才學俱蔑 而妄生徼倖之計(乙 17 전-2)
才學俱蔑 而妄出徼倖之計(하, 羅, 石, 藏, 石b, 光, 權, 日)

伏乞仙君毋惜一言 以慰人子之心(乙 17 전-5)
伏乞仙君毋惜一言 以慰人子之至情(하, 羅, 石, 藏, 石b, 光, 權, 日)

家嚴今在何山 而體履亦何如(乙 17 전-5)
家嚴今在何處 而體履亦如何(하, 羅, 石23), 藏24), 石b, 光, 權, 日)

或因先生 可得一拜於家嚴乎(乙 17 전-9)
或因先生 可得一拜於家嚴耶(하, 羅, 石, 藏, 石b, 光, 日)

心緒悽愴 淚流被面(乙 17 후-3)
心緒悽愴 流淚被面(하, 羅, 石, 藏, 石b, 權, 日, 誠)

楊生拭淚而謝 當隅而坐(乙 17 후-5)
楊生收淚而謝 當隅而坐(하, 羅, 石, 藏, 石b, 光, 日)

雖不能久視延年 亦足以消病却老也(乙 18 전-10)
雖不能延年久視 亦足以消病却老也(하, 羅, 石, 藏, 石b, 光, 日)

婚姻之事 昏黑似夜(乙 18 후-4)
婚姻之路 昏黑似夜(하, 羅, 石, 藏, 石b, 石c, 光, 權, 日, 서)

道路旣通 科期退定於明春(을 18 후-7)
道路旣通 科期退行於明春(하, 羅25), 石, 藏, 石b, 石c, 日)

繞溪衰柳 搖落於風霜之後(乙 19 전-7)
繞溪衰柳 寥落於風霜之後(하, 羅, 石, 藏, 石b, 光, 日)

陳礎破瓦 堆積遺墟而已(乙 19 전-8)

---

23) 석헌본은 "家嚴今在何處山".

24) 장암본은 "家嚴今在何山".

25) 나손본은 을사본과 동일.

陳煤破瓦 堆積於遺墟而已(하, 羅, 石, 藏26), 石b, 光, 權, 日)

乃茫然而歸 問于店主曰(乙 19 후-1)
乃茫然而歸 問於店主曰(하, 羅, 石, 藏, 石b, 石c, 光, 權, 日)

彼秦御史家屬 今在何處耶(乙 19 후-2)
彼秦御史家屬 今往何處耶(하, 羅, 石, 藏, 石b, 石c, 光, 權, 日, 淵, 誠)

終不免慘禍 或言沒入掖庭矣(乙 19 후-6)
終不免慘禍 或云沒入於掖庭矣(하, 羅, 石, 藏, 石b, 石c, 光, 日)

恐兒子死於兵火 日夜呼天(乙 20 전-1)
恐兒子死於兵火 日夜呼哭(하, 羅, 石27), 藏, 石b, 石c, 光, 權, 誠)

及見少游 相持痛哭(乙 20 전-2)
及見楊生 相持痛哭(하, 羅, 石, 藏, 石b, 石c, 權, 日)

此兄氣宇不凡 知慮有裕(乙 20 전-9)
此兄氣宇不凡 知計有裕(하, 羅, 石, 藏, 石b, 石c, 光, 權, 日)

避入於南門外酒店 沽酒而飲 生謂店主曰(乙 20 후-5)
避入於南門外酒店 主人問曰 相公欲飲酒乎 生曰 取美酒而來 主人携一大樽而至 生連倒七八觥 謂主人曰(하, 羅, 石, 藏, 石b, 石c, 光, 權, 日)

天津橋頭酒肆所賣之酒(乙 20 후-7)
天津橋頭酒樓所賣之酒(하, 羅, 石, 藏, 石b, 石c, 光, 權, 日)

---

26) 장암본은 을사본과 동일.
27) 석헌본은 을사본과 동일.

我去年取他路而去 未見其勝槪(乙 20 후-10)
我去年取他路而行 未見其勝槪(하, 羅, 石, 藏, 石b, 石c, 光, 權, 日)

楊千里酒樓擢桂 桂蟾月鴛被薦賢(3회)

仍馳驢向天津而行 及抵城中(乙 21 전-1)
仍馳驢向天津而往 及抵城中(하, 羅, 石, 藏, 石b, 石c, 權, 日)

洛水橫貫都城 如鋪白練(乙 21 전-3)
洛水橫穿都城 如鋪白練(하, 羅, 石, 藏, 石b, 石c, 光, 權, 日)

又有杜生者曰 楊兄苟是赴擧之儒(乙 21 후-7)
又有王生者曰 楊兄苟是赴擧之儒(하, 羅, 石, 藏[28], 石b, 石c, 光, 權, 日)

年齒旣少 知識甚狹(乙 21 후-10)
年齒旣少 見識甚狹(하, 羅, 石, 藏, 石b, 石c, 光, 權, 日)

不作亦可也 與吾輩飮酒洽好矣(乙 22 전-5)
不作亦可也 與吾輩飮酒恰好矣(하, 羅, 石, 藏, 石b, 石c, 權, 日)

仍促傳巡盃 使滿坐諸妓(乙 22 전-5)
仍促巡傳盃 使滿坐諸妓(하, 羅, 石, 藏, 石b, 石c, 權, 日)

生神魂撩亂 自忘巡盃(乙 22 전-9)
生神魂撩亂 自忘盃巡(하, 羅, 石, 藏, 石b, 石c, 光, 權, 日)

此時諸生已大醉矣 恰恰笑曰(乙 22 후-7)

---

28) 장암본은 을사본과 동일.

此時諸生皆大醉矣 恰恰笑曰(하, 羅, 石, 藏, 光, 權, 日)

酒盃之間 已作忘形之友(乙 22 후-9)
盃酒之間 已作忘形之友(하, 羅, 石, 藏29), 石b, 石c, 光, 權, 日)

不能自定其優劣高下矣(乙 23 전-3)
不能自定其高下優劣矣(하, 羅, 石, 藏, 石b, 石c, 光, 權, 日)

非但姿色歌舞 獨步於東京(乙 23 전-4)
非但姿色歌舞 獨步於天下(하, 羅, 石, 藏, 光, 權, 日)

未嘗一失 其神鑑如此也(乙 23 전-7)
未曾一失 其神鑑如此也(하, 羅, 石, 藏, 石b, 石c, 光, 權, 日)

此外有別妙 而又妙者(乙 23 후-1)
此外別有妙 而又妙者(하, 羅, 石, 藏, 石b, 石c, 光, 權, 日)

楊生容貌 美於女子矣(乙 24 전-1)
楊生容貌 美如女子矣(하, 羅, 石, 藏, 石b, 權, 日, 서)

卽送其詩箋於桂娘 其詩曰(乙 24 전-9)
卽送其詩箋於蟾月 其詩曰(하, 羅, 石, 藏, 石b, 石c, 權, 日)

前路尙遠 行色甚忙(乙 25 전-3)
前路尙遙 行色甚忙(하, 羅, 石, 藏, 石b, 石c, 日)

墻外有櫻桃盛開 此乃妾家(乙 25 전-6)

---

29) 장암본은 을사본과 동일.

墙外有櫻桃盛開 此是姜家(하, 羅, 石, 藏, 石b, 石c, 權, 日)

生點頭而諾 南向而去(乙 25 전-7)
生點頭而諾 向南而去(하, 羅, 石, 藏, 石b, 石c, 光, 權, 日)

卜今夜之緣 將何以處之耶(乙 25 전-9)
卜今夜之緣 將何以處之乎(하, 羅, 石, 藏, 石b, 石c, 權, 日)

郎先而妾後妾已先到而郎可後也(乙 25 후-7)
郎先而妾後矣今妾已先到而郎何後來耶(하, 羅, 石, 藏, 石b, 石c, 權, 日)

生情不能抑 相携就寢(乙 26 전-1)
生情不自抑 相携就寢(하, 羅, 石, 藏, 石b, 石c, 權, 日)

從來四五年間 眼閱千萬人矣(乙 26 전-10)
從來三四年間 眼閱千萬人矣(하, 羅, 石, 藏, 石b, 石c, 日, 서)

妾願爲樵爨之婢 敢問郎君之意如何(乙 26 후-2)
妾願爲爨汲之婢 敢問郎君之意如何(하, 羅, 石, 藏, 石b, 石c, 權, 日, 서)

其娘子且有卓文君之才貌 郎君豈無長卿之情(乙 27 전-7)
其娘子且有卓文君之才貌 郎君宜有司馬之情(하[30], 羅[31], 石, 藏, 石b, 石c, 權, 日)

本不出世 今桂卿秦娘(乙 27 전-9)
本不出世 今秦女桂卿(하, 羅[32], 石, 藏, 石b, 石c, 日)

---

30) 하버드본은 "郎君有司馬相如之情".
31) 나손본은 "郎君宜有司馬子之風情".

兩人生幷一代 吾恐天地精明之氣(乙 27 전-10)
兩人生幷一生 吾恐天地精明之氣(하, 羅, 石, 藏33), 石b, 日34))

必得何許佳郎 乃合於意乎(乙 28 전-2)
必得何許佳郎 可合於意乎(하, 羅35), 石, 藏, 石b, 石c, 權, 日)

驚鴻替對曰 若如晋時東山携妓之謝安石(乙 28 전-4)
驚鴻替答曰 若如晋時東山携妓之謝安石(하, 羅, 石, 藏, 石b, 石c, 權, 日)

蟾月曰 此處非郞君久留之地也(乙 29 후-2)
蟾月曰 是處非郞君久留之地也(하, 羅, 石, 藏, 石b, 石c, 日)

遂相對揮淚 分袂而去(乙 29 후-6)
遂相對揮淚 分手而去(하, 羅, 石, 藏, 石b, 石c, 權, 日, 서)

倩女冠鄭府遇知音 老司徒金榜得快壻(4회)

我與令堂姐姐 相別已二十年(乙 30 전-3)
我與令堂姐姐 相別已二十稔矣(하, 羅, 石, 藏, 石b, 石c, 光, 權, 日)

後生之人 軒仰若此(乙 30 전-3)
後生之人 軒昻若此(하, 羅, 石, 藏, 石b, 日, 誠)

楊生風彩 明秀如仙(乙 30 전-3)

---

32) 나손본은 "今秦女桂娘".

33) 장암본은 "兩人生幷一世".

34) 일본본은 상동.

35) 나손본은 "乃合姑娘之意乎".

楊郞風彩 明秀如仙(하, 羅36), 石, 藏37), 石b, 石c, 權, 日)

靑天白日 奴隷亦知高明(乙 31 전-10)
靑天白日 奴隷亦知淸明(하, 羅, 石, 藏, 石b, 石c, 日, 서)

未易哉 沈吟半餉乃謂曰(乙 31 후-5)
未易哉 沈思半餉乃謂曰(하, 羅38), 石, 藏, 石b, 石c, 權, 日)

五音六律 頗皆精通矣(乙 31 후-7)
六律五音 頗皆精通矣(하, 羅, 石, 藏, 石b, 石c, 權, 日)

且有一事 或冀萬幸(乙 32 전-2)
只有一事 或冀萬幸(하, 羅, 石, 藏, 石b, 石c, 權, 日)

握火蹈水 何敢不從乎(乙 32 전-4)
握火蹈水 何可不從乎(하, 羅, 石39), 藏, 石b, 石c, 日)

生喜而謝拜而退 屈指待日矣(乙 32 후-8)
楊生喜而謝曰 謹奉尊敎矣 退歸旅次 屈指待日矣(하, 羅, 石, 藏, 石b, 石c, 權, 日, 서)

兼以衣緞茶果 致吾戀戀不忘之意(乙 33 전-5)
賜仍以衣緞茶果 致吾戀戀不忘之意(하40), 羅, 石, 藏, 石b, 石c, 權, 日)

---

36) 나손본은 을사본과 동일.
37) 장암본은 을사본과 동일.
38) 나손본은 "深思半餉乃謂曰".
39) 석헌본은 을사본과 동일.
40) 하버드본은 "使以衣緞茶果".

且奉三種盛饌 百拜而謝(乙 33 전-7)
且受三種盛饌 百拜而謝(하, 羅, 石, 藏, 石b, 石c, 權, 日)

紫淸觀有何許女冠 能做奇絶之響(乙 33 후-9)
紫淸觀有何許女冠 能奏已絶之響(하, 羅, 石41), 藏42), 石b43), 日44))

浪迹如雲 朝暮東西(乙 34 전-10)
浪迹如雲 朝東暮西(하45), 羅, 石, 藏, 石b, 石c, 光, 權, 日)

夫人使侍婢 取楊生手中之琴(乙 34 후-2)
夫人命侍婢 取楊生手中之琴(하, 羅, 石, 藏, 石b, 石c, 權, 日)

貧道雖傳得古調 而今之不彈者多(乙 34 후-7)
貧道雖傳得古調 而今人不彈者多(하46), 羅, 石, 藏47), 石b, 石c, 權, 日48))

適當小姐座席之右(乙 35 전-6)
適當小姐座席之隅(하, 羅, 石, 藏49), 石b, 石c, 日)

反不如直視相望之時也(乙 35 전-7)
反不如直對相望之時也(하, 羅, 石, 藏, 石b, 石c, 權, 日)

---

41) 석헌본은 "能奏奇絶之響".
42) 장암본은 상동.
43) 석헌본(b)는 상동.
44) 일본본은 상동.
45) 하버드본은 을사본과 동일.
46) 하버드본은 "今之人多不彈之".
47) 장암본은 "今之人不彈者多".
48) 일본본은 상동.
49) 장암본은 을사본과 동일.

如感激者然 如思念者然(乙 35 후-6)
如感激者然 如思戀者然(하, 羅, 石, 藏50), 石b, 石c51), 光52), 日53))

胡人落淚添邊草(乙 35 후-9)
胡人落淚沾邊草(하54), 羅, 石, 藏, 石b, 石c, 光, 日)

失節之人 曷足道哉(乙 35 후-10)
失節之人 曷足稱哉(하, 羅, 石, 藏, 石b, 權, 日)

壹鬱於板蕩之中 得非嵇叔夜廣陵散乎(乙 36 전-7)
壹鬱於放蕩之中 得非嵇叔夜廣陵散乎(하, 羅, 石, 藏55), 石b, 서)

家內之人 皆以春雲呼之(乙 38 후-5)
家內之人 皆以春娘呼之(하, 羅, 石, 藏, 石b, 石c, 光, 日)

朝者諸侍女爭言 中堂彈琴之女冠(乙 38 후-5)
朝者諸侍女皆言 中堂彈琴之女冠(하, 羅, 石, 藏, 石b, 石c, 日)

吾動身如玉 持心如盤(乙 38 후-8)
吾愛身如玉 持心如盤(하, 羅, 石, 藏, 石b, 石c, 日)

我始有疑而見之 其容貌擧止(乙 39 전-6)

---

50) 장암본은 을사본과 동일.
51) 석헌본(c)는 "如思慮者然".
52) 김광순본은 상동.
53) 일본본은 상동.
54) 하버드본은 "胡人落淚向邊草".
55) 장암본은 을사본과 동일.

我始有意而見之 其容貌擧止(하, 羅, 石, 藏, 石b, 石c, 權, 日)

所恨者春娘若不病 一見可卜其詐也(乙 39 전-6)
所恨者春娘若不病 一見必卜其詐也(하, 羅, 石, 藏, 石b, 權, 日)

與所不知男子 半日對坐(乙 39 전-9)
與素不知男子 半日對坐(하, 羅, 石, 藏, 石b, 石c, 日)

予意則國詩已迫 四方儒生(乙 39 후-5)
余意則國詩已迫 四方儒生(하, 羅, 石, 藏, 石b, 石c, 權, 日)

其精通音律又如此 可知其才品之高矣(乙 39 후-9)
其精通音律又如此 可知其才禀之高矣(하, 羅, 石, 藏, 石b, 石c, 權, 日)

詠花鞋透露懷春心 幻仙庄成就小星緣(5회)

還入寢室 謂春雲曰(乙 40 후-2)
還入燕寢 謂春雲曰(하, 羅, 石, 藏56), 石b, 石c, 權, 日)

雖與相對 其何知之(乙 40 후-6)
雖與相對 何以知之(하, 羅, 石, 藏57), 石b, 石c, 日58))

卽被揀於翰苑 聲名聳一世矣(乙 40 후-9)
卽被揀於翰苑 聲名聳一時矣(하, 羅, 石, 藏, 石b, 石c, 權, 日)

---

56) 장암본은 을사본과 동일.

57) 장암본은 "何其知之".

58) 일본본은 상동.

皆爭送媒妁 而生盡却之(乙 40 후-9)
皆爭送媒婆 而生盡却之(하, 羅, 石, 藏, 石b, 石c, 權, 日)

文彩之美 禮貌之恭(乙 41 전-4)
風彩之美 禮貌之恭(하, 羅, 石, 藏, 石b, 石c, 權, 日)

觀其擧止容貌 小無參差中(乙 41 전-8)
觀其容貌擧止 小無參差中(하, 羅, 石, 藏, 石b, 石c, 權, 日)

壯元楊少游 一榜所推(乙 41 후-9)
楊壯元   一榜所推(하, 羅, 石, 藏, 石b, 石c, 權, 日)

春娘詩才 尤將進矣(乙 43 후-4)
春娘詩才 尤長進矣(하, 羅, 石, 藏59), 石b, 石c, 權)

與汝同歸 恐非遠念(乙 44 전-9)
與汝同歸 實非遠慮(하, 羅, 石, 藏, 石b, 石c, 權, 日)

賢而機警 志氣浩蕩(乙 45 전-4)
賢而機警 志氣豪蕩(하, 羅, 石, 藏, 石b, 石c, 權)

此時正春夏之交也 百卉猶存(乙 46 전-6)
此時卽春夏之交也 百卉猶存(하, 羅, 石, 藏60), 石b, 石c, 權, 日, 서)

已而星搖峰頂 露鎖松梢(乙 47 전-7)
已而星搖峰頂 霧鎖松梢(하, 羅, 石, 藏, 石b, 日)

---

59) 장암본은 을사본과 동일.
60) 장암본은 을사본과 동일.

妾是王母之侍女 郎是紫府之仙吏(乙 48 전-3)

妾是王母之侍女 郎卽紫府之仙吏(하, 羅, 石, 藏, 石b, 權, 日)

已知郎君將到此 而方企待耳(乙 48 전-9)

已知郎君將到此 而方企待矣(하, 羅, 石, 藏, 石b, 石c, 光)

翰林携美人同寢 若劉玩之入天台(乙 48 전-10)

翰林携美人同寢 若劉玩入天台山(하, 羅, 石, 藏, 石b, 石c, 權, 서)

與仙娥結緣 似夢而非夢(乙 48 전-10)

與仙女結緣 似夢而非夢(하, 羅, 石, 藏, 石b, 石c, 서)

纔盡繾綣之意 山鳥已啅於花梢(乙 48 후-1)

纔盡繾綣之情 山鳥已啅於花梢(하, 羅, 石, 藏, 石b, 石c, 權, 淵)

遂題別詩於羅巾 以贈翰林(乙 48 후-6)

遂題別詩於羅巾 以給翰林(하, 羅, 石, 藏61), 石b, 石c, 權)

春色如夢中 弱水杳千里(乙 48 후-7)

春光如夢中 弱水杳千里(하, 羅, 石62), 藏, 石b, 石c)

精爽燄飛 忽忽不樂(乙 49 전-5)

精爽焱飛 忽忽不樂(하, 羅, 石, 藏, 石b, 石c, 權)

頃日因室人有疾 不得與兄同遊(乙 49 후-6)

頃日因家人有疾 不得與兄同遊(하, 羅, 石, 藏63), 石b, 石c, 權)

---

61) 장암본은 을사본과 동일.

62) 석헌본은 을사본과 동일.

擇茂林 藉草而坐(乙 49 후-10)
擇茂林 藉草而坐(하, 羅, 石, 藏, 石b, 石c, 日)

數點幽花隱映於荒阡亂樹之間也(乙 50 전-2)
數點幽花隱灼於荒阡亂樹之間也(하, 羅, 石, 藏64), 石b, 石c, 權)

此孟嘗君所以淚下於雍門琴者也(乙 50 전-4)
此孟嘗君所以下淚於雍門琴者也(하, 羅, 石, 藏, 石b, 石c, 權, 日)

鄭生曰 兄必不知彼墳也(乙 50 전-5)
鄭生曰 兄必不知彼墓也(하, 羅, 石, 藏, 石b, 石c, 權)

女娘以美色鳴一世 人以張麗華稱之(乙 50 전-6)
女娘以美色鳴一代 人以張麗華稱之(하, 羅65), 石, 藏66), 石b, 石c)

以慰女娘芳魂如何 翰林自是多情者(乙 50 전-9)
以慰女娘芳魂如何 翰林自是多情之人也(하, 羅, 石, 藏, 石b, 石c, 權, 日)

仙亦天緣也 鬼亦天緣也(乙 51 전-5)
仙亦天緣也 鬼亦宿緣也(하, 羅, 石, 藏, 石b, 石c, 權, 日)

翰林滿心驚喜 跳出門限(乙 51 후-2)
翰林滿心驚喜 跳出戶限(하, 羅, 石, 藏, 石b, 石c67), 權, 日)

---

63) 장암본은 을사본과 동일.
64) 장암본은 을사본과 동일.
65) 나손본은 "女娘以美色鳴於一世".
66) 장암본은 "女娘以美色鳴於古今一代之人 皆以張麗華稱之".
67) 석헌본(c)는 "跳出戶房".

妾之根本 郞已知之(乙 51 후-3)
妾之根本 郞君已知之矣(하68), 羅, 石, 藏, 石b, 石c, 權, 日)

或恐驚動 假托神仙(乙 51 후-4)
恐或驚動 假托神仙(하, 羅, 石, 藏, 石b, 石c, 權, 日)

叨侍一夜之枕席 榮已極矣(乙 51 후-5)
叨侍一夜之寢席 榮已極矣(하, 羅, 石, 藏, 石b, 石c)

不過作謀巧飾 欲與生人相接也(乙 52 전-5)
不過詐謀巧飾 欲與生人相接也(하69), 羅70), 石, 藏, 石b, 石c, 權, 日)

佛語有之 人之身體(乙 52 전-8)
佛語云　人之身體(하, 羅, 石, 藏, 石b, 石c, 權, 日, 서)

携抱入寐 穩度其夜(乙 52 전-9)
携抱入寢 穩度其夜(하, 羅, 石, 藏, 石b, 石c, 光, 權, 淵, 日)

賈春雲爲仙爲鬼　狄驚鴻乍陰乍陽(6회)

夜至則待來 日出則待夜(乙 52 후-8)
日出則待夜 夜至則待來(하, 羅, 石, 藏, 石b, 石c, 權, 日)

此師傳卽太極宮杜眞人(乙 53 전-1)
此師傳乃太極宮杜眞人(하, 羅, 石, 藏, 石b, 石c, 權, 日)

---

68) 하버드본은 "郞君已知矣".
69) 하버드본은 "不過詐冒巧飾".
70) 나손본은 상동.

相法卜術與李淳風袁天網相頡頏也(乙 53 전-2)
相法卜術與袁天網李淳風相頡頏也(하, 羅, 石, 藏, 石b, 石c, 權, 日)

楊翰林兩眉皆秀 鳳眼向鬢(乙 53 전-83)
楊先生兩眉皆秀 鳳眼向鬢(하, 羅, 石, 藏, 石b, 石c, 權, 日)

耳根白如塗粉 圓如垂珠(乙 53 전-9)
耳根白如抹粉 圓如垂珠(하, 羅, 石, 藏, 石b, 石c, 日)

但今日有目前之橫厄 若不遇我(乙 53 후-1)
但卽今有目前之橫厄 若不遇我(하, 羅, 石, 藏, 石b, 石c, 權[71], 日)

然則或過古墓 感傷於胸中(乙 53 후-7)
然則或過古墓 感動於心中(하, 羅[72], 石, 藏, 石b, 石c, 權, 日)

眞人曰 人生以陽明保其身(乙 53 후-10)
眞人曰 生人以陽明保其身(하, 羅, 石, 藏, 石b, 石c, 權, 日)

數日之後 必入於骨髓(乙 54 전-2)
三日之後 必入於骨髓(하, 羅, 石[73], 藏, 石b, 石c, 權, 日)

是亦天緣盡 而妖魔戲也(乙 54 후-6)
是亦芳緣盡 而魔妖戲也(하, 羅, 石, 藏[74], 石b, 石c, 權, 日)

---

71) 권영철본은 "但卽今日有目前之橫厄".

72) 나손본은 "感傷心中".

73) 석헌본은 을사본과 동일.

74) 장암본은 "是亦芳緣盡 而妖魔戲也".

乃折見之 卽女娘之所製也(乙 54 후-9)
乃折見之 卽女娘之所題也(하, 羅75), 石, 藏76), 石b, 石c, 權77), 日)

有一物在於總髮之間 出而見之(乙 55 전-3)
有一物在於總髮之底 出而見之(하, 羅, 石, 藏, 石b, 石c, 日)

張女之怨 鄭君深矣(乙 55 전-5)
女娘之怨 鄭生亦深矣(하, 羅, 石, 藏, 石b, 石c, 權, 日)

遂次女娘之詩 囊以藏之曰(乙 55 전-7)
遂次女娘之韻 作一詩藏於囊中而歎曰(하, 羅, 石, 藏, 石b, 石c, 權, 日)

詩雖成矣 誰可贈矣(乙 55 전-7)
詩雖成矣 誰可贈乎(하, 羅, 石, 藏, 石b, 石c, 權)

莫道芳魂寄孤墳 園裡百花花底月(乙 55 전-9)
莫道芳魂寄古墳 園裡百花花底月(하, 羅78), 石, 藏, 石b, 日)

貌何憔悴耶 神何蕭索耶(乙 55 후-9)
貌何憔悴耶 神何蕭索也(하, 羅, 石, 藏, 石b, 石c, 日)

翰林知其不可牢諱 向司徒而言曰(乙 56 전-9)
翰林知其不可牢諱 向司徒而告曰(하, 羅79), 石, 藏, 石b, 權, 日)

---

75) 나손본은 을사본과 동일.
76) 장암본은 "卽女娘之所題別詩也".
77) 권영철본은 상동.
78) 나손본은 을사본과 동일.
79) 나손본은 을사본과 동일.

此兒非鬼非仙 卽吾家所育賈氏女子(乙 57 전-7)
此兒非仙非鬼 卽吾家所育賈氏女子(하, 羅, 石, 藏, 石b, 石c, 權, 日, 서)

遂使賢郎 無端苦惱(乙 57 후-1)
遂使楊郎之心 無端苦惱(하, 羅, 石, 藏[80], 石b, 石c, 權, 日)

前後再度之逢 皆我爲媒(乙 57 후-9)
前後再度之逢 皆我所媒(하, 羅, 石, 藏, 石b, 石c, 權, 日)

岳丈旣以此女 送於小弟(乙 57 후-4)
岳丈旣以此女 送於小婿(하, 羅, 石, 藏, 石b, 石c, 淵, 誠)

翰林乃大覺 笑向司徒曰(乙 58 전-2)
翰林乃大覺 笑告司徒曰(하, 羅, 石, 藏, 石b, 石c, 日)

實多欺罔之罪 望相公寬假之(乙 59 전-5)
實多欺罔之罪 惟相公寬假之(하, 羅, 石, 藏, 石b, 石c, 權, 日)

卽入翰苑 自糜職事(乙 59 전-7)
卽入翰苑 身糜職事(하, 羅, 石, 藏, 石b, 石c, 權, 日)

稱兵交亂 天子憂之(乙 59 전-10)
稱兵反國 天子憂之(하, 羅, 石, 藏, 石b, 石c, 權, 日)

馬一萬匹 絹一千匹(乙 59 후-8)
馬一萬匹 絹一千疋(하, 羅[81], 石, 藏, 石b, 石c, 誠)

---

80) 장암본은 "遂使賢郎之心".
81) 나손본은 을사본과 동일.

臣願得一枝之兵 倚杖大朝之威(乙 60 전-1)
臣願得一枝之兵 倚仗大朝之威(하, 羅, 石, 藏, 石b, 石c, 權, 淵, 日)

以兵臨之 則必若摧枯拉朽 (乙 60 전-10)
以兵臨之 則必若拉枯朽(하82), 羅, 石, 藏, 石b, 石c, 權, 日)

欲上一書而爭之 翰林止之曰(乙 60 후-9)
欲上一疏而爭之 翰林止之曰(하, 羅, 石, 藏, 石b, 石c, 權, 日)

今天子神武 朝政淸明(乙 61 전-1)
今天子神武 朝廷淸明(하, 羅, 石, 藏, 石b, 石c, 權, 日, 淵, 誠)

相公之朝直於玉堂也 妾必早起(乙 61 전-6)
相公之就直於玉堂也 妾必早起(하, 羅, 石, 藏, 石b, 石c, 權, 日, 淵)

嘖舌相稱曰 聖天子將活我矣(乙 62 후-7)
嘖嘖相稱曰 聖天子將活我矣(하, 羅83), 石, 藏, 石b, 石c, 日)

自此當永戢狂圖 恪守臣職(乙 63 전-3)
自此當永戢狂圖 恪修臣職(하, 羅, 石, 藏, 石b, 石c, 日)

因設宴於壁鏤宮 以餞翰林(乙 63 전-4)
仍設宴於壁鏤宮 以餞翰林(하, 羅, 石, 藏, 石b, 石c84), 權, 日)

將行以黃金百鎰 名馬十匹贐之(乙 63 전-5)

---

82) 하버드본은 "則必若拉枯於朽".
83) 나손본은 을사본과 동일.
84) 석헌본(c)는 "乃設宴於壁鏤宮".

將行以黃金千斤 名馬十匹贖之(하, 羅, 石, 藏, 石b, 石c, 權, 日)

斜倚綵檻 注目於車塵馬蹄之間(乙 64 후-1)
斜倚綵檻 注目於車塵馬跡之間(하85), 羅, 石, 藏, 石b, 石c, 權, 日)

僅免脅迫之辱 盡謝華粧(乙 64 후-10)
僅免迫脅之辱 盡謝華粧(하, 羅, 石, 藏, 石b, 石c, 日)

孰不羨小妾之貴命 欽小妾之榮光也哉(乙 65 후-1)
孰不羨小妾之貴命 欽小妾之光榮也哉(하, 羅, 石, 藏, 石b, 石c, 日)

不知遠嫌於男子 執手娛戲(乙 66 전-8)
不知遠嫌於男女 執手娛戲(하, 羅86), 石, 藏87), 石b, 서)

柳腰之勻約 雪膚之皎(乙 66 후-7)
柳腰之依約 雪膚之皎(하, 羅, 石, 藏, 石b, 石c, 日)

金鸞直學士吹玉簫 蓬萊殿宮娥乞佳句(7회)

更察驚鴻儀形 則與狄生無毫髮異矣(乙 67 전-7)
更察驚鴻儀容 則與狄生無毫髮異矣(하, 羅88), 石, 藏, 石b, 石c, 權, 日)

昨夜之效唐姬古事者(乙 68 전-4)
昨夜之效唐姬故事者(하, 羅89), 石, 藏90), 石b, 石c, 光, 日)

---

85) 하버드본은 을사본과 동일.
86) 나손본은 을사본과 동일.
87) 장암본은 을사본과 동일.
88) 나손본은 을사본과 동일.
89) 나손본은 을사본과 동일.

時西域太眞國 進白玉洞簫(乙 69 후-4)
時西域大眞國 進白玉洞簫(하91), 羅92), 石, 藏93), 石b, 石c, 權, 日94))

翰林使二娼扶而起 着朝袍(乙 70 후-9)
翰林使二娼扶而起 着朝服(하, 羅95), 石, 藏, 石b, 石c, 權, 日, 誠)

或製絶句 或作四韻(乙 72 전-1)
或作絶句 或製四韻(하, 羅96), 石, 藏, 石b, 石c, 權, 日)

乍跪乍立 迭勸迭進(乙 72 전-6)
乍跪乍立 迭進迭勸(하, 羅97), 石, 藏98), 石b, 石c, 權, 日99))

秦女曰 菫卜魚魯矣(乙 74 전-6)
秦氏曰 菫卜魚魯矣(하, 羅, 石, 藏, 石b, 石c, 權, 日, 淵, 誠)

跬蛙步相隨 不忍一時分離(乙 74 전-9)
跬步相隨 不忍一刻分離(하, 羅, 石, 藏, 石b, 石c, 權, 日)

---

90) 장암본은 을사본과 동일.
91) 하버드본은 "時西域大秦國".
92) 나손본은 을사본과 동일.
93) 장암본은 "時西域大興國".
94) 일본본은 상동.
95) 나손본은 을사본과 동일.
96) 나손본은 을사본과 동일.
97) 나손본은 을사본과 동일.
98) 장암본은 "迭進迭退".
99) 일본본은 "更進迭勸".

手把圓扇 口詠淸詩(乙 74 후-4)

手把團扇 口詠淸詩(하, 羅100), 石, 藏101), 石b, 石c, 權, 日)

宮女掩淚隨黃門 侍妾含悲辭主人(8회)

然其才足惜而亦可奬也 使太監召之(乙 76 전-6)

然其才亦足亦可奬也　 使太監召之(하, 羅102), 石, 藏, 石b, 石c, 權103), 日)

今幸藩鎭歸化 天憂已紓(乙 77 후-7)

今幸藩鎭率平 天憂已紓(하, 羅104), 石, 藏, 石b, 石c, 權, 日)

雖云悶迫 若以大義言之(乙 78 전-1)

雖曰悶迫 若以大義言之(하, 羅, 石, 藏, 石b, 石c, 權, 日)

欲齊其家 必以定婚姻(乙 80 전-8)

欲齊其家 必以正婚姻(하, 羅, 石, 藏, 石b, 石c, 權, 日, 誠)

不勝者 以糧饋之不及也(乙 81 후-2)

不勝者 不過以糧餼之不給也(하, 羅105), 石, 藏106), 石b, 石c, 權, 日, 誠)

妾問 吾三人共事師傅(乙 84 후-1)

妾曰 吾三人共事師傅(하, 羅107), 石, 藏, 石b, 石c, 權108), 日109), 誠)

---

100) 나손본은 을사본과 동일.

101) 장암본은 을사본과 동일.

102) 나손본은 을사본과 동일.

103) 권영철본은 "然其才亦可足奬也".

104) 나손본은 을사본과 동일.

105) 나손본은 을사본과 동일.

106) 장암본은 "不過以糧餼之不及也".

因與同寢 以槍釰之色(乙 85 전-8)

仍與同寢 以槍釰之色(하, 羅110), 石, 藏, 石b, 權, 日, 淵)

未必不愈於羅帷綵屛之中矣(乙 85 후-1)

未必不愈於羅帷彩屛之中矣(하, 羅, 石, 藏, 石b, 權, 日, 誠)

雖仍師命 未及永辭矣(乙 85 후-1)

雖因師命 未及永辭矣(하, 羅, 石, 藏, 石b, 石c, 日, 淵)

白龍潭楊郞破陰兵 洞庭湖龍君宴嬌客(9회)

衆軍鑿數百餘井 高可十丈(乙 1 전-9)

衆軍鑿數百餘井 深可十丈(하, 羅, 石, 藏111))

移陣於他處矣 鞞鼓之聲(乙 1 후-1)

移陣於他處矣 錚鼓之聲(하, 羅, 石, 藏, 淵, 誠, 서)

願貴人無惜 一枉於陋穢之地(乙 1 후-7)

願貴人無惜 一枉於陋穢之處(하, 羅, 石, 藏, 誠)

龍神所在 卽水府也(乙 1 후-9)

龍神所處 卽水府也(하, 羅, 石, 藏, 誠)

---

107) 나손본은 을사본과 동일.

108) 권영철본은 "妾問曰".

109) 일본본은 "妾問於師曰".

110) 나손본은 을사본과 동일.

111) 장암본은 을사본과 동일.

俄頃到水中 宮闕宏麗(乙 2 전-3)
俄頃到水府 宮闕宏麗(하112), 羅, 石, 藏113), 誠)

吾洞庭卽南海之管下 故父王不敢峻斥(乙 3 전-4)
吾洞庭爲南海龍王管下 故父王不敢峻斥(하, 羅, 石, 藏, 誠, 서, 石국)

妾之至冤苦節 感極天地(乙 3 후-1)
妾之至冤苦節 感格天地(하, 羅, 石, 藏, 誠)

臨此陋處者 不惟欲訴衷情(乙 3 후-3)
臨此陋地   不惟欲訴衷情(하, 羅, 石, 藏, 淵, 誠)

其味苦惡 飮之者生病(乙 3 후-7)
其味苦惡 飮之者生疾(하, 羅, 石, 藏)

天已定之 神亦知之(乙 4 전-3)
天已定矣 神亦知之(하, 羅, 石, 藏)

我思之 娘之來此(乙 4 후-1)
我思之 娘子來此(하114), 羅, 石, 藏115))

不但守志 而亦父王欲使留待少游之來(乙 4 후-1)
雖爲守志 而亦父王欲使留待少游之來(하, 羅, 石, 藏, 誠, 서)

---

112) 하버드본은 을사본과 동일.
113) 장암본은 을사본과 동일.
114) 하버드본은 을사본과 동일.
115) 장암본은 "娘子之來此".

奉天子之明命 將百萬之雄兵(乙 4 후-5)
奉天子之明命 掌百萬之雄兵(하, 羅116), 石, 藏, 誠)

其視南海小兒 如蛟虯螻蟻而已(乙 4 후-6)
視南海小兒 如螘蠓而已(하, 羅, 石, 藏117), 誠118))

今夜何幸邂逅相逢 則良辰豈可虛度(乙 4 후-7)
今夜明月淸風亦助我豪情 良辰豈可虛度(하, 羅, 石, 藏, 誠, 서, 石국)

佳期何忍孤負 遂携龍女而就枕(乙 4 후-8)
佳期何忍孤負 遂携龍女穩度一宵(하, 羅, 石, 藏, 誠, 石국)

南海太子駈無數軍兵 來陣山下 請與楊元師(乙 5 전-1)
南海太子駈無數軍兵 已陣於山下 欲與楊元帥(하, 羅, 石, 藏, 誠, 서)

尙書大怒曰 狂童何敢乃爾(乙 5 전-2)
尙書大怒曰 狂童何敢無忌憚耶(하, 羅, 石, 藏, 誠)

南海兵已圍白龍潭 喊聲大震 陣雲四起 所謂太子者 躍馬出陣而大叱曰
爾爲何人而 掠人之妻乎(乙 5 전-4)
南海軍兵已圍白龍潭矣 尙書發號麾兵 與南海太子對陣 南海陣中喊聲大
震 陣雲四起 太子披掛上馬 躍出大叱曰 楊少游何狀物也 乃敢戲人之事掠
人之妻乎(하, 羅119), 石, 藏, 誠, 서, 石국)

---

116) 나손본은 을사본과 동일.

117) 장암본은 을사본과 동일.

118) 성암본은 "如蛟蠓而已".

119) 나손본은 "南海軍兵已圍白龍潭矣 尙書發號麾兵 與南海太子對陣 南海軍中喊聲大
震 陣雲四起 太子披甲上馬 躍出大叱曰……".

誓不與共立天地間也(乙 5 전-5)
誓不共立於天地間也(하, 羅, 石, 藏, 誠)

鼓氣賈勇 騰跳而出(乙 5 전-9)
鼓氣賈勇 騰躍而至(하, 羅, 石, 藏)

百萬勇卒 齊發蹴踏不移時(乙 5 전-10)
百萬勇卒 迭出俱發躪蹴 太子陣中不移時(하, 羅, 石, 藏, 誠, 서)

太子身被數瘡 不能變化(乙 5 후-1)
太子身被數箭 不能變化(하, 羅, 石, 藏, 石국)

終爲唐軍所獲 縛致麾下 尙書大悅 擊金收軍 門卒報曰(乙 5 후-2)
終爲唐軍所獲 尙書擊金收軍 縛太子還營 門卒報曰(하, 羅, 石[120], 藏,
誠, 서, 石국)

親詣軍前 進賀元師(乙 5 후-3)
親詣軍前 欲賀於元帥(하, 羅, 石, 藏, 誠)

仍犒軍卒矣(乙 5 후-3)
仍以大犒士卒矣(하, 羅, 石[121], 藏[122], 誠[123])

輕銳之氣 百倍矣(乙 5 후-5)

---

120) 석헌본은 "終爲軍所獲 尙書擊金收軍 執太子還營 門卒報曰".

121) 석헌본은 "仍以大犒軍卒矣".

122) 장암본은 "仍以千石酒萬頭牛大犒軍兵矣".

123) 성암본은 "仍以大犒軍卒矣".

勇銳之氣 百倍矣(하, 羅, 石, 藏, 誠, 石국)

捽入南海太子 厲聲責之曰(乙 5 후-6)
捽致南海太子於前 太子俛首躞尾 不敢仰視 楊元帥厲聲大叱曰(하, 羅124),
石, 藏125), 誠, 서, 石국)

有功於萬民 是以赦之(乙 5 후-10)
有功於萬民 以此赦汝之罪貸汝之死(하, 羅, 石, 藏, 淵, 서, 石국)

自今勉悛舊惡 幸勿得罪於娘子也(乙 6 전-1)
汝自今勉自懲損永悛舊惡 幸勿得罪於娘子也(하, 羅, 石, 藏, 誠, 石국)

仍命曳出 太子屛息戢身(乙 6 전-1)
因出金瘡藥 付瘡處而送之 太子屛息戢身(하, 羅, 石, 藏, 淵, 誠, 서, 石국)

鼠竄而走 忽有祥光瑞氣(乙 6 전-2)
鼠竄而逃 忽有祥光瑞氣(하, 羅, 石, 藏126), 淵, 誠)

旋旗節鉞 自大空繽紛而下(乙 6 전-3)
旋旗節鉞 自太空繽紛而下(하, 羅, 石, 藏, 淵, 誠, 印)

知楊元帥破南海之兵 救公主之急(乙 6 전-5)
知楊元帥破南海太子 救貴主之急(하, 羅, 石, 藏, 誠, 서, 石국)

極欲躬謝於壁門之前(乙 6 전-5)

---

124) 나손본은 "縛致南海太子於前 太子俛首躞尾" 云云.

125) 장암본은 "捽至南海太子於前" 云云.

126) 장암본은 을사본과 동일.

極欲躬賀於壁門之前(하, 羅, 石, 藏, 淵, 誠, 서, 石국)

奉邀元帥 元帥暫屈焉(乙 6 전-6)
奉邀元帥 願帥暫行焉(하, 羅, 石, 藏127), 淵, 誠, 石국)

往返之間 日月累矣(乙 6 전-8)
往返之間 日月必多(하, 羅, 石, 藏, 誠, 石국)

將兵之人 何敢遠出(乙 6 전-9)
將兵之人 何可遠出(하, 羅128), 石, 藏, 淵, 誠)

楊元帥偸閑叩禪扉 公主微服訪閨秀(10회)

威令所及 何謝之有(乙 6 후-8)
威令所及 何謝之過(하, 羅129), 石, 藏, 誠, 羅b)

聞有條節 而與俗樂異矣(乙 6 후-9)
皆有條節 而與俗樂異矣(하, 羅, 石, 藏, 誠, 羅b, 石국)

手持釼戟 揮擊大鼓而進(乙 6 후-10)
手執釼戟 揮擊大鼓而進(하, 羅, 石, 藏, 淵, 誠, 羅b)

故改其名曰 元帥破軍樂也(乙 7 전-8)
故改其名曰 元帥破陣樂也(하, 羅, 石, 藏, 淵, 誠, 光, 羅b, 서, 石국)

---

127) 장암본은 "願元帥暫屈焉".

128) 나손본은 "何可遠出乎".

129) 나손본은 을사본과 동일.

尙書曰 蘭若必不遠(乙 8 전-3)

尙書曰 蘭若不遠矣(하, 羅, 石, 藏, 淵, 誠, 羅b, 石국)

方下殿 忽跌足驚覺(乙 8 전-9)

方下殿 忽跌足而驚(하, 羅, 石, 藏130), 淵, 誠)

因飮病卒 卽快愈矣(乙 8 후-4)

因飮病卒 卽快痊矣(하, 羅131), 石, 藏132), 誠133), 羅b134))

待其還來 卽拜丞相(乙 8 후-7)

待其還朝 卽拜丞相(하, 羅, 石, 藏, 淵, 誠, 羅b)

處治之道 實難得當(乙 8 후-9)

處置之道 實難得當(하, 羅, 石, 藏, 淵, 誠, 光, 羅b)

我欲與汝 相議爾(乙 9 전-6)

本欲與汝 相議爾(하, 羅, 石, 藏, 誠, 羅b, 서, 石국)

風彩文章 非獨卓出於朝神之列(乙 9 전-7)

風彩文學 非獨卓出於朝神之列(하, 羅135), 石, 藏136), 誠, 羅b)

---

130) 장암본은 "忽跌足而驚覺".

131) 나손본은 "卽皆快痊矣".

132) 장암본은 을사본과 동일.

133) 성암본은 "卽皆快痊矣".

134) 나손본(B)는 상동.

135) 나손본은 을사본과 동일.

136) 장암본은 을사본과 동일.

鄭女何可忌乎 但楊尙書(乙 9 후-3)
鄭女何可忌也 但楊尙書(하, 羅, 石, 藏, 誠, 羅b)

楊尙書成功還朝 則大可爲王(乙 9 후-6)
楊尙書成功還國 則大可爲王(하, 羅, 石, 藏)

小女亦知身地之尊重而右之聖帝明王(乙 10 전-1)
小女亦知身地之尊重矣右之聖帝明王(하, 羅, 石, 藏[137], 誠, 羅b)

其爲母者 豈無嘉悅之心哉(乙 10 전-9)
爲其母者 豈無嘉悅之心哉(하, 羅, 石, 藏, 淵, 誠, 羅b)

楊尙書小室賈孺人 奉小姐之命(乙 10 후-5)
楊尙書小室賈春雲 奉小姐之命(하, 羅, 石, 藏, 淵, 誠, 羅b)

黃門還來 以此奏進(乙 10 후-7)
黃門還來 以此奏達 進其小祝(하[138], 羅[139], 石, 藏, 淵, 誠[140], 羅b[141], 石국)

齋沐頓首 敬告于諸佛前(乙 11 전-4)
齋沐頓首 敬告于諸佛及菩薩座下(하, 羅, 石, 藏, 淵, 誠, 羅b, 서, 石국)

弟子已與楊家絶矣 但恨天意人事(乙 11 전-4)

---

137) 장암본은 을사본과 동일.

138) 하버드본은 "以此奏達 進其所祝".

139) 나손본은 상동.

140) 성암본은 "以此奏達 卽地進其小祝".

141) 나손본(b)는 상동.

弟子已與楊家絶矣 只恨天意人事(하, 羅, 石, 藏, 淵, 誠, 羅b)

自相乖戾 薄命之人(乙 11 전-4)
自相乖違 薄命之人(하, 羅, 石, 藏, 誠, 羅b)

乃敢薦誠於佛前 以告弟子之心誠(乙 12 전-1)
乃敢薦誠於佛前 以告弟子之心事(하, 羅, 石, 藏, 淵, 誠, 羅b, 石국)

此時鄭小姐侍其父母 悗容嬌色(乙 12 전-1)
此時鄭小姐侍其父母 婉容愉色(하, 羅142), 石, 藏143), 淵, 誠, 羅b)

盡日愛玩 嗟羨不已(乙 13 전-1)
盡日愛玩 嗟羨不止(하, 羅, 石, 藏, 誠, 羅b)

小女之身 與他人有異(乙 13 후-8)
小女之身 與他人自異(하, 羅144), 石, 藏, 淵, 誠, 羅b)

旣感且傷 敬謝之意(乙 14 전-6)
旣感且侈 敬謝之意(하, 羅, 石, 藏, 誠, 羅b)

常自嗟悗曰 男子迹遍四海(乙 14 전-8)
妾常自歎悗曰 男子迹遍四海(하, 羅145), 石, 藏, 誠, 羅b, 石국)

卽小妹方寸間 所素畜積者也(乙 14 후-5)

---

142) 나손본은 "婉容嬌色".
143) 장암본은 상동.
144) 나손본은 을사본과 동일.
145) 나손본은 "妾常自慨悗曰".

卽小妹方寸間 素所畜積者也(하, 羅, 石, 藏146), 淵, 誠, 羅b, 權)

吐心談話 款曲之情(乙 15 전-7)
吐心瀉肝 款曲之情(하, 羅, 石, 藏, 淵, 誠, 羅b, 石국)

小妹處身 異於他人(乙 15 후-1)
小妹處身 異於平人(하, 羅, 石, 藏147), 誠, 羅b, 石국)

楊尙書每言 華州秦御使女子(乙 15 후-6)
楊尙書每言 與華州秦御史女子(하, 羅, 石, 藏148), 淵, 誠, 羅b)

彼遭家禍 沒入掖庭(乙 16 전-2)
彼遭家禍 沒入宮禁(하, 羅, 石, 藏, 誠, 羅b, 石국)

其時病未能相接 至今慚歎(乙 16 전-7)
其時適有病憂 未接芳儀 慚歎至今(하, 羅, 石, 藏149), 淵, 誠, 羅b, 石국)

李小姐伏以對曰 小姪景慕(乙 16 전-7)
李小姐伏而對曰 小姪景慕(하, 羅150), 石, 藏151), 誠, 羅b)

氣已合矣 情亦密矣(乙 16 후-3)
氣已合矣 情已密矣(하, 羅, 石, 藏, 淵, 誠, 羅b, 石국)

---

146) 장암본은 을사본과 동일.
147) 장암본은 을사본과 동일.
148) 장암본은 을사본과 동일.
149) 장암본은 "其時適有病憂 未接芳儀 至今慚歎".
150) 나손본은 을사본과 동일.
151) 장암본은 을사본과 동일.

兩美人携手同車 長信宮七步成詩(11회)

兩美相從 結爲兄弟則好也(乙 16 후-9)
兩美相從 結爲兄弟則好矣(하, 羅, 石, 藏, 淵, 誠, 羅b)

小姐以春雲所傳秦氏事告曰(乙 16 후-9)
小姐以春雲所傳秦女事告曰(하, 羅, 石, 藏152), 淵, 誠, 羅b, 서, 石국)

何敢比之於此乎 以妾所聞言之(乙 17 전-2)
何敢比之於此乎 以小女所聞言之(하, 羅, 石, 藏, 淵, 誠, 羅b, 印, 서, 石국)

安知其必與李娘同符乎 小姐曰(乙 17 전-5)
安知其必與李娘相符乎 小姐曰(하, 羅, 石, 藏, 淵, 誠, 羅b, 石국)

不得已暫邀姐姐 乞得筆製(乙 17 후-10)
不得已暫邀小姐 乞得筆製(하, 羅, 石, 藏, 淵, 誠, 石국)

本不來往 而顧念此娘子所請(乙 18 전-3)
本不往來 而顧念此娘子所請(하, 羅, 石, 藏, 淵, 誠, 羅b)

一雲來去 似非難事(乙 18 전-4)
一雲往來 似非難事(하153), 羅154), 石, 藏, 淵, 誠, 石국)

日若曛黑 則持必似難(乙 18 전-10)
日若曛黑 則執必似難(하, 羅, 石, 藏, 淵, 誠, 羅b)

---

152) 장암본은 을사본과 동일.

153) 하버드본은 "一雲往返".

154) 나손본은 상동.

乘夕而還 亦如何耶(乙 18 후-2)
乘夕還歸 亦如何耶(하155), 羅, 石, 藏, 淵, 誠, 羅b)

李小姐久不出 乞文之言(乙 18 후-17)
李小姐更不出 乞文之言(하, 羅, 石, 藏, 淵, 誠, 羅b, 서, 石국)

當卽使姐姐奉玩矣 語畢(乙 18 후-9)
當卽使姐姐奉玩矣 語罷(하, 羅, 石, 藏, 誠, 羅b)

車馬之聲 喧聒於門外(乙 18 후-9)
車馬之聲 喧聒於門前(하, 羅, 石, 藏, 淵, 誠, 羅b, 石국)

遣薛尙宮王尙宮和尙宮 問安於貴主矣(乙 19 전-8)
遣王尙宮薛尙宮和尙宮 問安於貴主矣(하, 羅, 石, 藏, 淵, 誠, 羅b, 서, 石국)

太后娘娘 思想正切(乙 19 전-10)
太后娘娘 思想政切(하, 羅, 石, 藏, 淵, 誠, 羅b)

辭意極其懇至 姐姐勿固讓也(乙 20 전-1)
辭意極其勤懇 姐姐勿固讓也(하, 羅, 石, 藏156), 淵, 誠, 羅b, 石국)

呂尙渭川漁夫 文王共車(乙 20 전-3)
呂尙渭水漁翁 文王共車(하, 羅, 石, 藏, 淵, 誠, 羅b, 石국)

至挾門外下車 公主謂王尙宮曰(乙 20 전-7)

---

155) 하버드본은 "乘夕而還歸".

156) 장암본은 "辭意極懇".

至挾門外 公主與鄭小姐同下 謂王尙宮曰(하, 羅, 石, 藏, 淵, 誠, 羅b, 서,
石국)

相愛相約 結爲兄弟(乙 20 후-3)
相愛相許 約爲兄弟(하, 羅, 石, 藏, 淵, 誠, 羅b, 石국)

且願與汝齊體 共事少游(乙 21 전-9)
且願與爾齊體 共事少游(하, 羅, 石, 藏, 淵, 誠, 羅b)

前不見後不見也 特令使爾知之矣(乙 21 후-1)
前不見後不見也 特欲使爾知之矣(하157), 羅, 石, 藏, 淵, 誠, 羅b, 印)

聖敎又至於此 臣妾恐損福而死也(乙 22 후-2)
聖敎又至於此 臣妾恐損福而死矣(하, 羅, 石, 藏, 淵, 誠, 羅b)

公主大悅起謝曰 娘娘處分(乙 22 후-7)
公主大喜起謝曰 娘娘處分(하, 羅, 石, 藏, 淵, 誠, 羅b)

曾仍蘭陽聞汝有咏絮之才矣(乙 22 후-9)
曾因蘭陽聞汝有咏絮之才矣(하, 羅, 石, 藏, 淵, 誠, 羅b, 光)

小女亦欲與鄭氏 共試之(乙 23 전-4)
小女亦欲與鄭氏 共試其才矣(하, 羅, 石, 藏, 淵, 誠, 羅b, 石국)

宮女纔轉五步矣 太后先覽鄭氏(乙 23 후-2)
宮女纔轉五步矣 太后先見鄭小姐(하, 羅, 石, 藏, 淵, 誠, 羅b, 서, 石국)

---

157) 하버드본은 을사본과 동일.

公主之詩曰 春深宮掖百花繁(乙 23 후-6)
次見公主所作 其詩曰 春深宮掖百花繁(하, 羅, 石, 藏, 淵, 誠, 羅b, 서, 石국)

楊少游夢遊上界 賈春雲巧傳玉語(12회)

楊少游夢遊天門 賈春雲巧傳玉語(乙 24 전-5)
楊少游夢遊上界 賈春雲巧傳玉語(하, 羅, 石, 藏, 淵, 誠, 羅b, 서, 石국)

欲與同歸於楊家 此事果如何也(乙 24 후-1)
欲令同歸於楊家 此事果如何也(하, 羅, 石, 藏, 淵, 誠, 羅b)

自古深仁厚澤 未有及娘娘者也(乙 24 후-2)
自古深仁厚德 未有及娘娘者也(하, 羅, 石, 藏, 淵, 誠, 羅b)

彼之情勢 殊甚惻隱(乙 25 후-3)
彼之情勢 殊甚懇測(하, 羅, 石, 藏158))

其祖先皆本朝臣子 欲曲收其情(乙 25 후-4)
其祖先皆本朝臣子 欲曲邃其情(하, 羅, 石, 藏159), 淵, 誠160), 羅b161), 서)

太后顧兩公主 蘭陽曰(乙 25 후-5)
太后顧兩公主 公主曰(하, 羅, 石, 藏, 淵)

兒女與汝 有死生相隨之意(乙 25 후-8)

---

158) 장암본은 을사본과 동일.
159) 장암본은 "欲曲隨其情".
160) 성암본은 상동.
161) 나손본(b)은 상동.

女兒與汝 有死生相隨之意(하, 羅, 石, 藏, 淵, 誠, 羅b, 光, 서, 石국)

予令兩女 已作喜鵲之詩矣(乙 26 전-1)
予已令兩女 作喜鵲之詩矣(하, 羅, 石, 藏, 淵, 誠, 羅b, 石국)

可與同其慶 作其詩也(乙 26 전-2)
可與同其慶也 汝能作一首詩乎(하, 羅, 石, 藏, 淵, 誠, 羅b, 서, 石국)

本非吉語 取用甚難也(乙 26 전-10)
本非吉語 取用甚難矣(하162), 羅, 石, 藏, 誠, 羅b)

若爲秦氏 今日事而作也(乙 26 후-2)
若爲秦氏 今日事而準備者 此詩古亦無矣(하, 羅, 石163), 藏164))

古來女子中能詩者 惟班姬蔡女卓文君謝道蘊三四人而已(乙 26 후-3)
古來女子中能詩者 惟班婕妤卓文君蔡文姬謝道蘊蘇惹蘭四五人而已(하,
羅, 石, 藏, 淵, 서, 石국)

時日將暮 上歸外殿(乙 26 후-5)
時日將暮 上歸寢殿(하, 羅, 石, 藏, 誠, 羅b, 石국)

兩公主同退 宿於寢房(乙 26 후-6)
兩公主亦退 同宿於一房(하, 羅, 石, 藏, 淵, 誠, 羅b, 石국)

翌曉鷄鳴初 鄭氏入朝於太后(乙 26 후-6)

---

162) 하버드본은 을사본과 동일.

163) 석헌본은 "今日事作也 此詩古亦無矣".

164) 장암본은 "今日事矣而作也 此詩古無矣".

翌曉鷄初鳴 鄭氏入朝於太后(하, 羅, 石, 藏, 淵, 誠, 羅b)

卽下教於鄭府 使崔夫人入朝(乙 26 후-10)
卽傳教於鄭府 使崔夫人入朝(하, 羅, 石, 藏, 淵, 誠, 羅b, 서, 石국)

寡人前生之女子 今世誕生於夫人家矣(乙 27 전-5)
寡人前生之女子 今世誕出於夫人家矣(하, 羅, 石165), 藏166), 誠, 石국)

貴主累枉於蓬蓽之下 屈其尊體(乙 27 전-9)
貴主累枉於蓬蓽之中 屈其尊體(하, 羅, 石, 藏, 淵, 誠, 羅b)

下交賤息 仍與携入宮禁(乙 27 전-10)
下交賤息 仍與携入於禁中(하, 羅167), 石, 藏)

使被廣世之恩章 此葉於朽木(乙 27 전-10)
使被曠世之恩章 此葉於朽木(하168), 羅, 石, 藏, 淵, 誠, 羅b, 光)

太后以三人詩下之曰(乙 28 전-6)
太后命际以三人喜鵲詩曰(하, 羅, 石, 藏, 淵, 誠, 羅b, 서, 石국)

兩公主曰 吾聞賈女雖才(乙 28 전-10)
兩公主曰 雖聞賈女有才(하, 羅, 石, 藏, 淵, 誠, 羅b, 石국)

娘子仍何人而聞楊柳詞乎(乙 28 후-8)

---

165) 석헌본은 을사본과 동일.
166) 장암본은 을사본과 동일.
167) 나손본은 "仍與携入於宮中".
168) 하버드본은 을사본과 동일.

娘子因何人而聞楊柳詞乎(하, 羅, 石, 藏, 誠169), 羅b170))

妾身上釧釵指環 皆其日所得也(乙 29 전-3)
妾身上釵釧指環 皆其日所得也(하, 羅, 石, 藏, 淵, 羅b, 서, 石국)

復受旣退之幣 頗涉苟且(乙 29 전-7)
復受旣退之幣 頗涉苟簡(하, 羅, 石, 藏, 淵, 羅b, 서, 石국)

況英陽是吾女 兩女婚禮欲幷行於一日(乙 29 전-7)
況英陽是予女子 兩女婚禮欲幷行於一日(하, 羅, 石, 藏, 淵171), 誠, 羅b)

登崑崙山 立石頌大唐威德(乙 29 후-10)
登崑崙山 銘大唐威德(하, 羅, 石, 藏, 誠, 羅b, 石국)

子職虛矣 人道廢矣(乙 30 전-6)
子職虧矣 人道廢矣(하, 羅, 石, 藏, 淵, 誠, 羅b)

乃就枕而睡 一夢蘧蘧飛上天門(乙 30 후-1)
乃就寢而睡 一夢蘧蘧飛上天門(하172), 羅, 石, 藏, 淵, 誠, 羅b, 權)

面目雖慣 而不能記也(乙 31 전-4)
面目雖慣 而不能記得矣(하, 羅, 石, 藏, 淵, 誠, 羅b)

皆非吉兆 乃撫心自歎曰(乙 31 전-4)

---

169) 성암본은 "娘子曾何人而聞楊柳詞乎".
170) 나손본(b)는 상동.
171) 연민본은 "況英陽是予養女".
172) 하버드본은 을사본과 동일.

皆非吉徵 乃撫枕自歎曰(하, 羅, 石, 藏, 淵, 誠, 羅b)

或因相思之切 而有此夢耶(乙 31 전-7)
或以思想之切 而有此夢耶(하, 羅, 石, 藏, 淵, 誠, 羅b)

天子親臨渭橋 以迎之(乙 31 후-1)
天子親臨渭橋 以迎元帥(하, 羅, 石, 藏, 淵, 誠, 羅b, 石국)

封魏國公 食邑三萬戶(乙 31 후-9)
封魏國公 食邑三千戶(하, 羅, 石, 藏, 淵, 石국)

其餘賞賜 不可勝記(乙 31 후-9)
賞賜黃金一萬斤 白金十萬斤 蜀錦一萬疋 駿馬一千匹 其餘珍寶 不可勝記(하, 羅, 石, 藏, 淵, 誠, 羅b, 서, 石국)

自遭妹氏之喪 哀傷過節(乙 32 전-4)
自遭妹氏喪憾 哀傷過節(하, 羅, 石, 藏, 淵, 誠, 羅b, 서, 石국)

疾病頻作 氣力比前歲頓減(乙 32 전-5)
病恙頻作 氣力比前歲頓減(하, 羅, 石, 藏173), 淵, 誠, 羅b174))

丞相入見 愼勿出悲憾之言(乙 32 전-10)
丞相入見 愼勿出悲憾之語(하, 羅, 石, 藏, 淵, 誠, 羅b)

勉自排遣 丞相拭淚而謝之(乙 32 후-2)

173) 장암본은 "疾病頻多".
174) 나손본(b)은 "病恙頻作".

勉自排遣 丞相謝而拭淚(하, 羅, 石, 藏, 淵, 誠, 羅b, 서)

伏望寬心收淚 俯聽妾言(乙 33 전-2)
伏望寬心收淚 俯聽此春雲之言(하, 羅, 石, 藏, 淵, 誠, 羅b, 石국)

吾娘子本以天仙 暫時謫下(乙 33 전-2)
吾娘子本以天仙 暫時謫降(하, 羅, 石, 藏, 淵, 誠, 羅b, 서)

如念妾而悲懷 汝須以吾意傳之曰(乙 33 전-5)
如念妾而傷懷 汝以我意傳之曰(하, 羅175), 石, 藏, 淵, 誠, 石국)

禮幣已還 則便是行路人也(乙 33 전-5)
吾家旣還尙書禮幣 則便是行路人也(하, 羅, 石, 藏, 淵, 誠, 羅b, 서, 石국)

思念過度 悲哀逾制(乙 33 전-6)
尙書若思念過度 悲哀踰禮(하, 羅, 石, 藏, 淵, 誠, 羅b, 서, 石국)

則是待我 以無行之女子(乙 33 전-8)
則是待之 以無行之女子(하, 羅, 石, 藏, 淵, 誠, 羅b, 石국)

吾聞公主關雎之盛德(乙 33 전-10)
我聞公主關雎之盛德(하, 羅, 石, 藏, 淵, 誠, 羅b)

雖如此 我何能無悲懷耶(乙 33 후-2)
雖如此 吾何以抑此悲懷耶(하, 羅, 石, 藏, 淵, 誠, 羅b, 石국)

況小姐臨役 眷念少游也如此(乙 33 후-3)

---

175) 나손본은 "汝以我言傳之曰".

況小姐臨役 眷念少游至於此(하, 羅, 石, 藏, 淵, 誠, 羅b, 石국)

仍說眞州夢事 春雲下淚曰(乙 33 후-4)
仍說客舘夢小姐之事 春雲墮淚曰(하, 羅, 石, 藏, 淵, 誠, 羅b, 서, 石국)

雖有他言 不可以春雲之口(乙 33 후-7)
雖有他言 不敢以春雲之口(하, 羅, 石, 藏, 羅b)

尙書若不忘我 視春雲如吾(乙 33 후-9)
尙書若不忘吾 視春雲如吾(하, 羅, 石, 藏176), 淵, 誠, 羅b)

丞相尤悲曰 我何忍棄春娘乎(乙 34 전-1)
丞相尤悲曰 我何忍棄春娘也(하, 羅, 石, 藏, 淵, 誠, 羅b)

合卺席蘭英相諱名 獻壽筵鴻月雙擅場(13회)

含卺席蘭英相諱名 獻壽宴鴻月雙擅場(乙 34 전-3)
含卺席蘭英相諱名 獻壽筵鴻月雙擅場(하, 羅, 石, 藏, 淵, 誠, 羅b)

臣誠感殞 不知死所(乙 34 후-1)
臣誠感隕 不知死所(하177), 羅, 石, 藏, 淵, 誠, 羅b)

只隔數十日矣 上下敎於丞相曰(乙 34 후-6)
只隔若干日矣 上下於敎丞相曰(하, 羅, 石178), 藏, 淵, 誠, 羅b)

臣自被椒掖之揀 欲避無路(乙 34 후-10)

---

176) 장암본은 을사본과 동일.
177) 하버드본은 을사본과 동일.
178) 석헌본은 을사본과 동일.

臣自被椒掖之簡 欲避無路(하, 羅179), 石, 藏180), 誠, 羅b)

且宮人秦氏 世家士族也(乙 35 전-7)
且宮人秦氏 本士族也(하, 羅, 石, 藏, 淵, 誠, 羅b, 서, 石국)

事太后 以孝以至誠(乙 35 전-10)
事太后 以至孝至誠(하, 羅, 石181), 藏182), 淵, 誠, 羅b, 石국)

定次之日 冒居上座(乙 35 후-2)
定次之日 冒據上座(하, 羅183), 石, 藏, 淵, 誠, 羅b)

一向固辭 似外於娘娘之恩眷(乙 35 후-3)
一向固辭 似外於娘娘眷恤之恩(하, 羅, 石, 藏184), 淵, 誠, 羅b, 石국)

皇上及皇后 亦入侍太后(乙 36 후-1)
帝及皇后 亦入侍太后(하, 羅, 石, 藏185), 淵, 誠, 羅b)

淑人視丞相輒潸然垂涕(乙 36 후-3)
淑人仰視丞相輒泫然垂涕(하, 羅, 石, 藏, 淵, 誠, 羅b, 石국)

就執玉手而謂曰 君得非華陰秦氏乎(乙 36 후-6)

---

179) 나손본은 을사본과 동일.
180) 장암본은 을사본과 동일.
181) 석헌본은 "以孝以誠".
182) 장암본은 "以至孝以至誠".
183) 나손본은 을사본과 동일.
184) 장암본은 "似外於娘娘愛恤之恩".
185) 장암본은 누결.

就執玉手而謂曰 君得非華陰秦娘子乎(하, 羅, 石, 藏, 淵, 誠, 羅b, 서, 石국)

彩鳳無語轉咽 聲不出口(乙 36 후-7)
彩鳳欲語轉咽 聲不出口(하, 羅, 石, 藏, 淵, 誠, 羅b)

余欲無言 娘豈欲聽(乙 36 후-9)
予欲無言 君豈欲聽(하, 羅186), 石187), 藏, 淵, 誠, 羅b)

今日之得遂舊約 實是吾慮之所未及(乙 37 전-1)
今日之得遂舊約 實是吾慮之不及(하, 羅, 石, 藏, 淵188), 誠, 羅b)

亦豈娘子之所期乎 卽自囊裡(乙 37 전-1)
亦豈娘心之所期乎 卽自囊裡(하, 羅, 石, 藏189), 淵, 誠, 羅b, 石국)

共結舊日之約 而不知以紈扇詩(乙 37 전-5)
共結舊日之約 不知因紈扇詩(하, 羅, 石, 藏, 淵, 誠, 羅b)

身如失侶之鴈 心若中鉤之魚(乙 37 전-10)
身如失侶之鴈 心同中鉤之魚(하, 羅, 石, 藏, 淵, 羅b, 石국)

妾之薄命 妾亦自知(乙 37 후-3)
妾之命薄 妾亦自知(하, 羅, 石, 藏, 서, 石국)

妾亦自知 故曾送乳媼於客店也(乙 37 후-3)

---

186) 나손본은 을사본과 동일.

187) 석헌본은 "余欲無言".

188) 연민본은 "實是吾慮之所不及".

189) 장암본은 을사본과 동일.

妾亦自知 故曾送乳母於客店也(하, 羅, 石, 藏, 서, 石국)

郎若娶室 卽自願爲小室矣(乙 37 후-4)
郎君或已納聘 或已娶室 則妾欲自願爲小室矣(하, 羅190), 石191), 藏, 淵,
誠192), 羅b193), 石국)

貴主聲音容貌 恰似鄭氏女(乙 38 전-10)
貴主聲音容貌 恰似鄭家女子(하194), 羅, 石, 藏, 淵195), 誠196), 羅b197))

性品頗驕傲 不如妾之殘劣也(乙 38 후-2)
性品頗驕傲 不如妾之殘樊也(하, 羅, 石, 藏, 誠, 羅b, 石국)

相公比鄭女於姐姐 姐姐以此(乙 38 후-3)
相公比姐姐於鄭女 姐姐以此(하, 羅198), 石, 藏, 淵, 誠, 羅b, 서, 石국)

丞相卽使秦氏 謝罪曰(乙 38 후-3)
丞相卽使秦淑人 謝罪曰(하, 羅, 石, 藏, 淵, 誠, 羅b, 서, 石국)

少游被酒因醉妄發 貴主若出來(乙 38 후-4)

---

190) 나손본은 "妾固自願爲小室矣".
191) 석헌본은 "卽君或已納聘 或以娶室".
192) 성암본은 "卽君或以納聘 或以娶室".
193) 나손본(b)는 상동.
194) 하버드본은 누결.
195) 연민본은 "恰似鄭女".
196) 성암본은 "恰似鄭小姐".
197) 나손본(b)는 상동.
198) 나손본은 "相公比姐姐於鄭小姐".

少游酒後因醉妄發 貴主若出來(하, 羅, 石, 藏, 淵, 誠, 羅b, 서)

妾雖殘劣 卽太后娘娘之寵女(乙 38 후-8)
妾雖陋劣 卽太后娘娘之寵女(하, 羅, 石, 藏, 淵, 誠, 羅b, 石국)

鄭女雖奇 不過爲閭閻間賤微女子(乙 38 후-9)
鄭女雖奇 不過爲閭閻家賤微女子(하, 羅, 石, 藏199), 淵, 誠, 羅b, 石국)

況且鄭氏 曾不顧念(乙 39 전-2)
況且鄭女 曾不顧嫌(하, 羅, 石, 藏200), 淵, 誠, 羅b, 서, 石국)

卞其聲音於久別之餘(乙 39 전-8)
卞其聲音於久離之餘(하, 羅, 石, 藏, 淵, 誠, 羅b)

自此誓不出閨門之外 終身而死矣(乙 39 후-1)
自此誓不出閨門之外 終老而死矣(하, 羅, 石, 藏, 淵, 誠, 羅b)

蘭陽曰 妾當入去(乙 39 후-6)
蘭陽曰 妾當入內(하, 羅, 石, 藏, 淵, 誠, 羅b, 石국)

妾遊說百端 姐姐終不回心(乙 39 후-8)
妾遊說萬端 姐姐終不回心(하, 羅, 石, 藏, 誠, 羅b)

遂垂幌就枕 反側不安(乙 40 전-8)
遂垂幌就寢 反側不安(하, 羅, 石, 藏, 淵, 誠, 羅b, 光)

---

199) 장암본은 을사본과 동일.

200) 장암본은 "曾不顧念".

窺之則 秦淑人坐兩公主之前(乙 40 후-7)
窺之則 秦氏坐兩公主之前(하[201], 羅, 石, 藏, 淵, 誠, 羅b, 서, 石국)

必公主欲見而招來也(乙 41 전-2)
必公主欲見而呼來也(하, 羅, 石, 藏, 淵, 誠, 羅b)

娘子不勝 從我請也(乙 41 전-7)
娘子不勝 則從我所請之言也(하, 羅, 石, 藏, 淵, 誠, 羅b, 石국)

英陽曰 相公之見欺於春雲者多矣(乙 41 후-10)
英陽曰 相公之被欺於春娘者多矣(하, 羅, 石, 藏, 淵, 誠, 羅b)

無薪之突 烟豈生乎(乙 42 전-1)
無薪之堗 烟豈生乎(하, 羅[202], 石, 藏[203], 淵, 誠, 羅b)

直欲開窓突入 而旋止曰(乙 42 전-5)
直欲開戶突入 而旋止曰(하, 羅, 石, 藏, 淵, 誠, 羅b, 石국)

問於侍女曰 相公已起否(乙 42 전-7)
問於侍女曰 丞相已起否(하, 羅, 石, 藏, 淵, 誠, 羅b)

侍婢對曰 未也(乙 42 전-7)
侍婢答曰 未也(하, 羅[204], 石, 藏[205], 淵, 誠, 羅b, 서, 石국)

---

201) 하버드본은 "秦女坐兩公主之前".
202) 나손본은 을사본과 동일.
203) 장암본은 을사본과 동일.
204) 나손본은 "侍女對曰".
205) 장암본은 을사본과 동일.

且往往作讝言 秦氏問曰(乙 42 전-10)
且往往作讝語 秦氏問曰(하, 羅, 石, 藏, 淵, 誠, 羅b, 光, 權, 印, 서, 石국)

秦氏曰 丞相不知妾乎(乙 42 후-2)
秦氏曰 相公不知妾乎(하, 羅206), 石, 藏, 淵, 羅b)

然一夜之間 疾何疾也(乙 42 후-4)
然一夜之間 疾何病也(하, 羅, 石, 藏207), 誠, 羅b, 光, 權)

秦氏窃憫 使侍女告于兩公主(乙 42 후-6)
秦氏切憫 使侍女告於兩公主(하,羅,石,藏,淵,誠,羅b)

猶向暗裡 頻吐狂言(乙 42 후-9)
惟向暗裡 頻吐狂言(하, 羅, 石, 藏, 淵, 誠, 羅b, 石국)

蘭陽曰 相公何爲此言乎(乙 43 전-7)
蘭陽曰 相公不病而何爲因病將死者之言乎(하208), 羅, 石, 藏, 淵209), 誠, 羅b, 서, 石국)

去夜似夢非夢間 鄭氏來我(乙 43 전-7)
去夜似夢非夢間 鄭女來我(하, 羅, 石, 藏, 淵, 誠, 羅b, 서, 石국)

少游偏蒙異數 與兩位貴主結親(乙 43 후-9)

---

206) 나손본은 을사본과 동일.

207) 장암본은 "病何疾也".

208) 하버드본은 "相公不病而何爲因病爲死者之言乎".

209) 연민본은 "相公何以發如此言也".

少游偏蒙異數 幸與兩位公主結親(하, 羅, 石, 藏210), 淵, 誠, 羅b, 서, 石국)

百神護衛 渠何能入乎(乙 44 전-2)
百神護衛 渠安能入乎(하, 羅, 石, 藏, 淵, 誠, 羅b)

春雲亦憂丞相之疾(乙 44 후-9)
春雲亦憂丞相之病(하, 羅, 石, 藏, 淵, 誠, 羅b)

兩公主及淑人 退立於欄頭(乙 45 전-1)
兩公主與淑人 退立於欄頭(하, 羅, 石, 藏, 淵, 誠, 羅b, 서)

四人同入 丞相戴華陽巾(乙 45 전-3)
四人同入 丞相戴華陽冠(하, 羅, 石, 藏, 石국)

精神如秋水之澄徹 不似病起之人矣(乙 45 전-5)
精神如寒氷之澄徹 不似病起之人矣(하, 羅, 石, 藏, 淵, 誠, 羅b, 石국)

相公之氣 今則如何(乙 45 전-7)
相公之氣 今則何如(하, 羅, 石, 藏, 淵, 誠, 羅b)

公主稱謝曰 此盖姐姐徽儀柔德(乙 45 후-8)
公主稱謝曰 此皆姐姐徽儀柔德(하, 羅, 石, 藏)

時太后招宮人 問病狀 乃知托病之由 大笑曰(乙 45 후-9)
時太后招宮人 問丞相之病 淑人與宮人偕入 告丞相托病之由 太后大笑曰(하211), 羅, 石, 藏, 淵, 誠, 羅b, 서, 石국)

---

210) 장암본은 을사본과 동일.

211) 하버드본은 "問丞相之病 淑人與宮人同入 告丞相托病之由 太后大笑曰".

近作銅龍樓上驕客 吹玉簫(乙 46 전-7)
近作銅龍樓上嬌客 吹玉簫(하, 羅212), 石, 藏213))

老母臨行送之日 門戶殘矣(乙 46 후-6)
老母臨門而送之日 門戶殘矣(하, 羅, 石, 藏, 淵, 誠, 羅b)

不幸當之矣 至於錦孾抄簡(乙 47 전-7)
不幸當之矣 至於禁孾妙簡(하, 羅, 石, 藏214), 誠, 羅b, 權)

尤非閭巷賤身 所敢當者(乙 47 전-8)
尤非閭巷賤臣 所敢當者(하, 羅, 石, 藏215), 淵, 誠, 羅b, 光, 權)

特賜黃金千斤 綵帛八百匹(乙 48 전-5)
特賜黃金千斤 綵帛八百疋(하, 羅, 石, 藏, 淵, 誠, 羅b)

登瓊筵 拂藕腸之輕衫(乙 50 전-6)
登錦筵 拂藕腸之輕衫(하, 羅, 石, 藏, 淵, 誠, 羅b, 서)

樂遊原會獵鬪春色 油壁車招搖占風光(14회)

樂遊園會獵鬪春色 油碧車招搖占風光(乙 50 후-1)
樂遊原會獵鬪春色 油壁車招搖占風光(하, 羅, 石216), 藏, 淵, 誠, 羅b)

一日兩公主與諸娘 陪大夫人而坐(乙 51 후-4)

---

212) 나손본은 을사본과 동일.
213) 장암본은 을사본과 동일.
214) 장암본은 을사본과 동일.
215) 장암본은 을사본과 동일.
216) 석헌본은 을사본과 동일.

一日兩公主與諸娘 侍大夫人而坐(하, 羅, 石217), 藏218), 淵, 誠, 羅b)

今賴皇上盛聖 丞相偉功(乙 51 후-10)
今賴皇上聖德 丞相偉功(하, 羅, 石, 藏, 淵, 誠, 羅b)

武昌玉燕 鳴於九州(乙 52 후-7)
武昌玉燕 名於九州(하, 羅, 石219), 藏, 淵, 誠, 羅b, 權, 石국)

願娘娘問策於狄娘 妾本來膽弱(乙 53 전-7)
願娘娘問策於鴻娘 妾本來膽弱(하, 羅, 石220), 藏, 淵, 誠, 羅b)

爲雲爲雨之楚臺神女(乙 53 후-2)
爲雲爲雨之巫山神女(하, 羅, 石221), 藏, 淵, 誠, 羅b, 서, 石국)

則或有一毫自歉之心(乙 53 후-2)
則或有一分自歉之心(하, 羅, 石, 藏, 淵, 誠, 羅b, 印, 서, 石국)

所謂觀太山 而泛滄海者也(乙 53 후-6)
所謂觀泰山 而泛滄海者也(하, 羅, 石222), 藏, 誠, 羅b, 印, 石국)

驚鴻笑曰 信乎人心之不可測也(乙 54 전-6)
鴻娘笑曰 信乎人心之不可測也(하, 羅, 石223), 藏, 誠, 羅b, 印)

---

217) 석헌본은 을사본과 동일.
218) 장암본은 을사본과 동일.
219) 석헌본은 을사본과 동일.
220) 석헌본은 을사본과 동일.
221) 석헌본은 을사본과 동일.
222) 석헌본은 을사본과 동일.
223) 석헌본은 을사본과 동일.

譽之如月殿姮娥 今乃毁之(乙 54 전-7)

稱譽妾身如月殿姮娥 今乃毁之(하, 羅, 石²²⁴⁾, 藏, 淵, 誠, 羅b, 印, 서)

女子以男服欺人者 必無女子之姿態也(乙 54 후-2)

女子以男服欺人者 必無婦女之姿態也(하, 羅, 石²²⁵⁾, 藏, 淵, 誠, 羅b, 印, 서)

夫人一雙眸子 亦不淸明(乙 54 후-5)

夫人一雙星眸 亦不淸明(하, 羅, 石²²⁶⁾, 藏, 誠²²⁷⁾, 羅b²²⁸⁾)

不可全恃吾兩人 賈孺人亦同往如何(乙 54 후-9)

不可專恃吾兩人 賈孺人亦同往如何(하, 羅, 石²²⁹⁾, 藏, 淵, 誠, 羅b, 印, 서)

貽憂於兩嫡也 春雲決不可往矣(乙 55 전-6)

遺憂於兩嫡也 春雲決不可往矣(하, 羅, 石²³⁰⁾, 藏, 淵, 誠, 羅b, 印, 서)

乃蓬頭垢面也 然則人皆大驚大吒(乙 55 후-1)

乃蓬頭垢面也 然則人必大驚大吒(하, 羅, 石²³¹⁾, 藏, 淵, 誠, 羅b, 印)

今欲以西施 而爲無鹽(乙 55 후-5)

今欲以西子 而爲無鹽(하, 羅, 石, 藏, 淵, 誠, 羅b, 印, 서)

---

224) 석헌본은 을사본과 동일.
225) 석헌본은 을사본과 동일.
226) 석헌본은 을사본과 동일.
227) 성암본은 "夫人一雙明眸".
228) 나손본(b)는 상동.
229) 석헌본은 을사본과 동일.
230) 석헌본은 을사본과 동일.
231) 석헌본은 을사본과 동일.

卽召頭妓而言曰 明日丞相與越王(乙 55 후-8)
卽召頭妓而言曰 明日相公與越王(하, 羅, 石232), 藏, 淵, 誠, 羅b, 印, 石국)

兩部諸妓 須持樂器(乙 55 후-9)
兩部諸妓 各持樂器(하, 羅, 石, 藏, 淵, 誠, 羅b, 印, 石국)

八百紅粧 皆乘駿驄(乙 56 전-5)
八百紅粧 皆騎駿驄(하, 羅, 石233), 藏, 淵, 誠, 羅b, 印)

丞相笑曰 汝姑勿放 卽抽箭翻身仰射 中鵝左目(乙 57 전-6)
丞相笑曰 姑勿放鷹 卽抽出金鞞箭於腰間 翻身仰射 中天鵝左目(하, 羅, 石234), 藏, 淵, 誠, 羅b, 印, 서)

已涉大野 而曾高丘矣(乙 57 전-9)
已涉大野 而曾高阜矣(하, 羅, 石235), 藏236), 淵, 誠, 羅b, 印)

仍論射法釰術 娓娓不止(乙 57 전-10)
仍論射法釰術 亹亹不止(하, 羅, 石237), 藏, 淵, 誠, 羅b, 印)

拔所佩寶刀 割肉炙啗(乙 57 후-1)
拔所佩寶刀 割肉煮啗(하, 羅, 石238), 藏, 淵, 誠, 羅b, 印)

---

232) 석헌본은 을사본과 동일.
233) 석헌본은 을사본과 동일.
234) 석헌본은 을사본과 동일.
235) 석헌본은 을사본과 동일.
236) 장암본은 을사본과 동일.
237) 석헌본은 을사본과 동일.
238) 석헌본은 을사본과 동일.

御鞍鳴鼓立平坡(乙 57 후-10)
御鞍鳴釖立平坡(하239), 羅, 石240), 藏241), 淵, 誠, 羅b, 印)

區區微誠　無以自效(乙 58 후-1)
區區賤誠　無以自效(하, 羅, 石242), 藏, 淵243), 誠244), 羅b245), 印, 石국)

或歌或舞　獻壽於丞相如何(乙 58 후-2)
或歌或舞　獻酌於丞相如何(하, 羅, 石246), 藏, 印)

少游侍妾數人　亦有爲觀盛會而來者(乙 58 후-4)
少游小妾數人　亦有爲觀盛會而來者(하, 羅, 石247), 藏248), 淵, 誠, 羅b, 서, 石국)

適至洛陽　渠自從之(乙 59 전-6)
適過洛陽　渠自從之(하, 羅, 石249), 藏250), 淵, 誠, 羅b, 서, 石국)

雖諸生奴僕　未有如少游之病弊者(乙 59 후-7)

---

239) 하버드본은 “御鞍鳴金立平坡”.
240) 석헌본은 을사본과 동일.
241) 장암본은 을사본과 동일.
242) 석헌본은 을사본과 동일.
243) 연민본은 “區區淺誠”.
244) 성암본은 “區區殘誠”.
245) 나손본(b)는 상동.
246) 석헌본은 을사본과 동일.
247) 석헌본은 을사본과 동일.
248) 장암본은 을사본과 동일.
249) 석헌본은 을사본과 동일.
250) 장암본은 을사본과 동일.

雖諸生僕隷 未有如少游之病弊者(하, 羅, 石251), 藏, 淵, 誠252), 羅b253), 印)

拾掇荒蕪之詞 不知其詩意何如(乙 59 후-8)
拾掇荒蕪之語 構成一詩 不記其詩意何如(하, 羅, 石254), 藏, 淵, 誠, 羅b, 印, 石국)

則當讓與桂娘於其人(乙 60 전-1)
則當讓與蟾娘於其人(하, 羅, 石255), 藏, 淵, 誠, 羅b, 印)

與越王宮四美人 迭舞交歌(乙 60 후-3)
與越宮四美人 迭歌交舞(하, 羅256), 石257), 藏, 淵, 誠, 羅b, 印, 石국)

丞相大喜 命揀能爲弓馬者數十人(乙 60 후-9)
丞相大喜 命揀能習弓矢者數十人(하, 羅, 石258), 藏259), 淵, 誠, 羅b, 印, 石국)

使與越宮娥賭勝 驚鴻起告曰(乙 60 후-10)
與越宮善射者賭勝 驚鴻起告曰(하, 羅, 石260), 藏, 淵, 誠, 羅b, 印, 서, 石국)

---

251) 석헌본은 을사본과 동일.
252) 성암본은 "雖諸生僮僕".
253) 나손본(b)는 상동.
254) 석헌본은 을사본과 동일.
255) 석헌본은 을사본과 동일.
256) 나손본은 "與越王四美人".
257) 석헌본은 을사본과 동일.
258) 석헌본은 을사본과 동일.
259) 장암본은 "命揀能習弓馬者數十人".
260) 석헌본은 을사본과 동일.

驚鴻轉身還馳 下於帳外(乙 61 전-1)
驚鴻轉馬還馳 下於帳外(하, 羅, 石261), 藏262), 誠, 羅b, 印, 서, 石국)

兩處射女 所殪雉兔亦多矣(乙 61 전-7)
兩家射女 所殪雉兔亦多矣(하, 羅, 石263), 藏264), 淵, 誠, 羅b, 光, 權)

吾兩人 雖不讓於越宮美女(乙 61 전-10)
吾兩人 雖不讓於越宮美人(하, 羅, 石265), 藏266), 淵, 誠, 羅b, 印)

豈不能壓倒雲仙輩乎 咄咄不已矣(乙 61 전-12)
豈不能壓倒雲仙輩乎 咄咄嗟惋矣(하, 羅, 石267), 藏, 淵, 誠, 羅b, 印)

驅油壁車 轉行於綠陰芳草之上(乙 61 후-1)
驅油壁車 轉行於落花芳草之上(하, 羅, 石268), 藏, 淵, 誠, 羅b, 印, 서, 石국)

門卒入告於丞相 丞相曰(乙 61 후-3)
軍卒入告於丞相 丞相曰(하, 羅, 石269), 藏, 淵, 誠, 羅b, 印, 石국)

卽命召入兩娘子 捲珠箔自車中而出(乙 61 후-5)
卽召入兩女子 捲珠箔自車中而出(하, 羅, 石270), 藏, 淵, 誠, 羅b, 印)

---

261) 석헌본은 을사본과 동일.
262) 장암본은 누결.
263) 석헌본은 을사본과 동일.
264) 장암본은 을사본과 동일.
265) 석헌본은 을사본과 동일.
266) 장암본은 을사본과 동일.
267) 석헌본은 을사본과 동일.
268) 석헌본은 을사본과 동일.
269) 석헌본은 을사본과 동일.

近因多事 未及率來(乙 61 후-9)
近緣多事 未及率來(하, 羅, 石271), 藏, 淵, 誠, 羅b, 印)

欲觀盛會而至矣 王更見兩人(乙 61 후-10)
欲觀盛擧而至矣 王更見兩人(하, 羅, 石272), 藏273), 淵, 誠, 羅b, 印, 石국)

兩娘何姓名也 何地人耶(乙 62 전-3)
兩娘何姓名也 何地人也(하, 羅, 石274), 藏, 淵, 誠, 羅b, 印, 光)

當擇諸姬中 便捷善舞者而送之(乙 63 전-2)
當擇美人中 便捷善舞者而送之(하, 羅, 石275), 藏276), 淵, 誠, 羅b, 印, 石국)

風淸月白 則寶瑟之聲(乙 63 전-5)
月明風淸 則寶瑟之聲(하, 羅, 石277), 藏, 誠, 羅b, 印, 서, 石국)

枝上病葉 紛紛交墜(乙 63 후-2)
枝上病葉 紛紛亂墜(하, 羅, 石278), 藏, 淵, 誠, 羅b, 印, 石국)

俗人亦可學此曲歟 凌波曰(乙 63 후-5)
俗人亦可學此曲乎 凌波曰(하, 羅, 石279), 藏280), 淵, 誠, 羅b, 印)

---

270) 석헌본은 을사본과 동일.
271) 석헌본은 을사본과 동일.
272) 석헌본은 을사본과 동일.
273) 장암본은 을사본과 동일.
274) 석헌본은 을사본과 동일.
275) 석헌본은 을사본과 동일.
276) 장암본은 을사본과 동일.
277) 석헌본은 을사본과 동일.
278) 석헌본은 을사본과 동일.

駙馬罰飮金戹洒 聖主恩借翠微宮(15회)

駙馬罰飮金屈戹 聖主恩借翠微宮(乙 63 后-8)
駙馬罰飮金戹酒 聖主恩借翠微宮(하, 羅, 石281), 藏, 淵, 誠, 羅b, 印, 서, 石국)

入城門 鍾聲聞矣(乙 64 전-2)
纔入城門 鍾欲動矣(하, 羅, 石282), 藏, 淵, 誠, 羅b, 印, 石국)

窸窣之聲 聞於暗塵之外(乙 64 전-4)
窸窣之聲 聞於暗塵之中矣(하, 羅, 石283), 藏, 淵, 誠, 羅b, 印, 石국)

此時兩公主與秦賈兩娘 陪大夫人(乙 64 전-7)
此時兩公主與秦氏賈氏 陪大夫人(하284), 羅, 石285), 藏286), 淵, 誠, 羅b,
印, 서)

故吾每以曾未見爲恨矣(乙 64 전-10)
故吾每以未卽相見爲恨矣(하, 羅, 石287), 藏, 淵, 誠, 羅b, 印, 石국)
兩之來 何太晚耶(乙 64 전-10)
兩娘之來 何太晚也(하, 羅, 石288), 藏, 淵, 誠, 羅b, 印)

---

279) 석헌본은 을사본과 동일.

280) 장암본은 "俗人亦可學此曲耶".

281) 석헌본은 을사본과 동일.

282) 석헌본은 을사본과 동일.

283) 석헌본은 을사본과 동일.

284) 하버드본은 "此時兩公主與秦氏賈女".

285) 석헌본은 을사본과 동일.

286) 장암본은 "此時兩公主與秦賈兩姬".

287) 석헌본은 을사본과 동일.

288) 석헌본은 을사본과 동일.

皆稱兩公主 有關雎喬木之德(乙 64 후-3)

皆稱兩夫人 有關雎樛木之德(하, 羅, 石289), 藏, 淵, 誠, 羅b, 印, 서, 石국)

叨參盛事 獲承下誨(乙 64 후-5)

叨參盛筵 獲承下誨(하, 羅, 石, 藏290), 淵, 誠, 羅b, 印, 서, 石국)

驚鴻答曰 蟾娘笑妾大言矣(乙 65 전-1)

鴻娘答曰 蟾娘笑妾大言矣(하, 羅, 石291), 藏, 淵, 誠, 羅b, 印, 石국)

蟾月曰 鴻娘弓馬之才(乙 65 전-6)

蟾娘曰 鴻娘弓馬之才(하, 羅, 石292), 藏293), 淵, 誠, 羅b, 印)

兩娘子仙貌仙才也 何足爲鴻娘之功乎(乙 65 전-9)

兩娘子之仙貌仙才 何足爲鴻娘之功乎(하, 羅, 石294), 藏295), 淵, 誠, 羅b, 印)

臣非公主不能自知 問于公主(乙 66 전-5)

臣非公主不能自知 願問於公主(하, 羅, 石296), 藏, 淵, 誠, 羅b, 印)

使越王代草問目 有曰(乙 66 후-5)

使越王代草問目 詰於少游 其問目曰(하, 羅297), 石298), 藏, 淵, 誠, 羅b, 印)

---

289) 석헌본은 을사본과 동일.

290) 장암본은 "叨參會勝".

291) 석헌본은 을사본과 동일.

292) 석헌본은 을사본과 동일.

293) 장암본은 을사본과 동일.

294) 석헌본은 을사본과 동일.

295) 장암본은 "兩娘子之仙貌仙才也".

296) 석헌본은 을사본과 동일.

溢於盛滿 不知自檢之失(乙 67 후-2)

溢於盛滿 不自檢飭之失(하, 羅, 石299), 藏, 淵, 誠, 羅b, 印)

小妾桂狄沈白四介女(乙 67 후-2)

小妾桂氏狄氏沈氏白氏四人(하, 羅, 石300), 藏, 淵301), 誠, 羅b, 印302))

丞相着急 乃叩頭謝罪(乙 68 전-5)

丞相着急 乃叩頭奏曰 臣罪萬死無惜 而自古有罪者 有援用功議之規 臣
猥仗皇上威德 南服三鎭 西平吐蕃 其功亦不輕矣 伏願娘娘以功贖罪(하,
羅, 石303), 藏304), 淵, 誠, 羅b, 印, 서)

太后又笑曰 楊郎眞社稷臣也(乙 68 전-5)

太后大笑曰 楊郎眞社稷臣也(하, 羅, 石305), 藏, 淵, 誠, 羅b, 印, 서)

連飮數斗 安得不醉乎(乙 68 전-10)

連飮累斗 安得不醉乎(하, 羅, 石306), 藏, 淵, 誠, 羅b, 印)

仍欲起而仆之 太后大笑(乙 68 후-3)

---

297) 나손본은 "詰少游曰".
298) 석헌본은 을사본과 동일.
299) 석헌본은 을사본과 동일.
300) 석헌본은 을사본과 동일.
301) 연민본은 "小妾桂氏狄氏沈氏白氏四女".
302) 인권환본은 상동.
303) 석헌본은 을사본과 동일.
304) 장암본은 "臣罪萬死無惜……伏願太后娘娘以功贖罪".
305) 석헌본은 을사본과 동일.
306) 석헌본은 을사본과 동일.

仍欲起立輒頹仆於席上 太后大笑(하, 羅, 石307), 藏308), 淵, 誠, 羅b, 印, 石국)

丞相爲酒所困 氣必不平(乙 68 후-4)
楊郎必爲酒所困 有不平之氣(하, 羅, 石309), 藏, 淵, 誠, 羅b, 印, 서, 石국)

大夫人張燭堂上 方待丞相(乙 68 후-5)
大夫人張燈堂上 方待丞相(하, 羅, 石310), 藏311), 淵, 誠, 羅b, 印)

何今過醉耶 丞相以醉眼(乙 68 후-7)
今何過醉也 丞相以醉眼(하312), 羅313), 石314), 藏, 淵, 誠, 羅b, 印)

丞相以醉眼 怒視公主(乙 68 후-8)
丞相以醉眼 睨視公主(하, 羅, 石315), 藏, 淵, 誠, 羅b, 印)

小子雖善爲談辭 僅得淸脫(乙 68 후-8)
小子將滔於不測 以兒子善爲辭說 僅得淸脫(하316), 羅, 石317), 藏318), 淵,

---

307) 석헌본은 을사본과 동일.

308) 장암본은 "仍欲起於席上而置仆".

309) 석헌본은 을사본과 동일.

310) 석헌본은 을사본과 동일.

311) 장암본은 을사본과 동일.

312) 하버드본은 "今何過醉耶".

313) 나손본은 "今何過醉之至此也".

314) 석헌본은 을사본과 동일.

315) 석헌본은 을사본과 동일.

316) 하버드본은 "小子爲滔於不測 以兒子善爲辭說".

317) 석헌본은 을사본과 동일.

318) 장암본은 "小子將滔於不測矣 以兒子善爲辭說".

誠, 羅b, 印, 서)

挑於太后 罰以毒酒(乙 68 후-9)
挑於太后 以毒酒罰之(하, 羅, 石319), 藏, 淵, 誠, 羅b, 印, 서)

執盃欲飮 丞相忽然生疑(乙 69 전-7)
執觴欲飮 丞相忽然生疑(하, 羅320), 石321), 藏, 淵, 誠, 羅b, 印)

不參樂園之會 獨免此罰(乙 70 전-6)
不參樂原之會 獨免此罰(하, 羅, 石, 藏, 淵, 誠, 羅b, 印, 光, 權)

公主素不飮酒 酒後之氣何如(乙 70 후-3)
公主素不飮酒 酒後之氣如何(하, 羅, 石322), 藏, 淵, 誠, 羅b, 印)

仍使春雲酌酒而來 把酒而言曰(乙 70 후-4)
仍使春雲酌酒而來 把盃而言曰(하, 羅, 石323), 藏, 淵, 誠, 羅b, 印)

桂娘子狄娘子 妬小妾有寵矣(乙 71 전-4)
桂娘子狄娘子 妬小妾專寵矣(하, 羅, 石, 藏, 淵, 誠, 羅b, 印, 서)

此雖諸夫人聖德 能致一家之和(乙 71 후-9)
此雖諸人盛德　能致一家之和(하324), 羅, 石325), 藏326), 淵, 誠, 羅b, 印)

---

319) 석헌본은 을사본과 동일.
320) 나손본은 을사본과 동일.
321) 석헌본은 을사본과 동일.
322) 석헌본은 을사본과 동일.
323) 석헌본은 을사본과 동일.
324) 하버드본은 "此雖諸人聖德".
325) 석헌본은 을사본과 동일.

本家之女 尊卑絶矣(乙 72 전-9)

東家之女 尊卑絶矣(하, 羅, 石327), 藏, 淵, 誠, 羅b, 印)

維年月日 弟子鄭氏瓊貝(乙 72 후-3)

維年月日 弟子瓊貝鄭氏(하, 羅, 石328), 藏, 淵, 誠, 羅b, 印)

比之於物 一枝之化(乙 72 후-10)

比之於物 一樹之化(하, 羅, 石329), 藏, 淵, 誠, 羅b, 印)

兩夫人以妹子呼之 此後六娘子 雖自守名分 不敢以兄弟稱號(乙 73 후-1)
此後六娘子 雖自守名分 不敢以兄弟稱號 而兩夫人以妹子呼之(하, 羅, 石330), 藏, 淵, 誠, 羅b, 印, 光, 서, 石국)

而恩愛愈密 八人皆各有子女(乙 73 후-2)

恩愛愈密矣 八人皆各有子女(하, 羅, 石331), 藏, 淵, 誠, 羅b, 印)

兩夫人及春雲蟾月裊烟驚鴻生男子(乙 73 후-3)

兩夫人及春雲裊烟蟾月驚鴻生男子(하332), 羅, 石333), 藏, 淵, 誠, 羅b, 印)

泰極丕至 天道之恒(乙 73 후-9)

泰極否至 天道之恒(하, 羅, 石, 藏, 淵, 誠, 羅b, 光)

---

326) 장암본은 을사본과 동일.

327) 석헌본은 을사본과 동일.

328) 석헌본은 을사본과 동일.

329) 석헌본은 을사본과 동일.

330) 석헌본은 을사본과 동일.

331) 석헌본은 을사본과 동일.

332) 하버드본은 "兩夫人春娘裊烟蟾月驚鴻生男子".

333) 석헌본은 을사본과 동일.

丞相悲悼之情 不下於鄭夫人(乙 74 전-3)
丞相悲悼之情 不下於柳夫人矣(하, 羅, 石334), 藏335), 誠, 羅b, 石국)

其次曰次卿 狄氏出也(乙 74 전-5)
第二子名次卿 狄氏出也(하, 羅, 石336), 藏337), 淵, 誠, 羅b, 印, 서, 石국)

次曰舜卿 賈氏出也(乙 74 전-5)
第三子名舜卿 賈氏出也(하, 羅, 石338), 藏339), 淵, 誠, 羅b, 印, 서, 石국)

次曰季卿 蘭陽公主出也(乙 74 전-6)
第四子名季卿 蘭陽公主出也(하, 羅, 石340), 藏341), 淵, 誠, 羅b, 印, 서, 石국)

次曰五卿 桂氏出也(乙 74 전-7)
第五子名五卿 桂氏出也(하, 羅, 石342), 藏343), 淵, 誠, 羅b, 印, 서, 石국)

次曰致卿 沈氏出也(乙 74 전-8)
第六子名致卿 沈氏出也(하, 羅, 石344), 藏345), 淵, 誠, 羅b, 印, 서, 石국)

---

334) 석헌본은 을사본과 동일.
335) 장암본은 을사본과 동일.
336) 석헌본은 을사본과 동일.
337) 장암본은 을사본과 동일.
338) 석헌본은 을사본과 동일.
339) 장암본은 을사본과 동일.
340) 석헌본은 을사본과 동일.
341) 장암본은 을사본과 동일.
342) 석헌본은 을사본과 동일.
343) 장암본은 을사본과 동일.
344) 석헌본은 을사본과 동일.
345) 장암본은 을사본과 동일.

誠歷千古絶百代 而所未聞也(乙 74 후-6)
誠歷萬古絶百代 而所未聞也(하, 羅, 石, 藏, 淵, 誠, 羅b, 印)

臣某 謹頓首百拜(乙 74 후-8)
丞相魏國公駙馬都尉臣楊少游 謹頓首百拜(하, 羅, 石346), 藏, 淵, 誠, 羅b, 印)

豈非人心之所艷慕 時俗之所傾奪者乎(乙 75 전-3)
豈非人心之所艷慕 時俗之所爭奪者乎(하, 羅, 石347), 藏, 淵, 誠, 羅b, 印)

不知盛滿之戒 時所共爭(乙 75 전-3)
不知履盛之戒 衆所共爭(하, 羅, 石348), 藏, 淵, 誠, 羅b, 印)

此廣受所以決勇退之志也(乙 75 전-4)
此廣受所以決勇退之計也(하, 羅, 石349), 藏, 淵, 誠350), 羅b351), 印)

以貽聖主之辱 下而乖賤臣之分(乙 75 후-2)
以貽聖朝之辱 下而乖賤臣之分(하, 羅, 石352), 藏, 淵, 誠, 羅b, 印)

天休滋至 年谷累登(乙 76 전-2)
天休滋至 年穀頻登(하, 羅353), 石354), 藏, 淵, 誠, 羅b, 印)

---

346) 석헌본은 을사본과 동일.
347) 석헌본은 을사본과 동일.
348) 석헌본은 을사본과 동일.
349) 석헌본은 을사본과 동일.
350) 성암본은 "不知滅隕則誰稱廣受所以決勇退之計哉".
351) 나손본(b)는 상동.
352) 석헌본은 을사본과 동일.

容顔不衰 時人皆以仙人擬之(乙 77 전-8)

容顔不衰 時人皆以仙人疑之(하, 羅, 石, 藏, 淵, 誠, 羅b, 서)

楊丞相登高望遠 眞上人返本還元(16회)

晩年淸果之朴 令人起羡(乙 78 전-4)

晩年淸閑之福 令人起羡(하, 羅, 石, 藏, 淵, 誠, 羅b, 印, 서, 石국)

以賞秋景 相對暢飮(乙 78 후-1)

以賞秋景 乃斥珍羞屛管絃 使春雲挈果榼 使蟾月携玉壺滿酌泛菊 與妻
妾以次暢飮(하, 羅355), 石356), 藏, 淵357), 誠, 羅b, 印358), 서, 石국)

丞相手把玉簫 自吹一曲(乙 78 후-3)

丞相手把玉簫 自吹數曲(하, 羅, 石359), 藏360), 淵, 誠, 羅b, 서, 石국)

如怨如訴 如泣如思(乙 78 후-3)

如怨如思 如泣如訴(하, 羅, 石, 藏, 誠, 羅b, 石국)

伯王在帳中 與虞美人唱歌怨別(乙 78 후-4)

霸王在帳中 與虞美人唱歌怨別(하361), 羅, 石362), 藏, 서, 石국)

---

353) 나손본은 "年穀屢登".

354) 석헌본은 을사본과 동일.

355) 나손본은 "乃斥珍羞屛管絃……與妻妾以此暢飮".

356) 석헌본은 을사본과 동일.

357) 연민본은 "乃斥珍羞屛管絃……與妻妾以此暢飮".

358) 인권환본은 상동.

359) 석헌본은 을사본과 동일.

360) 장암본은 을사본과 동일.

玉人滿座 之亦人生之樂事(乙 78 후-7)
玉人滿座 是亦人生樂事(하, 羅, 石363), 藏364), 誠, 羅b, 印)

今日之簫聲 非舊日之聞何也(乙 78 후-8)
今日之簫聲 非昔日之吹簫也(하, 羅, 石365), 藏366), 淵, 誠, 羅b, 印, 서, 石국)

丞相乃投玉簫 徒倚欄頭(乙 78 후-9)
丞相乃投玉簫 與八人徒倚欄干(하, 羅, 石367), 藏, 淵, 誠, 羅b, 印, 서, 石국)

平郊四廣 積嶺獨立(乙 78 후-10)
平郊四曠 積嶺獨立(하, 羅, 石368), 藏369), 淵)

且有明月 自來自去(乙 79 전-3)
只有明月 自來自去(하, 羅, 石370), 藏371))

男女以緣而會 緣盡而散(乙 79 전-9)
男女以緣而會 緣盡而歸(하, 羅, 石372), 藏, 淵, 誠, 羅b, 印, 서, 石국)

---

361) 하버드본은 "項霸王在帳中".
362) 석헌본은 을사본과 동일.
363) 석헌본은 을사본과 동일.
364) 장암본은 "是亦人生之樂事".
365) 석헌본은 을사본과 동일.
366) 장암본은 "非昔日之聞何也".
367) 석헌본은 을사본과 동일.
368) 석헌본은 을사본과 동일.
369) 장암본은 을사본과 동일.
370) 석헌본은 을사본과 동일.
371) 장암본은 을사본과 동일.

必有樵童牧兒 悲歌暗歎(乙 79 전-9)

必有樵竪牧童 悲歌暗歎(하, 羅, 石373), 藏, 誠, 羅b)

自古求之者甚多 而終無所驗(乙 79 후-7)

自古求之者甚多 而終未能得之(하, 羅, 石374), 藏, 淵, 誠, 羅b, 印, 서, 石국)

及聞丞相之言 自有感動之心(乙 80 전-3)

及聞相公之言 自有感動之心(하, 羅, 石375), 藏376), 淵)

而已有一衲胡僧至前 厖眉尺長(乙 80 후-1)

已而有一衲胡僧至前 厖眉尺長(하, 羅, 石377), 藏378))

曾聞貴人善忘 果是也(乙 80 후-5)

曾聞貴人善忘 果是矣(하, 羅, 石379), 藏, 淵, 誠, 羅b, 印)

少游曾伐吐蕃時 夢參於洞庭龍王之宴(乙 80 후-7)

少游曾伐吐蕃時 夢參於洞庭龍宮之宴(하, 羅380), 石381), 藏, 淵, 誠, 羅b, 서, 石국)

且汝曰 弟子夢人間輪回之事(乙 82 전-6)

---

372) 석헌본은 을사본과 동일.
373) 석헌본은 을사본과 동일.
374) 석헌본은 을사본과 동일.
375) 석헌본은 을사본과 동일.
376) 장암본은 을사본과 동일.
377) 석헌본은 을사본과 동일.
378) 장암본은 을사본과 동일.
379) 석헌본은 을사본과 동일.
380) 나손본은 을사본과 동일.
381) 석헌본은 을사본과 동일.

汝又曰 弟子夢人間輪回之事(하, 羅, 石, 藏, 淵, 誠, 羅b, 印, 서, 石국)

言未畢 守門道人入告曰(乙 82 후-4)
性眞未退 守門道人入告曰(하,羅,石³⁸²⁾,藏,淵,誠,羅b,印,石국)

4. 漏缺

老尊師南嶽講妙法 小沙彌石橋逢仙女(1회)

○貧寒之僧 本無金錢(乙 5 전-8)
然貧寒之僧 本無金錢(하, 羅, 石, 藏, 石b, 石c, 權, 日)

性眞來到禪房 日已曛黑○(乙 5 후-7)
性眞來到禪房 日已曛黑矣(하, 羅, 石, 藏, 石b, 石c, 權, 日)

自見○仙女之後 嫩語嬌聲(乙 5 후-7)
自見八仙女之後 嫩語嬌聲(하, 羅, 石, 藏, 石b, 石c, 權, 日)

釋敎工夫 正○心志(乙 6 전-10)
釋敎工夫 正其心志(하, 羅, 石, 藏, 石b, 石c, 光, 權, 日)

我出家十年 曾無半點苟且之心○(乙 6 후-1)
我出家十年 曾無半點苟且之心矣(하, 羅, 石³⁸³⁾, 藏, 石b, 石c, 權, 日)

誠愚且昏 實不知自作之罪○(乙 6 후-9)

---

382) 석헌본은 을사본과 동일.
383) 석헌본은 을사본과 동일.

誠愚且昏 實不知自作之罪矣(하, 羅, 石, 藏, 石b, 石c, 光, 日)

仍復大聲曰 黃巾力士安在○(乙 7 후-7)
仍復大聲曰 黃巾力士安在乎(하, 羅, 石384), 藏385), 石b)

吾當躬自率來 汝其勿疑而行○(乙 8 전-9)
吾當躬自率來 汝其勿疑而行矣(하, 羅386), 石, 藏, 石b, 石c387), 權,
光388), 日)

此與他罪人 自別敢仰○稟矣(乙 9 전-2)
此與他罪人 自別敢仰此稟矣(하, 羅, 石, 藏, 石b, 石c, 光, 權, 日)

自有不盡之快樂 ○○○何爲而到此地耶(乙 9 전-8)
自有不盡之快樂 諸仙女何爲而到此地耶(하, 羅, 石, 藏, 石b, 石c, 光,
權, 日)

伏乞○大王大慈大悲 使之再生於樂地(乙 9 후-2)
伏乞惟大王大慈大悲 使之再生於樂地(하, 羅, 石389), 藏, 石b, 石c, 日)

華陰縣閨女通信 藍田山道人傳琴(2회)

取道而行 ○○○○○○ 行累日(乙 12 전-5)
取道而行 視千里如咫尺 行累日(하, 羅, 石, 藏, 石b, 石c, 權, 日)

---

384) 석헌본은 을사본과 동일.
385) 장암본은 을사본과 동일.
386) 나손본은 을사본과 동일.
387) 석헌본(c)는 "汝其勿疑而行之".
388) 김광순본은 상동.
389) 석헌본은 을사본과 동일.

其聲淸亮豪爽 宛若扣金○擊石(乙 12 후-8)
其聲淸亮豪爽 宛若扣金而擊石(하, 羅, 石, 藏, 石b, 石c, 日)

○生以遠方之人 初入帝圻(乙 14 후-2)
小生以遠方之人 初入帝圻(하, 羅, 石, 藏, 石b, 石c, 權, 日)

盖吾主人秦御史宅也 其女○卽吾家小姐也(乙 14 후-9)
盖吾主人秦御史宅也 其女子卽吾家小姐也(하, 羅, 石, 藏, 石b, 石c, 淵, 光, 權, 日)

自袖中出一封書 以贈○生(乙 15 전-8)
自袖中出一封書 以贈楊生(하, 羅, 石, 藏, 石b, 石c, 日)

○生艶其淸新 亟加歎服(乙 15 후-2)
楊生艶其淸新 亟加歎服(하, 羅, 石, 藏, 石b, 石c, 權, 日)

寫一○詩 以授○孃(乙 15 후-3)
寫一首詩 以授乳娘(하, 羅390), 石391), 藏, 石b, 石c, 權, 日)

○生慌忙驚懼 遂率書童(乙 16 후-5)
楊生慌忙驚懼 遂率書童(하, 羅, 石, 藏, 石b, 石c, 光, 日)

小生○敬事先生 何異於家親乎(乙 18 전-5)
小生之敬事先生 何異於家親乎(하, 羅, 石, 藏, 石b, 光, 權, 日)

○侍先生杖屨 以備弟子○列(乙 18 전-6)

---

390) 나손본은 "以授乳孃".
391) 석헌본은 상동.

願侍先生杖屨 以備弟子之列(하, 羅, 石, 藏, 光, 權, 日)

昏黑似夜 天機○不可輕泄○(乙 18 후-4)
昏黑似夜 天機何不可輕泄乎(하, 羅, 石, 藏, 石b, 石c, 光, 權, 日, 서)

生大以爲怪 問之○人(乙 19 전-2)
生大以爲怪 問之於人(하, 羅, 石, 藏, 石b, 石c, 光, 權, 日, 淵, 誠)

村落蕭條 與向來經過之時大異○(乙 19 전-4)
村落蕭條 與向來經過之時大異矣(하, 羅, 石, 藏392), 石b, 石c, 權, 日, 淵, 誠)

陳礎破瓦 堆積○遺墟而已(乙 19 전-8)
陳礎破瓦 堆積於遺墟而已(하, 羅, 石393), 藏394), 石b, 光, 權, 日)

或言 沒入○掖庭矣(乙 19 후-6)
或云 沒入於掖庭矣(하, 羅, 石, 藏, 石b, 石c, 光, 日)

生受命 如以華陰○○○事告之(乙 20 후-1)
生受命 如以華陰縣秦氏事告之(하, 羅, 石, 藏, 石b, 石c, 光, 權, 日)

○○輒有悽感之色 柳氏嗟咄曰(乙 20 후-1)
言畢輒有悽感之色 柳氏嗟咄曰(하, 羅, 石, 藏, 石b, 石c, 光, 權, 日)

相公若求上品○○ 天津橋頭(乙 20 후-7)

---

392) 장암본은 을사본과 동일.
393) 석헌본은 을사본과 동일.
394) 장암본은 "陳楚破瓦".

相公若求上品之酒 天津橋頭(하, 羅, 石, 藏, 石b, 石c, 光, 權, 日)

楊千里酒樓擢桂 桂蟾月駕被薦賢(3회)

美人輒起○ 攝其華箋(乙 22 후-2)
美人輒起身 攝其華箋(하, 羅, 石, 藏, 石b, 石c, 光, 權, 日)

不爲壯元 則必爲○○探花(乙 23 전-2)
不爲壯元 則必爲榜眼探花(하, 羅, 石, 藏, 石b, 石c, 光, 權, 日)

斷其立落 ○言如符合(乙 23 전-6)
斷其立落 而言如符合(하, 羅, 石, 藏395), 石b, 石c, 光, 權, 日)

此非妙事乎 有杜生者○曰(乙 23 후-1)
此非妙事乎 有杜生者又曰(하, 羅, 石, 藏, 石b, 石c, 權, 日)

楊生繫驢○櫻桃樹下(乙 25 후-6)
楊生繫驢於櫻桃樹下(하, 羅, 石, 藏, 石b, 石c, 權, 日)

請略陳之○ 驚鴻○播州良家女也(乙 26 후-8)
請略陳之矣 驚鴻卽播州良家女也(하, 羅, 石, 藏, 石b, 石c, 權, 日)

欲以爲大丞相之○妾乎(乙 28 전-2)
欲以爲大丞相之寵妾乎(하, 羅, 石, 藏, 石b, 石c, 權, 日)

苟下秦娘一等 妾不敢薦於郎君○(乙 29 전-8)
苟下秦娘一等 妾不敢薦於郎君矣(하, 羅, 石, 藏, 石b, 石c, 權, 日)

---

395) 장암본은 "斷其立落矣 言如符合".

倩女冠鄭府遇知音 老司徒金榜得快婿(4회)

方欲遠向崆峒○○ 尋仙訪道(乙 30 전-4)
方欲遠向崆峒山中 尋仙訪道(하, 羅, 石, 藏, 石b, 石c, 權, 日)

有所托之言 吾當不得已爲君少留○(乙 30 전-6)
有所托之言 吾當不得已爲君少留矣(하, 羅, 石, 藏, 石b, 石c, 光, 權, 日)

鍊師笑謂曰 楊郎○○必有事也(乙 31 후-2)
鍊師笑謂曰 楊郎早來必有事也(하, 羅, 石, 藏, 石b, 石c, 光, 權, 日, 서)

小姐聰慧穎悟 ○○○千萬百事(乙 32 전-6)
小姐聰慧穎悟 天壤間千萬百事(하, 羅, 石, 藏, 石b, 石c, 權, 日, 서)

評其工拙 憑几而聽○(乙 32 후-1)
評其工拙 憑几而聽之(하, 羅, 石, 藏, 石b, 石c, 權, 日)

盖千古一人也 ○○○父母鍾愛甚篤(乙 33 전-2)
盖千古一人也 以此其父母鍾愛甚篤(하, 羅, 石, 藏, 石b, 石c, 權, 日)

此時楊生已○到別堂 方橫琴而奏曲矣(乙 33 전-8)
此時楊生已來到別堂 方橫琴而奏曲矣(하, 羅, 石, 藏, 石b, 石c, 日)

侍婢移席講坐 雖已偪○於夫人之座(乙 35 전-6)
侍婢移席講坐 雖已偪側於夫人之座(하, 羅, 石, 藏, 石b, 石c, 日)

道人必遇嵇康之精靈而學○○也(乙 36 후-2)
道人必遇嵇康之精靈而學此曲也(하, 羅, 石, 藏, 石b, 石c, 誠, 日)

貧道○傳得於師 而不知其曲名(乙 37 후-6)
貧道雖傳得於師 而不知其曲名(하, 羅, 石, 藏, 石b, 石c, 權, 日, 서)

小婢忘却在病 方欲玩賞○(乙 38 후-7)
小婢忘却在病 方欲玩賞矣(하, 羅, 石, 藏, 石b, 石c, 權, 日)

司徒自外而入 ○持新出榜眼(乙 40 전-4)
司徒自外而入 手持新出榜眼(하, 羅, 石396), 藏397), 石b)

詠花鞋透露懷春心 幻仙庄成就小星緣(5회)

卽楊壯元之表妹 ○○○○○○○○○○ 有彷彿處乎(乙 41 전-7)
卽楊壯元之表妹 未知其容貌果與其表妹 有彷彿處乎(하, 羅, 石, 藏, 石b,
石c, 權, 日)

○○瓊貝 汝今日有乘龍之慶(乙 42 후-2)
吾女瓊貝 汝今日有乘龍之慶(하, 羅, 石, 藏, 石b, 石c, 權, 日)

夫人○ ○○○○ ○○○○○○ ○以小姐之言傳之 司徒更問於小姐(乙
42 후-3)
夫人曰 女兒之意 與吾夫妻大異 仍以小姐之言傳之 司徒更問於小姐(하,
羅, 石398), 藏, 石b, 石c, 權, 日, 서)

一日○小姐偶過春雲寢房(乙 43 전-8)
一日鄭小姐偶過春雲寢房(하, 羅, 石, 藏, 石b, 石c, 權, 日)

---

396) 석헌본은 을사본과 동일.
397) 장암본은 을사본과 동일.
398) 석헌본은 "夫人曰 女兒之意……仍以小姐之意傳之".

欲與我同事一人○ 此兒之心已動矣(乙 43 후-7)

欲與我同事一人也 此兒之心已動矣(하, 羅, 石, 藏, 石b, 石c, 日)

夫人方率侍婢 備○翰林夕饌矣(乙 43 후-9)

夫人方率侍婢 備楊翰林夕饌矣(하, 羅, 石, 藏, 石b, 石c, 權, 日)

非但於人事有嫌 在禮○亦無所據(乙 44 전-1)

非但於人事有嫌 在禮法亦無所據(하, 羅, 石, 藏, 石b, 石c, 權, 日)

小姐曰 我○○素知春娘之情(乙 45 전-10)

小姐曰 我元來素知春娘之情(하, 羅, 石, 藏, 石b, 石c, 權, 日, 서)

○翰林性情本好奇 聞之欣喜曰(乙 46 후-2)

楊翰林性情本好奇 聞之欣喜曰(하, 羅, 石, 藏, 石b, 石c, 權, 日)

胸襟自覺蕭爽矣 ○○獨立溪上(乙 46 후-9)

胸襟自覺蕭爽矣 翰林獨立溪上(하, 羅, 石, 藏399), 石b, 石c, 權, 日)

此詩亦豈˟○人所作乎 攀蘿緣壁(乙 47 전-3)

此詩亦豈凡人所作乎 攀蘿緣壁(하400), 羅, 石, 藏, 石b, 石c, 權, 日)

嬋姸清高 認非○世界人也(乙 47 후-5)

嬋姸清高 認非此世界人也(하, 羅, 石, 藏, 石b, 石c, 權, 日)

自裂汗衫 和題一首○而贈之(乙 48 후-8)

自裂汗衫 和題一首詩而贈之(하, 羅, 石, 藏, 石b, 石c, 權)

---

399) 장암본은 을사본과 동일.

400) 하버드본은 "此詩亦非凡人之詩乎".

不得與兄同遊 尙有○恨矣(乙 49 후-6)
不得與兄同遊 尙有遺恨矣(하, 羅, 石, 藏, 石b, 石c, 權, 서)

卽今桃李雖盡○○城外長郊(乙 49 후-7)
卽今桃李雖盡謝而城外長郊(하, 羅, 石, 藏, 石b, 石c, 權)

○敢欲以幽陰之質 復近君子之身乎(乙 51 후-8)
豈敢欲以幽陰之質 復近君子之身乎(하, 羅, 石, 藏, 石b, 石c, 權, 日)

賈春雲爲仙爲鬼 狄驚鴻乍陰乍陽(6회)

翰林向○眞人而揖曰(乙 53 전-3)
翰林向杜眞人而揖曰(하, 羅, 石, 藏, 石b, 石c,權,日)

楚襄○遇神女而同席(乙 54 전-5)
楚襄王遇神女而同席(하, 羅, 石, 藏, 石b, 石c, 光, 權, 日)

翰林一吟一唏 ○○○○且恨且怪(乙 55 전-2)
翰林一吟一唏 五內焦燥且恨且怪(하, 羅, 石, 藏, 石b, 石c, 權, 日)

鬼女哭辭於兄寢室○外 卽踰墙而去(乙 56 전-6)
鬼女哭辭於兄寢室窓外 卽踰墙而去(하, 羅, 石, 藏, 石b, 石c, 權, 日, 서)

小婿雖疲劣 亦○丈夫也(乙 56 후-2)
小婿雖疲劣 亦大丈夫也(하, 羅, 石, 藏, 石b, 石c, 權, 日)

聖人有言○ 出乎爾者(乙 57 후-9)
聖人有言曰 出乎爾者(하401), 羅, 石, 藏402), 石b, 石c, 權, 日)

汝眞仙乎 ○眞鬼乎(乙 58 후-7)
汝眞仙乎 汝°眞鬼乎(하403), 羅, 石, 藏, 石b, 石c, 權, 日, 淵)

到今豈有追咎之心乎 春雲起○而謝之(乙 59 전-6)
到今豈有追咎之心乎 春雲起拜°而謝之(하, 羅, 石, 藏, 石b, 石c, 權, 日)

屈强造亂○ 殆百年矣(乙 59 후-10)
屈强造亂者° 殆百年矣(하404), 羅, 石, 藏, 石b, 石c, 權, 日)

其才可知 謂從者○(乙 63 전-10)
其才可知 謂從者曰°(하, 羅, 石, 藏, 石b, 石c, 光, 淵, 誠)

未知費了幾許日月○有團會之期乎(乙 64 전-10)
未知費了幾許日月而°有團會之期乎(하, 羅, 石, 藏, 石b, 日)

蟾月先從捷徑 已來候於館中○(乙 64 후-5)
蟾月先從捷徑 已來候於館中矣°(하, 羅405), 石, 藏, 石b, 石c, 日)

金鸞直學士吹玉簫 蓬萊殿宮娥乞佳句(7회)

賤妾之言 ○果何如(乙 67 전-5)
賤妾之言 今°果何如(하, 羅406), 石, 藏, 石b, 石c, 權, 日)

---

401) 하버드본은 "聖人有言之°".
402) 장암본은 을사본과 동일.
403) 하버드본은 을사본과 동일.
404) 하버드본은 을사본과 동일.
405) 나손본은 "已來候於客°館矣".
406) 나손본은 을사본과 동일.

娘○從簾內一窺 則可知矣(乙 70 전-10)
娘娘從簾內一窺 則可知矣(하, 羅, 石, 藏, 石b, 石c, 日)

朕今得卿 何美○太白乎(乙 71 후-3)
朕今得卿 何美乎太白乎(하, 羅, 石407), 藏, 石b408), 石c409), 權, 日)

上命止之 又○敎曰(乙 72 전-7)
上命止之 又下敎曰(하, 羅, 石, 藏, 石b, 石c, 權, 日)

宮女掩淚隨黃門 侍妾含悲辭主人(8회)

楊尙書赴擧之路 適過○妾家樓前(乙 76 전-10)
楊尙書赴擧之路 適過於妾家樓前(하, 羅, 石, 藏, 石b, 石c, 權, 日, 誠)

朝廷之上 亦豈無公論○(乙 78 후-4)
朝廷之上 亦豈無公論乎(하, 羅, 石, 藏, 石b, 石c, 權, 日, 誠)

○○乃上一疏 言甚激切(乙 80 전-2)
翌日乃上一疏 言甚激切(하410), 羅411), 石, 藏, 石b, 石c, 權412), 日413),
誠, 서)

朝家○處分 果能盡其禮(乙 80 후-3)

---

407) 석헌본은 "何美乎太白耶".
408) 석헌본(b)는 상동.
409) 석헌본(c)는 상동.
410) 하버드본은 "翌日乃上疏".
411) 나손본은 을사본과 동일.
412) 권영철본은 "翌日乃上疏".
413) 일본본은 상동.

朝家之處分 果能盡其禮(하, 羅, 石, 藏, 石b, 石c, 光, 權, 日, 淵, 誠)

上覽○疏 轉奏於太后(乙 81 전-7)
上覽其疏 轉奏於太后(하, 羅414), 石, 藏, 石b, 石c, 權, 日, 誠)

太后娘娘方震怒 朕不敢救○(乙 81 전-9)
太后娘娘方震怒 朕不敢救矣(하, 羅415), 石, 藏, 石b, 石c, 權, 日, 誠)

天下人心 必從○動搖(乙 81 후-7)
天下人心 必從而動搖(하, 羅416), 石, 藏, 石b, 石c, 權, 日, 誠)

必有好意也 將何○敎之(乙 84 전-1)
必有好意也 將何以敎之(하, 羅417), 石, 藏, 石b, 石c, 權, 日, 淵, 誠)

尙書又問○ 此外更無可敎者乎(乙 86 전-3)
尙書又問曰 此外更無可敎者乎(하, 羅418), 石, 藏, 石b, 石c, 權, 日, 淵)

白龍潭楊郎破陰兵 洞庭湖龍君宴嬌客(9회)

忽自山○後而來 雷聲殷地(乙 1 후-1)
忽自山前後而來 雷聲殷地(하, 羅, 石, 藏419), 誠)

近日暫離宮中 來寓於此○矣(乙 1 후-9)

---

414) 나손본은 을사본과 동일.
415) 나손본은 을사본과 동일.
416) 나손본은 을사본과 동일.
417) 나손본은 을사본과 동일.
418) 나손본은 을사본과 동일.
419) 장암본은 을사본과 동일.

近日暫離宮中 來寓於此地矣(하, 羅, 石, 藏, 誠)

兩侍女挾持 使不○下床(乙 2 전-10)
兩侍女挾持 使不得下床(하, 羅, 石, 藏, 淵, 誠, 光)

禮貌何太恭也 ○○○○○○○ 龍女答曰(乙 2 후-3)
禮貌何太恭也 此少游所未知也 龍女答曰(하, 羅, 石, 藏, 誠, 서, 石국)

今聞娘子之言 ○兩人之緣(乙 4 전-3)
今聞娘子之言 吾兩人之緣(하, 羅, 石, 藏, 誠, 서, 石국)

不可者三 一則不告○父母也 ○○○○○○○(乙 4 전-5)
不可者三 一則不告於父母也 女子從人非禮不可(하, 羅420), 石, 藏421),
誠, 서)

二則○幻形變質而後 方可以侍貴人也(乙 4 전-5)
二則妾幻形變質而後 方可以侍貴人也(하, 羅, 石, 藏, 誠, 서, 石국)

三則南海龍子 每送邏卒於此○(乙 4 전-7)
三則南海龍子 每送邏卒於此地(하, 羅, 石, 藏)

出入○人神之間 無所往而不可(乙 4 후-3)
出入於人神之間 無所往而不可(하, 羅, 石, 藏, 誠)

請與楊元師 決雌雄矣 (20字 大略) 尙書大怒曰(乙 5 전-2)

420) 나손본은 "一則不告於父母也 女子從人於禮下可".
421) 장암본은 "一則不告於父母也 女子之從人非禮則不可".

請與楊元師 決雌雄矣 龍女喚尙書而言曰 妾之初勸相公之歸 盖慮此也
尙書大怒曰(하, 羅, 石, 藏, 誠, 서, 石국)

○○么麼鱗虫 何無禮若是耶(乙 5 전-7)
如爾么麼鱗虫 何無禮若是耶(하, 羅, 石, 藏, 誠, 서, 石국)

太子大怒 命千萬種水族○○○(乙 5 전-8)
太子大怒 命千萬種水族捕尙書(하, 羅, 石, 藏, 서, 石국)

尙書○○ 使人邀入(乙 5 후-4)
尙書大悅 使人邀入(하, 羅, 石, 藏, 誠, 서, 石국)

汝○鎭定南海 博施雨澤(乙 5 후-10)
汝父鎭定南海 博施雨澤(하, 羅, 石, 藏, 淵, 誠, 光, 서, 石국)

楊元帥偸閑叩禪扉 公主微服訪閨秀(10회)

尙書問○○○曰 此舞未知何曲也(乙 7 전-2)
尙書問於龍王曰 此舞未知何曲也(하, 羅, 石, 藏, 淵, 誠, 羅b, 서, 石국)

山野之人○聾慣 不知大元帥之來(乙 8 전-6)
山野之人有聾慣 不知大元帥之來(하, 羅, 石, 藏)

下詔於鄭家 ○與它人結婚(乙 9 전-2)
下詔於鄭家 使與它人結婚(하, 羅, 石, 藏, 淵, 誠, 羅b)

第未知汝○○意 以是趑趄耳(乙 9 후-1)
第未知汝兒之意 以是趑趄耳(하, 羅, 石, 藏, 淵, 誠, 羅b, 서, 石국)

古之聖帝明王 ○尊賢敬士(乙 10 전-2)

古之聖帝明王 有尊賢敬士(하, 羅, 石, 藏, 淵, 誠, 羅b)

願黃門賫去此文 復命○太后娘娘如何(乙 10 후-7)

願黃門賫去此文 復命於太后娘娘如何(하, 羅, 石, 藏, 淵, 誠, 羅b, 印)

黃門還來 以此奏進 ○○○○(乙 10 후-7)

黃門還來 以此奏進 進其小祝(하[422], 羅[423], 石, 藏, 淵, 誠[424], 羅b[425], 石국)

通判陪○夫人 往浙東任所(乙 12 후-7)

通判陪大夫人 往浙東任所(하, 羅, 石, 藏, 淵, 誠, 羅b, 서, 石국)

李小姐○知鄭府婢子 饋酒食而送之(乙 13 전-5)

李小姐間知鄭府婢子 饋酒食而送之(하, 羅, 石, 藏, 誠, 羅b, 서, 石국)

何○以口舌盡也 李小姐答曰(乙 14 전-6)

何可以口舌盡也 李小姐答曰(하, 羅, 石, 藏, 誠, 羅b, 光)

○常自嗟惋曰 男子迹遍四海(乙 14 전-8)

妾常自嗟惋曰 男子迹遍四海(하, 羅[426], 石, 藏, 誠, 羅b, 石국)

身不出於中門 ○名已徹於九重(乙 14 후-2)

---

422) 하버드본은 "進其所祝".

423) 나손본은 상동.

424) 성암본은 "卽地進其小祝".

425) 나손본(b)는 상동.

426) 나손본은 "妾常自慨惋曰".

身不出於中門 而名已徹於九重(하, 羅, 石, 藏, 淵, 誠, 羅b)

仍受盛誨 小妹當進謝○堂下(乙 15 후-1)
仍受盛誨 小妹當進謝於堂下(하, 羅, 石, 藏, 淵, 誠, 羅b)

楊尙書每言 ○華州秦御使女子(乙 15 후-6)
楊尙書每言 與華州秦御使女子(하, 羅, 石, 藏427), 淵, 誠, 羅b)

兩美人携手同車 長信宮七步成詩(11회)

恐姐姐不許 先告於主人○(乙 17 후-5)
恐姐姐不許 先告於主人矣(하, 羅, 石, 藏, 淵, 誠, 羅b)

姐姐若以有煩○道路爲嫌(乙 18 전-10)
姐姐若以有煩於道路爲嫌(하, 羅, 石, 藏, 淵, 誠, 羅b)

○小姐答曰 姐姐之敎甚合矣(乙 18 후-2)
鄭小姐答曰 姐姐之敎甚合矣(하, 羅, 石, 藏, 淵, 誠, 羅b, 서, 石국)

李小姐拜辭○夫人 退與春雲(乙 18 후-3)
李小姐拜辭於夫人 退與春雲(하, 羅, 石, 藏, 淵, 誠, 羅b)

小妹亟欲禮拜○ 李小姐曰(乙 18 후-8)
小妹亟欲禮拜矣 李小姐曰(하, 羅, 石, 藏, 淵, 誠, 羅b)

公主與○小姐 同行入東華門(乙 20 전-6)
公主與鄭小姐 同行入東華門(하, 羅, 石, 藏, 淵, 誠, 羅b)

---

427) 장암본은 을사본과 동일.

吾以爲○○嬌艶 惟吾貴主而已(乙 21 전-4)

吾以爲萬古嬌艶 惟吾貴主而已(하, 羅, 石, 藏, 淵, 誠, 羅b, 石국)

太后○曰 惟爾孝親之誠(乙 22 전-1)

太后徐曰 惟爾孝親之誠(하, 羅, 石, 藏, 淵, 誠, 羅b)

楊少游○一代豪傑 萬古才子(乙 22 전-5)

楊少游以一代豪傑 萬古才子(하, 羅, 石, 藏, 誠, 羅b)

○詩曰 紫禁春光醉碧桃(乙 23 후-3)

其詩曰 紫禁春光醉碧桃(하, 羅, 石, 藏, 淵, 誠, 羅b)

太后曰 然女兒之詩穎銳 殊可愛也 (96자 정도 생략)(乙 24 전-3)

太后曰 然女兒之詩穎銳 殊可愛也 時先朝老宮人 皆在左右矣 見太后及兩人 俱有忻悅之顔 進奏曰 婢子等自少粗學文字 而天性質鈍 不能解詩中之命意 伏乞娘娘以兩詩之意 解釋下敎 則婢子等亦與有今日之樂矣 太后微笑 卽把兩詩 說盡其意 老尙宮等亦大喜 皆呼萬歲(하428), 羅429), 石430), 藏431), 淵432), 誠433), 羅b, 서, 石국)

楊少游夢遊天門 賈春雲巧傳玉語(12회)

今日予召見鄭女 鄭女○美且才(乙 24 전-9)

---

428) 하버드본은 "時先朝老宮女……皆呼萬歲".

429) 나손본은 "時先朝老宮人 皆在左右矣……俱有忻悅之色……皆呼萬歲".

430) 석헌본은 "時先朝老宮人……自少時粗學文字……不能解詩中之意……皆呼萬歲".

431) 장암본은 "時先朝老宮人……自少時粗學文字……皆呼萬歲".

432) 연민본은 "時先朝老宮人……自少時粗學文字……不能解詩中之意……皆呼萬歲".
433) 성암본은 상동.

今日予召見鄭女 鄭女之美且才(하, 羅, 石, 藏, 誠, 羅b, 石국)

秦彩鳳擎而進 上擧筆欲書○(乙 24 후-6)
秦彩鳳擎而進 上擧筆欲書矣(하434), 羅, 石, 藏, 淵, 誠, 羅b)

英陽今則卽我女○ 兄在上(乙 25 전-4)
英陽今則卽我女子 兄在上(하, 羅, 石, 藏, 淵, 誠, 羅b)

曹孟德所謂繞○三匝 無枝可栖者(乙 26 전-9)
曹孟德所謂繞枝三匝 無枝可栖者(하, 羅, 石435), 藏, 淵, 誠, 羅b, 光)

○孟德○子美之詩 及周詩之句(乙 26 전-10)
曹孟德杜子美之詩 及周詩之句(하, 羅, 石, 藏, 淵, 誠, 羅b)

下交賤息 仍與携入○宮禁(乙 27 전-10)
下交賤息 仍與携入於宮禁(하, 羅436), 石, 藏)

臣妾○夫 年老病深(乙 27 후-1)
臣妾之夫 年老病深(하, 羅, 石, 藏, 淵, 誠, 羅b)

○妾亦彫謝癃尫 與鬼爲隣(乙 27 후-3)
臣妾亦彫謝癃尫 與鬼爲隣(하, 羅, 石, 藏, 淵, 誠, 羅b)

仍召蘭陽○○ 與夫人相見(乙 28 전-1)
仍召蘭陽公主 與夫人相見(하, 羅, 石, 藏437), 淵, 誠, 羅b)

---

434) 하버드본은 을사본과 동일.

435) 석헌본은 "曹孟德所謂繞樹三匝".

436) 나손본은 "仍與携入於宮中".

春雲○○奏曰 臣妾何敢唐突於天威之前乎(乙 28 전-4)
春雲叩頭奏曰 臣妾何敢唐突於天威之前乎(하, 羅, 石, 藏, 淵, 誠, 羅b, 石국)

汝能爲○此語乎春雲求筆硯(乙 28 전-6)
汝能爲如此語乎 春雲求筆硯(하, 羅, 石, 藏, 淵, 誠, 羅b, 石국)

豈料其○品之至斯也 蘭陽曰(乙 28 후-1)
豈料其高品之至斯也 蘭陽曰(하, 羅, 石, 藏, 淵, 誠, 羅b, 石국)

仍令春雲退○ 與秦氏接頭(乙 28 후-5)
仍令春雲退去 與秦氏接頭(하, 羅, 石, 藏438), 淵, 誠)

太后謂崔夫人曰 楊少游未幾當還○○(乙 29 전-6)
太后謂崔夫人曰 楊少游未幾當還歸矣(하, 羅, 石439), 藏440), 誠441), 羅b442))
望之如碧玉明珠 倚疊○交映也(乙 30 후-6)
望之如碧玉明珠 倚疊而交映也(하, 羅, 石, 藏)

面目雖慣 而不能記○也(乙 31 전-4)
面目雖慣 而不能記得也(하, 羅, 石, 藏, 淵, 誠, 羅b)

○○理者 不可誑也(乙 31 전-9)

---

437) 장암본은 을사본과 동일.
438) 장암본은 을사본과 동일.
439) 석헌본은 "楊少游未幾當還矣".
440) 장암본은 상동.
441) 성암본은 상동.
442) 나손본(b)는 상동.

所謂理者 不可諶也(하, 羅, 石, 藏, 淵, 誠[443]), 羅b)

鄭家門族 皆會○外堂(乙 32 전-2)
鄭家門族 皆會於外堂(하, 羅, 石, 藏, 淵, 誠, 羅b, 서, 石국)

○○○思念過度 悲哀逾制(乙 33 전-6)
尙書若思念過度 悲哀逾制(하, 羅, 石, 藏, 淵, 誠, 羅b, 서, 石국)

或酌尊○墳塋 或吊哭○靈幄(乙 33 전-8)
或酌尊於墳塋 或吊哭於靈幄(하, 羅, 石, 藏, 淵, 誠, 羅b)

我雖十死 而報小姐○恩德○難矣(乙 33 후-3)
我雖十死 而報小姐之恩德誠難矣(하, 羅, 石, 藏, 淵, 誠, 羅b, 서, 石국)

丞相○○曰 此外小姐又有何言乎(乙 33 후-6)
丞相又問曰 此外小姐又有何言乎(하, 羅, 石, 藏, 淵, 誠, 羅b)

合巹席蘭英相諱名 獻壽宴鴻月雙擅場(13회)

御妹婚事 ○待卿還朝(乙 34 전-6)
御妹婚事 惟待卿還朝(하, 羅, 石, 藏, 淵, 誠, 羅b)

卿雖思念鄭○女 死者已矣(乙 34 전-6)
卿雖思念鄭家女 死者已矣(하, 羅, 石, 藏[444]))

朕有○妹兩人 皆賢淑非凡骨也(乙 34 후-7)

---

443) 성암본은 "此理者".
444) 장암본은 을사본과 동일.

朕有御妹兩人 皆賢淑非凡骨也(하, 羅, 石, 藏445), 誠, 羅b)

蘭陽若辭方一位 則此大不可○(乙 35 후-4)
蘭陽若辭方一位 則此大不可也(하, 羅, 石, 藏, 淵, 誠, 羅b)

姐姐必欲讓○於小女(乙 35 후-10)
姐姐必欲讓位於小女(하446), 羅, 石, 藏, 淵, 誠, 羅b)

淑人○視丞相 輒潸然垂涕(乙 36 후-3)
淑人仰視丞相 輒潸然垂涕(하, 羅, 石, 藏, 淵, 誠, 羅b, 石국)

丞相驚問曰 今日笑則可○(乙 36 후-4)
丞相驚問曰 今日笑則可也(하, 羅, 石, 藏, 淵, 誠, 羅b)

秦氏對曰 ○○不記小妾(乙 36 후-5)
秦氏對曰 丞相不記小妾(하, 羅, 石, 藏, 淵, 誠, 羅b, 서, 石국)

丞相惟知以楊柳詞 ○共結舊日之約(乙 37 전-4)
丞相惟知以楊柳詞 而共結舊日之約(하, 羅, 石, 藏, 淵, 誠, 羅b)

○得成今日之緣也 遂開小篋(乙 37 전-5)
而得成今日之緣也 遂開小篋(하, 羅, 石, 藏, 淵, 誠, 羅b)

其時避兵於藍田山 還問○店人(乙 37 전-7)
其時避兵於藍田山 還問于店人(하, 羅447), 石, 藏, 淵, 誠, 羅b)

---

445) 장암본은 을사본과 동일.
446) 하버드본은 을사본과 동일.
447) 나손본은 "還問於店人".

則○○或云 娘子沒入於掖庭(乙 37 전-8)
則店人或云 娘子沒入於掖庭(하, 羅, 石, 藏448), 淵, 誠, 羅b)

妾若○怨恨○○ 則天必厭之厭之(乙 37 후-5)
妾若有怨恨之心 則天必厭之厭之(하, 羅, 石, 藏449), 淵, 誠, 羅b, 石국)

又孤一哭於其殯 吾負鄭娘○多矣(乙 38 전-5)
又孤一哭於其殯 吾負鄭娘子多矣(하, 羅, 石, 藏, 誠, 羅b, 光)

存於中者 ○發於外(乙 38 전-5)
存於中者 自發於外(하, 羅, 石, 藏, 淵, 誠, 羅b, 光)

英陽哝訖 顔頰微赤○(乙 38 전-10)
英陽哝訖 顔頰微赤矣(하, 羅, 石, 藏, 淵450), 誠, 羅b)

無所傳之言 丞相○曰(乙 38 후-5)
無所傳之言 丞相問曰(하, 羅, 石, 藏, 淵, 誠, 羅b, 서, 石국)

貴主有何語○ 秦氏曰(乙 38 후-6)
貴主有何語耶 秦氏曰(하, 羅451), 石, 藏, 淵, 誠, 羅b)

妾何可以羞顔 ○對相公乎(乙 39 전-7)
妾何可以羞顔 更對相公乎(하, 羅, 石, 藏, 淵, 誠, 羅b)

---

448) 장암본은 을사본과 동일.
449) 장암본은 "妾若有一毫怨心".
450) 연민본은 "顔頰漸赤矣".
451) 나손본은 "貴主有何言".

果知爲駙馬之苦也 謂蘭陽○○曰(乙 39 후-3)
果知爲駙馬之苦也 謂蘭陽公主曰(하, 羅, 石, 藏452), 誠, 羅b)

今英陽○○ 反以淫行(乙 39 후-4)
今英陽公主 反以淫行(하, 羅, 石, 藏453), 誠, 羅b)

惟相公安寢 ○當退去矣(乙 40 전-6)
惟相公安寢 妾當退去矣(하, 羅, 石, 藏, 淵, 誠, 羅b, 서, 石국)

蘭陽公主○問於英陽曰(乙 41 후-9)
蘭陽公主笑問於英陽曰(하, 羅, 石, 藏, 淵, 誠, 羅b, 서, 石국)

乃潛歸於秦氏之房 被衾穩宿○(乙 42 전-6)
乃潛歸於秦氏之房 被衾穩宿矣(하, 羅, 石, 藏, 淵, 誠, 羅b)

仍言○○病狀 英陽且信且疑(乙 43 후-5)
仍言丞相病狀 英陽且信且疑(하, 羅, 石, 藏, 淵, 誠, 羅b, 서, 石국)

少游偏蒙異敎 ○與兩位貴主結親(乙 43 후-9)
少游偏蒙異敎 幸與兩位貴主結親(하, 羅, 石, 藏454), 淵, 誠, 羅b, 서, 石국)

忽昂首作氣而言○ 我在鄭家之時(乙 44 후-6)
忽昂首作氣而言曰 我在鄭家之時(하, 羅, 石, 藏, 淵, 誠, 羅b, 光)

微笑低頭 更不問○○○病(乙 45 전-5)

---

452) 장암본은 을사본과 동일.
453) 장암본은 을사본과 동일.
454) 장암본은 "幸與兩位公主結親".

微笑低頭 更不問相公之病(하, 羅, 石, 藏455), 誠456), 羅b457), 石국)

我固○疑之矣 乃召見丞相(乙 45 후-10)
我固已疑之矣 乃召見丞相(하, 羅, 石, 藏, 淵, 誠, 羅b, 石국)

吾直戲耳 豈曰恩也 ○○○○○○○○ ○○○○○○ ○○○○○○(乙 46 전-3)
吾直戲耳 豈曰恩也 丞相若不棄小女則 此所以報老身也 丞相叩頭聽命 (하, 羅, 石, 藏, 淵, 誠, 羅b, 서, 石국)

樂遊原會獵鬪春色 油壁車招搖占風光(14회)

鴻娘○發言 何其太容易耶(乙 53 후-3)
鴻娘子發言 何其太容易耶(하, 羅, 石, 藏, 淵, 誠, 羅b, 서, 石국)

乃問於丞相曰 ○○答書以何日爲期乎(乙 55 후-6)
乃問於丞相曰 相公答書以何日爲期乎(하, 羅, 石458), 藏459), 誠, 羅b, 石국)

約會於樂遊原○ 兩部諸妓(乙 55 후-9)
約會於樂遊原上 兩部諸妓(하, 羅, 石460), 藏, 誠461), 羅b462), 印, 石국)

---

455) 장암본은 을사본과 동일.

456) 성암본은 "更不問丞相之疾矣".

457) 나손본(b)는 상동.

458) 석헌본은 을사본과 동일.

459) 장암본은 을사본과 동일.

460) 석헌본은 을사본과 동일.

461) 성암본은 "約會於樂遊原丘".

462) 나손본(b)는 상동.

○餙新粧 明曉陪丞相行矣(乙 55 후-9)
各餙新粧 明曉陪丞相行矣(하, 羅, 石463), 藏464), 淵, 誠, 羅b, 印)

○擁鴻月左右而去 中路逢越王(乙 56 전-5)
環擁鴻月左右而去 中路逢越王(하, 羅, 石465), 藏, 淵, 誠, 羅b, 印)

越王曰然○ 此馬之名千里浮雲驄(乙 56 전-9)
越王曰然矣 此馬之名千里浮雲驄(하, 羅, 石466), 藏, 淵, 誠, 羅b, 印, 서)

去年秋陪天子 獵於上林○(乙 56 전-10)
去年秋陪天子 獵於上林苑(하467), 羅, 石468), 藏, 淵, 誠, 羅b, 印, 서)

天厩萬○○馬 皆追風逸足(乙 56 전-10)
天厩萬匹之馬 皆追風逸足(하, 羅, 石469), 藏, 誠, 羅b, 印, 石국)

無追及於此○者 即今張駙馬之桃花驄(乙 56 후-1)
無追及於此馬者 即今張駙馬之桃花驄(하, 羅, 石470), 藏, 淵, 誠, 羅b, 印,
서, 石국)

越王往候○募中○ 兩太監○酌御賜黃封美酒(乙 57 후-3)
越王往候於募中矣 兩太監至酌御賜黃封美酒(하, 羅, 石471), 藏, 淵, 誠,

---

463) 석헌본은 을사본과 동일.

464) 장암본은 "須餙新粧".

465) 석헌본은 을사본과 동일.

466) 석헌본은 을사본과 동일.

467) 하버드본은 "獵於上林園".

468) 석헌본은 을사본과 동일.

469) 석헌본은 을사본과 동일.

470) 석헌본은 을사본과 동일.

羅b, 印)

以大獵郊原爲題 而○○賦進矣(乙 57 후-5)
以大獵郊原爲題 而使之賦進矣(하, 羅, 石, 藏, 淵, 誠, 羅b, 印)

承命而至 叩頭○○於帳前(乙 58 후-7)
承命而至 叩頭再拜於帳前(하, 羅, 石472), 藏473), 淵, 誠, 羅b, 서)

只聞其聲 不得見其面○(乙 58 후-8)
只聞其聲 不得見其面矣(하, 羅, 石474), 藏, 淵, 誠, 羅b, 印)

彼四美人姓名云何 四○人起而對曰(乙 58 후-10)
彼四美人姓名云何 四美人起而對曰(하, 羅, 石475), 藏476), 淵, 誠, 羅b, 印)

盖座中初○○約○ 諸人所作(乙 59 후-10)
盖座中初旣相約曰 諸人所作(하, 羅, 石477), 藏478), 淵, 誠, 羅b, 印, 石국)

丞相喜○ 卽解給所佩畫弓(乙 61 전-1)
丞相喜之 卽解給所佩畫弓(하, 羅, 石479), 藏, 淵, 誠, 羅b, 印)

自越宮○來乎 從魏府○至乎(乙 61 후-2)

---

471) 석헌본은 을사본과 동일.
472) 석헌본은 을사본과 동일.
473) 장암본은 을사본과 동일.
474) 석헌본은 을사본과 동일.
475) 석헌본은 을사본과 동일.
476) 藏畫本은 을사본과 동일.
477) 석헌본은 을사본과 동일.
478) 장암본은 을사본과 동일.
479) 석헌본은 "丞相卽給所佩畫弓".

自越宮而來乎 從魏府而至乎(하, 羅, 石480), 藏, 淵, 誠, 羅b, 印)

御○者曰 此車上兩娘卽楊丞相小室(乙 61 후-2)
御車者曰 此車上兩娘卽楊丞相小室(하, 羅, 石481), 藏482), 淵, 誠, 羅b, 서)

丞相曰 是必春雲欲觀光而來○(乙 61 후-4)
丞相曰 是必春雲欲觀光而來矣(하, 羅, 石483), 藏484), 淵, 誠, 羅b, 印)

· 裊烟欲盡○所學之術 恐驚動越王(乙 62 후-7)
裊烟欲盡其所學之術 恐驚動越王(하, 羅, 石485), 藏, 淵, 誠, 羅b, 印)

妾家舊在湘水之上 ○○卽皇英所遊之處(乙 63 전-5)
妾家舊在湘水之上 湘水卽皇英所遊之處(하, 羅, 石486), 藏, 淵, 誠, 羅b, 印, 石국)

○敷榮之葉 自零也(乙 63 후-4)
使敷榮之葉 自零也(하, 羅, 石487), 藏, 淵, 誠, 羅b, 印)

駙馬罰飮金巵酒 聖主恩借翠微宮(15회)

量珠以斗 堆錦如阜○○○○○(乙 64 전-1)

---

480) 석헌본은 을사본과 동일.
481) 석헌본은 을사본과 동일.
482) 장암본은 을사본과 동일.
483) 석헌본은 을사본과 동일.
484) 장암본은 을사본과 동일.
485) 석헌본은 을사본과 동일.
486) 석헌본은 을사본과 동일.
487) 석헌본은 을사본과 동일.

量珠以斗 堆錦如阜與紫閣峰齊(하, 羅, 石488), 藏, 淵, 誠, 羅b, 印, 서, 石국)

越王與丞相○○ 帶月色而歸(乙 64 전-1)
越王與丞相上馬 帶月色而歸(하, 羅, 石489), 藏, 淵, 誠, 羅b, 印, 서, 石국)

○入城門 鍾聲聞矣(乙 64 전-2)
纔入城門 鍾聲聞矣(하, 羅, 石490), 藏, 淵, 誠, 羅b, 印, 石국)

其威儀如此○ 不圖垂死之日(乙 64 전-6)
其威儀如此矣 不圖垂死之日(하, 羅, 石491), 藏, 淵, 誠, 羅b, 印)

雖蒙丞相一顧之恩 ○惟恐兩○○夫人(乙 64 후-1)
雖蒙丞相一顧之恩 而惟恐兩貴主夫人(하, 羅, 石492), 藏, 淵, 誠, 羅b, 印493), 石국)

貴人喜○譽言 非妄也(乙 64 후-9)
貴人喜聞譽言 非妄也(하, 羅, 石494), 藏495), 淵, 誠, 羅b, 石국)

大畏公主威風 有此謟○○言(乙 64 후-9)
大畏公主威風 有此謟諛之言(하, 羅, 石496), 藏, 淵, 誠, 羅b, 印)

---

488) 석헌본은 을사본과 동일.
489) 석헌본은 을사본과 동일.
490) 석헌본은 을사본과 동일.
491) 석헌본은 을사본과 동일.
492) 석헌본은 을사본과 동일.
493) 인권환본은 "雖蒙丞相一顧之恩 惟恐兩貴主夫人".
494) 석헌본은 을사본과 동일.
495) 장암본은 을사본과 동일.
496) 석헌본은 을사본과 동일.

用○於風流 陣○則雖或可稱(乙 65 전-7)
用之於風流 陣中則雖或可稱(하497), 羅, 石498), 藏, 淵, 誠, 羅b, 印, 石국)

置○於矢石場 則安能馳一步(乙 65 전-8)
置之於矢石場 則安能馳一步(하, 羅, 石499), 藏, 淵, 誠, 羅b, 印)

○○○與妻出郊 適射獲一雉(乙 65 후-2)
賈大夫與妻出郊 適射獲一雉(하, 羅, 石, 藏, 淵, 誠, 羅b, 印)

臣非公主不能自知 ○問于公主(乙 66 전-5)
臣非公主不能自知 願問于公主(하, 羅, 石500), 藏, 淵, 誠501), 羅b, 印)

盖從公主之命也 非小臣所敢○擅者也(乙 67 후-8)
盖從公主之命也 非小臣所敢自擅者也(하, 羅, 石502), 藏, 淵, 誠, 羅b, 印)

牽牛○過眷織女 被譴以聘岳(乙 68 후-1)
牽牛以過眷織女 被譴於聘岳(하, 羅, 石, 藏, 淵, 誠, 羅b, 印)

汝等卽隨去 (49자 정도 생략) 公主承命(乙 68 후-4)
汝等卽隨去 解衣而安其身 進茶而解其渴 兩公主笑曰 雖無小女等 兩人
解衣進茶之人 不患不足矣 太后曰 雖然婦女之道 不可廢也 兩公主承命(하,
羅503), 石504), 藏, 淵505), 誠506), 羅b, 印, 서, 石국)

---

497) 하버드본은 "陣則雖或可稱".
498) 석헌본은 을사본과 동일.
499) 석헌본은 을사본과 동일.
500) 석헌본은 을사본과 동일.
501) 성암본은 "願問公主".
502) 석헌본은 을사본과 동일.
503) 나손본은 "解衣而安其身……婦女之道不可廢矣".

越王必欲加罪○○○ 挑於太后(乙 68 후-9)

越王必欲加罪於小子 挑於太后(하, 羅, 石507), 藏508), 淵, 誠, 羅b, 印)

亦蘭陽猜我姬妾○太多 乃生妬忌之心(乙 69 전-1)

亦蘭陽猜我姬妾之太多 乃生妬忌之心(하, 羅, 石509), 藏, 淵, 誠, 羅b, 印)

柳夫人○○曰 蘭陽之罪本不分明(乙 69 전-4)

柳夫人大笑曰 蘭陽之罪本不分明(하, 羅510), 石511), 藏, 淵, 誠, 羅b, 印, 서)

汝○欲使我罰之 以茶代酒可也(乙 69 전-5)

汝必欲使我罰之 以茶代酒可也(하, 羅512), 石513), 藏, 淵, 誠, 羅b, 印, 서)

鴻月烟波○○ 以小擊衆(乙 69 후-9)

鴻月烟波四人 以小擊衆(하, 羅, 石514), 藏, 淵, 誠, 羅b, 印, 石국)

秦氏亦笑而飮○ 柳夫人問於公主曰(乙 70 후-2)

秦氏亦笑而飮之 柳夫人問於公主曰(하, 羅, 石515), 藏, 淵, 誠, 羅b, 印)

---

504) 석헌본은 을사본과 동일.

505) 연민본은 "解衣而安其身……婦女之道不可廢矣".

506) 성암본은 상동.

507) 석헌본은 을사본과 동일.

508) 장암본은 을사본과 동일.

509) 석헌본은 을사본과 동일.

510) 나손본은 을사본과 동일.

511) 석헌본은 을사본과 동일.

512) 나손본은 을사본과 동일.

513) 석헌본은 을사본과 동일.

514) 석헌본은 을사본과 동일.

515) 석헌본은 을사본과 동일.

名○映蛾樓 使凌波居之(乙 71 전-7)
名曰映蛾樓 使凌波居之(하516), 羅, 石, 藏, 誠, 羅b, 光)

諸○人從容謂凌波曰 娘子神通變化(乙 71 전-10)
諸夫人從容謂凌波曰 娘子神通變化(하, 羅, 石517), 藏, 淵, 誠, 羅b, 印)

何關於畢境之成就○(乙 72 후-1)
何關於畢境之成就乎(하, 羅, 石518), 藏, 淵, 誠, 羅b, 印)

一生一死 必欲×○之相隨(乙 73 전-8)
一生一死 必欲與之相隨(하, 羅, 石519), 藏520), 淵, 誠, 羅b, 印)

未嘗見産育之慘 此亦與凡人殊○(乙 73 후-5)
未嘗見産育之慘 此亦與凡人殊也(하, 羅, 石521), 藏, 淵, 誠, 羅b, 印)

雖欲復效犬馬之力 ○報丘山之德(乙 75 후-10)
雖欲復效犬馬之力 少報丘山之德(하, 羅, 石522), 藏, 淵, 誠, 羅b, 印)

×× ○○當歌詠聖德感激洪私(乙 76 후-4)
臣謹當歌詠聖德感激洪私(하, 羅, 石523), 藏, 淵, 誠, 羅b, 印)

---

516) 하버드본은 을사본과 동일.
517) 석헌본은 을사본과 동일.
518) 석헌본은 을사본과 동일.
519) 석헌본은 을사본과 동일.
520) 장암본은 "必欲相隨".
521) 석헌본은 을사본과 동일.
522) 석헌본은 을사본과 동일.
523) 석헌본은 을사본과 동일.

張壁疆本有仙骨 ×○鄴侯老猶不衰(乙 77 전-1)

張壁疆本有仙骨 李鄴侯老猶不衰(하, 羅, 石524), 藏525), 淵526), 誠527),
羅b528), 印)

楊丞相登高望遠 眞上人返本還元(16회)

丞相乃投玉簫 ○○○徒倚欄頭(乙 78 후-9)

丞相乃投玉簫 與八人徒倚欄頭(하, 羅, 石529), 藏, 淵, 誠, 羅b, 印, 서,
石국)

吾自致仕 來此○○每夜着睡(乙 79 후-7)

吾自致仕 來此之後每夜着睡(하, 羅, 石, 藏, 淵, 誠, 羅b, 印, 서)

以餞丞相矣 方命侍兒洗盞更酌○(乙 80 전-10)

以餞丞相矣 方命侍兒洗盞更酌矣(하, 羅, 石, 藏, 淵, 誠, 羅b, 印, 서)

形貌動靜甚異矣 ○上高臺(乙 80 후-2)

形貌動靜甚異矣 儼上高臺(하, 羅, 石530), 藏, 淵, 서, 石국)

然只記夢中之一見 ○不記十年之同處(乙 80 후-10)

然只記夢中之一見 而不記十年之同處(하, 羅, 石531), 藏, 淵, 誠, 羅b, 印)

---

524) 석헌본은 을사본과 동일.

525) 장암본은 "李鄴信老猶不衰".

526) 연민본은 상동.

527) 성암본은 상동.

528) 나손본(b)는 상동.

529) 석헌본은 을사본과 동일.

530) 석헌본은 을사본과 동일.

531) 석헌본은 을사본과 동일.

○百八顆念珠 已垂項前(乙 81 후-2)

一百八顆念珠 已垂項前(하, 羅, 石532), 藏, 淵, 誠, 羅b, 印, 서, 石국)

分而二之也 汝夢猶未○覺也(乙 82 전-7)

分而二之也 汝夢猶未盡覺也(하, 羅, 石533), 藏, 淵, 誠, 羅b)

○○○莊周之夢 爲蝴蝶耶(乙 82 전-8)

莊周曰莊周之夢 爲蝴蝶耶(하, 羅, 石534), 藏535), 淵, 誠, 羅b, 印, 石국)

八尼○皆師事性眞 深得菩薩大道(乙 83 후-3)

八尼姑皆師事性眞 深得菩薩大道(하, 羅, 石536), 藏, 誠, 羅b, 印, 서, 石국)

5. 添補

倩女冠鄭府遇知音 老司徒金榜得快壻(4회)

清濁節奏繁促 一聞輒解毫分縷析(乙 32 전-7)

清濁節奏繁促 一聞輒○毫分縷析(하, 羅, 石, 藏537))

人有欲學廣陵散者乎 吾惜之而不傳矣(乙 36 전-9)

人有欲學廣陵散者○ 吾惜之而不傳矣(하, 羅, 石, 藏538), 石b, 石c, 光, 日)

---

532) 석헌본은 을사본과 동일.
533) 석헌본은 을사본과 동일.
534) 석헌본은 을사본과 동일.
535) 장암본은 을사본과 동일.
536) 석헌본은 을사본과 동일.
537) 장암본은 을사본과 동일.
538) 장암본은 을사본과 동일.

盡善盡美者 無過於此者(乙 37 전-5)
盡善盡美○ 無過於此者(하, 羅, 石, 藏, 石b, 石c, 權, 日)

詠花鞋透露懷春心 幻仙庄成就小星綠(5회)

小姐因入房中 細見繡線之妙(乙 43 전-10)
小姐因入房中 細見繡線○○(하, 羅, 石, 藏, 石b, 石c, 權, 日)

賈春雲爲仙爲鬼 狄驚鴻乍陰乍陽(6회)

此豈獨爲小弟之罪哉(乙 57 후-6)
此豈獨爲○弟之罪哉(하[539], 羅, 石, 藏, 石b, 石c, 權, 日)

金鸞直學士吹玉簫 蓬萊殿宮娥乞佳句(7회)

先時太后出臨蓬萊殿 窺見楊少游(乙 73 후-4)
○時太后出臨蓬萊殿 窺見楊少游(하, 羅[540], 石, 藏[541], 石b, 石c, 權, 日, 서)

宮女掩淚隨黃門 侍妾含悲辭主人(8회)

鄭女自當有可歸之處 卿無糟糠下堂之嫌(乙 77 전-9)
鄭女自當有○歸○處 卿無糟糠下堂之嫌(하, 羅, 石, 藏, 石b, 石c, 權, 日, 誠)

---

539) 하버드본은 "此豈獨弟之罪乎".
540) 나손본은 을사본과 동일.
541) 장암본은 을사본과 동일.

婚姻大事也 不可以一言訣定(乙 78 전-6)

婚姻大事也 不可以一言○定(하, 羅542), 石, 藏543), 石b, 石c, 權544), 日, 誠)

雄州大城 皆思峙蒭粮(乙 82 후-4)

雄州大城 皆○峙蒭粮(하, 羅545), 石, 藏, 石b, 石c, 權, 日, 淵)

白龍潭楊郎破陰兵 洞庭湖龍君宴嬌客(9회)

自此之後 水味之甘當如舊日(乙 4 전-1)

自此○○ 水味之甘當如舊日(하, 羅, 石, 藏, 誠)

海若爲之殿後 其視南海小兒(乙 4 후-5)

海若爲之殿後 ○視南海小兒(하, 羅, 石, 藏, 誠)

仍麾兵督戰 太子大怒(乙 5 전-8)

○○○○○ 太子大怒(하, 羅, 石, 藏, 誠, 서, 石국)

終爲唐軍所獲 縛致麾下(乙 5 후-2)

終爲唐軍所獲 ○○○○(하, 羅, 石, 藏, 誠, 서, 石국)

忽有祥光瑞氣 自東南而至矣(乙 6 전-3)

忽有祥光瑞氣 自東南而至○(하, 羅, 石, 藏, 誠)

---

542) 나손본은 을사본과 동일.

543) 장암본은 "不可以一言定之".

544) 권영철본은 "不可以一言定之矣".

545) 나손본은 을사본과 동일.

楊元帥偸閑叩禪扉 公主微服訪閨秀(10회)

此槩荊山之玉 ˟一埋光而恥銜(乙 14 후-7)
此槩荊山之玉 ○埋光而恥銜(하, 羅, 石, 藏, 淵, 誠, 羅b)

因秦家之遭禍 終致乖張矣(乙 15 후-8)
因秦家○遭禍 終致乖張矣(하, 羅, 石546), 藏, 淵547))

殊不覺日影已在窓西矣(乙 16 후-4)
○不覺日影已在窓西矣(하, 羅, 石, 藏, 淵, 誠, 羅b, 石국)

兩美人携手同車 長信宮七步成詩(11회)

與小妹同乘而執嫌 何太過耶(乙 20 전-5)
與小妹同乘而執嫌 ○太過耶(하548), 羅, 石, 藏, 淵, 誠, 羅b)

以洞簫之一曲 驗百年之宿緣(乙 22 전-4)
以洞簫○一曲 驗百年之宿緣(하549), 羅, 石, 藏, 淵, 誠, 羅b, 光)

楊少游夢遊上界 賈春雲巧傳玉語(12회)

況姐姐小妹之兄也 又何疑乎(乙 25 전-7)
○姐姐小妹之兄也 又何疑乎(하, 羅, 石, 藏, 淵, 誠, 羅b, 서, 石국)

蘭陽公主曰 喜鵲詩詩料(乙 26 전-7)

---

546) 석헌본은 "因秦家遭亂".
547) 연민본은 상동.
548) 하버드본은 을사본과 동일.
549) 하버드본은 을사본과 동일.

蘭陽○○曰 喜鵲詩詩料(하, 羅, 石, 藏, 淵, 誠, 羅b, 서, 石국)

九重七寶宮闕 丹碧煌煌(乙 30 후-2)
○○七寶宮闕 丹碧煌煌(하, 羅, 石, 藏, 淵, 誠, 羅b, 서, 石국)

傳之曰 禮幣已還則便是行路人也(乙 33 전-5)
傳之○ 吾家旣還尙書禮幣已還則便是行路人也(하, 羅, 石, 藏, 淵, 誠, 羅b, 서, 石국)

況有前日聽琴之嫌乎(乙 33 전-6)
況有前日聽琴之嫌○(하, 羅, 石, 藏, 서, 石국)

丞相聞言 益切愴然曰(乙 33 후-1)
丞相聞○ 益○愴然曰(하, 羅, 石, 藏, 淵, 誠, 羅b, 石국)

我雖以織女爲妻 以宓妃爲妾(乙 34 전-1)
我雖以織女爲妻 ○宓妃爲妾(하, 羅, 石, 藏, 淵, 誠, 羅b)

合卺席蘭英相諱名 獻壽筵鴻月雙擅場(13회)

其事一人之身 此則自有人(乙 35 전-1)
其事一人之身 此○自有人(하, 羅, 石, 藏550), 淵, 誠, 羅b)

所未聞者也 臣何敢承當乎(乙 35 전-2)
所未聞○也 臣何敢承當乎(하, 羅, 石, 藏551), 淵, 誠, 羅b)

---

550) 장암본은 을사본과 동일.
551) 장암본은 을사본과 동일.

此朕所以以兩妹事之 且御妹兩人(乙 35 전-5)

此朕所以○兩妹事之 且御妹兩人(하, 羅, 石, 藏552), 淵553), 誠, 羅b)

第三日 往于秦淑人之房(乙 36 후-3)

第三日 往○秦淑人之房(하, 羅, 石, 藏, 淵, 誠, 羅b)

共結舊日之約 而不知以紈扇詩(乙 37 전-5)

共結舊日之約 ○不知以紈扇詩(하, 羅, 石, 藏, 淵, 誠, 羅b)

妾聞之 主辱臣死(乙 38 전-7)

妾聞○ 主辱臣死(하, 羅, 石, 藏, 淵, 誠, 羅b)

秦氏久而出來 無所傳之言(乙 38 후-5)

秦氏久而出○ 無所傳之言(하, 羅, 石, 藏554), 淵, 誠, 羅b)

淑人曰 長在貴主之側(乙 41전-4)

淑人○ 長在貴主之側(하, 羅, 石, 藏, 淵, 誠, 羅b, 光, 印, 서, 石국)

頓首頓首百拜 上言于皇帝陛下(乙 46 후-2)

頓首○○百拜 上言于皇帝陛下(하555), 羅, 石, 藏, 誠, 羅b)

樂遊原會獵鬪春色 油壁車招搖占風光(14회)

永嘉黃相 相溢於玉盤(乙 58 전-5)

---

552) 장암본은 을사본과 동일.

553) 연민본은 "此朕所以使兩妹事之".

554) 장암본은 을사본과 동일.

555) 하버드본은 을사본과 동일.

永嘉黃相 ○溢於玉盤(하, 羅, 石556), 藏, 淵, 誠, 羅b, 光, 印, 서, 石국)

王曰 兩娘子殊非地上人也(乙 62 전-6)
王曰 兩娘子○非地上人也(하, 羅, 石557), 藏, 淵, 誠, 羅b, 印, 서, 石국)

駙馬罰飮金叵酒 聖主恩借翠微宮(15회)

有此妄學 老身亦不可謂無罪(乙 70 후-7)
有此妄學 老身亦不可○無罪(하, 羅, 石558), 藏, 淵, 誠, 羅b, 印)

六娘子皆力辭 而春雲鴻月尤落落不應(乙 72 전-6)
六娘子皆力辭 ○春雲鴻月尤落落不應(하, 羅, 石559), 藏560), 淵, 誠, 羅b, 印)

汾陽六十方爲上將 少游二十出爲大將(乙 74 후-3)
汾陽六十○爲上將 少游二十出爲大將(하561), 羅, 石562), 藏563), 淵, 誠, 羅b, 印, 石국)

楊丞相登高望遠 眞上人返本還元(16회)

與丞相 相對坐曰(乙 80 후-3)
與丞相 ○對坐曰(하, 羅, 石564), 藏565), 淵, 誠, 羅b, 印)

---

556) 석헌본은 을사본과 동일.
557) 석헌본은 을사본과 동일.
558) 석헌본은 을사본과 동일.
559) 석헌본은 을사본과 동일.
560) 장암본은 을사본과 동일.
561) 하버드본은 을사본과 동일.
562) 석헌본은 을사본과 동일.
563) 장암본은 을사본과 동일.

晨昏行樂 皆一場春夢中事耳(乙 81 후-5)
晨昏行樂 皆一場春夢中事○(하, 羅, 石566), 藏, 淵, 誠, 羅b, 印, 서, 石국)

惟仙女自量而處之 八仙女卽退(乙 83 전-2)
○仙女自量而處之 八仙女卽退(하, 羅, 石, 藏, 淵, 誠, 羅b, 印, 石국)

講說經文 其經有白毫光射世界(乙 83 전-6)
講說經文 ○○○白毫光射世界(하, 羅, 石567), 藏, 淵, 誠, 羅b, 印, 서, 石국)

天花下如亂雨等語 說法將畢(乙 83 전-7)
天花下如亂雨○○ 說法將畢(하, 羅, 石568), 藏, 誠, 羅b, 印)

6. 結語

위의 '을사본과 노존본의 대비'에서 誤謬, 相異, 漏缺, 添補 등 4개 항목으로 나누어 을사본과 노존본을 대비 고찰하였다. 이들을 도표로 제시하면 다음과 같다.

분류 회수	오류	상이	누 결		첨 보		합계
			정	오	정	오	
1회	6	20	11	0	0	0	37

564) 석헌본은 을사본과 동일.
565) 장암본은 을사본과 동일.
566) 석헌본은 을사본과 동일.
567) 석헌본은 을사본과 동일.
568) 석헌본은 을사본과 동일.

2회	2	30	18	0	0	0	50
3회	6	30	8	0	0	0	44
4회	6	29	12	0	3	0	50
5회	11	35	14	2	1	0	63
6회	11	41	11	1	1	0	65
7회	5	9	4	0	1	0	19
8회	3	9	9	0	2	1	24
9회	4	38	13	1	5	0	61
10회	12	34	13	1	2	1	63
11회	12	26	11	0	2	0	51
12회	7	52	21	1	7	0	88
13회	13	63	30	0	7	2	115
14회	6	48	19	3	2	0	78
15회	14	52	24	4	3	0	97
16회	4	19	7	2	5	0	37
합계	122	535	240		45		942

즉, 위의 도표에 나타난 것을 보면, 을사본에 나타난 오류의 수가 122개소, 상이의 수가 535개소, 누결된 수가 240개소나 되는 가운데, 오류로 누결된 것이 15개소이며, 그리고 첨보에 있어서 첨보된 수가 45개소나 되는 가운데 오류로 첨보된 것이 4개소에 이르고 있으며, 이들을 모두 종합하면 위 도표에 나타난 바와 같이 을사본과 노존본의 차이는 무려 942개소에 이르고 있다. 여기에 누결과 첨보에서의 오류는 컨텍스트가 전연 이어지지 않음을 뜻한다.

이제 마무리를 제시하면, 을사본과 노존본과의 차이 942개소를 현 을사본의 내용에다 고쳐 끼우면 그대로 노존본의 재구가 이루어지며, 결국 현 <구운몽> 이본의 비교적 완전에 접근한 노존본 텍스트가 성립된다는 것이다.

V
결론

　이제 총 마무리로 들어간다. 첫째 'Ⅱ.한문본고'에서 '한문본의 이본에 대하여'를 서두로 하여 현존한 <구운몽> 한문본의 20여종이나 되는 이본을 노존본 계열, 을사본 계열, 계해본 계열 등 3종으로 나누어 그들의 서지적 사항을 살피고 나서, '계해본과 을사본'란을 설정하여 계해본과 을사본의 특징을 추출하였고, 다시 '을사본과 노존본'란을 설정하여 현존한 <구운몽>의 이본 중, 원전의 위치에 있는 노존본의 특징을 추출하였다.

　끝으로 '노존본의 성립연대에 대하여'에서는 을사본에 나타난 결의 형제를 맺는 부분에서 판각의 부주의에서 오는 오각 및 유사자에서 오는 오각, 그리고 <구운몽> 상권의 성진의 환생 과정에 나타난 컨텍스트의 불비 및 하권의 양소유가 그의 만년 晩日을 당하여 팔미인과 더불어 가을 경치를 즐기는 장면에 나타난 문리의 불비 등을 통하여 노존본은 을사본이 판각될 당시, 그 대본이 되었음을 밝혔다. 말하자면 노존본은 현존한 <구운몽>의 이본 중, 서포의 원작, 혹은 원작에 가장 가깝다는 것이다.

둘째, 'Ⅲ.국문본고'에서 한문본과 국역본의 상호 관계를 논술하고, 노존본, 을사본, 계해본 등 <구운몽>의 한문본 중에서 국역본의 대본 여하를 살피는 가운데, 신번구운몽과 유일서관본은 순연한 계해본의 역본에 속한다는 것을 살폈다. 그리고 경판본은 대체로 노존본의 역본임을 밝혔고, 완판본은 대체로 을사본의 역본임을 밝혔으며, 석헌본 (A)와 (B)는 노존본과 을사본의 혼역본임을 밝혔으며, 서울대학본은 순수한 노존본의 역본임을 밝혔다. 그러므로 <구운몽>의 국역본에 있어서 한문본 노존본이 <구운몽> 이본 상 그 중요성을 지니고 있는 것을 전제로 할 때, 서울대학본은 국역본 중 무거운 위치를 지니고 있음은 두말할 필요도 없다.

셋째, 'Ⅳ.을사본과 노존본의 대비'에서 을사본을 노존본과 비교하여 그 차이점을 살피기 위하여 '오류', '상이', '누결', '첨보' 등 4개 항목으로 나누어 그들의 차이점을 살폈는데, 을사본에 나타난 오류의 수가 122개소, 상이의 수가 535개소, 누결의 수가 240개소, 첨보의 수가 45개소로, 이들을 모두 종합하면 무려 942개소에 이르고 있다.

이제 이들을 마무리하겠다. 본 논저의 연구 목적은 현존하는 <구운몽>의 이본 가운데 서포의 원작, 혹은 이의 근사치를 지니고 있는 노존본의 재구에 있는 만큼, 을사본과 노존본의 대비에 나타난 차이점 942개소를 현 을사본에다 그대로 삽입시키면 노존본의 재구가 가능해지는 것이다.

여기 나타난 차이점 942개소의 수치는 문제점이 전연 없는 바는 아니다. 필자의 노존본의 재구방법은 앞서 언급한대로, 하버드본, 나손본, 석헌본, 장암본 등 네 개본을 중심으로 그 자료를 삼았고, 그 중에도 하버드본과 나손본이 중심이 되었기 때문에, 현존한 노존본 중 最

善本에 속하는 하버드본보다 더욱 완비된 노존본이 앞으로 출현한다면 942개소의 수치는 좀 변경될 가능성이 없지 않아 있다. 그러나 그 변경의 폭도 텍스트의 출현 여하에 따라 부분적인 자구의 수정 및 첨보에 불과할 것이다. 필자에 의해 재구된 것이 앞서 서술한 하버드본, 나손본, 석헌본, 장암본 외에도 여타의 많은 노존본의 방계본이 그 자료로 사용되었기 때문이다.

그러면 을사본과 노존본의 대비에 나타난 차이점 942개소를 을사본에 삽입하여 노존본을 재구하기로 하는데, 재구본은 따로 처리하기로 한다.

VI
구운몽 노존본의 첨보작업

1. 序言

　필자가 <구운몽> 연구에 착수하기 시작한 것은 정확히 1958년 가을부터이다. 그때 구운몽 연구의 착수는 어느 고서점에 꽂혀 있는 <구운몽> 이본을 모으기 시작하여 우선하여 텍스트 연구에 착수한지, 근 20년 후 1977년에 각처에 산장된 <구운몽> 한문본 20여종을 수직 연구하여 <구운몽> 원전을 추정하여 재구해 놓은 것이 졸저『구운몽 원전의 연구』이다.

　그 후 간헐적으로 필자에게는 수종의 <구운몽> 한문본이 입수되었다. 즉, 노존본으로는 진동혁본·김동기본·문웅본·落帙本인 강전섭 B본, 그리고 을사본으로는 사재동본외 2종 등 7종이 입수됨에 따라서 이들과 필자에 의해 이미 이루어진 재구본(『구운몽 원전의 연구』에 수록된 텍스트)을 대충 대비해본 결과, 군데군데 글자를 고쳐 놓지 않으면 안 될 부분이 출현하였다. 거기서 작년 봄부터 이를 정밀히 대비해온 바에 의하면, 새로운 자료의 출현으로 고치지 않으면 안 될 것도 있지만, 때로는 이미 재구된 부분도 필자의 부주의로 스쳐 잘못된 글자도 더러 나타나 있다는 것이다.

하지만 20여년 전에 이루어 놓은 을사본과 노존본의 대비에서 얻은 942개소는 새로 출현된 자료로 인해 한 글자도 잘못된 것이 없어 매우 다행스럽게 생각한다. 거기서 을사본과 노존본의 대비에서 이미 이루어진 942개소의 차이에다가 이번 새로 출현된 자료에 의하여 고쳐질 240개소를 합하면 1182개소의 차이에 이르게 된다는 것이다.

필자는 이번에 새로 출현한 <구운몽> 텍스트의 자료를 중심으로 노존본과 을사본의 대비로 얻어질 240개소의 도출의 방법과 목적을 위해 서언에서 몇 가지 사항을 다음과 같이 적어놓기로 하겠다.

① 텍스트는 노존본 계열인 하버드본・김동욱본・정규복A본・김광순본・진동혁본・김동기본・문웅본 및 낙질본인 정규복B본・정규복C본・일본본・강전섭B본 등이 주축을 이루는 가운데, 을사본 계열로서도 노존본의 요소를 적지 않게 가지고 있는 권영철본・김근수본・사재동A본・강전섭A본 및 낙질본인 인권환본 등이 참고가 되었다.

② 노존본 여부의 평가 규준은 노존본 계열로서도 중요하다고 생각되는 하버드본・김동욱본・정규복A・B・C본・진동혁본・김동기본・문웅본・일본본・강전섭B본 등 10종 중 과반수가 넘는 5개 이상으로 하였다. 하지만 5개소 미달인 경우에도 노존A본의 텍스트가 된 노존B본과 일치할 경우엔 노존본으로 간주하였다.

③ 텍스트는 시중에 출간된 경우엔 이를 텍스트로 페이지 수를 일일이 밝히고, 아직 출간되지 않을 경우엔 장수와 전・후면을 밝혔다. 가령 5장 전면인 경우, '5전'으로 하였다. 즉, 하버드본과 을사본은 필자의 『구운몽 원전의 연구』로, 김광순본은 『필사본한국고소설전집』(경인문

화사, 1993)으로, 정규복A본과 계해본은 『구운몽』(서울 고려서림, 1986)
으로 텍스트를 삼았다.

④ 텍스트의 명칭은 번잡을 덜기 위해 하버드본은 '하'로, 김동욱본
은 '旭'으로, 정규복 A·B·C본은 각각 '丁A', '丁B', '丁C'로, 진동혁본
은 '秦'으로, 김동기본은 '箕'로, 일본본은 '日'로, 강전섭A·B본은 각각
'姜A', '姜B'로, 권영철본은 '權'으로, 사재동A·B본은 '史A', '史B'로,
김근수본은 '根'으로, 인권환본은 '印'으로, 윤귀섭본은 '尹'으로, 을사
본은 '乙'로, 노존B본은 '老B'로 계해본은 '癸'로 약칭한다.

2. 구운몽 한문본의 중요이본 개요

1) 노존본 계열

① 하버드본

상중하 3책. 상 47장, 중 65장, 하 52장. 30×20 필사본. 미국 하버드
대학 연경학회 소장. 본책은 노존본 계열로서는 비록 오자·탈자·탈
문이 산재돼 있지만 가장 많은 노존본의 요소를 지니고 있어 주목된다.

② 김동욱본

상하 1책. 105장. 29.4×20 필사본. 필사연도 乙丑年正月寫始庚寅十
一月畢 김동욱(전 연세대 교수) 소장. 본책 역시 노존본 계열로서 비
록 오자·탈자·오문이 엿보이지만, 노존본의 요소를 비교적 많이 지
니고 있다.

③ 丁奎福A본

상하 3책. 상 35장, 하 47장. 33×20 필사본. 필사연도 癸亥流月小念
新陵高樓以消遣潦熱苕落謄畢 정규복(고려대 교수) 소장. 본책 역시
노존본으로서 곳곳에 을사본으로 돌아간 곳이 있지만 오자·탈자·탈
문은 비교적 적은 편이다.

④ 정규복B본

낙질 상 69장. 24×17 필사연도 미상. 정규복 소장. 본 책은 상권밖에
없는 낙질이지만 지질의 감정으로는 근 300년 전의 것이다. 본 책 역시
오자·탈자·탈문도 보이지만 노존본의 요소를 많이 지니고 있다.

⑤ 丁奎福C본

낙질 상 70장. 21.5×18.5 필사본. 필사연도 미상. 정규복 소장. 본 책
역시 노존본으로서 오자·탈자가 보이지만 탈문은 거의 없다. 노존본
의 요소를 많이 지니고 있다.

⑥ 진동혁본

상하 2책. 상 35장, 하 35장. 35×21 필사본. 필사연도 미상. 진동혁
(단국대 교수) 소장. 본책도 역시 오자·탈자·탈문이 군데군데 엿보
이지만 노존본으로서 노존본의 요소를 하버드본과 같이 가장 많이 지
니고 있다.

⑦ 김동기본

상하 2책. 상 60장, 하 62장. 17.5×28 필사본. 필사연도 甲申十月二
六日三午堂終. 김동기(건양대 교수) 소장. 하권 말미에 '甲申十月二六

日'인 것으로 보아 1884년 '甲申'으로 보는 것이 무난할 것이다. 이 책 역시 노존본으로서 군데군데 오자·탈자·탈문이 엿보이는 가운데 심한 탈문도 보인다. 이 책의 특색은 윗단에 간간 구절의 출처를 인용하여 밝힌 것이다.

⑧ 문웅본

상하 1책. 상 49장, 하 95장. 34×21. 문웅(사업가) 소장. 필사본. 필사연도 癸卯五月二十七日傳寫. '癸卯'는 1903년보다는 1843년으로 추정된다. 이 책은 노존본으로서 역시 오자·탈자·탈문이 군데군데 엿보이는 가운데 하권은 거의 을사본이 대본이 된 듯하다. 하권 말미에 '崇禎後再度乙巳 錦城午門新刊'으로도 그것을 알 수가 있다.

⑨ 김광순본

상하 1책. 65장. 26.5×19. 137면 필사본. 필사연도 미상. 김광순(경북대 교수) 소장. 이 책은 역시 형식은 노존본 계열이지만 필치도 조잡한 데다가 오자·탈자·탈문이 역시 산재돼 있고 상권은 노존본과 을사본이 엇갈려 있고 하권은 완전 을사본으로 돌아가 있다.

⑩ 일본본

낙질. 상권 65장. 25×18. 필사본. 필사연도 乙丑仲春下澣. 大谷森繁 소장. 그 필사연도는 1889년 '乙丑'으로 추정된다. 이 책은 노존본으로서 필치도 우아하고 오자·탈자·탈문이 거의 없을 뿐만 아니라 거의가 노존본의 요소를 지니고 있다.

⑪ 강전섭B본

낙질. 상권 84장. 필사본. 필사연도 미상. 강전섭(대전실업대 교수) 소장. 이 책은 8회장 초반 부분까지 있을 뿐, 나머지는 결여되어 있고, 역시 노존본으로서도 필치는 우아하나 오자・탈자・탈문이 엿보인다.

2) 을사본 계열

① 을사본

상하 2책. 상 84장, 하 84장. 25×18. 목각본. 崇禎後再度乙巳 錦城午門新刊. 정규복 소장. 이 책은 주지하는 바와 같이 노존본을 대본으로 하여 사대부의 독자를 위해 간행된 방각본이다.

② 윤귀섭본

상하 1책. 106장. 27×33. 필사본. 필사연도 미상. 정규복 소장. 이 책은 을사본 계열로서 지질도 200여 년의 것으로 추정되며 필치도 달필로서 오자・탈자・탈문이 거의 없는 순수한 을사본 계열에 속한다.

③ 권영철본

상하 1책. 90장. 24.55×18.5. 필사본. 필사연도 미상. 권영철(효성대 교수) 소장. 이 책은 을사본 계열에 속하지만 내용에 있어서는 상권은 거의 노존본의 내용과 일치하고 있고, 하권은 노존본과 을사본이 엇갈려 있고 역시 곳곳에 오자・탈자가 엿보인다.

④ 사재동A본

상하 1책. 상하 63장. 28.5×17. 필사본. 필사연도 미상. 사재동(충남

대 교수) 소장. 이 책은 을사본 계열로서 역시 군데군데 오자·탈자가 보이며 곳곳에 노존본과 일치하고 있다. 필치는 난필로 해독하기 어려운 곳도 있으며 특히 이 책의 결함은 하권 16회장의 전면이 낙질되었다는 데에 있다.

⑤ 사재동B본

낙질. 하 89장. 23.5×14.5. 필사본. 필사연도 미상. 사재동 소장. 이 책의 필사연도는 전연 없지만 이 책 말미에 '禎後再度乙巳 錦城午門 新刊'으로 돼 있는 것으로 보아 을사본의 내용을 정확한 필치로 충실히 옮겨 놓고 있으며 오자·탈자가 거의 없다.

⑥ 강전섭A본

상하 1책. 상하 91장. 28×19. 필사본. 필사연도 미상. 강전섭 소장. 이 책은 을사본 계열로서 극히 드물게 노존본과 일치하지만 역시 군데군데 오자·탈자·탈문이 보인다.

⑦ 김근수본

상하 1책. 62장. 22×14. 필사본. 필사연도 大正7年陰腦月念五日. 김근수 소장. 이 책은 필사연도가 최근 대정7년(1918)으로 된 바와 같이 필체도 근대적 펜으로 쓰여 있는데다가 한글로 토가 달려 있다. 하지만 을사본 계열로서 오자·탈자는 비교적 적은 편이지만 하권 부분은 거의 노존본과 궤를 같이 하고 있다.

⑧ 인권환본

낙질 하 63장. 27×17.5. 필사본. 필사연도 미상. 인권환(고려대 교수) 소장. 이 책은 지질로 보아 20세기 이후의 것으로 추측되며 그 내용은 을사본 계열이지만, 하권 말미 부분 14·15·16회는 거의 노존본과 궤를 같이 하고 있다. 오자·탈자는 비교적 없는 편이다.

3. 노존본과 을사본의 대비

1) 상권

① 2회　華陰縣閨女通信　藍田山道人傳琴

吾鄕蜀中<老A174>[1]	乙295　尹7후　史A5후　姜B14후　根4후 하463　旭8후　丁B10후　箕9후　光10
吾鄕楚中	丁A15　丁C10후　秦5후　文7전　日10전 權8전　姜A7전　老B17[2]
且中夜相會<177>	乙299　尹9후　史A6후　姜A8후　根6전　丁 A18　丁C13후
但中夜相會	하416　旭12전　丁B13전　秦7전　箕12전 文9전　光13　日12후　姜B17후　權10전 老B20[3]

1) '老A174'는 老尊A本, 즉 졸저 『구운몽 노존본의 연구』에 기재된 재구본을 뜻하고 '174'는 졸저 상게서의 쪽수를 지칭한다. 앞으로는 번잡을 덜기 위해 쪽수의 숫자만을 표시한다.
2) 我楚地.
3) 但相見於夜.

且傳言閉函關<177>　　　　　　乙299 尹10전 根6전[4] 丁C14전

且傳言閉函谷閱　　　　　　　　하466 旭12후 丁A19 丁B13후 秦7전

　　　　　　　　　　　　　　　箕12전 文9전 光13 日13전

　　　　　　　　　　　　　　　姜B18후 姜A9전 老B20[5]

侍先生杖屨 以備弟子之列 小人願也<178>

　　　　　　　　　　　　　　　乙301 尹11전 史A7후 姜A9후 根6후

　　　　　　　　　　　　　　　丁C14전 光14

願侍先生杖屨 以備弟子之列　하467 旭13후[6] 丁A20 丁B15전 秦13

　　　　　　　　　　　　　　　전 箕13후 文10전 且14후 姜B20후 權

　　　　　　　　　　　　　　　11후

惟小姐率婢僕守家<179>　　　　乙302 尹11후 史A전 姜A10후 權7전

惟小姐率婢僕守家矣　　　　　　하469 旭14후 丁A22 丁B16전 丁C15

　　　　　　　　　　　　　　　전 秦8후 箕14후 文10후 光15 日15후

　　　　　　　　　　　　　　　姜B22전 權12후　　　．

小姐必已死矣<179>　　　　　　乙302 尹12전 史A8전 姜A10후

秦小姐必已死矣　　　　　　　　하469 旭14후 丁A22 丁B16후 丁C15

　　　　　　　　　　　　　　　후 光15 文11전 秦8후 箕14후 日15후

　　　　　　　　　　　　　　　姜B22전 權12후 根7전

若遇泉下之人<179>　　　　　　乙303 尹12전 史A8전 姜A10후 根7후

若遇泉下之矣　　　　　　　　　하469 旭14후 丁A22 丁C15후 秦8후

　　　　　　　　　　　　　　　箕8후 文11전 光116 日15후 姜B22전

　　　　　　　　　　　　　　　光16 權12후 老B[7]

---

4) 且傳聞閉關門.

5) 傳言曰閉函谷關.

6) 願侍先生杖屨以備弟子之禮.

② 3회 楊千里酒樓擢桂 桂蟾月駕被薦賢

皆入於蟾月之歌唯⁸⁾憮然敗興<183>

皆入於蟾月之歌喉憮然敗興　　乙307 癸194 老

諸生亦不肯挽止矣<183>　　　　乙308 尹15전 史A10전 姜A13전 根9
　　　　　　　　　　　　　　　후 光20

諸人亦不肯挽止矣　　　　　　하474 旭18전 丁A26 丁B19후 丁C19
　　　　　　　　　　　　　　　후 秦10후 箕18후 文14전 日19후 姜
　　　　　　　　　　　　　　　B28전 權15후 老B27⁹⁾

未得侍坐終宴矣<183>　　　　乙308 尹15후 史A10후 姜A13전 根9
　　　　　　　　　　　　　　　후 光20

未能侍坐終宴矣　　　　　　　하474 旭18후 丁A27 丁B20전 丁C20
　　　　　　　　　　　　　　　전 秦11전 箕18전 文14전 日20전 姜
　　　　　　　　　　　　　　　B29전 權16전 老B27¹⁰⁾

家事零替<184>　　　　　　　乙304 尹15후 權16후 史A10후 姜A13
　　　　　　　　　　　　　　　후 根9후 光20

家事零落　　　　　　　　　　하475 旭19전 丁A27 丁B20전 丁C20
　　　　　　　　　　　　　　　후 秦11전 箕19전 文14후 日20후 姜
　　　　　　　　　　　　　　　B29후

郎若不以妻鄙夷之<184>　　　乙309 尹16전 權16후 史A10후 姜A13
　　　　　　　　　　　　　　　후 根10전

---

7) 如再生之人矣.

8) 재구본의 '皆入於蟾月之歌喉憮然敗興'의 '唯'는 을사본을 비롯한 계해본과 노존본에 모두 '喉'로 되어 있으므로, 이는 '喉'의 오자로서 '唯'를 '喉'로 바로잡는다.

9) 諸人不挽也.

10) 不能陪歡.

郎君若不以妻鄙夷之　　　　　하475 旭19전 丁A28 丁B21전 丁C20
　　　　　　　　　　　　　　　후 秦11전 箕19후 文14후 光21 日20후
　　　　　　　　　　　　　　　姜B29후 老B28[11]

其娘子且有卓文君之才貌<185>
　　　　　　　　　　　　　　　乙310 尹16후 史A11전 姜14전 光21

其娘子有卓文君之才貌　　　　하475 旭19후 丁A28 丁B21전 丁22
　　　　　　　　　　　　　　　전[12] 秦11후 箕20전 文15전 日21전 權
　　　　　　　　　　　　　　　17전 根10전[13] 姜B31전 老B28[14]

生幷一生[15]<185>　　　　　　乙310 尹16후 權16전 史A11전 姜A14
　　　　　　　　　　　　　　　전 根10전 老21

生幷一世　　　　　　　　　　하476 旭20전 丁A28 丁B21후 丁C22
　　　　　　　　　　　　　　　후 秦11후 箕20전 文15전 日21전 姜
　　　　　　　　　　　　　　　B31전

欲以爲大丞相之寵妾乎<185> 乙311 尹16후[16] 史A11후 姜A14후 根
　　　　　　　　　　　　　　　10후[17] 光22[18]

欲以爲大宰相之寵妾乎　　　　하476 旭20전 丁A29 丁B22전 丁C23
　　　　　　　　　　　　　　　전 秦12전 箕20후 文15후 日21후 姜

---

11) 郎君不以妾爲鄙.

12) 其娘子有文君才貌.

13) 其娘子卓文君之才貌.

14) 此娘子有卓文君之才貌.

15) 재구본의 '生幷一生'은 을사본을 비롯하여 윤귀섭본·권영철본·사재동A본·강전섭
　　A본·김근수본·김광순본엔 모두 '生幷一代'로 되어 있다.

16) 欲以大丞相之妾乎.

17) 윤귀섭본과 동일.

18) 윤귀섭본과 동일.

B31후 權18후 老B29[19)]

名聲大沉<185>　　　　　乙311 尹17전 史A11후 姜A14후 根10
후 丁B22후

聲名大沉　　　　　　　하477 旭20후 丁A29 丁C23후 秦12전
箕21전 文15후 光22 日22전 姜B32전
權18전 老B29[20)]

妾不敢薦於郎君矣<186>　　乙312 尹17후 史A12전 姜A15전 根10
후 文16전 光23

妾不敢薦之於郎君矣　　　하477 旭21전 丁A30 丁B23전 丁C24
전 秦12후 箕33전 日22후 姜B33전 權
18후

③ 4회 晋女冠鄭府遇知音 老司徒金榜得快壻

須覺俗慮之自消<189>　　　癸205[21)]
頓覺俗慮之自消　　　　　乙317 老
因頓首而謝<192>　　　　　乙321 尹20후 根14전 하485 丁C31전
文21전 光20

仍頓首而謝　　　　　　　旭27전 丁A38 丁B22후 秦16전 箕27후
日29후 姜B43전 權23전[22)] 史A15후
姜A19후

---

19) 欲爲宰相之妾乎.

20) 聲名大起.

21) 재구본의 '須覺俗慮之自消' 중 '須'는 을사본의 '頓'이 字型의 혼동으로 계해본에 誤刻
된 것으로서 이것이 필자의 부주의로 오자가 되었다. 을사본 및 그 계열본을 비롯한
모든 노존본엔 '頓'으로 되어 있음은 물론이다. '頓'으로 바로잡는다.

22) 乃頓首而謝.

其女冠言有一曲矣<192>　　　　乙322 尹21전 姜A20전 根14후 丁C31
　　　　　　　　　　　　　　후 光30

其女冠言又有一曲矣　　　　　하486 旭28전 丁A39 丁B30후 秦16후
　　　　　　　　　　　　　　箕28후 文21후 日30후 姜B44후 權24
　　　　　　　　　　　　　　후 史A 15후

④ 5회 詠花鞋透露懷春化 幻仙壓成就小星緣

小姐承命而往<194>　　　　　　乙324 尹24후 史A17전 姜A21후 根15
　　　　　　　　　　　　　　후 光232

小姐承命而進　　　　　　　　하489 旭30전 丁A41 丁B24후 丁C32후
　　　　　　　　　　　　　　秦17후 箕30전 文23전 日32후 姜B47
　　　　　　　　　　　　　　후 權26후

自楊翰林來往23)吾家<196>

自楊翰林來往吾家　　　　　　乙326 癸233 老

景致蕭庚<197>　　　　　　　　乙239 尹26후 史A18후 姜A23전 根17
　　　　　　　　　　　　　　후 光35

景槪蕭庚　　　　　　　　　　하492 旭32후 丁A44 丁B27후 丁C35후
　　　　　　　　　　　　　　秦19전 文25후 箕32후 日35전 姜B51
　　　　　　　　　　　　　　후 權28후

可以快琰矣<197>　　　　　　　乙328 尹27전 權28후 史A18후 姜A23
　　　　　　　　　　　　　　전 根17후 光35

我可以快琰矣　　　　　　　　하493 旭33전 丁A44 丁B28전 丁C36전
　　　　　　　　　　　　　　秦19전 箕33전 文25후 日35전 姜B51후

---

23) 재구본의 방점부분은 '往'은 을사본을 비롯하여 모든 노존본에 '住'로 되어 있다. 즉
재구본의 '往'은 필자의 부주의로 야기된 '住'의 오자이다.

春雲微微笑曰<197>   乙328 尹27전 權29전 史A18후 姜A23
                        전 根17후24) 文25후 光35

春雲微微而笑曰   하493 旭33전 丁A45 丁B33전 丁C36
                        전 秦19전 箕33전 日35전 姜B52전

持被之餘<197>   乙328 尹27전 姜A23전 根17후 文25후
                        光35

楊翰林持被之餘   하493 旭33전 丁A45 丁B33전 丁C36
                        전 秦19전 箕33전 日35후 姜B52전 權
                        29전 史A18후25)

楊翰林性情26)本好奇<197>

楊翰林性本好奇   乙329 癸238 老

則只在此山中矣<198>   乙329 尹27후 姜A23후 根16전 旭33후
                        丁C36후 光36

則只在此山之中矣   하493 丁A45 丁B33후 秦19후 箕26전
                        文26전 日36전 姜B52후 權29전 史A18후

翰林憑欄送之<202>   乙335 尹30후 史A21전 姜A26후 根19
                        전 光41

翰林憑玩送之   하499 旭37후 丁A50 丁B33후 丁C42후
                        秦21후 箕37후 文29후 日40전 姜B59전
                        權33전

---

24) 春雲微笑曰.

25) 翰林持被之餘.

26) 을사본·계해본 및 노존본엔 모두 '楊翰林性本好奇'로 되어 있으므로 재구본의 '楊翰
    林性情本好奇' 중 '情'의 삽입은 인쇄과정 중 잘못 삽입된 것이다.

⑤ 6회 賈春雲爲仙爲鬼 狄驚鴻乍陰乍陽

出而見之<203>　　　　　　　乙338 尹41전 史A22전 姜A27후 根20
　　　　　　　　　　　　　　전 光43

出而披見　　　　　　　　　하50 旭39전 丁A51 丁B35후 丁C44후
　　　　　　　　　　　　　　秦22후 箕39전 文30후 日42전 姜B61후
　　　　　　　　　　　　　　權34후

神何蕭索也<204>　　　　　　乙338 尹41후27) 史A22전 姜A28전 根
　　　　　　　　　　　　　　20전 文31전28) 光43

神何索也　　　　　　　　　하50329) 旭39후 丁A52 丁B35후 丁C44
　　　　　　　　　　　　　　후30) 秦22후 箕39후 日42후 姜B62후
　　　　　　　　　　　　　　權35전

恨不能提蕭執桂<207>　　　　乙343 尹43후 史A24전 姜A30전 根21
　　　　　　　　　　　　　　후 光47

臣恨不能提蕭執桂　　　　　하507 旭42후 丁A55 丁B39후 丁C48후
　　　　　　　　　　　　　　秦24후 箕42후 文33후 日45후 姜B67후
　　　　　　　　　　　　　　權37후

衆娼曰<208>　　　　　　　　乙345 尹45전 史A24후 하510 丁B42전
　　　　　　　　　　　　　　光49

衆妓曰　　　　　　　　　　旭44전 丁A57 丁C51전 秦25전 箕43
　　　　　　　　　　　　　　후 文35전 日47후 姜B70전 權38전 姜
　　　　　　　　　　　　　　A31전 根22후

---

27) 漏缺.

28) 神何畜索也.

29) 神何索耶.

30) 하버드본과 동일.

縱橫闥闈<209>　　　　　　　丁C51전31)　箕44전32)

縱橫闈闥　　　　　　　　　　하510　旭44전　丁A57　丁B42전33)　秦25
　　　　　　　　　　　　　　전　文35전　光49　日47후　姜B70후　乙345
　　　　　　　　　　　　　　尹45전　權39후　史A25전　姜A31전　根
　　　　　　　　　　　　　　22후　癸271

路徑此地<210>　　　　　　　乙348　尹46후　史A25후　姜A32후　根23
　　　　　　　　　　　　　　후　文36전　光51　姜B73전

路徑此地而　　　　　　　　　하512　旭46전　丁A59　丁B51전　丁C53
　　　　　　　　　　　　　　전　秦26전　箕45후　日49후　權41전

⑥ 7회 金鸞直學士吹玉簫 蓬萊殿宮娥乞佳句

大勝於聞名<212>　　　　　　乙350　尹47후　史A20후　姜A33전　根24
　　　　　　　　　　　　　　전　旭47후　丁B52후　文37후　光53

大勝於聞名矣　　　　　　　　하514　丁A60　丁C54후　秦27전　箕47전
　　　　　　　　　　　　　　日51전　姜B75후　權42전

驚鴻曰<212>　　　　　　　　乙350　尹47후　史A26후　姜A33후　根24
　　　　　　　　　　　　　　전　旭47후　光53

驚鴻對曰　　　　　　　　　　하514　丁A61　丁B52후　丁C54후　秦27
　　　　　　　　　　　　　　전　箕47전　文37후　日51전　姜B75전　權
　　　　　　　　　　　　　　42전

超出於銀潢玉葉之中<213>　　乙352　尹48후　權43후　史A27후　姜A44
　　　　　　　　　　　　　　후　根25전　旭49전

---

31) 縱橫闈闥.

32) 정규복C본과 동일.

33) 縱橫捫闈.

超出於銀潢玉葉之中矣	하516 丁B53후 秦28전 文38후 日52후 姜B78전
但欲見其爲人<214>	乙353 尹49전 姜A35전 根25전 旭49후 丁B55전 光55 姜B79전
但吾欲見其爲人	하517 丁A63 丁C57전 秦28전 箕49전 文39전 日53후 權44전 史A27후
往問鄭司徒家<214>	乙383 尹49후 姜A35전 根25후 旭49후 丁B55후 丁C57후 光56 姜B79전
往問於鄭司徒家	하517 丁A63 秦28후 箕49전 文39전 日53후 權44전 史A27후
出入懷裡無時歇<217>	乙357 尹51후 史A29후 姜A37전 旭52후 光59
出入懷袖無時歇	하521 丁A66 丁B61후 丁C[34]61전 秦30전 箕52전 文41후 日56후 姜B83후[35] 權47전 根26후 老B64[36]
無路遮却如花面<217>	乙357 尹51후 史A29후 姜A37전 旭52후 光59
無勞遮却如花面	하521 丁A66 丁B62전 丁C61전 秦30전 箕52전 文41후 日56후 姜B83후 權47전 根26후 老B64[37]

---

34) 出入懷中無時歇.

35) 出入人懷無時歇.

36) 出入懷袖無時歇.

37) 無勞障却如化面.

⑦ 8회 宮女掩淚隨黃門 侍妾含悲辭主人

臣妾家敗亡之前<218>　　　　　　乙359　尹52후　史A30전　姜A38전　旭53
　　　　　　　　　　　　　　　　전　光61

妾家敗亡之前　　　　　　　　　하523　丁A67　丁B64전　丁C52후　秦30
　　　　　　　　　　　　　　　　후　箕53전　文42후　日58전　姜B38)　權48
　　　　　　　　　　　　　　　　전　根27후

頃當蓬萊引見之日<218>　　　　乙359　尹52후　旭53후　丁B64전　光61
頃當蓬萊殿引見之日　　　　　　하523　丁A67　丁C52후　秦30후　箕53전
　　　　　　　　　　　　　　　　文42후　日58전　權48전　史A30전　姜A38
　　　　　　　　　　　　　　　　전　根27후

臣遠方書生<219>　　　　　　　乙360　尹52후　史A30전　旭54전　光62
臣以遠方書生　　　　　　　　　하524　丁A68　丁B64후　丁C52후　秦31전
　　　　　　　　　　　　　　　　箕54전　文43전　日58후　權48후　姜A38
　　　　　　　　　　　　　　　　후　根27후

已行於入門之日<219>　　　　　乙360　尹53전　史A30후　姜A38후　旭54
　　　　　　　　　　　　　　　　전　丁B64후　光62

卽行於入門之日　　　　　　　　하524　丁A68　丁C52후　秦31전　箕54전
　　　　　　　　　　　　　　　　文43전　日58후　權48후　根27후

婚姻大事也<219>　　　　　　　乙361　尹53후39)　史A30후　姜A38후　旭
　　　　　　　　　　　　　　　　54후　文43후　光62

婚姻大禮也　　　　　　　　　　하525　丁A68　丁B65전　丁C53전　秦32
　　　　　　　　　　　　　　　　후　箕54후　日59전　權49전　根28전40)

---

38) 강전섭B본은 84장 전면 宮女掩淚隨黃門 侍人含悲辭主人의 일부와 후면을 끝으로
　　落張되어 있음.

39) 昏因大事也.

使退楊卽之禮綵<219>	乙361 尹53후 史A30후 姜A39전 根28 전 旭54후 丁B65전 光62
使還楊郎之禮綵	히52541) 丁A68 丁C53전 秦32후 箕54 후 文43후 日59후 權49전
當議之矣<220>	乙362 尹55전 姜A49후 光63
當復議之矣	히526 旭55후42) 丁A69 丁B65후 丁C54 후 秦33전 箕55후 文44후 日60후 權50 전 史A31전 根28후
伏乞聖上重禮義之本<221>	乙364 尹55전 史A31후 姜A50후 旭56 후 丁B66전 光65
伏乞陛上秉禮義之本	히52843) 丁A71 丁C55후 秦33후 箕56 후 文45전 日61후 權51전 根29전44)
朕不敢救矣<221>	乙36445) 尹56전 史A31후 姜A50후 旭 56후 丁B67전 文45후46) 光65
朕亦不能救矣	히52847) 丁A7148) 丁C57전49) 秦34전

---

40) 婚姻大義也.
41) 賜還楊卽之禮綵.
42) 議之矣.
43) 伏乞陛下重禮義之本
44) 하버드본과 동일.
45) 을사본엔 '朕不敢救'로 되어 있음. 즉 을사본계통인 윤귀섭본·사재동A본·강전섭A본 그리고 노존본계열 중 김동욱본·정규복B본·문웅본·김광순본 등도 모두 을사본과 같다.
46) 朕不可救.
47) 朕亦不敢救矣.
48) 하버드본과 동일.
49) 하버드본과 동일.

	箕56후 日61후 權51[50]) 根29전[51])
太后欲困楊少游<221>	乙361 尹56전 史A31후 姜A50후 旭56 후 光65
太后欲困少游	하528 丁A71 丁B67전 丁C57전 秦34전 箕56후 文45후 日61후 權51전 根29전
天然艶色<223>	乙267 尹56후 史A32후 姜A52전 旭58 후 丁B68후 光67
天然絶色	하530 丁A73 丁C58후 秦35전 箕58후 文47전 日63후 權52후 根30전
至三日矣<224>	乙368 尹59후 史A33전 姜A53전 根31 전 旭59전 丁B69후 光68 文47후
至三日之久	하532 丁A74 丁C59후[52]) 秦35후 箕59 후 日65전 權53후
神武慣敵<224>	乙369 尹59후 史A33후 姜A53전 旭56 후 光69
神威慣敵	하532 丁A74 丁B69후 丁C59후 秦36전 箕60전 文48전 日65후 權54전 根30후

2) 하권

① 9회 白龍潭楊郎破陰兵 洞庭湖龍君宴嬌客

求水不得<225>	乙370 尹49전 權55전 史B1전 姜A53후 印1전 光69

---

50) 하버드본과 동일.

51) 하버드본과 동일.

52) 至三日之久矣.

尋水不得 　　　　　　　　하533 旭60 丁A77 秦36전 箕1전 文49
　　　　　　　　　　　　　전 史A33후 根30후

我人世人也<225> 　　　　乙370 尹49전 權55후 史B2전 姜A54전
　　　　　　　　　　　　　印1후 文49후 光70

我則人世人也 　　　　　　하533 旭60후 丁A77 秦36후 箕1후 史
　　　　　　　　　　　　　A34전 根53)31전 老B7354)

因罪謫降爲玉之女<226> 　乙371 尹49후 權56전 史A34전 史B2후
　　　　　　　　　　　　　姜A54전 根31전 印2전 文50전 光70

因罪而謫爲玉之女 　　　　하534 旭61전 丁A78 秦36후 箕2전
堀55)土鑿地<227> 　　　　乙372 癸324
掘土鑿地 　　　　　　　　老 乙系

佳期何忍孤負<227> 　　　乙373 尹50후 權57전 史A35전 史B5전
　　　　　　　　　　　　　姜A55후 印4전 文51전 光72

佳期何忍虛負 　　　　　　하536 旭62전 丁A79 秦37후 箕3후 根
　　　　　　　　　　　　　32전

決雌雄矣<227> 　　　　　乙374 尹50후 權57후 史A35전 史B5전
　　　　　　　　　　　　　姜A55후 印4전 文51전 光72

決雌雄云矣 　　　　　　　하536 旭62전 丁A79 秦37후 箕4전 根
　　　　　　　　　　　　　32전

洞庭龍女與少游<228> 　　乙374 尹51전 權57후 史A35전 史B5후
　　　　　　　　　　　　　印4전 文51전 光73

---

53) 我則塵間之凡人也.

54) 我則人間人.

55) 재구본의 '堀土鑿地' 중 '堀'은 '掘'의 잘못으로 을사본 계열인 윤귀섭본·권영철본·
인권환본 등을 비롯하여 모든 노존본엔 '掘'로 되어 있으므로 비록 '堀'과 '掘'은 통용되
는 경우도 있지만, '掘'로 바로잡아야 한다.

洞庭龍女與楊少游   하537 旭62후 丁A80 秦38전 箕4전 姜
                                    A55후 根32전

眞人之所知也<228>   乙374 尹51전 權57후 史A35전 史B5후
                                    姜A55후 印4전 文51전 光73

眞人之所知   하537 旭62후 丁A80 秦38전 箕4전 根
                                    32전

齊發蹴踏<228>   乙374 尹51전 權57후 史A35후 史B5후
                                    姜A55후 印4후 文51후 光63

迭出俱發 躍蹴太子陣中   하537 旭62후 丁A80 秦38전 箕4전 根
                                    32전

卽魏懲丞相斬涇河龍王<228>   乙374 尹61전 權58전 史B6전 姜A56전
                                    印4후 文51후 丁A80 光73

卽古魏懲丞相斬涇河龍王   하537 旭63전 秦38전 箕4후 史A35후
                                    根32후

而汝父鎭定南海<228>   乙374 尹61전 權58전 史B6전 姜A56전
                                    印5전56) 文51후 光73

但汝父鎭定南海   하53757) 旭63전 丁A80 秦38전 箕4후
                                    史A35후 根32후

有功於萬民<228>   乙374 尹61전 權58전 史A35후 史B6전
                                    姜A56전 印5전 丁A80

有功德於萬民   하537 旭63전 秦38전 箕4후 根32후
奉邀元帥<228>   乙375 尹61후 權58전 史A35후 史B6후
                                    姜A56전 根32후 印5전 文52전 光73

---

56) 而汝鎭定南海.

57) 汝父鎭定南海.

| 奉邀楊元帥 | 허538 旭63전 丁A80 秦38전 箕5전 |

② 10회 楊之帥偷閑叩禪扉 公主微服訪閨秀

流血成川<230>	乙377 尹62후 權59후 史B9전 姜A57후 印7전 旭64후 文53전 光75
流血成川矣	허540 丁A82 秦38후 箕6후 史A36후 根1후
歡動天地<230>	乙377 尹62후 權59후 史B9전 姜A57후 印7전 旭64후 文53전 光75
勸聲動天地	허540 丁A82 秦38후 箕6후 史A36후 根1후
少游郭汾陽後一人<230>	乙377 尹62후 權59후 史A36후 史B9전 姜A57후 根1후 印7전 旭64후 文53전 光78
楊少游郭汾陽後一人	허540 丁A82 秦39후 箕6후 老B78[58]
鄭家女子誠美<230>	乙377 尹63전 權59후 史B9후 姜A57후 印4후 文53후 光76
鄭家女子誠美矣	허540 旭65전 丁A83 秦39후 箕7전 史 A36후 根1후
乘少游出外之日<230>	乙378 尹63전 權60전 史B9후 姜A57후 印4후 文53후 光76
乘少游出外之時	허540[59] 旭65전[60] 丁A83 秦39후 箕7

---

58) 楊少游之功郭汾陽後一人也.

59) 乘少游在外之時.

60) 乘少游去外之時.

	전 史A36전 根1후[61]
第未知汝[62]兒之意<231>	乙378[63] 尹63전[64] 權60전[65] 史A37전[66]
	史B16전[67] 姜A58전[68] 印5전[69] 文53
	후[70] 光76[71]
第未知女兒之意	하541 旭65전 丁A83 秦39후 箕7후 根
	2전
小女欲因某條親見鄭氏<231>	乙379 尹63후 根60후 史B10후 印5후
	文54전 光77
小女欲因某條親見鄭女	하542 旭65후 丁A83 秦40전 箕8전 史
	A37전 姜A58후 根2전
其祝文曰<232>	乙380 尹64전 權60전 史B11후 姜A58
	후 根2후 印6전 文54후 光77
其文曰	하542 旭66전 丁A84 秦40전 箕8후 史
	A37후[72] 老B80
至今二三其德<232>	乙380 尹64전 權60전 史B11후 姜A59
	전 印6전 文54후 光78

---

61) 하버드본과 동일.

62) '第未知汝兒之意' 중 '汝'는 2인칭으로 노존본의 '女'와 같아 뜻이 틀린 것은 아니지만, 이는 재구과정 중에 분명 '女'를 '汝'로 잘못 표기된 것이므로 '汝'를 '女'로 바로잡는다.

63) 第未知汝意.

64) 을사본과 동일.

65) 을사본과 동일.

66) 을사본과 동일.

67) 을사본과 동일.

68) 을사본과 동일.

69) 을사본과 동일.

70) 을사본과 동일.

71) 을사본과 동일.

72) 與公主 同覽其祝文 其文曰.

到今二三其德	하542 旭66전 丁A84 秦40후 箕8후 史 A37후 根2후
垂悲慈之念<232>	乙380 尹64전 權60전 史A37후 史B12 전 印6후 文54후 光78
垂慈悲之念	하543 旭66후 丁A84 秦40후 箕8후 姜 A59전 根2후
贈後世之福祿<232>	乙380 權61후 史A37후 史B12후 印6후 丁A85 文55전 光78
增後世之福祿	하543 旭66후 秦40후 箕9전 尹65전 姜 A59전 根2후
必成於鬼神手中也<233>	乙381 尹65후 權62전 史A38전 史B13 전 姜A59후 印7전 文55전 光79
必成於鬼神手中矣	하544 旭67전 丁A85 秦41전 箕9후 根 3전
必非常人也<233>	乙382 尹66전 權62전 史A38전 史B13 후 姜A60전 根3전73) 印7후 하544 丁 A8674) 文55후 光79
必非尋常人也	旭67전 秦41전 箕10전75) 老B8276)
李小姐容貌矣	乙382 尹66전 權62후 史A38전 史B13 후 姜A60전 印8전 旭67후 丁A86 文55 후 光79

---

73) 必非常之人也.

74) 김근수본과 동일.

75) 必甚尋常人也.

76) 則非尋常人物也.

李小姐容顔矣　　　　　　　하544 秦41전 箕10전 根3전

李小姐問知鄭府婢子<233>　乙382[77] 尹66전 權62후 史A38후 史
　　　　　　　　　　　　　B13후 姜A60전 印7전 文55후 光79

李小姐聞知鄭府婢子　　　　하544 旭67후 丁A86 秦41전 箕10전
　　　　　　　　　　　　　根3후

婢子還告曰<233>　　　　　乙382 尹66전 權62후 史A38후 史B13
　　　　　　　　　　　　　후 姜A60전 印7전 文55후 光79

婢子還告李小姐曰　　　　　하544 旭67후 丁A86 秦41전 箕10전
　　　　　　　　　　　　　根3후

而恕其情焉<235>　　　　　乙384 尹67전 權64전 史A39전 史B16
　　　　　　　　　　　　　전 姜A61전 印9전 文57전 光81

而恕其情　　　　　　　　　하546 旭68후 丁A67 秦42전 箕12전
　　　　　　　　　　　　　根4전

妾亦見楊柳詞<235>　　　　乙384 尹67후 權64전 史B16후 姜A61
　　　　　　　　　　　　　후 根4후 印9전 文57전 光81

妾亦見其楊柳詞　　　　　　하547 旭69전 丁A88 秦42전 箕12후
　　　　　　　　　　　　　史A39후

締結小姐<235>　　　　　　乙384 尹67후 權64전 史A39후 史B16
　　　　　　　　　　　　　후 姜A61후 根4후 印9전 文57전 光81

締交小姐　　　　　　　　　하547 旭69전 丁A88 秦42전 箕12후

夫人特賜顔色<235>　　　　乙385 尹67후 權64후 史A39후 史B17
　　　　　　　　　　　　　전 姜A62 印9후 文57후 光82

---

77) 재구본의 ‘李小姐問知鄭府婢子’ 중 ‘問’은 을사본엔 생략되어 ‘李小姐知鄭府婢子’로
되어 있고, 따라서 계해본을 비롯하여 이 欄에 제시된 윤귀섭본・권영철본을 비롯한
인권환본・문웅본・김광순본까지 모두 을사본과 같다.

今夫人特賜顏色 　　　　　　하547 旭69전 丁A88[78] 秦42후[79] 箕12
　　　　　　　　　　　　　　후[80] 根4후 老B85[81]

實未知措躬之處也<235> 　　乙385 尹67후 權64후 史B17전 姜A62
　　　　　　　　　　　　　　전 印9후 文57후 光82

實不知措躬之處也 　　　　　하547 旭69전 丁A88 秦42후 箕12후
　　　　　　　　　　　　　　史A39후 根4후

與春雲鼎足而坐<235> 　　　乙385 尹67후 權64후 史A39후 史B17
　　　　　　　　　　　　　　전 姜A62전 根4후 印9후 旭69전 文57
　　　　　　　　　　　　　　후 光82

與春娘鼎足而坐 　　　　　　하547 丁A88 秦42후 箕13전

③ 11회 兩美人携手同車 長信宮七步成詩

或恐李小姐氣像與蘭陽不遠<236>
　　　　　　　　　　　　乙386 尹58전 權65전 史B17후 印14전
　　　　　　　　　　　　丁A89 文58전 光82

或恐李小姐氣像與蘭陽不遠也 하548 旭69후[82] 秦42후 箕13후[83] 史
　　　　　　　　　　　　A40전 姜A62전[84] 根5전

安知其必與李娘相符乎<236> 乙386[85] 尹58전 權65전 史B17후 印14

---

78) 而夫人特賜顏色.

79) 정규복A본과 동일.

80) 정규복A본과 동일.

81) 今蒙夫人之愛.

82) 惑恐李小姐氣像與蘭陽不遠矣.

83) 김동욱본과 동일.

84) 김동욱본과 동일.

85) 재구본의 '安知其必與李娘相符乎'의 '相'이 을사본엔 '安知其必與李娘同符乎'의 '同'
　　으로 되어 있는데 을사본 계열인 윤귀섭본·권영철본·사재동B본·인권환본을 비롯

	전 文58전 光82
安知其必與李小姐相符乎	하548 旭69후 丁A89 秦42후 箕13후 史A40전86) 姜A62전 根5전
乞得筆製<236>	乙386 尹58후 權65후 史A40전 史B18후 姜A62후 印14후 文58후 光83
乞得華製	하549 旭70전 丁A89 秦43전87) 箕14전 根5전88)
本不來往<237>	乙387 尹58후 史A40전 史B18후 印15전 文58후 光83
本不往來	하549 旭70전 丁A90 秦43전 箕14전 權65후 姜A62후 根5전
嵐娘子僑居<237>	乙387 尹58후 權65후 史A40전 史B18후 姜A62후 印15전89) 旭70전 丁A90 文58후 光83
嵐娘子僑舍	하549 秦43전 箕14전 根5전
一笏往來<237>	乙38790) 尹58후 權65후 史B18후 印15전 文58후 光83
一笏往返	하549 旭70전 丁A9091) 秦43전 箕14전 史A40전92) 姜A62후 根5전

한 노존본 계열인 문웅본·김광순본엔 모두 을사본과 같이 되어 있다.

86) 安知其必與李小姐同符乎.
87) 乞得華題.
88) 진동혁본과 동일.
89) 嵐娘子僑距.
90) 재구본의 '一笏往來'가 을사본엔 '一笏來去'로 되어 있지만, 을사본 계열인 윤귀섭본·사재동B본·인권환본 및 노존본 계열인 문웅본·김광순본은 모두가 을사본과 같다.
91) 정규복A본은 재구본의 '一雲往來'와 같다.

乘夕還歸亦如何耶<237>	乙387 尹58후 權65후[93] 史B19전 姜A63전[94] 根5후 文58후 光80
乘夕還歸亦如何如耶	하549 旭70후 丁A90[95] 秦43후 箕14후[96] 史A40후 印16후
姐姐勿固讓也<238>	乙389 尹58후 權66후 史A41전[97] 史B20후 姜A64전 印16후 文59후 光85
姐姐勿苦讓也	하551 旭71전[98] 丁A91 秦44전 箕15후[99] 根6전[100]
情又綢繆<238>	乙389 尹59전 權67전 史A41전 史B21전 姜A64전 印17전 文60전 光85
情亦綢繆	하551 旭71후 丁A91 秦44전 箕16전 根6전[101]
處子之道<239>	乙391 尹59후 權68전 史A42전 史B22후 印18후 文60후
處身之道	하552 旭72전 丁A92 秦44후 箕16후 光86 姜A65전 根6후

---

92) 사재동A본은 재구본의 '一雲往來'와 같다.

93) 乘夕還歸亦如何也.

94) 乘夕還歸亦如何.

95) 乘夕還歸亦何如也.

96) 정규복본과 동일.

97) 姐姐爲固讓也.

98) 姐姐無苦讓也.

99) 姐姐勿告讓也.

100) 김동욱본과 동일.

101) 情卽綢繆.

以洞簫一曲<239>　　　　　旭72전 丁A93 光86 姜A65전 根6후

以洞簫之一曲　　　　　　하553 秦45전 箕17전 文60후 乙391 尹
　　　　　　　　　　　　59 權68전 史A42전 史B22후 印18후

娶兩個夫人<239>　　　　　乙391 尹59후 權68전 史A42전 史B22
　　　　　　　　　　　　전 姜A65전 印18후 文60후 光86

娶兩個美人　　　　　　　하553 旭72전 丁A93 秦45전 箕17전
　　　　　　　　　　　　根6후

一則所以表予愛女[102])之情也<239> 癸361

一則所以表予愛汝之情也　老 乙391

女兒與鄭小姐<240>　　　乙391 尹60전 權68후 史A42전 史B23
　　　　　　　　　　　　전 姜A65후 印19전 丁A93 文61전 光
　　　　　　　　　　　　87

女兒與鄭女　　　　　　　하553 旭72후 秦45전 箕17전 根7전

太后待鄭氏尤款<240>　　乙391 尹60전 權68후 史B23후 姜A65
　　　　　　　　　　　　후[103)] 印19전 丁A93[104)] 文65전 光87

太后待鄭小姐尤款　　　　하553 旭72후 秦45전[105)] 箕17후 史
　　　　　　　　　　　　A42후 根7전

今宮中無事<240>　　　　乙391 尹60전 權68후 史A42전 史B23
　　　　　　　　　　　　후 姜A65후 印19전 文61전 光87

宮中無事　　　　　　　　하553 旭72후 丁A93 秦45전 箕17후

---

102) 재구본의 '一則所以表予愛女之情也'의 '女'는 계해본의 '一則所以表予愛女之情也'
　　가 잘못 삽입된 것이다. 그러나 모든 노존본 및 을사본과 그 계열에 한결같이 '一則
　　所以表予愛汝之情也'로 되어 있으므로 재구본의 '女'를 '汝'로 바로잡는다.

103) 太后待鄭女尤款.

104) 강전섭A본과 동일.

105) 太后待鄭小姐優款.

	根7전
太后澤宮中捷步者<240>	乙391 尹60전 權68후 史A42전 史B23 후 姜65후106) 印19전 旭72후 文61전 光87
太后澤宮女中捷步者	하553 丁A93 秦45전 箕17후 根7전
太后先見鄭小姐<240>	乙392107) 尹60후 權69전 史B24전 姜 A65후 印19후 文61후 光87
太后先見鄭小姐所作	하554 旭73전 丁A94 秦45전 箕18전 史A42후108) 根7전
伏乞娘娘以兩詩之命意109)<241>	
伏乞娘娘以兩詩之意	하554 旭73 丁A94 秦45후 箕18전 史 A42후 姜A66전 根7후

④ 12회 楊少游夢遊上界 賈春雲巧傳玉語

則鄭家不敢當矣<241>	乙393 尹60후 權69후 史A43전 史B25 전 姜A66전 印20전 文62전 光88
則鄭家必不敢當矣	하555 旭73후 丁A94 秦45후 箕18후 根7후
欲命110)同歸於楊家<241>	乙393 尹61전 權69후 史A43전 史B25

---

106) 太后澤宮中健步者.

107) 재구본의 '太后先見鄭小姐'가 을사본엔 '太后先覽鄭氏'로 되어 있는데 을사본 계열 인 윤귀섭본·권영철본·사재동B본·강전섭A본·인권환본 및 노존본 계열인 문웅 본·김광순본엔 모두 을사본의 '太后先覽鄭氏'로 되어 있다.

108) 太后先覽鄭氏所作.

109) 재구본의 '伏乞娘娘以兩詩之命意' 중 '命意'는 '意'의 잘못된 添言으로 시정되어야 한다.

	전 姜A66후 印20전 文62전 光88
欲令同歸於楊家	허555 旭73후 丁A95[111] 秦46전 箕18 후 根7후
此後宮中皆以英陽公主稱之<242>	
	乙394 尹61전 權70전 史A43전 史B26 전 姜A66후 印21전[112] 文62후 光89
此後宮中皆以英陽公主呼之	허556 旭74전 丁A95 秦46전 箕19 전[113] 根8전
乃以秦中書前後之事<242>	乙394 尹61후 權70전 史A43전 史B26 전 姜A67전 根8전 印21전 文62후 光89
乃以秦中書前後事	허556 旭74전 丁A95 秦46전 箕19전
小女與秦女<242>	乙394 尹61후 權70전 印21후 丁A95 文62후 光89
小女與秦氏	허556 旭74전 秦46후 箕19후 史A43후 史B26전 姜A67전 根8전
作喜鵲之詩矣<242>	乙395 尹61후 權70후 史A43후 史B26 후 姜A67전 印21후 文63전 光89
作喜鵲詩矣	허556 旭74후 丁A96 秦46후 箕19후 根8전
繞枝三匝<242>	乙395[114] 尹61후 史A43후[115] 史B27

---

110) 재구본의 '欲命同歸於楊家' 중 '命'은 을사본엔 '與'로 되어 있고 따라서 이 항에 삽입된 윤귀섭본·권영철본 등을 비롯한 문웅본·김광순본엔 모두 '與'로 되어 있다.

111) 欲同歸於楊家.

112) 此後宮中皆以英陽公主稱以.

113) 此後宮中皆以英陽公主號之.

114) 재구본의 '繞枝三匝'이 을사본엔 '繞三匝'으로 되어 재구본의 '枝'가 탈락됨에 따라서

전 根8후 印22전 癸371 하557 旭74후
文63전

繞樹116)三匝   丁A98 秦46후 箕19후 光89 權70후 姜
A67후

此詩雖雜引曹孟德杜子美之詩及周詩之句<242>

乙395117) 尹61후 權70후 史A43후 史
B27전 秦A67후 印22전 癸371 文63전
光90

此詩雖雜引曹孟德杜子美及周詩之句

하557 旭74후 丁A96 秦46후 箕19후
根9전

有若爲秦氏今日事而準備者<242>

乙395118) 尹61후 權71후 史A67후119)

을사본 계열인 윤귀섭본과 사재동B본·인권환본 및 계해본 그리고 문웅본에도 역시
탈락되어 있다.

115) 繞之三匝.

116) 노존본 계열인 하버드본·김동욱본·문웅본 등의 '繞枝三匝'은 역시 같은 노존본계
열인 정규복A본·진동혁본·김동기본엔 '繞枝三匝'으로 되어 있지만, 이는 『이가원전
집』18(연세대 출판부, 1980), 169쪽에 있는, 曹孟德의 "月明星稀 鳥鵲南飛 繞樹三匝
無枝可依"의 원문으로 보아 '繞樹之三匝'이 맞는다고 생각되어 재구본의 '繞枝三匝'
중 '枝'를 '樹'로 바로잡는다.

117) 재구본의 '此詩雖雜引曹孟德杜子美之詩及周詩之句'가 을사본엔 '此詩雖雜引曹孟
德子美之詩及周詩之句'로 됨에 따라서 을사본 계열인 윤귀섭본·권영철본·사재동A
본·사재동B본·강전섭A본·인권환본 및 노존본 계열인 문웅본과 김광순본에도 모
두 '此詩雖雜引曹孟德子美之詩及周詩之句'로 되어 있다. 하지만 노존본 계열인 하버
드본·김동욱본·정규복A본·진동혁본·김동기본을 비롯한 김근수본엔 '此詩雖雜
引曹孟德社子美及周詩之句'로 되어 있는 것으로 보아, 재구본 및 을사본과 을사본
계열 그리고 계해본의 '此詩雖雜引孟德子美之詩及周詩之詩'는 그들 중 후자의 '孟德
子美之詩及周之詩'는 결국 전자 '曹孟德杜子美及周之詩'의 쓸데없는 부연이므로 誤
文이 되고 말았다.

	史B27전 姜A67후 根8후 印22전 癸371
	하557 旭74후 丁A96[120] 箕60전 文63전
有若爲秦氏今日而作也	秦46후 老B95[121]
時日將暮<243>	乙395 尹62전 權70후 史B27후 姜A67
	후 印22전 文63후 光90
時日將暮矣	하557 旭74후 丁A96 秦46후 箕20전
	史A43후 根8후
愛之如玉<243>	乙396 尹62전 權71전 史A44전 史B28
	전 姜A68전 印22후 丁A97 箕20후 文
	63후 光90
愛之如寶玉	하558[122] 旭75전 秦47전 根8후[123]
屈其尊體<243>	乙396 尹62전 權71전 史A44전 史B28
	전 姜A68전 根8후 印22후 文63후 光90
屈其尊貴	하558 旭75전 丁A97 秦47전 箕20후
夫人更不可挈去矣<243>	乙396 尹62후 權71후 史A44전 史B28
	후 姜A68전 印23전 文64전 光91

---

118) 재구본의 '有若爲秦氏今日事而準備者'는 다만 노존본 계열인 하버드본과 김동욱본
  에 되어 있을 뿐, 을사본엔 '有若爲秦氏今日事而作也'로 됨에 따라서 이와 동계본인
  윤귀섭본·권영철본·사재동B본·김근수본·인권환본 및 김동기본·문웅본에도 역
  시 '有若爲秦氏今日事而作也'로 되어 있다.

119) 有若爲秦氏今日事以作也.

120) 有若爲秦氏今日事作也.

121) 欣然如爲秦氏今日而作, 위의 진동혁본의 '有若爲秦氏今日而作也'가 비록 노존본
  계열로 여다 노존본 계열이 '有若爲秦氏今日事而準備者' 또는 '有若爲秦氏今日而作
  也' 등으로 되어 있지만, 노존B본의 '欣然爲秦氏今日而作'의 방점부분 '今日而作'에
  따라서 진동혁본을 받아들인다.

122) 愛寶玉.

123) 愛如寶玉.

夫人更不可挈去矣從此絶望可也

　　　　　　　　하558 旭75전 丁A97 秦47전 箕20후
　　　　　　　　根9전

亦如寡人之視英陽也<243>　　乙296 尹62후 權71후 史A44전 史B28
　　　　　　　　후 姜68전 印23전 文64전 光91

亦如寡人之愛英陽也　　　　하558 旭75후 丁A97 秦47전 箕21전
　　　　　　　　根9전

入朝於殿下<244>　　　　乙397 尹62후 權71후 史A44전 史B28
　　　　　　　　후 姜A68전 印23후 文64전 光91

入謁於殿下　　　　　　하558 旭75후 丁A97 秦47전 箕21전
　　　　　　　　根9전

一揮而製進<244>　　　　乙397 尹63전 權72전 史A44후 史B29
　　　　　　　　전 姜A68후 根9전 印23후 文64전 光91

一揮而進　　　　　　하558 旭75후 丁A98 秦47후 箕21전
卽華陰秦家女子<244>　　乙397 尹63전 根72전 史A44후 史B29
　　　　　　　　후 姜A68후 印23후 文64후 光91

卽華陰縣秦家女子　　　　하559 旭75후 丁A98 秦47후 箕21전
　　　　　　　　根9전 老B96[124]

見之而流涕<244>　　　　乙394 尹63전 權72전 史A44후 史B29
　　　　　　　　후 印24전 文64후

見之則流涕　　　　　　하559 旭76후 丁A98 秦47후 箕21후
　　　　　　　　光92 姜A68후 根9후

娘子獨不知尙書之情何耶<244>

　　　　　　　　癸376 史A44후 史B29후 印24전 文64

---

124) 華陰縣秦家娘子.

	후 光92
娘子獨不知尙書之情何也	하559[125) 旭76전 丁A98[126) 秦47후 箕21후 乙398 尹63전 權72전 姜A68후 根9후[127)
頗涉苟握<244>	乙398[128) 尹63후 權72후 史A44후 史B30전 姜A69전 印24전 根9후 하559 文65전 光92
頗涉苟艱	旭76전 丁A98 秦47후 箕21후 老B97[129)
此時楊尙書<245>	乙398 尹63후 權73후 史A45전 史B30후 姜A69전 印24후 丁A99 文65전 光92[130)
此時楊少游 望太行而感興者也<245>	하560 旭76전 秦48전 箕22전 根9후 乙399 尹64전 權73전 史A45전 史B31전 姜A69후 印25전 丁A99 文65전 光93
登太行而感興者也 其功亦不爲小矣<245>	하560 旭76후 秦48전 箕22후 根9후 乙399 尹64전 權73전 史A45전[131) 史B31전 姜A69후 印25후 丁A99[132) 文

---

125) 娘子獨不知尙書之情何歟.

126) 娘子獨不知尙書之情歟.

127) 하버드본과 동일.

128) 재구본의 '頗涉苟蘭'은 을사본 및 그 계열본인 윤귀섭본·권영철본·사재동A본·사재동B본·강전섭A본·김근수본·인권환본 등을 비롯한 문웅본·김광순본엔 모두 '頗涉苟且'로 되어 있다.

129) 頗苟艱.

130) 此時尙書.

131) 其功亦不爲不少矣.

132) 其功亦不可少矣.

	65전 光93
其功亦不小矣	하560 旭76후 秦48전 箕22후 根9후
病疾頗133)作<246>	
病疾頻作	乙401 癸383 老
雖同134)於金石<247>	乙401 尹65전 權74후 史A46전135) 史
	B33후 姜A70후 印26후 丁A101 文66
	후 光94
雖固於金石	하563 旭77후 秦49전 箕24전136) 根10
	후 老B106137)
俯聽<247>	乙402 尹65후138) 權71후 史A46전 史
	B34전 姜A91전 印27전 丁A101 文67
	전 光95
聽此春雲之言	하563 旭78전 秦49후 箕24후 根11전
尚書早晚還歸<247>	乙402 尹65후 權75전 史A46전 史B34
	전 姜A71전 印27전 文67전 光95

---

133) 재구본의 '病疾頗作' 중 '頗'는 을사본 및 계해본·노존본이 모두 '病疾頻作'으로 된 것으로 보아 '頗'의 誤挿임을 알 수가 있다. '頗'를 '頻'으로 바로잡는다.

134) 재구본 및 을사본과 계해본의 '雖同於金石'은 '丞相婚姻之約雖同於金石'의 한 부분으로서 이는 양소유가 戰陣에서 승리하고 돌아와 정소저가 죽었다는 소식을 듣고, 鄭生의 안내로 鄭司徒家에 가 정소저의 死去를 확인 후 슬픔에 잠길 때 정생이 양소유에게 하는 말이다. 그 문맥 중 을사본의 '同'과 노존본의 '固'에서 '固'의 옳음은 두말할 필요가 없다. 즉, 노존본의 '固'가 을사본의 '同'이된 것은 字型의 혼돈으로 잘못된 것이다. 노존본의 국역본인 정규복본에도 '혼구의 연약이 비록 금석갖치 구드나'(국역 정규복본 3권 23후)로 되어 있다.

135) 雖於金石.

136) 雖固金石.

137) 丞相從妹婚約不尋常.

138) 윤귀섭본엔 이 欄을 감별할 수 없으리만치 글자가 보이지 않음.

楊尚書早晚還歸	하563 旭78전 丁A101 秦49 箕24후 根 11전
則便是行路人也<247>	乙401 尹65후 史A46전 史B34전 印27 전 丁A102 文67전 光95
則便是行路之人也	하563 旭78전 秦49후 箕24후 權75전 姜71전 根11전
貽累德於已亡之人<247>	乙401 尹65후 權75전 史A46전 史B34 전 姜A71전 印27전 丁A102 箕24후 文 67전 光95
已亦貽累德於已亡之人	하563 旭78전[139] 秦49후 根11전[140]
豈無憾於地下乎<247>	乙401 尹65후 權75전 史B324전 姜A71 전 印27전 文67전 光95
我豈無憾於地下乎	하564 旭78전 丁A102 秦49후 箕24후 史A46전 根11전 老B100[141]
小姐又謂妾曰<248>	乙402 尹66전 權75전 史A46후 史B34 후 姜A71후 印27후 文67후 光95
小姐又謂曰	하564 旭78후 丁A102 秦49후 箕25전 根11전
不忘吾視春雲如吾<248>	乙402 尹66전 權75후 史B34후 姜A71 후 印27후 丁A102 文67후 光96
不忘吾視春娘如吾	하564 旭78후 秦49후 箕25전[142] 史A46 후 根11전

---

139) 亦貽累德於已亡之人.

140) 亦已貽累德於已亡之人.

141) 吾未瞑矣.

142) 不忘吾視春娘如我.

⑤ 13회 合卺席蘭英相諱名 獻壽筵鴻月雙擅場

上下教於丞相曰<248>	乙403 尹66후 權76전 史A46후 史B35 후 姜A71후 根11후[143] 印28후 文68전 光96
上又下教於丞相曰	하566 旭79전[144] 丁A103 秦50전[145] 箕25후
何處可得乎<248>	乙403 尹66후 權76전 史A47전 史B35 후 姜A72전 印28후 丁A103 箕25후 文 68전 光96
何處得來乎	하566 旭79전 秦50전 根11후
友愛之情<249>	乙404 尹66후 權76전 史A47전 史B36전 姜A72전 印28후 하566 文689전 光97
友愛之性	旭79전[146] 丁A103 秦50전 箕26전 根 11후
在於宮中<249>	乙404 尹66후 權76후 史B36후 姜A72 전 印29전 文68후 光97
在宮中	하566 旭79전 丁A103 秦50후 箕26전 史A47전 根11후
而本非我意也<249>	乙404 尹67전 權76후 史A47전 史B36 후 印29전 文68후 光97
而非我本心也	하567 旭79후 丁A104 秦56후 箕26전

---

143) 上下詔於丞相曰.

144) 上又教於丞相曰.

145) 上又下詔於丞相曰.

146) 友愛之誠.

姜A72전[147) 根11후[148) 老B102[149)

爲已作泉下之人矣<250>　　　乙405 尹67후 史B37후 根12전 丁A105

箕27전 文69전 光98

已作泉下之人矣　　　　　　하568 旭80전[150) 秦51전 權77전 史

A47후 姜A73전 印30전

不知其生<250>　　　　　　乙405 尹67후 權77전 史B38전 姜A73

전 印30전 文69전 光98

不知其生矣　　　　　　　　하568 旭80전 丁A105 秦51전 箕27전

史A47후 根12전

此皆太后娘娘及萬歲爺爺<250>

乙406 尹67후 權77후 史A47후 史B38

전 姜A73전 印30전 文67후 光98

此皆太后娘娘萬歲爺爺　　　하568 旭80전 丁A105 秦51전 箕27후

根12후

告[151)曾送乳母於客店也<250>

故曾送乳母於客店也　　　　老 乙406 癸394

丞相怒瞻撑腸<252>　　　　乙409 尹69전 權79전 史A49전 史B41

후 姜A74후 印32후 文71후

丞相怒瞻撑腹　　　　　　　하571 旭81후 丁A107 秦52후 箕29후

根13후

147) 而非我本心也.

148) 而非其眞心也.

149) 未遂本志矣.

150) 已作天下人矣.

151) 재구본의 '告曾送乳母於客店' 중 '告'는 모든 노존본뿐만 아니라 을사본 및 계해본에
　도 '故曾送乳母於客店也'로 되어 있는 바와 같이 재구본의 '告'는 분명 '故'의 誤記이다.

或瞋兩瞳<254>　　　　　　　　乙412 尹71전 權80전 史B44후 印35전
　　　　　　　　　　　　　　　文72후 光103

或瞋兩睫　　　　　　　　　　하574 旭83후 丁A110[152] 秦53후 箕31
　　　　　　　　　　　　　　　후 史A50전 姜A76후[153] 根14후[154]

但搖手而已<255>　　　　　　　乙413 尹71후 權82후 史A50후 史B46
　　　　　　　　　　　　　　　전 姜A77전 根15전 印36전 丁A111 文
　　　　　　　　　　　　　　　73후 光104

但搖首而已　　　　　　　　　하575 旭84전 秦54전 箕32후 老B10
　　　　　　　　　　　　　　　9[155]

忽昂首<255>　　　　　　　　　乙413 尹71후 史B46후 印36후 하575
　　　　　　　　　　　　　　　丁A111 文73후 光104

忽仰首　　　　　　　　　　　旭84전 秦54전 箕33전 權81전 史A50
　　　　　　　　　　　　　　　후 姜A77전 根15전

蘭陽公主之德也<256>　　　　　乙414 尹72전 史A51전 史B47후 姜
　　　　　　　　　　　　　　　A77후 丁A112 文74전 光105

蘭陽公主之德　　　　　　　　하576 旭84후 秦54후 箕33후 權82후
　　　　　　　　　　　　　　　根15후 印37전

仍細陳顚末<256>　　　　　　　乙414 尹72전 權83전 史A51전 史B47
　　　　　　　　　　　　　　　후 姜A78전 印37전 丁A112 文74전
　　　　　　　　　　　　　　　光105

---

152) 或瞋兩眸.

153) 或瞋兩目.

154) 강전섭A본과 동일.

155) 丞相但搖首.

仍細傳公主出力回天之恩執謙讓之說

	하576 旭84후 秦54후 箕33후 根15후
太后問曰<256>	乙414 尹72후 權83전 史A51전 史B48
	전 印37후 丁A112 文74후
太后曰	하577 旭85전 秦54후 箕33후 光705 姜
	A78전 根15후
臣雖摩頂放踵<256>	乙415 史A51전 史B48전 印37후 丁
	A112 文74후
臣雖磨頂放踵	하577 旭85전 秦54후 箕34전 光105 尹
	72후 權84전 姜A78전 根15후
猥蒙鄉貢<256>	乙415 尹72후 權83후 史A51후 史B48
	후 姜A78후 印37전 丁A113 文74후
	光106
猥充鄉貢	하578 旭85후 秦55전 箕34후 根16전
門房156)殘矣<256>	
門戶殘矣	老 乙415 癸412
臣心之愧懼惶感<257>	乙416 尹73전 權83후 史A51후 史B49
	전 姜A78후 根16전 印38후
	丁A113 文75전 光106
臣心之愧懼惶蹙	하578 旭85후157) 秦55전 箕34후
是以貴富處身<257>	乙416 尹73전 史A51후 史B49후 文75전
是以富貴處身	하578 旭85후 丁A114 秦55후 箕35전

---

156) 재구본의 '門房殘矣'의 '房'은 모든 노존본을 비롯하여 을사본 및 계해본에 '門戶殘
矣'로 되어 있으므로 '戶'의 誤植이다.

157) 臣心之愧露惶蹙.

特賜黃金千斤<257>	光107 權84전 姜A79전 根16후 印38후 乙417 尹73후 權84전 史B50전 姜A79 전158) 丁A114 文75후 光107
特賜黃金一千斤	하579 旭86전 秦55전 箕35전 史A52전 根16후 印38후
退與兩公主及秦賈兩娘<257>	乙417 尹73후 權84후 史B50후 姜A79 전 文75후 丁A114 光107
退與兩公主及秦賈兩姬	하579 旭86전159) 秦55후 箕35후 史 A52전 根11후 印40전
已來待於客館<257>	乙417 尹73후 權84후 史A52전 史B50 후 姜A79전 丁A114 文75후 光107
已來待於客館矣	하579 旭86전 秦55후 箕35후 根16후 印40전
不敢不報<258>	乙417 尹73후 權84후 史A52전 史B50 후 姜A79전 丁A114 文75후 光107
何敢不報	하579 旭86전 秦55후 箕35후160) 根16 후 印41전
丞相與兩人經夜<258>	乙417 尹74전 權84후 史A52전 史B51 전 姜A79후 文76전 光108
丞相與兩人度夜	하580 旭86후 丁A115 秦56전 箕36전 根17전 印41전
重之以駙馬之豪貴<258>	乙418 尹74전 權84후 史A52전 史B51

---

158) 特賜黃金十斤.

159) 退與兩公主及秦氏賈氏兩姬.

160) 何敢不報乎.

	전 姜A79후 文76전 光108
重之以駙馬都尉之豪貴	하580 旭86후 丁A115 秦56전 箕36전 根17전 印41전
請滿朝公卿<258>	乙418 尹74전 權85전 史A52후 史B51후 姜A80전 丁A115 文76후 光108
請滿朝公侯卿相	하580 旭87전161) 秦56전 箕36후162) 根17전163) 印41후164)
以娛之<258>	乙418 尹74전 權85전 史A52후 史B52전 姜A80전 丁A115 文76후165) 光108
以壽之	하580 旭87전166) 秦56전 箕36후 根17전 印41후
園林臺沼 亭懈宮宇<258>	乙418 尹74전 權85전 史A52후 史B52전 姜A80전 丁A115 文76후 光108
園林池沼 臺懈宮宇	하580 旭87전 秦56전 箕36후 根17전 印41후
兩宮賜梨苑之樂<258>	乙418 權85후 史A52후 史B52전 丁A115 文76후 光108
兩宮賜梨園之樂	하581 旭87전 秦56전 箕36후 尹74전 姜A80전 根17전167) 印41후

---

161) 請滿朝公候卿相.
162) 김동욱본과 동일.
163) 김동욱본과 동일.
164) 請滿朝公卿候相.
165) 以誤之.
166) 以壽.
167) 漏缺.

極人入告○<258>　　　　　　　乙418 尹74후 權85후 史A52후 史B52
　　　　　　　　　　　　　　전 根17전 印41후 丁A115 文76후

極人入告○曰　　　　　　　　하581 旭87전 秦56전 箕36후 光108 姜
　　　　　　　　　　　　　　A80전

飄石榴之彩袖○168)<259>　　　癸419 丁A116 史A52후

飄石榴之彩裙○　　　　　　　老 乙419

汝輩進×169)謝於蟾月○<259>　　癸420 史A53전 光109

汝輩惟謝於蟾月○　　　　　　乙419 老

⑥ 14회 樂遊原會獵鬪春色 油壁車招搖占風光

慶福堂○<259>　　　　　　　　乙419 尹75전 權86전 史A53전 史B53전
　　　　　　　　　　　　　　姜A80후 丁A116 箕37전 文77전 光109

慶福堂○也　　　　　　　　　하582 旭87후 秦56후 根17후 印42후

燕喜之前○<259>　　　　　　　乙419 尹75전 權86전 史B53후 姜A80
　　　　　　　　　　　　　　후170) 丁A116 文77전 光109

燕喜堂前○　　　　　　　　　하582 旭87후 秦56후 箕37후 史A53
　　　　　　　　　　　　　　전171) 根17후 印42후 老B112172)

---

168) 재구본의 '飄石榴之彩袖'의 '袖'는 계해본과 정규복A본 및 사재동A본에만 '袖'로
　　되어 있을 뿐, 기타 을사본과 그 계열본 그리고 노존본엔 모두 '飄石榴之彩裙'으로
　　되어 있으므로 재구본의 '袖'는 '裙'으로 바로잡아야 한다.

169) 재구본의 '汝輩進謝於蟾月'의 '進'은 계해본과 사재동A본 및 김광순본에만 '進'으로
　　되어 있을 뿐, 기타 을사본과 그 계열본 그리고 노존본엔 모두 '汝輩惟謝於蟾月'로
　　되어 있으므로 재구본의 '進'은 '惟'로 바로잡아야 한다.

170) 燕喜之西○曰.

171) 燕喜堂之前○.

172) 燕喜堂之前○.

燕喜堂以東迎春閣<259>　　乙420 尹75전 權86전 史A53전 史B53
　　　　　　　　　　　　　　후 姜A80후 丁A116 文77전 光109

燕喜堂以東別堂迎春閣　　하582 旭87후 秦56후173) 箕37후 根17
　　　　　　　　　　　　　후174) 印42후 老B112175)

卽孺人賈春雲之房也<259>　　乙420 尹75전 權86전 史A53전 史B53
　　　　　　　　　　　　　　후 姜A80후 丁A116 文77전 光109

卽孺人賈春雲之室也　　하582 旭87후 秦56후 箕37후 根17후
　　　　　　　　　　　印42후 老B112176)

桂狄兩姬<259>　　乙420 尹75전 權86전 史A53전 史B53
　　　　　　　　後 丁A116 文77전 光110

桂蟾月狄驚鴻　　하582 旭87후 秦56후 箕37후177) 姜
　　　　　　　　A80후 根18전 印43전 老B113178)

每月會淸和閣<259>　　乙420 尹75전 權86전 丁A117 文77후
　　　　　　　　　光110

每月會淸和樓上　　하582 旭88전179) 秦57전 箕37후180) 史
　　　　　　　　A53전181) 史B53후 姜A81전182) 根18

---

173) 燕喜堂以東別迎堂.

174) 燕喜堂東別堂迎春閣.

175) 燕喜堂東南有別堂名迎春閣.

176) 賈春雲之室也.

177) 蟾月驚鴻.

178) 桂蟾月及狄驚鴻之所處也.

179) 每月會淸和樓.

180) 每月晦日會淸和樓上.

181) 김동욱본과 동일.

182) 김동욱본과 동일.

	전 印43전 老B113[183)
以賞罰<260>	乙420 尹75전 權86전 史A53전 丁A117 文77후 光110
以分勝負賞罰兩部敎師	하582 旭88전 秦57전 箕37전[184) 史B54전[185) 姜A81전 根18전 印43전[186) 老B113[187)
不及於兩部矣<260>	乙420 尹75전 權86전 史B54전 姜A81전 丁A117 文77후 光110
猶不及於兩部矣	하582 旭88전 秦57전 箕38전 史A53후 根18전 印43전
與諸娘<260>	乙420 尹75전 權86후 史B54전 姜A81전 丁A117 文77후 光110
與諸娘子	하582 旭88전 秦57전 箕38전 史A53후[188) 根18전 印43전
會於樂遊原上<260>	乙421 尹75후 權87전 姜A81전 史B54후 丁A117[189) 文77후 光110
會於原上	하583 旭88전[190) 秦57전 箕38전 史A53후 根18전 印8후

---

183) 每月三會淸霞樓.

184) 以別勝負賞罰兩部敎師.

185) 김동기본과 동일.

186) 김동기본과 동일.

187) 賞罰兩邊敎師.

188) 與娘子.

189) 會於樂遊園上.

190) 정규복A본과 동일.

公主見畢<260>　　　　　　乙421 尹75후 權87전[191] 史A53후 史

　　　　　　　　　　　　B54후 姜A81전 丁A117 文78전 光110

公主見罷　　　　　　　　하583 旭88전 秦57전 箕38후 根18전

　　　　　　　　　　　　印43후

越國風樂<260>　　　　　　乙421 尹75후 史A53후[192] 史B55후 丁

　　　　　　　　　　　　A118 文78전 光111 印44전[193]

越宮風樂　　　　　　　　하584 旭88후 秦57후[194] 箕38후 權87

　　　　　　　　　　　　전 姜A81후 根18후

而玉燕亦在其中<261>　　　乙422 尹76전 權87후 史A53후 史B55

　　　　　　　　　　　　후 姜A81후 丁A118 文78후 光111

而玉燕亦在其中矣　　　　하584 旭88후 秦57후 箕39전 根18후

　　　　　　　　　　　　印44후

妾本來膽弱<261>　　　　　乙422 尹76전 權87후 史A54전 史B56

　　　　　　　　　　　　전 姜A81후丁A118 文78후 光111

賤妾本來膽弱　　　　　　하584 旭89전 秦57후 箕39전 根18후

　　　　　　　　　　　　印44후

便覺歌喉自廢[195]<261>　文78후 姜A81후[196]

便覺歌喉自癢<261>　　　老 乙422 癸426

---

191) 公主覽畢.

192) 越王風樂.

193) 사재동B본과 동일.

194) 越宮王中風樂.

195) 재구본의 '便覺歌喉自廢'의 '廢'는 다만 문웅본만 그리 되었을 뿐, 여타 노존본과
　　을사본 및 계해본엔 모두 便覺歌喉自癢의 '癢'으로 되어 있는 것으로 보아 '癢'이 '廢'로
　　誤記된 것임.

196) 便覺歌喉自閉.

世有傾城傾國之漢宮夫人<261>

        乙422 尹76전 權87후 史A54전 史B56
전 丁A118 文78후 光111

世有傾國傾城之漢宮夫人   하584 旭89전 秦57후 箕39전 姜A82전
根18후 印44후 老B114[197]

狄娘有自多之心<261>

        乙423 尹76후 權88전 史A54전 史B57
전 姜A82전 丁A119 文79전 光112

鴻娘有自多之心   하585 旭89전 秦58전 箕39후 根19전
印45전 老B115[198]

妾請言狄娘之短處<261>   乙423 尹76후 權88전 史A54전 史B57
전 姜A82전 丁A119 文79전 光112

妾請言鴻娘之短處   하585 旭89전 秦58전 箕39후 根19전
印45전 老B115[199]

狄娘之初從相公<261>   乙423 尹76후 權88전 史A54전 史B57
전 姜A82전 丁A119 文79전 光112

鴻娘之初從相公   하585 旭89전 秦58전 箕39후 根19전
印45전 老B115[200]

有此誇大之言<261>   乙423 尹76후 權58전 史A54후 史B57
전 姜A82전 丁A119 文79전 光112

爲此誇大之說   하585 旭89후 秦58전 箕59후[201] 根19
전 印45후[202]

---

197) 今世有傾國傾城之李夫人.

198) 鴻娘有自誇如此.

199) 妾亦告鴻娘之短處矣.

200) 鴻娘初從丞相之時.

201) 有此誇大之說.

如不直一錢者<261>   乙423 尹76후 權88전 史B57전 姜A82

　　　　　　　　　　　전 丁A119 文79전 光112

若不直一錢者   하585 旭89후 秦58전 箕40전 史A54후

　　　　　　　　　　　根19전 印45후

狄娘之纖弱<262>   乙423 尹76후 權88전 史B57진 姜A82

　　　　　　　　　　　전 丁A119 文79전 光112

鴻娘之纖弱   하585 旭89후 秦58전 箕40전 史A54후

　　　　　　　　　　　根19전 印45후 老B115[203])

以爲楊丞相有鄧都子[204])之病也<262>

　　　　　　　　　　　乙424 尹77전[205]) 權99전 史A55전 史

　　　　　　　　　　　B58후 姜A83전 根19전 印46후 하586

　　　　　　　　　　　旭90전 丁A120 秦58후[206]) 文79후 光

　　　　　　　　　　　113

以爲楊丞相有登徒子之病也   箕46후 老B116

春娘昔者以人而爲鬼<262>   乙424 尹77전 權89전 史A55전 史B58

　　　　　　　　　　　후 姜A83전 丁A120 文79후 光113

春娘昔者以人而爲鬼矣   하586 旭90전 秦58후 箕41전 根19전

---

202) 김동기본과 동일.

203) 鴻娘非足纖弱.

204) 재구본의 '以爲楊丞相有鄧都子之病也'의 '鄧都子'는 을사본 및 그 계열본을 위시한
모든 노존본 계열이 '鄧都子'로 되어 있으나 이는 김동기본의 '以爲楊丞相有登徒子之
病也'로 미루어 보아 분명 '登徒子'가 '鄧都子'로 잘못된 기록이다. 그것은 登徒子가
宋玉의 <登徒子好色賦>에서 유래된 호색가 登徒子이기 때문이다.(中文大辭典6 臺
灣中華學術院, 833쪽 참조). 뿐만 아니라 노존B본에도 '我丞相有登徒子之病'(116쪽)
으로 되어 있기 때문에 이를 존중하여 재구본의 '鄧都子'는 '登徒子'로 바로잡는다.

205) 以爲楊丞相有鄧子都之病也.

206) 以爲楊丞相有鄧子之病也.

	印46후
約以明日會矣<262>	乙424 尹77후 權89전 史A55전 史B58 후 姜A83전 丁A120 文79후 光113
約以明朝會矣	하586 旭90전 秦58후 箕41전 根19전 印46후 老B116[207]
問於丞相曰<263>	乙425 尹76후 權89후 史A55후 史B59 전 姜A83전 丁A120 文80전 光114
越王問於丞相曰	하587 旭90후 秦58후 箕41후 根19후 印47전
獵於上林苑[208]<263>	乙425 尹76후 權89후 史A55후 史B59 후 姜A83후 丁A120 文80전 光114
獵於上林苑中	하587[209] 旭90후 秦58후 箕41후[210] 根 19후 印47전
中天鵝左目而墜於馬前<263>	乙426 尹77전 權90전[211] 史A56후[212] 史B60전 姜A84전[213] 丁A121 文80후 光115
中天鵝左目墜於馬前	하588 旭91전 秦59전 箕42전 根20전 印47후

---

207) 明朝期會矣.

208) 재구본의 '獵於上林苑'의 '上林苑'이 을사본을 비롯한 윤귀섭본·권영철본·사재동 A본·사재동B본·강전섭A본·정규복A본·문웅본·김광순본엔 '獵於上林'에서와 같 이 '上林'으로 되어 있다.

209) 獵於上林園中.

210) 하버드본과 동일.

211) 中鵝左目而墜於馬前.

212) 권영철본과 동일.

213) 권영철본과 동일.

按轡幷立<263>   乙426 尹77전 權90전 史A55후 史B60
                          후 姜A84전 丁A121 文80후 光115

兩人按轡而幷立   하588 旭91전214) 秦59전 箕42전 根20
                          전 印48전

越王往候於幕中矣<264>   乙426215) 尹71전 權90전 史A56전 丁
                          A121 文80후 光115

丞相與越王往候於幕中矣   하588 旭91전 秦59전 箕42후 史B60
                          후216) 姜A84전217) 根20전 印48전

雖不習操孤<266>   乙429 尹79전 權92후 史A57전 史B64
                          후 姜A85후 根21후 丁A124 文82후 光
                          118

賤妾雖不習操孤   하592218) 旭93전 秦60후 箕44후219) 印
                          51전 老B120220)

願諸娘勿笑也<266>   乙430 尹79전 權92후 史A57전 史B64
                          후 姜A85후 丁A124 文82후 光118

願諸娘子勿笑也   하592 旭93전 秦60후 箕45전 根21후
                          印51전 老B120221)

---

214) 兩人按轡並立.

215) 재구본의 '越王往候於幕中矣'가 을사본을 비롯한 윤귀섭본 · 권영철본 · 사재동A
본 · 정규복A본 · 문웅본 · 김광순본엔 '越王往候幕中'으로 되어 있다.

216) 丞相與越王往候幕中.

217) 사재동B본과 동일.

218) 妾雖不習操孤.

219) 賤妾不能習孤.

220) 妾雖不習射.

221) 諸娘子勿笑也.

夢中所見之洞庭龍女也<267>　　　乙430　尹79후　史B65후　姜A86전　丁

　　　　　　　　　　　　　　　A125　文83전　光118

夢中所見洞庭龍女　　　　　　하593　旭94전222)　秦61전223)　箕45후　權

　　　　　　　　　　　　　　　93후224)　史A57후225)　根22전　印51전　老

　　　　　　　　　　　　　　　B120226)

今從相公而來耳<267>　　　　乙431　尹80전　權94전227)　史A57후228)

　　　　　　　　　　　　　　　史B66전　姜A86후229)　丁A125　文83후

　　　　　　　　　　　　　　　光119

今從楊丞相而來矣　　　　　　하593　旭93전　秦61전　箕46전230)　根22

　　　　　　　　　　　　　　　전231)　印51전　老B122232)

各解贈所佩之繡<267>　　　　乙431　尹80전　權83후　史A58전　史B66

　　　　　　　　　　　　　　　후　姜A86후　丁A126　文83후　光119

各解贈所佩寶繡　　　　　　　하594　旭94전　秦61전　箕46전　根22전

　　　　　　　　　　　　　　　印51후　老B122233)

---

222) 夢中所見洞庭龍女也.

223) 夢中所見洞庭龍王之女.

224) 夢中所見洞庭之龍女也.

225) 夢中所見洞庭龍王女也.

226) 夢中所逢洞庭龍女.

227) 今從相公而來.

228) 今從相公來耳.

229) 今從相公而來矣.

230) 今從丞相而來矣.

231) 今從丞相而來.

232) 從楊丞相而來矣.

233) 解腰所佩寶繡.

霜雪之色<267>　　　　　　　　乙431 尹80전 權93후 史A58전 史B66
　　　　　　　　　　　　　　　　후 姜A86후 旭94전 丁A126 文83후 光
　　　　　　　　　　　　　　　　119
雪霜之色　　　　　　　　　　　하594 秦61전 箕46전 根22후 印51후
王久乃定神<267>　　　　　　　乙431 尹80전 權93후 史A58전 史B66
　　　　　　　　　　　　　　　　후 姜A86후 丁A126 文84전 光119
越王久乃定神　　　　　　　　　하594 旭94전 秦61후 箕46전 根22후
　　　　　　　　　　　　　　　　印51후 老B122[234)]
我聞仙人多能肅術<267>　　　　乙431 尹80전 權93후 史A58전 史B67
　　　　　　　　　　　　　　　　전 姜A86후 丁A126 文84전 光119
我聞自古仙人多能肅術　　　　　하594 旭94전 秦61후 箕46후 根22후
　　　　　　　　　　　　　　　　印51후
當擇美人中<267>　　　　　　　乙432 尹80전 權93후 史A58전 史B67
　　　　　　　　　　　　　　　　전 姜A87전 根22후 丁A126 文84전 光
　　　　　　　　　　　　　　　　119
當擇送美人中　　　　　　　　　하592 旭94전 秦61후 箕46후 印51후
便捷善舞者而送之 望娘子…<267>
　　　　　　　　　　　　　　　　乙432 尹80전 權93후 史A58전 史B67
　　　　　　　　　　　　　　　　전 姜A87전 丁A126 文84전 光119
便捷善舞者 望娘子…　　　　　 하594 旭94전 秦61후 箕46후 根22후
　　　　　　　　　　　　　　　　印51후
使敷榮之葉自零也[235)]<268>　乙432 尹80후 權94전 史A58전 史B67

---

234) 越王始定神.

235) 재구본의 '使敷榮之葉自零也'는 을사본을 비롯한 윤귀섭본·권영철본·사재동A
　　본·사재동B본·강전섭A본·정규복A본·문웅본·김광순본엔 '敷榮之葉自零也'로 '使'
　　가 없다.

使敷榮之葉自零乎   후 姜A87전 丁A127 文84전 光120
하595 旭94후 秦61후 箕47전[236] 根22
후 印52전

⑦ 15회 駙馬罰飮金卮酒 聖主恩借翠微宮

爭途迭先<268>   乙433 尹81전 權94후 史B68전 丁A127
文84후 光120

爭道迭先   하595 旭95전 秦62전 箕47후 史A58후
姜A87후 根23전 印53전 老B123[237]

復太平景像也<268>   乙433 尹81전 權94후 史A58후 史B68전
姜A87후 하596 丁A127 文84후

復太平氣像也   旭95전 秦62전 箕47후 光121 根23전
印53전 老B124[238]

置之於矢石場<269>   乙434[239] 尹81후 權95전 史A59전[240]
史B69후 姜A88전 丁A128 文85전

置之於矢石中戰場   하597 旭95후[241] 秦62후[242] 箕48전[243]
光121 根23후 印54전

---

236) 使敷榮之葉自墜乎.

237) 兩家女樂爭道.

238) 復見於太平氣像也.

239) 재구본의 '置之於矢石場'은 을사본을 비롯하여 윤귀섭본·권영철본·사재동A본·
사재동B본·강전섭A본·정규복A본·문웅본에 '置於矢石場'으로 되어 있다.

240) 置於矢石之場.

241) 置之於矢石之中戰場之間.

242) 置之於矢石戰場之中.

243) 置之於矢石中陣.

不知有經術也<269>　　　　　乙434 尹81전 權95후 史A59전 史B70
　　　　　　　　　　　　　　전 姜A88전 旭95후 丁A128 文85후 光
　　　　　　　　　　　　　　122

不知其有經術也　　　　　　하597 秦62후 箕48후 根23후 印54후
或涉獵經史<269>　　　　　乙434 尹82전 權95후 史A59전 史B70
　　　　　　　　　　　　　　전 姜A88전 하597 丁A129 文85후 光
　　　　　　　　　　　　　　122

或涉獵經書　　　　　　　　旭96전 秦62후 箕48후 根23후 印54후
問于丞相<270>　　　　　　乙435 尹82전 權95후 史B70후 姜A88
　　　　　　　　　　　　　　후 丁A129 文85후 光122

問於丞相　　　　　　　　　하597 旭96전 秦62후 箕48후 史A59후
　　　　　　　　　　　　　　根23후 印54후

使越王代草244)問目<270>

使越王代草問目　　　　　　老 乙435 癸453
驕佚自恣之罪<270>　　　　乙435 尹82전 權96후 史A59후 史B71
　　　　　　　　　　　　　　후 姜A89전 丁A129 文86전 光123

其驕佚自恣之罪　　　　　　하598 旭96후 秦63전 箕49전 根24전
　　　　　　　　　　　　　　印55전

則寡人之女也<270>　　　　乙436 尹82후 權96전 史A59후 史B71
　　　　　　　　　　　　　　전 姜A88후 丁A129 文86전 光122

則乃寡人之女也　　　　　　하598 旭96후 秦63전 箕49전 根24전
　　　　　　　　　　　　　　印55후

小子將滔於不測<272>　　　乙437245) 尹83전 權97후 史A60후246) 史

---

244) 재구본의 ‘使越王代章問目’의 ‘章’은 모든 노존본을 비롯하여 을사본·계해본에 ‘使
越王代草問目’으로 되어 있는 것으로 보아 이는 ‘草’의 오자이므로 ‘章’을 ‘草’로 바로잡
는다.

·

	B73후 姜A89후 丁A131 文87전 光124
小子將陷於不測矣	하600 旭97후247) 秦64전 箕51후 根24 후 印57전
花園中有一畝芳溏<273>	乙440 尹84후248) 權99전 史B76전 姜 A91전 丁A133 文88후 光126249)
花園中有一畝芳沼	하603 旭99전250) 秦65전 箕53전 根25 후 印59전
何不可之有<274>	乙441 尹85전 權99후 史B77전 姜A91 후 丁A134 文89전 光127
何不可之有哉	하604 旭99후 秦65후 箕54전 根26전 印59후
爲兵部侍郎<275>	乙443 尹86전 權100후 史B99전 姜 A251) 丁A135 文90전 光129
爲禮部侍郎	하606 旭100후 秦66전 箕55전 根27전 印61전
知略如神<275>	乙443 尹86전 權100후 史B79후 丁 A135 文90전 光129
知謀如神	하606 旭100후 秦66전 箕55후 根27전 印61전

---

245) 재구본의 '小子將滔於不測'이 을사본을 비롯한 윤귀섭본·권영철본·사재동B본·강
   전섭A본·정규복A본·문웅본·김광순본엔 모두 '小子雖爲談辭'로 되어 있다.

246) 사재동A본은 惡紙로 해독 불가능하며 이후는 落張되었음.

247) 小子將陷不測矣.

248) 花園中有一畝方溏.

249) 윤귀섭본과 동일.

250) 花園中有一畝方沼.

251) 강전섭A본은 이후부터 落張.

爲越王瑯瑯王妃<275>　　　　　乙443 尹86전 權101전 文90전

爲越王瑯短王妃　　　　　　　하606 旭100후 丁A135 秦66전 箕55후
　　　　　　　　　　　　　　　光129 史B79후 根27전 印61전

⑧ 16회 楊丞相登高望遠 眞上人返本還元

丞相曰與兩夫人六娘子<278>　　乙447 權104전 旭102후 丁A138 光132

丞相曰曰與兩夫六之娘子　　　　하610 秦67후 箕57후 文92후 尹88전
　　　　　　　　　　　　　　　史B83후 根28후 印64후 老B132[252]

覇王在帳中<278>　　　　　　　乙447[253] 尹88후 權103후 史B84전 하
　　　　　　　　　　　　　　　611 丁A139 文92후 光132

若覇王在帳中　　　　　　　　　旭103전[254] 秦68전[255] 箕58전[256] 根28
　　　　　　　　　　　　　　　후[257] 印65전[258] 老B133[259]

北望則平郊四曠[260]<279>　　　하611 旭103전

---

252) 日日侍丞相.

253) 재구본의 '覇王在帳中'이 을사본을 비롯한 윤귀섭본·권영철본·사재동B본·하버
　　드본·정규복A본·문웅본·김광순본엔 '伯王在帳中'으로 되어 있다.

254) 若項覇王在帳中.

255) 若項伯王在帳中.

256) 김동욱본과 동일.

257) 若伯王在帳中.

258) 김근수본과 동일.

259) 如覇王起飮帳中. 재구본의 '覇王在帳中'의 '覇王'은 이본에 따라 '伯王', '若項覇王',
　　'若楚覇王', '若伯王' 등으로 되어 있지만, 노존B본의 '如覇王起飮帳中'의 '覇王'과 여
　　타 '若伯王', '若楚覇王'의 '若'을 중시하여 '若覇王在帳中'으로 바로잡았다.

260) 재구본의 '北望則平郊四曠'의 '曠'은 하버드본과 김동욱본에만 '曠'으로 되어 있을
　　뿐, 을사본·계해본을 비롯하여 여타 노존본엔 모두 '廣'으로 되어 있으므로 이를 '廣'
　　으로 바로잡는다.

北望則平郊四廣 頹嶺²⁶¹⁾獨立<279>	乙447 癸477 老
頹崖獨立	乙447 癸477 老
噫此三軍<279>	乙448 尹88후 權104전 史B84후 丁 A139 文93전 光132²⁶²⁾
此三軍	하611 旭103전 秦68전 箕58전 根28후 印66후 老B135²⁶³⁾
少游以河東一布衣<279>	乙448 尹88후 權104전 史B85전 丁 A139 文93전 光133
少游以淮南一布衣	하611²⁶⁴⁾旭103전 秦68전²⁶⁵⁾ 箕58후²⁶⁶⁾ 根28후 印66후²⁶⁷⁾ 老B133²⁶⁸⁾
惟佛最高<279>	乙448 尹89전 權104전 史B85전 印66후 하612 旭103후 丁A140 文93전 光133
惟佛道最高	秦68전 箕59전 根29전 老B133²⁶⁹⁾
少游曰<280>	乙450 尹89후 權105전 史B87전 하613 丁A141 文94전 光134

---

261) 재구본의 '頹嶺獨立' 중 '嶺'은 을사본·계해본 및 모든 노존본이 '崖'로 되어 있으므로 이를 '崖'로 바로잡는다.

262) 김광순본 漏缺.

263) 此三君千古英雄.

264) 少游以河南一布衣.

265) 하버드본과 동일.

266) 하버드본과 동일.

267) 하버드본과 동일.

268) 少游淮南地布衣之士也. 재구본의 '少游以河東一布衣'의 '河東'은 이본에 따라 '河南' '淮南'으로 돼 있으나 노존B본의 '淮南'이 옳으므로 이를 '淮南'으로 바로잡는다.

269) 天下儒道仙道佛道最尊.

丞相曰   旭104전 秦69전 箕60전 根29후 印67전
                                          老B35270)

此必師271)知吾一念之差＜281＞

此必師傅知吾一念之差   乙450 癸481 老

俾著272)人間之夢＜281＞

俾着人間之夢   乙450 癸481 老

4. 結語

이상에서와 같이 재구본 노존A본의 첨보작업을 대충 마쳤다. 첨보의 자료로는 이미 언급된 바와 같이 재구본이 이루어진 1977년 이후 새로 출현한 노존본 계열인 진동혁본・김동기본・문웅본・강전섭B본(낙질) 등을 비롯하여 을사본 계열로서 사재동A본・사재동B본(낙질)・강전섭A본 등 7종을 중심으로 하였고, 재구본과 대비하여 첨보작업이 이루어졌다.

이 외에 재구본이 이루어진 당시 텍스트 자료로 사용된 노존본 계열인 하버드본・김동욱본・정규복A본・정규복B본・정규복C본・김광순본・일본본(大谷森繁 藏) 등을 비롯하여 을사본 및 그 계열인 윤귀

---

270) 丞相曰.

271) 재구본의 '此必師知吾一念之差' 중 '師'는 을사본・계해본을 비롯한 모든 노존본의 '此必師傅知吾一念之差'와 같이 '師傅'로 되어 있으므로 '師'를 '師傅'로 바로잡는다.

272) 재구본의 '俾著人間之夢' 중 '著'은 을사본・계해본을 비롯한 모든 이본에 '着'으로 되어 있으므로 '著'를 '着'으로 바로잡는다.

섭본·권영철본·김근수본·인권환본(낙질), 그리고 노존B본(강전섭
소장)과 계해본 등이 모두 考覽되었음은 물론이다. 그러므로 이번 첨
보작업에 동원된 텍스트는 무려 21종이 참고가 된 셈이다.

이번 첨보작업에 참고가 되지 못한 기존의 지헌영본과 김동욱B본
등은 행방이 불명하여 참고가 되지 못한 것을 섭섭히 생각한다. 하지
만 본론의 도출된 결론은 아무런 지장이 없을 것이다.

이번 수행된 첨보작업의 방법은 재구본이 수행된 그 방법, 즉 노존
본과 을사본의 텍스트적 특징을 찾아내기 위한 양자 사이의 상이·첨
보·누결·오류 등으로 나누어 수행되었다. 그 결과 다음과 같은 통계
의 수치를 얻을 수 있었다. 이를 도표로 제시하면 다음과 같다.

장 회	상 이	첨 보	누 결	오 류	합 계
1	0	0	0	0	0
2	3	0	40	0	7
3	6	1	2	1	10
4	1	0	1	1	3
5	3	0	4	2	9
6	3	1	2	0	6
7	2	0	5	0	7
8	8	1	4	0	13
9	4	1	7	1	13
10	13	2	7	0	22
11	12	1	4	2	19
12	17	5	9	1	32
13	19	5	6	4	34
14	21	3	15	1	40
15	8	0	6	1	15
16	4	1	3	2	10
합계	124	21	79	16	240

위 도표에서와 같이 상이가 124, 첨보가 21, 누결이 79, 오류가 16 등 도합 240의 수치가 이루어졌다. 말하자면 을사본과 노존본의 텍스트적 특징인 상이·첨보·누결·오류 등으로 이미 이루어진 942[273]에 다 240을 보태면 총 1182가 되는 셈이다. 이것이 즉 새로 출현한 자료로 얻어진 총 결론에 해당된다.

이번 나의 노존본의 첨보작업은 老境에 비교적 긴장을 한 가운데 이루어졌다. 그 이유는 필자의 생이 순간순간 보장될 수 없는 老境이므로 새로 얻어진 자료에 대한 정보가 필자가 아니면 증발될 것이라는 가정 속에 그 첨보작업이 이루어졌기 때문이다. 필자의 <구운몽>에 대한 연구사는 1958년에 시작된 이후 주로 <구운몽> 텍스트를 중심으로 이루어져오다가 2000년을 눈앞에 둔 1999년 5월에 마치니, 40여 년의 시간이 흐른 셈이다. 스스로 흐뭇하고 홀가분함을 느낀다.

끝으로 부언해 두어야 할 일은 노존A본과 노존B본의 선후문제와 상관성이다. 이미 언급된 바와 같이 簡本 노존B본이 텍스트가 되어 定本 노존A본이 이루어졌다.[274] 그렇지만 주목하여야 할 것은 노존B본은 노존A본에 비해 미숙본이라는 것이다. 즉, 주지된 바와 같이 노존B본은 이를 바탕으로 이루어진 노존A본의 문체가 율문체·수식체·문어체로서 7만7천여 자로 이루어졌음에 대하여, 그 문체가 산문체·건조체·구어체로서 4만7천여 자로 이루어진 간본이란 것이다. 게다가 양자의 그와 같은 다양의 변이를 중심으로 전자는 꼭 있어야 할 시·상소문이 누결돼 있지만, 후자는 전자를 중심으로 능란한 문체에다가 앞뒤의 화소·문맥이 잘 짜여 채워주고 있다는 것이다. 즉, 양자의 작

273) 정규복, 『구운몽 원전의 연구』, 일지사, 1977, 159쪽.
274) 정규복, 「구운몽 노존본의 이분화」, 『동방학지』 59, 연세대 국학자료원, 1988.

자를 따로 분리하기보다는 동일인으로 보아야 할 것이다. 더 보태면 전자는 작자 김만중이 짧은 宣川 귀양시절에 부랴부랴 메모 형식으로 조잡하게 작성해 놓았다가 이를 그후 이어지는 비교적 긴 시간인 南海 적소에서 정리해 놓은 것이 후자가 아닌가 한다. 이 문제는 앞으로 수행하여야 할 필자의 과제이다. 1999. 5. 5. 完了

참고문헌

이상섭, 『문학연구의 방법』, 탐구당, 1972.
정규복, 「구운몽 <노존본> 연구」, 『교육논총』 7, 고대 교육대학원, 1977.
_____, 「원전비평의 중요성」, 성대신문, 1973. 11. 17.
_____, 『구운몽 연구』, 고대 출판부, 1974.

노존본 계열 구운몽

상하 2책, 필사본(미국 하버드대학 소장).
상하 1책, 필사본(김동욱 소장).
상하 2책, 필사본(정규복 소장).
상하 2책, 필사본(지헌영 소장).
상 낙질, 필사본(김동욱 소장).
상 낙질, 필사본(정규복 소장).
상 낙질, 필사본(정규복 소장).
상 낙질, 필사본(大谷森繁 소장).`

을사본 계열 구운몽

상하 2책, 목각본(정규복 소장).
상하 2책, 목각본(강전섭 소장).
상 낙질, 목각본(안춘근 소장).
상하 1책, 필사본(윤귀섭 소장).
상하 2책, 필사본(이가원 소장).
상하 1책, 필사본(김근수 소장).
상하 1책, 필사본(김광순 소장).
상하 1책, 필사본(권영철 소장).
상 낙질, 필사본(정규복 소장).

상 낙질, 필사본(인권환 소장).

계해본 계열 구운몽.
상중하 1책, 목각본(정규복 소장).
      1책, 언토활자본(정규복 소장).
상하 2책, 필사본(정규복 소장).
상하 2책, 필사본(서울대 중앙도서관 소장).
사씨남정기 합본, 활자본(고려대 중앙도서관 소장).

국역본 계열 구운몽

경판본, 경인고소설판각본전집(2)(연대 인문과학연구소).
완판본, 경인고소설판각본전집(2)(연대 인문과학연구소).
신번구운몽 상하 2권, 활자본(상 정규복 소장, 하 김근수 소장).
상하 2권, 활자본, 유일서관(이우성 소장).
상중하 3책, 필사본(정규복 소장).
상중하 3책, 필사본(정규복 소장).
4권 4책, 필사본(서울대 중앙도서관 소장).

구운몽 노존본의 재구

나아가며 제바퀴야 돌 나고

구운몽 노존본(老尊本)의 재구(再構)

老尊本의 재구는 앞의 결론에서 언급한 바와 같이 을사본과 노존본의 대비, 즉 '오류', '상이', '누결', '첨보' 등에 나타난 차이수 1142개소를 현 을사본에다 그대로 삽입시켜 이루어 놓았다. 다만 이 노존본을 재구하는 데 아울러 을사본과의 차이점을 밝히는 것을 목적으로 하였다.

일러두기

(1) 본문에 표시된 *는 주를 뜻한다.

(2) 을사본은 편의상 약자 <乙>로 표시한다.

(3) 주란에 표시된 ×는 오류임을 뜻하고, <欠>은 누결임을 뜻한다.

(4) 여기에 자료로 삼은 을사본은 鄭藏本 외에도 안춘근, 강전섭 두 분의 소장본도 사용하였는데, 편의상 안춘근은 <安>으로, 강전섭은 <姜>으로 표시하였다.

(5) 노존본의 본문은 편의상 띄어 적었고, 시문·상소문 등은 행을 따로 하여 적었다.

九雲夢 (上)

* * * * * * * * * * * * * *
老尊師南嶽講妙法 小沙彌石橋逢仙女

<乙>蓮花峯大開法宇
眞上人幻生楊家

天下名山, 曰有五焉, 東曰東岳卽泰山, 西曰西岳卽華山, 南曰南岳卽衡山, 北曰北岳卽恒山, 中央之山曰, 中岳卽嵩山, 此所謂五岳也.

五岳之中, 惟衡山距中土最遠, 九疑之山在其南, 洞庭之湖經其北, 湘江之水環其三面, 若祖宗儼然中處, 而子孫羅立, 而拱揖焉. 七十二峯, 或騰踔而盪天, 或崭崭而截雲, 如奇標俊彩之美丈夫, 七竅百骸, 皆秀麗淸爽, 無非元氣所鍾也.

其中最高之峯, 曰祝融, 曰紫盖, 曰天柱, 曰石廩, 曰蓮花, 五峯也. 其形擢竦, 其勢陡高, 雲翳掩其眞面, 霞氣藏其半腹, 非天氣廓掃, 日色晴朗, 則人不能得其彷彿焉.

昔大禹氏, 治洪水, 登其上, 立石記功德, 天書雲篆, 歷千萬古而尙存. 秦時仙女衛夫人, 修鍊得道, 受上帝之職, 率仙童玉女, 來鎭此山, 卽所謂南岳衛夫人也. 盖自古昔以來, 靈異之蹟, 壞奇之事, 不可殫記.

唐時有高僧, 自西域天竺國, 入中國, 愛衡岳秀色, 就蓮花峯上, 結草庵以居, 講大乘之法, 以敎衆生, 以制鬼神. 於是西敎大行, 人皆敬信, 以爲生佛復出於世. 富人薦其財, 貧者出其力, 鑱疊嶂架絶壑, 鳩材傔工, 大開法宇, 幽夐寥闃,勝槪萬千, 杜工部詩所謂, '寺門高開洞庭野, 殿脚挿入赤沙湖, 五月寒風冷佛骨, 六時天樂朝香爐', 四句已盡之矣.

山勢之傑, 道場之雄, 稱爲南方之最. 其和尙惟手持金剛經一卷, 或稱六如和尙, 或稱六觀大師. 弟子五六百人中, 修戒行得神通者, 三十餘人. 有小闍利, 名性眞者, 貌瑩永雪, 神凝秋水, 年纔二十歲, 三藏經文, 無不通解, 聰明知慧, 卓出諸髡, 大師極加愛重, 將欲以衣鉢傳之.

大師每與衆弟子, 講論大法, 洞庭龍王, 化爲白衣老人, 來參法席, 味聽經文.

一日大師謂衆弟子曰:

"吾老且病, 不出山門, 已十餘年, 今不可輕動矣. 汝輩衆人中, 誰能爲我入水府, 拜龍王替行回謝之禮乎?"

性眞請行, 大師喜而送之. 性眞着七斤之袈裟, 曳六環之神節, 飄飄然向洞庭而去.

俄而守門道人, 告於大師曰:

"南岳衛眞君娘娘, 送八介女仙, 已到門矣."

大師命召之, 八仙女次第而入, 周行大師之座, 至三回, 乃已以仙花散地訖, 跪傳夫人之言, 曰:

"上人處山之西, 我則處山之東, 起居相近, 飮食相接, 而賤曹多事, 使我苦惱, 尙未得一造法座, 穩聽玄談, 處仁之智茂矣, 交隣之道闕矣. 玆遣酒掃之婢, 敬修起居之禮, 兼以天花仙果, 七寶紋錦, 以表區區之誠."

<乙>送

遂各以所領花果寶貝, 擎進於大師, 大師親受之, 以授侍者, 供養於佛前, 屈身而禮, 叉手而謝曰:

"老僧有何功德, 荷此上仙之盛餽?"

仍設齋以待八仙, 於其歸, 致敬謝之意而送之.

八仙女同出山門, 携手而行, 相議曰:

"此南岳天山, 一丘一水, 無非我家境界, 而自和尙開道場
之後, 便作鴻溝之分, 蓮花勝景, 在於咫尺, 而未得探討矣.
今者吾儕, 以娘娘之命, 幸到此地, 且春色正姸, 山日未暮,
趁此良辰, 陟彼崔嵬, 振衣於蓮花之峯, 濯纓於瀑布之泉,
賦詩而吟, 乘興而歸, 誇張於宮中諸姊妹, 不亦快乎?"

皆曰:

"諾."

遂相與緩步而上, 俯見瀑布之源, 緣厓而行, 遵水而下, 少
憩于石橋之上, 此時正當春三月也. 林花齊綻, 紫霞葱蘢,
望之如展錦繡之色, 谷鳥爭鳴, 嬌音宛轉, 聞之如奏管絃
之曲, 春風使人駘蕩, 物色挽人留連.   <乙>胎

八仙女油然而感, 怡然而樂. 踞坐橋上, 俯瞰溪流, 百道流
泉, 滙爲澄潭, 淸冽瑩澈, 如掛廣陵新磨之鏡. 翠蛾紅粧,
照耀水底, 依俙然一幅美人圖, 新出於龍眠手下也. 自愛其
影, 不忍卽起, 殊不覺夕照度嶺, 暝靄生林也.

是日性眞至洞庭, 劈琉璃之波, 入水晶之宮. 龍王大悅, 出
迎於宮門之外, 延入殿上, 分席而坐. 性眞俯伏, 奏大師遙
謝之言, 龍王恭己而聽之, 遂命設大宴而接之, 珍果仙茶,
豊潔可口.

龍王親自執酌, 以勸性眞, 性眞固讓曰:

"酒者伐性之狂藥, 卽佛家大戒, 賤僧不敢飮也."

龍王曰:

"釋氏五戒中禁酒, 予豈不知, 寡人之酒, 與人間狂藥大異,
只能制人之氣, 未嘗蕩人之心, 上人獨不念寡人勤懇之意
耶?"

<乙>傾

性眞感其厚眷, 不敢强拒, 乃連倒三卮. 拜辭龍王, 出水府,
御冷風, 向蓮花而來, 至山底, 頗覺酒暈, 上面昏花繽眠,
自訟曰:

"師父若見滿頰紅潮, 則豈不驚怪而切責乎?"

卽臨溪而坐, 脫其上服, 攝置於晴沙之上, 手掬淸波, 沃其
醉面, 忽有異香振鼻而迊, 旣非蘭麝之薰, 亦非花卉之馥,
而精神自然震蕩, 鄙吝倏爾消爍, 悠揚荏弱, 不可形喩.

乃自語曰:

"此溪上流, 有何樣奇花, 郁烈之氣, 泛水而來耶? 吾當往
而尋之."

更整衣服, 沿流而上.

<乙>杖錫

此時八仙女, 尙在石橋之上, 正與性眞相遇, 性眞捨其錫
杖, 上手而禮曰:

<乙>僉

"僉女菩薩, 俯聽貧僧之言. 貧僧卽蓮花道場, 六觀大師弟
子也. 奉師之命, 下山而去, 方還歸寺中矣. 石橋甚狹, 菩薩
齊坐, 男女恐不得分路, 惟願僉菩薩, 暫移蓮步, 特借歸路."

八仙女答拜曰:

"妾等卽衛夫人娘娘侍女也, 承命於夫人, 問候於大師, 歸
路適少留於此矣. 妾等聞之, 禮云, '於行路, 男子由左而行,
婦女由右而行.' 此橋本來偏窄, 妾等且已先坐, 今道人從
橋而去, 於禮不可, 請別尋他路而行."

性眞曰:

"溪水旣深, 且無他逕, 欲使貧僧從何處而行乎?"

仙女等曰:

"昔達摩尊者, 乘蘆葉涉大海, 和尙若學道於六觀大師, 則必有神通之術, 涉此小川, 何難之有, 而乃與兒女子爭道乎?"

性眞笑而答曰:

"試觀諸娘之意, 必欲索行人買路之錢也. 然貧寒之僧, 本無金錢, 適有八顆明珠, 請奉獻於諸娘子, 以買一線之路." 〈乙〉欠

說罷手持桃花一枝, 以擲於仙女之前, 四雙絳蕚, 卽化爲明珠, 祥光滿地, 瑞彩燭天, 若出於海蚌之胎. 八仙女各拾取一介, 顧向性眞, 嘐然一笑, 竦身乘風, 騰空而去. 性眞佇立橋頭, 擡首遠望, 良久雲影始滅, 香風盡散.

憫然如失, 怊悵而歸, 以龍王之言, 復於大師, 大師詰其晩歸, 對曰:

"龍王待之甚款, 挽之甚懇, 情禮所在, 不敢拂衣而卽出矣."

大師不答, 使之退休.

性眞來到禪房, 日已曛黑矣. 自見八仙之後, 嫩語嬌聲, 尙 〈乙〉欠 / 〈乙〉欠
留耳邊, 艶態姸姿, 猶在眼前, 欲忘而難忘, 不思而自思. 神魂怳惚, 悠悠蕩蕩, 兀然端坐, 默念於心曰:

"男兒生世, 幼而讀孔孟之書, 壯而逢堯舜之君, 出則作三 〈乙〉在
軍之帥, 入則爲百揆之長, 着錦袍於身, 結紫綬於腰, 揖讓人主, 澤利百姓, 目見嬌艶之色, 耳聽幻妙之音, 榮輝極於當代, 功名垂於後世, 此固大丈夫之事也. 噫! 我佛家之道, 〈乙〉哀
不過一盂飯一甁水, 數三卷之經文, 百八顆之念珠而已. 其

德雖高, 其道雖玄, 寂寥太甚矣, 枯淡而止矣. 假令悟上乘
之法, 傳祖師之統, 直坐於蓮花臺上, 三魂九魄, 一散於烟
焰之中, 則夫孰知一介性眞生於天地間乎?"

思之如此, 念之如彼, 欲眠不眠, 夜已深矣. 霎然合眼, 則
八仙女忽羅列於前矣, 驚悟開睫, 已不可見矣.

遂大悔曰:

<乙>欠   "釋敎工夫, 正其心志, 斯爲上行矣, 我出家十年, 曾無半點苟
<乙>欠   且之心矣, 邪心忽發, 今乃如此, 豈不有妨於我之前程乎?"
<乙>梅 / <乙>勵   遂自爇栴檀, 趺坐蒲團, 振刷精神, 輪盡項珠, 方靜念千佛矣.
<乙>然   忽聞童子立窓外, 呼之曰:
<乙>寢否   "師兄着睡乎? 師父命召之矣."

性眞大愕曰:

"深夜促召, 必有故也."

仍與童子, 忙詣方丈, 大師集衆弟子, 儼然正坐, 威儀肅肅,
<乙>勵   燭影煌煌, 乃厲聲責之曰:

"性眞汝知汝罪乎?"

性眞顚倒下階, 跪而對曰:

<乙>小   "弟子服事師父, 十閱春秋, 而曾未有毫髮不恭不順之事,
<乙>欠   誠愚且昏, 實不知自作之罪矣."

大師曰:

<乙>功 / <乙>意   "修行之工, 其目有三, 曰身也, 曰言也, 曰意也. 汝往龍宮,
/ <乙>心   飮酒而醉, 歸到石橋, 邂逅女子, 以言語酬酢, 折贈花枝,
<乙>且尙   與之相戱, 及其還來, 尙且繾綣, 初旣蠱心於美色, 旋且留
意於富貴, 慕世俗之繁華, 厭佛家之寂滅, 此三行工夫, 一

時壞了. 其罪固大矣, 不可留於此地也."　　　　　　　　　<乙>不可仍留

性眞叩頭泣訴曰:

"師乎! 師乎! 性眞誠有罪矣. 然自破酒戒, 因主人之强勸,

而不獲已也, 與仙女酬酢言語, 只爲借路, 本非有意, 有何

不正之事乎? 及歸禪房, 雖萌惡念, 一刹那間, 自覺其非,

惕狂心之走作, 藹善端之自發, 咋指追悔, 方寸復正, 此儒

家所謂'不遠而復'者也. 苟使弟子有罪, 則師父撻楚之儆戒,

亦敎誨之一道, 何必追而黜之, 俾絶自新之路乎? 性眞十

二歲, 棄父母, 離親戚, 依歸師父, 卽剃頭髮, 言其義, 則無

異生我育我, 語其情, 則所謂無子有子. 父子之恩深矣, 師

弟之分重矣, 蓮花道場, 卽性眞之家, 捨此何之?"

大師曰:

"汝自欲去, 吾令去之, 汝苟欲留, 誰使汝去乎? 且汝自謂　　<乙>欲去之

曰, '吾何去乎?' 汝所欲往之處, 則汝可歸之所也."

仍復大聲曰:

"黃巾力士安在乎?"　　　　　　　　　　　　　　　　　<乙>欠

忽有神將, 自空中而來, 俯伏聽命, 大師分付曰:

"汝領此罪人, 往豊都, 交付於閻王而回."

性眞聞之, 肝膽墮落, 涕淚迸出, 無數叩頭曰:

"師父! 聽此性眞之言. 昔阿難尊者, 入於娼女之家, 與同寢　　<乙>師傅師傅

席, 失其操守, 而釋伽大佛, 不以爲罪, 但說法而敎之. 弟子　　<乙>設

雖有不謹之罪, 比之阿難, 猶且輕矣, 何必欲送於豊都乎?"

大師曰:

"阿難尊者, 未制妖術, 雖與娼物親近, 其心則未嘗變矣. 今

<本文>
<乙>也何如

汝則一見妖色, 全失素心, 嬰情冤緩, 流涎富貴, 其視於阿
難何如耶? 一番輪回之苦, 烏得免乎?"

性眞惟涕泣而已, 頓無行意, 大師復慰之曰:

"心苟不潔, 雖處山中, 道不可成矣. 不忘其根本, 雖落於十
丈狂塵之間, 畢竟自有稅駕之處, 汝必欲復歸於此, 則吾
當躬自率來, 汝其勿疑而行矣."

<乙>欠

性眞知不可奈何, 拜辭於佛像及師父, 與師兄弟相別, 隨力
士而歸, 入陰魂之關, 過望鄕之臺, 至豊都城外, 守門鬼卒
問其所從來, 力士曰:

"承六觀大師法旨, 領罪人而來矣."

鬼卒開城門而納之, 力士直抵森羅殿, 以押來性眞之意告
之, 閻王使之召入, 指性眞而言曰:

"上人之身, 雖在於南岳山蓮花之中, 上人之名, 已載於地
藏王香案之上矣, 寡人以爲上人得成大道, 一陞蓮座, 則

<乙>仍

天下衆生, 必將普被陰德矣, 今因何事辱至於此乎?"

性眞大慚, 良久乃告曰:

"性眞無狀, 曾遇南岳仙女於橋上, 不能制一時之心, 故仍
以得罪於師父, 待命於大王矣."

閻王使左右, 上言於地藏王曰:

<乙>溟
<乙>欠

"南岳六觀大師, 使黃巾力士, 押送其弟子性眞, 要令冥司
論罪. 而此與他罪人自別, 敢仰此稟矣."

菩薩答曰:

"修行之人, 一往一來, 當依其所願, 何必更問?"

閻王方欲按決矣, 兩鬼卒又告曰:

“黃巾力士, 以六觀大師法命, 領八罪人, 來到於門外矣.”

性眞聞此言, 大驚矣. 閻王命召罪人, 南岳八仙女, 匍匐而

入, 跪於庭下. 閻王問曰:

“南岳女仙, 聽我言也. 仙家自有無窮之勝槩, 自有不盡之

快樂, 諸仙女何爲而到此地耶?”　　　　　　　　　　　　<乙>欠

八人含羞而對曰:

“妾等奉衛夫人娘娘之命, 修起居於六觀大師, 路逢性眞小

和尙, 有問答之語矣. 大師以妾等爲玷汚叢林之靜界, 移牒　　<乙>事

於衛娘娘府中, 拉送妾等於大王. 妾等之昇沈苦樂, 皆懸

於大王之手, 伏乞惟大王大慈大悲, 使之再生於樂地.”　　　　<乙>欠

閻王定使者九人, 招之前, 密密分付曰:

“率此九人, 速往人間.”

言訖, 大風倏起於殿前, 吹上九人於空中, 散之於四面八方.

性眞隨使者, 爲風力所驅, 飄飄搖搖, 無所終薄, 至于一處,

風聲始息, 兩足已在地上矣. 性眞收拾驚魂, 擧目而見之,

則蒼山鬱鬱而四圍, 淸溪曲曲而分流, 竹薈茅屋, 隱映草

間者, 纔十餘家矣. 使者携性眞, 立於數間精舍門外, 自入

於內. 性眞獨立彷徨, 聽得人語, 數三女人相對而立, 私相　　<乙>數人

語曰:

“楊處士夫人, 五十後有胎候, 誠人間稀罕之事矣. 臨産已

久, 尙無兒聲, 可怪可慮.”

性眞默想曰:

“今者我當輪生於人世, 而顧此形身, 只箇精神而已, 骨肉

正在蓮花峰上, 已火燒矣. 我以年少之故, 未畜弟子, 更有

何人, 收我舍利?"

思量反覆, 心切悽愴. 俄而使者出, 携手招之言曰:

<乙>亦 "此地卽大唐國淮南道秀州縣也, 此家卽楊處士家也. 處士乃汝父親, 其妻柳氏, 乃汝慈母也. 汝以前世之緣, 爲此家之子, 汝須速入, 毋失吉時."

性眞卽入見, 則處士戴葛巾, 穿野服, 坐於中堂, 對爐煎藥,

<乙>衣 香臭靄靄然襲人, 房內隱隱, 有婦人呻吟之聲矣. 使者促性眞入房中, 性眞疑慮逡巡, 使者自後推擠, 性眞蹶然仆地, 神昏氣窒, 若在天地翻覆之中者然. 性眞大呼曰:

"救我! 救我!"

而聲在喉間, 不能成語, 只作少兒啼哭之聲矣.

侍婢走告於處士曰:

"夫人誕生小郎君矣."

處士奉藥梡而入, 夫妻相對滿面歡喜.

性眞飢則飮乳, 飽則止哭, 當其始也, 心頭尙記蓮花道場矣,

<乙>昔 及其漸長, 知父母之恩情, 然後前生之事, 已茫然不能知矣.

處士見其兒子, 骨格淸秀, 撫頂而言曰:

"此兒必天人謫降也."

名之曰'少游', 字之曰'千里'.

流光水駛, 犀角日長, 於焉之間, 已至十歲, 容如溫玉, 眼若晨星, 氣質擢秀, 智慮深遠, 魁然若大人君子矣.

處士謂柳氏曰:

"我本非世俗之人, 而以與君有下界因緣, 故久留於烟火之中. 蓬萊仙侶, 寄書招邀者已久, 而念君孤子, 未能決去.

今皇天默佑, 英子斯得, 聰達超倫, 穎睿拔萃, 眞吾家千里
駒也. 君旣得依倚之所, 晚年必將覩榮華, 而享富貴也, 此
身去留須不介念也."

一日衆道人, 來集於堂上, 與處士, 或騎白鹿, 或驂青鶴,
向深山而去. 此後惟往往自空中, 寄書札而已, 蹤跡未嘗到
家矣.

華陰縣閨女通信 藍田山道人傳琴

自楊處士升仙之後, 母子相依, 經過日月. 少游纔過數年,
才名藹蔚, 本郡太守, 以神童薦于朝, 而少游以親老爲辭,
不肯就之. 年至十四五, 秀美之色, 似潘岳, 發越之氣, 似
青蓮, 文章燕許如也, 詩材鮑謝如也, 筆法僕命鍾王, 智略
弟畜孫吳, 諸子百家, 九流三教, 天文地理, 六韜三略, 舞
槍之法, 用釖之術, 神援鬼敎, 無不精通, 蓋以前世修行之
人, 心竇洞澈, 胸海恢廓, 觸處瀜解, 如竹迎刃, 非凡流俗
士之比也.

一日告於母親曰:

"父親升天之日, 以門戶之責, 付之於小子, 而今家計貧寠,   〈乙〉少 / 〈乙〉屢
老母勤勞, 兒子若甘爲守家之狗, 曳尾之龜, 而不求世上之
功名, 則家聲無以繼矣, 母心無以慰矣, 甚非父親期待之意
也. 聞國家方設科, 抄選天下之群才, 兒子欲暫離母親膝下,
歌鹿鳴而西遊."

柳氏見其志氣, 本不碌碌少年行役, 不能無慮, 遠路離別,

亦且關心而已, 知其沛然之氣, 不可以沮, 乃黽勉而許之,
盡賣釵釧, 備給盤纏.

<乙>欠
少游拜辭母親, 以三尺書童, 一匹蹇驢, 取道而行. 視千里
如咫尺, 行累日, 至華州華陰縣, 長安已不遠矣. 山川風物,
一倍明麗. 以科期尙遠, 日行數十里, 或訪名山, 或尋古跡,

<乙>寥
客路殊不寂寞矣.

<乙>以
忽見一區幽庄, 近隔芳林, 嫩柳交影□綠烟如織, 中有小
樓, 丹碧照耀, 蕭洒遼夐, 幽致可想. 遂垂鞭徐行, 迫而親
之, 則長條細枝, 拂地嫋娜, 若美女新浴, 綠髮臨風自梳,
可愛亦可賞也. 少游手攀柳絲, 躕跚不能去, 歎賞曰:

"吾鄕蜀中, 雖多珍樹, 曾未見裊裊千枝, 毿毿萬縷, 若此柳
者也."

乃作楊柳詞, 其詩曰:

<乙>意
楊柳靑如織　　長條拂畫樓
願君勤種植　　此樹最風流

楊柳何靑靑　　長條拂綺楹
願君莫攀折　　此樹最多情

<乙>欠
詩成浪詠一遍, 其聲淸亮豪爽, 宛若扣金而擊石. 一陣春
風, 吹其餘響, 飄散於樓上, 其中適有玉人, 午睡方濃, 忽

<乙>徙
然驚覺, 携枕起坐, 拓開繡戶, 徒倚雕欄, 流眄凝睇, 四顧
尋聲, 忽與楊生, 兩眸相値. 鬌髶雲髮, 亂毛雙鬖, 玉釵欹
斜, 眼波朦朧, 芳魂若痴, 弱質無力, 睡痕猶在於眉端, 鉛

紅半消於臉上矣, 天然之色, 嫣然之態, 不可以言語形容,
丹靑描畫也.

兩人脈脈相看, 未措一辭, 楊生先送書童於村前客店, 使備
夕炊矣. 至是還報曰:

"夕飯已具矣."

美人凝情熟視, 閉戶而入, 惟有陣陣暗香, 泛風而來而已.
楊生雖大恨, 書童一垂珠箔, 如隔弱水, 遂與書童回來, 一
步一顧, 紗窓已緊閉而不開矣. 來坐客店, 悵然消魂.

原來此女子, 姓秦氏, 名彩鳳, 卽秦御史女子也. 早喪慈母,
且無兄弟, 年纔及笄, 未適於人, 時御史上京師, 小姐獨在
於家, 夢寐之外, 忽逢楊生, 見其貌, 而悅其風彩, 聞其詩,
而慕其才華, 乃思惟曰:

"女子從人, 終身大事, 一生榮辱, 百年苦樂, 皆係於丈夫.
故卓文君以寡婦, 而從相如, 今我卽處子之身也, 雖有自媒
之嫌, 臣亦擇君, 古不云乎? 今若不問其姓名, 不知其居住,
他日雖稟告於父親, 而欲送媒妁, 東西南北, 何處可尋?"

於是展一幅之牋, 寫數句之詩, 封授於乳媼曰:

"持此封書, 往彼客店, 尋得俄者身騎小驢, 到此樓下, 詠楊柳
詞之相公而傳之. 俾知我欲結芳緣, 永托一身之意也. 此吾
莫重之事, 愼勿虛徐. 此相公, 其容顔如玉, 眉宇如畵, 雖在於
衆人之中, 昂昂如鳳凰之出鷄群, 媼必親見, 傳此情書."

乳媼曰:

"謹當如敎, 而異時老爺若有問, 則將何以對之耶?"

小姐曰:

“此則我自當之, 汝勿慮焉.”

乳娘出門而去, 旋又還問曰:

“相公或已娶室, 或旣定婚, 則何以爲之耶?”

小姐移時沈吟, 乃言曰:

“不幸已娶, 則我固不嫌爲副, 而我觀此人, 年是靑陽, 恐未及有室家矣.”

乳娘往于客店, 訪問吟詠楊柳詞之客. 此時楊生出立於店門之外, 見老婆來訪, 忙迎而問曰:

“賦楊柳詞者, 卽小生也, 老娘之問, 有何意耶?”

乳娘見楊生之美, 不復致疑, 但云:

“此非討話之地也.”

楊生引乳娘, 坐於客榻, 問其來尋之意, 乳娘問曰:

“郎君楊柳詞, 詠於何處乎?”

答曰:

<乙>欠 “小生以遠方之人, 初入帝圻, 愛其佳麗, 歷覽選勝, 今日之午, 適過一處, 卽大路之北, 小樓之下, 綠楊成林, 春色可玩, 感興之餘, 賦得一詩而詠之矣. 老娘何以問之?”

媼曰:

“郎君其時, 與何人相面耶?”

楊生曰:

“小生幸値天仙降臨, 樓上之時, 艶色尙在於眼, 異香猶洒於衣矣.”

媼曰:

<乙>欠 “老身當以實告之. 其家盖吾主人秦御史宅也, 其女子卽吾

家小姐也. 小姐自幼時, 心明性慧, 大有知人之鑑, 一見相
公, 便欲托身, 而御史方在京華, 往復稟定之間, 相公必轉
向他處, 大海浮萍, 秋風落葉, 將何以訪其蹤跡乎? 絲蘿雖
切願托之心, 爐金實有自躍之恥,　而三生之緣重,　一時之
嫌小也. 是以舍經從權, 包羞冒慚, 使老妾問, 郎君姓氏及
鄕貫, 仍探婚娶與否矣."
生聞之, 喜色溢面, 謝曰:
"小生楊少游, 家本在楚, 年幼未娶矣. 惟老母在堂, 花燭之
禮, 當告兩家父母, 而後行之, 結親之約, 今以一言, 而定
之矣, 華山長靑, 渭水不絶."
乳娘亦大喜, 自袖中出一封書以贈楊生, 生拆見, 卽楊柳詞 　　　　<乙>欠
一首也. 其詩曰: 　　　　　　　　　　　　　　　　　　　　　<乙>絶

樓頭種楊柳　　擬繫郎馬住
如何折作鞭　　催向章臺路

楊生艶其淸新, 亟加歎服, 稱之曰: 　　　　　　　　　　　　<乙>欠
"雖古之王右丞李學士, 蔑以加矣."
遂披彩牋, 寫一首詩, 以授乳娘, 其詩曰: 　　　　　　　　　<乙>欠 / <乙>孃

楊柳千萬絲　　絲絲結心曲
願作月下繩　　好結春消息

乳娘受置於懷中, 出店門而去, 楊生呼而語之曰:
"小姐秦之人, 小生楚之人, 一散之後, 萬里相阻, 山川脩
夐, 消息難通, 況今日此事, 旣無良媒, 小生之心 無可憑信

之處也, 欲乘今夜之月色, 望見小姐之容光, 未知老娘以爲
如何? 小姐詩中, 亦有此意, 望老娘更稟于小姐."

乳娘去, 卽還來曰:

"小姐奉賢郞和詩, 十分感激, 且備傳郞君之意, 則小姐曰,
'男女未及行禮, 私與相見, 極知其非禮, 然方欲托身於其
人, 而何可有違於其言乎? 且中夜相會, 人言可畏, 異日父
親若知之, 則必有厚責, 欲待明日, 會於中堂, 相與約定.'
云矣."

楊生嗟歎曰:

<乙>言 "小姐之明敏之見, 正大之意, 非小生所及也."

對乳娘, 再三勤囑, 毋令失期, 乳娘唯唯而去.

是夜生留宿於店中, 轉輾不寐, 坐待晨鷄, 苦恨春宵之長
<乙>馬 也. 俄而斗杓初轉, 村皷催鳴, 方欲呼童, 而秣驢矣. 忽聞
千萬人喧闐之聲, 潮湧湯沸, 自西方而來矣. 楊生大驚, 攝
衣而出, 立街而見之, 則執兵之亂卒, 避亂之衆人, 籠山絡
<乙>骿 野, 紛迸雜還, 軍聲動地, 哭響于霄. 問之於人, 則曰:

"神策將軍仇士良, 自稱皇帝, 發兵而反, 天子出巡楊州,
關中大亂, 賊兵四散, 刧掠人家. 且傳言閉函關, 不通往來
之人, 毋論良賤, 皆作軍丁矣."

<乙>欠 楊生慌忙驚懼, 遂率書童, 鞭驢促行. 望藍田山而去, 欲竄
<乙>巖穴之間 伏於深谷間矣. 仰見絶頂之上, 有數間草屋, 雲影掩翳, 鶴
<乙>亮 聲淸爽. 楊生知有人家, 從巖間石逕而上, 有道人凭几而
<乙>生至 臥, 見楊生, 起坐而問曰:

"君是避亂之人, 必淮南楊處士令郞也."

楊生趨進再拜, 含淚而對曰:

"小生果是楊處士子也. 自別嚴父, 只依慈母, 氣質甚魯, 才
學俱蔑, 而妄出徼倖之計, 冒充觀國之賓, 行到華陰, 猝値   〈乙〉生
變亂, 不圖今日, 獲拜大人, 此必上帝俯鑑微誠, 故令叨陪
大仙之几杖, 得聞嚴父之消息, 伏乞仙君毋惜一言, 以慰
人子之至情, 家嚴今在何處, 而體履亦如何?"   〈乙〉心 / 〈乙〉山
                                                    / 〈乙〉何如
道人笑曰:

"尊君與我, 着碁於紫閣峰上, 別去屬耳, 未知其去向何處,
而童顏不改, 綠髮長春, 惟君毋用傷懷."

楊生泣訴曰:

"或因先生, 可得一拜於家嚴耶?"

道人又答曰:

"父子之情雖深, 仙凡之分迥殊, 雖欲爲君圖之末由也, 而
況三山渺邈, 十洲空闊, 尊公去就, 何以得知? 君旣到此,
姑且留宿, 徐待道路之通, 歸去亦未晚也."

楊生雖聞父親安寧之報, 道人落落, 無顧念之意, 會合之
望, 已絶矣. 心緖悽愴, 流淚被面.   〈乙〉淚流

道人慰之曰:

"合而離, 離而合, 亦理之常也, 何以爲無益之悲也?"
楊生收淚而謝, 當隅而坐, 道人指壁上玄琴而問曰: 〈乙〉拭

"君能解此乎?"

生對曰:

"雖有素癖, 而未遇賢師, 不得其妙處矣."

道人使童子, 授琴於生, 使彈之. 生遂置之膝上, 奏風入松

一曲.

道人笑曰:

"用手之法活動, 可敎也."

乃自移其琴, 以千古不傳之四曲, 次第敎之, 淸而幽, 雅而亮, 實人間之所未聞者. 生本來精通音律, 且多神悟, 一學能盡傳其妙. 道人大喜, 又出白玉洞簫, 自吹一曲, 以敎生, 仍謂之曰:

"知音相遇, 古人所難, 今以此一琴一簫贈君, 日後必有用處, 君其識之."

生受而拜謝曰:

<乙>欠 / <乙>欠
<乙>欠

"小生之得拜先生, 必是家親之指導, 先生卽家親故人, 小生之敬事先生, 何異於家親乎? 願侍先生杖屨, 以備弟子之列, 小子願也."

道人笑曰:

"人間富貴, 自來偪君, 君將不可免也, 何能從遊老夫, 栖在巖穴乎? 況君畢竟所歸之處, 與我各異, 非我之徒也. 但不忍負慇懃之意, 贈此彭祖方書一卷, 老夫之情, 此可領

<乙>久視延年

也. 習此, 則雖不能延年久視, 亦足以消病却老也."

生復起拜, 而受之, 仍問曰:

"先生以小子期之, 以人間富貴, 敢問前程之事矣. 小子於華陰縣, 與秦家女子, 方議婚, 爲亂兵所逐, 奔竄至此, 未知此婚可得成乎?"

道人大笑曰:

<乙>事 / <乙>欠
/ <乙>欠

"婚姻之路, 昏黑似夜, 天機何不可輕泄乎? 然君之佳緣, 在

於累處, 秦女不必偏自縊戀也."

生跪而受命, 陪道人, 同宿於客堂. 天未明, 道人喚覺楊生,
而謂之曰:

"道路旣通, 科期退行於明春, 想大夫人方切倚閭之望, 須　　　<乙>定
早歸故鄉, 毋貽北堂之憂."

仍計給路費. 生百拜床下, 稱謝厚眷, 收拾琴書, 行出洞門,
不勝依黯, 矯首回顧, 茅茨及道人, 已無去處, 惟曙色蒼凉,
彩靄葱蘢而已.

生入山之初, 楊花未落, 一夜之間, 菊花滿發矣. 生大以爲
怪, 問之於人, 已秋八月矣. 來訪舊日客店, 新經兵火, 村　　　<乙>欠
落蕭條, 與向來經過之時大異矣. 赴擧之士, 粉紛下來. 生　　　<乙>欠
問都下消息, 則答曰, '國家召諸道兵馬, 過五個月, 始削平
僭亂, 大駕還都, 科擧且以明春退定矣.'

楊生往訪秦御史家, 則繞溪衰柳, 寥落於風霜之後, 殊非舊　　　<乙>搖
日景色, 朱樓粉墻, 已成灰燼, 陳煤破瓦, 堆積於遺墟而已,　　　<乙>礎 / <乙>欠
四隣荒凉, 亦不聞鷄犬之聲. 生愴人事之易變, 悵佳期之已
曠, 攀援柳條, 佇立斜陽, 徒吟秦小姐楊柳之詞, 一字一涕,
衣裾盡濕. 欲問往事, 不見人跡, 乃茫然而歸, 問於店主曰:　　　<乙>于
"彼秦御史家屬, 今往何處耶?"　　　<乙>在

店主嗟惋曰:

"相公不聞耶? 前者御史仕宦在京, 惟小姐率婢僕守家, 官
軍恢復京師之後, 朝廷以秦御史, 爲受逆賊僞爵, 以極刑
斬之, 小姐押去京師, 而其後或言, 終不免慘禍, 或云, 沒　　　<乙>言
入於掖庭矣. 今朝官人押領罪人等數多家屬, 過此店之前,　　　<乙>欠

問之則曰, '此屬皆沒入, 爲英南縣奴婢者也', 或云, 秦小
姐亦入於其中矣."

楊生聽之, 淚汪然自下曰:

"藍田山道人云, '秦氏婚事, 昏黑似夜', 小姐必已死矣."

更無詰問之處, 乃治行具, 下去秀州.

<乙>天
<乙>少游
此時柳氏聞京都禍亂之報, 恐兒子死於兵火, 日夜呼哭, 幾
不得自保矣. 及見楊生, 相持痛哭, 若遇泉下之人.

未幾舊歲已盡, 新春忽屆矣. 生又將作赴擧之行. 柳氏謂生
曰:

"去年汝往皇都, 幾陷危境, 至今思惟, 凜凜可怕, 汝年尙
穉, 功名不急. 然吾所以不挽汝行者, 吾亦有主意故也. 顧
此秀州, 旣狹且僻, 門戶才貌, 實無堪爲汝配者, 而汝已十
六歲也, 今若不定, 幾何其不失時乎? 京師紫淸觀杜鍊師,
卽吾表兄, 出家雖久, 計其年歲, 則尙或生存, 此兄氣宇不
<乙>慮
凡, 知計有裕, 名門貴族, 無不出入, 寄我情書, 則必視汝
如子, 而出力周旋, 爲求賢匹, 汝須留意於此."

<乙>欠 / <乙>欠
仍作書而付之. 生受命, 始以華陰縣秦氏事告之, 言畢輒有
悽感之色, 柳氏嗟咄曰:

"秦氏雖美, 旣無天緣, 禍家餘生, 必難全生. 設令不死, 逢
着亦難, 汝須永斷浮念, 更求他姻, 以慰老母企望之懷也."

生拜敬登程, 及到洛陽, 猝値驟雨, 避入於南門外酒店, 主
人問曰:

"相公欲飮酒乎?"

生曰:

"取美酒而來."

主人携一大樽而至, 生連倒七八觥, 謂主人曰:

"此酒雖美, 亦非上品也."

主人曰:

"小店之酒, 無勝於此者, 相公若求上品之酒, 天津橋頭酒樓所賣之酒, 名曰, '洛陽春', 一斗之酒, 千錢其價, 味雖好, 而價則高矣."

生靜思洛陽自古帝王之都, 繁華壯麗, 甲於天下, 我去年取他路而行, 未見其勝槪, 今行當不落莫矣.

<乙>沽酒而飮
生謂店主曰

<乙>欠
<乙>肆

<乙>去

楊千里酒樓擢桂 桂蟾月鴛被薦賢

生乃使書童, 算給酒價, 仍駈驢, 向天津而往. 及抵城中山水之勝, 人物之盛, 果叶所聞矣. 洛水橫穿都城, 如鋪白練, 天津橋, 逈跨澄波. 直通大路, 隱隱如彩虹之飮水, 蜿蜒若蒼龍之展腰, 朱甍聳空, 碧瓦耀日, 色映淸漪, 影抱香街, 可謂第一名區也.

<乙>行
<乙>貫

生知其爲店主所謂酒樓, 乃催行. 至其樓前, 金鞍駿馬, 塡塞通衢, 僕夫林立, 譁聲雷聒. 仰視樓上, 則絲竹轟鳴, 聲在半空, 羅綺紛繽, 香聞十里. 生以爲河南府尹讌客於此, 使書童問之, 爭言, 城裡少年諸公子, 聚集一時名妓, 設宴玩景.

生聞之, 已覺醉興, 翩翩豪氣騰騰. 於是當樓下驢, 直入樓中, 年少書生十餘人, 與美人數十, 雜坐於錦筵之上, 騁高談, 浮大白, 衣冠鮮明, 意氣軒輊. 諸生見楊生, 容顔秀美,

符彩洒落. 齊起迎揖, 分席列坐, 各通姓名後, 上座有盧生
者, 先問曰:

"吾見楊兄行色, 所謂'槐花黃擧子忙'者也."

生曰:

"誠如兄言矣."

<乙>杜 又有王生者曰:

"楊兄苟是赴擧之儒, 則雖云, '不速之賓', 參於今日之會,
亦不妨也."

生曰:

"以兩兄之言觀之, 則今日之會, 非但以酒盃, 留連而已, 必
結詩社, 而較文章也. 若小弟者, 以楚國寒賤之人, 年齒旣

<乙>知 少, 見識甚狹, 雖以薄劣, 猥充鄕貢參與於諸公盛會之末,
不亦僭乎?"

諸人見楊生語遜而年幼, 頗輕易之, 答曰:

"吾輩之會, 非爲結詩社也, 而楊兄所謂較文章, 盖彷彿矣.
然兄是後來之客, 雖作詩可也, 不作亦可也. 與吾輩, 飮酒

<乙>洽 恰好矣."

<乙>傳巡 仍促巡傳盃, 使滿坐諸妓, 迭奏衆樂. 楊生乍攬醉眸, 獵視
群娼, 二十餘人, 各執其藝, 而惟一人超然端坐, 不奏樂不
接語, 淑美之容, 冶艷之態, 眞國色也, 望之如南海觀音,

<乙>會 婷婷獨立於繪素之中矣.

<乙>巡盃 生神魂撩亂, 自忘盃巡, 其美人亦頻顧楊生, 暗以秋波送情.
生又睇視, 則累幅詩箋, 堆積於美人之前, 遂向諸生而言曰:

"彼詩箋, 必諸兄佳製, 可得一賞否?"

諸人未及對, 美人輒起身, 攝其華箋, 置之於楊生座前. 生 <乙>欠

一一披閱, 則大都十餘張詩, 而其中雖不無優劣生熟, 盖平 <乙>丈

平無驚語佳句也. 生心語曰:

"我曾聞洛陽多才子矣, 以此見之, 則虛言也."

乃還其詩箋於美人, 對諸生, 拱手而言曰:

"下土賤生, 未嘗見上國文章矣. 今者幸玩諸兄珠玉, 快樂

之心, 不可勝喩."

此時諸生皆大醉矣, 恰恰笑曰: <乙>已

"楊兄但知詩句之妙而已, 不知其間有尤妙之事也."

生曰:

"小弟過蒙, 諸兄眷愛, 盃酒之間, 已作忘形之友, 所謂妙事 <乙>酒盃

何惜向小弟說來耶?"

王生大笑曰:

"說道於兄, 何害之有? 吾洛陽素稱人才府庫, 是以近前科

甲洛陽之人, 不爲壯元, 則必爲榜眼探花, 吾輩諸人, 皆得 <乙>欠

文字上虛名, 而未能自定其高下優劣矣. 彼娘子姓桂, 名蟾 <乙>優劣高下

月, 非但姿色歌舞, 獨步於天下, 古今詩文, 無所不通. 且 <乙>東京

其詩眼尤妙矣, 靈如鬼神, 洛陽諸儒, 納卷而來, 則一閱其

文, 斷其立落, 而言如符合, 未曾一失, 其神鑑如此也. 以 <乙>欠 / <乙>嘗

是吾輩, 各以所製之文, 送於桂娘, 經其品題, 取其入眼者,

載之歌曲, 被之管絃, 以之而定其高下, 長其聲價, 如旗亭

故事. 況桂娘姓名, 盖應月中之桂, 新榜魁元之吉兆, 寔在

於此矣, 楊兄試聞之, 此非妙事乎?"

有杜生者又曰: <乙>欠

<乙>有別 　"此外別有妙而又妙者,　諸詩之中,　桂卿擇其一首而歌之,
　　　　　則作其詩者,　今夜當與桂卿,　好結芳緣,　而吾輩皆作賀客而
　　　　　已,　斯豈非妙而又妙者乎?　楊兄亦男子也,　苟有一段豪興,
　　　　　亦賦一詩,　與吾輩爭衡,　似好也."

　　　　　生曰:

　　　　　"諸兄之詩,　成之已久,　未知桂卿已歌何人之詩乎?"

　　　　　王生曰:

　　　　　"桂卿尙靳一関淸音,　櫻唇久鎖,　玉齒未啓,　陽春絶調,　猶不入
<乙>澠 　於吾儕之耳.　桂卿若不故作嬌態,　則必有羞涉之心而然也."

　　　　　生曰:

　　　　　"小弟曾在楚中,　雖或依樣,　畫蘆作一兩首詩,　而卽局外之
　　　　　人也,　與諸兄較藝,　恐未安也."

　　　　　王生大言曰:

<乙>於 　"楊生容貌,　美如女子矣,　又何無丈夫之意耶?　聖人有言曰,
　　　　　'當仁不讓於師',　又曰,　'其爭也君子',　第恐楊兄無詩才也,
<乙>嫌 　苟有才也,　豈可徒執撝謙乎?"

　　　　　楊生雖外餙虛讓,　一見桂娘豪情,　已不可制矣.　見諸生座
　　　　　傍,　尙有空箋,　生抽其一幅,　縱橫走筆,　題三章詩,　比如風
　　　　　檣之走海,　渴馬之奔川.　諸生見其詩思之敏捷,　筆勢之飛
　　　　　動,　莫不驚訝失色矣.　楊生擲筆於席上,　謂諸生曰:

　　　　　"宜先請教於諸兄,　而今日座中桂卿,　卽考官也,　納卷時刻,
　　　　　恐不及也."

<乙>桂娘 　卽送其詩箋於蟾月,　其詩曰:

　　　　　楚客西遊路入秦　　酒樓來醉洛陽春

月中丹桂誰先折　今代文章自有人

天津橋上柳花飛　珠箔重重映夕暉
側耳要聽歌一曲　錦筵休復舞羅衣

花枝羞殺玉人粧　未吐纖歌口已香
待得樑塵飛盡後　洞房花燭賀新郎

蟾月乍轉星眸, 霙然看過, 檀板一聲, 淸歌自發, 嫋嫋如縷,　　　<乙>擅
咽咽如訴, 鶴唳靑田, 鳳鳴丹丘, 秦箏奪其聲, 趙瑟失其曲.
滿座洒然易容, 初諸人傲視楊生, 許令作詩矣. 及其三詩,
皆入於蟾月之歌, 唯憮然敗興, 相顧無言, 欲讓蟾月於楊生,
則近於無膽, 欲背座中之初約, 則難於失言, 面面直視, 嘿
嘿癡坐.
楊生知其氣色, 焂起告辭曰:
"小弟偶蒙諸兄款接, 叨參盛宴, 旣醉且飽, 誠切感幸. 前路
尙遙, 行色甚忙, 未得終日吐話, 他日曲江之會, 當罄此餘　　<乙>遠
情矣."
乃從容下去, 諸生亦不肯挽止矣.
生出至樓前, 方欲跨驢, 蟾月忙步而來, 謂生曰:
"此路南畔有粉墻, 墻外有櫻桃盛開, 此是妾家. 相公須先　　<乙>乃
往, 訪得此家, 待妾還歸, 妾亦從此往矣."
生點頭而諾向南而去. 蟾月上樓謂諸生曰:　　　　　　　　<乙>南向
"諸相公不以妾爲陋, 以數闋之歌, 卜今夜之緣, 將何以處
之乎?"　　　　　　　　　　　　　　　　　　　　　　　<乙>耶

諸人猶不捨愛慕之情, 答曰:

"楊哥客也, 非吾輩中人, 何可以此爲拘乎?"

互相和應, 終無定論. 蟾月以冷談, 應之曰:

"人而無信, 妾不知其可也, 座上娼樂, 非不足也, 諸相公盡其不盡之興. 妾適有病, 未得侍坐終宴矣."

乃緩步而出. 諸人初旣有約, 且見冷談之色, 不敢出一言矣. 此時楊生往住店, 搬移行李, 趁黃昏, 往尋蟾月之家, 蟾月<乙>欠 先已還家, 掃中堂, 燃華燭, 悄然而待之, 楊生繫驢於櫻桃樹下, 往叩重門. 蟾月聞剝啄之聲, 跕屣出迎曰:

<乙>妾已先到 而郎何後也
"下樓之時, 郎先而妾後矣, 今妾已先到, 而郎何後來耶?"

楊生曰:

"以主人而待客可乎, 以客而待主人可乎? 眞所謂非敢後也, 馬不前也."

遂相與扶携而入, 兩人相對, 其喜可知.

蟾月滿酌玉盃, 以金縷衣一曲侑之, 芳姿嫩聲, 能割人之<乙>能 腸, 而迷人之魂. 生情不自抑, 相携就寢, 雖巫山之夢, 洛浦之遇, 未足以蹈其樂矣. 至夜半, 蟾月於枕上, 謂生曰:

"妾之一身, 自今日已托於郎君矣, 妾請略暴情事, 惟郎君俯察而怜悶焉. 妾本韶州人也, 父曾爲此州驛丞矣. 不幸病<乙>遞 死於他鄕, 家事零替, 故山迢遞, 力單勢蹙, 無路返葬, 繼母賣妾於娼家, 受百金而去. 妾忍辱含痛, 屈身事人, 只祈天或垂怜, 幸逢君子, 復見日月之明. 而妾家樓前, 卽去長安道也, 車馬之聲, 晝夜不絶, 來人過客, 孰不落鞭於妾之門<乙>四五 前乎? 往來三四間, 眼閱千萬人矣, 尚未見近似於郎君

者, 今何幸遇我郎君? 至願已畢, 郎若不以妾鄙夷之, 則妾
願爲爨汲之婢, 敢問郎君之意如何?"   <乙>椎爨

生乃款答曰:

"我之深情, 豈與桂娘少間哉? 第我本貧秀才也, 且堂有老
親, 與桂卿偕老, 恐不槩於老親之意, 若具妻妾, 則亦恐桂
娘之不樂也. 桂娘雖不以爲嫌, 天下必無可爲桂娘女君之
淑女, 是可慮也."

蟾月曰:

"郎君是何言也? 當今天下之才, 無出於郎君之右者, 新榜
壯元, 固不足論也, 丞相印綬, 大將節鉞, 非久當歸於郎君
手中, 天下美女, 孰不願從於郎君乎? 將見紅拂隨李靖之
匹馬, 綠珠步石崇之香塵, 蟾月何人, 敢有一毫專寵之心?
惟願郎君娶賢婦於高門, 以奉大夫人後, 亦勿棄賤妾焉, 妾
請自今以後, 潔身而待命矣."

生曰:

"去年我曾過華州, 偶見秦家女子, 其容貌才華, 足與桂娘
可較伯仲, 而不幸今也, 則亡, 桂卿欲使我更求淑女於何處
乎?"

蟾月曰:

"郎君所言者, 必是秦御史女彩鳳也. 御史曾者爲吏於此府,
秦娘子與賤妾, 情誼頗綢密矣. 其娘子且有卓文君之才貌,
郎君宜有司馬之情, 而今雖思之, 亦無益矣, 請郎君更求   <乙>豈無長卿
於它門矣."

楊生曰:

<乙>桂卿秦娘
／<乙>代

"自古絶色, 本不世出, 今秦女桂卿兩人, 生幷一生, 吾恐天
地精明之氣, 殆已盡矣."

蟾月大笑曰:

"郎君之言, 誠如井底蛙矣. 妾姑以吾娼妓中公論, 告於郎
君矣. 天下有靑樓三絶色之語, 江南萬玉燕, 河北狄驚鴻,
洛陽桂蟾月, 蟾月卽妾也, 妾則獨得虛名, 玉燕驚鴻, 眞當
代絶艶, 豈可曰, '天下更無絶色乎'?"

生曰:

"吾意則彼兩人, 猥與桂卿齊名矣."

蟾月曰:

"玉燕以地之遠, 雖未得見, 南來之人, 無不稱贊, 可知其決

<乙>欠 非虛名, 驚鴻與妾, 情若兄弟, 驚鴻一生本末, 請略陳之矣.

<乙>欠 驚鴻卽播州良家女也, 早失怙恃, 依其姑母. 自十歲美麗之
色, 名於河北, 近地之人, 欲以千金, 買以爲妾, 媒婆塡門,
鬧如群蜂, 而驚鴻言於姑母皆斥遣. 衆媒婆問於姑娘曰, '姑

<乙>乃合於意乎 娘東推西却, 不肯許人, 必得何許佳郎, 可合姑娘之意乎?

<乙>欠 欲以爲大丞相之寵妾乎, 欲以爲節度使之副室乎, 欲許於名

<乙>對 士乎, 欲送於秀才乎?' 驚鴻替答曰, '若如晉時, 東山携妓之
謝安石, 則可以爲大宰相之妾矣, 若如三國時, 使人誤曲之
周公瑾, 則可以爲節度使之妾矣, 有若玄宗朝, 獻淸平詞之
翰林學士, 則名士可隨矣, 有若武帝時, 奏鳳凰曲之司馬長
卿, 則秀才可從矣, 惟意是適, 何可逆料乎?' 衆婆大笑而散.
驚鴻私以爲窮鄕女子, 耳目不廣, 將何以揀天下之奇才, 擇
閨中之賢匹乎? 惟娼女則英雄豪傑, 無不接席而酬酢, 公

子王孫, 亦皆開門而逢迎, 賢愚易卜優劣可分比之, 則求竹
於楚岸, 採玉於藍田, 奇才美品, 何患不得? 遂願自賣於娼
家, 必欲托身於奇男, 未及數年, 名聲大噪. 去年秋, 山東河
北十二州文人才士, 會於鄴都, 設宴以娛, 驚鴻以一曲霓裳,
舞於席上, 翩如驚鴻, 嬌如翔鳳, 百隊羅綺, 盡失顔色, 其才
其貌, 此可見矣. 宴罷獨上於銅雀臺, 帶月徘徊感古悲傷,
詠斷腸之遺句, 吊分香之往迹, 仍窃笑曹孟德不能藏二喬
於樓中, 見之者, 無不愛其才, 奇其志, 顧今閨閤之中, 豈獨
無其人乎? 驚鴻與妾, 同遊於上國寺, 與之論懷, 驚鴻謂妾
曰, ‘爾我兩人, 苟得意中之君子, 互相薦引同事一人, 則庶
不誤百年之身矣’, 妾亦諾之矣. 妾逮遇郎君, 輒思驚鴻, 而
驚鴻方入於山東諸侯宮中, 此所謂好事多魔者耶? 侯王姬
妾, 富貴雖極, 亦非驚鴻之願也.”

仍唏噓曰:

“惜乎! 安得一見驚鴻, 說此情也!”

楊生曰:

“靑樓中, 雖有許多才女, 安知士夫家閨秀, 不讓娼扉一頭
地乎?”

蟾月曰:

“以妾目見, 無如秦娘子者, 苟下秦娘一等, 妾不敢薦於郎
君矣. 然妾飽聞長安之人, 爭相稱道曰, ‘鄭司徒女子, 窈窕   <乙>欠
之色, 幽閑之德, 爲當今女子中第一’, 妾雖未親見, 大名之
下, 本無虛士, 郎君歸到京師, 留意訪問是所望也.”

問答之間, 紗窓已微明矣, 兩人同起梳洗畢. 蟾月曰:

<乙>此　“是處非郎君久留之地也, 況昨日諸公子, 想不無怏怏之心, 恐不利於相公, 須趁早登程. 前頭叨侍之日尙多, 何必爲兒女子屑屑之悲乎?”

生謝曰:

“娘言誠如金石, 當銘鏤於心肝矣.”

<乙>袂　遂相對揮涙, 分手而去.

倩女冠鄭府遇知音 老司徒金榜得快壻

楊生自洛陽, 抵長安, 定其旅舍, 頓其行裝, 而科日尙遠矣. 招店人, 問紫淸觀遠近, 云在春明門外矣. 卽備禮緞, 往尋杜鍊師, 鍊師年可六十餘歲, 戒行甚高, 爲觀中女冠之首矣. 生進以禮謁, 傳其母親書簡, 鍊師問其安否, 垂涕而言曰:

<乙>年 / <乙>仰　“我與令堂姐姐, 相別已二十稔矣. 後生之人, 軒昂若此, 人世流光信, 如白駒之忙也. 吾老矣, 厭處於京師煩囂之中,

<乙>欠　方欲遠向崆峒山中, 尋仙訪道, 鍊魂守眞, 栖心於物外矣.

<乙>欠 / <乙>生　姐姐書中, 有所托之言, 吾當不得已, 爲君少留矣. 楊郎風彩, 明秀如仙, 當世閨艶之中, 恐難得相敵之良配也. 然從須商量, 如有閑日, 更加一來焉.”

楊生曰:

“小姪親老家貧, 年近二十, 而身處僻鄕, 未能擇配, 方當喜懼之日, 反貽衣食之憂, 誠孝莫展, 歎愧深切, 今拜叔母, 眷念至斯, 感荷良深矣.”

卽拜辭而退, 時科日將迫, 而自聞指婚之諾, 稍弛求名之心. 數日後, 復往觀中, 鍊師迎笑曰:

"一處有處女, 言其才與貌, 則眞楊郎之配, 而但其家門楣
太高, 六代公侯, 三代相國, 楊郎若爲今榜魁元, 則此婚事
庶可望矣. 其前發口, 無益也, 楊郎不必煩訪老身, 勉修科
業, 期於大捷可也."

楊生曰:

"第誰家也?"

鍊師曰:

"春明門外鄭司徒家也, 朱門臨道, 門上設棨戟者, 卽其第
也. 司徒有一女, 而其處子, 仙也非人也."

生忽思蟾月之言, 潛念曰:

"此女子果如何而大得聲風於兩京之間乎?"

問於鍊師曰:

"鄭氏女子, 師傅曾見之乎?"

鍊師曰:

"我豈不見乎? 鄭小姐卽天人, 不可以口舌, 形其美也."

生曰:

"小姪非敢爲誇大之言也, 今春科第, 當如探囊中物也, 此
則固不足掛念, 而平生有癡獃之願, 不見處子, 則不欲求
婚, 願師傅特出慈悲之心, 使小子一見其顔色如何?"

鍊師大笑曰:

"宰相家女子, 豈有得見之路乎? 楊郎或慮老身之言, 有未
可信者乎?"

生曰:

"小子何敢有疑於尊言乎? 第人之所見, 各自不同, 安保其

師傅之眼, 必如小子之目乎?"

鍊師曰:

<乙>高

"萬無此理也, 鳳凰猈獜, 婦孺皆稱祥瑞, 靑天白日, 奴隸亦知淸明, 苟非無目之人, 則豈不知子都之美乎?"

楊生猶不快而歸矣, 必欲受諾於鍊師, 翌日淸晨, 又往道觀. 鍊師笑謂曰:

<乙>欠

"楊郞早來, 必有事也."

生曰:

"小子不見鄭小姐, 則終不能無疑於心, 更乞師傅念母親付托之意, 察小子委曲之情, 密運冲襟, 別出妙計, 使小子一遭望見, 則當結草而圖報矣."

鍊師掉頭曰:

"未易哉!"

<乙>吟

沈思半餉, 乃謂曰:

"吾見楊郞聰睿明透, 學問之暇, 或知音律乎?"

生曰:

<乙>五音六律

"小子曾遇異人學得妙曲, 六律五音, 頗皆精通矣."

鍊師曰:

"宰相之家, 甲第峩峩, 中門五重, 花園深深, 繚垣數丈, 自非身具羽翼, 不可越也. 且鄭小姐讀詩學禮, 律身有範, 一動一靜, 合度合儀, 旣不焚香於道觀, 又不薦齋於尼院. 正月上元, 不觀燈市之戱, 三月三日, 不作曲江之遊, 外人何

<乙>且

從而窺見乎? 只有一事, 或冀萬幸, 而恐楊郞不肯從也."

生曰:

“鄭小姐如可得見, 雖令升天入地, 握火蹈水, 何可不從乎?”　　　　　　〈乙〉敢

鍊師曰:

“鄭司徒, 近因老病, 不樂仕宦, 惟寄興於園林鐘鼓. 夫人崔

氏, 性好音樂, 而小姐聰慧穎悟, 天壤間千萬百事, 無不明　　　　　　　〈乙〉欠

知, 至於音律清濁, 節奏繁促, 一聞輒毫分縷柝, 雖妙如師　　　　　　　〈乙〉一聞輒解

襄, 神如子期, 未必過此, 而蔡文姬之能知斷絃, 盖餘事耳.

崔夫人聞有新翻之曲, 則必招致其人, 使奏於座前, 令小

姐論其高下, 評其工拙, 憑几而聽之, 以此爲暮景之樂.　　　　　　　　　〈乙〉欠

吾意楊郎苟解彈琴, 預習一曲而待之. 二月晦日, 乃靈符道

君誕日, 鄭府每年必送解事婢子, 賚來香燭於觀中, 楊郎當

以此時, 換着女服, 手弄三尺綠綺, 使彼聞之, 則彼必歸告

於夫人, 夫人聽之, 則必請去矣. 入鄭府之後, 得見小姐與

否, 皆係於天緣, 非老身所知, 而此外無它計矣. 況君貌如

美人, 且不生髥, 出家之人, 或有不裵髮, 不掩耳者, 變服

亦不難矣.”

楊生喜而謝曰:

“謹奉尊教矣.”

退歸旅次, 屈指待日矣.　　　　　　　　　　　　　　　　　　　　〈乙〉生喜而謝拜而退

原來鄭司徒, 無它子女, 惟有一女小姐而已. 崔夫人解娩之

日, 於昏困中見之, 則有仙女把一顆明珠, 入於房櫳, 俄而

小姐生矣, 名之曰‘瓊貝.’ 及長嬌姿雅儀, 奇才徽範, 盖千古

一人也. 以此其父母鍾愛甚篤, 欲得佳郎, 而無可意者, 年　　　　　　　〈乙〉欠

至二八, 尙未笄矣.

一日崔夫人招小姐乳母錢妪, 謂之曰:

<乙>兼　　"今日道君誕日, 汝持香燭, 往紫淸觀, 傳與杜鍊師, 賜仍以
　　　　　衣緞茶果, 致吾戀戀不忘之意."

　　　　　錢妑領命, 乘小轎, 至道觀. 鍊師受其香燭, 供享於三淸殿,
<乙>奉　　且受三鍾盛饌, 百拜而謝, 齋供錢妑而送之.

<乙>欠　　此時楊生已來到別堂, 方橫琴而奏曲矣. 錢妑留別鍊師, 正
　　　　　欲上轎, 忽聽琴韵出於三淸殿迤西小廓之上, 其聲甚妙, 宛
　　　　　轉淸新, 如在雲霄之外矣. 錢妑停轎而立, 側聽頗久, 顧問
　　　　　於鍊師曰:

　　　　　"我在夫人左右, 多聽名琴, 而此琴之聲, 果初聞也, 未知何
　　　　　人所彈也."

　　　　　鍊師答曰:

　　　　　"日昨年少女冠, 自楚地而來, 欲壯觀皇都, 姑此淹留, 而時
　　　　　時弄琴, 其聲可愛, 貧道聾於音律者, 不知其工, 焉知其拙,
　　　　　今嫣嫣有此嘉獎, 必善手也."

　　　　　錢妑曰:

　　　　　"吾夫人若聞之, 則必有召命, 鍊師須挽留此人, 勿令之他."

　　　　　鍊師曰:

　　　　　"當如敎矣."

　　　　　送錢妑出洞門後, 入以此言, 傳於楊生, 生大悅, 苦待夫人
　　　　　之召矣.

　　　　　錢妑歸告於夫人曰:
<乙>做奇　"紫淸觀有何許女冠, 能奏已絶之響, 誠異事矣."

　　　　　夫人曰:

　　　　　"吾欲一聽之矣."

明日送小轎一乘侍婢一人於觀中, 傳語於鍊師曰:

"小女冠雖不欲辱臨, 道人須爲之勸送."

鍊師對其侍婢, 謂生曰:

"尊人有命, 君須勉往."

生曰:

"遐方賤蹤, 雖不合進謁於尊前, 而大師之敎, 何敢有違?"

於是具女道士之巾服, 抱琴而出, 隱然有魏仙君之道骨, 飄
然有謝自然之仙風矣, 鄭府叉鬟, 欽歎不已. 楊生乘小轎,
至鄭府, 侍婢引入於內庭, 夫人坐於中堂, 威儀端嚴. 楊生
叩頭再拜於堂下, 夫人命賜坐, 謂之曰:

"昨日婢子往道觀, 幸聽仙樂而來, 老人方願一見, 得接道
人淸儀, 須覺俗慮之自消."

楊生避席而對曰:

"貧道本是楚間孤賤之人也, 浪迹如雲朝東暮西, 玆因賤技,   <乙>暮東
獲近於夫人座下, 是豈始望之所及哉?"

夫人命侍婢, 取楊生手中之琴, 置膝摩挲, 乃稱賞曰: <乙>使

"眞箇妙材也."

生答曰:

"此龍門山上, 百年自枯之桐, 木性已盡於霹靂, 堅强不下
於金石, 雖以千金賭之, 不可易也."

酬答之頃, 砌陰已改, 而漠然無小姐之形影矣. 楊生心甚着
急疑慮, 自起告於夫人曰:

"貧道雖傳得古調, 而今人不彈者多, 貧道亦不能自知其聲   <乙>之
之非, 今而古也, 頃仍紫淸觀衆女冠而聞之, 則小姐之知

音, 則今世之師曠, 願效賤藝, 以聽小姐之下敎也."

夫人使侍兒, 招小姐, 俄而繡幕乍捲, 薌澤微生, 小姐來坐
於夫人座側. 楊生起拜畢, 縱目而望之, 太陽初湧於彤霞,

<乙>政 <乙>政　芳蓮正映於綠水矣, 神搖眸眩, 不能正視. 楊生嫌其坐席稍
遠, 眼力有碍, 乃告曰:

"貧道欲受小姐之明敎, 而華堂廣濶, 聲韵散泄, 或恐不專
於細聽也."

夫人謂侍兒曰:

"女冠之座, 可移於前也."

<乙>欠　　侍婢移席請坐, 雖已偪側於夫人之座, 而適當小姐座席之
<乙>右 / <乙>視　隅, 反不如直對相望之時也. 生大以爲恨, 而不敢再請.

<乙>授　　侍婢設香案於前, 開金爐, 爇名香, 生乃改坐, 援琴先奏霓
裳羽衣之曲. 小姐曰:

"美哉, 此曲! 宛然天寶太平之氣像也. 此曲人必解之, 而曲
臻其妙, 未有如道人之手段者也, 此非所謂'漁陽鼙鼓動地
來, 驚罷霓裳羽衣曲'者乎? 階亂之淫樂, 不足聽也, 願聞
他曲."

楊生更奏一曲, 小姐曰:

"此曲樂而淫, 哀而促, 卽陳後主玉樹後庭花也, 此非所謂
'地下若逢陳後主, 豈宜重問後庭花'者乎? 亡國之繁音, 不
足尙也, 更奏他曲."

<乙>闋　　楊生又奏一闋, 小姐曰:

<乙>念　　"此曲如悲如喜, 如感激者然, 如思戀者然. 昔蔡文姬遭亂
被拘, 生二子於胡中矣, 及曹操贖還, 文姬將歸故國, 留別

兩兒, 作胡笳十八拍, 以寓悲憐之意, 所謂'胡人落淚沾邊　　　　　<乙>添
草, 漢使斷賜對歸客'者也, 其聲雖可聽也, 失節之人, 曷足
稱哉? 請新其曲."　　　　　　　　　　　　　　　　　　　　　<乙>道

楊生又奏一腔, 小姐曰:

"王昭君出塞曲也. 昭君眷係舊君瞻望故鄕, 悲此身之失所,
怨畫師之不公, 以無限不平之心, 付之於一曲之中, 所謂
'誰憐一曲傳樂府, 能使千秋傷綺羅'者也. 然胡姬之曲, 邊
方之聲, 本非正音也, 抑有它曲乎?"

楊生又奏一轉, 小姐改容而言曰:

"吾不聞此聲久矣, 道人實非凡人也. 此則英雄不遇其時,
宅心於塵世之外, 而忠義之氣, 壹鬱於放蕩之中, 得非嵆叔　　<乙>板
夜廣陵散乎? 及其被戮於東市也, 顧日影彈一曲, 曰'怨哉!　　<乙>乃
人有欲學廣陵散者, 吾惜之而不傳矣.' 嗟呼! 廣陵散從此　　<乙>廣陵散者乎
絶矣, 所謂'獨鳥下東南, 廣陵何處在'者也. 後人無傳之者,
道人必遇, 嵆康之精靈而學此曲也."　　　　　　　　　　　<乙>欠

生膝席而答曰:

"小姐之英慧, 出人上萬萬也. 貧道嘗聞之於師, 其言亦與
小姐一也."

又奏一飜, 小姐曰:

"優優哉, 渢渢哉! 靑山峨峨, 綠水洋洋, 神仙之跡, 超蛻塵
臼之中, 此非伯牙水仙操乎? 所謂'鍾期旣遇, 奏流水而何
慚'者也, 道人乃千百歲後知音也, 伯牙之靈, 如有所知, 必
不恨鍾子期之死也."

楊生又彈一調, 小姐輒正襟, 跪坐曰:

"至矣盡矣, 聖人遭遇亂世, 遑遑四海, 有拯濟萬姓之意, 非

<乙>有定 孔宣父, 誰能作此曲乎? 必猗蘭操也, 所謂'逍遙九州無定

處'者, 非其意乎?"

楊生跪坐, 添香復彈一聲, 小姐曰:

"高哉美哉, 猗蘭之操, 雖出於大聖人, 憂時救世之心, 而

猶有不遇時之歎也. 此曲與天地萬物, 熙熙同春, 嵬嵬蕩

蕩, 無得以名也, 是必大舜南薰曲也, 所謂'南風之薰兮, 可

<乙>眞善眞美者 以解吾民之慍'者, 非其詩乎? 盡善盡美, 無過於此者, 雖有

它曲, 不願聞也."

楊生敬而對曰:

"貧道聞樂律九變, 天神下降, 貧道所奏者, 只八曲也. 尙有

一曲, 請玉振之矣."

拂柱調絃, 閃手而彈, 其聲悠揚闓悅, 能使人魂佚而心蕩,

庭前百花, 一時齊綻, 乳燕雙飛, 流鶯互歌. 小姐蛾眉暫低,

眼波不收, 泯默而坐矣, 至鳳兮鳳兮歸故鄕, 遨遊四海求其

凰之句, 乃開眸再望, 俯視其帶, 紅暈轉上於雙頰, 黃氣忽

消於八字, 正若被惱於春酒者也, 卽雍容起立, 轉身入內.

生愕然無語, 推琴而起, 惟瞪視小姐之背, 魂飛神飄, 立如

泥塑. 夫人命坐之, 問曰:

"師傅俄者所彈者, 何曲也?"

<乙>乍 生詐對曰:

<乙>欠 "貧道雖傳得於師, 而不知其曲名, 故正待小姐之命矣."

小姐久而不出, 夫人使侍婢, 問其故, 侍婢還報曰:

"小姐半日觸風, 氣候欠安, 不能出來矣."

楊生大疑小姐之覺悟, 蹙蹙不安, 不敢久留, 起拜於夫人曰:

"伏聞小姐玉體不平, 貧道實切憂慮矣. 伏想夫人必欲親自
診視, 貧道請退去矣."

夫人出金帛而賞之, 生辭而不受曰:

"出家之人, 雖粗解聲律, 不過自適而已, 敢受伶人之纏頭
乎?"

因頓首而謝, 下階而去.

夫人憂小姐之病, 卽召問之, 已快愈矣. 小姐還于寢室, 問
於侍女曰:

"春娘之病, 今日何如?"

侍女曰:

"今日則已差, 聞小姐聽琴, 新起梳洗矣."

原來春娘, 姓賈氏, 其父西蜀人也. 上京爲丞相府胥吏, 多
有功勞於鄭司徒家矣, 未久病死. 時春娘年纔十歲, 司徒
夫妻, 憐其無依, 收置府中, 使與小姐同遊, 其齒於小姐較
一月矣. 容貌粹麗, 百態俱備, 端莊尊貴之氣像, 雖不及於
小姐, 而亦絶代佳人也. 詩才之奇, 筆法之妙, 女紅之工,
足與小姐相上下, 小姐視如同氣, 不忍暫離, 雖有奴主之
分, 實同朋友之誼. 本名卽'楚雲', 而小姐以其態度之可愛,
採韓吏部多態度春空雲之句, 改其名曰'春雲', 家內之人,　　　　<乙>定
皆以春娘呼之.　　　　　　　　　　　　　　　　　　　　　　　　<乙>雲

春雲來見小姐, 而問曰:

"朝者諸侍女皆言, 中堂彈琴之女冠, 容如天仙, 手彈稀音,　　<乙>爭
小姐大加稱贊, 小婢忘却在病, 方欲玩賞矣, 其女冠何其速　　<乙>欠

去耶?"

小姐發紅於面, 徐言曰:

<乙>動 "吾愛身如玉, 持心如盤, 足跡不出於重門, 言語不交於親
戚, 乃春娘之所知也. 一朝爲人所詐, 忽受難洗之羞辱, 自
此何忍擧面對人乎?"

春雲驚曰:

"怪哉! 此何言也?"

小姐曰:

"俄來女冠, 果然其容貌秀矣, 琴曲妙矣, 卽囁嚅不畢其說."

春雲曰:

"其人第如何耶?"

小姐曰:

"其女冠始奏霓裳羽衣, 次奏諸曲, 其終也, 奏帝舜南薰曲,
我一一評論, 遵季札之言, 仍請止之, 其女冠言有一曲矣,

<乙>疑 更奏新聲, 乃司馬相如, 挑卓文君之鳳求凰也. 我始有意而
見之, 其容貌擧止, 與女子大異, 是必詐僞之人, 欲賞春色,

<乙>可 變服而來矣, 所恨者, 春娘若不病, 一見必卜其詐也. 我以

<乙>所 閨中處女之身, 與素不知男子, 半日對坐, 露面接語, 天下
寧有是事耶? 雖母子之間, 我不忍以此言告之矣, 非春娘,
誰與說此懷也?"

春娘笑曰:

"相如鳳求凰, 處子獨不聞耶? 小姐必見杯中之弓影也."

小姐曰:

"不然. 此人奏曲, 皆有次第, 若使無心, 求凰之曲, 何必奏之

於諸曲之末乎? 況女子之中, 容貌或有淸弱者矣, 或有壯大

者矣, 氣像豪爽, 未見如此人者也. 余意則國試已迫, 四方儒　　　<乙>予

生, 皆集於京師, 其中恐有誤聞我名者, 妄生探芳之計也."

春雲曰:

"其女冠果是男子, 則其容顔之秀美如此, 其氣像之豪爽如

此, 其精通音律又如此, 可知其手稟之高矣, 安知非眞相如　　　<乙>品

乎?"

小姐曰:

"彼雖相如, 我則決不作卓文君也."

春雲曰:

"小姐無爲可笑之說. 文君寡婦也, 小姐處女也, 文君有意

而從之, 小姐無心而聽之, 小姐何以自比於文君乎?"

兩人嬉嬉談笑, 終日自樂.

一日小姐侍夫人而坐, 司徒自外而入, 手持新出榜眼, 以授　　　<乙>欠

夫人曰:

"女兒婚事, 至今未定, 故欲擇佳郎於新榜之中矣. 聞壯元

楊少游, 淮南之人也, 時年十六歲, 且其科製人, 皆稱贊,

此必一代才子. 且聞其風儀俊秀, 標致高爽, 將成大器, 而

時未娶妻, 若得此人, 爲東床之客, 則於我心足矣."

夫人曰:

"耳聞本不如目見, 人雖過稱, 我何盡信? 必也親見而後,

方可定之矣."

司徒曰:

"是亦不難矣."

詠花鞋透露懷春心 幻仙庄成就小星緣

<乙>寢室 　　小姐聞其父親之言, 還入燕寢, 謂春雲曰:

　　　　　"向日彈琴女冠, 自稱楚人, 年可十六七歲矣, 淮南卽楚地,
　　　　　且其年紀相近, 吾心實不能無疑也. 此人若其女冠, 則必來
　　　　　謁於父親矣, 汝須待其來到, 留意而見之."

　　　　　春雲曰:

<乙>其何 　　"其人妾曾未之見, 雖與相對, 何以知之? 春雲之意, 則不
　　　　　如小姐, 從靑鎖之內, 親自窺見矣."

　　　　　兩人相對而笑.

<乙>世 　　此時楊少游連魁於會試及殿試, 卽被揀於翰苑, 聲名聳一時
<乙>妁 　　矣. 公侯貴戚, 有女子者, 皆爭送媒婆, 而生盡却之, 往見禮
　　　　　部權侍郎, 以求婚於鄭家之意, 縷縷告之, 仍要紹介, 侍郎
　　　　　裁一札而付之. 生卽袖, 往鄭司徒家, 通其姓名. 司徒知楊
　　　　　壯元之至, 謂夫人曰:

　　　　　"新榜壯元來矣."

<乙>文 　　卽迎見於外軒, 楊壯元戴桂花, 擁仙樂, 進拜於司徒, 風彩
　　　　　之美, 禮貌之恭, 已令司徒口咙, 而齒露矣. 一府之人, 惟
　　　　　小姐一人之外, 莫不奔走聳觀焉. 春雲問於夫人侍婢曰:

　　　　　"吾聞老爺與夫人唱酬之言, 前日彈琴女冠, 卽楊壯元之表
<乙>欠 　　妹, 未知其容貌, 果與其表妹, 有彷佛處乎?"

　　　　　爭言曰:

<乙>擧止容貌 "果是矣, 觀其容貌擧止, 小無參差中, 表兄弟, 何其酷相似
　　　　　耶?"

　　　　　春雲卽入, 謂小姐曰:

"小姐明鑑, 果不差矣."

小姐曰:

"汝須更往, 聞其爲何語而來."

春雲卽出去久而還曰:

"吾老爺爲小姐求婚於楊壯元."

壯元拜而對曰:

"晚生自入京師, 聞令小姐窈窕幽閑, 妄出非分之望矣, 今
朝往議於座師權侍郎, 則侍郎許以一書, 通於大人, 而顧念
門戶之不敵, 如靑雲濁水之相懸, 人品之不同, 如鳳凰烏雀
之各異. 侍郎之書, 方在晚生袖中, 而慚愧趑趄, 不敢進矣."

仍擎而獻之, 老爺見而大悅, 方促進酒饌矣.

小姐驚曰:

"婚姻大事, 不可草率, 而父親何如是輕諾耶?"

語未了, 侍婢以夫人之命招之, 小姐承命而往.

夫人曰:

"楊壯元, 一榜所推, 萬人所稱. 汝之父親, 旣已許婚, 吾老   <乙>壯元楊少游
夫妻, 已得托身之人矣, 更無可憂者矣."

小姐曰:

"小女聞侍婢之言, 楊壯元容儀, 一如頃日彈琴之女冠, 果
其然乎?"

夫人曰:

"婢輩之言是矣, 我愛其女冠, 仙風道骨, 拔出於世, 久猶不
忘, 方欲更邀, 而家間多事, 計莫之遂矣. 今見楊壯元, 宛
如女冠相對, 以此足知楊壯元之美矣."

小姐曰:

"楊壯元雖美, 小女與彼有嫌, 與之結親, 恐不可也."

夫人曰:

"是甚怪事怪事. 吾女兒處於深閨, 楊壯元處於淮南, 本無
干涉之事, 有何嫌疑之瑞乎?"

小姐曰:

"小女之事, 言之可慚, 故尙未得告知於母親矣. 前日女冠,
卽今日之楊壯元也, 變服彈琴, 欲知小女之姸媸也, 小女陷
於奸計, 終日打話, 豈可曰無嫌乎?"

夫人驚懼無語.

司徒送楊壯元, 忙入內寢, 喜色已津津矣, 謂小姐曰:

<乙>欠 "吾女瓊貝, 汝今日有乘龍之慶, 甚是快活事也."

夫人曰:

"女兒之意, 與吾夫妻大異."

<乙>夫人以小
姐之言傳之　仍以小姐之言傳之. 司徒更問於小姐, 知楊生彈求凰曲之
顚末, 大笑曰:

"楊壯元眞風流才子也. 昔王維學士, 着樂工衣服, 彈琵琶
於太平公主之第, 仍占壯元, 至今爲流傳之美談, 楊郎爲求
淑女, 換着女服, 實多才之人, 一時遊戲之事, 何嫌之有?
況女兒只見女道士而已, 不見楊壯元也, 楊壯元之換女道
士於汝, 何關也? 與卓文君之隔簾窺見, 不可同日道也, 有
何自嫌之心乎?"

小姐曰:

"小女之心, 實無所愧, 見欺於人, 一至於此, 以是憤恚欲

死爾."

司徒又笑曰:

"此則非老父所知也. 他日汝可問之於楊生也."

夫人問於司徒曰:

"楊郞欲行禮於何間乎?"

司徒曰:

"納幣之禮, 從俗而行之, 親迎則稍待秋間, 陪來大夫人後,
方定日矣."

夫人曰:

"禮則然矣, 遲速何論?"

遂擇吉日, 捧楊翰林之幣, 仍請翰林處於花阮別堂, 翰林以
子壻之禮, 敬事司徒夫妻, 司徒夫妻, 愛翰林如親子焉.

一日鄭小姐偶過春雲寢房, 春雲方刺繡於錦鞋, 爲春陽所   <乙>欠

惱, 獨枕繡機而眠. 小姐因入房中, 細見繡線, 歎其才品之   <乙>繡線之妙

妙矣. 機下有小紙, 寫數行書, 展見卽咏鞋之詩也, 其詩曰:

憐渠最得玉人親　　步步相隨不暫捨

燭滅羅帷解帶時　　使爾抛却象床下

小姐見罷, 自語曰:

"春郞詩才, 尤長進矣. 以繡鞋, 比之於身, 以玉人, 擬之於   <乙>將

吾, 言常時與我, 不曾相離, 彼將從人, 必與我相踈也, 春

娘誠愛我也."

又微吟而笑曰:

"春雲欲上於吾所寢象床之上, 欲與我同事一人也, 此兒之   <乙>欠

心, 已動矣."

恐驚春娘回身潛出, 轉入內堂, 見於夫人, 夫人方率侍婢,
<乙>欠　備楊翰林夕饌矣. 小姐曰:

"自楊翰林來往吾家, 母親以其衣服飲食爲憂, 指揮婢僕,
<乙>欠　損傷精神, 小女當自當其苦, 而非但於人事有嫌, 在禮法亦
無所據. 春娘年旣長成, 能當百事, 小女之意, 送春雲於花
園, 俾奉楊翰林內事, 則老親之憂, 可除其一分矣."

夫人曰:

"春雲妙才奇質, 何事不可當乎? 但春雲之父, 曾已有功於
吾家, 且其人物出於等夷, 相公每欲爲春雲而求良匹, 終事
女兒, 恐非春雲之願也."

小姐曰:

"小女觀春雲之意, 不欲與小女分離矣."

夫人曰:

"從嫁婢妾於古亦有, 然春雲之才貌, 非等閑侍兒之比, 與
<乙>恐非遠念　汝同歸, 實非遠慮."

小姐曰:

"楊翰林以遠地十六歲書生, 媒三尺之琴, 調戲宰相家深閨
處子, 其氣像豈獨守一女子而終老乎? 他日據丞相之府, 享
萬鍾之祿, 則堂中將有幾春雲乎?"

適司徒入來, 夫人以小姐之言, 言於司徒曰:

"女兒欲使春雲, 往侍楊郞, 而吾意則不然. 行禮之前, 先送
媵妾, 決知其不可也."

司徒曰:

"春雲與女兒, 才相似, 而貌相若也, 情愛之篤, 亦相同也,
可使相從, 不可使相離也. 畢竟同歸, 先送何妨? 少年男子,
雖無風情, 亦不可獨栖孤房, 與一柄殘燭爲伴, 況楊翰林
乎? 急送春娘, 以慰寂寞之懷, 恐無不可, 而但不備禮, 則
太涉草草, 欲具禮, 則亦有所不便者, 何以則可以得中也?"
小姐曰:
"小女有一計, 欲借春雲之身, 以雪小女之恥."
司徒曰:
"汝有何計, 試言之."
小姐曰:
"使十三兄, 如此如此, 則小女見凌之恥, 可以除矣."
司徒大笑曰:
"此計甚妙矣."
盖司徒諸姪子中, 有十三郎者, 賢而機警, 志氣豪蕩, 平生   <乙>浩
喜作諧謔之事, 且與楊翰林, 氣味相合, 眞莫逆交也. 小姐
歸其寢所, 謂春雲曰:
"春娘吾與汝, 頭髮覆額, 心肝已通, 共爭花枝, 終日啼呼,
今我已受人聘禮, 可知春娘之年亦不穉矣. 百年身事, 汝必
自量, 未知欲托於何樣人也."
春雲對曰:
"賤妾偏荷娘子撫愛之恩, 涓埃之報, 末由自效. 惟願長奉   <乙>徧
巾匭於娘子, 以終此身也."
小姐曰:
"我元來素知春娘之情, 與我同也, 我與春娘, 欲議一事爾.   <乙>欠

楊郎以枯桐一聲, 弄此閨裡之處女, 貽辱深矣, 受侮多矣.
非吾春娘, 誰能爲我雪恥乎? 吾家山庄, 卽終南山最僻處

<乙>瀟 也, 距京城, 僅牛鳴地, 而景致蕭洒, 非人境也. 賃此別區,
設春娘之花燭, 且令鄭兄, 導楊郎之迷心, 行如此如此之
計, 則橫琴之詐謀, 彼不得更售矣, 聽曲之深羞, 可以快湔
矣, 惟望春娘毋憚一時之勞."

春雲曰:

"小姐之命, 賤妾何敢違乎? 但異日, 何以擧面於楊翰林之
前乎?"

小姐曰:

"欺人之羞, 不猶愈於見欺者之羞乎?"

春雲微微笑曰:

"死且不避, 當惟命焉."

翰林職事, 瀑直之外, 無奔忙之苦矣. 持被之餘, 閑日尙多,
或尋朋友, 或醉酒樓, 有時跨驢出郊, 訪柳尋花. 一日鄭十
三謂翰林曰:

"城南不遠之地, 有一靜界, 山川絶勝, 吾欲與一遊, 瀉此

<乙>悄 幽情."

翰林曰:

"正吾意也."

遂挈絶勝, 吾驪隷, 行十餘里, 芳草被堤, 靑林繞溪, 剩有
山樊之興, 翰林與鄭生, 臨水而坐, 把酒而吟.

<乙>正 此時卽春夏之交也, 百卉猶存, 萬樹相映, 忽有落英泛溪而
來, 翰林咏春來遍是桃花水之句曰:

"此間必有武陵桃源也."

鄭生曰：

"此水自紫閣峰發源而來也, 曾聞花開月明之時, 則往往有
仙樂之聲, 出於雲烟縹緲之間, 而人或有聞之者, 弟則仙分
甚淺, 尙未得入其洞天矣. 今日當與大兄, 躡靈境尋仙蹤,
拍洪厓之肩, 窺玉女之窓矣."

楊翰林性情, 本好奇, 聞之欣喜曰：　　　　　　　　　　＜乙＞欠

"天下無神仙則已, 若有之, 則只在此山中矣."

方振衣欲賞, 忽見鄭生家家僮, 流汗而來, 喘促而言曰：

"娘子患候猝瓵, 走請郞君矣."

鄭生忙起曰：

"本欲與兄, 壯遊於神仙洞府矣, 家憂此迫, 仙賞已遠, 向所
謂'仙分甚淺'者, 尤可驗矣."

促鞭而歸. 翰林雖甚無聊, 而賞興猶不盡矣. 步隨流水, 轉
入洞口, 幽澗冷冷, 群峰矗矗, 無一點飛塵, 胸襟自覺蕭爽
矣. 翰林獨立溪上, 徘徊吟哦矣, 丹桂一葉, 飄水而下, 葉　　＜乙＞欠
上有數行之書, 使書童拾取而見之, 有一句詩曰：

仙狵吠雲外　知是楊郞來　　　　　　　　　　＜乙＞庬

翰林心窃恠之曰：

"此山之上, 豈有人居? 此詩亦豈凡人所作乎?"　　　　＜乙＞欠

攀蘿緣壁, 忙步連進, 書童曰：

"日暮路險, 進無所托, 請老爺還歸城裡."

翰林不聽, 又行七八里, 東嶺初月, 已在山腰矣. 逐影步光,

<乙>露 穿林攀澗, 惟聞驚禽啼, 而悲猿嘯矣. 已而星搖峰頂, 霧鎖
松梢, 可知夜將深矣. 四無人家, 無處投宿, 欲覓禪菴佛寺,
而亦不可得.

方蒼黃之際, 十餘歲靑衣女童, 浣衣於溪邊, 見其來, 忽而
驚起, 且去且呼曰:

"娘子娘子! 郞君來矣!"

生聞之, 尤以爲怪.

<乙>露 又進數十步, 山回路窮, 有小亭, 翼然臨溪, 窈而深, 幽而
闃, 眞仙居也. 一女子被霞光, 帶月影, 子然獨立於碧桃花
下, 向翰林施禮曰:

"楊郞來何晩耶?"

翰林驚見其女子, 身着紅錦之袍, 頭揷翡翠之簪, 腰橫白玉

<乙>欠 之珮, 手把鳳尾之扇, 嬋娟淸高, 認非此世界人也. 乃慌忙
答禮曰:

"學生乃塵間俗子, 本無月下之期, 而有此晩來之敎何也."

女子請往亭上, 共做穩話, 仍引入亭中, 分賓主而坐. 招女
童曰:

"郞君遠來, 慮有飢色, 略以薄饌進之."

<乙>荷 女童受命而退. 少焉排瑤床, 設綺饌, 擎碧玉之鍾, 進紫霞
之酒, 味洌香濃, 一酌便醺. 翰林曰:

"此山雖僻, 亦在天之下也, 仙娘何以厭瑤池之樂, 謝玉京
之侶, 而辱居於此乎?"

美人長吁短歎曰:

"欲說舊事, 徒增悲懷. 妾是王母之侍女, 郎卽紫府之仙吏,　　　　　＜乙＞是
玉帝賜宴於王母, 衆仙皆會, 郎偶見小妾, 擲仙果而戲之,
郎則誤被重譴, 幻生於人世, 妾則幸受薄罰, 謫在於此, 而
郎已爲膏火所蔽, 不能記前身之事也. 妾之謫限已滿, 將向
瑤池, 而必欲一見郎君, 乍展舊情, 懇囑仙官, 退却一日之
期, 已知郎君將到此, 而方企待矣, 郎今辱臨, 宿緣可續."　　　＜乙＞耳
時桂影將斜, 銀河已傾. 翰林携美人同寢, 若劉阮入天台山,　　＜乙＞劉玩之入天台
與仙女結緣, 似夢而非夢, 似眞而非眞也. 纔盡繾綣之情,　　　＜乙＞娥 / ＜乙＞意
山鳥已啅於花梢, 而紗窓已微明矣. 美人先起, 謂翰林曰:　　　＜乙＞窓紗
"今日卽妾上天之期也. 仙官奉帝勅, 備幢節, 來迎小妾之
時, 若知郎君在此, 則彼此將俱被譴罰, 郎君促行矣. 郎君
若不忘舊情, 又有重逢之日矣."
遂題別詩於羅巾, 以給翰林, 其詩曰:　　　　　　　　　　　＜乙＞贈

相逢花滿天　　相別花在地
春光如夢中　　弱水杳千里　　　　　　　　　　　　　　　＜乙＞色

楊生覽之, 離懷斗起, 不勝悽黯, 自裂汗衫, 和題一首詩而　　＜乙＞欠
贈之, 其詩曰:

天風吹玉珮　　白雲何離披
巫山他夜雨　　願濕襄王衣　　　　　　　　　　　　　　　＜乙＞何

美人奉覽曰:
"瓊樹月隱, 桂殿霜飛, 作九萬里外面目者, 惟此一詩而已."
遂藏於香囊, 仍再三催促曰:

"時已至矣, 郎可行矣."

翰林摻手拭淚, 各稱保重而別.

纔出林外, 回瞻亭榭, 碧樹重重, 瑞靄朧朧, 如覺瑤臺一夢.

<乙>煐 及歸家, 精爽燄飛, 忽忽不樂, 獨坐而思之曰:

"其仙女雖自云, 已蒙天敕, 歸期在卽, 安知其行, 必在於今日乎? 暫留山中, 藏身密處, 目見群仙, 以幢幡來迎之後, 下來亦未晩也, 我何思之不審, 行之太躁耶?"

悔心憧憧, 達霄不寐, 惟以手書空, 作咄咄字而已.

翌曉早起, 率書童, 復往昨日留宿之處, 則桃花帶笑, 流水如咽, 虛亭獨留, 香塵已闃矣. 翰林悄凭虛檻, 悵望靑霄, 指彩雲而歎曰:

"想仙娘乘彼雲, 而朝上帝矣. 仙影已斷, 何嗟及矣?"

乃下亭, 倚桃樹而酒涕曰:

"此花應知崔護城南之恨矣."

至夕乃撫然而廻.

至數日, 鄭生來謂翰林曰:

<乙>室 / <乙>欠 "頃日因家人有疾, 不得與兄同遊, 尙有遺恨矣. 卽今桃李
<乙>欠 雖盡謝, 而城外長郊, 柳陰正好, 與兄當偸得半日之閑, 更
<乙>亦 辦一場之遊, 玩蝶舞而聽鶯歌矣."

翰林曰:

"綠陰芳草, 亦勝花時矣."

<乙>擇 兩人共蠻同行, 催出城門, 涉遠野, 擇茂林, 藉草而坐, 對酌數籌. 傍有一抔荒墳, 寄在於斷岸之上, 而蓬蒿四沒, 莎
<乙>暎 草盡剗, 惟有雜卉成叢, 綠影相交, 數點幽花, 隱灼於荒阡

亂樹之間也. 翰林因醉興, 指點而歎曰:

"賢愚貴賤, 百年之後, 盡歸於一丘土, 此孟嘗君所以下淚　　　＜乙＞淚下
於雍門琴者也, 吾何以不醉於生前乎?"

鄭生曰:

"兄必不知彼墓也. 此卽張女娘之墳也. 女娘以美色, 鳴一　　　＜乙＞墳
代, 人以張麗華稱之, 二十而夭瘁於此, 後人哀之, 以花柳,　　　＜乙＞世
雜植於墓前, 以誌其處矣. 吾輩以一盂酒, 澆其墳, 以慰女
娘芳魂如何?"

翰林自是多情之人也, 乃曰:　　　　　　　　　　　　　　　＜乙＞多情者

"兄言可也."

遂與鄭生, 至其墳前, 擧酒澆之, 各製四韵一首, 以吊孤魂.

翰林之詩曰:

美色曾傾國　芳魂已上天
管絃山鳥學　羅綺野花傳　　　　　　　　　　　　　　　　＜乙＞倚
古墓空春草　虛樓自暮烟
秦川舊聲價　今日屬誰邊

鄭生之詩曰:

問昔繁華地　誰家窈窕娘
荒凉蘇小宅　寂寞薛濤庄
草帶羅裙色　花留寶靨香
芳魂招不得　惟有暮鴉翔

兩人傳看浪吟, 更進一盃. 鄭生繞墓徊徨, 至崩頹之處, 得
白羅所書絶句一首, 而詠之曰:

"何處多事之人, 作此詩, 納於女娘之墓乎?"

翰林索見之, 則卽自家裂衫製詩, 以贈仙娘者也. 乃大驚於
心曰:

"向日所逢美人, 果是張女娘之靈也."

駭汗自出, 頭髮上竦, 心不能自定而已, 自解曰:

<乙>天 "其色之美如此, 其情之厚如此, 仙亦天緣也, 鬼亦宿緣也,
仙與鬼, 不必辨之矣."

乘鄭生起旋之時, 更酌一盃, 潛澆於墳上, 默禱曰:

"幽明雖殊, 情義不隔, 惟祈芳魂鑑此至誠, 更趂今夜, 重續
舊緣."

禱畢拉鄭生還歸.

是夜獨在花園, 倚枕欹坐, 想其美人, 思甚渴涸, 耿耿不成
眠矣. 時月光窺簾, 樹影滿窓, 群動已息, 人語正闃, 而似
有跫音, 自暗中而至. 翰林開戶視之, 則乃紫閣峰仙女也.

<乙>閂 翰林滿心驚喜, 跳出戶限, 携來玉手, 欲入房中. 美人辭曰:
<乙>郎已知之 "妾之根本, 郎君已知之矣, 得無嫌猜之心乎? 妾之初遇郎
<乙>或恐 / <乙>枕 君, 非不欲直吐, 而恐或驚動, 假托神仙, 叨侍一夜之寢席,
榮已極矣, 情已密也. 庶幾斷魂再續, 朽骨更肉, 而今日郎
君又訪賤妾之幽宅, 澆之以酒吊之以詩, 慰此無主之孤魂,
<乙>欠 妾於此不勝感激, 懷恩戀德, 欲謝厚眷, 面布微悃而來, 豈
敢欲以幽陰之質, 復近君子之身乎?"

翰林更挽其袖, 而言曰:

"世之惡鬼神者, 愚迷怯懦之人也. 人死而爲鬼, 鬼幻而爲
人, 以人而畏鬼, 人之駭者, 以鬼而避人, 鬼之癡者, 其本
則一也, 其理則同也, 何人鬼之卞, 而幽明之分乎? 我見若
斯, 我情若斯, 娘何以背我耶?"

美人曰:

"妾何敢背郎君之恩, 而忽郎君之情哉? 郎君見妾眉如蛾
翠, 臉如猩紅, 而有眷戀之情, 此皆假也, 非眞也, 不過詐　　　　<乙>作
謀巧飾, 欲與生人, 相接也. 郎君欲知妾眞面目也, 卽白骨
數片, 綠苔相縈而已. 郎君何可以如此之陋質, 欲近於貴
體乎?"

翰林曰:

"佛語云, '人之身體, 以水漚風花, 假成者也', 孰知其眞也,　　　　<乙>有之
孰知其假也?"

携抱入寢, 穩度其夜, 情之繽密, 一倍於前矣. 翰林謂美人曰　　　　<乙>寐 / <乙>陪

"自今夜夜相會, 毋或自沮."

美人曰:

"惟人與鬼, 其道雖異, 至情所格. 自相感應, 郎君之眷妾,
誠出於至情, 則妾之欲托於郎君, 夫豈淺哉?"

俄聞晨鐘之聲, 起向百花深處而去. 翰林憑欄送之, 以夜爲
期, 美人不答, 然倏而逝矣.

賈春雲爲仙爲鬼, 狄驚鴻乍陰乍陽

翰林自遇仙女以來, 不尋朋友, 不接賓客, 靜處花園. 專心
一慮, 日出則待夜, 夜至則待來, 惟望使彼感激, 而美人不　　　　<乙>夜至則待來日出
　　　　則待夜

肯數來. 翰林念轉篤, 而望益切矣. 久之兩人 自花園挾門
而來, 在前者卽鄭十三, 在後者生面也. 鄭生引在後者, 見
於翰林曰:

<乙>卽 /
<乙>李淳風袁天綱

"此師傅, 乃太極宮杜眞人. 相法卜術, 與袁天綱李淳風, 相
頡頏也. 欲相楊兄, 而邀來矣."

<乙>欠

翰林向杜眞人而揖曰:

"慕仰尊名宿矣, 尚未承顔一奉, 亦有數耶? 先生必審見鄭
生之相, 以爲如何耶?"

鄭生先答曰:

"此先生相小弟, 而稱曰, '三年之內, 必得高第, 將爲八州
刺史.' 於弟足矣. 此先生言, 必有中, 兄試問之."

翰林曰:

"君子不問福, 只問災殃. 惟先生直言可也."

眞人熟視而言曰:

<乙>翰林

<乙>塗

<乙>今日

"楊先生兩眉皆秀, 鳳眼向鬢, 位可躋於三台, 耳根白如
抹粉, 圓如垂珠, 名必聞於天下. 權骨滿面, 必手執兵權,
威震四海, 封侯於萬里之外, 可謂百無一缺, 而但卽今有目
前之橫厄. 若不遇我, 殆哉殆哉."

翰林曰:

"人之吉凶禍福, 無不自己求之, 而惟疾病之來, 人所難免.
無乃有重病之兆耶?"

眞人曰:

"此非尋常之災殃也. 靑色貫於天庭, 邪氣侵於明堂, 相公
家內, 或有來歷不分明之奴婢乎?"

翰林於心, 已知張娘之崇, 而蔽於恩情, 略不驚恐.

答曰:

"無是事也."

眞人曰:

"然則或過古墓, 感動於心中, 或與鬼神, 相接於夢裡乎?　　　　　<乙>傷於胸

翰林曰:

"亦無是事也."

鄭生曰:

"杜先生曾無一言之差. 楊兄更加商念."

翰林不答.

眞人曰:

"生人以陽明, 保其身, 鬼神以幽陰, 成其氣, 若晝夜之相反,　　　<乙>人生

水火之不容. 今見女鬼邪穢之氣, 已罩於相公之身, 三日之　　　<乙>數

後, 必入於骨髓. 相公之命, 恐不可救矣. 此時毋曰,'貧道不

曾說來也.'"

翰林念之曰:

"眞人之言, 雖有所據, 女娘與我, 永好之盟固矣, 相愛之情

至矣, 夫豈有害吾之理乎? 楚襄王遇神女而同席, 柳春畜　　　<乙>欠

鬼妻而生子, 從古亦然, 我何獨慮?"

乃謂眞人曰:

"人之死生壽夭, 皆定於有生之初, 我苟有將相富貴之相,

鬼神其於我何?"

眞人曰:

"夭亦相公也, 壽亦相公也, 無與於我矣."

乃拂袖而去. 翰林亦不強留焉.

鄭生慰之曰:

"楊兄自是吉人, 神明必有所助, 何鬼之可慮乎? 此流往往, 以誕術, 動人可惡也."

乃進酒, 終夕大醉而散.

是日, 翰林至夜分乃醒. 焚香靜坐, 苦待女娘之來. 已至深更, 杳無形迹, 翰林拍案曰:

"天欲曙矣, 娘不來矣."

欲滅燭而寢矣. 窓外忽有且啼且語之聲, 細聽之, 則乃女娘也.

曰:

<乙>天 / <乙>妖魔
<乙>缺

"郎君以妖道士之符, 藏於頭上, 妾不敢近前. 妾雖知非郎君之意, 是亦芳緣盡, 而魔妖戱也. 惟望郎君保嗇, 妾從此永訣矣."

<乙>製

翰林大驚而起, 拓戶而視之, 已無人形, 而只有一封書, 在於階上. 乃拆見之, 卽女娘之所題也. 其詩曰:

昔訪佳期躡彩雲, 更將淸酌酹荒墳
深誠未效恩先絶, 不怨郎君怨鄭君

<乙>欠
<乙>間

翰林一吟一唏, 五內焦燥, 且恨且怪, 以手撫頭, 有一物在於總髮之底. 出而見之, 乃逐鬼符也. 大怒叱曰:

"妖人誤我事也."

遂裂破其符, 痛恚益切. 更把女娘之詩, 微吟一度, 大悟曰:

<乙>張女 / <乙>君

"女娘之怨鄭生亦深矣. 此乃鄭十三之事也. 雖非惡意, 沮

敗好事, 非道士之妖, 乃鄭生也. 吾必辱之."
遂次女娘之韵, 作一詩, 藏於囊中而歎曰:　　　　　　　　<乙>女郎之詩
　　　　　　　　　　　　　　　　　　　　　　　　　　　襄以莊之曰
"詩雖成矣, 誰可贈乎?"
詩曰:

冷然風馭上神雲, 莫道芳魂寄古墳　　　　　　　　　　<乙>孤
園裡百花花底月, 故人何處不思君

達明, 往鄭十三家, 鄭生出去矣. 三日往尋, 終未一遇. 女
娘影響, 盆緲邈矣. 欲訪於紫閣之亭, 則精靈已歸, 欲尋於
南郊之墓, 則音容難接. 無處可問, 無計可施, 抑塞紆軫,
寢食頓減矣.
一日, 鄭司徒夫妻, 置酒饌邀. 翰林討穩而飛觴. 司徒曰:
"楊郎神觀, 近何憔悴耶?"
翰林曰:
"與十三兄, 連日過飮, 恐因此而然矣."
鄭生忽來到, 翰林以怒目睨視, 不與語矣. 鄭生先問曰:
"兄近來職事倥傯耶? 心緖不佳耶? 陟岵之情苦耶? 濫酒
之疾作耶? 貌何憔悴耶? 神何蕭索也?"　　　　　　　　<乙>耶
翰林微答曰:
"族遊之人, 安得不然?"
司徒曰:
"家中婢僕, 傳言楊郎與一美姝, 共話於花園, 此語信耶?"
翰林答曰:

“花園僻矣, 人誰往來? 必傳之者妄也.”

鄭生曰:

<乙>割 “以楊兄豁達之量, 爲兒女羞愧之態耶? 兄雖以大言, 斥杜眞人, 觀兄氣色, 不可掩也. 弟恐兄迷而不悟, 禍將不測, 潛以杜眞人逐鬼之符, 置於兄束髮之間, 而兄醉倒不省矣. 其夜, 潛身於園林蒙密之中, 窺見, 則有鬼女哭辭於兄寢室

<乙>欠 窓外, 卽踰墻而去, 此眞人之言驗矣. 小弟之誠至矣, 兄不我謝, 而乃反齎怒, 何耶?”

<乙>言 翰林知其不可牢諱, 向司徒而告曰:

“小婿之事, 頗涉怪駭, 當備告於岳丈矣.”

具其首尾, 悉陳無餘, 仍曰:

“小婿固知十三兄之愛我, 而女娘雖曰鬼神, 莊而不誕, 正

<乙>欠 而不邪, 決不貽禍於人. 小婿雖疲劣, 亦大丈夫也, 不必爲鬼物所迷, 而鄭兄乃以不經之符, 斷其自來之路, 實不能無介於中也.”

司徒擊掌大笑曰:

“楊郎文彩風流, 與宋玉同, 必已作神女賦也. 老夫非爲戲言於楊郎也, 少時偶値異人, 果學少翁致鬼之術矣. 今當爲賢婿, 致張女娘之神, 以謝姪兒之罪, 以慰賢婿之心, 未知如何?”

翰林曰:

“此岳丈弄小婿也. 少翁雖能致李夫人之魂, 而此術之不傳也久矣. 小婿於岳丈之言, 不敢信也.”

鄭生曰:

"張女娘之魂, 楊兄則不費一言, 而致之. 小弟則能以一符
而逐之. 鬼中之可使者也, 兄何疑乎?"

司徒乃以塵尾, 打屏風曰:

"張女娘安在?"

一女子忽自屏後而出. 含笑含嬌, 立於夫人之後. 翰林一擧
目, 已知其張女娘也. 怳怳惚惚, 莫知端倪, 直視司徒及鄭
生而問曰:

"此人耶? 鬼耶? 鬼何以能出於白晝耶?"

司徒及夫人, 啓齒而笑, 鄭生捧腹大噱, 顚仆不能起. 左右
侍婢等, 已折腰矣. 司徒曰:

"老夫方爲賢婿, 而吐其實矣. 此兒非仙非鬼, 卽吾家所育　　　<乙>非鬼非仙
賈氏女子, 其名春雲. 近因楊郞塊處花園, 喫盡苦況, 老夫
送此美女, 以侍賢郞, 欲以慰客中之無聊, 盖出於吾老夫
妻好意, 而年少輩, 居間用計, 戲謔太過. 使楊郞之心, 無　　　<乙>遂使賢郞
端苦惱, 不亦可笑乎?"

鄭生方止笑而言曰:

"前後再度之逢, 皆我所媒, 而不感媒妁之恩, 反以仇讎視　　　<乙>爲
之, 楊兄可謂負功忘德者也."

翰林亦大笑曰:

"岳丈旣以此女. 送於小婿, 鄭兄從中操弄而已, 何功之可　　　<乙>弟
賞?"

鄭生曰:

"操弄之責, 弟實甘心. 發蹤指示, 自有其人, 此豈獨爲弟之　　　<乙>小弟之罪哉
罪哉?"

翰林向司徒而笑曰:

"苟有是也, 或者岳丈爲小婿, 作遊戲事也."

司徒曰:

"否否. 老夫之髮已黃矣, 豈可作兒戲乎? 楊郎誤思也."

翰林顧鄭生曰:

"非兄作用, 而誰復爲此戲乎?"

鄭生曰:

<乙>欠　"聖人有言曰, '出乎爾者, 反乎爾.' 楊兄更思之. 曾以何計, 欺何許人乎? 男子尚化爲女子, 以俗人而爲仙, 以仙子而爲鬼, 何足怪哉?"

<乙>向　翰林乃大覺, 笑告司徒曰:

"是哉! 是哉! 小婿曾有得罪於小姐之事矣, 小姐必不忘睚眦之怨也."

司徒與夫人, 皆笑而不答. 翰林顧謂春雲曰:

"春娘, 汝固慧黠矣. 欲事其人, 而先欺之, 其於婦女之道, 何如耶?"

春雲跪而對曰:

"賤妾但聞將軍令, 不聞天子詔也."

翰林嗟歎曰:

"昔神女, 朝爲雲暮爲雨, 今春娘, 朝爲仙暮爲鬼, 雲與雨雖異, 一神女也. 仙與鬼雖變, 一春娘也. 襄王惟知一神女而已, 何與於雲雨之數化? 今我亦知一春娘而已, 何論其仙, 鬼之互變乎? 然襄王見雲, 則不曰雲, 而曰神女. 見雨, 則不曰雨, 而曰神女. 今我遇仙, 則不曰春娘, 而曰仙, 遇鬼,

則不曰春娘, 而曰鬼, 是我不及於襄王遠矣. 春娘之變化,
非神女所及也. 吾聞强將無弱卒, 其裨將若此, 其大將不待
親見, 而可知也."

座中又大笑. 更進酒肴, 終夕大醉. 春雲亦以新人, 與於末
席. 至夜春雲執燭陪翰林, 至花園, 翰林醉甚, 把春雲之手,
而戲之曰:

"汝眞仙乎? 汝眞鬼乎?"　　　　　　　　　　　　　　　　　　　　〈乙〉欠

仍就視之曰:

"非仙也, 非鬼也, 乃人也. 吾仙亦愛之, 鬼亦愛之, 況人乎?"

又曰:

"仙亦非汝也, 鬼亦非汝也. 或使汝而爲仙, 或使汝而爲鬼
者, 亦眞有爲仙爲鬼之術, 而以楊翰林, 爲俗客, 而不欲相
從耶? 以花園爲陽界, 而不欲相訪耶? 人能使汝爲仙爲鬼,
而我獨不能使汝而變化乎? 使汝而欲爲仙也, 其將爲月殿
之姮娥乎? 使汝而欲爲鬼也, 抑將爲南岳之眞眞乎?"

春雲對曰:

"賤妾僭越, 實多欺罔之罪, 惟相公寬假之."　　　　　　　　　〈乙〉望

翰林曰:

"當汝之變化爲鬼, 亦不以爲忌, 到今豈有追咎之心乎?"

春雲起拜而謝之.　　　　　　　　　　　　　　　　　　　　　　　〈乙〉欠

楊翰林得第之後, 卽入翰苑, 身糜職事, 尙未歸觀, 方欲請　　〈乙〉自
暇歸鄕, 省拜母親. 仍陪來京第, 卽過婚禮, 而時國家多事,
吐蕃數侵掠邊境, 河北三節度, 或自稱燕王, 或自稱趙王,
或自稱魏王, 連結强隣, 稱兵反國. 天子憂之, 博謀於群臣,　〈乙〉交亂

廣詢於廟堂, 將欲出師致討. 大小臣僚, 言議矛楯, 皆懷姑
息苟且之計. 翰林學士楊少游 出班奏曰:

"宜如漢武帝, 招諭南越王故事, 亟下詔書, 誥以禍福. 終不
歸命, 用武取勝, 爲萬全之策也."

上從之, 使少游, 卽草詔於上前. 少游俯伏受命, 走筆製進,
上大悅曰:

"此文典, 重嚴截, 恩威並施, 大得誥諭之體, 狂寇必自戢矣."

<乙>匹 / <乙>推　卽下於三鎭, 趙魏兩國, 則去王號, 服朝命, 上表請罪, 遣
使進貢, 馬一萬匹, 絹一千疋, 惟燕王恃其地遠兵强, 不肯
歸順. 上以兩鎭之服, 皆少游之功, 降旨褒崇曰:

<乙>欠　"河北三鎭, 專據一隅, 屈强造亂者, 殆百年矣. 德宗皇帝,
起十萬衆, 命將征伐, 終未能挫其强, 而服其心矣. 今楊少
游, 以盈尺之書, 服兩鎭之賊, 不勞一師, 不戮一人, 而皇
威遠暢於萬里之外, 朕實嘉之. 賜以絹三千匹, 馬五十匹,
表予優獎之意."

仍欲進秩, 少游進前, 辭謝曰:

"代草王言, 卽臣職分, 兩鎭歸化, 莫非天威, 臣以何功, 叨
此重賞? 況一鎭猶梗聖化, 敢肆跳梁, 恨不能提釖執殳, 以
雪國家之恥, 陛擢之命, 何安於心? 人臣願忠, 固無間於職
<乙>小　階之崇卑, 兵家勝敗, 不專在於士卒之多少. 臣願得一枝之
<乙>杖　兵, 倚仗大朝之威, 進與燕寇, 決死力戰, 以報聖恩之萬一."

上壯其意, 問於大臣, 皆曰:

"三鎭互爲脣齒之形, 而兩鎭旣已屈服, 小燕狂賊, 特鼎魚
<乙>摧枯拉朽　穴蟻也. 以兵臨之, 則必若拉枯朽, 而王者之兵, 先謀後伐,

請遣少游, 喩以利害, 不服則, 卽加兵可也."

上然之, 使楊少游, 持節往諭. 翰林奉詔旨, 受鈇鉞, 將發行. 拜辭於司徒, 司徒曰:

"邊鎭驚逆, 不用朝命, 非一日也. 楊郎以一介書生, 入不測之危地, 如有不虞之變, 發於無備之處, 豈但爲老夫之不幸乎? 吾老且病, 雖不與朝庭末議, 而欲上一疏而爭之."　　　<乙>書
翰林止之曰:

"岳丈母用過慮. 藩鎭不過乘朝庭之不靖, 詿誤於一時也. 今天子神武, 朝廷淸明, 趙魏兩國, 且已束手, 單弱之小鎭, 偏　　<乙>政
小之一燕, 何能爲哉?"

司徒曰:

"王命旣下, 君意已定, 老夫更無他言. 惟願加飡而已."

夫人垂涕而別曰:

"自得賢郎頗慰老懷, 郎今遠行, 我懷如何? 王程有限, 只祝來歸疾也."

翰林退, 至花園, 治行卽發. 春雲執衣而泣曰:
"相公之就直於玉堂也, 妾必早起, 整包寢具, 奉着朝袍, 相　　<乙>朝
公必流眄顧妾, 常有眷眷不忍離之意. 今當萬里之別, 何無一言相贈?"

翰林大笑曰:

"大丈夫當國事, 受重任, 死生且不可顧, 區區私情, 安足論乎? 春娘無作浪悲, 以傷花色. 謹奉小姐, 穩度時日, 待吾竣事成功, 腰懸如斗大金印, 得意歸來也."

卽出門, 乘車而行. 行至洛陽, 舊日經過之跡, 尙不改矣. 當

時以十六歲藐然一書生, 着布衣跨蹇驢, 揩揩栖栖, 行色艱
關, 不啻如蘇秦十上之勞矣. 纔過數年, 建玉節, 駈駟馬,
洛陽縣令, 奔走除道, 河南府尹, 匍匐導行, 光彩照耀於一

<乙>攝

路, 先聲震慴於諸州, 閭里聳觀行路咨嗟, 豈不誠偉哉? 翰
林先使書童, 往探桂蟾月消息. 書童往蟾月之家, 重門深
鎖, 畫樓不開, 惟有櫻桃花, 爛開於墻外而已. 訪於隣人,
則曰:
"蟾月去年春. 與遠方相公, 結一夜之緣, 其後稱有疾病, 謝
絶遊客, 官府設宴, 托故不進矣. 未幾佯狂, 盡去珠翠之餙,
改着道士之服, 遍遊山水, 尙未還歸, 不知其方在何山矣."
書童以此來報, 翰林歡意遂沮, 若墜深坑, 過其門墻, 撫跡
潛辛. 夜入客舘, 不能交睫. 府尹進娼女十餘人而娛之, 皆
一時名艷也. 明粧麗服, 三匝圍坐, 前者天津樓上諸妓, 亦
在其中矣. 爭妍誇嬌, 欲睹一眄, 而翰林自無佳緖, 不近一
人. 翌曉臨行, 遂題一詩於壁上, 其詩曰:

雨過天津柳色新, 風光宛似去年春
可憐玉節歸來地, 不見當壚勸酒人

寫訖, 投筆乘軺, 取其前路而去. 諸妓立望行塵, 只切懨抐
而已. 爭謄其詩, 納於府尹, 府尹責衆娼曰:
"汝輩若得楊翰林之一顧, 則可增三倍之價, 而一隊新粧,
皆不入於翰林之眼, 洛陽自此, 無顏色矣."
問於衆妓, 知翰林屬意之人. 揭榜四門, 訪蟾月去處, 以待
翰林復路之日矣. 翰林至燕國. 絶徼之人, 未曾睹皇華威

儀, 見翰林如地上祥獜, 雲間端鳳, 到底擁車塞路, 無不以
一覩爲快, 而翰林威如疾雷, 恩如時雨, 邊民亦皆欣欣鼓
舞, 嘖嘖相稱曰: <乙>舌

"聖天子將活我矣."

翰林與燕王相見. 翰林盛稱天子威德, 朝廷處分, 以向背之
勢, 順逆之機, 縱橫闔闢. 言皆有理, 滔滔如海波之瀉, 凜
凜如霜颷之烈. 燕王瞿然而驚, 惕然而悟. 乃以膝蔽地, 而
謝曰:

"弊蕃僻陋, 自外聖化, 習故狃常, 迷不知返. 此承明敎大覺
前非, 自此當永戢狂圖, 恪修臣職, 惟皇使歸奏朝廷, 使小   <乙>守
邦因危獲安, 轉禍爲福, 則是小鎭之幸也."

仍設宴於壁鏤宮以餞. 翰林將行, 以黃金千斤, 名馬十匹贐   <乙>因 / <乙>百鎰
之. 翰林却不受, 離燕土而西歸. 行十餘日, 至邯鄲之地, 有
美少年, 乘匹馬在前路矣. 仍前導辟易, 下立於路傍. 翰林   <乙>僻
望見曰:

"彼書生所騎者, 必駿馬也."

漸近則其少年, 美如衛玠, 嬌似潘岳. 翰林曰:

"吾嘗周行於兩京之間, 而男子之美者, 未見如彼少年者也.
其貌如此, 其才可知."

謂從者曰: <乙>欠

"汝請其少年, 隨後而來."

翰林午憩驛舘, 少年已至矣. 翰林使人邀之, 少年入謁. 翰
林愛而謂曰:

"學生於路上, 偶見潘衛之風彩, 便生愛慕之心, 乃敢使人

奉邀, 而惟恐不我顧矣. 今蒙不遺, 幸叨合席, 此所謂傾盖
若舊者也. 願聞賢兄姓名."

少年答曰:

<乙>少 "小生北方之人也, 姓狄, 名白鸞. 生長窮鄉, 未遇碩師良
友, 學術粗淺, 書釼無成, 尙有一片之心, 欲爲知己者死,
今相公使過河北, 威德幷行, 雷厲風飛, 陸慴水慄, 人慕榮
名其有旣乎? 小生不揆鄙拙, 欲托門下, 一效鷄鳴狗盜之
賤技矣. 相公俯察至願, 有此辱速, 豈直爲小生之榮? 實有
光於大人先生, 屈身待士之盛德也."

翰林尤喜曰:

"語云, '同聲相應同氣相求', 兩情相投, 甚是快事."

此後與狄生, 幷鑣而行, 對床而食. 過勝地, 則共談山水,
値良宵, 則同賞風月, 不知鞍馬之勞, 行役之苦矣. 還到洛
陽, 過天津橋, 乃有感舊之意曰:

<乙>杖 / <乙>婉 "桂娘之自稱女冠, 浮遊山間者, 想欲守初盟, 以待吾行, 而
吾已仗節歸來, 桂娘爥不在焉. 人事乖張, 佳期腕晚, 烏得
無惻愴之心乎? 桂娘若知吾頃日之虛過, 則必來待於此,
而想其蹤迹不在於道觀, 則必在於尼院, 道路消息, 何以得
<乙>欠 聞? 噫! 今行又不得相見, 則未知費了幾許日月, 而有團會
之期乎?"

忽迢遞矚, 則一佳人獨立樓上, 高捲緗簾, 斜倚綵檻, 注目
<乙>踏 於車塵馬跡之間, 卽桂蟾月也. 翰林思想之餘, 忽見舊面,
傾鬯之色, 可掬矣. 隼彎如風, 瞥過樓前, 兩人相視, 凝情
<乙>欠 而已. 俄至客舘, 蟾月先從捷徑, 已來候於舘中矣. 見翰林

下車, 進拜於前, 陪入帡幪, 接裾而坐. 悲喜交切, 淚下言

前, 乃傴身而賀曰:

"驅馳原隰, 貴體萬福, 足慰戀慕之賤悰也."

仍歷陳別後事曰:

"自別相公, 公子王孫之會, 太守縣令之宴, 左右招邀, 東西

侵逼. 遭逆境者, 非一二, 而自剪頭髮, 稱有惡疾, 僅免迫脅　　　<乙>脅迫

之辱. 盡謝華粧, 幻着山衣, 避城中之囂塵, 栖谷裡之靜室.

每逢遊山之客, 訪道之人, 或自城府而至, 或從京師而來

者, 輒問相公消息矣. 今年孟春, 忽聞相公口含天倫, 路經

此地, 車徒行已遠矣. 遙望燕雲, 惟洒血淚, 縣令爲相公,

至道觀, 以相公舘壁所題一首詩, 示賤妾曰, '向者, 楊翰林

之奉命過此, 金橘滿車, 而以不見蟾娘爲恨, 終日看花, 不

折一枝, 惟題此詩而歸. 娘何獨栖山林, 不念故人, 使我接

待之禮, 太埋沒乎?' 仍以過致敬禮, 自謝前日之事, 懇請還

歸舊居, 以待相公之廻. 賤妾始知女子之身, 亦尊重也. 當

賤妾獨立於天津樓上, 望相公之行也. 滿城群妓攔街, 行人　　　<乙>欄

孰不羨小妾之貴命, 欽小妾之光榮也哉! 相公之已占壯元,　　　<乙>榮光

方爲翰林之報, 妾已聞之矣. 第未知已得主饋之夫人乎?"

翰林曰:

"曾已定婚於鄭司徒女子, 花燭之禮, 雖未及行之, 賢淑之

行, 已聞之熟矣. 桂卿之言, 小無逕庭, 良媒厚恩, 太山亦

輕矣."

更展舊情, 未忍卽離, 仍留一兩日, 而以桂娘在寢. 久不訪

狄生矣, 書童忽來, 密告曰:

"小僕見狄生, 秀才非善人也. 與蟾娘子相戱於衆稠之中,
蟾娘子旣從相公, 則與前日, 大異矣. 何敢若是其無禮乎?"

翰林曰:

<乙>理 "狄生必無是事, 蟾娘尤無可疑. 汝必誤見也."

書童怏怏而退. 俄而復進曰:

"相公以小僕爲誕妄矣. 兩人方相與歡戱, 相公若親見之,
則可知小僕之虛實矣."

翰林乍出西廊, 而望見之, 則兩人隔小墻而立, 或笑或語,
携手而戱. 欲聽其密語, 稍稍近往, 狄生聞曳履聲, 驚而走.

<乙>涉 蟾月顧見翰林, 頗有羞澁之態.

翰林問曰:

"桂娘曾與狄生, 相親乎?"

蟾月曰:

"妾與狄生, 雖無宿昔之雅, 而與其妹子, 有舊誼, 故問其安
<乙>子 否矣. 妾本娼樓賤女, 自然濡染於耳目, 不知遠嫌於男女.
執手娛戱, 附耳密語, 以招相公之疑, 賤妾之罪, 實合萬殞."

翰林曰:

"吾無疑汝之心, 女須無介於中也."

仍商量曰:

"狄生少年也, 必以見我爲嫌, 我當召而慰之."

使書童請之, 已去矣. 翰林大悔曰:

"昔楚莊王絶纓以安其羣臣矣, 我則欲察晻昧之書, 仍失才
美之士. 今雖自責, 何可及也?"

卽使從者, 遍訪於城之內外. 是夜, 與蟾月, 話舊論心, 對

酒取樂, 至夜半, 滅燭而寢矣. 至微明, 始覺則蟾月方對粧
鏡, 調鈆紅矣. 瀉情留目, 心忽驚悟, 更見之, 則翠眉明眸,
雲鬟花臉, 柳腰之依約, 雪膚之皎潔, 皆蟾月, 而細審之,　　　<乙>勺
則非也. 翰林驚愕疑惑, 而亦不敢詰焉.

金鸞直學士吹玉簫, 蓬萊殿宮娥乞佳句

翰林細繹深推, 知非蟾月而後　乃問曰:

"美人何如人也?"

對曰:

"妾本播州人, 姓名狄驚鴻也. 自幼時, 與蟾娘, 結爲兄弟.
昨夜, 蟾娘謂妾曰, '吾適有病, 不得侍相公矣. 汝須代我之
身, 俾免相公之責.' 以此妾敢替桂娘, 猥陪相公矣."

言未畢, 蟾月開戶而入曰:

"相公又得新人, 妾敢獻賀矣. 賤妾曾以河北狄驚鴻, 薦於
相公, 賤妾之言, 今果何如?"　　　　　　　　　　　　　<乙>欠

翰林曰:

"見面大勝於聞名."

更察驚鴻儀容, 則與狄生, 無毫髮異矣. 乃言曰:　　　　<乙>形

"原來狄生, 是鴻娘之同氣也. 男女雖異, 容貌卽同, 狄娘爲
狄生之妹乎? 狄生爲狄娘之兄乎? 我昨日得罪於狄兄矣.
狄兄今何在乎?"

驚鴻曰:

"賤妾本無兄弟矣."

翰林又細見大悟, 笑曰:

"邯鄲道上, 從我而來者, 本狄娘也. 昨日墻隅與桂娘語者,
亦鴻娘也. 未知鴻娘不男服, 瞞我何也?"

驚鴻對曰:

"賤妾何敢欺罔相公乎? 賤妾雖貌不逾人, 才不如人, 平生
願從君子人矣. 燕王過聞妾名, 睹以明珠一斛, 貯之宮中.
雖口饜珍味, 身厭錦繡, 非妾之願也. 菀菀如鸚鵡, 深鏁於
雕籠, 心欲奮飛, 而恨不能得也. 頃日, 燕王邀相公, 開大
宴也. 妾穴窓紗而見之, 則是賤妾所願從者也. 然宮門九
重, 何以能越長程萬里, 何以自致? 百爾思度, 僅得一計,
而相公離燕之日, 妾若抽身而從之, 則燕王必使人追躡, 故
待相公啓程後十日, 偸騎燕王千里馬. 第二日, 追及於邯
鄲, 及拜相公, 宜告實狀, 恐煩耳目, 不敢開口, 欺隱之責,
實難逃也. 前日之着男子巾服者, 欲避追者之物色, 昨夜之
<乙>古 效唐姬故事者, 盖循桂娘之情懇也. 前後之罪, 雖有可恕,
而惶恐之心, 久益切矣. 相公若不錄其過, 不嫌其陋, 而假
喬木之蔭, 借一枝之巢, 則妾當與蟾娘, 同其去就, 待相公
有室之後, 與蟾娘, 進賀於門下矣."

翰林曰:

"鴻娘高義, 雖楊家執拂之妓, 不敢跂也. 我愧無李衛公將
相之才而已, 欲相好, 豈有量哉?"

鴻娘亦謝之.

蟾月曰:

"鴻娘旣代妾身, 以侍相公, 妾亦當代鴻娘, 而謝於相公矣."

仍起拜僕僕. 是日, 翰林與兩人經夜, 明朝將行, 謂兩人曰:

"道路多煩, 不得同車. 將待立家, 卽相迎矣."

至京師, 復命於闕下. 時, 燕藩表文, 及貢獻金銀綵緞, 亦適
至矣. 上大悅, 慰其勤勞, 褒其勳庸, 將議封侯, 以答其功.
因翰林力辭, 寢其議, 擢拜禮部尙書兼帶翰林學士, 賞賚便
蕃, 寵遇隆至, 人皆榮之. 翰林還家, 司徒夫妻, 迎見於中
堂, 賀其成功於危地, 喜其超秩於卿月, 歡聲動一家矣. 尙
書歸花園, 與春娘, 說離抱 結新歡, 鄭重之情, 可想矣.   <乙>設

上重楊少游文學, 頻召便殿, 討論經史, 翰林之直宿最頻.
一日罷夜, 對歸直廬, 宮壺漏滴, 禁苑月上. 翰林不堪豪興,
獨上高樓, 憑欄而坐, 對月吟詩, 忽因風便而聞之, 則洞簫
一曲, 自雲霄葱蘢之間, 漸漸而來矣. 地密聲遠, 雖不能卜
其調響, 而俗耳所不聞者. 生招院吏, 而問曰:

"此聲出於宮墻之外耶? 或宮中之人, 有能吹此曲者乎?"

院吏曰:

"不知也."

仍命進酒, 連飮數觥, 仍出所藏玉簫, 自吹數曲. 其聲直上   <乙>晉
紫霄, 彩雲四起, 聽之若鸞鳳之和鳴也. 靑鶴一雙, 忽自禁
中飛來, 應其節奏, 翩翩自舞, 院中諸吏, 大奇之, 以爲王
子晉在吾翰苑中矣.

時, 皇太后有二男一女, 皇上及越王·蘭陽公主也. 蘭陽
之誕生也, 太后夢見神女奉明珠, 置懷中矣. 公主旣長, 蘭
姿蕙質, 閨範壺則, 超出於銀潢玉葉之中. 一動一靜, 一語
一默, 皆有法度, 頓無俗態. 文章女工, 亦皆逼眞. 太后以
此, 鐘愛甚篤. 時, 西域大眞國, 進白玉洞簫, 其制度極妙,   <乙>太

而使工人吹之, 聲不出矣. 公主一夜, 夢遇仙女, 敎以一曲.
公主盡得其妙, 及覺試吹太眞玉簫, 聲韻甚淸, 律呂自叶.
太后及皇上, 皆異之, 而外人莫之知矣. 公主每吹一曲, 群
鶴自集於殿前, 蹁躚對舞. 太后謂皇上曰:

"昔秦穆公女弄玉, 善吹玉簫, 今蘭陽妙曲, 不下於弄玉. 必
有簫史者, 然後方使蘭陽下嫁矣, 以此蘭陽已長成, 而尙未
許聘矣."

是夜, 蘭陽適吹簫於月下, 以調鶴舞矣. 曲罷, 靑鶴飛向玉
堂而去, 舞於翰苑, 是後宮人盛傳楊尙書吹玉簫, 舞仙鶴其
言流入宮中. 天子聞而奇之, 以爲公主之緣, 必屬於少游,
入朝於太后, 以此告之曰:

"楊少游年歲, 與御妹相當, 其標致才學, 於群臣中無二, 雖
求之天下, 不可得也."

太后大喜曰:

"簫和婚事, 訖無定處, 我心常自紏結矣. 今聞是語, 楊少游
卽蘭陽天定之配也, 但欲見其爲人, 而定之矣."

上曰:

<乙>欠 "此不難矣. 後日當召見楊少游於別殿, 講論文章, 娘娘從
簾內一窺, 則可知矣."

太后益喜, 與皇上定計, 蘭陽公主名簫和, 其玉簫刻簫和二
字, 故以此名之. 一日天子燕坐於蓬萊殿, 使小黃門, 召楊
少游, 黃門往翰林院, 則院吏曰:

"翰林纔已出去矣."

往問鄭司徒家, 則曰:

"翰林未還矣."

黃門奔馳慌忙, 莫知去向矣.

時楊尙書與鄭十三, 大醉於長安酒樓, 使名娼朱娘玉露唱歌, 軒軒笑傲, 意氣自若. 黃門飛鞚而來, 以命牌召之. 鄭十三大驚跳出, 翰林醉目矇矓, 鬢髮䯰髻, 不省黃門之已在樓上矣. 黃門立促之, 翰林使二娼, 扶而起, 着朝服, 隨中使入朝, 天子賜座, 仍論歷代帝王治亂興亡. 尙書出入古今, 敷奏明愷, 天顔動色, 又問曰: 　　<乙>崩　　<乙>抱

"組繪詩句, 雖非帝王之要務, 惟我祖宗亦嘗留心於此, 詩文或傳播於天下, 至今稱誦, 卿試爲我, 論聖帝明王之文章, 評文人墨客之詩篇, 勿憚勿諱. 定其優劣, 上而帝王之作, 誰爲雄也, 下而臣隣之詩, 誰爲最也."

尙書伏而對曰:

"君臣唱和, 自大堯帝舜而始, 不可尙已無容議, 爲漢高祖大風之歌, 魏太祖月明星稀之句, 爲帝王詩詞之宗, 西京之李陵, 鄴都之曹子建, 南朝之陶淵明, 謝靈運二人, 最其表著者也. 自古文章之盛, 毋如國朝者, 國朝人才之蔚興, 無過於開元天寶之間, 帝王文章, 玄宗皇帝, 爲千古之首, 詩人之才李太白, 無敵於天下矣."

上曰:

"卿言實合於朕意矣. 朕每見太白學士淸平詞, 行樂詞, 則恨不與同時也. 朕今得卿, 何羨乎太白耶? 朕遵國制, 使宮女十餘人, 掌翰墨, 所謂女中書也. 頗有彫篆之才, 能摸月露之形, 其中亦有可觀者矣. 卿效李白倚醉題詩之舊事, 試　　<乙>欠 / <乙>乎

揮彩毫, 一吐珠玉, 毋負宮娥景仰之誠, 朕亦欲觀卿倚馬
之作, 吐鳳之才."

<乙>現甲　　卽使宮女, 以御前琉璃硯匣, 白玉筆床, 玉蟾蜍硯滴, 移置
於尙書席前, 諸宮人已承乞詩之命矣. 各以華牋羅巾畫扇,
擎進於尙書. 尙書醉興方高, 詩思自湧, 遂拈彤管, 次第揮
<乙>製 / <乙>作　　洒, 風雲焂起, 雲烟爭吐, 或作絶句, 或製四韻, 或一首而
止, 或兩首而罷. 日影未移, 牋帛已盡, 宮女以次跪進於上.
上一一鑑別, 箇箇稱揚, 謂宮娥等曰:

"學士亦旣勞矣."

特宣御醞, 諸宮女或擎黃金盤, 或把琉璃鍾, 或執鸚鵡杯,
<乙>迭勸迭進　　或擎白玉床, 滿酌淸醴, 備列佳肴, 乍跪乍立, 迭進迭勸,
翰林左受右接, 隨獻輒倒, 至十餘觥, 韶顔已酡, 玉山欲頹.
<乙>欠　　上命止之, 又下敎曰:

"學士一句, 可直千金, 眞所謂無價寶也. 詩曰, '投之木果,
報以瓊琚,' 爾輩以何物, 爲潤筆之資乎?"

群娥或抽金釵, 或解玉珮, 或卸指環, 或脫金釧, 爭投亂擲,
頃刻成堆. 上召謂小黃門曰:

"爾收取尙書所用筆硯及硯滴, 宮娥潤筆之物, 隨尙書而去.
傳給於其家."

尙書叩頓謝恩, 欲起還仆, 上命黃門扶掖, 而出至宮門, 騶
從齊擁上馬, 歸到花園. 春雲扶上高軒, 解其朝服, 而問曰:
"相公過醉, 誰家酒乎?"

翰林醉甚不能答. 已而, 蒼頭奉賞賜筆硯及釵釧首飾等物,
積置於軒上. 尙書戲謂春雲曰:

"此物皆天子賞賜春娘者也. 我之所得, 與東方朔誰優?"

春雲更欲問之, 翰林已昏倒, 鼻息如雷. 翌日高春, 尙書始

起, 盥洗矣. 閽者走告曰:

"越王殿下來矣."

尙書驚曰:

"越王之來, 必有以也."

顚蹄出迎, 王上座施禮, 年可二十餘歲, 眉宇烱然, 眞天人

也. 尙書跪問曰:

"大王枉屈於陋地, 抑有何敎也?"

王曰:

"寡人竊慕盛德雅矣. 出入異路, 尙稽承穩, 兹奉上命, 來宣

聖旨矣. 蘭陽公主, 正當芳年, 朝家方揀駙馬矣. 皇上愛尙

書才德, 已定釐降之議, 先使寡人諭之, 詔命將繼下矣."

尙書大駭曰:

"皇恩至此, 臣首至地, 過福之災, 有不暇論, 而臣與鄭司徒

女子, 約婚納聘, 已經歲矣. 伏望大王以此意, 奏達於皇上."

王曰:

"吾當歸, 奏於天陛, 而惜乎皇上愛才之意, 已歸虛矣."　　　<乙>階

尙書曰:

"此關係人倫之大事, 不可忽也. 臣當請罪於闕下矣."

王卽辭歸, 尙書入見司徒, 以越王之言告之, 春雲已告於內

閣矣. 擧家遑遑, 莫知所爲, 司徒慘沮, 不能出一言. 尙書曰:

"岳丈勿慮. 天子聖明, 守法度, 重禮義, 必不壞了臣子之倫

紀, 小婿雖不肖, 誓不作宋弘之罪人矣. 時太后出臨蓬萊　　<乙>先時

殿, 窺見楊少游, 心甚喜悅, 謂皇上曰:

"此眞蘭陽之匹也. 吾旣親見, 更何議乎? 卽使越王, 先諭
於楊少游, 天子方欲命召, 而面諭矣."

時上在別殿, 忽思昨日少游詩才筆法, 俱極精妙, 更欲親覽,
使太監, 盡收女中書等所受詩牋, 諸宮人皆深藏於篋笥, 而
惟一宮人, 持題詩畫扇, 獨歸寢所. 置之懷中, 終夕悲啼, 忘
寢廢食, 此宮女非它人也. 姓秦名彩鳳, 華州秦御史女子,
御史死於非命, 沒入於宮掖, 宮人皆稱秦女之美, 上召見之,
欲封婕妤, 時皇后有寵, 嫌秦女之太美, 白於上曰:

"秦家女可合. 昵侍至尊, 而陛下殺其父, 而近其女, 恐非古
先哲王立刑遠色之道也."

上從之, 問於秦氏曰:

"汝知文字乎?"

<乙>女 秦氏曰:

"僅卜魚魯矣."

上命爲女中書, 使掌宮中文書, 仍令進往皇太后宮中, 陪蘭
陽公主, 讀書習字, 公主大愛秦氏妙色奇才, 視如宗戚, 跬
<乙>時 步相隨, 不忍一刻分離, 秦氏是日侍太后, 往蓬萊殿, 仍承
上命, 與女中書等, 乞詩於楊尙書, 尙書之七竅百骸, 曾已
銘鏤於秦氏之心肝矣. 豈有不知之理哉? 秦女生存, 尙書
旣不能知之, 況天威咫尺, 亦不敢擧目秦女一見尙書, 心
如火燬, 藏悲匿哀, 恐被人知, 痛情義之不通. 悲舊緣之難
<乙>圓 續, 手把團扇, 口詠淸詩, 一展一吟, 不忍暫釋, 其詩曰:

紈扇團團似明月, 佳人玉手爭皎潔

五絃琴裡薰風多, 出入懷裡無時歇

紈扇團團月一團, 佳人玉手正相隨

無路遮却如花面, 春色人間摠不知

秦氏詠前一首, 而嘆曰:

"楊郎不知我心矣. 我雖在宮中, 豈有承恩之念哉!"

又詠後一首, 而歎曰:

"我之容顏, 它人雖不得見之, 楊郎必不忘於心, 而詩意若斯咫尺, 誠如千里矣. 仍憶在家之時, 與楊郎, 唱和楊柳詞之事, 悲不自抑, 和淚濡筆, 續題一詩於扇頭, 方吟呀矣. 忽聞太監, 以上命來索畵扇, 秦氏骨驚膽落, 肌肉自顫, 呌苦之聲, 自出於口曰:

"我其死矣. 我其死矣."

宮女掩淚隨黃門, 侍妾含悲辭主人

太監謂秦氏曰:

"皇上欲復見楊尙書之詩, 故小竪承命來收矣."

秦氏泣謂曰:

"薄命之人, 死期已迫, 偶和其詩題於其尾. 自犯必死之罪, 皇上若見之, 則必不免誅戮之禍, 與其伏法而死. 毋寧自決之爲快也. 方將以此殘命, 付於三尺之下, 而身死後, 撗土一事, 專恃於太監. 伏乞太監哀之憐之, 收瘞殘骸, 無令爲烏鳶之食, 幸甚幸甚."

太監曰:

"女中書何爲此言也? 聖上仁慈寬厚, 逈出百王, 或者終不加罪, 設有震疊之威. 我當出力救之, 中書隨我而來."

秦氏且哭且行, 隨太監而去. 太監使秦氏, 立於殿門之外, 入以諸詩, 進於上. 上留眼披閱, 至秦氏之扇, 尙書所題之下, 又有它詩, 上訝之, 問於太監. 太監告曰:

"秦氏謂臣云, '不知皇爺有哀取之命, 猥以荒蕪之語, 續題於其下, 此死罪必不貸也.' 仍欲自死 臣開諭而止, 領率而來矣. 上又詠其詩, 詩曰:

紈扇團如秋月團, 憶曾樓上對羞顔
初知咫尺不相識, 却悔敎君仔細看

上見畢曰:

<乙>足惜而

"秦氏必有私情也, 不知於何處, 與何人相見, 而其詩意如此耶. 然其才亦足, 亦可獎也."

使太監召之, 秦氏伏於階下, 叩頭請死.

上下敎曰:

"直告則當赦死罪, 汝與何人, 有私情乎?"

秦氏又叩頭曰:

<乙>欠

"臣妾何敢抵諱於嚴問之下乎? 臣妾家敗亡之前, 楊尙書赴擧之路, 適過於妾家樓前, 臣妾遇與相見, 和其楊柳詞, 送人通義, 與結婚媾之約矣. 頃當蓬萊引見之日, 妾能解舊面, 而楊尙書獨不知, 故妾戀舊興感, 撫躬自悼, 偶題胡亂之說, 終至於上累聖鑒, 臣妾之罪, 萬死猶輕."

上悲憐其意, 乃曰:

"汝云以楊柳詞, 結婚媾之約, 汝能記得否?"

秦氏卽繕寫以上, 上曰:

"汝罪雖重, 汝才可惜, 且御妹愛汝殊甚, 故朕特用寬典, 赦汝重罪, 汝其感篆國恩, 殫竭心誠, 以事御妹宜矣."

卽下其執扇, 秦氏拜受, 惶恐頓謝而退.

是日, 上陪太后以坐, 越王自楊尙書家回來, 入朝以楊尙書, 曾以納聘之意奏之.

皇太后不悅曰:

"楊少游爵至尙書, 宜知朝廷事體, 而何其固滯若是耶?"

上曰:

"少游雖已納聘與成親有異, 朕面諭, 則似不可不從也."

翌日, 命召禮部尙書楊少游, 少游承命入朝.

上曰:

"朕有一妹, 資質超常, 非卿無可與爲配者, 朕使越王, 以朕意諭之矣. 聞卿托以納聘云, 此卿之不思也甚矣. 前代帝王選擇駙馬也, 或出其正妻, 故若王獻之終身悔之, 惟宋弘不受君命, 朕意則與古先帝王不同, 旣爲天下萬民之父母, 則豈可以非禮之事, 加於人哉? 今卿雖斥鄭家之婚, 鄭女自當有歸處, 卿無糟糠下堂之嫌, 豈可有害於倫紀乎?"   <乙>可歸之處

尙書頓首奏曰:

"聖上不惟不罪, 又從而諄諄面命, 若家人父子之親, 臣感祝天恩之外, 更無可奏者矣. 然臣之情勢, 與他人絶異, 臣遠方書生, 入京之日, 無處可托, 厚夢鄭家眷遇之恩, 迎以舍之, 禮以待之, 非但儷皮之禮已行, 於入門之日, 已與司

徒, 定翁婿之分, 有翁婿之情, 且男女既已相見, 恰有夫婦
之恩義, 而未行親迎之禮者, 盖以國家多事, 不遑將母也.

<乙>歸化 今幸藩鎭率平, 天憂已紓, 臣方欲急請還鄕, 迎歸老母, 卜
日成禮矣. 意外皇命及於無狀, 小臣驚惶震懼, 不知所以
自處也. 臣若怵威畏罪, 將順皇命, 則鄭女以死自守, 必不
它適, 此豈非匹婦之失所, 王政之有歉者乎?"

上曰:

<乙>云 "卿之情理, 雖曰 '悶迫', 若以大義言之, 則卿與鄭女, 本無
夫婦之義, 鄭女豈可不入於他人之門乎? 今朕之欲與卿結
婚者, 不獨朕以柱石待卿也, 以手足視卿也, 太后慕卿威
容德器, 親自主張, 恐朕亦不得自由矣."

尙書猶且固讓, 上曰:

<乙>訣定 "婚姻大事也, 不可以一言定. 朕姑與卿着碁, 以消長日矣."

命小黃門進局, 君臣相對睹勝, 日昏乃罷. 鄭司徒見楊尙書
之來, 悲慘之色, 溢於滿面, 拭淚而言曰:

"今日皇太后下詔, 使退楊郞之禮綵, 故老夫已出, 付於春雲,
置於花園, 而顧念小女之身世, 吾老夫妻心事, 當作何如狀
也. 吾則僅能撑支, 而老妻沈慮成疾, 方昏瞀不省人事矣."

尙書失色無言, 過食頃 乃告曰:

"是事不可但已, 小婿當上表力爭, 朝廷之上, 亦豈無公論
<乙>欠 乎?"

司徒止之曰:

"楊郞之違拒上命, 已至再矣. 今若上疏, 則豈無批鱗之懼
哉? 必有重譴, 不如順受而已. 且有一事, 楊郞之仍處花園,

大有不安於事體者, 倉卒相離, 雖甚缺然, 移寓他所, 實合
事宜矣."

楊尙書不答, 屨及花園, 春雲嗚嗚咽咽, 淚痕汍瀾, 乃奉納
幣物曰:

"賤妾以小姐之命, 來侍相公, 已有年矣. 偏荷盛眷, 恒切感
愧, 神妬鬼猜, 事乃大謬, 小姐婚事, 無復餘望, 賤妾亦當
永訣, 相公歸侍小姐, 天乎? 地乎? 鬼乎? 人乎?"

仍飮泣聲, 如縷矣. 尙書曰:

"吾方欲上疏力辭, 皇上庶或回廳, 設未能得聽, 女子許身
於人, 則從夫禮也, 春娘夫豈背我之人哉?"

春娘曰:

"賤妾雖不明, 亦嘗聞古人緖論矣, 豈不知女子三從之義乎?
春雲情事, 有異於人, 妾曾自吹葱之日, 與小姐遊戱, 及至毀
齒之歲, 與小姐居處, 忘貴賤之分, 結死生之盟, 吉凶榮辱,
不可異同. 春雲之從小姐, 如影之隨形, 身固旣去, 則影豈獨
留乎?"

尙書曰:

"春娘爲主之誠, 可謂至矣. 但春娘之身, 與小姐異, 小姐東
西南北, 惟意擇路, 春娘從小姐事它人, 得無有妨於女子之
節乎?"

春雲曰:

"相公之言到此, 不可謂知吾小姐也. 小姐已有定計, 長在
吾老爺及夫人膝下, 待過百年之後, 潔身斷髮, 去托空門,
發願於佛前, 世世生生, 誓不爲女子之身, 春雲蹤跡, 亦將

如斯而已. 相公如欲復見春雲, 相公禮幣, 復入於小姐房中
然後, 當議之矣. 不然則今日, 卽生離死別之日也. 妾任相
公使令者專矣, 荷相公恩愛者久矣. 報效之道, 惟在於拂枕
席奉巾櫛, 而事與心違, 到此地頭, 只願後世爲相公犬馬,
以效報主之忱矣. 惟相公, 保攝! 保攝!"

向隅呼咷者半日, 乃翻身下階再拜而入. 尙書五情憒亂, 萬
慮膠擾, 仰屋長吁, 撫掌頻唏而已.

<乙>欠　　翌日, 乃上一疏, 言甚激切, 其疏曰:

禮部尙書臣楊少游, 謹頓首百拜. 上言于皇帝陛下, 伏以倫
紀者, 王政之本也, 婚姻者, 人倫之始也, 一失其本, 則風
化大壞, 而其國亂, 不謹其始, 則家道不成, 而其家亡. 有
關於家國之興衰者, 不其較著乎? 是以聖王哲辟, 未嘗不
<乙>定　　留意於是, 欲治其國, 必以植倫紀爲重, 欲齊其家, 必以正
婚姻爲先者, 何莫非端本出治之道, 別嫌明微之意也. 臣
旣已納幣於鄭女, 且已托跡於鄭家, 則臣固有妻也, 固有室
也. 不意今者, 歸妹之盛禮, 遽及於無似之賤臣, 臣始疑終
<乙>欠　　惑, 震駭悚惕, 實不知聖上之擧措, 朝家之處分, 果能盡其
禮, 而得其當也. 設令臣未行儷皮之幣, 不作甥舘之客, 族
<乙>湑 / <乙>錦　　賤而地微, 才譾而學蔑, 則寔不合於禁臠之抄揀, 而況與鄭
女, 已有伉儷之義, 與婦翁, 已定舅甥之分, 不可謂六禮之
未行也, 豈可以貴价之尊? 下嫁於匹夫之微, 而不問禮之
可否, 不分事之輕重, 冒苟且之譏, 而行非禮之禮乎? 至於
密下內旨, 使之廢已行之禮儀, 退已捧之聘幣, 尤非臣攸聞
也.　　　臣恐陛下未能效光武待宋弘之寬也. 賤臣危迫之忱,

已關於聖明之聽, 鄭女窮蹙之情, 亦係於私家之事, 臣固不
敢更愬於絃纊之下, 而臣之所恐者, 王政由臣而亂, 人倫因
臣而廢, 以至於上累聖治, 下壞家道, 終不救亂亡之禍也.
伏乞聖上重禮義之本, 正風化之始, 亟收詔命, 以安賤分,
不勝幸甚.

上覽其疏, 轉奏於太后, 太后大怒, 下楊少游於獄, 朝廷大 　　<乙>欠
臣, 一時齊諫.
上曰:
"朕知其罪罰之太過, 而太后娘娘, 方震怒, 朕不敢救矣." 　　<乙>欠
太后欲困楊少游, 不下公事者, 至數月, 鄭司徒亦惶恐, 杜
門謝客.
此時, 吐蕃强盛, 輕易中國, 起十萬大兵, 連陷邊郡, 先鋒
至渭橋, 京師震驚. 上會群臣議之, 皆曰:
"京城之卒, 未滿數萬, 外方援兵, 勢不可及, 暫棄京城, 出
巡關東, 召諸道兵馬, 以圖恢復可也."
上猶豫未決曰:
"諸臣中惟楊少游, 善謀能斷, 朕甚器之. 前日三鎭之服, 皆
少游之功也."
罷朝入告太后, 使使者持節放少游, 召見問計. 少游奏曰:
"京城宗廟所在, 宮闕所寄, 今若棄之, 則天下人心, 必從
而動搖, 且爲强賊所據, 則亦未可指日恢拓矣. 代宗廟, 吐 　　<乙>欠
蕃與回訖合力, 駈百萬兵, 來犯京師, 其時王師之單弱, 甚
於此時, 汾陽王臣郭子儀, 以匹馬却之, 臣之才略比子儀,

雖萬萬不相及, 願得數千軍, 掃蕩此賊, 以報再生之恩,"
上素知少游, 有將帥才, 卽拜爲大將, 使發京營軍三萬討
之. 尙書拜辭而出, 指揮三軍, 陳於渭橋討賊, 先鋒擒左賢
王, 賊勢大挫, 潛師遁去. 尙書追擊, 三戰三捷, 斬首級三
萬, 獲戰馬八千匹. 以捷書報之, 天子大悅, 使卽班師論諸
將之功, 以次賞賚. 少游在軍中上疏, 其疏曰:

臣聞王者之兵, 貴於萬全, 而坐失機會, 則功不可成也. 又
聞常勝之家, 難與慮敵 而不乘飢弱, 則賊不可破也. 今賊
之兵力, 不可謂不强, 器械不可謂不利, 而彼則以客而犯
主, 我則以飽而待飢. 此臣所以得樹尺寸之功, 而賊所以
勢日蹙, 而兵日弱矣. 兵法乘勞, 乘勞而不勝者, 不過以糧
餽之不給也. 地利之不便也. 今賊氣旣挫, 蹈藉而走, 賊之
勢弊極矣. 雄州大城, 皆峙蒭粮, 則我無半菽之患, 平原廣
野 最得形便, 則彼無設伏之處, 若蓄銳勇, 進追躡其後, 則
庶幾坐收全功. 今乃狃一時之少捷, 棄萬全之良策, 徑罷
王師, 不竟天討者, 臣未知其得計也.
伏願陛下, 博採廟議, 廓揮乾斷, 許令臣駈兵遠襲, 直搗巢
穴, 臣雖不能燔龍城之積, 勒燕然之石, 誓使隻輪不返, 一
箭不發, 以除我聖上西顧之憂矣.

疏奏, 上壯其意, 嘉其忠, 卽進秩拜御史大夫, 兼兵部尙書
征西大元帥, 賜尙方斬馬釰, 彤弓赤箭, 通天御帶, 白旄黃
鉞, 詔發朔方河東隴西諸道兵馬, 以助其軍勢. 楊少游奉詔
向闕拜謝, 擇吉日, 祭旗纛, 仍發行, 言其兵法, 則六韜之

<乙>以粮饋之不及也

<乙>皆思峙蒭粮

<乙>朝

神謀也. 語其陣勢, 則八卦之奇變也. 軍容井井, 號令肅肅,
因建瓴之勢, 成破竹之功, 數月之間, 復所失五十餘城. 駈
大軍至積雪山下, 一陣回風, 忽起於馬前, 有鳴鵲橫穿陣中
而去, 尚書於馬上卜之, 得一卦曰:

"賊兵必襲吾陣, 而終有吉也."

留陣山底, 鋪鹿角蒺藜於四面, 整齊三軍, 設備而待. 尚書
坐帳中, 燒橡燭, 閱看兵書, 巡軍已報三更矣. 忽寒飆滅燭,
冷氣襲人, 一女子自空中, 下立於帳裡, 手把尺八匕首, 色
如霜雪矣. 尚書知其刺客, 而神色不變, 威稜盆冽徐問曰:

"女子何人, 夜入軍中, 有甚意也."

女子答曰:

"妾承吐蕃國贊普之命, 欲取尚書首級而來矣."

尚書笑曰:

"大丈夫, 何畏死也? 須速下手."

女子擲釰而前, 叩頭而對曰:

"貴人毋慮, 妾何敢驚動貴人乎?"

尚書就而扶起曰:

"君旣挾利刃, 入軍營, 反不害我, 何也?"

女子曰:

"妾之本末, 雖欲自陳, 恐非立談之間所能盡也."

尚書賜坐, 而問曰:

"娘子之涉險冒危, 來見少游, 必有好意也, 將何以敎之?"　　<乙>欠

其女子曰:

"妾雖有刺客之名, 實無刺客之心, 妾之心肝　當吐露於貴

人矣."

自起燃燭, 當前而坐. 其女子椎結雲髮, 高揷金簪, 身着挾袖戰袍, 而袍上畫石竹花, 足着鳳尾靴, 腰懸龍泉釼, 天然艶色, 若浥露之海棠花, 非從軍之木蘭, 必儌盒之紅線也. 繼而言曰:

"妾本楊州人也. 世爲大唐之民, 幼失父母, 從一女子, 爲其弟子. 其女子釼術神妙, 敎弟子三人, 卽秦海月金綵虹沈裊烟, 裊烟卽妾也. 學釼術三年, 能傳變化之術, 乘長風, 逐飛電, 瞬息之頃, 行千餘里矣. 三人釼術, 別無高下, 而師或欲報仇, 或欲殺惡人, 則必遣綵虹海月, 而獨不使妾. 妾曰, '吾三人共事師傅, 同受明敎, 而弟子則獨未報師傅之恩, 敢問妾才拙, 不足任師傅使令乎?' 師曰, '爾非我流也. 他日, 當得正道, 終有成就, 今若共此兩人, 殺害人命, 則豈不有損於汝之心行乎? 是以不遣也', 妾又問曰, '若然則妾學得釼術, 將何用乎?' 師曰, '汝之前世之緣, 在於大唐國, 而其人大貴人也. 汝在外國, 邂逅無便, 吾所以敎汝釼術者, 欲使汝因此小技, 得逢貴人, 汝他日當入百萬軍中, 得成好緣於戎馬之間矣', 今春師又謂妾曰, '大唐天子, 使大將軍, 征伐吐蕃, 贊普榜募刺客, 欲害唐將, 汝須趁此下山, 往于吐蕃國與諸釼客, 較長短之術, 一以救唐將之禍, 一以結前身之緣', 妾奉師命, 之蕃國, 自摘城門所掛之榜, 贊普召妾而入, 使與先到衆刺客較才, 妾片時能割十餘人椎髻. 贊普大喜, 遣妾而言曰, '待汝獻唐將之首, 封汝爲貴妃', 今逢尙書, 師傅之言, 驗矣. 願自此永奉履綦, 忝侍左右, 相公其果肯諾乎?"

<乙>問

尚書大喜曰:

"娘子旣救濱死之命, 且欲以身而事之, 此恩何可盡報! 白
首偕老, 是我志矣."

仍與同寢, 以槍釼之色, 代花燭之光, 以刁斗之響, 替琴瑟　　　<乙>因 / <乙>刀
之聲, 伏波營中, 月影正流, 玉門關外, 春色已回, 戎幕中
一片豪興, 未必不愈於羅帷彩屛之中矣. 是後尚書晨昏沉　　　<乙>綵
溺, 不見將士至三日矣.

裊烟曰:

"軍中非婦女可居之處, 兵氣恐不揚矣, 乃欲辭歸."

尚書曰:

"仙娘非世上紅粉兒所可比也. 方祈畫奇計, 運妙策, 敎我
而破賊矣, 娘何棄歸耶?"

裊烟曰:

"以相公之神武, 蕩殘賊之巢窟, 在唾手間耳. 何足以煩相
公之慮哉? 妾之此來, 雖因師命, 未及永辭矣. 歸見師傅,　　　<乙>仍
姑居山中, 徐待相公回軍, 當歸拜於京城矣."

尚書曰:

"然娘子去後, 贊普更遣他刺客, 將何以備之?"

裊烟曰:

"刺客雖多, 皆非裊烟之敵手, 若知妾歸順於相公, 則他人
安敢來乎?"

手探腰間, 出一顆珠曰:

"此珠名妙兒玩, 卽贊普椎髻上所繫者也. 相公命使者, 送
此珠, 使贊普知妾無復歸之意也."

<乙>次　尙書又問曰:

"此外更無可敎者乎?"

裊烟曰:

"前路必過盤蛇谷, 而此谷無可飮之水, 相公須愼之, 鑿井
飮三軍, 則好矣."

尙書又欲問計, 裊烟一躍騰空, 不可復見矣. 尙書會將士,
語裊烟之事, 皆曰:

"元帥洪福如天, 神武慴敵, 想有神人來助矣."

九雲夢(下)

白龍潭楊郞破陰兵 洞庭湖龍君宴嬌客

尙書卽發, 使遣妙倪玩於吐蕃. 遂行到大山之下, 峽路甚
窄, 纔容一馬, 攀壁緣澗, 魚貫而進, 過數百里, 始得稍廣
之處, 設寨立營, 歇馬休軍, 軍士勞頓渴甚, 求水不得. 見
山下有大澤, 爭飮其水, 飮畢遍身皆靑, 語言不通, 戰棹欲
死, 奄奄就盡. 尙書親自往見, 其水色沉, 碧深不可測, 寒
氣凜慄, 似挾秋霜, 始悟曰:

"是必裊烟所謂盤蛇谷也."

督餘軍掘井, 衆軍鑿數百餘井, 深可十丈, 而無一湧水之   <乙>高
處. 尙書大以爲憫, 方欲撤營, 移陣於他處矣. 錚鼓之聲,   <乙>軯
忽自山前後而來, 雷聲殷地. 岩谷皆應, 賊兵據其險阻, 以   <乙>欠
絶歸路, 官軍進退俱碍, 飢渴且甚. 尙書方在營中, 思退敵
之計, 而終無善策, 悶惱之久, 神氣頗困, 倚卓而少眠, 忽
有異香, 遍滿營中, 女童兩人, 進立於尙書之前, 容狀奇異,
非仙則鬼. 告於尙書曰:

"吾娘子欲告一言於貴人, 願貴人無惜一枉於陋鋪之處."   <乙>地

尙書問曰:

"娘子是何人在何處."

答曰:

"吾娘子, 卽洞庭龍君小女也. 近日暫離宮中, 來寓於此地   <乙>欠
矣."

尙書曰:

<乙>在　"龍神所處, 卽水府也, 我人世人也, 將以何術致身乎?"

女童曰:

"神馬已繫於門外, 貴人騎之, 則自當至矣. 水府不遠, 何難之有乎?"

<乙>中　尙書隨女童, 出轅門, 從者數十人, 衣服殊制, 儀形不常, 扶尙書上馬, 馬行如流, 飛塵不起於蹄下矣. 俄頃到水府, 宮闕宏麗, 如王者之居, 守門之卒, 皆魚頭蝦鬚矣. 女童數人, 自內開門出, 導尙書升堂上, 殿中有白玉交倚, 南向而設, 侍女請尙書坐其上, 鋪錦繡步障於階砌之下, 卽入於內殿, 未幾侍女十餘人, 引一箇女子, 從左邊月廊, 抵殿前, 姿態之媚, 服飾之華, 俱不可形言.

侍女一人, 至前請曰:

"洞庭龍王之女, 請謁於楊元帥矣."

<乙>欠　尙書驚欲避之, 兩侍女挾持, 使不得下床. 龍女向前四拜, 琳琅憂響, 芬馥射人, 尙書請上殿, 龍女辭遜不敢, 設小席而坐.

尙書曰:

<乙>欠　"楊少游塵世賤品, 娘子水府靈神, 禮貌何太恭也, 此少游所未知也."

龍女答曰:

"妾卽洞庭龍王末女凌波也. 妾之始生也, 父王朝於上界, 逢張眞人, 卜妾之命, 眞人揲著曰, '此娘子前身, 卽仙女也, 因罪謫降, 爲王之女, 而畢竟復得人形, 爲人間貴人之

姬妾, 享富貴榮華之樂, 悉耳目心志之娛, 終歸佛家, 永爲
大禪矣.' 吾龍神爲水族之宗, 而以幻人之形, 爲大榮, 至於
仙佛, 尤所敬戴也. 妾之伯兄, 初爲涇水龍君之媛, 夫妻反
目, 兩家失和, 再適於柳眞君, 九族尊之, 一家敬之, 而妾
則將得正果, 一身榮貴, 必在於伯兄之上也. 父王自聞眞
人之言, 愛妾之情, 一倍隆篤, 宮中大小侍妾, 如待天上眞
仙. 及稍長南海龍王之子五賢, 聞妾略有姿色, 求婚於父
王, 吾洞庭爲南海龍王管下, 故父王不敢峻斥, 親往南海,   <乙>卽南海之管下
諭以張眞人之言, 强拒不從, 則南海之王, 爲其驕悍之子,
反以父王爲惑於誕說, 肆然喝責, 求婚益急. 妾自知若在
父母膝下, 則辱必及身, 遠離父母, 抽身遁逃, 披荊棘開窟
宅, 自蟄胡地, 苟送歲月, 而南海之逼, 益甚矣. 父母但曰,
'女子不願斂身遠走, 終欲不棄, 問之於渠.' 惟彼狂童, 欺
妾孤弱, 自率軍兵, 欲逼賤妾, 妾之至冤苦節, 感格天地,   <乙>極
瀦澤之水, 居然變化, 冷如寒氷, 昏如地獄, 他國之兵, 不
能輕入, 故妾賴此全完, 尙保危命矣. 今日之幸邀貴人, 臨
此陋地, 不惟欲訴衷情, 目今王師, 暴露旣久, 水路莫通,   <乙>陋處者
井泉不出, 堀土鑿地, 亦云勞止, 雖遍一山, 而穿萬丈, 水   <乙>堀
不可得, 而力不可支矣. 此水本名淸水潭, 水性甚美, 自妾
來居, 其味苦惡, 飮之者生疾, 故改稱曰, 白龍潭也. 今貴   <乙>病
人來此, 賤妾得所, 何羨乎! 銀甁之上井, 陰谷之生春乎!
妾旣托命於貴人, 許身於貴人, 則貴人之憂, 卽妾之憂也,
豈敢不效愚智而助軍功乎? 自此水味之甘, 當如舊日, 士   <乙>自此之後
卒皆牛飮, 自無害矣. 病水之卒, 亦當自瘳矣."

尙書曰:

<乙>欠 / <乙>之　　"今聞娘子之言, 吾兩人之意, 天已定矣. 神亦知之, 月老之約, 肆可卜矣. 娘子之意, 亦如我否."

龍女曰:

<乙>不告父母　　"妾之陋質, 雖已許之, 徑侍郎君, 不可者三, 一則不告於父
<乙>欠　　母也, 女子從人, 非禮不可也. 二則妾幻形變質而後, 方可以侍貴人也. 今不可以鱗甲之腥, 鬐鬣之陋, 以累貴人之
<乙>欠　　床席也. 三則南海龍子, 每送邏卒於此地, 暗暗偵探, 不可激其怒, 而挑其禍, 以起一場風波也. 貴人須早歸陣中, 整軍殲賊, 得遂大勳, 奏凱還京則妾當褰裳涉溱, 從貴人於甲第之中也."

尙書曰:

<乙>之 / <乙>不但　　"娘子之言雖美, 我思之, 娘子來此, 雖爲守志, 而亦父王欲使留待少游之來, 而卽從之也. 今日之相會, 豈非父王之
<乙>欠　　命乎? 且娘子, 神明之後, 靈異之性也. 出入於人神之間, 無所往而不可, 則豈以鱗鬣爲嫌乎? 少游雖不才, 奉天子
<乙>將 / <乙>其視　　之明命, 掌百萬之雄兵, 飛廉爲之導先, 海若爲之殿後 視
<乙>蚊虻螻蟻而已　　南海小兒, 如蟣蝨, 渠若不自量, 妄欲相逼, 則不過汚我寶
<乙>何幸邂逅相逢則　　釼而已. 今夜明月淸風亦助我豪情, 良辰豈可虛度, 佳期何忍孤負?"

<乙>而就寢　　遂携龍女, 穩度一宵, 交會之歡, 非夢則眞. 日未明, 一聲疾
<乙>簸　　雷鏗鏗鑱鑱, 簸却水晶宮殿, 龍女忽驚覺而起, 宮女報急曰:
<乙>來陣山下請與楊元師　　"大禍出矣. 南海太子, 駈無數軍兵, 已陳於山下, 欲與楊元帥, 決雌雄矣."

龍女喚尙書而言曰:

"妾之初勸相公之歸, 盖慮此也."   <乙>欠

尙書大怒曰:

"狂童何敢無忌憚耶?"   <乙>乃爾

拂袂而起. 跳出水邊, 南海軍兵已圍白龍潭矣. 尙書發號
麾兵, 與南海太子對陣. 南海陣中, 喊聲大震, 陣雲四起.
太子披掛上馬, 躍出大叱曰:

"楊少游何狀物也, 乃敢戲人之事, 掠人之妻乎? 誓不共立   <乙>南海兵已圍白龍

於天地間也."   潭喊聲大震陣雲四起

                                                                                          所謂太子者蹴馬出陣
而大叱曰爾爲何人而
掠人之妻乎 /
<乙>與共立

尙書立馬大笑曰:

"洞庭龍女與少游, 有三生宿緣, 卽天宮之所簿, 眞人之所
知也. 我不過順天命也, 奉天敎也. 如爾么麽鱗虫, 何無禮   <乙>欠

若是耶?"

太子大怒, 命千萬種水族捕尙書, 鯉提督鼈參軍, 鼓氣賈   <乙>仍麾兵督戰太子

勇, 騰躍而至. 尙書一麾而斬之, 擧白玉鞭一揮之, 百萬勇   大怒 / <乙>欠

卒, 齊發蹴踏不移時, 敗鱗殘甲, 已滿地矣. 太子身被數箭,   <乙>騰跳而出

不能變化, 終爲唐軍所獲. 尙書擊金收軍, 縛太子還營, 門   <乙>瘡

卒報曰: <乙>終爲唐軍所獲縛
致麾下尙書大悅擊金
收軍

"白龍潭娘子, 親詣軍前, 欲賀於元帥, 仍以大犒士卒矣."   <乙>進賀元師仍犒軍

尙書大悅, 使人邀入. 龍女進賀尙書之全勝, 以千石酒萬頭   <乙>欠

牛, 大饗三軍. 士卒皷腹而歌, 翹足而舞, 勇銳之氣, 百倍   <乙>輕

矣. 楊元帥與龍女同坐, 捽致南海太子於前. 太子俛首蹙   <乙>捽入南海太子厲

尾, 不敢仰視. 楊元帥厲聲大叱曰: 聲責之曰

"我奉行天討, 征伐四夷, 百鬼千神, 莫不從命. 汝小兒, 不

知天命, 敢抗大軍, 是自促鯨鯢之誅也. 我有一介寶釼, 卽
魏徵丞相斬涇河龍王之利器也. 當斬汝頭, 以壯軍威, 而
汝父鎭定南海, 博施雨澤, 有功於萬民, 以此赦汝之罪, 貸
汝之死. 汝自今勉自懲損, 永悛舊惡, 幸勿得罪於娘子也."
因出金瘡藥, 付瘡處而送之. 太子屛息戢身, 鼠竄而逃. 忽
有祥光瑞氣, 自東南而至, 紫霞葱鬱, 彤雲明滅, 旌旗節鉞,
自太空繽素而下. 紫衣使者, 趍而進曰:

"洞庭龍王, 知楊元帥破南海太子, 救貴主之急, 極欲躬賀於
壁門之前, 而職業有守, 不敢擅離, 故方設大宴於凝碧殿,
奉邀元帥, 願元帥暫行焉. 大王亦令小臣, 陪貴主同歸矣."
尙書曰:

"敵軍雖退, 壁壘尙存, 且洞庭在萬里之外, 往返之間, 日
月必多, 將兵之人, 何可遠出?"
使者曰:

"已具一車, 駕以八龍, 半日之內, 當去來矣."

楊元帥偸閑叩禪扉, 公主微服訪閨秀

楊尙書與龍女登車, 靈風吹輪, 轉上層空, 未知去天, 餘幾
尺也, 距地隔幾里也, 而但見白雲如盖, 平覆世界而已. 漸
漸低下, 至于洞庭, 龍王遠出迎之, 執賓主之禮, 展翁婿之
情. 揖上層殿, 設宴饗之, 執酌而謝曰:

"寡人德薄而勢孤, 不能使一女, 安其所矣. 今元帥奮神威,
而擒驕童, 垂厚誼而救小女, 欲報之德, 天高地厚."

<乙>鱗
<乙>欠 / <乙>是以赦之 自今勉悛舊惡
<乙>仍命曳出 / <乙>走
<乙>至矣
<乙>大
<乙>南海之兵 / <乙>公 / <乙>謝
<乙>元帥暫屈焉
<乙>累矣 / <乙>敢
<乙>少

尙書曰:

"莫非大王威令所及, 何謝之過?"　　　　　　　　　　　<乙>有

至酒闌, 龍王命奏衆樂, 樂律融融, 皆有條節, 而與俗樂異　<乙>聞

矣. 壯士千人, 列立於殿左右, 手執釖戟, 揮擊大鼓而進.　<乙>持

美女六佾, 着芙蓉之衣, 振明月之珮, 飄拂藕衫, 雙雙對舞,

眞壯觀也. 尙書問於龍王曰:　　　　　　　　　　　　　<乙>欠

"此舞未知何曲也."

龍王答曰:

"水府舊無此曲, 寡人長女, 嫁爲涇河王太子之妻, 因柳生

傳書, 知其遭牧羊之困, 寡人弟錢塘君, 與涇河王大戰, 大

破其軍, 率女子而來, 宮中之人, 爲作此舞. 號曰錢塘破陣

樂, 或稱貴主行宮樂, 有時奏之於宮中之宴矣. 今元帥破

南海太子, 使我父女相會, 與錢塘故事, 頗相似矣. 故改其

名曰, 元帥破陣樂也."　　　　　　　　　　　　　　　<乙>軍

尙書又問曰:　　　　　　　　　　　　　　　　　　　<乙>聞

"柳先生今何在耶? 未可相見耶?"

王曰:

"柳郎今爲瀛洲仙官, 方在職所, 何可來耶?"

酒過九巡, 尙書告辭曰:

"軍中多事, 不可久留, 是可恨也. 惟願使娘子, 毋失後期也."

龍王曰:

"當如約矣."

出送於殿門之外, 有山突兀, 秀出五峯, 高入於雲烟. 尙書

便有遊覽之興, 問於龍王曰:

"此山何名? 少游歷遍天下, 而惟未見此山及華山也."

龍王曰:

"元帥未聞此山之名乎? 卽南岳衡山, 奇且異也."

尙書曰:

"何以則今日可登此山乎?"

龍王曰:

"日勢猶未晚矣. 雖暫玩而歸, 亦未暮矣."

尙書卽上車, 已在衡山之下矣. 携竹杖訪石逕, 經一丘而度一壑, 山益高境轉幽, 景物森羅, 不暇應接, 所謂千岩競秀, 萬壑爭流者, 眞善形容也. 尙書柱笻聘矚, 幽思自集, 乃歎息曰:

"積苦兵間, 槩情勞神, 此身塵緣, 何太重耶? 安得功成身退, 超然作物外之人也?"

俄聞不磬之聲, 出於林端. 尙書曰:

"蘭若不遠矣."

<乙>心不遠及

<乙>設

乃涉絶巇, 上高頂, 有一寺, 殿閣深邃, 法侶坌集, 老僧跌坐蒲團, 方誦經說法. 眉長而綠, 骨淸而癯, 可知年紀之高矣. 見尙書至, 率闍利, 下堂迎之曰:

<乙>聾慣

"山野之人有同聾瞶, 不知大元帥之來, 未能迎候於山門, 請相公恕之. 今番非元帥永來之日, 須上殿禮佛而去."

<乙>跌足驚覺

尙書卽詣佛前, 焚香展拜, 方下殿, 忽跌足而驚. 身在營中, 依卓而坐, 東方微明矣. 尙書異之, 問於諸將曰:

"公等亦有夢乎?"

齊答曰:

“小的等, 皆夢陪元帥, 與神兵鬼卒, 大戰而破之. 擒其大將
而歸, 此實擒胡之吉兆也.”

尙書備說夢中之事, 與諸將, 往見白龍潭, 碎鱗鋪地, 流血
成川. 尙書持盂, 酌水先嘗, 因飮病卒, 卽快痊矣. 馹衆軍　　＜乙＞愈
及戰馬, 臨水快吸, 歡動天地, 賊聞之大懼, 欲輿櫬而降矣.
尙書出師之後, 捷書相續, 上嘉之.

一日朝太后稱楊少游之功曰:

“少游郭汾陽後一人, 待其還朝卽拜丞相, 以酬不世之勳,　　＜乙＞來
而但御妹婚事, 尙未牢定. 彼若回心從命, 則大善. 若又堅
執, 則功臣不可罪矣, 其志不可奪矣. 處置之道, 實難得當,　　＜乙＞治
是可憫也.”

太后曰:

“我聞鄭家女子誠美. 且與少游, 曾已相見, 少游豈肯棄之?
吾意則乘少游出外之日, 下詔於鄭家, 使與他人結婚, 則少　　＜乙＞欠
游之望絶矣. 君命何可不從乎?”

上久不仰答, 默然而出. 前蘭陽公主在太后之側, 乃告於太
后曰:

“娘娘之敎, 大違於事體, 鄭女之婚與不婚, 自是其家之事.
豈朝廷所可指揮者乎?”

太后曰:

“此卽汝之重事, 國之大禮, 本欲與汝相議爾. 尙書楊少游　　＜乙＞我
風彩文學, 非獨卓出於朝紳之列, 曾以洞簫一曲, 卜汝秦樓　　＜乙＞章
之緣, 決不可棄楊家, 而求他人矣. 少游本與鄭家, 情分不
泛, 彼此亦不可背矣. 是事極其難處, 少游還軍之後, 先行

汝之婚禮, 使少游次娶鄭女爲妾, 則少游可無辭矣. 第未

<乙>汝意 知汝兒之意, 以是趑趄耳."

公主對曰:

<乙>乎 "小女一生, 不識妬忌爲甚事也. 鄭女何可忌也? 但楊尙書
初旣納聘後, 以爲妾非禮也. 鄭司徒累代宰相, 國朝大族,
以其女子爲人姬妾不亦冤乎? 此亦不可也."

太后曰:

"然則汝意, 欲何以處之乎?"

公主曰:

<乙>朝 "國法諸侯三夫人也. 楊尙書成功還國, 則大可爲王, 小不失
爲侯, 聘兩夫人, 實非僭也. 當此之時, 亦許娶鄭女則何如?"

太后曰:

"是則不可, 女子勢均體敵, 則同爲夫人固無所妨. 女兒先
帝之愛女, 今上之寵妹, 身固重矣, 位亦尊矣, 豈可與閭閻
小女子, 齊肩而事人乎?"

公主曰:

<乙>而 / <乙>欠 "小女亦知身地之尊重矣. 古之聖帝明王有尊賢敬士, 忘身
愛德, 以萬乘而友匹夫者. 小女聞鄭氏女子, 容貌節行, 雖
古烈女不及也, 誠如是言, 與彼幷肩, 亦小女之幸也, 非小
女之辱也. 但傳聞易爽, 虛實難副, 小女欲因某條親見鄭
氏, 其容貌才德, 果出於小女之右, 則小女屈身仰事. 若所
見, 不如所聞, 則爲妾爲僕, 惟娘娘意."

太后歎嗟曰:

"妬才忌色, 女子常情, 吾女兒愛人之才, 若己之有, 敬人之

德, 如渴求飮, 爲其母者, 豈無嘉悅之心哉? 吾欲一見鄭女,　　　　<乙>其爲
明日當下詔於鄭家矣."

公主曰:

"雖有娘娘之命, 鄭女必稱病不來. 然則宰相家女兒, 不可
脅致. 若分付於道觀尼院, 預知鄭女焚香之日, 則一者逢着,　　<乙>贄
恐不難矣."

太后是之, 卽使小黃門問於近處寺觀, 正弊院尼姑曰:

"鄭司徒家, 本行佛事於吾寺, 而其小姐元不往來於寺觀.
三日前小姐侍婢, 楊尙書小室賈春雲, 奉小姐之命, 以發願　　<乙>孺人
之文, 納於佛前而去. 願黃門賫去此文, 復命於太后娘娘如　　<乙>欠
何?"

黃門還來, 以此奏達, 進其小祝.　　　　　　　　　　　　　　<乙>奏進

太后曰:

"苟如是, 則見鄭女之面難矣."

與公主同覽, 其祝文曰:

弟子鄭氏瓊貝, 謹使婢子春雲, 齋沐頓首, 敬告于諸佛及菩
薩座下. 弟子瓊貝, 罪惡甚重, 業障未除, 生爲女子之身,　　<乙>前
且無兄弟之樂, 頃旣受幣於楊家, 將欲終身於楊門矣. 楊
郎被揀於禁闥, 君命至嚴, 弟子已與楊家絶矣. 只恨天意人　　<乙>錦 / <乙>但
事, 自相乖違, 薄命之人, 更無所望, 而身雖未許, 心旣有　　<乙>戾
屬, 則至今二三其德非義之所敢出也. 姑欲依存於怙恃膝
下, 以送未盡之日月矣. 因此命途之崎嶇, 幸得一身之淸
閑. 故乃敢薦誠於佛前, 以告弟子之心事, 伏願僉佛聖之　　<乙>誠

<乙>亨 靈, 燭祈懇之忱, 垂悲慈之念, 使弟子老父母, 俱享遐算,
壽與天齊, 令弟子身無疾病災殃, 以盡衣彩弄雀之歡, 則
父母身後, 誓歸空門, 斷俗緣服戒行, 齋心誦經, 潔躬禮佛,
以報諸佛之厚恩矣. 侍婢賈春雲, 本與瓊貝, 大有因果, 名
雖奴主, 實則朋友, 曾以主人之命爲楊家之妾矣. 事與心
違, 佳緣莫保, 永辭楊家, 復歸主人, 死生苦樂, 誓不異同,
伏乞諸佛, 俯憐吾兩人之心事, 世世生生, 俾免爲女子之
<乙>亨 身, 消前生之罪過, 贈後世之福祿, 使之還生於善地, 長享
逍遙快活之樂.

公主見畢, 慘然曰:
"因一人之婚事, 誤兩人之身世, 恐有大害於陰德矣."
太后聽之默然.

<乙>惋容婾色 此時, 鄭小姐侍其父母, 婉容愉色, 無一毫慨恨之色, 而崔夫
人每見小姐, 輒有悲傷之念. 春雲侍小姐, 以翰墨雜技, 强
<乙>盲 爲排遣之地, 而潛消暗削, 日漸憔悴, 將成膏肓之疾. 小姐上
念父母, 下憐春雲, 心緒搖搖, 不能自安, 而人不能知矣. 小
姐欲慰母親之意, 使婢僕等, 求技樂之人, 玩好之物, 時時
奉進, 以娛其耳目矣. 一日女童一人, 來賣繡簇二軸, 春雲
<乙>鵊 取而見之, 一則花間孔雀, 一則竹林鵴鵊, 手品絕妙, 工如七
襄. 春雲驚歎, 留其人, 以其簇子, 進於夫人及小姐曰:
"小姐每贊春雲之刺繡矣. 試觀此簇, 其才品何如耶? 不出
於仙女機上, 必成於鬼神手中也."
小姐展看於夫人座前, 驚謂曰:
"今之人必無此巧, 而染線尙新, 非舊物也. 怪哉! 何人有此

才也?”

使春雲問其出處於女童, 女童答曰:

“此繡卽吾家小姐所自爲也. 小姐方在寓中, 急有用處, 不
擇金銀錢幣, 而欲捧之矣.”

春雲問曰:

“汝小姐誰家娘子, 且因何事, 獨留客中耶?”

答曰:

“小姐李通判妹氏也. 通判陪大夫人, 往浙東任所, 而小姐   <乙>欠
病不從, 姑留於內舅張別駕宅矣. 別駕宅中, 近有些故, 借
寓於此路逶左, 臙脂店謝三娘家, 以待浙東車馬之來矣.”

春雲以其言, 入告小姐, 以釵釧首飾等物, 優其價而買之.
高掛中堂, 盡日愛玩, 嗟羨不止. 此後女童因緣出入於鄭   <乙>已
府, 與府中婢僕相交矣. 鄭小姐謂春雲曰:

“李家女子, 手才如此, 必非常人也. 吾欲使侍婢, 隨往女
童, 求見李小姐容貌矣.”

仍送伶利一婢子, 閭家狹窄, 本無內外, 李小姐問知鄭府婢   <乙>欠
子, 饋酒食而送之.

婢子還告曰:

“李小姐豔麗娉婷, 與我小姐, 二而一者矣.”

春雲不信曰:

“以其手線而見之, 則李小姐決非魯鈍之質, 而汝何爲過實
之言也? 此世界上, 謂有如我小姐者, 吾實疑之.”

婢子曰:

“賈孺人疑吾言乎? 更遣他人而見之, 則可知吾言之不妄也.”

春雲又私送一人矣.

還曰:

"怪哉! 怪哉! 此小姐卽玉京仙娥, 昨日之言, 果實矣. 賈孺人又以吾言爲可疑, 此後一者, 親見如何?"

春雲曰:

"前後之言, 皆誕矣. 何無兩目也?"

相與大笑而罷, 過數日, 臙脂店謝三娘, 來鄭府, 入謁於夫人曰:

"近者, 李通判宅娘子, 賃居小人之家, 其娘子有貌有才, 實老嫗初見, 窃仰小姐芳名, 每欲一見, 請敎而有不敢者, 以小人獲私於夫人, 使之仰稟矣."

夫人招小姐, 以此意言之, 小姐曰:

<乙>有 "小女之身, 與他人自異, 不欲擧此面目, 與人相對, 而但聞李小姐爲人, 一如其繡線之妙, 小女亦欲一洗昏眸矣."

謝三娘喜而歸. 翌日李小姐送其婢子, 先通踵門之意, 日晚李小姐乘垂帳小玉轎, 率叉鬟數人. 至鄭府, 鄭小姐邀見於寢房, 賓主分東西而坐. 織女爲月宮之賓, 上元與瑤池之宴矣. 光彩相射, 滿堂照耀, 彼此皆大驚. 鄭小姐曰:

<乙>聞 "頃緣婢輩聞玉趾臨於近地, 而命崎之人, 廢絶人事, 問候
<乙>傷 之禮, 尙此闕如矣. 今姐姐惠然辱臨, 旣感且侈, 敬謝之意,
<乙>欠 何可以口舌盡也?"

李小姐答曰:

"小妹僻陋之人也. 嚴親早背, 慈母偏愛, 平生無所學之事,
<乙>常自嗟惋曰 無可取之才也. 妾常自歎惋曰, '男子迹遍四海, 交結良朋,

有切磋之益, 有規警之道, 而女子惟家內婢僕之外, 無可相
接之人, 求過於何處, 質疑於何人乎? 自恨爲閨閤中兒女
子矣. 恭聞姐姐以班昭之文章, 兼孟光之德行, 身不出於中
門, 而名已徹於九重, 妾以是自忘資品之陋劣, 願接盛德之　　<乙>欠
光輝矣. 今蒙姐姐不棄足償, 小妾之至願矣."

鄭小姐曰:

"姐姐所敎之言, 卽小妹方寸間, 素所畜積者也. 閨中之身,　　<乙>所素
蹤迹有碍, 耳目多蔽. 本不知滄海之水, 巫山之雲, 志氣之
隘, 見識之偏, 固其宜也, 何足怪也? 此棨莉山之玉, 埋光而　　<乙>一埋光
恥衒, 老蚌之珠, 葆彩而自珍然, 如小妹者, 自視欿然, 何敢
當盛獎也?"

因進茶果, 穩吐閑談, 李小姐曰:

"似聞府中有賈孺人者, 可得見乎?"

鄭小姐曰:

"渠亦欲一拜於姐姐矣."

招春雲來謁, 李小姐起身迎之. 春雲驚歎曰:

"前日兩人之言, 果信矣. 天旣生我小姐, 又出李小姐, 不自
意飛燕玉環, 並世而出也."

李小姐亦自度曰:

"飽聞賈女之名矣, 其人過其名也. 楊尙書之眷愛, 不亦宜
乎? 當與秦中書幷駈, 若使春娘, 見秦氏, 則豈不效尹夫人
之泣乎? 奴土兩人, 有如此之色, 有如此之才, 楊尙書豈肯
相捨乎?"

李小姐與春雲, 吐心瀉肝, 款曲之情, 與鄭小姐一也. 李小　　<乙>談話

姐告辭曰:

"日已三竿矣. 不得穩陪淸談可恨, 小妹寓舍, 只隔一路, 當
偸閑更進, 以請餘敎矣."

鄭小姐曰:

<乙>欠
<乙>他

"猥荷榮臨, 仍受盛誨, 小妹當進謝於堂下, 而小妹處身, 異於
平人, 不敢出戶庭一步之地, 惟姐姐寬其罪, 而恕其情焉."

兩人臨別, 惟黯然而已.

鄭小姐謂春雲曰:

"寶釼雖埋於獄中, 而光射斗牛, 老蜃雖潛於海底, 而氣成
樓臺, 李小姐同在一城, 而吾輩未尙有聞, 誠可怪也."

春雲曰:

<乙>欠 / <乙>使
<乙>秦家之遭禍

"賤妾之心, 第有一事可疑. 楊尙書每言與華州秦御史女子,
見面於樓上, 得詩於店中, 與結秦晋之約, 而因秦家遭禍,
終致乖張矣. 仍稱秦女絶世之色, 輒愀然發歎, 而妾亦見楊
柳詞, 則誠才女也. 此女子無乃藏其姓名, 締結小姐, 欲成
前日之緣乎?"

小姐曰:

<乙>掖庭

"秦氏之美, 吾亦因它路聞之. 似與此女子相近, 而彼遭家
禍, 沒入宮禁, 何能得至於此乎?"

入見夫人, 稱李小姐不容口, 夫人曰:

"吾亦欲一請, 而見之矣."

數日後, 使侍婢, 請小姐一枉, 李小姐欣然承命, 又至鄭府.
夫人出迎於堂中, 李小姐以子姪禮見於夫人. 夫人大愛, 款
接曰:

"頃日小姐爲訪小女, 過垂厚眷, 老身良用感謝, 而其時適[*]有病憂, 未接芳儀, 慚歎至今."

<乙>病未能相接至今慚歎

李小姐伏而對曰:

<乙>以

"小姪景慕姐姐如天仙, 惟恐賤棄矣. 鄭姐一逢小姪, 便以兄弟之誼待之. 夫人特賜顔色, 以子姪之列畜之. 小姪於此, 實未知措躬之處也. 小姪欲終身出入於門下, 事夫人, 如事慈母矣."

夫人稱不敢者, 再三矣. 鄭小姐與李小姐, 侍坐夫人, 至半日, 仍請李小姐, 歸其寢房, 與春雲鼎足而坐. 嬌聲嫩語, 昵昵相酬, 氣已合矣, 情已密矣. 評騭文章, 講論婦德, 不覺日影已在窓西矣.

<乙>亦 /
<乙>殊不覺

兩美人携手同車, 長信宮七步成詩

李小姐去後, 夫人謂小姐及春雲曰:

"鄭崔兩門, 宗族甚多, 幾至百千人矣. 吾自少時, 見美色多矣, 皆不及李小姐遠矣, 誠與女兒, 相上下矣. 兩美相從, 結爲兄弟則好矣."

<乙>也

小姐以春雲所傳秦女事告曰:

<乙>氏

"春雲終不能無疑, 而小女所見, 與春雲異. 李小姐姿色之外, 氣像之飄逸, 威儀之端重, 與閭閻士夫家女子絶異. 秦氏雖有才氣, 何敢比之於此乎? 以小女所聞言之, 蘭陽公主, 貌如其心, 才如其德, 或恐李小姐氣像, 與蘭陽不遠."

<乙>妾

夫人曰:

"公主吾亦不見, 未可懸度, 而雖居尊位, 得盛名, 安知其必

<乙>同　　與李娘相符乎?"

小姐曰:

"李小姐蹤迹, 實有可疑者, 後日當使春雲, 往審之矣."

明日, 鄭小姐與春雲, 方議是事, 李小姐婢子, 到鄭府, 傳
語曰:

"吾小姐適得浙東順歸之舡, 將以明日發行, 故今日當到府
中, 告別於夫人及小姐矣."

小姐方掃軒而待之. 小頃, 李小姐至. 入見夫人及鄭小姐,
兩小姐別意忽忽, 離緒依依, 如仁兄之別愛弟, 蕩子之送
美人也. 李小姐起而再拜, 乃敬告曰:

<乙>姐　"小姪別母離兄, 已周一期, 歸意如矢, 不可復沮, 而但以夫人
之恩德, 姐姐之情分,乃敬告曰: 心如素絲, 欲解復結矣. 小

<乙>欠　姪玆有一言, 欲懇於姐姐, 而恐姐姐不許, 先告於夫人矣."

仍趑趄不發. 夫人曰:

"娘子所欲請者何事?"

李小姐曰:

"小姪爲先親, 方繡南海大師畫像, 纔已訖工, 而家兄方在
任所. 小姪身是女子, 尙未求文人之贊, 將使前工歸虛, 甚
可惜也. 欲得姐姐數句語數行筆而繡幅頗廣, 卷舒有妨, 且

<乙>姐　恐褻慢, 不敢取來, 不得已暫邀小姐, 乞得筆製, 一以完小
女爲親之孝, 一以慰遠路相別之情, 而未知姐姐之意. 不敢

<乙>仰　直請, 敢以私懇, 冒瀆於夫人矣."

夫人顧小姐曰:

"汝雖於至親之家, 本不來往, 而顧念此娘子所請, 蓋出於

爲親之至誠, 況娘子僑居, 距此密通, 一霎往來似非難事."   <乙>來去

小姐初則似有持難之色, 飜然內悟曰:

"李小姐行色甚忙. 春雲不可送矣. 吾乘此機會, 往探其迹,

則不亦妙乎?"

乃告於夫人曰:

"李小姐所請, 若係等閑之事, 則實難奉副, 而孝親之誠, 人

皆有之, 小姐之言, 何可不從乎? 但欲待日昏而去矣."   <乙>得

李小姐大喜, 起謝曰:

"日若曛黑, 則執筆似難. 姐姐若以有煩於道路爲嫌, 小妹   <乙>持 / <乙>欠

所乘之轎, 雖甚朴陋, 足容兩人之身也. 與我同乘而去, 乘   <乙>送

夕還歸, 亦如何耶?"   <乙>而還

鄭小姐答曰: <乙>欠

"姐姐之敎, 甚合矣."

李小姐拜辭於夫人, 退與春雲, 執手而別. 與鄭小姐同乘一   <乙>欠

轎, 鄭府侍婢數人, 從小姐之後矣. 鄭小姐來見李小姐寢

室, 所排什物, 不甚繁多而品皆精妙. 所進飮食, 雖甚簡略,

而無非珍味. 鄭小姐留眼見之, 皆可疑也. 李小姐更不出乞   <乙>久

文之言, 而日色看看暮矣. 鄭小姐問曰:

"觀音畫像, 奉置於何處耶? 小妹亟欲禮拜矣."   <乙>欠

李小姐曰:

"當卽使姐姐, 奉玩矣."

語罷, 車馬之聲, 喧聒於門前, 旗幟之色, 掩映於道上. 鄭   <乙>畢 / <乙>外

家侍婢, 驚惶入告曰:

"一陣軍馬, 急圍此家. 娘子! 娘子! 何以爲之?"

鄭小姐旣已知機, 自若而坐. 李小姐曰:

"姐姐安心. 小妹非別人也. 蘭陽公主簫和, 卽小妹職號身
名, 邀致姐姐, 乃太后娘娘之命也."

鄭小姐避席對曰:

"閭巷間微末小女, 雖無知識, 亦知天人骨格與常人自殊,
而貴主降臨, 實千萬夢寐外事也. 旣失竭蹶之禮, 又多逋慢
之罪, 伏願貴主生死之."

公主未及對, 侍女告曰:

<乙>薛尙宮王尙宮 "自三殿, 遣王尙宮薛尙宮和尙宮, 問安於貴主矣."

公主謂鄭小姐曰:

"姐姐少留於此."

乃出坐於堂上, 三人以次而入, 禮謁畢, 伏奏曰:

<乙>正 "玉主離大內, 已累日矣. 太后娘娘思想政切, 萬歲爺爺, 皇
后娘娘, 使婢子等問候, 且今日卽玉主還宮之期也. 車馬儀
<乙>杖 仗, 已盡來待, 而皇上命趙太監, 護行矣."

三尙宮又告曰:

"太后娘娘, 有詔曰, '玉主與鄭娘子, 同輦而來矣.'"

公主留三人於外, 入謂鄭小姐曰:

"多少說話, 當從容穩展, 而太后娘娘, 欲見姐姐, 方臨軒而
待之. 姐姐毋庸苦辭, 與小妹同入, 趁今日朝見."

鄭小姐知不可免, 對曰:

"妾已知玉主之眷妾, 而閭家女兒, 未嘗現謁於至尊, 惟恐
禮貌之有愆, 以是惶怯矣."

公主曰:

"太后娘娘, 欲見娘子之心, 何異於小妹之愛姐姐乎? 姐姐
勿疑也."

鄭小姐曰:

"惟貴主先行, 妾當歸家, 以此意言於老母, 躡後而進矣."

公主曰:

"太后娘娘, 已有詔命, 使小妹與姐姐同車, 而辭意極其勤   <乙>懇至
懇, 姐姐勿固讓也."

小姐曰:

"賤妾臣也微也, 何敢與貴主同輦乎?"

公主曰:

"呂尙渭水漁翁, 文王共車, 候嬴夷門監者, 信陵執轡. 苟欲   <乙>渭川漁夫
尊賢, 何可挾貴, 姐姐侯伯盛門, 大臣女子, 何嫌乎? 與小
妹同乘而執謙, 太過耶?"   <乙>嫌何太過耶

遂携手登輦. 小姐使侍婢一人, 歸告於夫人, 一人隨入於
宮中. 公主與鄭小姐, 同行入東華門, 歷重重九門, 至挾門   <乙>欠
外, 公主與鄭小姐同下, 謂王尙宮曰: <乙>下車公主

"尙宮陪鄭小姐, 少待於此."

王尙宮曰:

"以太后娘娘之命, 已設鄭小姐幕次矣."

公主喜而留之, 入謁於太后.

原來太后初則本無好意於鄭氏矣. 公主以微服, 寓於鄭家
近處, 媒一幅之繡, 結鄭氏之交. 心旣敬服, 情又綢繆, 且   <乙>膠
知楊尙書之終不肯疎棄. 相愛相許, 約爲兄弟, 將欲共一   <乙>約 / <乙>結
室, 而事一人數以書, 苦諫於太后, 以回其意. 太后於是大

悟, 許以公主及鄭氏, 爲兩夫人於少游, 而必欲親見其容
貌, 使公主設計, 而率來矣. 鄭小姐少憩於幕中矣, 宮女兩
人自內殿, 奉衣函而出. 傳太后之命曰:

"鄭小姐以大臣之女, 受宰相之幣, 而猶着處子之服, 不可
以平服, 朝於我也. 特賜一品命婦章服, 故妾等奉詔而來,
惟小姐着之."

鄭氏再拜曰:

"臣妾以處子之身, 何敢具命婦服色乎? 臣妾所着, 雖簡褻,
<乙>當 亦嘗着之於父母之前者也. 太后娘娘, 卽萬民之父母, 請
以見父母之衣服, 入朝於娘娘也."

宮女入告, 太后大嘉之, 卽引見. 鄭氏隨宮女, 入前殿, 左
右宮嬪, 聳見噴舌曰:

<乙>欠 "吾以爲萬古嬌艶, 惟吾貴主而已, 豈料復有鄭小姐乎?"

小姐禮畢, 宮人引之上殿, 太后賜坐, 下敎曰:

"頃者, 因女兒婚事, 詔收楊家禮幣, 此所以遵國法別公私
也. 非寡人刱開, 而女兒諫予曰, '使人爲新婚, 而背舊約,
<乙>汝 非王者所以正人倫之道也. 且願與爾齊體, 共事少游, 予已
與帝相議, 快從女兒之美意, 將待楊少游還朝, 使之復送
禮幣, 以爾爲一體夫人, 此恩眷古亦無今亦無, 前不見後
<乙>令 不見也. 特欲使爾知之矣."

鄭氏起答曰:

"聖恩隆重, 寔出望外, 非臣妾粉糜, 所能上報也. 但臣妾
<乙>距 是人臣之女, 詎敢與貴主, 同其列而齊其位乎? 臣妾設欲
從命, 父母以死固爭, 必不奉詔也."

太后曰:

"爾之辭遜, 雖可嘉, 鄭門累世侯伯, 司徒先朝老臣, 朝家禮待, 本來自別. 人臣分義, 不必膠守也."　　　　　　　<乙>避

小姐對曰:

"臣子之順受君命, 如萬物之自隨其時, 陞以爲侍妾, 降以爲婢僕, 不敢違忤天命, 而楊少游亦何安於心乎? 必不從也. 臣妾本無兄弟, 父母亦已衰朽, 臣妾至願, 惟在於竭誠供養, 以畢餘生而已."　　　　　　　<乙>又

太后徐曰:　　　　　　　<乙>欠

"惟爾孝親之誠, 處子之道, 可謂至矣. 而何可使一物, 不得其所乎? 況爾百美俱全, 一疵難求, 楊少游豈肯甘心於棄汝乎? 且女兒與楊少游, 以洞簫一曲, 驗百年之宿緣, 天之　　<乙>洞簫之一曲
所定, 人不可廢, 而楊少游以一代豪傑, 萬古才子, 娶兩箇　　<乙>欠
夫人, 何不可之有? 寡人本有兩女子, 而蘭陽之兄, 十歲而夭, 予每念蘭陽之孤子矣. 予今見汝, 其貌其才, 不讓蘭讓, 予亦如見亡女矣. 予欲以汝爲養女, 言之於帝, 定汝位號. 一則所以表予愛女之情也, 二則所以成蘭陽親汝之志也, 三　　<乙>視
則使汝與蘭陽, 同歸於楊少游, 則無許多難便之事也. 汝意今則何如?"

小姐稽首曰:

"聖敎又至於此, 臣妾恐損福而死矣. 惟望卽收成命, 以安　　<乙>也
臣妾."

太后曰:

"予與帝相議卽勘定矣. 汝無堅執也."

召公主, 出見鄭小姐, 公主具章服備威儀, 與鄭小姐對坐. 太后笑曰:

"女兒與鄭小姐, 願爲兄弟矣. 今爲眞兄弟, 可謂難兄難弟矣. 汝意更無憾乎?"

<乙>悅　仍以取鄭氏, 爲養女之意諭之. 公主大喜, 起謝曰:

"娘娘處分, 盡矣明矣. 小女得成寤寐之願, 此心快樂, 何可進達?"

太后待鄭氏尤款, 與論古之文章. 太后曰:

<乙>仍　"曾因蘭陽, 聞汝有咏絮之才矣. 今宮中無事, 春日多閑, 毋惜一吟, 以助予歡. 古人有七步成章者, 汝可能乎?"

小姐對曰:

"旣聞命矣, 敢不畵鴉, 以博一笑乎?"

太后擇宮中捷步者, 立於殿前, 欲出題而試之. 公主奏曰:

<乙>共試之　"不可使鄭氏獨賦, 小女亦欲與鄭氏, 共試其才矣."

太后尤喜曰:

"女兒之意亦妙矣. 但必得淸新之題, 然後詩思自出矣, 方涉獵古詩矣."

時當暮春, 碧桃花盛, 發於欄外, 忽有喜鵲, 來鳴枝上. 太后指彩鵲而言曰:

"予方定汝輩之婚, 而彼鵲報喜於枝頭, 此吉兆也. 以碧桃花上, 聞喜鵲爲題, 各賦七言絶句一首, 而詩中必揷入, 定婚之意."

使宮女, 各排文房四友, 兩人執筆, 宮女已移步, 而意恐或未及成詩, 睨視兩人揮筆, 而擧趾稍緩矣. 兩人筆勢, 風飄雨

驟, 一時寫進, 宮女纔轉五步矣. 太后先見鄭小姐, 其詩曰:　　　<乙>覽鄭氏

紫禁春光醉碧桃, 何來好鳥語咬咬
樓頭御妓傳新曲, 南國天華與鵲巢

次見公主所作, 其詩曰:　　　　　　　　　　　　　　<乙>公主之詩曰

春深宮掖百花繁, 靈鵲飛來報喜言
銀漢作橋須努力, 一時齊渡兩天孫

太后咏歎曰:
"予之兩女兒, 卽女中之靑蓮子建也. 朝廷若取女進士, 當
分占壯元探花矣."
以兩詩, 迭示於公主及小姐, 兩人各自敬服矣. 公主告於太
后曰:
"小女雖幸成篇, 其詩意孰不能思之. 姐姐之詩, 曲盡精妙,
非小女所及也."
太后曰:
"然. 女兒之詩, 穎銳殊可愛也."
時先朝老宮人, 皆在左右矣. 見太后及兩人, 俱有忻悅之
顔. 進奏曰:
"婢子等自少, 粗學文字, 而天性質鈍, 不能解詩中之命意.
伏乞娘娘以兩詩之命意, 解釋下敎, 則婢子等亦與有今日
之樂矣."
太后微笑, 卽把兩詩, 說盡其意. 老尙宮等亦大喜, 皆呼萬歲.　　<乙>欠

<乙>天門　　　　　**楊少游夢遊上界, 賈春雲巧傳玉語**

此時, 天子進候於太后, 太后使蘭陽與鄭氏, 避于挾室, 迎
帝謂曰:

"予爲蘭陽婚事, 使收楊家之幣, 而終有傷於風化, 與鄭氏幷

<乙>曼　　爲夫人, 則鄭家不敢當矣. 使鄭氏爲妾, 則亦近於强脅矣.

<乙>欠　　今日予召見鄭女, 鄭女之美且才, 足與蘭陽, 爲兄弟也. 以

<乙>與　　此予旣以鄭女爲養女, 欲命同歸於楊家, 此事果如何也?"

上大悅, 賀曰:

<乙>澤　　"此盛德事也, 可謂與天地同大矣. 自古深仁厚德, 未有及

娘娘者也."

太后卽召鄭氏, 進謁於帝. 帝命之上殿, 告於太后曰:

"鄭氏女子, 已爲御妹, 尙着平服, 何也?"

太后曰:

"以詔命未下, 固辭章服矣."

上謂女中書曰:

"取鸞鳳紋紅錦紙一軸而來."

<乙>欠　　秦彩鳳擎而進, 上擧筆欲書矣, 稟於太后曰:

"鄭氏旣封公主, 當賜國姓矣."

太后曰:

"吾亦有此意, 而但聞鄭司徒夫妻, 年旣衰老, 無它子女, 予
不忍老臣無得姓之人. 仍其本姓, 亦曲軫之意也."

上以御筆, 大書曰:

"奉太后聖旨, 以養女鄭氏, 封爲英陽公主, 踏兩宮之寶, 以
賜鄭氏."

使宮女, 擎公主冠服, 着鄭氏. 鄭氏下殿謝恩, 上使與蘭陽

公主, 定其座次. 鄭氏於公主, 長一歲, 而不敢坐其上. 太

后曰:

"英陽今則卽我女子, 兄在上, 弟在下, 禮也. 兄弟之間, 何   <乙>欠

可餙讓?"

小姐稽顙曰:

"今日坐次, 卽他日行列, 何可不謹於其始乎?"

蘭陽曰:

"春秋時, 趙衰之妻, 卽晋文公之女也. 讓位於先娶之正室,

姐姐小妹之兄也. 又何疑乎?"   <乙>況姐姐

鄭氏讓之, 頗久, 太后命之, 以年齒定坐, 此後, 宮中皆以

英陽公主稱之. 太后以兩人之詩, 示之於上. 上亦嗟賞曰:

"兩詩皆妙, 而英陽之詩, 引周詩之意, 歸德於后妃, 大得

體也."

太后曰:

"帝言, 是也."

上又曰:

"娘娘愛英陽至此, 實國朝所未有也. 臣亦有仰請者矣."

乃以秦中書前後之事, 敷奏曰:

"彼之情勢, 殊甚憫惻, 其父雖以罪死, 其祖先皆本朝臣子,   <乙>惻隱

欲曲遂其情, 以爲御妹從嫁之媵. 娘娘幸矜而領之."   <乙>收 / <乙>媵

太后顧兩公主, 公主曰: <乙>蘭陽

"秦氏曾以此事, 言於小女矣. 小女與秦女情分旣切, 不欲

相離. 雖微聖敎, 小女亦有是心矣."

太后召秦彩鳳, 下教曰:

<乙>兒女

"女兒與汝, 有死生相隨之意. 故特使汝爲楊尙書滕侍, 汝之至願畢矣. 此後須更竭誠悃, 以報公主之恩."

秦氏感泣, 淚潸潸下矣. 謝恩後, 太后又下教曰:

<乙>令兩女 已作
<乙>其慶 作其詩也

"兩女婚事, 予旣快定, 而忽有喜鵲, 來報吉兆, 予已令兩女, 作喜鵲之詩矣. 汝亦得依歸之所, 可與同其慶也. 汝能作一首詩乎?"

秦氏承命, 卽製進. 其詩曰:

喜鵲查查繞紫宮, 鳳仙花上起春風
安巢不待南飛去, 三五星稀正在東

太后與帝同看, 喜曰:

"雖咏雪之蔡女, 瞠乎下矣. 詩中亦引周詩, 能守嫡妾之分, 此所以尤美也."

<乙>蘭陽公主

蘭陽曰:

<乙>欠

<乙>也 /
<乙>孟德子美

<乙>今日事而作也

"喜鵲詩, 詩料本來不多. 且小女兩人, 旣已先作, 後來者, 無可下手處也. 曹孟德所謂'繞枝三匝, 無枝可栖'者, 本非吉語, 取用甚難矣. 此詩雖雜引曹孟德杜子美之詩及周詩之句, 合成一句, 而天然渾然, 不見斧鑿之痕. 三家文字, 有若爲秦氏今日事而準備者, 此詩古亦無矣. 太后曰:

<乙>班姬蔡女卓文君
謝道蘊三四人而已

"古來女子中能詩者, 惟班婕妤卓文君蔡文姬謝道蘊蘇惹蘭四五人而已. 今才女三人, 同會一席, 可謂盛矣."

蘭陽曰:

"英陽姐姐侍婢賈春雲詩才亦奇矣."

時日將暮, 上歸寢殿, 兩公主亦退, 同宿於一房. 翌曉鷄初
鳴, 鄭氏入朝於太后請歸曰:

<乙>外 / <乙>同
/ <乙>宿於寢房 /
<乙>鳴初

"小女入宮之時, 父母必驚懼矣. 今日欲歸見父母, 以娘娘
恩澤, 小女榮寵, 誇詡於門闌家族, 伏願娘娘許之."

太后曰:

"女兒何可輕離大內? 予與司徒夫人, 亦有相議事矣."
卽傳教於鄭府, 使崔夫人入朝. 鄭司徒夫妻, 因小姐使婢子
密通, 驚慮初弛, 感意方深矣, 忽承詔旨, 忙入內殿.

<乙>下

太后引接曰:

"予率來令愛, 不但欲見其貌, 盖爲蘭陽婚事矣. 一接未容,
心乎愛矣. 遂爲養女, 兄於蘭陽, 意者寡人前生之女子, 今
世誕出於夫人家矣. 英陽旣爲公主, 則當加之以國姓, 而予
念夫人無子, 不改其姓. 惟夫人領我至情."

<乙>生

崔夫人受恩感激, 叩頭曰:

"臣妾晚得一女, 愛之如玉, 及其婚事, 一誤禮幣. 還送老
臣, 魂骨俱碎, 惟願速死, 不見其可憐之形矣. 貴主累枉於
蓬蓽之中, 屈其尊體, 下交賤息, 仍與携入於禁中, 使被曠
世之恩章, 此葉於朽木, 水於涸魚, 惟當竭髓殫力, 以效報
答之恫, 而臣妾之夫, 年老病深, 心長髮短, 旣不能奔走職
事, 以貢微勞, 臣妾亦彫謝癃疿, 與鬼爲隣, 亦未由追逐宮
娥, 自服掖庭掃洒之役, 丘山之恩, 將何以仰報乎? 惟有千
行感淚, 河傾雨瀉而已."

<乙>下 / <乙>宮禁 /
<乙>廣

<乙>欠

<乙>欠

乃起而拜, 伏而泣, 雙袖已龍鍾矣. 太后爲之嗟歎 又曰:

"英陽已爲吾女, 夫人更不可挈去矣."

崔氏俯伏奏曰:

<乙>頌 "臣妾何敢率歸於家中乎? 但母女不得團聚, 稱頌如天之德, 是可欠也."

太后笑曰:

"不越乎行禮之前也, 惟夫人勿憂也. 成婚之後, 蘭陽亦托於夫人矣. 夫人視蘭陽, 亦加寡人之視英陽也."

<乙>欠 仍召蘭陽公主, 與夫人相見. 夫人重謝前日之褻慢.

太后曰:

"聞夫人左右, 有才女賈春雲, 可得見乎?"

夫人卽召春雲, 入朝於殿下. 太后曰:

"美人也."

更進之前曰:

"聞蘭陽之言, 汝曾夢江淹之錦, 可能爲寡人賦乎?"

<乙>欠 春雲叩頭奏曰:

"臣妾何敢唐突於天威之前乎? 然試欲聞題矣."

<乙>以三人詩下之曰 太后命眹三人喜鵲詩曰:

<乙>欠 "汝能爲如此語乎?"

春雲求筆硯, 一揮而製進. 其詩曰:

報喜微誠祗自知, 虞庭幸逐鳳凰儀

秦樓春色花千樹, 三繞寧無借一枝

太后覽之, 轉示兩公主曰:

<乙>吾聞賈女雖才 "雖聞賈女有才, 而豈料其高品之至斯也?"
/ <乙>欠 蘭陽曰:

"此詩以鵲, 自比其身, 以鳳凰比姐姐, 得體矣. 下句疑小
女, 不許相容, 欲借一枝之棲, 而集古人之詩, 採詩人之意,
鎔成一絶, 思妙意精, 眞善竊狐白裘手也. 古語云, '飛鳥依
人, 人自憐之', 賈女之謂也."

仍令春雲退去, 與秦氏接顔, 公主曰:　　　　　　　　　　　<乙>欠

"此女中書, 卽華陰秦家女子與春娘, 同居偕老之人也."

春雲答曰:

"此無乃作楊柳詞之秦娘子乎?"

秦氏驚問曰:

"娘子因何人, 而聞楊柳詞乎?"　　　　　　　　　　　　　　<乙>仍

春雲曰:

"楊尙書每思娘子, 輒誦此詩, 妾亦獲聞之矣."

秦氏感愴曰:

"楊尙書不忘妾矣."

春娘曰:

"娘子何爲此言耶?　尙書以楊柳詞藏之於身, 見之而流涕,
咏之則發嘆, 娘子獨不知尙書之情, 何耶?"

秦氏曰:

"尙書若有舊情, 則妾雖不見尙書, 而死無所恨矣."

仍言紈扇詩首末. 春娘曰:

"妾身上釵釧指環, 皆其日所得也."　　　　　　　　　　　<乙>釧釵

宮人忽來報曰:

"鄭司徒夫人, 將還歸矣."

兩公主復入侍坐, 太后謂崔夫人曰:

<乙>欠

<乙>且 / <乙>吾女

"楊少游未幾當還歸矣. 前日禮幣, 自當復入於夫人之門, 而復受旣退之幣, 頗涉苟簡, 況英陽是予女子, 兩女婚禮, 欲幷行於一日, 夫人許否?"

崔氏伏地曰:

"臣妾何敢自專? 惟娘娘命矣."

太后笑曰:

"楊尙書爲英陽, 三抗朝命, 予亦欲一瞞之矣. 諺曰, '凶言反吉'. 待尙書來, 瞞言鄭小姐, 因病不幸, 曾見尙書疏中, 有曰, '與鄭女相見合巹之日, 欲見尙書, 能解舊面否也."

崔氏承命辭歸, 小姐拜送於殿門之外, 召春雲, 密授瞞了尙書之謀. 春雲曰:

"妾爲仙爲鬼, 欺尙書者多矣. 至再至三, 不亦大褻乎?"

小姐曰:

"非我也, 太后有詔也."

春雲含笑而去.

<乙>指

<乙>立石頌

<乙>羈 / <乙>師

此時, 楊尙書以白龍潭水, 飮將士, 士氣無前, 皆願一戰. 尙書指授方略, 一鼓直進, 贊普纔受裊烟所送之珠, 知唐兵已過盤蛇谷, 大懼方議詣疊而降. 吐蕃諸將, 生縛贊普, 至唐營而降. 楊元帥更整軍容, 入其都城, 禁止侵掠, 撫安百姓, 登崑崙山, 銘大唐威德, 遂振旅奏凱, 將向京師, 至眞州, 正仲秋也. 山川蕭瑟, 天地搖落, 寒花釀感, 斷鴈流哀, 令人有羈旅之悲矣. 元帥夜入客館, 懷抱甚惡, 遙夜漫漫, 不能假寐, 心下自想曰:

"一別桑楡, 三閱春秋, 堂中鶴髮, 想非舊日, 而扶護疾恙,

可托何人? 定省晨昏, 可期何時? 鳴釰之志, 雖展於今日,　　　　　<乙>虛
列鼎之養, 不及於親闈, 子職虧矣, 人道廢矣. 此古人所以
悲風樹之不停, 望太行而感興者也. 況數年奔走, 內事無
主? 鄭家親禮, 難保無他, 所謂不如意者, 十常八九者, 此
也. 今我復五千里之地, 平百萬衆之賊, 其功亦不爲小矣.
天子必用, 封建之典, 以酬馳驅之勞, 我若還其職號, 陳其
誠懇, 請許鄭家之婚, 則或有允兪之望矣."

念及於此, 心事小寬, 乃就寢而睡. 一夢蘧蘧飛上天門, 七　　<乙>枕 /
寶宮闕, 丹碧煌煌, 五彩雲霞, 光影翳翳, 侍女兩人, 來謂　　　<乙>九重七寶
尙書曰:

"鄭小姐奉請尙書矣."

尙書從侍女而入. 廣庭弘敞, 仙花爛熳, 仙女三人, 并坐於
白玉樓上, 其服色如后妃, 而雙眉秀淸, 兩眸流彩, 望之如
碧玉明珠, 倚疊而交暎也. 方偎曲欄, 手弄瓊蘂. 見尙書至,　　<乙>欠
離座而迎, 分席而坐上席. 仙女先問曰:

"尙書別後無恙否?"

尙書定睛詳見, 認是昔日論曲之鄭小姐也. 驚愕欣倒, 欲語
未語. 仙女曰:

"今則我已別人間, 來遊天上緬懷疇曩, 如隔兩塵. 君子雖
見妾之父母, 難聞妾之音耗矣."

仍指在傍, 兩仙女曰:

"此卽織女仙君, 彼乃戴香玉女, 與君子有前世之緣. 願君
子毋念妾身, 與此兩人, 先結好約, 則妾亦有所托矣."

尙書望見兩仙女, 坐末席者, 面目雖慣而不能記得矣. 少　　　<乙>也

焉, 鼓角齊鳴, 蝴蝶忽散, 乃一夢也. 仍想夢中說話, 皆非
<乙>兆 / <乙>心　吉徵, 乃撫枕自歎曰:

"鄭娘子必死矣, 不然也, 我夢何其不吉耶?"

又自解曰:

<乙>因相思　"有思者有夢, 或以思想之切, 而有此夢耶? 桂蟾月之薦, 杜
鍊師之媒, 未必非月老之指, 而雙釵未合, 九原遠隔, 則所
<乙>欠　　謂天者, 不可必也. 所謂理者, 不可諶也. 反凶爲吉, 或者我
夢之謂乎?"

<乙>之　久之, 前軍至京師, 天子親臨渭橋, 以迎元帥. 楊元帥着鳳
<乙>瑣　係紫金盔, 穿黃金鎖子甲, 乘千里大宛馬, 以御賜白旄黃鉞
龍鳳旗幟, 擁前衛後, 排左列右, 鎖贊普於檻車. 著在陣前,
西域三十六道君長, 各執琛賚之物, 隨其後, 軍威之盛, 近
古所無. 觀光之人, 彌亘百里, 是日長安城中, 虛無人矣.
元帥下馬, 叩頭拜謁, 上親扶而起, 慰其遠役之勞, 獎其大
功之遂, 卽下詔於朝廷, 依郭汾陽故事, 裂土封王, 以侈賞
典, 尙書露誠力辭, 終不受命. 上重違其懇, 更下恩旨, 以
<乙>萬 /　楊少游, 爲大丞相, 封魏國公, 食邑三千戶, 賞賜黃金一萬
<乙>其餘賞賜　斤, 白金十萬斤, 蜀錦十萬疋, 駿馬一千匹, 其餘珍寶, 不
可勝記. 楊丞相隨法駕入闕, 祗肅天恩. 上卽命設太平宴,
<乙>祝　以示禮遇之恩, 詔畫其像貌於獜獜閣. 丞相自闕下來鄭司
<乙>欠　徒家, 鄭家門族, 皆會於外堂, 迎拜丞相, 各自獻賀. 丞相
先問司徒及夫人安否. 鄭十三答曰:

<乙>之喪 /　"叔父叔母, 身雖撑保, 而自遭妹氏喪憾, 哀傷過節, 病恙頗
<乙>疾病頻作　作, 氣力比前歲頓減, 未能出迎於外堂. 望丞相與小弟, 同
入內堂如何?"

丞相猝聞是說, 如癡如狂, 不能遽問. 過食頃, 乃問曰:

"岳丈遭何人之喪耶?"

鄭十三曰:

"叔父本無男子, 只有一女, 而天道無知, 竟至於斯, 暮境傷
懷, 庸有極乎? 丞相入見, 愼勿出悲愴之語."

丞相大驚大慟, 言纔入耳, 流淚已濕錦袍矣. 鄭生慰之曰:

"丞相婚媾之約, 雖同於金石, 私門不幸, 大事已誤. 望丞相
思惟義理, 勉自排遣."

丞相謝而拭淚, 與鄭生入謁於司徒夫婦, 惟欣賀而已. 不及
小姐之夭慽, 丞相曰:

<乙>拭淚而謝之

"小婿幸賴國家之威靈, 猥受封建之濫賞, 方欲納官陳懇,
以回天聰, 得成疇昔之約矣. 朝露先晞, 春色已謝, 烏得無
存沒之感乎?"

司徒曰:

"彭殤皆命哀樂有數, 天實爲之. 言之何益? 今日卽一家慶
會之日, 不必爲悲楚之言也."

鄭十三數目丞相, 丞相止其言, 辭歸園中春雲迎謁於階下.
丞相見春雲, 如見小姐, 尤切悲懷, 餘淚又汪然數行下. 春
雲跪而慰之曰:

"老爺老爺, 今日豈老爺悲傷之日乎? 伏望寬心收淚, 俯聽
此春雲之言. 吾娘子本以天仙, 暫時謫降, 故上天之日, 謂
賤妾曰, '汝自絶楊尙書, 而復從我矣. 今我已棄塵界, 汝其
更歸於楊尙書, 侍其左右, 尙書早晚還歸, 如念妾而傷懷,
汝以我意傳之. 吾家旣還, 尙書禮幣, 則便是行路人也. 況

<乙>妾言 / <乙>下

<安姜>何 / <乙>悲

<乙>須以吾意傳
之曰禮幣已還

<乙>嫌乎 / <乙>逾制　有前日聽琴之嫌, 尙書若思念過度, 悲哀踰禮, 則是慢君命,
<乙>欠　　　　　而循私情, 貽累德於已亡之人, 可不愼哉! 且或酹奠於墳
<乙>欠 / <乙>我　塋, 或弔哭於靈幄, 則是待之以無行之女子, 豈無憾於地下
<乙>吾　　　　　乎?' 且曰, '皇上必待尙書之還復, 議公主之婚, 我聞公主關
　　　　　　　雎之盛德, 合爲君子之配匹, 必順受君命, 毋陷罪戾, 是我
　　　　　　　之望也.'"

<乙>聞言益切　丞相聞, 益愴然曰:

<乙>我何能無 /　"小姐遺命, 雖如此, 吾何以抑此悲懷耶? 況小姐臨沒, 眷
<乙>×役 / <乙>也如　念少游至於此, 我雖十死, 而報小姐之恩德誠難矣."
<乙>欠 / <乙>欠　　仍說客舘夢小姐之事. 春雲墮淚曰:
<乙>眞州夢事 /
<乙>下　　　　"小姐必在玉皇香案前矣. 丞相千秋萬歲後, 豈無會合之期
　　　　　　　哉! 愼勿過哀, 似傷貴體."

<乙>欠　　　丞相又問曰:

　　　　　　"此外小姐又有何言乎?"

　　　　　　春雲曰:

<乙>可　　　"雖有他言, 不敢以春雲之口, 仰達矣."

　　　　　　丞相曰:

　　　　　　"言無淺深, 汝其悉陳."

　　　　　　春雲曰:

<乙>我　　　"小姐又謂妾曰, '我與春雲, 卽一身也. 尙書若不忘吾, 視
　　　　　　　春雲如吾, 而終始勿棄, 則我雖入地, 如親受尙書之恩也.'"

　　　　　　丞相尤悲曰:

<乙>乎　　　"我何忍棄春娘也? 況小姐有付托之命? 我雖以織女爲妻,
<乙>以宓妃　宓妃爲妾, 誓不負春娘也."

合盍席蘭英相諱名, 獻壽筵鴻月雙擅場　　　<乙>宴

明日, 天子召見楊丞相, 下敎曰:

"頃者, 爲御妹婚事, 太后特下嚴旨, 朕心亦不平矣. 今聞鄭
女已死, 而御妹婚事, 惟待卿還朝, 盖久矣. 卿雖思念鄭家　　　<乙>欠 / <乙>欠
女, 死者已矣. 卿方少年, 堂上有大夫人, 則甘毳之供, 不
可自當, 況且大丞相官府? 女君不可無矣. 魏國公家廟, 亞
獻不可闕矣. 朕已作丞相府及公主宮, 以待盛禮之日, 御妹
之婚, 今亦不可許乎?"

丞相叩頭奏曰:

"臣前後拒逆之罪, 實合斧鉞之誅, 而聖敎荐下, 玉音春溫,
臣誠感隕, 不知死所. 前日之累抗嚴敎, 有所拘於人倫, 而　　　<乙>殞
不獲已也. 今則鄭女已亡矣, 臣詎敢有他意乎? 但門戶寒
微, 才術空踈, 恐不合於駙馬之尊位也."

上大悅, 卽下詔於欽天舘, 使擇吉日. 太史以秋九月望日
奏之, 只隔若干日矣. 上下敎於丞相曰:　　　　　　　　　　　<乙>數十

"前日則婚事, 在於可否間, 故不言於卿矣. 朕有御妹兩人,　　<乙>欠
皆賢淑非凡骨也. 雖欲更求如卿者, 何處可得乎? 以是朕
恭承太后之詔, 欲以兩妹下嫁於卿矣."

丞相忽憶眞州客舘之夢, 大異於心. 伏地奏曰:

"臣自被椒掖之簡, 欲避無路, 欲走無地, 未得置身之所, 第　　<乙>揀
切致寇之懼, 今陛下欲使兩公主, 共事一人之身, 此自有人　　<乙>此則
國家以來, 所未聞也. 臣何敢承當乎?"　　　　　　　　　　　<乙>聞者

上曰:

"卿之勳業, 足爲國朝第一彝鍾, 不足銘其功也. 茅土不足

<乙>所以以 償其勞也. 此朕所以兩妹事之, 且御妹兩人, 友愛之情, 皆
出於天, 立則相偎, 坐則相依, 每願至老, 死不相離, 此太
<乙>世家 后娘娘之意也, 卿不可辭也. 且宮人秦氏, 本士族也. 有姿
色能文章, 御妹視如手足, 待以腹心, 欲以爲媵於下嫁之
日, 故先使卿知之矣."

丞相又起謝. 時, 鄭小姐爲公主, 在於宮中. 日月多矣, 事
<乙>孝以 太后, 以至孝至誠, 與蘭陽及秦氏, 情若同氣, 敬愛深至,
太后益愛之. 婚期旣迫, 從容告於太后曰:

<乙>居 "當初與蘭陽, 定次之日, 冒據上座, 實涉僭越, 而一向固辭,
<乙>之恩眷 似外於娘娘眷恤之恩, 故黽勉從之, 而本非我意也. 今歸楊
<乙>欠 家, 蘭陽若辭第一位, 則此大不可也. 惟望娘娘及聖上, 參
其情禮, 正其位次. 使私分獲安, 家法不紊."

蘭陽曰:

"姐姐德性才學, 皆小女之師也. 姐姐雖在鄭門, 小女當如
趙衰之讓位, 旣爲兄弟之後, 豈有尊卑之分乎? 小女雖爲
第二夫人, 自不失帝女之尊貴, 而若忝居上元之位, 則娘娘
<乙>欠 養育姐姐之意, 果安在哉? 姐姐必欲讓位於小女, 則小女
不願爲楊家婦也."

太后問於上, 上曰:

"御妹之讓, 出於中懇, 未聞自古帝王家貴主有此事也. 願
娘娘嘉其謙德, 成其美意也."

太后曰:

"帝言, 是也."

乃下敎以英陽公主, 封魏國公左夫人, 以蘭陽公主, 封右夫

人, 以秦氏本大夫之女, 封爲淑人. 自古公主婚禮, 行於闕
門之外官府矣. 是日, 太后特令行禮於大內, 致吉日, 丞相
以獜袍玉帶, 與兩公主成禮, 威儀之盛, 禮貌之偉, 不須道
也. 禮畢入座, 秦淑人亦以禮納拜於丞相, 仍侍公主. 丞相
賜之座三位上仙, 齊會一席, 光搖五雲, 影眩千門. 丞相雙
眸亂纈九魄超忽, 只疑身在於黑甛鄕也. 是夜, 與英陽公   <乙>皇上
主聯衾, 早起問寢於太后. 太后賜宴, 帝及皇后, 亦入侍太
后, 終夕馨歡. 是夕, 又與蘭陽公主並枕, 第三日往秦淑人   <乙>往于
之房. 淑人仰視丞相, 輒泫然垂涕. 丞相驚問曰: <乙>欠 / <乙>潸
"今日笑則可也. 泣則不可, 淑人之淚, 抑有思乎?"   <乙>欠
秦氏對曰:
"丞相不記小妾, 可知丞相之已忘妾也."   <乙>欠
丞相少頃乃悟, 就執玉手而謂曰:
"君得非華州秦娘子乎?"   <乙>華陰秦氏
彩鳳欲語轉咽, 聲不出口, 丞相曰: <乙>無
"吾以娘子, 爲已作泉下之人矣, 果在宮中也. 華州相失, 娘
家慘禍, 予欲無言, 君豈欲聽? 自客店逃亂之後, 何嘗一日,   <乙>余 / <乙>娘
不思吾娘子, 而只知其死, 不知其生, 今日之得遂舊約, 實
是吾慮之不及, 亦豈娘心之所期乎?"   <乙>所未及 / <乙>子
卽自囊裡, 出示秦氏之詞, 秦氏亦探懷中, 奉呈丞相之詩,
兩人楊柳詞, 依俙若相和之日也. 各把彩牋, 摧腸叩心而已.
秦氏曰:
"丞相惟知以楊柳詞, 而共結舊日之約, 不知因紈扇詩, 而   <乙>欠 / <乙>而不
得成今日之緣也."   知以 / <乙>欠

遂開小篋, 出畫扇, 示丞相, 仍備陳其事曰:

"此皆太后娘娘及萬歲爺爺公主娘娘之洪恩盛德也."

丞相曰:

<乙>欠 / <乙>欠

<乙>若

"其時避兵於藍田山, 還問于店人, 則店人或云, '娘子沒入於掖庭', 或云, '爲孥於遠邑', 或云, '亦不免凶禍', 雖未知的報, 更無可望, 不得已求婚於他家, 而每過華山渭水之間, 身如失侶之鴈, 心同中鉤之魚. 皇恩所及, 雖與會合, 第有不安於心者, 店中初約, 豈以小星相期, 而終使娘子, 屈於此位? 慚愧何言?"

秦氏曰:

<乙>薄命 / <乙>孃
<乙>郎若娶室 / <乙>欠 /
<乙>怨恨

"妾之命薄, 妾亦自知, 告曾送乳母於客店也. 郎君或已納聘, 或已娶室, 則妾欲自願爲小室矣. 今居貴主之副位, 榮也幸也, 妾若有怨恨之心, 則天必厭之厭之."

<乙>此

是夜舊誼新情, 比前兩宵, 尤親密矣. 明日丞相與蘭陽公主, 會英陽公主房中, 閑坐傳盃, 英陽低聲招侍女, 請秦氏, 丞相聞其聲音, 中心自動, 悽黯之色, 忽上於面. 盖曾入鄭府, 對小姐彈琴, 聞其評曲之聲音, 比容貌尤慣矣. 此日聞英陽之聲, 如自鄭小姐口中出也. 旣聞其聲, 又見其面, 則聲亦鄭小姐也, 貌亦鄭小姐也. 丞相暗想曰:

<乙>侶

<乙>欠

"世上果有非兄弟非親戚, 而酷相類者也. 吾約鄭氏之婚也, 意欲同生, 而同死矣, 今我已結伉儷之樂, 而鄭氏孤魂, 托於何處耶? 我欲遠嫌, 旣未一酹於其墳, 又孤一哭於其殯, 吾負鄭娘子多矣."

<乙>欠

存於中者, 自發於外, 雙淚濈濈欲滴, 鄭氏以水鏡之心, 豈

不知其懷抱間事乎? 乃整衽而問曰:

"妾聞主辱臣死, 主憂臣辱, 女子之事君子, 如臣之事君. 今　　　　　　<乙>聞之
相公臨觴, 忽惻惻不樂, 敢問其故."

丞相謝曰:

"小生心事, 當不諱於貴主矣. 少游曾往鄭家, 見其女子矣,
貴主聲音容貌, 恰似鄭家女子, 故觸目興思, 悲形於色, 遂　　　　<乙>鄭氏女
令貴主有疑, 貴主勿怪也."

英陽聽訖, 顔頰微赤矣, 忽起入內殿, 久不出, 使侍女請之,　　　　　<乙>欠
侍女亦不出. 蘭陽曰:

"姐姐太后娘娘所寵愛也. 性品頗驕傲, 不如妾之殘僕也. 相　　　　　<乙>劣
公比姐姐於鄭女, 姐姐以此, 有未妥之心."　　　　　　　　　　　　<乙>鄭女於姐姐

丞相卽使秦淑人謝罪曰:　　　　　　　　　　　　　　　　　　　　<乙>秦氏

"少游酒後因醉妄發, 貴主若出來, 則少游當如晋文公請自　　　　　<乙>被酒
囚矣."

秦氏久而出, 無所傳之言, 丞相問曰:　　　　　　　　　　　　　　<乙>出來 / <乙>欠

"貴主有何語耶?"　　　　　　　　　　　　　　　　　　　　　　　<乙>欠

秦氏曰:

"貴主怒氣方峻, 言頗過中, 賤妾不敢傳矣."

丞相曰:

"貴主過中之言, 非淑人之愆也, 須細傳之."

秦氏曰:

"英陽公主有敎曰, '妾雖陋劣, 卽太后娘娘之寵女, 鄭女雖　　　　　<乙>殘
奇, 不過爲閭閻家賤微女子. 禮曰, '式路馬', 此非馬之敬也,　　　　<乙>間
敬君父之所乘也. 君父之馬, 尙且敬之, 況君父所嬌之女

乎? 相公若敬君父, 而尊朝廷也, 固不可以妾, 比之於鄭女,

<乙>氏 / <乙>念   況且鄭女, 曾不顧嫌, 自矜其色, 與相公, 接言語, 論琴曲,
則不可謂持身有禮也, 其濫可知矣. 自傷婚事之差池, 身致
幽鬱之疾病, 終至夭折於青春, 亦不可謂多福之人也, 其命
最奇矣. 相公何曾比余於是乎? 昔魯之秋胡, 以黃金, 戲採

<乙>欠   桑之女, 其妻卽赴水而死, 妾何可以羞顏, 更對相公乎? 不
願爲無行人之妻也. 且相公記其顏面於已死之後, 卞其聲

<乙>別   音於久離之餘, 此必挑琴於卓女之堂, 偸香於賈氏之室, 其
行之汚, 甚於秋胡. 妾雖不能效古人之投水, 自此誓不出閨

<乙>身   門之外, 終老而死矣. 蘭陽性質柔順, 不與我同, 惟願相公,
與蘭陽偕老.'"

丞相大怒於心曰:

"天下安有以女子, 而怙勢如英陽者乎? 果知爲駙馬之苦也."

<乙>欠   謂蘭陽公主曰:

<乙>欠   "我與鄭女相遇, 自有曲折矣, 今英陽公主, 反以淫行, 加之
於我無損, 而但辱及於旣骨之人, 是可歎也."

蘭陽曰:

<乙>去   "妾當入內, 開諭姐姐矣."

卽回身而入, 至日暮, 亦不肯出來, 燈燭已張於房闥矣. 蘭
陽使侍婢, 傳語曰:

<乙>百   "妾遊說萬端, 姐姐終不回心, 妾當初與姐姐結約, 死生不
相離, 苦樂必相同, 以矢言告之於天地神祇, 姐姐若終老

<安姜>等   於深宮, 則妾亦終老於深宮, 姐姐若不近於相公, 則妾亦
不近於相公. 望相公就淑人之房, 穩度今夜."

丞相怒瞻撐腸, 堅忍不泄, 而虛帷冷屛, 亦甚無聊. 斜倚寢
床, 直視秦氏, 秦氏則秉燭, 導丞相歸寢房, 燒龍香於金爐,
展錦衾於象床, 謂丞相曰:　　　　　　　　　　　　　　　　　　　　　＜乙＞屛

"妾雖不敏, 嘗聞君子之風, 禮云, '妾御不敢當夕', 今兩公
主娘娘, 皆入內殿, 妾何敢陪相公而經此夜乎? 惟相公安
寢. 妾當退去矣."　　　　　　　　　　　　　　　　　　　　　　　　＜乙＞欠

卽雍容步去, 丞相以挽執爲苦, 雖不留止, 而是夜景色, 頗
冷淡矣. 遂垂幌就寢, 反側不安, 自語曰:　　　　　　　　　　　　＜乙＞枕

"此輩結黨挾謀, 侮弄丈夫, 我豈肯哀乞於彼哉? 我昔在鄭
家花園, 晝則與鄭十三, 大醉於酒樓, 夜則與春娘, 對燭飮
酒, 無一日不閑, 無一事不快矣, 今爲三日駙馬, 已受制於
人乎?"

心甚煩惱, 手拓紗窓, 河影流天, 月色滿庭, 乃曳履而出,
巡簷散步, 遠望英陽公主寢房, 繡戶玲瓏, 銀缸熒明, 丞相
暗語曰:

"夜已深矣, 宮人何至今不寐乎? 英陽怒我, 而入送我於此,
或者已歸於寢室乎?"

恐出跫音, 擧趾輕步, 潛進窓外, 則兩公主談笑之響, 博陸
之聲, 出於外矣. 暗從權隙, 而窺之, 則秦氏坐兩公主之前,　　＜乙＞淑人
與一女子對博局, 祝紅呼白, 其女子轉身挑燭, 正是賈春
雲也. 元來春雲欲觀光於公主大禮, 入來宮中, 已累日, 而
藏身掩迹, 不見丞相, 故丞相不知其來矣. 丞相驚訝曰:

"春雲何至於此耶? 必公主欲見而呼來也."　　　　　　　　　　　＜乙＞招

秦氏忽改局設馬, 而言曰:

"旣無睹物, 殊覺無味, 當與春娘爭睹矣."

春雲曰:

<乙>淑人曰 "春雲本貧女也, 勝則一器酒肴, 亦幸矣. 淑人長在貴主之側, 視彩錦如麤織, 以珍羞爲藜藿, 欲使春雲, 以何物爲睹乎?"

彩鳳曰:

"吾不勝, 則吾一身所佩之香, 粧首之飾, 從春雲所求, 而<乙>從我請也 與之. 娘子不勝, 則從我所請之言也. 是事於娘子, 固無所費也."

春雲曰:

"所欲請者何事, 所欲聞者何語?"

彩鳳曰:

"我頃聞兩位貴主私語, 春娘子爲仙爲鬼, 以欺丞相云, 而我未得其詳. 娘子負則以此事替爲古談, 而說與我也."

春雲乃推局, 向英陽公主而言曰:

"小姐小姐! 小姐平日愛春雲, 可謂至矣, 何以爲此可笑之說, 悉陳於公主乎? 淑人亦旣聞之, 宮中有耳之人, 孰不知之? 春雲自此, 以何面目立乎?"

彩鳳曰:

"春娘子吾公主, 何以爲春娘子之小姐乎? 英陽貴主, 卽吾大丞相夫人. 魏國公女君, 年齒雖少, 爵位已高, 豈可復爲春娘子之小姐乎?"

春雲曰:

"十年之口, 一朝難變, 爭花鬪卉, 宛如昨日, 公主夫人, 吾不畏也."

仍琅琅而笑. 蘭陽公主笑問於英陽曰:　　　　　　　　　　　　<乙>欠

"春雲話尾, 小妹亦未及聞之. 丞相其果見欺於春雲乎?"

英陽曰:

"相公之被欺於春娘多矣, 無薪之埃, 烟豈生乎? 但欲見其　　<乙>見 / <乙>春雲者
　　　　　　　　　　　　　　　　　　　　　　　　　　　　 / <乙>突
恇怯之狀矣. 冥頑太甚, 不知惡鬼, 古所謂好色之人, 色中

餓鬼者, 果非誣也. 鬼之餓者, 豈知鬼之可惡乎?"

一座皆大笑. 丞相方知英陽公主之爲鄭小姐也, 如逢地中

之人, 徒切驚倒之心, 直欲開戶突入, 而旋止曰:　　　　　　　<乙>窓

"彼欲瞞我, 我亦瞞彼矣."

乃潛歸於秦氏之房, 披衾穩宿矣.　　　　　　　　　　　　　<乙>欠

天明秦氏出來, 問於侍女曰:

"丞相已起否?"　　　　　　　　　　　　　　　　　　　　　<乙>相公

侍婢答曰:　　　　　　　　　　　　　　　　　　　　　　　<乙>對

"未也."

秦氏久立於帳外, 朝旭滿窓, 早饌將進, 而丞相不起, 時有

呻吟之聲, 秦氏進問曰:

"丞相有不安節乎?"

丞相忽睜目直視, 有若不見人者, 且往往作譫語. 秦氏問曰:　<乙>言

"丞相何爲此譫語耶?"

丞相慌亂錯莫者久, 忽問曰:

"汝誰也?"

秦氏曰:

"相公不知妾乎? 妾卽秦淑人也."　　　　　　　　　　　　<乙>丞相

丞相曰:

"秦淑人誰也?"

秦氏不答, 以手撫丞相之頂曰:

<乙>疾 "頭部頗溫, 可知相公有不平之候矣. 然一夜之間, 疾何病
也?"

丞相曰:

"我與鄭女, 達夜相語於夢中, 我之氣候, 安得平穩乎?"

<乙>竊 秦氏更問其詳, 丞相不答, 翻身轉臥. 秦氏切憫, 使侍女告
<乙>于 於兩公主曰:

"丞相有疾, 速臨診視."

英陽曰:

"昨日飮酒之人, 今豈病乎? 不過欲使吾輩出頭也."

而已秦氏忙入告曰:

<乙>猶 "丞相神氣怳惚, 見人不知, 惟向暗裡, 頻吐狂言, 奏於聖
上, 召太醫治之如何?"

太后聞之, 召公主責之曰:

"汝輩之瞞戱丞相, 亦已過矣. 而聞其疾重, 不卽出見, 是何
事也, 是何事也? 急出問病, 病勢若重, 促召太醫中術業最
妙者而治之."

英陽不得已, 與蘭陽, 詣丞相寢所, 留堂上, 先使蘭陽及秦
氏入見, 丞相見蘭陽, 或搖雙手, 或瞋兩瞳, 初若不相識者,
始作喉間之聲曰:

<乙>決 "吾命將盡矣. 要與英陽相訣, 英陽何往而不來乎?"

蘭陽曰:

"相公不病, 而何爲因病將死者之言乎?"　　　　　　　　　　　　　〈乙〉何爲此言乎

丞相曰:

"去夜似夢非夢間, 鄭女來我而言曰, '相公何負約耶?', 仍盛　　　　〈乙〉氏
怒呵責, 以眞珠一掬與我, 我受而吞之, 此實凶徵也. 閉目
則鄭女壓我之身, 開眸則鄭女立我之前, 此鄭女怨我之無
信, 而奪我之脩期也, 我何能生乎? 命在煦刻間矣. 欲見英
陽者, 盖以此也."

言未已, 又作昏困斷盡之形, 回面向壁, 又發胡亂之說, 蘭
陽見此擧止, 不得不動, 而憂慮大起, 出言於英陽曰:

"丞相之病, 似出於憂疑, 非姐姐, 不可醫矣."

仍言丞相病狀, 英陽且信且疑, 跰躚不入, 蘭陽携手同入,　　　〈乙〉欠
丞相猶作譫語, 而無非向鄭氏之說也, 蘭陽高聲曰:

"相公相公, 英陽姐姐來矣. 開目而見之."

丞相乍擧頭頻揮手, 有欲起之狀, 秦氏就身扶起, 坐於床
上. 丞相向兩公主, 而言曰:

"少游偏蒙異數, 幸與兩位公主結親, 方欲同室而同穴矣, 有　　〈乙〉欠 / 〈乙〉貴
欲拉我而去者 將不得久留矣."

英陽曰:

"相公識理之人也, 何爲浮誕之言也? 鄭氏設有殘魂餘魄,
九重嚴邃, 百神護衛, 渠安能入乎?"　　　　　　　　　　　　　〈乙〉何

丞相曰:

"鄭女方在吾傍, 何以曰不敢入乎?"

蘭陽曰:

"古人見盃中弓影, 而有成疑疾者, 恐丞相之病, 亦以弓而

爲蛇也."

丞相不答, 但搖手而已. 英陽見其病勢轉劇, 不敢終諱, 乃
進坐曰:

"丞相只念死鄭氏而不欲見生鄭氏乎? 相公苟欲見之, 妾
卽鄭氏瓊貝也."

丞相佯若不信曰:

"是何言也? 鄭司徒只有一女, 而死已久矣. 死鄭女旣在吾
之身邊, 則死鄭女之外, 豈有生鄭女乎? 不死則生, 不生則
死, 人之常也, 一人之身, 或謂之死, 或謂之生, 則死者爲眞
鄭氏乎, 生者爲眞鄭氏乎? 生固眞也, 死則妄也, 死固眞也,
生則誕也, 貴主之言, 吾不信也."

蘭陽曰:

"吾太后娘娘, 以鄭氏爲養女, 封爲英陽公主, 與妾同事相
公, 英陽姐姐, 卽當日聽琴之鄭小姐也. 不然姐姐, 何以與
鄭氏無毫髮之爽也?"

<乙>欠

<乙>欠　　　丞相不答, 微作呻吟之聲, 忽昻首, 作氣而言曰:

"我在鄭家之時, 鄭小姐婢子春雲, 使喚於我矣. 今有一言,
欲問於春雲, 春雲亦何在乎? 吾欲見之耳."

蘭陽曰:

<乙>疾　　　"春雲爲謁, 英陽姐姐, 入宮屬耳, 春雲亦憂丞相之病, 來候
<乙>欠 /　　於戶外矣."
<安姜>來候英戶外

卽入謁曰:

"相公貴體少康乎?"

丞相曰:

"春雲獨留, 餘皆出."

兩公主與淑人, 退立於欄頭, 丞相卽起梳洗, 整其衣冠, 使　　　<乙>及
春雲請三人, 春雲含笑而出, 謂兩公主及秦淑人曰:

"相公邀之矣."

四人同入, 丞相戴華陽冠 着宮錦袍, 執白玉如意, 倚案席　　　<乙>巾
而坐, 氣像如春風之浩蕩, 精神如寒氷之澄澈, 不似病起之　　　<乙>秋水之澄徹 /
人矣. 鄭夫人方悟見賣, 微笑低頭, 更不問相公之病. 蘭陽　　　<安姜>文以 / <乙>欠
問曰:

"相公之氣, 今則何如?"　　　　　　　　　　　　　　　　　　　<乙>如何

丞相正色曰:

"少游見近來風俗甚怪, 婦女作黨, 欺瞞家夫. 少游職在大
臣之列, 每求規正之術, 而未得其道, 憂勞成病, 昔疾今愈,
不足以煩公主慮也."

蘭陽及秦氏, 惟微笑而不敢答, 鄭夫人曰:

"是事非妾等所知, 相公如欲醫疾, 仰稟于太后娘娘."

丞相心不勝癢, 始乃發笑曰:

"吾與夫人, 只卜後生之相逢矣. 今日我在夢中, 而亦不知
夢耶?"

鄭氏曰:

"此莫非太后娘娘子視之仁, 皇上陛下幷育之恩, 蘭陽公主　　<安姜>偕
之德也, 惟鏤骨銘心而已. 豈口吻所可容謝哉?"

仍細陳顚末, 丞相謝於公主曰:

"公主盛德, 實簡策上, 所未覿者也. 少游實無酬報之路, 惟
期益加敬服之誠, 不替鍾鼓之樂也."

公主稱謝曰:

<乙>蓋 "此皆姐姐徽儀柔德, 感回天心, 妾何與哉?"

<乙>問病狀乃知托病之由 時太后招宮人, 問丞相之病, 淑人與宮人偕入, 告丞相托病之由. 太后大笑曰:

<乙>欠 "我固已疑之矣."

乃召見丞相, 兩公主亦在坐矣. 太后問曰:

"聞丞相與旣死之鄭女, 續已絶之佳緣, 不可無一言賀也."

丞相俯伏對曰:

<乙>旋 "聖恩與造化同大, 臣雖摩頂放踵, 瀝膽露肝, 難報其萬一矣."

太后曰:

"吾直戲耳, 豈曰恩也? 丞相若不棄小女, 則此所以報老身也."

<乙>欠 丞相叩頭聽命. 是日上受群臣朝賀於正殿, 群臣奏曰:

"近者景星出, 甘露降, 黃河淸, 年穀登, 三鎭節度, 納地而朝, 吐蕃强胡, 革心而降, 此皆聖德所致也."

上謙讓, 歸功於群臣, 群臣又奏曰:

<乙>驕 "丞相楊少游, 近作銅龍樓上嬌客, 吹玉簫而調鳳凰, 久不下於秦樓, 玉堂公務, 殆將闕矣."

上大笑曰:

"太后娘娘, 連日引見, 此少游所以不敢出也. 朕近當面諭, 使之就職矣."

明日楊丞相就朝堂, 理國政, 遂上疏請暇, 欲將母而來. 其疏曰:

丞相魏國公駙馬都尉臣楊少游, 頓首百拜, 上言于皇帝陛 〈乙〉頓首頓首

下. 伏以臣卽楚地編戶之民也, 生事不過數頃, 學業止於

一經. 而老母在堂, 菽水不繼, 欲營升斗之祿, 以備甘毳之

供, 不揣才分, 猥蒙鄕貢, 方臣之躡屩赴擧, 老母臨門而送 〈乙〉寸 /

之曰, '門房殘矣, 家業斃矣. 堂搆之責, 十口之命, 皆付於 〈乙〉臨行送之

汝之一身, 汝其力學決科, 以顯父母. 是吾望也. 而祿仕太

早, 則躁競之刺興, 官職太驟, 則負乘之患生, 汝其戒之.' 〈安姜〉暴

臣敢受母訓, 銘在心肝, 而濫以幼少之年, 幸値功名之會,

立朝數年, 名位俱赫, 金馬玉堂, 世稱華貫, 而臣旣冒據, 〈安姜〉傷

黃麻紫誥, 必須全才. 而臣又添叨奉綸, 南諭强藩, 屈膝受 〈安〉討 〈姜〉論

命, 西征凶酋束手, 臣本白面一書生也, 是豈臣能立一策

辦一謀, 而致此哉? 莫非皇威所及, 諸將效死, 而陛下乃反

獎其微勞, 褒以重爵, 臣心之愧懼惶感, 有不可論. 而老母 〈安姜〉惕

所戒躁競之刺, 負乘之患, 不幸當之矣. 至於禁闥妙簡, 尤 〈乙〉錦 / 〈乙〉抄

非閭巷賤臣, 所敢當者, 而聖命勤摯, 謬恩荐加, 臣逃遁不 〈乙〉身

得, 冒沒承順, 豈不足以辱國家, 而羞當世乎? 嗚呼! 老母 〈安姜〉顔

之所期於臣者, 初不過乎寸廩而已, 臣之所望於國者, 本

不外於一官而已, 今臣居將相之位, 挾公侯之富, 奔走王

事, 不遑將母, 臣偃處丹碧之室, 而臣母則僅掩茅茨, 臣坐

享方丈之食, 而臣母則不厭齏糲. 居處飮食, 母子絶異, 是

以貴富處身, 而以貧賤待母, 人倫廢矣, 子職隳矣. 況臣母

年齡已高, 疾病沈篤, 無他子女可以扶護者? 而山川遼闊,

信使阻絶, 消息亦不能以時相通, 不待陟屺望雲, 而肝腸已 〈乙〉坤

寸斷無餘矣. 今幸國家無事, 官府多閑, 伏乞陛下諒臣危

迫之情, 察臣終養之願, 特許數月之暇, 使之歸省先墓, 將
歸老母, 母子同居, 歌詠聖德, 得以盡瀜洩之樂, 效反哺之
誠, 則臣謹當彈竭移孝之忠, 誓報體下之恩矣. 伏乞陛下
矜憫焉.

上覽之, 歎曰:

<乙>匹 "孝哉! 楊少游也. 特賜黃金千斤, 綵帛八百疋, 歸爲老母壽."

且令輦母巡返. 丞相入闕祗, 肅拜辭於太后, 太后賜賚金
帛, 倍蓰於皇上恩典矣. 退與兩公主及秦賈兩娘相別, 行到
天津, 鴻月兩妓, 因府尹走通, 已來待於客舘. 丞相笑謂兩
妓曰:

"吾之此行, 乃私行, 非王命也, 兩娘何以知之?"

鴻月曰:

"大丞相魏國公駙馬都尉之行, 深山窮谷, 亦皆奔迸聳動,
妾等雖蟄於山林寂廖之地, 豈無耳目乎? 況府尹老爺, 敬
待妾等, 亞於相公, 相公之來, 不敢不報? 昨年相公奉使過
此, 妾等尙有萬丈之光輝, 今相公位益崇, 而名益著, 臣妾
之榮, 亦轉加百層矣. 聞相公娶兩公主爲女君, 未知兩位公
主, 能容妾等否?"

丞相曰:

"兩公主, 一則乃聖天子御妹, 一則乃鄭司徒女子. 太后取
鄭氏, 爲養女, 而卽桂娘所薦也. 鄭氏與桂娘, 有汲引之恩,
且與公主, 俱有及人之仁, 容物之德, 豈非兩娘之福乎?"

鴻月相顧而賀.

丞相與兩人經夜, 行到故鄉, 初以十六歲書生, 離親遠遊, 及其來覲, 擁大丞相之軒車, 鞸魏國公之印綬, 重之以駙馬之豪貴, 四年間所成就者何如耶? 入謁於母夫人, 柳氏執其手, 而撫其背曰:

"汝眞吾兒楊少游耶? 吾不能信也. 當昔誦六甲賦五言之時, 豈知有今日榮華也? 喜極而淚下也."

丞相把立名成功之終始, 娶室卜妾之顚末, 悉告無餘. 柳夫人曰:

"汝父親每以汝, 爲大吾門者, 惜不令汝父, 親見之也."

丞相省祖先丘墓, 以賞賜金帛, 爲大夫人, 設大宴獻壽, 請宗族故舊隣里, 讌飮十日. 陪大夫人登程, 諸路方伯, 列邑守宰, 輻輳護行, 光彩輝暎於一方矣. 過洛陽, 分村本州, 招鴻月兩妓, 還報曰:

"兩娘子同向京師, 已有日矣."

丞相頗以交違, 爲悵缺. 至皇城奉大夫人於丞相府中, 詣闕肅謝, 兩宮引見, 賜賚金銀綵緞十車, 俾爲大夫人壽, 請滿朝公卿, 設三日大酺, 以娛之. 丞相擇吉日, 陪大夫人, 移入於御賜新第, 園林臺沼, 亭榭宮宇, 下皇居一等. 鄭夫人蘭陽公主, 行新婚之禮, 秦淑人, 賈孺人, 亦備禮謁見, 幣物之盛, 禮貌之恭, 足令大夫人敷和氣, 而聳歡心也. 丞相旣承壽親之命, 以恩賜之物, 又設大宴三日, 兩宮賜梨苑之樂, 移御廚之饌, 賓客傾朝廷矣. 丞相具彩服, 與兩公主, 高擎玉杯, 以次獻壽, 柳夫人甚樂. 宴未罷, 閽人入告, 門外有兩女子, 納名於大夫人及丞相座下矣. 丞相曰:

“必鴻月兩姬也, 以此意, 告於大夫人.”

卽招入, 兩妓叩頭拜謁於階前, 衆賓皆曰:

“洛陽桂蟾月, 河北狄驚鴻, 擅名久矣, 果絶艶也. 非楊相國風流, 何能致此也?”

<乙>瓊 丞相命兩妓, 各奏其藝, 鴻月一時齊起, 曳珠履, 登錦筵, 拂藕腸之輕衫, 飄石榴之彩袖, 對舞霓裳羽衣之曲, 落花飛

<乙>箏 絮, 撩亂於春風, 雲影雪色, 明滅於錦帳, 漢宮飛燕, 再生於都尉宮中, 金谷綠珠, 却立於魏公堂上. 柳夫人兩公主, 以錦繡縑帛, 賞賜兩人, 秦淑人與蟾月, 舊相識也. 話舊論情, 一喜一悲, 鄭夫人手把一盃, 別勸桂娘, 以酬薦進之恩, 柳夫人謂丞相曰:

“汝輩進謝於蟾月, 而忘我從妹乎? 不可謂不背本者也.”

丞相曰:

<乙>少 “小子今日之樂, 皆鍊師之德也, 況母親卽入京師? 雖微下教, 固欲奉請矣.”

卽送人於紫淸觀, 諸女冠云:

“杜鍊師入蜀三年, 尙未歸矣.”

柳夫人甚恨恨焉.

<乙>園 / <乙>碧 樂遊原會獵鬪春色 油壁車招搖占風光
/ <乙>古

鴻月入楊府之後, 丞相侍人, 日益多矣. 各定其居處, 正堂曰, 慶福堂, 大夫人居之. 慶福之前曰, 燕喜堂, 左夫人英陽公主處之. 慶福之西曰, 鳳簫宮, 右夫人蘭陽公主處之. 燕喜之前, 凝香閣淸和樓, 丞相處之. 時時設宴於此, 其前

太史堂禮賢堂, 丞相接賓客, 聽公事之處也. 鳳簫宮以南尋興院, 卽淑人秦彩鳳之室也. 燕喜堂以東迎春閣, 卽孺人賈春雲之房也. 淸和樓東西, 皆有小樓, 綠窓朱欄, 蔽虧掩暎, 周回作行閣, 以接於淸和樓凝香閣, 東曰賞花樓, 西曰望月樓. 桂狄兩姬, 各占其一樓, 宮中樂妓八百人, 皆天下有色有才者也. 分作東西部, 左部四百人, 桂蟾月主之, 右部四百人, 狄驚鴻掌之, 敎以歌舞, 課以管絃, 每月會淸和閣, 較兩部之才. 丞相陪大夫人, 率兩公主, 親自等第, 以賞罰, 勝者以三盃酒賞之, 頭揷彩花一枝, 以爲光榮, 負者以一盃冷水罰之, 以墨筆, 畫一點於額上, 以愧其心. 以此衆妓之才, 日漸精熟, 魏府越宮女樂, 爲天下最, 雖梨園弟子, 不及於兩部矣. 一日兩公主, 與諸娘, 侍大夫人而坐, 丞相持一封書, 自外軒而入, 授蘭陽公主曰:

<安姜>村

<乙>陪

"此卽越王之書也."

公主展看, 其書曰:

春日淸和, 丞相鈞體蔓福. 頃者國家多事, 公私無暇, 樂遊原上, 不見駐馬之人, 昆明池頭, 無復泛舟之戲, 遂令歌舞之地, 便作蓬蒿之場, 長安父老, 每說祖宗朝繁華古事, 往往有流涕者, 殊非太平之氣像也. 今賴皇上聖德, 丞相偉功, 四海寧謐, 百姓安樂, 復開元天寶間樂事, 卽今日其會也. 況春色未暮, 天氣方和, 芳花嫩柳, 能使人心駘蕩, 美景賞心, 俱在此時矣? 願與丞相, 會於樂遊原上, 或觀獵或聽樂, 鋪張昇平盛事, 丞相若有意於此, 卽約日相報, 使寡人隨塵, 幸甚.

<乙>盛聖

<乙>補

公主見畢, 謂丞相曰:

"相公知越王之意乎?"

丞相曰:

"有何深意? 不過欲賞花柳之景也, 此固遊閑公子風流事也."

公主曰:

"相公猶未盡知也. 此兄所好者, 惟美色風樂, 其宮中絶色佳人, 非一二, 而近聞所得寵姬, 卽武昌名妓玉燕也. 越宮美人, 自見玉燕, 魂喪魄褫, 以無鹽嫫母自處, 可知其才與貌, 獨步於一代也. 越王兄聞吾宮中多美人, 欲效王愷石崇之相較也."

丞相笑曰:

"我果泛見矣, 公主先獲越王之心也."

鄭夫人曰:

"此雖一時遊戲之事, 不必見屈於人也."

目鴻月而謂之曰:

"軍兵, 雖養之十年, 用之在一朝, 玆事勝負, 都在於兩敎師掌握中矣, 汝輩須努力焉."

蟾月對曰:

<乙>鳴 "賤妾恐不可敵也. 越國風樂, 擅於一國, 武昌玉燕, 名於九州, 越王殿下, 旣有如此之風樂, 又有如此之美色, 此天下之强敵也. 妾等以偏師小卒, 紀律不明, 旗鼓不整, 恐未及交鋒, 便生倒戈之心也. 妾等之見笑, 不足關念, 而只恐貽羞於吾府中也."

丞相曰:

"我與蟾娘, 初遇於洛陽也, 蟾娘稱有靑樓三絶色, 而玉燕
亦在其中, 必此人也. 然靑樓絶色, 只有三人, 而今我已得
伏龍鳳雛, 何畏項羽之一范增乎?"

公主曰:

"越王姬妾中美色, 非獨一玉燕也."

蟾月曰:

"然則越宮中, 粉其腮, 而臙其頰者, 無非八公山草木也, 有   <乙>狄
走而已. 吾何敢當哉? 願娘娘問策於鴻娘. 妾本來膽弱, 聞
此言, 便覺歌喉自廢, 恐不能唱一曲也."

驚鴻憤然曰:

"蟾娘子, 此果眞說話耶? 吾兩人橫行於關東七十餘州, 擅
名之妓樂, 無不聽之, 鳴世之美色, 無不見之, 此膝未曾屈
也, 何可遽讓於玉燕乎? 世有傾城傾國之漢宮夫人, 爲雲
爲雨之巫山神女, 則或有一分自歉之心, 不然, 彼玉燕, 何   <乙>楚臺 / <乙>毫
足憚哉?"

蟾月曰:

"鴻娘子發言, 何其太容易耶? 吾輩曾在關東所燦者, 大則   <乙>欠
太守方伯之宴, 小則豪士俠客之會, 未遇强敵, 固其宜也.
今越王殿下, 生長於大內, 萬玉叢中, 眼目甚高, 評論太峻,
所謂'觀泰山, 而泛滄海'者也, 丘垤之微, 涓流之細, 豈入於   <乙>太
眼孔乎? 此以孫吳而爲敵, 與賁育而鬪力, 非庸將孺子所
抗也, 況玉燕卽帷幄中張子房也, 能決勝於千里之外, 何可
輕之? 今鴻娘徒爲趙括之大談, 吾見其必敗也."

仍告丞相曰:

"狄娘有自多之心, 妾請言狄娘之短處. 狄娘之初從相公,
盜騎燕王千里馬, 自稱河北少年, 欺相公於邯鄲道上, 使
鴻娘苟有嬋姸嫋娜之態, 則相公豈以男子知之乎? 且承恩
於相公之日, 乘夜之昏, 假妾之身, 此所謂'因人成事'者也.
今對賤妾, 有此誇大之言, 不亦可笑乎?"

<乙>驚鴻 鴻娘笑曰:

<乙>譽之 "信乎! 人心之不可測也! 賤妾之未從相公也, 稱譽妾身,
如月殿姮娥, 今乃毁之, 如不直一錢者. 此不過丞相待妾,
過於蟾娘, 故蟾娘欲專相公之寵, 有此妬忌之言也."

蟾娘及諸娘子, 皆大笑, 鄭夫人曰:

"狄娘之纖弱, 非不足也. 自是丞相一雙眸子, 不能淸明之
致也. 鴻娘名價, 不必以此而低也. 然蟾娘之言, 蓋是確論,
<乙>女子 女子以男服欺人者, 必無婦女之姿態也, 男子以女粧瞞人
者, 必缺丈夫之氣骨也, 皆因其不足處, 而逞其詐也."

丞相大笑曰:

<乙>眸子 "夫人此言, 蓋弄我也. 夫人一雙星眸, 亦不淸明, 能卜琴
曲, 而不能卜男子, 此有耳而無目也. 七竅無一, 則其可謂
全人乎? 夫人雖譏此身之殘劣, 見我凌烟閣畫像者, 皆稱
形體之壯, 威風之猛矣."

一座又大笑. 蟾月曰:

<乙>全 "方與勁敵對陣, 豈可徒爲戲談, 不可專恃吾兩人. 賈孺人
亦同往如何? 越王非外人, 淑人亦何嫌之有?"

秦氏曰:

"桂狄兩娘, 若入於女進士場中, 當效一寸之力矣. 歌舞之
場, 安用妾哉? 此所謂'馳市人而戰也', 桂娘必不能成功也."

春雲曰:

"春雲雖無歌舞之才, 惟妾一身, 貽笑於人, 則不過爲妾身
之羞, 豈不欲觀光於盛會哉? 妾若隨去, 則人必指笑曰,
'彼乃大丞相魏國公之妾也, 鄭夫人及公主之媵也', 然則此
貽笑於相公也, 遺憂於兩嫡也, 春雲決不可往矣."   <乙>貽

公主曰:

"豈以春娘之去, 而相公被笑於人? 我亦因君而有憂乎?"

春雲曰:

"平鋪彩錦之步障, 高褰白雲之帳幕, 人皆曰, '楊丞相寵妾
賈孺人來矣', 騈肩接武, 爭先縱觀, 及其移步登筵, 乃蓬頭
垢面也. 然則人必大驚大吒, 以爲楊丞相有鄧都子之病也,   <乙>皆
此非貽笑於相公乎? 至於越王殿下, 平生未嘗見累穢之物,
見妾必嘔逆, 而氣不平矣, 此非貽憂於娘娘乎?"

公主曰:

"甚矣! 春娘之謙也! 春娘昔者以人而爲鬼, 今欲以西子而   <乙>施
爲無鹽, 春娘之言, 無足可信也."

乃問於丞相曰:

"相公答書以何日爲期乎?"   <乙>次

丞相曰:

"約以明日會矣."

鴻月大驚曰:

"兩部敎坊, 猶未下令, 勢已急矣, 可奈何哉?"

卽召頭妓, 而言曰:

<乙>丞相 / <乙>欠
/ <乙>須 / <乙>欠

"明日相公與越王, 約會於樂遊原上*, 兩部諸妓, 各持樂器*,
各餙新粧, 明曉陪丞相行矣."

八百妓女, 一時聞令, 皆理容畫眉, 執器習樂, 爲明日計矣.
翌曉天明, 丞相早起, 着戎服佩弧矢, 乘雪色千里崇山馬,
發獵士三千人, 擁向城南. 蟾月驚鴻, 彫金鏤玉, 綴花裁葉,

<乙>乘

各率部妓, 結束隨行, 並乘五花之馬, 跨金鞍, 躡銀鐙, 橫拖
珊瑚之鞭, 輕攬瑣珠之彎, 昵隨丞相之後. 八百紅粧, 皆騎*

<乙>欠

駿驄*, 環擁鴻月左右而去, 中路逢越王, 越王軍容女樂, 足
與丞相之行幷駕矣. 越王與丞相, 幷鑣而行, 問於丞相曰:

"丞相所騎之馬, 何國之種也?"

丞相曰:

"出於大宛國也. 大王之馬, 亦似宛種也."

越王曰:

<乙>欠

"然矣. 此馬之名, 千里浮雲驄*, 去年秋*, 陪天子, 獵於上林

<乙>欠 / <乙>欠
/ <乙>欠

苑*, 天廐萬匹之馬, 皆追風逸足, 而無追及於此馬*者, 卽今
張駙馬之桃花驄, 李將軍之烏騅馬, 皆稱龍種, 而比此馬,
皆駑駘也."

丞相曰:

"去年討蕃國時, 深險之水, 嶄截之壁, 人不能着足而此馬
如踏平地, 未嘗一蹶. 少游之成功, 實賴此馬之力. 杜子美
所謂'與人一心成大功'者非耶? 少游班師之後, 爵品驟崇,
職務亦閑, 穩乘平轎, 緩行坦途, 人與馬俱欲生病矣, 請與
大王, 揮鞭一馳, 較健馬之快步, 試舊將之餘勇."

越王大喜曰:

"亦吾意也."

遂分付於侍者, 使兩家賓客及女樂, 歸待於幕次, 正欲擧鞭
策馬矣. 適有大鹿, 爲獵軍所逐, 掠過越王之前, 王使馬前
壯士射之. 於是衆矢齊發, 皆不能中, 王大怒, 躍馬而出,
以一矢射其左脅而斃之, 衆軍皆呼千歲. 丞相稱之曰:

"大王神弓, 無異汝陽王也."

王曰:

"小技何足稱乎? 我欲見丞相射法, 亦可試否?"

言未訖, 天鴉一雙, 適白雲間飛來. 諸軍皆曰:

"此禽最難射也, 宜用海東青也."

丞相笑曰:

"姑勿放鷹."

卽抽出金鞞箭於腰間, 翻身仰射, 中天鵝左目而墜於馬前.　　<乙>汝姑勿放卽抽箭
　　　　　　　　　　　　　　　　　　　　　　　　　　　　翻身仰射中鵝

越王大贊曰:

"丞相妙手, 今之養由基也."　　　　　　　　　　　　　　　<乙>己

兩人遂揮鞭一哨, 兩馬齊出, 星流電邁, 神行鬼閃, 瞬息之
間, 已涉大野, 而登高阜矣. 按轡並立, 周覽山川, 領略風　　<乙>丘
景, 仍論射法釖術, 亹亹不止. 侍者始追及, 以所獲蒼鹿白　　<乙>釖 / <乙>娓娓
鵝, 盛銀盤而進之, 兩人下馬, 披草而坐. 拔所佩寶刀, 割
肉煮啗, 互勸深盃, 遙見紅袍兩官, 飛鞚而來. 一隊從人,　　<乙>炙
隨其後, 盖自城中而出也. 一人疾走而告曰:

"兩殿宣醞矣"

越王往候於幕中矣. 兩大監, 至酌御賜黃封美酒, 以勸兩　　<乙>欠 / <乙>欠
　　　　　　　　　　　　　　　　　　　　　　　　　　　　<乙>欠

人, 仍授龍鳳彩箋一封, 兩人盥水, 跪伏坼見, 以大獵郊原
<乙>欠　爲題, 而使之賦進矣. 兩人頓首四拜, 各賦四韻一首, 付黃
門而進之, 丞相詩曰:

晨駈壯士出郊堝, 釰若秋蓮矢若星
帳裡群娥天下白, 馬前雙翮海東青
恩分玉醴爭含感, 醉拔金刀自割腥
仍憶去年西塞外, 大荒風雪獵王庭

越王詩曰:

<乙>鼓　蹩蹀飛龍閃電過, 御鞍鳴釰立平坡
流星勢疾殲蒼鹿, 明月形開落白鵝
殺氣能教豪興發, 聖恩留帶醉顔酡
汝陽神射君休說, 爭似今朝得雋多

<乙>釘鉻　黃門拜辭而歸. 於是兩家賓客, 以次列坐, 庖人進饌, 飣飯
生香, 駝駱之峰, 猩猩之唇, 出於翠釜, 南越荔芰, 永嘉黃
<乙>相溢　柑, 溢於玉盤, 王母瑤池之宴, 人無見者, 漢武栢梁之會,
事已古矣. 不必强援而比之, 人間之珍品異羞, 蔑有加於
此者. 女樂數千, 三匝四圍, 羅綺成帷, 環珮如雷, 一束纖
腰, 爭妬垂楊之枝, 百隊嬌容, 欲奪烟花之色, 豪絲哀竹,
沸曲江之水, 冽唱繁音, 動終南之山. 酒半, 越王謂丞相曰:
<乙>微　"小生過蒙丞相厚眷, 而區區賤誠, 無以自效, 携來小妾數
<乙>壽　人, 欲賭丞相一歡, 請召至於前, 或歌或舞, 獻酌丞相如

何?"

丞相謝曰:

"少游何敢與大王寵姬相對乎? 妾恃姻婭之誼, 敢有僭越
之計矣. 少游小妾數人, 亦有爲觀盛會而來者, 少游亦欲呼
來, 使與大王侍妾, 各奏長技, 以助餘興."

<乙>侍

王曰:

"丞相之敎, 亦好矣."

於是蟾月驚鴻及越宮四美人, 承命而至, 叩頭再拜於帳前.

<乙>次

丞相曰:

"昔者寧王畜一美人, 名曰芙蓉. 太白懇於寧王, 只聞其聲,
不得見其面矣. 今少游能見四仙之面, 所得比太白十倍矣.
彼四美人姓名云何?"

<乙>次

四美人起而對曰:

<乙>次

"妾等卽金陵杜雲仙, 陳留少蔡兒, 武昌萬玉燕, 長安胡英
英也."

丞相謂越王曰:

"少游曾以布衣, 遊於兩京間, 聞玉燕娘子之盛名, 如天上
人, 今見其面, 實過其名矣."

越王亦聞知鴻月兩人姓名, 乃曰:

<乙>蟾

"此兩人, 天下之所共推者, 而今者皆入於丞相之府, 可謂
得其主矣. 未知丞相得此兩人於何時乎?"

丞相對曰:

"桂氏少游赴擧之日, 適過洛陽, 渠自從之, 狄女曾入於燕
王之宮, 少游奉使燕國也, 狄女抽身隨我, 追及於復路之
日矣."

<乙>至

越王撫掌笑曰:

"狄娘子之俠氣, 非楊家紫衣者所比也. 然狄娘子從相公之日, 相公職是翰林, 且受玉節, 則獜鳳之瑞, 人皆易見. 桂娘子昔當相公之窮困, 能知今日之富貴, 所謂'識宰相於塵埃'者也, 尤亦奇也. 未知丞相何以得逢於客路乎?"

丞相笑曰:

"少游追念其時之事, 誠可哈也. 下土窮儒, 一驢一童, 間關遠路, 爲飢火所迫. 過飮村店之濁醪, 行過天津橋上, 適見洛陽才子數十人, 大張娼樂於樓上, 飮酒賦詩. 少游以襞衣破巾, 詣其座上, 蟾月亦在其中矣. 雖諸生僕隷, 未有如少游之疲襞者, 而醉興方濃, 不知慚愧, 拾掇荒蕪之語, 構成一詩. 不記其詩意何如, 句格何如, 而桂娘拈出其詩於衆篇之中, 歌而咏之. 盖座中初旣相約曰, '諸人所作, 若入於桂娘之歌者, 則當讓與蟾娘於其人', 故不敢與少游相爭, 此亦緣也."

<乙>奴僕

<乙>詞不知

<乙>初約

<乙>桂

越王大笑曰:

"丞相爲兩場壯元, 吾以爲天地間快樂之事, 是事之快, 高出於壯元上也. 其詩必妙也, 可得聞歟?"

丞相曰:

"醉中率爾之作, 何能記乎?"

王謂蟾月曰:

"丞相雖已忘之, 娘或記誦否?"

蟾月曰:

"賤妾尙能記之, 未知以紙筆寫呈乎? 以歌曲奏之乎?"

王尤喜曰:

"若兼聞娘子之玉聲, 則尤快矣."

蟾月就前, 以遏雲之聲, 歌以奏之, 滿座皆爲之動容. 王大
加稱服曰:

"丞相之詩才, 蟾月之絶色, 淸歌足爲三絶也. 第三詩所謂,
'花枝羞殺玉人粧, 未吐纖歌口已香'者, 能畵出蟾娘, 當使
太白退步也. 近世之蘇句餙章抽黃媿白者, 安敢窺其藩籬
乎?"

遂滿酌金鍾, 以賞蟾月, 鴻月兩人, 與越宮四美人, 迭歌交   <乙>王宮 /
舞, 獻壽賓主, 眞天生敵手, 小無參差, 而況玉燕本與鴻月   <乙>迭舞交歌
齊名? 其餘三人, 雖不及於玉燕, 亦不遠矣. 王頗自慰喜而
已, 醉甚止巡, 與賓客, 出立於帳外, 見武士擊刺奔突之狀.
王曰:

"美女騎射, 亦甚可觀. 故吾宮中精熟弓馬者, 有數十人矣.
丞相府中美人, 亦必有自北方來者, 下命調發, 使之射雉逐
兎, 以助一場歡笑如何?"

丞相大喜, 命揀能習弓矢者數十人, 與越宮善射者賭勝, 驚   <乙>爲弓馬 /
鴻起告曰: <乙>使與越宮娥

"雖不習操弧, 亦慣見他人之馳射, 今日欲暫試之矣."

丞相喜之, 卽解給所佩畫弓, 驚鴻執弓而立, 謂諸美人曰: <乙>欠

"雖不能中, 願諸娘勿笑也."

乃飛上於駿馬, 馳突於帳前. 適有赤雉, 自草間騰上, 驚鴻
乍轉纖腰, 執弓鳴弦, 五色彩羽, 倐落於馬前. 丞相越王擊
掌大噱, 驚鴻轉馬還馳, 下於帳外, 穩步就座, 諸美人皆稱   <乙>身
賀曰:

"吾輩虛做十年工夫矣."

<乙>處　此時所獲翎毛, 士委山積, 兩家射女, 所殪雉兔, 亦多矣. 各獻於座前, 丞相與越王等第其功, 各賞百金. 更成坐次, 俾停衆樂, 只使五六美人, 各奏清絃, 洗酌更斟矣. 蟾月內念日:

<乙>女　"吾兩人雖不讓於越宮美人, 彼乃四人, 吾則一雙, 孤單甚矣. 惜哉! 不拉春娘而來也! 歌舞雖非春娘之所長, 其艶色美談, 豈不能壓倒雲仙輩乎?"

<乙>不已 / <乙>壁　咄咄嗟惋矣, 忽驚矚, 則兩美人, 自野外驅油壁車, 轉行於
<乙>綠陰　落花芳草之上, 稍稍前進矣, 俄到帳門之外, 守門者問曰:

<乙>欠 / <乙>欠　"自越宮而來乎? 從魏府而至乎?"

<乙>欠　御車者曰:

"此車上兩娘, 卽楊丞相小室, 適有些故, 初未偕來矣."

<乙>門　軍卒入告於丞相, 丞相曰:

<乙>欠　"是必春雲欲觀光而來矣, 行色何其太簡耶?"

<乙>命召入兩娘子　卽召入, 兩女子捲珠箔自車中而出, 在前者沈裊烟, 在後者宛是夢中所見之洞庭龍女也. 兩人俱進丞相座下, 叩頭拜謁, 丞相指越王而言曰:

"此越王殿下也, 汝輩以禮謁之."

兩人禮畢, 丞相賜座, 使與鴻月同坐. 丞相謂王曰:

<乙>因　"彼兩人, 征伐西蕃時所得也. 近緣多事, 未及率來, 必聞少
<乙>會　游與大王同樂, 欲觀盛擧而至矣."

王更見兩人, 其色與鴻月鴈行, 而縹緲之態, 超越之氣, 似加一節矣. 王大異之, 越宮美人, 亦皆顔如灰色矣. 王問曰:

"兩娘何姓名也, 何地人也?"　　　　　　　　　　　　　　<乙>耶

一人對曰:

"小妾裊烟, 姓沈氏, 西潦州人也."

一人又對曰:

"小妾凌波, 姓白氏, 曾居瀟湘之間, 不幸遭變避地西邊, 今
從相公而來耳."

王曰:

"兩娘子非地上人也. 能解管絃否?"　　　　　　　　　　<乙>殊非

裊烟對曰:

"小妾塞外賤妾也,　未嘗聞絲竹之聲,　將以何技以娛大王
乎? 但兒時多事, 浪學釖舞, 而此乃軍中之戱, 恐非貴人所
可見也."

王大喜, 謂丞相曰:

"玄宗朝公孫大娘, 釖舞名於天下, 其後此曲遂絶, 不傳於
世. 我每咏杜子美詩, 而恨不及一快覩也, 此娘子能解釖
舞, 快莫甚焉."

與丞相, 各解贈所佩之釖, 裊烟捲袖解帶, 舞一曲於金鑾之
上. 倏閃揮燿, 縱橫頓挫, 紅粧白刃, 炫幻一色, 若三月飛
雪亂灑於桃花叢上. 俄而舞袖轉急, 釖鋒愈疾, 霜雪之色,
忽滿帳中, 裊烟一身不復見矣. 忽有一丈青虹, 橫亘天衢,
颯颯寒飈, 自動於樽俎之間, 座中皆骨冷, 而髮竦矣. 裊烟
欲盡其所學之術, 恐驚動越王, 乃罷舞擲釖, 再拜而退. 王　<乙>欠
久乃定神, 謂裊烟曰:

"世人釖舞, 何能臻此神妙之境? 我聞仙人多能釖術, 娘子

得非其人乎?"

裊烟曰:

"西方風俗, 好以兵器作戲, 故妾童稚之年, 雖或學習, 豈有
仙人之奇術乎?"

王曰:

<乙>諸姬　"我還宮中, 當擇美人中便捷善舞者而送之, 望娘子勿憚教
掖之勞."

裊烟拜而受命. 王又問於凌波曰:

"娘子有何才乎?"

凌波對曰:

<乙>欠　　"妾家舊在湘水之上, 湘水卽皇英所遊之處也. 有時乎天高
<乙>風淸月白　夜靜, 月明風淸, 則寶瑟之聲, 尙在於雲霄間, 故妾自兒時,
傚其聲音, 自彈自樂而已, 而恐不合於貴人之耳也."

王曰:

"雖因古人詩句, 知相妃之能彈琵琶, 而未聞其曲流傳於世
人也. 娘子若能傳得此曲, 啁啾俗樂, 何足聆乎?"

凌波自袖中, 出二十五絃, 輒彈一曲, 哀怨淸切, 水落三峽,
鴈號長天, 四座忽凄然下淚. 已而千林自振, 秋聲乍動, 枝
<乙>交　　上病葉, 紛紛亂墜. 越王大異之曰:

"吾不信人間曲律, 能回天地造化之權. 娘若人間之人, 則
<乙>欠　　何能使發育之春爲秋, 使敷榮之葉自零也? 俗人亦可學此
<乙>敷　　曲乎?"

凌波曰:

"妾惟傳古曲之糟粕而已, 有何神妙之術, 而不可學乎?"

萬玉燕告於王曰:

"妾雖不才, 以平日所習之樂, 試奏白蓮曲矣."

斜抱秦箏, 進於席前, 以纖葱拂絃, 能奏二十五絃之聲, 運
指之法, 清高流動, 殊可聽也. 丞相及鴻月兩人極稱之, 越
王甚悅.

駙馬罰飮金卮酒 聖主恩借翠微宮　　　　　　　　　　　　<乙>屈卮

是日樂遊原之宴, 烟波兩人, 末至助歡. 王及丞相, 興雖有
餘, 而野日將夕矣. 乃罷宴, 兩家各以金銀綵緞爲纏頭之
資, 量珠以斗, 堆錦如阜, 與紫閣峰齊. 越王與丞相, 上馬　　<乙>欠 / <乙>欠
帶月色而歸, 纔入城門, 鐘欲動矣. 兩家女樂, 爭途迭先,　　<乙>欠 / <乙>聲聞
珮響如水, 香氣擁街, 遺簪墮珠, 盡入於馬蹄, 窓窣之聲,
聞於暗塵之中矣. 長安士女, 聚觀如堵, 百歲老翁, 垂淚而　　<乙>外
言曰:

"我昔髮未總時, 見玄宗皇帝, 幸華淸宮, 其威儀如此矣. 不　　<乙>欠
圖垂死之日, 復見太平景像也."

此時兩公主, 與秦氏賈氏, 陪大夫人, 正待丞相之還. 丞相　　<乙>秦賈兩娘
上堂, 引沈裊烟白凌波, 現於大夫人及兩公主, 鄭夫人曰:

"丞相每言, 得賴兩娘子急難之恩, 幸成數千里拓土之功,
故吾每以未卽相見爲恨矣. 兩娘之來, 何太晚也?"　　<乙>曾未見 / <乙>耶

烟波對曰:

"妾等遠方鄕閭之人也. 雖蒙丞相一顧之恩, 而惟恐兩貴主　　<乙>欠 / <乙>欠
夫人, 不許一席之地, 未敢卽踵於門下矣. 頃入京師, 得聞　　<乙>虛
於行路, 則皆稱兩夫人, 有關雎樛木之德化, 被踈賤, 恩覃　　<乙>公主 / <乙>喬

<乙>事   上下云, 故方欲冒僭進謁之際, 適値丞相觀獵之時, 叨參
盛筵, 獲承下誨, 妾等之幸也."

公主笑謂丞相曰:

"今日宮中, 花色正滿, 相公必自詑風流, 而此皆吾兄弟之
功也. 相公知之乎?"

丞相大笑曰:

<乙>欠   "俗云, '貴人喜聞譽言', 非妄也. 彼兩人新到宮中, 大畏公
<乙>欠   主威風, 有此詔諛之言, 公主乃欲爲功耶?"

<乙>蟾月兩人   一座譁然大笑, 秦賈兩娘子, 問於鴻月曰:

"今日宴席, 勝負如何?"

<乙>驚鴻   鴻娘答曰:

"蟾娘笑妾大言矣. 妾以一言, 使越宮奪氣, 諸葛孔明, 以
片舸入江東掉三寸之舌,   說利害之機, 周公瑾魯子敬輩,
惟口呿喘息, 而不敢吐氣. 平原君入楚定從, 十九人皆碌
碌無成, 使趙重於九鼎大呂者, 非毛先生一人之功乎? 妾
<乙>之   志大, 故言亦大, 大言未必無實也. 問於蟾娘, 則可知妾言
之非妄也."

<乙>月   蟾娘曰:

<乙>欠 / <乙>欠   "鴻娘弓馬之才, 不可謂不妙, 而用之於風流, 陣中則雖或
<乙>欠   可稱, 置之於矢石場, 則安能馳一步, 而發一矢乎? 越宮奪
<乙>仙貌仙才也   氣, 所以服新到, 兩娘子之仙貌仙才, 何足爲鴻娘之功乎?
我有一言, 當向鴻娘說也, 春秋之時, 賈大夫貌甚醜陋, 天
<乙>欠   下所共唾也. 娶妻三年, 其妻未曾一笑, 賈大夫與妻出郊,
適射獲一雉, 其妻始笑之. 鴻娘之射雉, 或與賈大夫同乎?"

驚鴻曰:

"以賈大夫之醜貌, 能因弓馬之才, 睹得其妻之笑, 若使有
才有色, 而且能射雉, 則尤豈不使人愛敬乎?"

蟾月笑曰:

"鴻娘之自誇, 逾往而愈甚, 此無非丞相寵愛之過, 而驕其
心也."

丞相笑曰:

"我固知蟾娘之多才, 而不知有經術也, 今復兼春秋之癖也."

蟾月曰:

"妾閑時, 或涉獵經史, 而豈曰能之?"

翌日丞相入朝於上, 太后召見丞相及越王, 兩公主已入宮
在座矣. 太后謂越王曰:

"吾兒昨日與丞相, 以春色相較, 孰勝孰負?"

越王奏曰:

"駙馬完福, 非人所爭. 但丞相如此之福, 在女子, 亦爲福
乎? 不爲福乎?"

娘娘以此, 問于丞相, 丞相奏曰:

"越王謂不勝於臣者, 正如李白見崔顥詩, 而奪其氣也. 於
公主, 爲福不爲福, 臣非公主不能自知, 願問於公主."   〈乙〉問于

太后笑顧兩公主, 公主對曰:

"夫婦一身, 榮辱苦樂, 不宜異同. 丈夫有福, 則女子亦有福
也, 丈夫無福, 則女子亦無福也, 丞相之所樂, 小女亦同樂
而已."

越王曰:

“妹氏之言雖好, 非肺腑之言也. 自古駙馬, 未有如丞相之放蕩者, 此由於紀綱之不嚴也, 願娘娘下少游於有司, 問輕朝廷蔑國法之罪.”

太后大笑曰:

“駙馬誠有罪矣. 若欲以法治之, 則其爲老身及兒女之憂不淺, 故不得不屈公法, 而循私情矣.”

越王復奏曰:

“雖然丞相之罪, 不可輕赦, 請推問於御前, 觀其援辭, 而處之可也.”

<乙>有曰　太后大笑, 使越王代章問目, 詰於少游, 其問目曰:

自前古, 爲駙馬者, 不敢畜姬妾者, 非風流之不足也, 非衣食之不贍也. 盖所以敬君父也, 尊國體也, 況蘭英兩公主以位, 則寡人之女也, 以行則姙姒之德也. 駙馬楊少游, 不思敬奉之道, 徒懷狂蕩之心, 棲心於粉黛之窟, 遊意於綺羅之叢, 獵取美色, 甚於飢渴, 朝求於東, 暮取於西, 眼窮燕趙之色, 耳飫鄭衛之聲, 蟻屯於臺樹, 蜂鬧於房闥, 兩公主雖以樛木之德, 不生妬忌之心, 在少游敬謹之道, 安敢乃爾? 驕佚自恣之罪, 不可不懲. 毋隱直招, 以俟處分.

丞相乃下殿伏地, 免冠待罪, 越王出立於欄外, 高聲讀問
<乙>拱　目. 丞相聽訖, 納供, 其辭曰:

小臣楊少游, 猥蒙兩殿之盛眷, 驟玷三台之崇班, 則榮已極矣. 兩公主秉塞淵之德, 有琴瑟之和, 則願已足矣. 而童心尚存, 豪氣不除, 過耽聲妓之樂, 略聚歌舞之女, 此無非小

臣狃於富貴, 溢於盛滿, 不自檢飭之失. 而臣窃伏見國家令　　　　　<乙>知自檢

甲, 爲駙馬者, 設有婢妾, 若婚聚前所得, 自有分揀之道,

小臣雖有府中侍妾淑人秦氏, 皇上所命, 宜不在指論之列,

小妾賈氏, 臣曾在鄭家花園時, 使令於前者也, 小妾桂氏狄　　　　　<乙>桂狄沈白四介女

氏沈氏白氏四人, 或未及釋褐時所卜, 或奉命外國時所從,　　　　　　<乙>葛

而皆在婚禮以前, 至若幷畜於府中, 盖從公主之命也, 非小

臣所敢自擅者也. 論以國制, 斷以王法, 宜無可論之罪, 而　　　　　　<乙>欠

聖敎至此, 惶恐遲晩.

太后覽畢, 大笑曰:

"多畜姬妾, 不害爲丈夫風度, 容有可恕而過好盃酌, 疾病　　　　　　<乙>大 / <乙>怒

可慮, 推考可也."

越王復奏曰:

"駙馬府中, 不宜有姬妾, 少游雖誘於公主, 在其自處之道,

實有萬萬不可者, 更以此推問可也."

丞相着急, 乃叩頭奏曰:

"臣罪萬死無惜, 而自古有罪者, 有援用功議之規, 臣猥仗

皇上威德, 南服三鎭, 西平吐蕃, 其功亦不輕矣. 伏願娘娘

以功贖罪."　　　　　　　　　　　　　　　　　　　　　　　　<乙>謝罪

太后大笑曰:　　　　　　　　　　　　　　　　　　　　　　　　<乙>又

"楊郞眞社稷臣也. 我豈以女婿待之?"

仍命整冠上殿. 越王又奏曰:

"少游功大, 雖難加罪, 國法亦嚴, 不可全釋, 宜用酒罰."

太后笑而許之, 宮女擎進白玉小盃. 越王曰:

"丞相酒量, 本來如鯨, 罪名亦重, 安用小盃?"

＜乙＞數
自擇能容一斗金屈巵, 滿酌清冽酒而授之. 丞相酒戶雖寬, 連飮累斗, 安得不醉乎? 乃叩頭奏曰:

＜乙＞欠 / ＜乙＞欠
"牽牛以過眷織女, 被譴於聘岳, 少游以畜妾於家中, 被岳母之罰, 爲天王家女婿, 誠難矣. 臣大醉, 請退去矣."

＜乙＞而仆之
仍欲起立, 輒頹仆於席上, 太后大笑, 命宮女扶送於殿門之外, 謂兩公主曰:

＜乙＞丞相爲酒所困
氣必不平
"楊郎必爲酒所困, 有不平之氣, 汝等卽隨去, 解衣而安其身, 進茶而解其渴."

兩公主笑曰:

"雖無小女等, 兩人解衣進茶之人, 不患不足矣."

太后曰:

"雖然, 婦女之道, 不可廢矣."

＜乙＞公主承命
/ ＜乙＞燭
兩公主承命, 卽隨丞相而去. 大夫人張燈堂上, 方待丞相, 見丞相大醉, 問曰:

＜乙＞何今過醉耶
"前日, 雖有宣醞之命, 不曾一醉矣, 今何過醉也?"

＜乙＞怒
丞相以醉眼, 睨視公主, 久而答曰:

＜乙＞雖善爲談辭
＜乙＞欠
"公主兄越王, 訴訐於太后, 勒成小子之罪, 小子將滔於不測, 以兒子善爲辭說, 僅得淸脫. 越王必欲加罪於小子, 挑

＜乙＞罰以毒酒
＜乙＞欠
於太后, 以毒酒罰之, 小子若無酒量, 幾乎死矣. 此雖越王含憾於樂原之見屈, 必欲報復, 而亦蘭陽猜我姬妾之太多, 乃生妬忌之心, 與其兄挾謀, 而必欲困我也. 平日仁厚之心, 不可恃矣. 伏望母親以一盂酒, 罰蘭陽, 爲小子雪憤."

＜乙＞欠
柳夫人大笑曰:

＜乙＞欠
"蘭陽之罪, 本不分明, 且不能飮一勺之酒, 汝必欲使我罰之? 以茶代酒可也."

丞相曰:

"小子必欲以酒罰之."

柳夫人笑曰:

"公主若不飮罰酒, 則醉客之心, 必不解矣."

使侍女, 送罰酒於蘭陽公主. 執觴欲飮, 丞相忽然生疑, 欲　　　<乙>盃

奪其盃而嘗之, 蘭陽急投於席上. 丞相以指濡盞底餘瀝, 吸

而嘗之, 乃沙糖汁也. 丞相曰:

"太后娘娘, 若以沙糖水罰小子, 則母親亦當以沙糖水罰蘭

陽, 而小子所飮者酒也. 蘭陽安得獨飮沙糖水乎?"

招侍女曰:

"持酒樽而來."

自酌一盃而送之, 公主不得已盡飮. 丞相又告於夫人曰:

"勸太后而罰臣者, 雖蘭陽, 鄭氏亦與其謀, 故在太后座前,

見兒子受困, 目蘭陽而笑之, 其心不可測矣. 願母親又罰

鄭氏."

夫人大笑, 又以罰盃, 送於鄭氏, 鄭氏離座而飮. 夫人曰:

"太后娘娘罰少游, 因少游姬妾, 而今主母兩人, 皆飮罰酒,

姬妾等安得晏然乎?"

丞相曰:

"越王樂原之會, 蓋爲鬪色. 而鴻月烟波四人, 而小擊衆, 以　　　<乙>欠

弱敵强, 一戰樹勳, 先奏捷書, 致令越王懷感, 仍使小子受

罰, 此四人可罰也."

柳夫人曰:

"勝戰者亦有罰乎? 醉客之言可笑."

卽招四人, 各罰一盃, 四人飮畢, 鴻月兩人, 跪奏於柳夫人曰:

"太后娘娘之罰, 丞相實責姬妾之多, 非爲樂遊原之勝也. 彼烟波兩人, 尙未奉丞相枕席, 而與妾同飮罰酒, 不亦冤枉乎? 賈孺人奉櫛於丞相, 如彼之久, 受恩於丞相, 如彼之專, 而且不叅樂原之會, 獨免此罰, 下情皆菀抑矣."

<乙>闇

柳夫人曰:

"汝輩之言是也."

以一大盃, 罰春雲, 春娘含笑而飮. 此時諸人皆飮罰盃, 座中頗覺粉紜, 蘭陽公主被困於酒, 不堪其苦, 而惟秦淑人端坐座隅, 不言不笑. 丞相曰:

"秦氏獨醒, 窃笑醉客之顚狂, 亦不可不罰."

<乙>欠
<乙>何如

滿酌一盃而傳之, 秦氏亦笑而飮之. 柳夫人問於公主曰:

"公主素不飮酒, 酒後之氣如何?"

答曰:

"頭疼正苦矣."

<乙>酒

柳夫人使秦氏, 扶歸寢房, 仍使春雲酌酒而來, 把盃而言曰:

"吾之兩婦女中之聖也, 吾每恐損福矣. 少游酗酒使狂, 至令公主不寧, 太后娘娘, 苦聞之, 則必過慮矣. 老身不能敎誨兒子, 有此妄擧, 老身亦不可無罪. 吾以此盃, 自罰矣."

<乙>謂無

盡飮之, 丞相惶恐, 跪告曰:

"母親因兒子狂悖, 有此自罰之敎, 兒子之罪, 豈當笞而止哉?"

使驚鴻, 滿酌一大椀而來, 執臺而跪曰:

"少游不從母親之敎令, 未免貽憂於母親, 謹飮罰酒矣."

盡吸大醉, 不能定坐, 而欲向凝香閣, 以手指之, 大夫人使

春雲, 扶而往之. 春雲曰:

"賤妾不敢陪往矣, 桂娘子狄娘子妬小妾專寵矣."　　　　　　<乙>有

仍囑蟾月兩娘, 使之扶去, 蟾月曰:

"春娘子因吾一言而不去, 妾尤有嫌矣."

驚鴻笑而起, 扶携丞相而去, 諸人乃散.

丞相以烟波兩人, 性愛山水, 花園中有一畝芳溏, 淸若江湖

池中有彩閣, 名曰映蛾樓, 使凌波居之, 池之南有假山, 尖　　<乙>欠 / <乙>他

峰斲玉, 重壁積鐵, 老松陰密, 瘦竹影踈, 中有一亭, 名曰　　<乙>壁

氷雪軒, 使裊烟居之, 諸夫人及衆娘子, 遊花園之時, 則兩

人爲山中主人矣. 諸夫人從容謂凌波曰:　　　　　　　　　　<乙>欠

"娘子神通變化, 可得一觀乎?"

凌波對曰:

"此賤妾前身之事, 妾乘天地之運, 借造化之力, 盡脫前身,

幻受人形, 所脫鱗甲, 堆積如山, 雀變爲蛤之後, 豈有兩翼,

可以翺翔乎?"

諸夫人曰:

"理固然矣."

裊烟雖時時舞釖於大夫人及丞相兩公主之前, 以供一時之

翫, 而亦不肯頻舞曰:

"當時雖借釖術, 以逢丞相, 而殺伐之戲, 元非常時所可見

也."

此後兩夫人六娘子, 相得之樂, 如魚川泳而鳥雲飛, 相隨相

<乙>諸夫人聖德　依, 如篪如塤, 丞相恩情, 彼此均一. 此雖諸人盛德, 能致
一家之和, 而盖當初九人, 在南岳時, 其發願如此故也. 一
日兩公主相議曰:

“古之人娣妹諸人, 婚嫁於一國之內, 或有爲人妻者, 或有
爲人妾者, 而今吾二妻六妾, 義逾骨肉, 情同娣妹, 其中或
有從外國而來者, 豈非天之所命乎? 身姓之不同, 位次之
不齊, 有不足拘也, 當結爲兄弟, 以娣妹稱之可也.”

<乙>而春雲　以此意, 言於六娘子, 六娘子皆力辭, 春雲鴻月, 尤落落不
應. 鄭夫人曰:

“劉關張三人, 君臣也, 終不廢兄弟之義. 我與春娘, 自是
<乙>本　閨中管鮑之交也, 爲兄爲弟, 何不可之有? 世尊之妻, 東家
之女, 尊卑絶矣, 貞淫別矣, 同爲大釋之弟子, 終得上乘之
<乙>境 / <乙>欠　正果, 厥初微賤, 何關於畢竟之成就乎?”

兩公主遂與六娘子, 詣宮中所藏觀音畫像之前, 焚香展拜,
作誓文而告之. 其文曰:

<乙>鄭氏瓊貝　維年月日, 弟子瓊貝鄭氏, 簫和李氏, 彩鳳秦氏, 春雲賈氏,
<乙>齊　蟾月桂氏, 驚鴻狄氏, 裊烟沈氏, 凌波白氏, 越宿齋沐, 謹
告于南海大師之前. 世之人, 或有以四海之人, 而爲兄弟
者, 何則以其氣味之合也, 或有以天倫之親, 而爲路人者,
何則以其情志之乖也? 弟子八人等, 始雖各生於南北, 散
處於東西, 而及長, 同事一人, 同居一室, 氣相合也, 義相
<乙>枝 / <乙>憾　孚也. 比之於物, 一樹之花, 爲風雨所撼, 或落於宮殿, 或
飄於閨閣, 或墜於陌上, 或飛於山中, 或隨溪流, 而達於江

湖, 然言其本, 則同一根也. 惟其同根也, 故花本無心之物, 而其始也, 同開於枝, 其終也, 同歸於地, 人之所同受者, 亦一氣而已, 則氣之散也. 豈不同歸於一處乎? 古今遼闊, 而生并一時, 四海廣大, 而居同一室, 此實前生之宿緣, 人生之幸會. 是以弟子等八人, 同約同盟, 結爲兄弟, 一吉一凶, 一生一死, 必欲與之相隨而不相離也. 八人中, 苟有懷異心, 而背矢言者, 則天必殛之, 神必忌之. 伏望大師, 降福消災, 以佑妾等, 使百年之後, 同歸於極樂世界, 幸甚.

<乙>欠

此後六娘子, 雖自守名分, 不敢以兄弟稱號, 而兩夫人以妹子呼之, 恩愛愈密矣. 八人皆各有子女, 兩夫人及春雲裊烟蟾月驚鴻生男子, 彩鳳凌波皆生女子, 而未嘗見産育之慘, 此亦與凡人殊也. 時天下昇平, 民安物阜, 廟堂之上, 無一事可規畫者, 丞相出, 則陪聖天子, 遊獵於上苑, 入則奉大夫人, 讌樂於北堂, 傚傚舞袖, 任它光陰之流邁, 嘈嘈急絃, 催却春秋之代謝. 丞相躡沙堤, 而執勻衡者, 已累十年, 享萬鍾之富, 盡三牲之養, 泰極否至, 天道之恒, 興盡悲來, 人事之常也. 柳夫人以天年終, 壽九十九矣. 丞相哀毁逾禮, 幾乎滅性, 兩殿憂之, 遣中使, 勉諭節哀, 以王后禮葬之. 鄭司徒夫妻, 亦得上壽而終, 丞相悲悼之情, 不下於柳夫人矣. 丞相六男二女, 皆有父母標致, 玉樹芝蘭, 并耀於門闌, 第一子名大卿, 鄭夫人出也, 爲吏部尙書. 第二子名次卿, 狄氏出也, 爲京兆尹. 第三子名舜卿, 賈氏出也, 爲御史中丞. 第四子名季卿, 蘭陽公主出也, 爲

<乙>兩夫人以妹子呼之此後六娘子雖自守名分不敢以兄弟稱號而恩愛愈密

<乙>蟾月裊烟

<乙>欠

<乙>丕

<乙>鄭夫人

<乙>其次曰 / <乙>次曰 / <乙>次曰

<乙>次日
/ <乙>次日

兵部侍郎. 第五子名五卿, 桂氏出也, 爲翰林學士. 第六子
名致卿, 沈氏出也, 年十五, 勇力絶倫, 智略如神, 上大愛
之, 爲金吾上將軍, 將京營軍十萬, 宿衛宮禁. 長女名傅
丹, 秦氏出也, 爲越王琊琊王妃. 次女名永樂, 白氏出也,
爲皇太子妾, 後封婕妤. 楊丞相以一介書生, 遇知己之主,
值有爲之時, 武定禍亂, 文致太平, 功名富貴, 與郭汾陽齊

<乙>方爲

名, 而汾陽六十爲上將, 少游二十出爲大將, 入爲丞相, 久
居鼎位, 協贊國政, 過於汾陽. 二十四考, 上得君心, 下協

<乙>千

人望, 坐享豊亨, 豫大之樂, 誠歷萬古絶百代, 而所未聞
也. 丞相自以盛滿可戒, 大名難居, 乃上疏乞退. 其疏曰:

<乙>臣某

丞相魏國公駙馬都尉, 臣楊少游謹頓首百拜, 上言于皇帝
陛下. 臣窃伏以人臣之落地而願者, 不過曰將相也, 曰公
侯也, 官至將相公侯, 則無餘願矣. 父母之爲子而祝者, 不
過曰功名也, 曰富貴也, 身致功名富貴, 則無餘望矣. 然則
將相公侯之榮, 功名富貴之樂, 豈非人心之所艶慕, 時俗

<乙>傾 / <乙>盛滿
/ <乙>時 / <乙>志

之所爭奪者乎? 人所同艶, 而不知履盛之戒, 衆所共爭, 而
未免滅頂之禍, 此廣受所以決勇退之計也, 田竇所以遭傾
覆之災也. 將相公侯, 雖可榮, 而孰如知足乞骸之榮也, 功
名富貴, 雖可樂, 而孰如全身保家之樂哉? 臣才湔能薄, 而
躐取高位, 功淺望蔑, 而久玷要路, 貴已極於人臣, 榮亦及
於父母. 臣之始願, 亦不敢萬一於此, 人豈以是而期臣哉?
況猥以疎逖, 聯結椒掖, 視過異於群臣, 恩賚出於格外, 以

<乙>錦

藜藿之腸肚, 而飫禁臠之味, 以蓬蒿之蹤跡, 而處沁水之

<乙>主

園, 上以貽聖朝之辱, 下而乖賤臣之分, 臣豈敢自安於食息

乎? 早欲斂迹避榮, 杜門辭恩, 以僭越濫冒之罪, 自謝於天
地神明, 而聖恩隆重, 未效涓埃之報, 且臣筋力尙堪駈策
之勞, 故臣不得不洪涊蹲居, 遲回不去, 擬效一分報酬之
誠, 而卽退守丘園, 以畢餘生矣. 今殊遇未答, 而年齡倏高,
微悃莫展, 而齒髮先衰, 形如病木, 不秋而自枯, 心如眢井,
不汲而自渴, 雖欲復效犬馬之力, 少報丘山之德, 其勢末由   <乙>欠
矣. 今天下賴陛下神聖, 四夷率服, 兵革不用, 萬民又安,
桴鼓不警, 天休滋至, 年穀頻登, 庶幾致三代大同熙皡之治   <乙>谷累
矣. 雖令臣久留輦轂之下, 冒居廟堂之上, 不過奉朝請, 而
費廩粟, 坐聽康衢擊壤之歌而已, 尙何有經理猷爲之事乎?
噫! 君臣猶父子也, 父母之心, 雖不肖不才之子, 在於膝下,
則喜之, 出於門外則思之. 臣伏想陛下, 必以臣爲簪履舊
物經幄, 老臣不忍其一朝退去. 而嗚呼! 人子之思父母, 何
異於父母之愛其子也? 臣荷陛下眷注之寵, 旣至矣, 沐陛
下生成之澤, 亦深矣. 一毫一毛, 莫非造化陶鑄之功, 則臣
亦豈欲遠辭天陛退伏兵甃, 便訣堯舜之聖哉? 第已盈之器,
不可使濫, 已泛之駕, 不可復乘, 伏乞陛下諒臣不堪任事,
察臣不願居尊, 特許卷歸松楸, 以保殘齡, 俾免亢龍之悔.
臣謹當歌詠聖德, 感激洪私, 以圖結草之報矣.   <乙>欠

上覽其疏, 乃以手書, 賜批曰:

卿勳業, 溢於鍾鼎, 德澤被於生靈, 學術足以贊治, 威望足
以鎭國, 卿卽國家之柱石, 寡躬之股肱也. 昔太公召公, 齒
幾百歲, 而尙輔周室, 能致至理, 今卿旣非禮經所謂致仕
之年, 則卿雖謝事徑退, 朕不可許矣. 況張璧疆, 本有仙骨,

<乙>欠　李鄴侯老猶不衰, 松柏傲霜雪而猶勁, 蒲柳值秋風而先零, 此其性質之堅脆不同也. 卿自有松柏之操, 何憂蒲柳之衰乎? 朕觀卿風彩猶新, 不減於玉堂草詔之日, 精力尙旺, 不讓於渭橋討賊之時, 卿雖稱老, 朕固不信. 須回箕山之高節, 以贊唐虞之至治, 是朕之望也.

<乙>擬　丞相以前世佛門高弟, 且受藍田山道人秘訣, 多有修鍊之功, 故春秋雖高, 容顔不衰, 時人皆以仙人疑之, 是以詔書中及之. 此後丞相又上疏, 求退甚懇. 上引見曰: "卿辭一至於此, 朕豈不能勉副, 以成卿五湖高節乎? 但卿若就所封之國, 非徒國家大事, 無可與相議者, 況今皇太后, 驪馭上賓, 長秋已空? 朕何忍與英陽及蘭陽相離也? 城南四十里有離宮, 卽翠微宮也, 昔玄宗避暑之處也. 此宮窈而深, 僻而曠, 可合暮年優遊. 故特賜卿, 使之居處矣." 卽下詔加封丞相魏國公爵太史, 又加賞封五千戶, 姑收丞

<乙>俊　相印綬.

楊丞相登高望遠　眞上人返本還元

丞相尤感聖恩, 叩頭祗謝, 擧家卽移接於翠微宮, 此宮在終
<乙>境也　南山中. 樓臺之壯麗, 景致之奇絶, 卽蓬萊仙境. 王維學士詩曰, '仙居未必能勝此, 何事吹嘯向碧空.' 以此一句, 可占其絶勝矣. 丞相空其正殿, 奉安詔旨及御製詩文, 其餘樓閣臺榭, 兩公主諸娘子分居. 丞相日與兩夫人六娘子, 臨水弄月, 入谷尋梅, 過雲壁, 則賦詩而寫之, 坐松陰, 則橫琴而

彈之, 晚年淸閑之福, 令人起羨. 丞相就閑謝客, 亦已累年　〈乙〉果之朴

矣. 仲秋旣望, 卽丞相晬日, 諸子女設宴獻壽, 至十餘日,

繁華景色, 不可言也. 宴罷諸子女, 各歸其家, 俄而菊秋佳

節, 已迫矣. 菊花綻萼, 茱萸垂實, 正當登高之時也. 翠微

宮西畔有高臺, 登臨則八百里秦川, 如掌樣見也, 丞相最愛

其臺. 是日與兩夫人六娘子, 登其上, 頭揷一枝黃菊, 以賞

秋景, 乃斥珍羞屛管絃, 使春雲挈果榼, 使蟾月携玉壺滿酌　〈乙〉相對暢飮

泛菊, 與妻妾以次暢飮, 而已返照倒射於昆明, 雲影低垂於

廣野, 秋色燦爛如展活畫. 丞相手把玉簫, 自吹數曲, 其聲　〈乙〉一

鳴鳴咽咽, 如怨如思, 如泣如訴, 若荊卿渡易水, 與高漸離,　〈乙〉訴 / 〈乙〉思

擊筑相和, 霸王在帳中, 與虞美人, 唱歌怨別, 諸美人悲思　〈乙〉伯

盈襟, 慘怛不樂. 兩夫人問曰:

“丞相早成功名, 久享富貴, 一世所羨, 近古所罕. 當此佳

辰, 風景正美, 菊英泛觴, 玉人滿座, 是亦人生樂事, 而簫　〈乙〉是亦人生之樂事

聲甚哀, 使人堪涕, 今日之簫聲, 非昔日之吹簫也.”　〈乙〉非舊日之聞何也

丞相乃投玉簫與八人, 徒倚欄干, 擧手指明月而言曰:　〈乙〉欠 / 〈乙〉頭

“北望則平郊四曠, 頹嶺獨立, 夕照殘影, 明滅於荒草之間　〈乙〉廣

者, 卽秦始皇阿房宮也. 西望則悲風怕林, 暮雲冪山者, 漢

武帝茂陵也. 東望則粉墻繚繞於靑山, 朱甍隱暎於碧空, 只　〈乙〉僚 / 〈乙〉且

有明月, 自來自去, 玉欄干頭, 更無人倚者, 卽玄宗皇帝, 與

太眞同遊之華淸宮也. 噫! 此三君, 皆千古英雄, 以四海爲

戶庭, 以億兆爲臣妾, 雄豪意氣, 軒輊宇宙, 直欲挽三光, 而

閱千歲矣, 而今安在哉? 少游以河東一布衣, 恩承聖主, 位

致將相, 且與諸娘子相遇, 厚意深情, 至老益密, 非前生未

<乙>散

了之緣, 必不及於是也. 男女以緣而會, 緣盡而歸, 乃天理之常也. 吾輩一歸之後, 高臺自頹, 曲池且堙, 今日歌殿舞

<乙>樵童牧兒

榭, 便作衰草寒烟, 必有樵豎牧童, 悲歌暗歎, 往來而相謂曰, ‘此乃楊丞相, 與諸娘子, 所遊之處. 大丞相富貴風流, 諸娘子玉容花態, 已寂寞矣’, 人生到此, 則豈不如一瞬之頃乎? 天下有三道, 曰儒道, 曰仙道, 曰佛道, 三道之中, 惟佛最高. 儒道成全, 明倫紀, 貴事業, 留名於身後而已. 仙道

<乙>無所驗
<乙>欠

近誕, 自古求之者甚多, 而終未能得之, 秦皇漢武及玄宗皇帝, 可鑑也. 吾自致仕來此之後, 每夜着睡, 則夢中必參禪於蒲團之上, 此必與佛家, 有緣也. 我將效張子房, 從赤松子, 棄家求道, 越南海, 尋觀音, 上義臺, 禮文殊, 得不生不滅之道, 欲超塵世之苦海. 但與君輩, 半生相從, 而未幾將作遠別. 故悲愴之心, 必自發於簫聲之中也.”

<乙>丞相

諸娘子前身, 皆南岳仙女, 且塵緣將盡於此時也. 及聞相公之言, 自有感動之心, 齊言曰:

“相公繁華之中, 乃有是心, 豈非天之所啓乎? 妾等姉妹八人, 當共處深閨, 朝夕禮佛, 以待相公之還. 而相公今行, 必値明師, 而遇良朋, 得聞大道矣. 伏望得道之後, 必先敎妾等.”

丞相大喜曰:

“吾九人之心, 旣相合矣, 尙何事之可慮乎? 我當以明日作行矣.”

諸娘子曰:

“妾等當各奉一盃, 以餞丞相矣.”

方命侍兒, 洗盞更酌矣, 投筑之聲, 忽出於欄外石逕, 諸人　　　　　　<乙>欠
皆曰:

"何許人敢來於是處乎?"

已而有一衲胡僧至前, 厖眉尺長, 碧眼波明, 形貌動靜, 甚　　　　<乙>而已
異矣. 儼上高臺, 與丞相, 對坐曰:　　　　　　　　　　　　　<乙>欠 / <乙>相對

"山野之人, 謁於大丞相矣."

丞相已知非俗僧, 忙起答禮曰:

"師傅來從何處乎?"

胡僧笑曰:

"丞相不解平生故人乎? 曾聞貴人善忘, 果是矣."　　　　　　　<乙>也

丞相熟視之, 似是舊面, 而猶不分明矣, 忽大悟, 顧諸夫人
而言曰:

"少游曾伐吐蕃時, 夢參於洞庭龍宮之宴, 歸路暫上於南岳,　　<乙>王
見老和尙跏趺於法座, 與衆弟子等, 講佛經矣. 師傅無乃夢
中所見之和尙乎?"

胡僧拍掌大笑曰:

"是矣是矣. 然只記夢中之一見, 而不記十年之同處, 誰謂　　　<乙>欠
楊丞相聰明乎?"

丞相憫然曰:

"少游十六歲以前, 不離父母之眼前, 十六歲登第, 連有職
名, 不出京城, 南使燕鎭, 西擊吐蕃之外, 足跡無所及處,
何時與師傅, 十年相從乎?"

胡僧笑曰:

"丞相尙未醒昏夢矣."

少游曰:

"師傅可能使少游大覺乎?"

胡僧曰:

"此不難矣."

高擧手中錫杖, 大叩欄干至再, 遽有白雲亂起於四面山谷之間, 陣陣飛來, 環擁臺上, 昏昏暗暗, 尋丈不卞, 丞相若在醉夢中矣. 良久乃大聲疾呼曰:

"師傅不以正道, 指敎少游, 乃以幻術相戱耶?"

言未盡, 雲氣盡捲, 胡僧及兩夫人六娘子, 皆無蹤跡矣. 大驚大惑, 定睛詳視, 則層樓複臺, 踈簾密箔, 都不可見. 而自顧其身, 則獨在小庵中蒲團上, 火消香爐, 月在西峰, 自撫其頭, 則頭髮新剃, 餘根鬆鬆, 一百八顆念珠, 已垂項前, 眞是小和尙形摸, 非復大丞相威儀. 神精惚惚, 胸膈憧憧矣. 旣久忽覺, 其身是蓮花道場性眞小和尙也. 回念初被師傅戒責, 隨力士徃豊都, 幻生人世, 爲楊家之子, 早捷壯元, 爲翰苑之官, 出將三軍, 入摠百揆, 上疏乞退, 謝事就閑, 與兩公主六娘子, 對歌舞聽琴瑟, 盃酒團欒, 晨昏行樂, 皆一場春夢中事. 乃曰:

<乙>欠
<乙>情

<乙>事耳

"此必師傅知吾一念之差, 俾著人間之夢, 要令性眞, 知富貴繁華男女情慾, 皆妄幻也."

急向石泉, 淨洗其面, 着衲整弁, 自詣方丈, 衆闍梨已齊會矣. 大師高聲問曰:

"性眞人間滋味果如何耶?"

性眞叩頭流涕曰:

"性眞已大覺矣. 弟子無狀, 操心不正, 自作之蘗, 誰怨誰咎? 宜處缺陷之世界, 永受輪回之咎殃, 而師傅喚起一夜之夢, 能悟性眞之心, 師傅大恩, 雖閱千萬塵, 而不可報也."

大師曰:

"汝乘興而去, 興盡而來, 我有何干與之事乎? 汝又曰, '弟子夢人間輪回之事', 此汝以夢與人世, 分而二之也, 汝夢猶未盡覺也? 莊周夢爲蝴蝶, 蝴蝶又變爲莊周, 莊周曰, '莊周之夢, 爲蝴蝶耶? 蝴蝶之夢, 爲莊周耶?', 終不能卞之, 孰知何事之爲夢? 何事之爲眞耶? 今汝以性眞爲汝身, 以夢爲汝身之夢, 則汝亦以身與夢, 謂非一物也. 性眞少游, 孰是夢也? 孰非夢也?"

＜乙＞且汝

＜乙＞欠 / ＜乙＞欠

性眞曰:

"弟子蒙暗, 不能卞夢非眞也, 眞非夢也. 望師傅設法, 使弟子覺之."

大師曰:

"我當說金剛經大法, 以悟汝心, 而當有新來弟子, 汝姑待之."

性眞未退, 守門道人入告曰:

＜乙＞言未畢

"昨日所來衛夫人座下仙女八人, 又到請謁於大師矣."

大師命召之, 八仙女詣大師之前, 合掌叩頭曰:

"弟子等雖侍衛夫人左右, 而實無所學, 未制妄念, 情慾乍動, 重譴隨至, 塵土一夢, 無人喚醒. 幸蒙師傅慈悲, 親往挈來, 而昨往衛夫人宮中, 摧謝前日之罪, 旋辭夫人, 永歸佛門, 伏乞師傅快赦舊愆, 特垂明敎."

大師曰:

"女仙之意雖美, 佛法深遠, 不可猝學, 非大德量大發願, 則
道不能成矣. 仙女自量而處之."

<乙>惟仙女

八仙女卽退, 滌滿面之臙粉, 脫遍身之綺縠, 取金剪刀, 自
剃綠雲之髮. 復入告曰:

"弟子等已旣變形, 誓不慢師傅之敎訓矣."

大師曰:

"善哉善哉! 汝等八人也, 至誠如此, 寧不感動?"

<乙>其經有白毫
/ <乙>亂雨等語

遂引上法座, 講說經文, 白毫光射世界, 天花下如亂雨. 說
法將畢, 乃誦四句之偈, 性眞及八尼姑, 皆頓悟本性, 大得
寂滅之道. 大師見性眞戒行純熟, 乃會衆弟子, 而言曰:

"我本爲傳道, 遠入中國, 今旣得傳法之人, 我今行矣."

以袈裟及一鉢淨甁錫杖金剛經一卷, 給性眞, 遂向西天而
去.

此後性眞率蓮花道場大衆, 大宣敎化, 仙與龍神, 人與鬼

<乙>欠

物, 尊重性眞, 如六觀大師, 八尼姑皆師事性眞, 深得菩薩

<乙>境

大道, 畢竟皆歸於極樂世界, 嗚呼, 異哉!

부
록

구운몽

　이번 민중서관에서 한국고전문학대계의 일환으로 주해본 『구운몽』이 출간되었다. <구운몽>은 <춘향전>과 함께 우리 고소설을 대표하는 쌍벽임은 말할 것도 없다. <춘향전>은 이조 중기 이후의 사회상을 반영한 사실주의적 소설이라고 한다면, <구운몽>은 특정 시대에 근거하기보다는 인간의 영원한 문제를 그린 이상주의적 소설이라고 하겠다.

　이와 같이 귀중한 <구운몽>이 국문학계의 중진인 정병욱 교수와 국어학자 이승욱 교수에 의해 주해되어 출간되었다는 것은 여간 반가운 일이 아니다. 그러나 <구운몽>의 이본 수는 <춘향전>만큼 번거롭지는 못하다 하더라도 국문본 <구운몽>만도 무려 20여 종에 가깝고, 또한 근 20년 전에 이가원 교수에 의해 주해되어 나온 『구운몽』(덕기출판사, 1955)이 없는 바 아니나, 이는 국문본으로 성립연대가 비교적 최근의 것으로서 이본적 위치를 둔다면, 이번 민중서관에서 나온 주해본 『구운몽』은 서울대학교 중앙도서관에 소장되어 있는 것으로서 현 <구운몽>과 국문본 이본으로는 가장 고본이라는 정평이 있다는 데 그 이본적 가치를 두어야 할 것이다.

1

　민중서관 간행 주해본『구운몽』은 서울대학본 <구운몽>이 주해된 외에도 그 해설에서 '서포의 생애와 인물'과 '서포와 구운몽'으로 작자 김만중과 작품을 아울러 일반적으로 소개하였고, 그리고 부록으로 James S. Gale 박사의 영역 <구운몽>(*The Could Dream of the Nine*)과 한문본 <구운몽> 계해본이 실려 있고, 앞장에는 이 주해본의 影印張과 함께 또한 진귀한 서포 간찰(정병욱 교수 소장)의 影印狀 (여기에 현종 15년이 서포 선생의 58세로 되어 있으나 이는 38세의 오기) 등이 붙어 있어 이들은 <구운몽>을 폭넓게 이해하는 데 많은 도움을 주리라고 본다.

　국문본 <구운몽>을 읽는 데는 한문본 <구운몽>과 대독하지 않고서는 이를 읽을 수가 없다. 그만큼 국문본 <구운몽>을 주해하는 데는 한문본이 현존하고 있는 이상, <춘향전>만큼 지난한 과업은 아니다. 이번 정 교수와 이 교수에 의해 이루어진 <구운몽> 주해도 한문본에 충실히 전거하였고 거추장스러운 것은 따로 補注로 미루었고, 또한 서울대학본 <구운몽>이 국문본으로서 가장 고본인 만큼 그 난해한 고어가 산재하는데 이들에게『釋譜詳節』,『內訓』,『朴通事』,『老乞大諺解』,『法華經』,『楞嚴經』,『杜詩諺解』,『類合』등 이조 고문헌을 인용하여 어학적 해설까지 가해 놓은 것은 일반 대중에게뿐만 아니라 국문학도들에게도 큰 도움이 되리라고 본다. 그러므로 이 주해는 거의 완벽하게 이루어 놓았다고 해도 좋을 것이다. 그러나 간혹 오독된 곳도 발견되어 이 주해본이 재간될 때 참고가 되었으면 하는 뜻에서 이들을 열거하면 다음과 같다.

첫째, '경홍이 산듕제후의 궁듕에 드러시니'(서울대학본, 70쪽)를 '驚鴻이 山中諸侯의 宮中에 들었으니'로 푼 바와 같이 '산듕'을 '山中'으로 풀고 있으나, 이는 한문본의 '驚鴻方入於山東諸侯宮中'(을사본·노존본1))으로 보아 의당 '山東'으로 읽어야 한다. 여타 국문본에도

경홍이 임의 산동제후 궁즁에 드러갓스니(신번구운몽2)·유일서관본·이가원본)
경홍이 산동제후 궁듕에 드러ᄀ시니(국문노존본)3)

여기서 서울대학본의 '산듕'은 '산동'의 와음임을 쉽게 알 수 있다. 둘째, '싱이 녜단을 ᄀ초아 모친표미 두년ᄉ롤 가보니'(서울대학본, 74쪽) 중 '녜단'을 '禮單'으로 표기하고 있으나, 이는 한문본의 '郞備禮緞 往尋杜鍊師'(을사본·노존본)로 보아 '녜단'은 의당 '禮緞'으로 고쳐 풀어야 할 것이며,

이월 금음날은 곳 녕보도군 탄일이니(서울대학본, 80쪽)

---

1) 노존본 한문본은 을사본·계해본에서와 같이 그 첫째 장회가 '蓮花峰大開法宇 眞上人幻生楊家'로 되어 있지 않고, 대신 '老尊師南嶽講妙法 小沙彌石橋逢仙女'로 되어 있는 것이다. 거기서 '老尊師南嶽講妙法' 云云의 '老尊'을 따서 '노존본'이라 假稱한 것이다. 이 노존본은 상하 2책으로 된 手寫本으로 필자가 소장하고 있다.

2) <신번구운몽>은 그 출판연도가 1913년 3월로 되어 있어 종래 <구운몽> 활판본의 효시로 알려졌던 유일서관본(1913년 7월·唯一書館 간행)보다 그 출판연도가 4개월이나 앞서 <구운몽> 활판본의 효시는 다시 <신번구운몽>이 이에 해당한다. 그러나 유일서관본은 그 후 활판돼 나온 博文·滙東·永昌書館本으로 일자일구의 차이도 없이 그대로 옮겨졌지만, 유일서관본은 또한 <신번구운몽>에서 연유된 것임은 주목된다.

3) 노존본 국문본은 서울대학본과 같이 그 첫 장회가 '노존시남악에 디개묘법ᄒ고 쇼샤리 셕교에 봉션녀라'(老尊師南嶽講妙法 小沙彌石橋逢仙女)로 된 것을 말한다. 이 노존본 국문본은 3권 3책으로 된 手寫本으로 노존본 한문본의 번역에서 이루어진 것인데 필자가 소장하고 있다.

가운데 "녕보도군"을 '靈保道君'으로 표기하고 있으나, 한문본에 '二月晦日 乃靈府道君, 誕日也'(을사본 · 노존본)로 된 것으로 보면, 서울대학본의 '녕보도군'은 '靈府道君'4) 와음임을 알 수 있다. 여타 국문본에도 정확히 '靈府道君'으로 되어 있음은 물론이다.

숨월 그믐날은 령부도군의 탄일이라(신번구운몽 · 유일서관본 · 이가원본)

이월회일 영부도군 탄일에(국문노존본)

셋째, '녀ㅅ도의 건북으로 거문고를 안고 나셔니'(서울대학본, 84쪽)의 '녀ㅅ도'를 '女士道'로 풀고 있으나, 이는 한문본의 '具女道士巾服抱琴而出'(을사본 · 노존본)을 빌 것도 없이 서울대학본의 '녀ㅅ도'는 결국 '女士道'의 앞뒤가 엇갈린 와음임은 말할 것도 없다. 여타 국문본엔 '女道士'로 되어 있음은 물론이다.

녀도ㅅ의 건복을 갓초고 거문고를 가지고 나오는(신번구운몽 · 유일서관본 · 이가원본)

넷째, '이제 텬지 딘무ㅎ시고 됴졍이 쳥명ㅎ야'(서울대학본, 154쪽)를 '이제 天子 鎭撫하시고 朝廷이 淸明'하여 풀고 있으나, 그 가운데 '딘무'가 '鎭撫'로 엉뚱하게 되어 있지만, 이는 한문본의 '今天子神武朝廷淸明'에서와 같이 '딘무'는 '神武'의 와음임을 쉽게 알 수 있다. 여타 국문본에는 모두 '神武'의 음을 취하고 있다.

---

4) 尙書帝命驗曰 帝者承天立五府 以尊天重象 赤曰文祖 黃曰神斗 白曰顯紀 黑曰元矩 蒼曰靈府(『隋史』, 「宇文愷傳」).

이제 텬즈게오셔 신무ᄒ시고 조뎡이 쳥명ᄒ야(신번구운몽·유일셔관본·이가원본)

천지 신무ᄒ시고 죠뎡이 쳥명ᄒ고(국문노존본)

다섯째, '소옹의 도슐을 비화'(서울대학본, 144쪽)의 '소옹'을 '小翁'으로 표기하였으나 이는 '少翁'[5)]의 미스이고, '노뷔 이제야 진짓 말ᄒ리라'(146쪽)의 '노부'를 '老父'로 표기하였으나 이는 '老夫'로 써야 하고, '츈낭이 실노 헤힐ᄒ거니와'(150쪽)의 '츈낭'을 '春郎'으로 썼으나 이는 '春娘'의 잘못이고, 진채봉의 紈扇詩 한 구절 '무로쟝각여화면'(186쪽)을 '無路將却如花面'으로 풀었으나, 이는 의당 한문본을 좇아 '無路遮却如花面'으로 풀어야 한다. 그것은 그 다음에 이 시구를 푸는 구절이 '곳 갓흔 얼골을 슈고로이 ᄀᆞ리오디 말라'로 되어 있는 데서도 알 수 있다.

여섯째, '삭방화동산남농셔병마를 됴발ᄒ여'(202쪽)를 '朔方河東山南隴西兵馬를 調發하여'로 풀이하고 있으나, 이 중 '됴발'(調發)은 한문본의 '詔發朔方河東山南隴西兵馬'로 보면, 위의 됴발은 '詔發'의 와음임을 알 수 있다. 또

그 녀관이 도술이 이셔 뎨즈 십인은 검술을 ᄀᆞᄅ치니 진치월 금치홍과 심뇨연이니(208쪽)

---

5) 果學少翁致鬼之術矣(한문본).

漢延女女弟 妙麗善舞 延年有寵於武帝 夫人因平陽公主言於帝 亦得幸蚤卒 帝圖具形於甘泉宮 思念不已方士齊人少翁 言能致其神 乃張燈帷帳 令帝居他帳遙望 見好女如夫人焉(『中國人名大辭典』).

에서 인명 '김치홍'을 '金彩虹'으로 표기하고 있으나, 이는 한문본의 '敎
弟子三人 卽秦海月金綵虹沈裊烟'으로 보아 '金綵虹'으로 표기해야 할
것이며, '도로보내엿던 녜폐롤 도로 바드미 ᄌᆞᆺ 구간ᄒᆞ고'(296쪽) 중
'구간'을 '苟艱'으로 표기해 놓았으나, 이는 노존본을 좇아 '苟簡'6)으로
표기해야 한다.

끝으로 서울대학본 말미에 양소유의 가속을 나열하는 장면에

오는 유경이니 계시의 쇼싱이오 한님혹ᄉᆞ를 ᄒᆞ엿고(404쪽)

에서 "유경"을 '庚卿'으로 풀고 있으나, 이는 한문목각본의 '第五子名
五卿 桂氏出也 爲翰林學士'를 보면, 위의 "유경"은 '오경'의 와음임을
알 수 있는데, 서울대학본에 나타난 많은 와음을 주해자로 인정하면서
도 때로는 서울대학본의 한문본의 다른 계열로 그 특색을 살리려 함
인지 무리하게 이들의 와음을 받아들이고 있다. 서울대학본의 '유경'
이 한문본의 '五卿'의 와음임을 인정해야 할 것은 하단에 계속되는

늇은 치경이니 심시쇼싱이라 오셰의 용녁이 졀윤ᄒᆞ니(404쪽)

를 문자 그대로 받아들여 '六은 致卿이니 沈氏所生이라 五歲의 勇力
이 絶倫하니'로 풀이하고 있으나, '致卿이 5세에 勇力이 絶倫'하다는
것은 있을 수 없는 일로 이는 한문목각본의 '第六子名致卿 沈氏出也
年十五勇力絶倫'에서와 같이 치경이 15세에 용력이 절륜하다는 것이
합리적이며, 결국 서울대학본에 前揭한 치경의 용력을 규정짓는 오세
의 연령은 한문본의 '十五'에서 '十'자가 탈자된 것임을 알 수 있다. 물

---

6) 復受旣退之弊 頗涉苟簞(노존본), 食苟簞之田 立於不貸之圃(『莊子』).

론 여타 국문본엔 모두 한문본에서와 같이 '十五'로 되어 있다.

　말하자면 주해자가 위와 같이 '山東'을 '山中'으로, '禮緞'을 '禮單'으로, '靈府道君'을 '靈保道君'으로, '女道士'를 '女士道'로, '老夫'를 '老父'로, '神武'를 '鎭撫'로, '遮却'을 '將却'으로, '綵虹'을 '彩虹'으로, '五卿'을 '庚卿'의 異系로 잡으려는 데서 나온 과오가 아닌가 한다.

　위의 것은 대부분 서울대학본의 와음을 그대로 받아들여 오독을 초래케 한 것이고, 이 밖에도 정소저의 '喜鵲詩'에 있어서 서울대학본의

　　남국뇨화여작소(276쪽)

를 '南國天華與鵲巢'로 풀이하고 있으나, 그 가운데 '뇨화'는 '夭華'로 제대로 되어 있는 것을 '天華'로 푼 것은 한문본의 '夭華'를 '天華'로 오독한 것이며, 이는 마땅히 '夭華'[7]로 원전 그대로 두어야 한다. 이와 같은 오독은 20세기 초에 번역된 <신번구운몽>을 비롯한 유일서관본 등 활판본에도 진작부터 오독되어 있다.[8]

　이 밖에도 '이제는 셔ᄌᆞ를 무염이라 ᄒᆞ니'(356쪽)의 '셔ᄌᆞ'(西子)[9]를 '西施'로 고쳐 읽고, '동가녀ᄌᆞ는 음난ᄒᆞᆫ 창녀로디'(400쪽)의 '동가(東家)'[10]를 '登伽'로 고쳐 읽는 등 오독된 곳이 무려 20여 군데 나타나 있다.

---

7) 桃之夭夭 灼灼其華 之子于歸 宜其室家(『詩經』 周南 「桃夭」).

8) '남국텬화여작소'(신번구운몽, 41쪽). '남국의 텬화가 ᄭᅡ치로 더부러 깃드리더라'(유일서관본·이가원본) 그러나 국문 노존본에는 '남국요화여쟉쇼'로 表音되고 이를 다시 '남국 고흔ᄭᅩᆺ치 가치집으로 더부러ᄯᅩ다'로 풀이되고 있다.

9) 今欲以西子 而爲無鹽(한문 노존본).

10) 東家之女 尊卑絶矣 貞淫別矣(한문 노존본).

<h1 style="text-align:center">2</h1>

주해본『구운몽』의 해설에서 정 교수는 서울대학본을 근 20년 전에 考覽한 바 있는 이명구 교수의 결론에 동조하여 서울대학본의 특색을 다음과 같이 들고 있다. 첫째 한문본보다 선행한 것, 둘째 문체·언어가 우아하여 서포 시대와 그리 먼 것 같지 않고, 셋째 서포 원작의 그 것과 거의 같은 것인지도 모른다는 것 등을 받아들여 서포의 원작계열이 될지도 모른다고 되풀이하고 있다.

필자는 10여 년 전에 서울대학본을 考讀코자 하였으나 당시 이 본이 주해를 목적으로 정병욱 교수의 수중에 있었으므로 필자가「구운몽 이본고」(『아세아연구』 8·9, 고려대, 1961·1962)를 작성할 때, 이미 언급한 바 있는 이가원·이명구 교수의 고증을 중심으로「구운몽 이본고」에서 서울대학본은 역시 한문본의 번역에서 유래된 역본임을 추론한 바 있다. 그러나 근자 이 본을 한문본과 대조하여 정독한 필자는 우선 서울대학본은 한문본의 번역에서 유래한 국역본임을 분명히 알게 되었다. 그 이유는 이 본이 한문본의 번역에서 유래된 문체상의 역 문체 내지 어색한 직역구가 자주 보이고, 또한 한문본에 대한 무리한 산략에서 오는 컨텍스트의 불비·오역문 등이 간간이 보인다는 것이다.

우선 역문 내지 어색한 직역구를 들어 보자.

> 소데 졔형의 ᄉᆞ랑ᄒᆞᆯ 입어 비쥬간의 망형ᄒᆞᄂᆞᆫ 벗이 되어시니(서울대학본, 56쪽)
> 小弟過蒙諸兄眷愛 盃酒之間 已作忘形之友(노존본)
> 소졔 졔형의 애권ᄒᆞ심을 닙어 걸친흔 벗이 되엿스니(신번구운몽)
> 쇼졔 졔형의 애권ᄒᆞ심을 닙어 의심업ᄂᆞᆫ 벗이 되얏ᄂᆞᆫ지라(유일서관

본·이가원본)

소졔 졔형의 권익을 입어 주쟌가운디 망형흔 버슬 지녀시니(국문
노존본)

츈운의 뜻의는 쇼졔 쳥쇄안희셔 스스로 여어보아야만 흘가 흐느이
다(서울대학본, 104쪽)

春雲之意則 不如小姐從靑鎖之內 親自窺見矣(을사본·노존본)

쳡의 마음에는 소졔 친히 문틈으로 엿보시는 것만 갓지 못흐도소이
다(신번구운몽·유일서관본·이가원본)

츈운 쓰즌 소졔 쳥쇄안으로 좃ㅊ 친이 시스로 엿봄만 갓지 못흐다
(국문노존본)

대종황뎨 시졀의 토번이 회홀노 더부러 빅만군둥이 경스롤 범흐니
그째예 왕ㅅ의 단악약흐미 이예셔 심흐디(서울대학본, 202쪽)

代宗朝 吐蕃與回訖合力 駈百萬兵 來犯京師 其時王師之單弱 甚於
此時(을사본·노존본)

디종쩌에 토번 회홀로 더부러 빅만디병을 몰고 셔울을 범홀시 그
쩌 군시의 힘이 지금보다 더욱 미약흐미(신번구운몽·유일서관
본·이가원본)

디종조에 토번이 회홀노 더부러 합력흐야 빅만병을 모라와 경사를
범흐니 그쩌 왕샤단악홈이 이쩌보다 심흐되(국문노존본)

위에 든 서울대학본의 '명형흐는 벗'(忘形之友), '쳥쇄'(靑鎖), '왕ㅅ
의 단약'(王師之單弱) 등은 같은 국역본인 〈신번구운몽〉이나 유일서
관본에 비해 한문본에서 국역된 직역구이며, 또한 국역본인 국문노존
본의 직역구와 같다. 이와 같은 직역구는 곳곳에 발견된다.

다음은 무리한 산략에서 오는 컨텍스트의 불비된 장면을 들어 보자.

일례는 양소유가 여장을 하고 정소저 앞에서 탄금하는 장면에서 정소 저는 양소유가 남자인 줄 알고 그를 피해 온 이유로 다음과 같이 가춘 운에게 鳳求凰曲에 대해 고백한다.

> 스마샹여의 탁문군을 됴희ᄒ던 봉구황이라(서울대학본, 98쪽)

그러나 위 예문 이전에 정소저는 양소유가 아홉 번째로 奏曲하니,

> 다시 거문고를 쩔처 시울을 됴희ᄒ니 곡되 유향ᄒ고 긔운이 티탕하 여 정뎐의 일빅곳치 봉오리 벙을고 져비와 괴꾜리 짱으로 춤추더니 쇼 제 취미롤 ᄂ즉이 ᄒ고 츄파를 거두지 아니ᄒ더니 믄득 양셩을 두어 번 거듧쩌보고 옥ᄀᆺᄒ 보죠개에 블근 긔운이 올나 봄술이 취ᄒ듯 ᄒ더 니 몸을 니ᄅ혀 안으로 드러가거놀(서울대학본, 94쪽)

에서와 같이 봉구황곡은 전연 나타나 있지 않고, 다만 위 예문에서와 같이 정소저가 양소유의 第九奏曲에 막연히 취미를 나직이 하고 추파 를 거두어 내실로 들어가 버리고 나서 다시 가춘운과의 대화에서 사마 상여의 탁문군을 挑戱하던 '봉구황'이 언급된 것은 앞뒤 문맥이 전연 연결되지 않는다.

그러나 한문본엔 양소유가 제구주곡으로 탄금하는 장면에

> 拂柱調絃 閃手而彈 其聲悠揚闛悅 能使人魂佚而心蕩 庭前百花 一 時齊綻 乳燕雙飛 流鶯互歌 小姐蛾眉暫低 眠眼不收 泯默而坐矣 至 鳳兮凰兮歸故鄕 遨遊四海求其凰之句 乃開眸再望 府視其帶 紅暈轉 上於雙頰 黃氣忽消於八字 正若被惱於春酒者也 卽雍容起立 轉身入 內(을사본·노존본)

중 방점 부분에서와 같이 "至鳳兮鳳兮歸故鄕 遨遊四海求其凰之句"로 분명 봉구황곡이 삽입되고, 이후 가춘운과 정소저와의 대화에서

更奏新聲 乃司馬相如挑卓文君之鳳求凰也(을사본·노존본)

가 등장하여 문맥이 잘 통하고 있다. 이로 보면 위 장면에서 서울대학본에 컨텍스트가 불비된 것은 말할 것도 없이 한문본을 충실하게 옮기지 못한 데서 기인한 것이다.

다음은 오역의 일례를 들어보자. 양소유와 정십삼랑이 장여랑의 무덤을 찾아 위혼시를 지어 이를 위로하는 장면,

양싱은 본디 다정훈 사룸이라 뎡싱을 드리고 무덤의 나아가 술을 뿌리고 녜일을 됴문ᄒ여 각각 시룰 지어 묽게 읇더니 홀연 무덤 문허진 굼그로셔 흰 깁의 글쁜 거술 어더 닑으며 닐오디 엇던 브졀업순 문인이 시룰 디어 녀랑의 무덤의 너헛ᄂᆞ뇨 양싱이 보니 져의 한삼ᄉᆞ매 쩌혀 써준 글이어늘(서울대학본, 130쪽)

위의 예문 가운데 방점 부분 "무덤 문허진 굼그로서 흰깁의 글쁜 거술 어더 닑으며" 이하의 주어는 문맥상 정십삼랑이 아니라 양소유다. 그리고 이후 "양싱이 보니"가 계속되어 양소유란 주어는 이중삼중으로 겹쳐 문맥은 일층 모호해진다. 그러나 이 장면에 한문본은

翰林自是多情之人也 乃曰兄言可也 遂與鄭生 至其墳前 擧酒澆之 各製四韻一首 以吊孤魂……兩人傳看浪吟 更進一盃 鄭生繞墓徊徨 至崩頹之處 得白羅所書絶句一首 而咏之曰 何處多事之人 作此時 納於女娘之墓乎 翰林索見之 則卽自家裂衫製詩 以贈仙娘子者也(노존본)

로 되어 문맥이 잘 연결되고 있다. 이로 보면 서울대학본의 '홀연 무덤 문허진 굼그로셔 흰 깁의 글쁜 거슬 어더 닑으며 널오디 엇던 브졀업 손 문인이 시롤 디어 녀랑의 무덤의 너헛ᄂ뇨'의 주어는 양소유가 아니라 응당 정십삼랑이어야 하는데 주어가 엉뚱하게 양소유로 연결된 것은 결국 한문본의 방점 부분 "更進一盃 鄭生繞墓徊徨"이 누락된 데서 기인한다.

그러나 여타 국문본에는 한문본이 충실히 옮겨져 문맥이 잘 통하고 있다.

> 한림은 본디 다졍훈 사름이라 이에 갈오디 형의 말이 극히 올타 ᄒ고 졍셩으로 더브러 무덤압헤 이르러 술을 드러 붓고 각각 글을 지어 외로운 혼을 조상ᄒ니……두ᄉ룸이 들어 보며 랑연히 읊고 다시 한잔을 붓고 졍셩이 무덤가으로 둘어 비회ᄒ다가 한곳에 이르러 사초 쩌러진 틈에셔 흰깁에 쓴 글을 으더 읊흐며 갈오디 엇던 다ᄉ훈 스룸이 이 글을 지어 쟝녀랑 무덤속에 너헛ᄂ고 ᄒ거날 한림이 달나ᄒ야 본즉 곳 ᄌ긔 한삼을 쩌저 글을 써 션랑을 주엇든 것이라(신번구운몽·유일서관본·이가원본)

> 할임은 이 다졍훈지라 ᄀ로디 형의 마리 가하도다 졍셩으로 흠기 그 무덤압히 가 수를 들어 부시며 각각 시 흔수식 지여 외오면 외노온 혼을 죠상ᄒ니……두스룸이 셔로 보고 낭쟈히 을프며 다시 훈잔을 나소더니 졍셩이 무덤을 둘너 비회ᄒ다가 젼퇴훈 곳디 일을어 흰 비단에 씬바 졀귀 일수를 어더 을퍼 ᄀ로디 엇던훈 고디 다샤훈 스룸이 이 글을 지여 녀낭의 무덤에 너허ᄂ고 할임이 ᄎᄌ보니 곳 ᄌ기가 지여 션낭ᄌ 듀던 글이라(국문노존본)

이와 같이 무리한 산략·축역에서 오는 문리의 불비, 더 나아가 오역을 초래하게 한 부분이 곳곳에 나타나고, 더구나 한문본에 양소유의 탄금 장면에 있어서 한시문은 모두 생략되고, 양소유와 정십삼랑의 장려화에 대한 위혼시, 양소유의 결혼반대 상소문·진중상소 등은 완전히 없어지고, 곳곳에 보이는 크고 작은 산략·축역 등을 통하여 서울대학본의 분량을 한문본과 비교할 때, 그 양은 절반 내지 3분의 1밖에 안 되는 축역본임을 알게 된다.

그러나 서울대학본이 축역본이면서도 한문본에 비해 상이한 점과 또한 小句가 첨보된 곳이 있어 종래에 이들을 중심으로 서울대학본을 다른 계열로 잡으려는 경향이 있었다. 그러나 한문본에 누락된 '大覺' 장면은 최근 필자에 의해 발견된 바 있는 을사본(1725刊)에 '大覺' 장면이 고스란히 있다는 것이 밝혀졌고, 또한 서울대학본의 제1회장의 '노존ㅅ남악강묘법 쇼사미셕교봉선녀'도 한문본 계해본의 '蓮花峯大開法宇 眞上人幻生楊家'와 다른 것으로 서울대학본의 장회 명칭의 특이성도 인정된 바 있다. 그러나 필자는 다시 최근에 그 제1회장의 명칭이 '老尊師南岳講妙法 小沙彌石橋逢仙女'로 된 한문수사본(漢文手寫本, 상하2권)을 찾아냈다. 이 본(한문목각본)을 을사본과 대조한 바로는 양자 곳곳에 상이한 小句와 또한 전자가 후자에 비하여 곳곳에 小句가 첨보된 것도 보이는데, 이들은 서울대학본이 한문본 계해본에 비해 小句의 상이·첨보된 것들과 거의 일치하고 있으므로 결국 필자는 서울대학본이 한문본 가운데 노존본의 역본임을 알게 되었다.

한 예를 들면, 양소유가 남해태자로부터 백능파를 구출하고 나서 남해태자를 잡아 호령하는 장면에 을사본과 노존본은 출입이 있다.

楊元帥與龍女同坐 捽入南海太子 厲聲責之日 我奉行天討 征伐四

夷(을사본·계해본)

　　楊元帥與龍女同坐 捽不南海太子於前 太子俛首蹙尾 不敢仰視 楊
元帥厲聲大叱曰 我奉行天討 征伐四夷(노존본)

　양자를 비교하면, 노존본은 을사본에 비해 다소 문자상의 출입이 있
는 동시에 또한 방점 부분에서와 같이 "於前 太子俛首蹙尾 不敢仰視"
의 내용이 덧붙여 있음을 볼 수 있다.

　다음은 양자 한문본에 이어 서울대학본을 비롯하여 국문본 수종을
들어 이들을 비교해 보자.

　　양원쉬 뇽녀로 더브러 안고 남히태즈롤 잡드려오니 감히 우러러보
디 못ᄒ거ᄂᆞᆯ 샹셰 쑤지져 ᄭᅩᆯ오ᄃᆡ 내 텬뎡을 밧ᄌᆞ와 스이를 딘뎡ᄒᆞ니
(서울대학본, 226쪽)

　　원쉬 룡녀로 더부러 함긔 안즈 남히티즈를 잡아드리니 티즈 고기
을 수기고 쏘리을 쎄프려 감히 우러러 보지 못ᄒᆞ더라 양원슈 쇼리
을 가다드마 크게 쑤짓셔 ᄀᆞ로ᄃᆡ 니 쳔즈의 명을 바다 샤이을 졍벌ᄒᆞ
미(국문노존본)

　　원쉬 용녀로 더부러 갓치 안져 남히룡자를 잡아드려 소리를 높혀
쑤짓되 니 텬자의 명을 밧들어 ᄉᆞ방도젹을 치미(신번구운몽·유일서
관본·이가원본)

　위의 인용문을 먼저 든 한문본과 비교하면, 서울대학본과 국문 노존
본은 노존본과 계열을 같이 하고, <신번구운몽>·유일서관본·이가
원본 등은 을사본과 계열을 같이 하고 있다. 그러나 서울대학본은 노
존본이 부분적으로 옮겨져 있고, 국문 노존본은 노존본이 충실하게 옮

겨져 있음을 알 수 있다.

위에서와 같이 서울대학본이 한문본에 비해 그 번역체·직역구·무리한 산략에서 오는 컨텍스트의 불비 내지 오역 등을 통하여 한문본에서 번역된 번역본임을 알 수 있거니와, 이 외에도 서울대학본이 번역본임을 단언케 해 주는 것은 이 본 말미에 양소유 가속의 나열에서,

> 당녀의 명은 뎡난('뎐단'의 訛)이니 진숙인 쇼싱이라 월왕의 아돌 낭야왕 부인이 되고(404쪽)

에 진숙인 소생 '뎐단'(傅丹)은 한문본의

> 長女名傅丹 秦氏出也 爲越王子 瑯琊王妃(을사본·노존본)

에서 "傅丹"을 '傳丹'으로 오독한 것이다. 실은 '傅'와 '傳'은 혼동하기 쉬운 것이니 여타 국문본엔 모두 '부단'으로 바로 읽혔고, 여타 한문수사본에도 정확히 '傅丹'으로 표기되어 있다.

그러므로 위에 언급된 것을 통하여 서울대학본은 한문본 가운데 노존본의 번역에서 유래된 축역본임을 우리는 쉽게 알 수 있다. 이럼에도 불구하고 종래 이명구 교수가 서울대학본을 한문본 계열에서 다른 계열로 잡아놓은 것은 당시만 해도 한문본으로는 계해본밖에 없었고, 또 <구운몽>에 대한 국문원작설이 못 박혀 있는 때라, 이와 같은 문헌적 고증이 등한시되었던 데 있을 것이다. 그러나 오늘날 한문본으로는 계해본의 모본인 을사본이 발견되었고, 또 서울대학본과 같은 노존본이 엄연히 현존하고 있는 이상, 정병욱 교수도 서울대학본과 노존본을 대독한다면, 서울대학본이 <구운몽>의 국문원본 계열이라는 가능성

이 있기 보다는 노존본의 축역본임을 쉽게 납득할 것이다.

3

    <구운몽>의 원작이 국문으로 되었느냐 혹은 한문으로 되었느냐 하는 설에 대하여, 정 교수는 그 '해설'에서 한문본 선행설을 부정하고 다시 국문본 선행설을 내세우고 있다. 그 이유는 대충 북헌의 '西浦頗多以俗言爲小說'과 서포의 탁견인 국민문학 제창론에 두고 있다.

    <구운몽>의 국문제작설을 최초로 논의한 이는 말할 것도 없이 천태산인(天台山人), 즉 김태준이다. 그는 초창기에 『조선소설사』를 엮을 때, 확증을 가지고 <구운몽>의 국문제작설을 내세운 것은 아니다. 국문으로 저작되었다는 <南征記>에 막연하게 기대어 <구운몽>의 국문제작설은 이후 정설로 못 박혔다. 그러다가 필자는 <구운몽>의 국문제작설에 대해 의심을 품고 한문원작설을 추론해 오다가 근자에 서포 문중 설화와 함께 김태준의 국문제작설에 대해 가논리를 세워 놓고, 다시 이를 번복하고 한문원작설을 정립했다. 그러나 정 교수는 다시 국문제작설을 펴는 이유로 위에서 언급한 바와 같이 북헌의 '西浦頗多以俗言爲小說'과 서포의 탁월한 국민문학 제창론을 들고 있으나, 이들에 대한 것은 최근 졸고 「구운몽의 원작에 대하여」(『국어국문학』 54)에서 많은 문제점을 제기하였으므로 사족을 피하기로 한다. 또한 정 교수는 '해설'에서 한문본 계해본에 대해 한역본임을 전제로 그 역자를 한문에 꽤 소양이 있는 사람이라는 정평이 있다고 언급하고 있으나, 필자의 과문으로 처음 듣는 일이다.

하여간 위에서 언급한 바와 같이 서울대학본은 한문본 노존본의 번역에서 유래한 일종의 축역본이라는 것을 거듭 내세워 이 리뷰를 마무리하는 바이다.

구운몽의 표기문자에 대하여*

‒ 설성경 씨의 한문·국문표기설에 붙여 ‒

　<구운몽>은 종래에 국문소설로 못 박혀 왔다는 것은 주지의 사실이다. 그러나 이는 확적한 근거에 의해 정설로 굳어진 것은 결코 아니다. 이를 더 부연해 말하면, <구운몽>에 대한 국문소설 원작설은 극히 최근에 김태준에 의하여 서포의 국민문학론과 국문소설 다작설이 작용하여 그와 같이 국문소설로 귀착되게 된 것이다. 그러다가 근자에 필자는 <구운몽>의 원작이 국문소설이라는 정설이 뚜렷한 근거에 의해 이루어진 것이 아님을 전제로, <구운몽>이 지닌 한문소설적 구조 문제, <구운몽> 이본 가운데 서포의 원작으로 추견되는 노존본이 출현한 문헌학적 및 서지학적 문제, 그리고 서포 후손이 <구운몽>의 한문 手稿本을 소장하고 있었다는 문중 설화를 중심으로 <구운몽>의 원작은 한문소설이라고 규정짓게 되었다.1)

　그러나 설성경 씨는 필자의 <구운몽> 원작 한문소설에 대해 최근에 국문소설과 한문소설을 모두 비판하고 나서, 색다른 한문·국문 두 가지 표기설을 내세우고 있다.2)

---

* 본론은 「고대교육신보」(고려대 교육대학원, 1977. 6. 18)에 기재된 것을 논문 형식으로 약간 보충하여 再寫한 것이다.
1) 졸저, 『구운몽 연구』, 고려대 출판부, 1974.
2) 설성경, 「구운몽의 구조적 연구」, 『원우논

이는 말하자면 한문본 원작설과 국문본 원작설을 모두 인정하는 절충론이라고 보고 싶다.

필자의 한문본 원작설에 최초로 도전해온 분은 고 이재수 교수, 그 다음 정병욱 교수 등이 있었는데 그들이 필자의 한문본 원작설을 논박하여 종래 국문본 원작설을 다시 내세우는 논지 역시 김태준의 근거 없는 국문본 원작설과 별반 차이가 없었다.3)

그리고 이번 다시 필자의 한문본 원작설에 이견을 제기하며 <구운몽>의 원작은 한문·국문 등 두 가지 표기문자에 의한 것이라고 주장하는 설성경 씨의 논리도 역시 그 논지나 자료의 방증이 모호한 데다가 극히 일방적이라는 데 그 비난을 피하기란 어려울 것이다. 여기 설성경 씨가 내세우는 한문·국문 두 가지 표기설의 요지를 적어보면 다음과 같다.

<구운몽>의 이본 가운데 국문본 중 古本에 속하는 서울대학본을 한문본과 비교하여 서울대학본에 나타나 있는 직역구·역어체·오역·컨텍스트의 불비·대산략, 또는 대화구에 있어서 존비체의 불일치 등을 들어 서울대학본은 한문으로 된 노존본의 축역본이라고 단정한 데 대해, 설성경 씨는 서울대학본 외에 이와 동일 계열인 국문본 김동욱본을 동원하여 필자가 오역의 예로 든 서울대학본의 두 부분이 김동욱본에는 그대로 문맥이 연결되고 있음을 들었다. 그리고 한문본과 서울대학본을 비교하여 <구운몽>의 서두 岳峰序列의 문제, 七步詩에 대한 황태후의 評釋實文 및 결미의 『金剛經』四句頌의 實文 등의 삽입을 들어 서울대학본의 모본은 한문본의 축역본이 아니라 한문

집』2, 연세대 대학원, 1974. 12.

3) 정규복, 앞의 책, 참조.

본의 이본 계열로서 독자적인 성격을 띤다는 것과 또한 서울대학본은 일찍이 국문소설 <사씨남정기>를 쓰고 국민문학론을 제창한 바 있는 작자 서포가 독자층의 확대를 위해 직접 손을 댔다는 것을 들어 <구운몽>의 원작은 한문, 국문 두 가지로 표기하였다는 것이다.[4]

위의 요지를 설성경 씨가 결론에서 내세운 7항목과 본문을 연결하여 조목별로 적어보면 다음과 같이 4개 항목으로 작성된다.

1. 서울대학본의 誤文은 이와 동일 계열인 김동욱본에 문맥이 연결되어 있으므로 서울대학본의 모본은 오역이 없다.

2. 서울대학본의 모본은 오문이 없고, 또한 서두의 岳峰序列의 문제, 七步詩에 대한 황태후의 評釋實文 및 결미의『금강경』四句頌의 實文 등의 삽입으로 한문 노본존과는 다른 계열에 속하며 아울러 독자적 성격을 띤다.

3. 서포는 국문소설인 <사씨남정기>를 지었을 뿐만 아니라, 국민문학론을 강조하였으니 이로 미루어 보아 그는 독자층의 확대를 위해 한문본과 아울러 국문본 <구운몽>(서울대학본의 모본)을 저작하였을 것이다.

4. <구운몽>의 원작에서 한문·국문 두 가지 표기 중 한문 표기가 선행되었고, 그 후 이를 대본으로 하여 이루어진 국문 표기에서는 부분적인 변이를 통한 대응성을 위해 축약과 添補가 병행되었다. 그러므로 <구운몽>은 한문·국문 등 두 가지 표기가 이루어진 것이다.

그러면 위의 4개 항목에 대하여 이들을 순차적으로 필자의 견지에

---

4) 설성경, 앞의 논문.

서 비판해보기로 한다.

첫째, 서울대학본의 오문은 이와 동계인 김동욱본에는 제대로 문맥이 이어져 있으므로 이들의 모본은 오문이 없다는 문제에 대하여, 우선 필자가 서울대학본을 한문 노존본의 축역본으로 단정한 이유를 들어두는 것이 좋을 것 같다.

필자가 졸저『구운몽 연구』[5]에서 서울대학본을 노존본의 축역본으로 단정한 중요한 이유는 서울대학본에 나타난 어색한 직역구과·역어체, 무리한 산략에서 오는 컨텍스트의 불비 및 오역문, 대산략 등에다 두었는데 설성경 씨는 필자가 오역으로 예를 든 4개 항목 가운데, 다만 2개 항목의 것을 김동욱본과 대조하여 이들이 김동욱본에 문맥상 연결된다는 것을 들어 오역문이 없다고 단정하고 있다. 그러나 필자가 서울대학본에 나타난 오역문을 한문 노존본과 비교하여 30여 개소나 찾아냈는데 실례는 번잡을 피해 4개 항목만을 들었으므로 오역 여부의 정확한 결론은 이들 30여 개소 및 컨텍스트의 불비, 또는 시문에 나타난 서투른 오역구 등 모두가 대조됨으로써 비로소 밝혀질 것이라고 본다.

그런데 이런 사실을 고려에 넣지 않고 다만 두 가지 예만을 갖고 오문이 없다고 단정한 것은 자료상 너무나 미흡하고 또한 설성경 씨가 한문, 국문 두 가지 표기설의 大題가 되는 오문 논리 정립에 시초부터 초점이 어긋났다고 본다.

둘째, 설성경 씨가 서울대학본의 모본을 노존본과 다른 계열로 잡은 중요한 이유는 서울대학본에 나타난 서두의 岳峰序列, 즉 노존본의 東

---

5) 157~188쪽.

西南北中 등 五方의 서열이 서울대학본엔 서포의 五行 구조에 의해
東西中南北中의 순위로 나타나 있고, 난양·영양공주의 칠보시에 대
한 황태후의 시평석의 實文과 말미에 『금강경』의 四句頌의 實文 등이
노존본엔 없으나 서울대학본과 이와 동계인 김동욱본엔 삽입되어 있
다는 세 가지 변이를 들고 있다.

그러면 앞에 들은 세 군데의 변이를 통하여 서울대학본을 노존본의
번역본에서 제외시킬 만큼 완전히 다른 계열로 볼 수 있느냐 하는 문
제이다. 번역이란 것은 현대적인 관점에서 보더라도 직역·의역도 있
을 수 있고, 때에 따라서는 添譯·改譯도 있을 수 있고 縮譯도 있을
수 있다. 더구나 添譯·改譯·縮譯의 번역적 방법은 특히 우리 고전문
학 작품에 많이 나타나 있다. 서울대학본이 번역본이냐 혹은 창작본이
냐를 따지기 전에 서울대학본을 노존본과 대조하여 이를 읽어본 경험
이 있는 분이면 누구를 막론하고 서울대학본도 여타 국문본과 같이 逐
字譯의 방법에 의해 번역이 견지되었다는 것을 쉽게 납득할 수 있을
것이다.

그러나 앞에 든 세 가지 변이를 가지고 서울대학본을 굳이 노존본의
번역본이 아닌 독자적인 계열로 잡는다면 현존하는 경판본·완판본,
기타 수많은 필사본 및 활자본 등 국문본도 결국 부분적인 添譯·縮
譯·改譯 등이 있는 이상, 이들도 모두 번역본이 아니라 독자적인 계
열로 잡아야 한다는 결론이 나오게 된다.

그러므로 설성경 씨가 서울대학본의 모본을 세 군데의 변이로 이를
노존본의 번역본에서 독자적인 계열로 잡은 관심은 어불성설일 뿐 아
니라 중대한 착오이다.

셋째, 서포는 국문소설인 <사씨남정기>를 지었고, 뿐만 아니라 국

민문학론을 강조한 일이 있는 것을 전제로 할 때, <구운몽>의 경우 독자층의 확대를 위해 한문본과 아울러 국문본(서울대학본의 모본)을 저작하였다는 문제를 살펴보기로 하자.

실제로 김춘택이 "西浦頗多以俗言爲小說 其中南征記者比等閑之比 餘故以文字翻之"라고 언급한 바와 같이 서포는 한글로 많은 소설을 짓는 가운데 국문소설인 <사씨남정기>를 지었고, 뿐만 아니라 정철의 가사를 논평하는 가운데, 한국인은 토속어로 작품을 써야 한다는 이른바 그의 탁월한 국민문학론을 제창까지 하였다.

그리하여 서포가 국문으로 <사씨남정기> 등을 지은 것과 그의 탁월한 국민문학론은 종래 <구운몽>을 국문소설로 매김하는 중요한 이유가 되어 왔는데, 이에 대해 필자는 이들의 조건이 <구운몽>을 국문소설로 매김하는 데 절대적인 조건이 될 수 없다는 것을 이미 『구운몽 연구』6)에서 말한 바 있다. 그러므로 이 문제에 대해서 더 사족을 붙이지 않겠다.

종래 <구운몽>을 국문소설 일변도로 매김해온 데 대하여 설성경 씨는 한문·국문 두 가지 표기설을 내세우는 데 대해 보다 적확한 자료를 가지고 이를 주장하지 않는 한 더 거론할 여지가 없겠다.

넷째, <구운몽>의 한문·국문 두 가지 표기 중에서 한문 표기가 선행되었고, 국문 표기의 작품에서는 부분적 변이를 통한 대응성을 위해 축약과 첨가가 병행되었다는 문제에 대해 살펴보기로 하자. 앞에 든 넷째 항은 설성경 씨의 매김말에 해당되며 위에서 볼 수 있는 바와 같이 그는 <구운몽>의 한문·국문 두 가지 병행설을 주장하면서도 한문

---

6) 200~213쪽.

의 표기가 선행되었다는 것을 솔직히 인정하고 있다. 그러나 문제는 <구운몽>의 한문본이 이루어진 후 부분적인 변이를 통한 대응성을 위해 축약과 첨가를 병행하여 국문으로 <구운몽>을 지었다는 데 있다.

그러면 설성경 씨가 말하는 <구운몽> 국문본의 부분적인 변이를 통한 대응성을 위해 축약과 첨가를 병행하였다는 것은 무슨 뜻일까. 위의 구절 중 '부분적인 변이를 통한 대응성'이란 노존본에 대해 서울대학본에 나타난 부분적인 차이점을 뜻하는 것이라고 보며, '축약'은 노존본에 비해 서울대학본 곳곳에 나타나 있는 시·상소문 등 많은 산략의 부분을 뜻하는 것이라고 생각한다. 또 '첨가'는 앞에서 이미 언급된 서두의 岳峰序列의 차이, 황태후의 시평석의 實文 및 말미의『금강경』四句頌의 實文 등의 삽입이 이에 해당된다고 할 수 있다.

그러면 설성경 씨가 주장하고 있는 바와 같이 서포가 애초에 <구운몽>을 한문으로 지어놓고 그 다음 부분적인 변이를 통한 대응성을 위해 축약과 첨가를 병행하여 지은 국문본을 <구운몽> 한문본의 번역본이 아닌 거의 창작에 가까운 새로운 작품으로 볼 수 있을까. <구운몽>의 경우, 이러한 논리가 성립될 수 없는 한 설성경 씨의 한문·국문 두 가지 표기설도 성립될 수 없음은 물론이다. 억지로 성립시킨다면 견강부회밖에 더 다른 말이 용납되지 않는다. 그것은 누누이 되풀이되는 말이지만 노존본과 서울대학본을 對讀한 경험이 있는 분이면 <구운몽>의 여타 국문본과 같이 서울대학본에 나타난 어색한 직역구·역어체, 무리한 刪略에서 오는 컨텍스트의 불비·오역 등 외에 자구가 노존본의 축자역에서 이루어졌다는 것을 실감할 수 있기 때문이다.

그러므로 설 씨가 <구운몽>의 한문본과 국문본 중 필자의 한문선행설을 솔직히 받아들이면서도 '번역'이란 말 대신에 '부분적인 변이를 통한 대응성'이란 어구로 대치시킨 것은 결국 그의 한문·국문 두 가지 표기설을 무리하게 합리화하는 데에서 오는 語戲로밖에 생각되지 않는다.

이밖에 서울대학본을 필자가 후대의 번역자의 손에 의해 이루어졌다는 데 대해 설성경 씨는 이를 부정하여 서포가 직접 손을 댄 것으로 보고 있으나 양소유의 天津橋詩의 한 구절

酒樓來醉洛陽春

이 서울대학본엔 "술다락에 와 낙양봄을 취ᄒᆞ여도다"로 번역되어 있는데, 위의 "洛陽春"은 낙양에서 생산되는 名酒의 이름으로 이는 서울대학본에 나타나 있는 바와 같이 "낙양봄"이 아니다. 이는 분명 무지에서 오는 오역이다. 즉 서포가 한문으로 <구운몽>을 지어놓고 "洛陽春"을 "낙양봄"으로 번역하는 그런 서투른 한문학자는 아니라고 본다. 덧붙여 말하면, 한문본 <구운몽>의 오역으로 인하여 서울대학본에 곳곳에 나타난 오역, 또는 황태후와 최부인의 대화에 나타난 존비체의 불일치 등은 조잡한 번역의 솜씨로서, 서울대학본의 모본을 서포의 손에 이루어진 것이라고는 도저히 볼 수 없고, 아무래도 후대에 이루어진 번역으로 보아야 할 것 같다.

이상에서 <구운몽>에 대한 설성경 씨의 한문·국문 두 가지 표기설에 대하여 이들은 4개 항목으로 논지를 세우고 그 부당함을 지적하였다. 설성경 씨의 새로운 한문·국문 두 가지 표기설도 필자가 한문표기설을 내세우는 자료와는 달리, 논증하는 자료로 부족하거니와, 그 방법도 앞뒤가 잘 연결되지 않는다. 그의 논증 방법을 재정리한다면,

설성경 씨가 그의 마무리에서 한문·국문 두 가지 표기 중 한문본 선행설을 시인하고 있고 서울대학본이 번역본임이 다시 드러난 이상, 한문·국문 두 가지 표기의 절충설로 필자의 한문본 선행설을 비판하는 것과 달리, 필자의 한문본 선행설을 재확인해 주는 것이라 본다. 여기에서 <구운몽> 원작에 대한 필자의 한문본 선행설은 더욱 굳어진 셈이다.

　다시 말하거니와 <구운몽>의 원작에 대하여 종래 국문본 선행설이 뚜렷한 자료나 고증에 의해 이루어진 것이 아니고, 현존한 국문본이 모두 한문본의 역본의 테두리를 벗어나지 못하거니와 <구운몽> 한문본의 전승 과정이 노존본에서 을사본으로, 을사본에서 다시 계해본으로 전승되어 내려온 것이 뚜렷하게 선 그어져 있고, 아울러 국문본은 노존본 계열의 역본과 을사본 계열 및 계해본 계열의 역본으로 뚜렷하게 분류되고 있으며, 더구나 노존본의 성립 연대가 영조 1년(1725)을 훨씬 상승하고 있고, 이들 외에 <구운몽>의 구조가 한문소설이라는 구조적 문제 또는 서포 후손이 서포의 <구운몽> 수고본을 소장하고 있었다는 서포 문중 설화가 게재되어 있는 한, 필자의 한문본 선행설은 여간해서 흔들리지 않을 것이며, <구운몽>의 원작은 오늘날까지 이루어진 <구운몽> 연구사에서는 틀림 없이 한문본이라는 것을 다시 한 번 밝혀두는 바이다.

다니엘 부셰의 「구운몽 저작언어 변증」 비판

1

근자 필자는 <구운몽> 노존본의 새로운 자료(강전섭 소장)를 입수하여 이것과 필자에 의해 재구된 소위 재구본 노존본을 대비·검토하였다. 그 결과, 재구본 노존본을 A본이라 하고, 새로 출현된 노존본을 B본이라 할 경우, A본이 그 분량에 있어서 7만 7천여 자나 되고, 그 문체에 있어서는 율문체·수식체·문장체로 이루어진 데 대하여, B본은 그 분량이 4만 4천여 자로 A본보다 짧고 문체에 있어서도 산문체·건조체·구어체로 되어 있음을 알아냈다. 그리고 A본이 B본을 수식·확대하는 과정에서 컨텍스트의 불비를 초래한 것을 전제로 하여, A본이 B본을 텍스트로 하여 이루어져, 말하자면 B본이 A본에 선행되는 最古本임을 밝힌 바 있다.[1] 이와 곁들여 <구운몽> 국문본으로서 古善本의 역할을 담당한 서울대학본도 재구본 노존본의 축소본이 아니라, 바로 새로 출현된 B본의 국역임도 아울러 밝혔다.[2]

말하자면, 위의 논문들을 통해 지금까지 <구운몽>의 원전으로 추정되어 온 재구본 A본보다 더욱 앞서는 B본이 출현함으로써 원작 한

---

1) 정규복, 「구운몽의 이분화」, 『동방학지』 59, 연세대, 1988.
2) 정규복, 「구운몽 서울대학본의 재고」, 『대동문화연구』 26, 성균대, 1991.

문본이 더욱 소급되어 필자로서는 여간 반가운 일이 아니었다. 그러나 A본이 B본을 텍스트로 하여 이루어졌다는 필자의 글에 대하여 심지어 <구운몽>의 원작 한문본설을 부정하고, 다시 30여 년 전의 원작 국문본설이 등장하였으니, 하나는 부세 박사의 「구운몽 저작언어 변증」(『한국학보』 68, 1992)이고, 다른 하나는 신재홍 박사의 글3)이다. 하지만 여기서 다루게 되는 대상은 부세 박사의 것에 한정하기로 한다.

부세 박사가 필자의 글 「구운몽 노존본의 이분화」를 비판하여 한문원작설을 부정하고, 국문원작설로 되돌리려는 중요한 근거는 무엇보다도 A본과 B본의 장회·시문, 특히 지명과 인명에 나타난 동음이자에 있는 것 같다. 그는 필자에 의해 이루어진 A본과 B본의 상관성에 대한 비판은 유보한 채, 주로 A본과 B본의 장회·시문·지명의 출입에 나타난 동음이자에 착안하여 A본과 B본의 상관성을 부정하고, 이들을 완전 분리시켜 실존하지도 않은 원전 국문본을 가상·전제로 하여 엉뚱하게 A본과 B본이 각기 번역되어 이루어진 한역본이라고 주장하고, 한걸음 더 나아가 <구운몽>의 원전은 한문본이 아니라 국문본(부세 박사는 '국어본'이라 일컬음)이라는 것이다.

부세 박사가 선행된 국문본을 가상·전제로 하여 A본과 B본이 각

---

3) 신재홍 박사의 필자의 한문원작설에 대한 비판은 하나의 餘技로서 그의 학위논문 『몽유양식의 소설사적 전개에 관한 연구』(서울대 박사논문, 1992. 8.)에서 이루어졌다. 그는 필자의 한문원작설을 대체로 수긍해 오다가 이번 B본의 출현을 통해, 서울대학본이 종래 A본의 축약본에서 B본의 국역본이라는 필자의 설이 등장하여, 오히려 국역본이라는 것과는 달리 서울대학본이 모본으로 삼은 국문본이 있었을 가능성이 높아져 필자의 한문원작설은 원점으로 돌아가게 되었다는 것이다. 그렇지만, 餘技로 삽입된 것은 논리상 전연 이해가 안 되므로 앞으로 본격적인 비판이 이루어진다면, 필자는 이에 대해 언급할까 한다.

기 국문본의 번역을 통해 이루어진 한역본이라는 것을 확고히 하기 위
해서는 우선 선행된 국문본을 제시하고, 이를 바탕으로 A본과 B본을
대비하여 번역 여부를 검토한 구체적 분석 밑에서 한역본이라는 논리
를 끌어내야 할 터인데, 심지어 필자에 의해 구체적으로 이루어진 A본
과 B본의 상관성 내지 이들의 선후 문제에서 컨텍스트의 불비 등을
찾아낸 것들에 대하여는 아무런 구체적인 증거·논증·비판의 작업을
거치지 않은 채, 다만 장회·시구·인명 등의 출입에 나타난 동음이자
를 가지고 곧바로 A본과 B본을 분리하여 놓고 실존하지도 않은 국문
본을 가상·전제하여 한역본으로 규정하고, 더욱이 복잡하게 뒤얽힌
국문원작설을 내세우는 것은 너무나 허황한 일이 아닐 수 없다. 게다
가 A본과 B본의 상관성을 분리, 이들을 번역본으로 규정하는 중요 논
리인 '동음이자'의 작업에 있어서도 외국인으로서 국어와 한자를 이해
하는 시각에 적지 않은 한계가 노출되고 있는 것은 주목하여야 할 것
이다.

2

A본과 B본은 같은 노존본계로서[4] 비록 B본의 내용 표현이 A본에

---

4) A본과 B본을 같은 노존본계로 규정했는데, <구운몽>의 이본은 전승 과정에서 볼
때, 노존본·을사본·계해본으로 분류됨은 주지의 사실이다. 그 특색은 분명 계해본이
을사본의 복각 과정에서 '大覺'장면이 누락된 채 이루어져 '大覺'이 빠져나간 것에 있다
면, 을사본은 다시 노존본의 대화체·만연체가 서술체·간결체로 다듬어지는 과정에서
노존본의 내용이 군데군데 축소된 변이를 지니고 있다는 것이다(정규복, 『구운몽 원전
의 연구』, 일지사, 1977 참고). 즉 이런 변이의 특징에서 B본과 A본과 같으므로 노존본
계로 규정한 것이다.

비하여 짧고, 장회·시문·지명 등의 출입이 적지 않지만, 大題와 小題
도 같을 뿐 아니라, 같은 내용을 이끌어 나아가는 작은 단위의 순차,
자구까지도 일치하는 부분이 적지 않고, 더구나 <구운몽> 16회장 중,
제1회와 제16회는 내용뿐만 아니라, 구절구절의 순차 및 자구와 措辭,
하물며 조사·허사까지도 거의 일치하고 있다는 것은 누가 보아도 우
연의 일치라고는 말할 수가 없다. 이는 부세 박사가 A본과 B본을 완전
별개로 분리해 놓은 것과는 달리, A본이 B본을 대본으로 하였는지, 아
니면 B본이 A본을 대본으로 하였는지를 분명히 확인해 놓을 수 있는
대전제가 된다는 것이다.

우선하여 번잡을 덜기 위해 제1회의 첫 장면과 제16회장의 끝 장을
예로 들어 보자.

天下名山曰有五焉 東曰東岳卽泰山 西曰西岳卽華山 南曰南岳卽
衡山 北曰北岳卽恒山 中央之山曰 中岳卽嵩山 此所謂五岳也 五岳之
中 惟衡山距中土最遠 九疑之山在其南 洞庭之湖經其北 湘江之水環
其三面 若祖宗儼然中處 而子孫羅立而拱揖焉 七十二峯或騰踔而矗
天 或崢嶸而截雲 如竒標(B본 表)俊彩之美丈夫 七竅百骸 皆秀麗淸爽
無非元氣之所鍾(B본 種)也(제1회)5)

大師見性眞戒行純熟 乃會衆弟子而言曰 我本爲傳道 遠入中國 今
旣得傳法之人 我今行矣 以袈裟及一鉢淨瓶錫杖金剛經一卷 給性眞
遂向西天以去 此後性眞率蓮花道場大衆 大宣敎化 仙與龍(B본 就)神
人與鬼物 尊重性眞 如六觀大師 八尼姑(B본 缺) 皆師性眞 深得菩薩
大道 畢竟皆歸於極樂世界 嗚呼異哉(제16회)6)

---

5) A본(재구본) 167쪽. B본 1쪽.

위의 두 장면은 편의상 <구운몽>의 첫 장과 끝 장에서 예로 든 것이다. 위의 예문대로 A본과 B본이 전체 내용·구절의 순차·조사·자구가 완전 일치하는 가운데, 단 방점 부분 A본의 "標"와 "鍾"이 B본엔 "表"와 "種"으로 표시되어 있지만, 필사 과정의 오기라 생각되며, 제16회의 A본 방점 부분 "龍"이 "就"로 "八尼姑"는 "八尼"로 되어 있는 중 "龍"이 "就"로 표기된 것은 역시 오기로 생각될 뿐, 나머지는 A본과 B본의 완전일치를 확인할 수가 있다.

여기에 덧붙여 두어야 할 일은 그 나머지 장회에 있어서도 A본과 B본이 서로 다양하게 변이를 이루면서 A본이 B본을 텍스트로 하여 확대·수식되는 가운데 언어의 순차적 표현과 같은 구절, 같은 묘사가 점철되어 있다는 사실이다. 이 문제에 대하여도 후술에서 부셰 박사의 글이 비평되는 가운데 자연 드러나게 될 것이다.

위와 같은 A본과 B본의 대전제를 감지하지 않고, 다만 부분적인 장회·시문·지명 등의 변이를 가지고 실존하지도 않는 국문본을 전제로 가상하여 A본과 B본을 분리된 상태에서 이루어진 한역본으로 규정하려는 것은 처음부터 대전제가 빗나갔다고 보지 않을 수가 없다.

3

장회·시문·지명·인명 등 출입의 동음이자를 접근시키는 데도 한국문학을 전공하는 외국인으로서 적지 않은 한계도 노출되고 있음을 엿볼 수가 있다.

---

6) A본(재구본) 281~282쪽. B본 133쪽.

가령 부셰 박사가 동음이자 가운데 번역 과정에서 생긴 기묘한 변이의 하나로 든 A본의 "哀慕之心"과 B본의 "愛慕之흡"(후술되겠지만 실은 "相愛之意")은 국문본 "사랑하는 마음" 가운데 '마음'의 '마'가 탈락된 텍스트의 오류로 각기 A본의 "愛慕之心"과 B본의 "愛慕之흡"으로 출입된 것으로 파악하였지만, 실문을 예로 들어 그 출입의 진상을 살펴보기로 하자.

> 翰林愛而謂曰 學生於路上 偶見潘衛之風彩 便生愛慕之心 乃敢使人奉邀 而惟恐不我顧矣 今蒙不遺 幸叨合席 此所謂傾盖若舊者也 願聞賢兄姓名(A본)7)
>
> 翰林大悅問曰 路上偶見潘郎之風朵 便生相愛之意 而惟恐不我顧也 今也不棄 幸何盡言 願聞賢兄姓名(B본)8)
>
> 한님이 대희ᄒ야 무ᄅ대 노샹의셔 위연이 반낭의 풍치롤 보고 믄득 사랑ᄒᄂᆫ ᄆᆞ음을 내여 오딕 날을 도라보디 아닐까 져허ᄒ더니 이째 ᄇ리디 아니믈 어드니 다힝ᄒᄆᆯ 어이 다 니ᄅ리오 원컨대 현형의 셩명을 드러디라(서울대학본)9)

세 인용문의 내용을 대비해 보면, 우선하여 B본과 서울대학본이 동일 계열임을 쉽게 알 수 있는 것은 A본과 B본의 표현적 차이에서 서울대학본이 B본의 표현을 거의 그대로 수용했기 때문이다. 그러나 여기서 이 문제는 차치하고라도 A본과 B본에 있어서 부셰 박사가 그의 원작 국문본 논리를 끌어내기 위하여 다만 "愛慕之心"의 문제에만 한

---

7) A본(재구본) 209쪽.
8) B본 52쪽.
9) 서울대학본(영인본) 194쪽.

정하여 논했지만, 실은 A본과 B본의 노존본 동일 계열로서도 표현·
조사가 변이를 일으키면서도, 위의 방점 부분에서와 같이 A본의 "而惟
恐不我顧"와 "願問賢兄姓名"은 B본과 꼭 같음을 알 수가 있다. 이런
대제를 놓치고 "愛慕之心"과 같은 자구의 대비에만 얽매인 것은 얼마
나 견강부회인가를 실감할 수가 있다.

그렇지만 "愛慕之心"의 문제에 있어서도 B본의 "便生相愛之意" 중
'意'를 '音'으로 착각하여 이를 확대, "사랑ᄒᆞᄂᆞᆫ ᄆᆞᄋᆞᆷ"의 'ᄆᆞᄋᆞᆷ' 중 'ᄆᆞ'가
탈락된 것을 전제로, B본이 '音'으로 표기되었다고 추정한 것을 보면
부셰 박사가 역시 외국인으로서 한국어의 순수한 말에 한 음이 탈락되
면 한자어와는 달리 언어로 성립될 수 없다는 것을 놓친 데서 야기된
엉뚱한 추정임을 알 수가 있다.

이에 부셰 박사가 A본과 B본의 별개본으로 전제하면서 국문원작설
을 유도하려 예로 든 월왕이 양소유에게 던진 익살스런 文目과 팔선녀
의 결의형제의 서문 중 편의상 후자를 들어 검토하기로 하자.

維年月日 弟子瓊貝鄭氏 簫和李氏 彩鳳秦氏 春雲賈氏 蟾月桂氏 驚
鴻狄氏 裊烟沈氏 凌波白氏 越宿齋沐 謹告于南海大師之前 世之人 或
有以四海之人而爲兄弟者 何則以其氣味之合也 或有以天倫之親 而
爲路人者 何則以其情志之乖也 弟子八人等 始雖各生於南北 散處於
東西 而及長 同事一人 同居一室氣相合也 義相孚也 比之於物 一樹之
花 爲風雨所撼 惑落於宮殿 或飄於閨閤 或墜於陌上 或飛於山中 或隨
溪流 而達於江湖 然言其本 則同一根也 惟其同根也 故花本無心之物
而其始也 同開於枝 其終也 同歸於地 人之所同受者 亦一氣而已 則
氣之散也 豈不同歸於一處乎 古今遼濶 而生并一時 四海廣大 而居同
一室 此實前生之宿緣 人生之幸會 是以弟子等八人 同約同盟 結爲兄

弟一吉一凶 一生一死 必欲與之相隨 而不相離也 八人中 苟有懷異心
而背失言者 則天必殛之 神必忌之 伏望大師 降福消災 以佑妾等 使百
年之後 同歸於極樂世界 幸甚(A본)10)

維年月日 弟子鄭氏瓊貝 蕭和李氏 彩鳳秦氏 春雲賈氏 蟾月桂氏
驚鴻狄氏 裊烟沈氏 凌波白氏 謹告于南海大師 弟子八人 雖生各家 長
事一人 情合氣同譬如一樹之花 吹於風頭 或墜於九重 或墜於閨閣 或
墜於村家 或墜於陌上 或墜於邊方 或墜於江南 求其本則 豈有異哉
自今日誓爲兄弟 與其死生苦樂 或有懷異心者 則不容於天地 伏望大
師 降福除殃 百年之後 共歸於極樂世界(B본)11)

위 A·B 양본의 방점부분 "維年月日 弟子瓊貝鄭氏 蕭和李氏 彩鳳
秦氏 春雲賈氏 蟾月桂氏 驚鴻狄氏 裊烟沈氏 凌波白氏", "謹告于南
海大師' '一樹之花' '或墜於陌上' '有懷異心' '伏望大師 降福消災' '使
百年之後 同歸於極樂世界" 운운은 거의가 꼭 같은 자구로 된 것은 우
연한 일치가 아니라, 양자교섭의 차원에서 보아야 하지, 이들을 한국인
에게 잘 알려진 상투어로 보면12) 곤란할 것이다. 그러므로 월왕이 양
소유에게 던진 文目에 삽입된 A본과 B본의 변이에 출현하는 "自前古
爲駙馬者 不敢畜姬妾者"와 "古之爲駙馬者 不敢置姬妾", "駙馬楊少
游不思敬奉之道"와 "駙馬楊少游不思敬奉" 등의 유사성도13) 양자의
강한 밀착의 차원에서 이해되어야 할 것이다.

위와 같은 강한 밀착성을 부세 박사는 계속 별개로 보려는 습관적

---

10) A본(재구본) 274~275쪽.
11) B본 125~126쪽.
12) 부세의 「구운몽 저작언어 변증」, 『한국학보』68, 일지사, 1992, 23쪽.
13) 전게논문, 21쪽.

의도에서 가령 A본과 B본의 꼭 같은 장회 "金鸞直學士吹玉篇 蓬萊殿
宮娥乞佳句"도 양자의 교섭에서 이루어진 것이 아니라 한국인에게 익
숙한 관용어로 풀고 있으나[14] 이것이 그대로 적용된다면, 그 나머지
꼭 같은 구절로 된 제2회 "華陰縣閨女通信 藍田山道人傳琴", 제5회
"詠花鞋透露懷春心 幻山庄成就小星緣", 제6회 "賈春雲爲仙爲鬼 狄
驚鴻乍陰乍陽", 제9회 "白龍潭陽郎破陰兵 洞庭龍君宴嬌客", 제14회
"樂游原會獵鬪春色 油壁車招搖占風光", 제15회 "駙馬罰飲金厄酒 聖
主恩借翠微宮", 제16회 "楊丞相登高望遠 眞上人返本還元" 등도 한국
어의 익숙한 成語로 보아야 되니, 이는 견강부회보다도 역시 외국인으
로서 한국어에 깊이 숙련되지 못한 데서 이루어진 오류로 보아야 할
것이다.

위에서 논의된 꼭 같은 장회가 을사본과 계해본엔 때로는 꼭 같지
않고, 노존본의 "樂遊原"이 을사본과 계해본엔 "樂遊園" 운운으로, 전
자의 "油壁車"가 을사본엔 "油園車" 운운으로, 전자의 "駙馬罰飲金厄
酒"가 을사본엔 "駙馬罰飲金屈厄"로 또는 전자의 "油壁車招搖占風
光"이 계해본엔 "油壁車詔搖古風光" 등으로 된 것도 동음이자로, 또
는 한국인에게 익숙한 성어로 적용시켜야 할지 부세 박사에게 묻고
싶다. 또한 이들을 익숙한 성어로 본다면, 을사본과 계해본 사이에 출
입이 없어야 할 터인데 실제로는 엄연히 출입이 개재하고 있는데, 이

---

14) 전게논문, 33~34쪽.
　　부세 박사는 "金鸞直學士吹玉篇 蓬萊殿宮娥乞 佳句"를 한국인의 익숙한 관용어라고
　　보고 있으나, 특히 '金鸞直'은 구운몽의 내용으로 보아 매우 모호한 가운데 양소유를
　　가리키는 것이지만, 한자어로는 '金鸞直'으로도 가능하다고 본다. 그만큼 '金鸞直'은
　　중국의 고도한 지식인에게도 익숙하지 않은 말인데, 이것의 표기가 구운몽에 한결같이
　　'金鸞直'으로 통일된 것으로 보면, 이를 통일시킬 수 있는 한문본 텍스트가 있음으로써
　　가능했다고 보인다.

문제는 어떻게 보아야 할지 궁금하며, 이들 노존본·을사본·계해본의 출입도 노존본·을사본·계해본의 순차적 텍스트의 성립과정에서 생긴 것이 아니라, 선행된 국문본의 각기 번역을 통해 이루어진 한역본으로 보아야 하는지 부세 박사에게 계속 묻고 싶다.

4

다음은 부세 박사가 A본과 B본이 선행된 국문본의 번역에서 이루어진 한역본이라는 것을 논리화하기 위해 든 지명·인명 기타의 동음이자들을 예로 들어 보기로 하자. 번잡을 덜기 위해 편의상 '소주'(A본 韶州, B본 蘇州)를 들기로 한다.

> 妾本韶州人也 父曾爲此州驛丞矣 不幸病死於他鄕 家事零替 故山迢遞 力單勢蹙 無路返葬 繼母賣妾於娼家 受百金而去 妾忍辱含痛 屈身事人 只祈天或垂憐 幸逢君子 復見日月之明 而妾家樓前 卽去長安道也 車馬之聲 晝夜不絶 來人過客 孰不落鞭於妾之門前乎(A본)[15]
>
> 妾本蘇州人 父曾爲此土驛丞 不幸客死於他鄕 家貧而故山遠 無返葬之力 繼母受百金 賣我於倡家 忍辱而至於此 意天之憐 而一朝逢君子 見天日也 妾之樓前去長安之大路 車馬之聲 晝夜不絶 誰不墜鞭於妾之門外乎(B본)[16]

위는 양생이 낙양에서 계섬월을 만나 은근한 사랑의 대화를 나누는

---

15) A본(재구본) 184쪽.
16) B본 23~24쪽.

장면인데, 그 대화 내용뿐만 아니라 그 소단위의 내용을 이끌어 나아 가는 구절구절의 순위가 일치하고, 게다가 A본 B본의 방점 부분은 거의가 같고, 때로는 꼭 같은 구절 "故山", "車馬之聲 晝夜不絶"에 주목할 필요가 있다. 아울러 문체에 있어서도 A본이 비교적 세련된 데 대하여 B본은 매우 투박스런 것을 감지할 수가 있다.

이런 점을 감안할 때, B본의 '蘇州'가 A본의 '韶州'로 된 것은 누누히 언급한 바 있지만, 선행된 국문본을 전제로 하여 각기 번역된 한역본이라기보다는 B본이 A본의 텍스트가 되어 변이를 일으키는 과정에서 이루어진 것으로 파악하는 것이 순리롭다는 것이다.

그 밖의 인명의 변이도 위와 꼭 같은 경우에 해당된다.

> 上以御筆大書曰 奉太后聖旨 以養女鄭氏 封爲英陽公主(A본)[17]
> 上御筆大書曰 奉皇太后聖旨 以養女鄭氏 爲滎陽公主(B본)[18]

위의 양자는 A본의 "英陽"이 B본의 "滎陽"으로 되어 있을 뿐, 전문의 자구가 거의 완전일치를 이루고 있음으로 보아 이들을 분리하여 독립된 것으로 이루어진 동음이자로 보려는 부셰 박사의 논리가 얼마나 잘못되었는지를 실증시킬 수 있을 것이다.

위와 같이 인명과 지명, 기타의 동음이자의 출입은 A본과 B본의 출입만큼 나타나 있지는 않더라도 역시 노존본과 을사본, 또는 을사본과 계해본 사이에도 적지 않게 나타나 있는 것이다.

---

17) A본(재구본) 241쪽.
18) B본 90쪽.

惟向暗裡　頻吐狂言(노존본)
猶向暗裡　頻吐狂言(을사본)

尤非閭巷賤臣　所敢當者(노존본)
尤非閭巷賤身　所敢當者(을사본)

八百紅粧　皆騎駿驄(노존본)
八百紅粧　皆乘駿驄(을사본)

左部四百人桂蟾月主之　右部四百人狄驚鴻主之(을사본)
左部四百人桂蟾月主之　右部四百人狄驚鴻掌之(계해본)

武昌王燕　名於九州(을사본)
武昌王燕　鳴於九州(계해본)

위의 방점 부분에서와 같이 노존본의 "惟"·"臣"이 을사본에 "猶"·
"身"으로 되어 있는 것은 동음이자의 경우이고, 노존본의 "騎"가 을사
본에 "乘"으로 된 것은 이음동의의 경우이며, 을사본A의 "名"이 계해
본에 "鳴"으로 된 것은 동음이자의 경우이고, 을사본의 "主"가 계해본
에 "掌"으로 된 것은 이음동의의 경우에 해당된다.

5

부세 박사는 그의 마무리에서 A본과 B본의 지명·인명 등에 나타
난 동음이자를 비롯한 출입 사항 38개소를 찾아내어 양본의 正·誤의

문제를 거론하면서 이들을 가지고 A본과 B본의 밀착을 강하게 분리
시키려 하였다. 그렇지만 지명·인명 등의 출입에 있어서도 실제는
〈구운몽〉의 지명만 하더라도 대충 70여 개가 되며, 인명은 무려 120
개가 넘는데 여기에다가 제도 및 기타 자질구레한 한자성어 등을 합하
면, 1000개소 이상은 실히 넘으리라 짐작된다. 말하자면, 이들의 출입
이 A본과 B본을 분리시키는데 절대적 규준이 되지도 않는 것이지만,
1000개소 가운데 38개소의 출입이 나타난 것은 비교가 안 되리만큼
작은 수이다. 즉 이들의 동음이자 등의 출입은 어디까지나 A본과 B본
의 변이의 차원에서 보아야 한다.

　이런 동음이자를 가지고, 위에서 확인해 온 바와 같이 A본과 B본의
밀착성을 떼어놓으려는 것은 百을 제외시키고 하나를 건지려는 우가
아닐 수가 없다. 즉 양본의 동음이자 등을 가지고 A본과 B본을 분리시
켜 놓으려 하지만, 〈구운몽〉에 나타난 주인물들의 허구의 이름인 楊
少游·秦彩鳳·桂蟾月·狄驚鴻·鄭瓊貝·賈春雲·李簫和·沈裊
烟·白凌波 등 이름이 노존본을 계승하여 텍스트로 하면서 차례로 이
루어진 을사본·계해본 등에 일자일획의 출입이 전연 없는 바와 같이,
노존본이 A본과 B본으로 이분화되는 과정에서도 표현상 많은 변이를
보이면서도, 다만 '英陽'과 '榮陽'의 차이 외에는 성명이 전연 출입이
없다는 것은 A본과 B본의 밀착성을 다른 을사본과 계해본과 같이 강
하게 대변해 주는 것이다.

　이와 같이 A본과 B본의 밀착성을 다만 동음이자 등으로 분리시켜
존재하지도 않는 원본 국문본의 존재를 가상·전제로 하여, 각기 그것
의 번역에서 이루어진 한역본A이라는 것은, 되풀이되는 말이지만 무
모한 견강부회로밖에 표현할 수가 없다. 더구나 이러한 엉성한 구축

밑에 <구운몽>의 원작이 국문본이라는 것은 필자가 「구운몽 이본고」 (『아세아연구』 7 · 8, 고려대, 1960 · 1961)에서 원작 한문본의 가능성을 제언한 이래, 그간 근 20년간 원작 한문본설이 굳어지기까지 보태진 허다한 자료를 모두 도외시한 부세 박사의 외국인으로서의 한계라 생각된다.

위에서 언급된 것 외에도 부세 박사의 논지에 대해 언급할 사항이 많지만, 이번 필자에 의해 이루어진 논지는 부세 박사가 A본과 B본의 밀착성을 분리시키려는 그 잘못된 의도에 초점이 맞추어졌으며, 아울러 A본과 B본의 밀착성을 재확인하는 범위에서 이루어졌음을 첨언해 두고 싶다. 만일 앞으로 부세 박사가 필자의 논지에 이견을 제시할 경우, 우선하여 A본과 B본의, 특히 1회와 16회가 거의 꼭 같은 것에 대한 회답이 이루어져야 할 것이라 생각된다.

구운몽 텍스트 문제의 근황

1

　<구운몽> 텍스트의 연구는 1960년도에 필자가 「구운몽 이본고」에서 종래의 국문원작설에 의문을 표하고 한문원작설을 제기하면서 처음으로 등장하였다. 이어 당시 유일한 한문본의 역할을 한 계해본(1803)의 모본인 을사본(1725)이 등장하고, 연이어 을사본의 모본인 노존본이 출현하였는데 이를 바탕으로 필자는 1977년에 『구운몽 원전의 연구』를 통하여 <구운몽>의 원작텍스트로 재구본을 학계에 제출하였다.

　그 후 1987년엔 노존B본이 출현함으로써 종래의 노존본은 노존A본과 노존B본으로 이분화되었는데, 지금까지 출현한 <구운몽> 이본을 비교 분석한 결과, 다음과 같은 <구운몽> 텍스트의 전승 과정을 정식화할 수 있었다.

　　노존B본(1725 이전)→노존A본(1725 이전)→을사본(1725)→계해본(1803)

　필자는 지난 2000년에 그 사이에 새로 출현한 7종의 노존본으로 『구운몽 원전의 연구』의 재구본을 첨보한 졸고 「구운몽 노존본의 첨보 작업』(연세대 국학연구원, 『동방학지』107, 2000. 3)을 발표하면서 구어체·서술체·산문체로 질서 없이 簡本化된 노존B본은 작자 김만중에 의해 짧은 선천 유배 때 메모 형식으로 작성되었던 것임을 언급하였다. 나아가 연이어 이어지는 남해 유배지에서 여유 있게 다듬어진 것이 완본인 노존A본으로, 필자에 의해 재구된 노존A본이 <구운몽>의 텍스트로 지니는 가치를 주장하였다. 그 후속 작업으로 이에 대한 구체적 논리 작업은 필자의 숙제로 남아 있다. 이상이 오늘날까지 필자에 의해 이루어져 온 <구운몽> 텍스트에 대한 연구사의 요점이다.

위에서와 같이 근 40년간에 이루어진 필자의 <구운몽> 텍스트의 제시는 거듭된 기나긴 진통 과정을 거쳐 성립된 것이다. 말하자면 필자의 「구운몽 이본고」에서 제시된 원작 한문본의 가능성에 대하여는 이재수[1]·정병욱[2] 등과의 논쟁이 있었고, 이어 서울대학본의 국역본이라는 문제에 대하여는 설성경 교수[3]와의 논쟁이 있었고, 이어 필자의 노존본 이분화에 대하여는 다니엘 부셰 박사[4]와의 논쟁이 있었다.

2

그런데 요즘 다시 <구운몽>의 텍스트가 국문본일 것이라는 '국문본 가능설'이 제기되고 있다. 우선 근자 성균관대학교에서 거행된 2001 동아시아학 국제학술회의의 기조발제인 「동아시아 서사학 서론」에서

---

1) 정규복, 「구운몽 원작에 대하여」, 『국어국문학』 54, 국어국문학회, 1971.
2) 정규복, 「서평 구운몽(정병욱, 이승욱 교수, 민중서관, 1972)」, 『인문논총』 18, 고려대학교 문과대학, 1972.
3) 정규복, 「구운몽의 표기문자에 대하여」, 『개신어문연구』 1, 충북대, 1981.
4) 정규복, 「다니엘 부셰의 '구운몽 저작언어 변증' 비판」, 『한국학보』 69, 일지사, 1992.

임형택 교수는 '<구운몽>은 보편문어가 아닌 방언(한글)으로 쓰여
진'5) 운운하여 <구운몽>을 국문소설로 보았으며, 역시 그 토론에서도
김명호 교수도 '<구운몽> 같은 한글소설' 운운하여 아무런 전제, 설명
없이 국문소설로 보고 있다.6) 하지만 임형택 교수는 <창선감의록>을
논하는 글7)에서도 이미 <구운몽>을 '국문소설' 운운한 바 있다.

다음 장효현 교수는 그의 「구운몽의 주제와 그 수용사에 관한 연구」
에서 노존A본과 노존B본의 선후관계를 둘러싼 변론에 코멘트를 가하
는 가운데, '김만중이 처음 국문으로 <구운몽>을 창작하였고, 이를 토
대로 어떤 이가 다소 거칠게 한역한 것이 노존B본이며, 후에 식견을
갖춘 이가 노존B본과 국문의 원작을 함께 참조하여 지명 등의 오류도
바로 잡고 세련된 문장으로 한역을 꾀한 것이 노존A본일 가능성이 있
다'8)고 하여 <구운몽>의 원작은 국문본 가능성을 제시하였다. 그 후
다시 이를 재인용하는 가운데 '애초에 국문소설이 노존B본으로 거칠
게 한역되고'9) 운운에서와 같이 원작 국문소설 가능성에서 확정설로,
한문본은 한역본으로 결정을 내리고 있다.

위의 임형택·김명호·장효현 교수 등의 <구운몽> 원작 국문본설
의 단정 및 가능성에 대해서는 구체적 논증이 없어 그들의 의도를 충
분하게 파악할 수가 없으므로 논자들의 논증이 보다 구체적으로 제기
되기를 바랄 뿐이다. 그렇지 않고 무턱대고 '국문소설' 운운한다면 학

---

5) 임형택, 「동아시아 서사학의 전통과 근대」, 성균관대, 2001, 6쪽.

6) 김명호, 상동, 25쪽.

7) 임형택, 「17세기 규방소설의 성립과 창선감의록」, 『동방학지』 57, 연세대, 1988.

8) 장효현, 「구운몽의 주제와 그 수용사에 대한 연구」, 『김만중문학연구』, 국학자료원,
   1992, 112~115쪽.

9) 『동아시아문학 속에서의 한국한문소설연구』, 고려대학교 민족문화연구원, 2001, 4쪽.

계에 혼란만 가중될 것이다. 이미 근거 없는 원작 국문본설을 발설한
장덕순 · 이상택 · 성현경 · 김열규 · 조동일 · 민긍기 교수 등에 대하여
는 1985년에 비판을 가하고 해답을 요구한 적이[10] 있었음을 알리고
싶다.

설성경 교수는 1974년에 색다른 한문 · 국문의 이중표기설을 제기한
바 있다.[11] 이 문제에 대하여는 필자가 이미 그 부당성을 언급한 바
있지만,[12] 근자 1999년에 설 교수는 『구운몽 연구』를 출간하여 「텍스
트론」에서 필자의 비판론에 대해 아무런 언급도 없이 다시 한문 · 국문
의 이중 표기설을 되풀이하였다.[13]

본론을 전개하기 위해 설 교수의 한문 · 국문의 이중표기설을 간단
히 제시하면, 김만중은 애초에 <구운몽>을 고급 독자를 위해 한문으
로 저작하였다가 여성 · 평민 등 대중 독자를 위해 한문본을 근거로 부
분적인 변이를 가하여 국문으로 저작해 놓은 것이 국문본 서울대학본
이라는 것이다.

부분적 변이로 설 교수가 든 것은, 서울대학본의 서두에 삽입된 東西
中南北의 五岳 순서와 중간 부분 영양 · 난양공주의 칠보시에 대한 황
태후의 평석, 그리고 종결부에 삽입된 『금강경』 四句偈의 實文 등이다.

더구나 설 교수의 논문에 대해 비판을 가할 당시엔 노존본의 A본과
B본으로 이분화되기 이전이었고, 현재는 노존본이 A본과 B본으로 이
분화됨에 따라서 서울대학본도 종래에 알려진 '노존본의 축약본'이라

---

10) 정규복, 「구운몽의 원작과 텍스트의 문제 - 혼선의 시정을 위하여」, 『교육논총』 15,
　　고려대 교육대학원, 1985.

11) 설성경, 「구운몽의 구조적 연구」, 『원우논집』 2, 연세대 대학원, 1974.

12) 정규복, 「구운몽의 표기문자에 대하여」.

13) 설성경, 「구운몽 연구」, 국학자료원, 1999, 72~73쪽.

는 것에서, 간본인 '노존 B본의 축자·번역본'이라는 것이 이미 밝혀
진 마당에14) 서울대학본이 김만중 자신의 여성독자를 위한 '변이' 운
운으로 인용된 부분은 번역되는 과정에서 야기된 사소한 문제라고 생
각된다.

다음으로, 다니엘 부세 박사는 필자에 의해 노존본이 A본과 B본으
로 이분화되었다는 논문이 등장하자 이에 대해 현존하지도 않은 김만
중의 국문본 원작을 있는 것으로 전제하여 그것이 노존A본과 노존B
본으로 한역되었다는 글을 엮었다.15) 필자는 이에 대해 이미 반론을
제시한 바 있고,16) 더구나 노존 A본과 B본의 제1회와 제16회가 전면
의 내용·자구, 심지어 조사까지 일치하는 것은, 노존 A본과 B본이 선
행된 국문본을 각자의 입장에서 한역한 것이라는 부세의 가설을 정면
으로 무효화하는 증거가 됨을 밝혔다.

이후 부세 박사는 필자의 소론의 답변 형식으로 재론을 엮고, 노존
A본과 B본의 제1회와 제16회가 일치하는 것은 사실이나 이것은 전체
분량의 8%에 불과하다는 이유로 '8%' 운운하여 노존 A본과 B본의 일
치를 극소화하였다. 이런 논의는 필자가 던진 질의의 핵심을 회피하는
것이며, 그 후 더 이상 논의는 진행되지 않았다.

그러나 부세 박사는 다시 지난 2001년에 고려대학교 민족문화연구
원에서 거행된 '동아시아문학 속에서의 한국한문소설연구'에서 <구운
몽>의 원전을 국문소설로 되돌리기 위하여 필자에 의해 제기된 '노존
A본과 B본의 제1회와 제16회의 동일체임'을 무시한 채, 지명·인명에

---

14) 정규복, 「서울대학본 재고」, 『대동문화연구』 26, 성균관대, 1991.
15) 다니엘 부세, 「구운몽 저작언어 변증」, 『한국학보』 68, 일지사, 1992.
16) 정규복, 상게, 「다니엘 부세의 '구운몽 저작언어 변증' 비판」.

나타난 '동음이자'를 계속 되풀이하고 있다.[17]

그 후, 지연숙 박사는 필자가 <구운몽>의 전승과정으로 도식화한 '노존B본→노존A본→을사본→계해본'의 경로 중에서 '노존B본→노존A본'에 대해 서울대학본을 개입시켜 매우 적극적으로 비평하였다.[18] 그녀의 결론을 요약하자면 다음의 3개항으로 정리할 수 있다.

1. 서울대학본은 노존B본과 같은 계열이지만, 국역본이란 근거가 없고 오히려 노존B본이 국문본(서울대학본?)의 번역본일 가능성이 있다.

2. 노존B본과 노존A본은 부분적으로 일치하고 있지만, 노존B본은 落帳 제1회와 제16회를 보완하기 위해 노존A본과 을사본을 참고하였을 뿐, 노존A본과 각자 국문본(서울대학본)을 대본으로 하여 한역된 것이다.

3. 종합해보면, 노존B본 계열(노존B본?)은 노존A본에 비해 문장의 적절성, 표현의 정체성, 문맥의 자연스러움, 고사에 대한 상식 등이 뛰어나 구운몽의 원작을 연구할 때는 노존B본이 텍스트가 되어야 하고, 노존A본 계열(노존A본)은 유려한 한문문체, 장편 가문소설(장편 국문소설)적 변모 등으로 성공된 작품이기 때문에 수용사적 입장에서 참고되어야 한다.

위의 3개 사항 중에서 우선 제1항은 국문본으로 주목된 서울대학본은 노존B본과 같은 계열이지만, 노존B본의 국역본이 아니라 오히려 노존B본이 국문본(서울대학본)의 한역본일 가능성이 있다는 것이다. 제2항은 노존B본과 노존A본은 부분적으로 일치하지만, 전체적으로는

---

17) 다니엘 부셰, 「유럽에 있어서 한국한문소설 연구성과와 자료」, 『동아시아문학 속에서의 한국한문소설연구』, 고려대학교 민족문화연구원, 2001.

18) 지연숙, 「구운몽 텍스트 연구」, 『한국문학이론과 비평』13, 예림기획, 2001. 12.

별개의 본으로 각자 국문본(서울대학본?)을 텍스트로 하여 한역된 한역본이라는 것이다. 제3항은 노존B본은 노존A본에 비해 삽입시 표현·分章·문맥·고사 등이 우수하여 <구운몽>의 원전 연구에 마땅하고, 반면에 노존A본은 유려한 문체, 장편 가문소설적 변용 등으로 수용사적 측면에서 텍스트가 되어야 한다는 것이다.

위의 3개 사항 중에서 필자의 주목을 끄는 것은 제1항이다. 필자가 서울대학본은 노존B본의 국역본이라고 주장했는데, 이와 달리 오히려 노존B본이 국문본[19]의 한역본이라는 것이다. 제2항은 필자가 주장한, 노존B본과 노존A본의 관계에서 노존B본의 간본이 노존A본의 완본으로 이루어졌다는 것을 부정한 것으로, 각 본이 오히려 선행된 국문본(서울대학본)을 텍스트로 하여 한역된 한역본이라는 것이다. 이는 이미 부세 박사가 제기한 설로 새로운 입장이라 할 수는 없다. 제3항은 전반적으로 납득하기 어려운 주장인데, 원전연구를 할 때에는 노존A본에 비해 문맥·분장·표현 등이 우수한 노존B본을 텍스트로 삼아야 하고, 유려한 표현, 장편 가문소설적 구성 등을 갖춘 노존A본은 수용사의 입장에서 연구되어야 한다는 것이다. 한마디로 말하자면, 판본의 성격에 따라 연구의 텍스트를 달리 해야 한다는 주장이다.

연구자는 어떤 방법론을 선택하든 학계에 소개된 모든 텍스트를 연구대상으로 삼아야 한다는 상식론에 비추어 볼 때, 방법론에 따라 텍스트를 구별하고, 그 가치를 차별화시킨 지 박사의 연구는 더 구체적으로 설명이 첨부되지 않는다면 용납하기 어려운 부분이다.

지 박사는 위의 논문을 발표한 후 필자에게 보낸 편지에서 논문 요

---

19) 여기서 국문본은 서울대학본을 말하는 것인지, 아니면 다른 국문본을 전제로 한 것인지 애매하지만, 전후 문맥으로 보아 서울대학본으로 보고 싶다.

지를 요약하면서 '노존A본과 노존B본은 국문본을 바탕으로 하여 번역
되었다'고 보는 것이 자신의 입장임을 분명히 하였다. 이러한 지 박사
의 요지는 부셰 박사가 1992년에 필자의 '노존본의 이분화'를 비판하
면서 발표한 「구운몽 저작언어변증」(『한국학보』 69, 1992)과 완전히
같은 논리이다. 부셰 박사는 필자가 수립한 도표인, '노존B본→노존A
본→을사본→계해본' 중에서 서울대학본이 노존B본의 국역본이 아니
며, 노존B본과 노존A본은 각자 선행된 국문본(서울대학본)의 한역본
이라고 주장한 바 있다. 이에 대해 필자는 이미 부셰 박사를 비판한
졸고 「다니엘 부셰의 구운몽 저작언어변증 비판」(『한국학보』 69,
1992)을 발표한 바 있다. 중복을 피하기 위하여 여기서는 다만 지 박사
가 위와 같은 논지를 끌어내기 위해 본문에서 언급한 부분 중에서 중
요하다고 생각되는 부분만을 약출하여 언급하고자 한다.

우선, 서울대학본과 노존B본의 관계를 언급하면서 필자는 서울대학
본은 노존B본의 국역본임을 논증하는 과정에서 직역구·역어체·컨
텍스트의 불비·오역·산략·존비체의 불일치 등을 그 예로 들은 바
있다.

지 박사는 직역구·역어체 중에서

우렬과 **싱슉**이 없다아니ᄒ더(雖不無**優劣生熟**)
어민의 **죵다ᄒ**는 잉첩(**御妹從嫁**之媵)
만니의 **봉후**룰 홀거시니(**封候於萬理之外**)[20]

등을 들어 서울대학본을 번역본으로 보기 어렵다고 하였다. 이들 외에

---

20) 지연숙, 『한국문학이론과 비평』, 29쪽.

필자가 역시 직역구로 든 다음 구절들에 대해 의문을 제기하였다.

> 쥰혹도 업디아녀 황잡흔 글귀(元無竣惑 惹雜之句)
> 겻마든종(牽馬之奴)21)

위의 구절들을 필자는 직역구에 치우친 나머지 독자들이 한문본이 없으면 읽어낼 수 없을 만큼, 오역이 되어버렸다고 보았다. 이에 반해 지 박사는 이러한 구절들은 오문이 아닌 장편 국문소설에 등장하는 관용어로서 이 문제를 가지고 서울대학본을 번역본으로 처리할 수 없다고 보았다.

그러나 "쥰혹도 업디아녀"(元無竣惑)를 예로 들어 오문이 아니라 자연스러운 표현이라고 했는데, 실은 "竣惑"은 '기운을 펴지 못하고 움추려드는 일'과 '부끄러움을 모르고 언죽번죽하는 태도나 성미' 등 두 가지의 의미가 있다. 전자는 움추려드는 내성적인 것을, 후자는 부끄러운 줄 모르고 나대는 외향적인 것을 의미한다. 노존B본의 "元無竣惑"은 A본에서 "不知慚愧"로 변용된 대로 전자의 움추림이 없다는 의미로 보아야 한다. 이를 서울대학본에서는 "쥰혹도 업디아녀"를 후자에 예속시켜 번역하였으므로 분명한 오역에 속한다고 보아야 할 것이다. 더구나 "견마든 종"- 실은 '견마의 종'이라야 함- (牽馬之奴)은 서울대학본에 "겻마든종"으로 번역된 것을 '결에 따라다니니'로 誤註가 이루어질 만큼 난해한 국역으로22) 한문본 없이는 도저히 풀이될 수 없는 직음역이다.

---

21) 지연숙, 동상서, 30쪽.
22) 정규복, 『한국고전문학의 원전비평적 연구』, 고려대 민족문화연구소, 1992, 219쪽.

이미 앞에서 지 박사가 예로 들은 "우렬과 싱숙이 없다아니ᄒ디"(雖不無優劣生熟), "어미의 종다('가'의 오자)ᄒ는 잉쳡"(御妹從嫁之縢), "만니의 봉후롤 흘거시니"(封候於萬理之外) 등도 흔히 장편 국문소설에 출현하는 구절로 보고 직역체 및 직역구임을 부정하고 있지만, 곳곳에 산견되는 "발죵지시"(發蹤指示), "암미ᄒ 일"(晻昧之事), "됴뎡스톄"(朝廷事體), "닙담간의"(立談之間), "망형ᄒ는 벗"(忘形之友), "쳥쇄안히셔"(青鎖之內), "유음의 더러온 지딜"(幽陰之質), "싱인을 샹졉ᄒ미라"(生人相接) 등 무려 50여 곳에 이르는 직음역23)은 한문본 없이는 그 해독·주석이 불가능하다는 것이 필자의 입장이다.

또한 필자가 오역의 예로 들은 天津橋詩의 1절, "쥬루니취낙양츈"(酒樓來醉洛陽春)이

　　　술다락의 와 낙양봄을 취후여도다

로 번역된 대로 "洛陽春"의 술 이름이 "낙양봄"으로 번역된 것을 필자는 오역으로 보았다. 그러나 지 박사는 오역을 부정하고 하나의 멋진 시풍으로 풀고 있다.24) 하지만 국역본 중에서 대개 미숙한 국역본에서 "洛陽春"의 "春"이 봄으로 번역된 것을 지 박사에게 알리고 싶다.

오역의 문제는 "洛陽春"(낙양봄) 외에도 서울대학본의 30여 곳에 이르며, 게다가 무리한 산략에서 오는 컨텍스트의 불비, 한국어로 중요한 음상인 존비체의 불일치 등 다방면에서 서울대학본은 노존B본의 번역과정에서 이루어진 국역본 계열로 보는 것이 타당할 것이다.

---

23) 정규복, 『구운몽 연구』, 고려대 출판부, 1974, 161쪽.
24) 지연숙, 동상서, 32쪽.

다음은 노존B본과 노존A본의 전후관계를 따지는 문제에서 지 박사가 예로 들은 노존B본의 "古之養王"이 노존A본엔 "汝陽王"으로 되어있고, 서울대학본에는 노존B본과 같이 "녜양왕"으로 된 것에 대하여 들어보기로 하자.

> 大王神弓 無異**汝陽王**也 (A본)
> 大王之神箭 **古之養王**不及也 (B본)
> 대왕의 신전은 **녜양왕**의 밋디못ᄒ리이다 (서울대학본)

위에서와 같이 노존B본의 "古之養王"이 노존A본엔 "汝陽王"으로 변모되었고, 서울대학본엔 "녜양왕"으로 된 것을 지 박사는 필자의 견해와는 달리, 역으로 서울대학본의 "녜양왕"이 노존A본엔 '汝陽王'으로, 노존B본엔 "古之養王"으로 한역되었을 가능성을 제시하였다.[25]

하지만 노존B본의 "古之養王"은 옛날 춘추시대의 "名弓手" 養王(養由基)으로서 養由基가 시간적으로 唐代에 적당하지 않기 때문에, 노존A본은 완본으로 다듬어지는 과정에서 당대의 명궁수 '汝陽王'(李璡)으로 보다 분명하게 대체·시정된 것이다. 이에 반해 서울대학본은 노존B본의 "古之養王"이 텍스트가 되어 직음역인 "녜양왕"[26]으로

---

25) 지연숙, 동상서, 38쪽.

26) 서울대학본의 "녜양왕"은 그 표기법이 노존B본의 "古之養王"의 직역으로 그 중 전자의 '녜'는 '옛날'의 뜻으로 고정해 보아야 하지, 노존A본의 "汝陽王"의 '汝'로 확대·해당시키는 것은 견강부회일 수밖에 없다. 그것은 '汝'의 국음표기는 '녀'이지 '녜'가 아니기 때문이다. 이와 같은 노존B본을 중심으로 서울대학본엔 그대로 직음되고 노존A본엔 변이되어 이루어진 것을 역으로 서울대학본을 중심으로 노존B본과 A본에 각각 변이되어 나타난 것으로 볼 경우, "古之養王" 외에도 본 소설 노존B본에 출현하는 崔學士·謝道縕·登伽女子·叔卿·有卿 全丹, 그리고 嶺南·赤石山·定惠院·西涼州 등의 인명과 지명은 서울대학본엔 노존B본에 따라 꼭같이 이루어졌고, 노존A본

516 구운몽 원전의 연구

국역되었다고 보는 것이 훨씬 이치에 맞고 자연스럽다. 더구나 노존B
본의 "古之養王"이 서울대학본의 "녜양왕"(옛날의 양왕)으로 국역되
었다고 보아야 하는 이유는 그 앞뒤 문맥의 노존B본의 "大王之神箭"
은 서울대학본의 "대왕의 신전"으로 이루어졌지만, 노존A본은 이와는
달리 "大王神弓"으로 되어 있다. 결국 노존B본이 텍스트가 되어 노존
A본으로 확대되고, 한편 서울대학본으로도 국역되었다고 보는 것이
자연스럽지, 이를 역으로 서울대학본이 텍스트가 되어 노존B본과 노
존A본으로 한역되었다고 보는 것은 전연 연결도 되지 않으려니와 이
해가 되지 않는다.

위 노존B본의 "古之養王"은 시간적으로도 모순이 되지 않는 것은
養由基가 춘추시대 명궁수이므로 당대에 맞추기 위해 '今之養王'이라
하지 않고 '古之養王'이라 하였을 것이다. 이는 뒤따라 지속되어 삽입
된 노존B본의 "丞相之妙手 非人所及也"27)가 노존A본엔 汝陽王 대신
에 노존B본에 맞추어 "丞相妙手 今之養由基也"28)로 환원되었고, 서
울대학본도 노존B본과 같이, "승상묘지는 사룸의 미출배 아니로소이
다"29)로 축자·직역되어 있다. 여기서도 다시 한 번 우리는 노존A본
은 노존B본이 텍스트가 되어 변모되었다는 것과 서울대학본도 노존B
본의 번역 과정에서 이루어졌음을 보다 극명하게 확인할 수가 있다.

이들 외에 노존B본과 노존A본의 지명으로 열거한 秀州(壽州), 楊州

엔 따로 변이를 일으켜 이루어진 것(졸저, 『한국고전문학의 원전비평적 연구』, 265~
267쪽)을 서울대학본을 중심으로 노존B본과 A본의 것으로 각자 변이되어 이루어졌다
고 보아야 할지 매우 궁금하다.

27) 정규복 외, 『김만중 문학연구』, 국학자료원, 1992, 478쪽.
28) 정규복, 『구운몽 원전의 연구』, 일지사, 1977, 263쪽.
29) 『구운몽』, 고려서림, 1986, 199쪽.

(梁州), 英南(嶺南), 또는 인명인 경우 傳丹(全丹), 舜卿(叔卿), 五卿 (有卿) 등을 역사적·지리적 내지는 주관적 잣대로 합리·불합리를 적 용해 노존B본은 노존A본보다 善本 내지는 先本으로 보려는 시각은[30] 텍스트를 선정하는 데 전혀 도움이 안 된다. 때에 따라서는 노존B본과 노존A본의 반전현상도 얼마든지 가능하기 때문이다.

결국 지연숙 박사나 부세 박사가 공동으로 안고 있는 문제는 노존 B본이 A본의 텍스트가 되었다는 것과 서울대학본은 노존B본의 번역 과정에서 이루어진 국역본이라는 것을 부정하고, 노존 B본과 A본은 아무런 상관이 없는 별개본이며, 서울대학본은 노존 B본과 A본의 공 통텍스트가 된 원본계열에 속한다고 본 데서 생긴 것이다. 이 외에 의 미 파악이 어려운 기나긴 내용 설명은 성립하기 어려운 논지를 주장하 기 위해 덧붙여진 보완 설명이 아닌가 한다.

우선 필자의 주장인, 노존 B본과 A본의 상관성을 확립해 주는 것은 이미 언급된 바와 같이 노존 B본과 A본의 제1회와 제16회의 동일성에 있다. 이에 대하여는 부세 박사는 구운몽 전체의 '8%'밖에 안 되는 소 량이라 하여 필자가 던진 질문의 중심축을 회피하였고, 지 박사는 노 존B본의 선행 텍스트가 '落張'[31]되어 노존A본으로 대체되었을 가능 성으로 논리를 전개하였다. 통상적으로 인문과학은 자연과학만큼의 엄정한 객관성을 요구하기는 어렵다. 그러나 지 박사의 예상인, '낙장' 을 보다 긍정적으로 보기 위해서는 실물의 뚜렷한 기록이 제시되든가, 아니면 보다 합리화된 논리가 보완되어야 할 것이다.

필자가 노존 B본과 A본의 상관성을 다만 제1회와 제16회의 동일성

---

30) 지연숙, 동상서, 38~41쪽.
31) 지연숙, 동상서, 43~49쪽.

만을 가지고 접맥시킨 것은 '결코' 아니다. 즉 미숙본인 노존B본이 성숙본 A본으로 확대되는 과정에서 본 소설 전면에 걸쳐 내용의 순차, 자구, 어떤 경우엔 토씨까지 일치하고 있다. 더구나 본 소설 제13회의 양소유와 영양·난양·진채봉과의 첫날밤 대화에 삽입된 '此日·第二日·第三日'32) 등의 표기가 노존A본엔 '是夜·是夕·第三日'로 잘못 표기된 예와 제13회의 '換着彈琴'의 이야기에서 노존B본엔 양소유와 영양·난양·진채봉 등과의 대화에서 전후문맥으로 보아 의당히 '換着彈琴'이 감추어져 있지만, 이것이 A본으로 옮겨지는 과정에서 '換着彈琴'이 잘못 삽입된 경우33)에 주목하였다. 그리고 영양과 난양이 양소유와의 사랑의 갈등으로 은거할 '궁중'의 표현이 노존B본엔 '深宮'으로만 일관되어 표현돼 있는데, 이것이 A본엔 '闔門'·'深宮'으로 무질서하게 표현된 것34) 등은 노존A본이 B본의 텍스트 과정에서 야기된 오류라고 보아야 할 것이다. 이러한 다양한 예들에 대한 언급이 전혀 없이 제1회와 제16회의 일치를 '8%' 혹은 '낙장' 운운한 것은 아전인수가 아닐 수가 없다.

서울대학본의 문제도 그렇다. 필자가 서울대학본을 노존B본의 번역 과정에서 이루어진 국역본이라고 주장한 것을 부정하고, 서울대학본 혹은 국문본(서울대학본)이 텍스트가 되어 노존 B본과 A본으로 한역되었다고 보는 것은 설명하기 어려운 큰 문제를 안고 있다. 그러나 두 사람은 이를 근거로 본 소설의 원전은 한문본이기 보다 국문본이라는

32) 정규복, 『한국고전문학의 원전비평적 연구』, 고려대학교 민족문화연구소, 1992, 243~244쪽 ; 「구운몽 노존본의 이본화」, 『동방학지』 54, 연세대 국학연구원, 1988.
33) 정규복, 동상서, 244~248쪽.
34) 정규복, 동상서, 248~250쪽.

국문원작설로까지 확대시키고 있다.

 부셰 박사가 서울대학본이 노존 B본과 A본의 텍스트가 되었다는 가능성을 제시한 것은 주로 '同音異字'[35])에 두고 있다. 부셰 박사가 지적한, 지명·인명에 나타난 동음이자는 38개소로, 단순히 '38'이라는 숫자로는 그것이 전체에서 차지하는 비중을 알 수 없다. <구운몽> 전체를 보면 지명만 하더라도 70여 개소가 되며, 인명도 무려 120개가 넘는다. 여기에 제도, 기타 자질구레한 한자성어까지 합하면 1,000개가 실히 넘으리라 짐작된다. 말하자면 38개소의 출입은 1,000개에 비해 소수라고 할 수 있으며, 또한 동음이자의 38개소가 노존 B본과 A본을 별개로 떼어놓는 절대적 규준과 수치도 아니다. 이는 어디까지나 노존 A본이 B본을 텍스트로 하는 과정에서 야기된 '변이'의 차원에서 보아야 할 것이다.

 지 박사는 부셰 박사의 '同音異字'의 논리를 더욱 확대하여 서울대학본은 노존 B본과 A본의 텍스트가 되었다고 보고 있지만, 필자가 서울대학본이 노존 B본의 번역과정에서 이루어진 국역본으로 보고 있는 것은 곳곳에 나타난 직역구는 물론이고, 30여 개소나 되는 오역뿐만 아니라, 무리한 산략에서 야기된 컨텍스트의 불비, 한국어의 중요한 음상인 존비체의 불일치 등이 모두 한 자리에 수렴된 가운데 도출된 결론인 것이다.

 이미 앞에서 언급한 바 있지만, 서울대학본에 대하여 설성경 교수는 우선 <구운몽>을 작자 김만중이 한문으로 표기해 놓고 이를 근거로 하여 여성 등 일반 독자를 위해 국문으로 변이를 가하여 이루어진 것

35) 정규복, 「다니엘 부셰의 구운몽 저작언어변증 비판」, 『한국학보』 69, 일지사, 1992.

이라고 보았다. 그 중의 하나가 '五岳'의 방향 위치인 한문본의 '東西南
北中'이 서울대학본에서 '동서중북남'으로 변이된 것이다. 이 변이가
원작자의 본래적인 것인가, 아니면 전승과정에서 고의로 또는 부주의
로 일어난 것이냐의 문제는 현재 서울대학본 류는 오직 노존B본 이외
에는 없기 때문에 단언할 수는 없지만, 필자는 전승 과정에서 이루어
졌으리라고 본다. 그것은 五岳의 동·서·중·북·남의 불규칙적 변
이가 본 소설의 내용이나 주제 및 형식엔 아무런 상관성이 없기 때문
이다. 특히 서울대학본의 오역 부분에 대하여는 설 교수가 서울대학본
류인 김동욱본엔 옳게 되었다고 언급한 적36)이 있는데, 이를 참고하기

---

36) 설성경 교수는 그의 『구운몽 연구』(105~114쪽)에서 노존B본의 번역본인 서울대학본
과 동류인 김동욱본과 대비하여 서울대학본에 필자에 의해 오역으로 제시된 것 중,
세 곳을 예로 들어 김동욱본에 正譯으로 된 것을 주로 근거로 하여 서울대학본 류의
선행본엔 제대로 되었을 것으로 추정하였다. 하지만 설 교수가 正本으로 제시한 김동
욱본에도 한정된 자료로서도, 서울대학본에 비하여 군데군데 잘못된 철자·어구가 보
이고 있으려니와, 더욱이 서울대학본에 비하여 구체화된 부분도 노존A본·을사본 혹
은 계해본의 영향으로 이루어진 경우도 있으며, 오역의 문제는 서울대학본에 무려 30여
곳이나 되므로 이들이 정밀하게 검증된 후라야 오역 여부도 설득력을 확보하게 될
것이다. 필자의 생각으로는 오역 외에도 서울대학본에 나타난 직역구, 또는 무리한 산
략에서 야기된 컨텍스트의 불비, 그리고 존비체의 불일치 등 허다한 문제가 제대로
서울대학본과 대비되어야만 서울대학본 류의 선행본 유무도 확보될 것이다. 설 교수가
한문 노존본에게서 변이로 이루어졌다는 서울대학본의 세 곳, 즉 五岳의 순서 및 영
양·난양의 칠보시에 대한 황태후의 평석, 그리고『금강경』四偈句의 實文 등이 있으
나 五岳의 순서는 김동욱본의 것으로는 제시돼 있지 않아 유무를 알 수가 없고, 칠보시
의 황태후 평석은 서울대학본 류의 텍스트가 된 한문 노존B본에 전문(太后笑曰 此兩
詩下句 皆有意思 鄭家女兒之詩 桃花比蘭陽 鵲比於渠 毛詩召南 王姬下嫁之詩曰 華
如桃李 諸侯女子嫁詩曰, 維鵲有巢 此兩詩傳以風流曲調 則兩人之婚 自然在其中 古
人之詩曰 宮人傳曲支鵲樓 此詩第三句引用 而秘鵲字 精妙宛曲 如見其德性 宜女兒
之歡服 蘭陽之詩 □爲戒鵲之言曰 銀河之橋 努力善爲 昔則渡一織女 今則渡二織女
公主之婚 引用鵲橋例言 而吾纔以鄭女爲養女 不敢當云 而引用毛詩 自處以諸侯女
子 而蘭陽之詩 則與渠同是天孫云 眞知吾志也 此豈非英邁乎, 정규복 외,『김만중 문
학연구』, 국학자료원, 1993, 502~503쪽)이 그대로 삽입돼 있어 결국 서울대학본 류가
노존B본의 번역과정에서 이루어졌음을 한층 확인해 주게 되었다. 이 외에『금강경』

위해 김동욱본을 보려 했지만 유실되었다고 하여 애석하게도 확인할 길이 없는 실정이다.

결론을 대신하여, <구운몽> 연구에 남다른 애정을 가지고 있는 필자의 입장을 밝히자면, 부세 박사, 지연숙 박사가 필자의 「구운몽 노존본의 이분화」와 「서울대학본의 재고」, 「구운몽 저작언어변증 비판」 등의 논문을 숙독한 후에, 『구운몽』 원전의 문제를 재고해 주길 바란다.

四偶句의 실문도 표기가 원문과는 통하지 않은 것으로서 이것도 원래의 것이 아니라, 후인의 서투른 삽입이 아닌가 생각된다. 더욱 중요한 문제는 설 교수가 그의 「구운몽의 구조적 연구」(『원우논집』 2, 연세대, 1974)에서 원작자의 한문 · 국문의 이중표기설을 내세운 것과 같이, 그의 『구운몽 연구』(국학자료원, 1999, 106쪽)에서도 이를 되풀이하면서도 한편, '한문노존본과 서울대국문본을 비교하면 국문본 쪽이 전후 문맥의 긴밀도가 떨어지거나 **잘못된 번역이 더 많다**'의 강조글에서와 같이 '잘못된 번역본'으로 보았다는 것이다. 이 문제도 '이중표기'든 '번역'이든 상반된 것이므로 논리로서 하나로 통합해 주었으면 한다. 하여간 설 교수에 의하면 김동욱본이 현재 소재가 분명치 않아 매우 유감이지만, 앞으로 출현하면 보다 적극적으로 검증해 보기를 희망한다. 이 문제에 대하여는 따로 지면을 갖고 싶다.

구운몽 만고

1. 머리말

　본고는 필자가 정년 이후 <구운몽>에 대한 보완연구를 진행하면서 부딪친 몇 가지 문제를 밝히기 위해 작성되었다. 1977년에 필자는 <구운몽>에 대한 원전비평적 연구를 토대로 졸저『구운몽 원전의 연구』를 출간하고 '한문본설'을 제시하여 학계의 폭넓은 지지를 받아왔다. 그런데 근래에 게일의 <구운몽> 영역본을 비롯한 여러 문제에 대해 필자의 학설에 대한 이견과 비판이 나오면서 '국문본 원작설'이 대두되고 있다. 이에 필자는 '한문본설'을 거듭 확립하고, 기타 문제에 대해서도 필자의 의견을 제시하고자 한다.

　제1항 '『한국민족문화대백과사전』권4의 김만중 항에 대한 기의'는 필자에 의해 유지된 <구운몽> '한문본설' 원작설과 배치되는 '국문본설'이 당시 정신문화연구원의 편집자들의 실수보다는 고의로 이루어진 것으로 보고, 이를 시정하기 위해 작성한 것이다. 제2항 '노존B본의 大覺 장면에 대하여'는 부세 박사와 지연숙 박사가 노존B본을 서울대학본의 번역본으로 보는 가설을 근원적으로 불식시키기 위한 것이다. 이 문제에 대해 부세 박사와 지연숙 박사가 '8%' 또는 '낙장' 운운한 데 대하여 노존B본과 노존A본의 변별성을 다시 드러내어 그들의 주

장이 지닌 논리적 허구성을 지적하고자 한다. 제3항 '노존B본의 皇太
后 七步詩 評釋文에 대하여'는 기왕에 주장된 부세·지연숙 박사가
제시한 '서울대학본 원전설'을 부정하기 위한 주요 논거이다. 제4항 '전
성운의 『한중소설 대비의 지평』에 대하여'는 <구운몽> 연구사가 잘못
정리된 것을 바로 잡기 위한 것이다. 마지막으로 제5항 'Gale의 <구운
몽> 영역본에 대하여'는 장효현 교수에 의해 <구운몽> 영역본의 텍
스트는 한문본이라는 의견이 제기된 데 대하여 한문본 계해본·을사
본·노존본 중 을사본이 위주가 되고 따라서 이가원본계도 함께 참고
가 되면서 이루어졌다는 것을 거듭 드러내기 위한 것이다.

2. 『한국민족문화대백과사전』 권4
   (한국정신문화연구원)의 '김만중'에 대한 기의

1971년 한국정신문화연구원의 『한국민족문화대백과사전』의 초판이
간행될 당시, 필자는 '구운몽', '김만중', '서포만필' 등 세 분야의 집필을
청탁받았다.

위의 세 분야 중 '김만중' 항 『한국민족문화대백과사전』 권4 (1988년
본 639쪽; 1994년 6쇄본 663쪽)에 서포의 국민문학론이 제기되는 가운
데, 그(서포)가 '<구운몽>, <사씨남정기>와 같은 국문소설을 창작했
다는 점과 관련해볼 때' 운운 및 그 하단에 '<구운몽>, <사씨남정기>
와 같은 국문소설' 운운에서와 같이 <구운몽>을 '국문소설' 운운한 것
은 필자의 <구운몽>에 대한 '한문원작설'의 취지와는 동떨어진 것이
다. 이는 분명 필자에게 동의를 구하지 않고 그 당시 편집인이 임의로

수정한 것이다.

한국정신문화연구원에서 『한국민족문화대백과사전』이 간행될 당시, 필자에게 청탁되어 집필된 그 내용에 대해서는 편집자 입장에서 이의가 있을 경우, 필자와 재차 상의하여 수정하는 것이 편집·출간의 기본 윤리라 생각된다. 그 원고의 내용이 필자의 명의로 되어 있는 한, 재차 연락을 취해 동의를 얻는 것이 원칙인데, 평생을 지켜온 <구운몽>의 '한문원작설'을 '국문소설' 운운으로 학설을 역행시킨 것은 출판 윤리에 정면으로 어긋난 행위가 아닐 수가 없다. 재간될 때, 응당 시정되어야 할 것이다.[1]

3. 노존B본의 '大覺' 장면에 대하여

필자는 노존B본과 노존A본이 상호 거의 완전 일치된 내용일 뿐만 아니라, 군데군데 순차·조사까지 일치된 것을 근거로 노존B본이 노존A본으로 옮겨졌을 것이라 추정한 바 있다. 서울대학본도 노존B본의 번역본으로[2], 특히 노존A본·B본의 제1회 서두 묘사와 제16회 '大覺' 장면은 너무나 동일하여 이들 판본이 동일 계열임을 확인해주는 결정적 단서이다. 이 부분은 서울대학본이 노존A본·B본으로 한역되었다는 가설을 근본적으로 성립할 수 없게 해 주는 주요 논거인데, 이에

1) 웹상에서 제공되는 『한국민족문화대백과사전』에는 '<구운몽>'이 빠지고 '<사씨남정기>와 같은 국문소설'로 되어 있으며, 하단의 언급은 '<구운몽>, <사씨남정기> 등과 같은 소설'이라 하여 '국문'이라는 언급이 생략되었다. 이는 <구운몽>의 한문원작설을 밝히지 않기 위한 방편적 서술로, 앞으로 집필자의 의견을 수용하여 수정되기를 기대한다.
2) 정규복, 「구운몽 노존본의 이분화」, 『동방학지』 107, 연세대학교 국학연구원, 2000.

대해, 부세 박사는 '불과 8프로의 분량'[3]이라 하여 그 중요성을 부정하고 있다. 지연숙 박사는 뚜렷한 기록의 제시도 없이 '낙장'[4] 운운으로 필자의 견해를 수용하지 않고 있다.

근래에 필자가 <구운몽> 16회장의 '大覺'을 재검한 바에 의하면 서울대학본과 노존B본이 노존A본과는 달리, 군데군데 동일 계열로 확인되는 일치의 구절이 삽입되어 있음을 엿볼 수 있다. 이에 지 박사의 '낙장' 운운은 회피적 견강부회임을 알 수 있다. 그 예를 들어보기로 하자.

少游十五六歲之前, 未嘗離父母膝下, 十六及第, 連有職名, 東使燕國, 西伐吐蕃之外, 曾未久離京城, 何時與師父十年相從乎. (노존B본)[5]

少游十六歲以前, 不離父母之眼前, 十六歲登第, 連有職名, 不出京城, 南使燕鎭, 西擊吐蕃之外, 足跡無所及處, 何時與師傅十年相從乎. (노존A본)[6]

쇼위 십오뉵셰젼은 부모좌하를 쩌나지 아녓고 십뉵에 급졔ᄒᆞ야 년ᄒᆞ야 딕명이 이시니 동으로 연국의 봉ᄉᆞᄒᆞ고 서로 토번을 졍벌ᄒᆞᆫ 밧근 일쪽 경ᄉᆞᄅᆞᆯ 쩌나지 아니시니 언제 ᄉᆞ부로 더브러 십년을 샹죵하여시리오. (서울대학본)[7]

---

3) 다니엘 부세, 「구운몽 저작언어 변증」, 『한국학보』 68, 일지사, 1992.

4) 지연숙, 「구운몽 텍스트 연구」, 『한국문학이론과 비평』 13, 한국문학이론과 비평학회, 2001.

5) 정규복 외, 『김만중 문학연구』, 국학자료원, 1993, 460쪽.

6) 정규복, 『구운몽 원전의 연구』, 일지사, 1977, 280쪽.

7) 『구운몽』, 고려서림, 1986, 215쪽.

소유 십오륙셰젼은 부모슬하를 떠나지 아녔고 십륙세 급제하여 연하여 직명이 있으니 동으로 연국에 봉사하고 서로 토번을 정벌한 밖은 일즉 경사를 떠나치 아녔으니, 언제 스승으로 더불어 십년을 상종하였으리오. (이가원본)[8]

소위 십늑셰젼은 부모롤 쩌나지아니ᄒ고 그 후로는 경셩을 나치 아니ᄒ여 남으로 삼진을 부리고 셔흐로 토번을 친 후익는 자최가 미즐더 업거놀 엇지 ᄉ부로 더부러 십년을 셔로 좃츠리잇가. (경판본)[9]

위는 <구운몽>의 '大覺'에서도 노존B본과 노존A본의 변별성을 드러내주는 중요 부분이다. 즉 서울대학본의 방점부분 '십오륙셰'는 노존A본의 방점부분 '十六歲'와는 달리 노존B본의 방점부분 '十五六歲'와 일치하고, 그 나머지 서울대학본의 방점부분 '십뉵에 급제ᄒ야', '동으로 연국의 봉ᄉ하고', '서로 토번을 정벌흔 밧근', '일즉 경ᄉ롤 쩌나지 아니시니' 등은 노존B본의 '十六及第', '東使燕國', '西伐吐蕃之外', '曾未久離京城' 등과 일치하고 있다.

외에 이가원본도 서울대학본과 동류임을 알 수가 있고, 경판본의 방점부분 '십뉵셰'는 노존A본의 방점부분 '十六歲', '不出京城', '南使燕鎭', '足跡無所及處' 등과 일치하고 있음을 알 수가 있다. 이러한 비교를 통하여 경판본은 노존A본의 번역본 계열이고, 서울대학본은 노존B본의 번역본 계열임을 확인할 수가 있다.

위와 같은 노존B본과 노존A본의 변이는 위에 제시된 예문 외에 大覺장면 하단에서도 계속 확인된다.

---

8) 이가원, 『구운몽』, 덕기출판사, 1955, 330쪽.
9) 김열규 외, 『김만중연구』, 새문사, 1983, V-32쪽.

相公猶未覺春夢矣. (노존B본)

丞相尙未醒覺昏夢矣. (노존A본)

샹공이 오히려 춘몽을 찌디못ᄒ엿도소이다. (서울대학본)

상공이 오히려 춘몽을 깨지못하였도다. (이가원본)

丞相曰, 何以則師父能使少游覺春夢乎. (노존B본)

少游曰, 師傅可能使少游大覺乎. (노존A본)

승샹왈 스뷔 엇지면 쇼유로 ᄒ여금 춘몽을 찌게 ᄒ리오. (서울대학본)

대사 이르되 스승은 어찌면 소유의 춘몽을 깨게 하시리잇까. (이가
원본)

위의 서울대학본과 이가원본10)의 방점부분 '샹공과 승상', '춘몽', '스
뷔 엇지면 … 춘몽을 찌게 ᄒ리오' 등은 노존A본과는 달리 노존B본의
'相公', '春夢', '丞相', '何以則師父能使少游覺春夢乎'와 일치하고 있다.

위와 같은 '大覺' 장면의 현상은 노존B본이 국문본 서울대학본의 번
역본이라는 부셰 박사와 지연숙 박사의 謬見을 불식시키기 위한 일
예로 예시한 것이다. <구운몽> 전체를 살펴보면 위와 같은 현상이 빈
출하고 있다. '大覺' 장면 하나만 보더라도, 지 박사의 '낙장' 운운은 물

---

10) 이가원본은 소장자 이가원에 의하면, 소장자가 1950년대에 7·80년 전의 것으로 추정
한 바 있는데 이것이 사실이라면, 본본의 성립은 19세기 말로 추정된다. 하지만 필자가
이를 상고하기 위해 문의해본 결과, 그 후 분실되었다고 하여 실본을 볼 수 없었음이
지금껏 유감이다. 본본을 처음부터 끝까지 검토한 바에 의하면 장회의 나눔이나 내용은
고사하고 문맥·구절·토씨까지 唯一書館本(유일서관, 1913)과 博文本(박문서관,
1917)과 꼭 같을 뿐만 아니라, 양소유와 정경패의 彈琴談에서 오로지 유일서관본계에
만 삽입된 '六忌七忌彈'까지 꼭 같아 이가원본은 유일서관본계에서 이루어진 것이 아
닐까 추정된다. 다만 유일서관본계에 '大覺'장면이 누결된 부분은 이가원본에도 삽입됐
지만 그 '大覺'의 조사까지도 서울대학본과 거의 같아서 더 추정을 확대하면 이가원본
은 유일서관본계에다 서울대학본도 참고가 되어 이루어진 것이 아닌가 한다.

론이고, 부세·지 박사의 서울대학본이 노존B본과 노존A본으로 분화되었다는 가설은 성립될 수 없음을 알 수 있다. 아울러 서울대학본이 노존B본의 번역본이라는 것을 극명하게 확인해주는 것이다.

4. 구운몽 노존B본의 皇太后 七步詩 評釋文에 대하여

<구운몽>의 영양공주와 난양공주의 칠보시에 대한 황태후의 평석문은 노존A본에는 없고 오직 노존B본과 서울대학본에만 삽입돼 있다. 그러므로 이는 노존본의 A본과 B본의 변별성을 확정하는 데 중요한 부분이다. 이에 대한 언급은 부세·지연숙 박사가 서울대학본을 <구운몽> 국문원작설의 주요 자료로 논의하는 과정에는 전혀 나오지 않았다. 그러나 설성경 교수는 서울대학본의 변별성을 드러내는 데 <구운몽>의 서두 부분, 동서남북중의 五方과 <구운몽>의 말미 부분에 삽입된 『금강경』 四偈句의 實文과 함께 예로 들어놓은 중요 부분이다.

그러나 황태후의 평석문 역시 노존B본에 삽입되어 있을 뿐 아니라, 서울대학본의 황태후 평석문도 노존B본과 같은 내용과 표현으로서 문맥의 불통·생략·오류 등으로 서울대학본은 분명 노존B본이 텍스트가 되어 이루어진 서투른 번역본임을 확인시켜 주고 있다.

실문을 들어보기로 하자.

이쩍 션됴 늙은 궁인이 틱후롤 뫼셧더니 후긔 술오딕, "비지 텬셩이 둔탁ㅎ야 쇼년졔 글을 비화시더 시듕의 깁흔 뜻을 아디 못ㅎ느니, 낭낭이 두 글뜻을 삭여 하교ㅎ시믈 부라느이다. 좌위 시위도 듣고져 ㅎ느이다." 휘 웃고 글오샤딕 "이 두 글이 다 아릭귀 의신 이시니, 뎡가

녀ᄋ의 글은 도화로 난양을 비기고 모시 쇼람의 희왕 하가ᄒᄂ 글의
ᄒ야시ᄃ '빗나기 복셩화 외앗 ᄌ다' ᄒ얏고 졔후의 녀ᄌ 셔방맛난 글
의 ᄒ야시ᄃ, '가치집이 잇다' ᄒ야시니, 이 두 글을 풍뉴곡됴로 뎡홀졔
ᄂ 냥인의 혼시 ᄌ연 가운ᄃ 잇고, 녯사ᄅ이 글의 '대궐계집이 곡됴ᄅ
기작누의 뎐ᄒ다' ᄒ야시니 이러므로 이 글을 인ᄒ야 쓰ᄃ 진딧 가치
작ᄌᄅ 곰쵸아시ᄃ 졍운ᄒ고 완곡ᄒ야 그 덕셩을 보ᄂᄃᆺᄒ니 녀ᄋ의
탄복ᄒ미 맛당ᄒ고, 난양의 글은 가치드려 말ᄂ 말이 '은하슈 ᄃ리ᄅ
힘뼈 민드라 녜ᄂ 흔 딕녜 건너더니 이졔ᄂ 두 딕녜 건너더리라' ᄒ니
공쥬의 혼인의 작교ᄅ 인ᄉᄒᄆ 예ᄉ말이어니와 니 뎡녀ᄅ 양녀삼으
니 감히 당치못홀와 ᄒ야, 모시ᄅ 인증ᄒ야 졔후의 녀ᄌ로 쳐ᄒ야거ᄂ,
난양의 시위ᄂ 져와 ᄀ티 흔ᄀ지로 텬손이라 ᄒ야시니 진실노 니ᄯᆺ을
아ᄂᄃ라. 이 아니 영매ᄒ냐?" 소상궁이 크게 깃거 졔인으로 더브로
만셰ᄅ 브ᄅ더라. (서울대학본)11)

此時先朝老宮人蘇尙宮云者侍太后, 告于后曰, 婢子天性鈍濁, 少時
十年學書, 而終不知詩中深意, 望娘娘此兩詩之意解釋下敎也. 左右侍
人皆欲聞之矣. 太后笑曰, 此兩詩下句, 皆有意思. 鄭家女兒之詩, 桃花
比蘭陽, 鵲比於渠. 毛詩召南, 王姬下嫁之詩曰, 華如桃李, 諸侯女子嫁
詩曰, 維鵲有巢. 此兩詩傳以風流曲調, 則兩人之婚, 自然在其中. 古人
之詩曰, 宮人傳曲支鵲樓, 此詩第三句引用, 而秘鵲字. 精妙宛曲, 如見
其德性, 宜女兒之歎服. 蘭陽之詩, 則爲戒鵲之言曰, 銀河之橋, 努力善
爲. 昔則渡一織女, 今則渡二織女. 公主之婚, 引用鵲橋例言, 而吾纔以
鄭女爲養女, 不敢當云, 而引用毛詩, 自處以諸侯女子, 而蘭陽之詩, 則
與渠同是天孫云, 眞知吾志也, 此豈非英邁乎. 蘇尙宮大悅, 與諸人共
呼萬歲矣. (노존B본)12)

---

11) 『구운몽』, 고려서림, 1986, 215쪽.
12) 정규복 외, 앞의 책, 502~503쪽.

위의 장면은 蘇尙宮이 영양공주(정소저)와 난양공주의 喜鵲七步詩
를 읽고 황태후에게 그녀들은 어렸을 적부터 글을 배웠지만 喜鵲詩의
깊은 뜻을 알 수가 없는 고로 喜鵲詩의 뜻을 풀이해달라고 부탁하자,
황태후가 소상궁에게 그 뜻을 설명하는 장면이다.

위의 노존B본과 서울대학본을 대비해보면, 서울대학본에 오자·오
문·생략 등으로 문맥이 잘못 이어지고, 때에 따라서는 주어의 생략으
로 문의와 문맥이 혼돈되는 경우가 있어 서울대학본을 노존B본 없이
는 정확히 읽어낼 방법이 없다는 것이다. 이 때문에 서울대학본의 텍
스트가 된 노존B본이 출현하기 이전에 간행된『구운몽』에 오류13)가
곳곳에 보인다.

즉 서울대학본의 오자·오문인 경우, 노존B본의 "左右侍人"이 서울
대학본에는 "좌위시위"(左右侍衛)로, 전자의 "此兩詩傳以風流曲調"
의 '傳'이 '뎡'(定)으로, '支鵲樓'가 '기작누'로, 인명 '王姬'가 '희왕'으로
전도되었고, 더욱 중요한 것은 喜鵲詩를 둘러싼 대화자가 궁인 소상궁
과 황태후인데 그중 소상궁이 서울대학본엔 막연히 '늙은 궁인'으로 처
음에 압축됐다가 종말엔 노존B본의 '蘇尙宮'이 그대로 '소상궁'으로 번
역되어 서울대학본의 소상궁이 누군지 전연 연결되지 않는다. 거기서
전거한 구운몽 주석본엔 '소상궁'의 소를 '노'로 고쳐14) '老尙宮'으로
엉뚱하게 처리되었다.

외에도 전자의 "自然在其中"은 난양과 영양의 喜鵲詩가 양소유를
함께 섬기겠다는 의지가 희작시 가운데 자연 들어가 있다는 뜻인데 후
자엔 이를 "냥인의 혼시 자연 가운데 있고"로 번역되어 전자 없이는

---

13) 정병욱 외,『구운몽』, 민중서관, 1972, 278~281쪽.
14) 위의 책, 280쪽.

이를 양공주의 혼사가 '자연 속에 있다'는 엉뚱한 뜻으로 이해하게 된
다. 그리고 전자의 "此兩詩下句 皆有意思"가 "이 두 글이 다 아리귀
의시 이시니"로 번역된 바와 같이 주어와 술어, 및 이를 수식하는 부사
등이 혼재되어 뜻이 무엇인지 명확하게 전달되지 않는다. 이 외에 영
양공주(정소저)의 그 희작시 중 "鵲比於渠"가 노존B본엔 "南國穠華與
鵲巢"에 따라 삽입되었지만, 서울대학본에는 모두 번역에서 제외됐기
때문에 문의가 분명하게 전달되지 않고 있다.

5. 전성운의 『한중소설 비교의 지평』에 대하여

<구운몽>의 비교문학적 접근은 처음으로 1955년 이가원의 「구운몽
평고」(『구운몽』, 덕기출판사, 1955)에서 비롯되었다. 이가원은 다만
중국소설로서 <삼국지연의>, 『태평광기』, <서유기> 등과 연계시킨
것은 원론적으로 언급했을 뿐, 구체적 접근은 없었고, 이어 玄昌廈는
그의 「구운몽 연구」(『현대문학』 5, 1962)에서 좀 더 구체화하여 역시
<삼국지연의>, 『태평광기』 및 <서유기> 등과 연계시킨 가운데 특히
<서유기>와의 관계에서는 보다 구체적으로 접근하여 玄奘의 아버지
陳光蕊가 魏懲의 사위로 발탁되는 문제에 대해, 그리고 <삼국지연
의>의 경우 楊少游와 越王과의 무술경기 및 劉玄德과 曹操와의 技
대결 등에 대해 원론적 언급이 있었다. 1968년에 이르러 졸고 「구운몽
의 비교문학적 고찰」(『인문논집』 1, 고려대 문과대학)에서 主題考에서
는 <枕中記>·<櫻桃靑衣>·<南柯太守傳>·<서유기> 등을 연계
시켜 구체적으로 거론되었다. 특히 <서유기>의 경우 二重構造·三敎

混合佛敎主流思想・幻生說話・乘風騰空說話 등과 연계시켰고, <삼
국지연의>의 경우 盤蛇谷說話・八夫人結義兄弟說話, 『태평광기』의
경우 白凌波說話・換着彈琴說話 등으로 이미 이루어진 것이며 보다
자료를 추가하여 종합적 결론으로 마무리되었다고 자부하고 싶다.

이후 전성운 교수는 2005년에 그의 『한중소설대비의 지평』(보고
사)에서 <구운몽>의 비교문학적 접근을 시간 순서로 정리하면서 당
시까지 이루어진 <구운몽>의 비교문학적 문제를 종합적으로 거론・
평가하였다.[15)]

전 교수의 글에서 문제가 되는 것은 필자가 소론에서 거론한 내용
중에서 『태평광기』의 <櫻桃靑衣>, <서유기>의 경우 三敎混合佛敎
主流思想 및 龍王聽經說話 등이 현창하의 「구운몽 연구」로 誤揷되어
있는 것이다. 연구자들이 전 교수의 글만을 읽을 경우, 필자의 <櫻桃
靑衣>・三敎混合佛敎主流가 그 전에 이루어진 현창하의 것을 표절한
것으로 오인할 것이다.

이외에도 <서유기>의 경우, 전 교수의 글에는 <서유기> 23회의
'一場春夢' 이야기가 필자의 『구운몽 연구』의 것[16)]과 김무조 교수의
『서포소설 연구』의 것[17)]이 동일한 내용으로 서술되어 있다. 이 문제도
전 교수의 저서로만 보면, 논술된 순위에 따라 필자가 김무조 교수의
선행연구를 도용한 것이 된다. 하지만 필자의 전거된 <서유기>의 '一
場春夢'은 졸저 『구운몽 연구』가 1974년 간행되기 4년 전 1970년에 이
미 고려대 문과대학의 논문집인 『인문논총』(16집)에 게재된 것으로,

---

15) 전성운, 『한중소설대비의 지평』, 보고사, 2005, 187~189쪽.
16) 정규복, 『구운몽 연구』, 고려대학교 출판부, 1974, 271~272쪽.
17) 김무조, 『서포소설 연구』, 형설출판사, 1974, 226~227쪽.

졸고와 김무조 교수의 글의 선후문제가 분명하게 드러나 있다. 이를 확실히 뒷받침해주는 증거는 김 교수의 『서포소설 연구』에 졸고를 참고한 것이 밝혀져 있는 것이다.[18]

그럼에도 불구하고 전성운 교수는 이를 연구사적 관점에서 필자의 글과 김무조 교수의 글을 싣는 순서에서 김 교수의 『서포소설 연구』와 졸저 『구운몽 연구』가 같은 해 1974년에 나온 것을 감안한다면, 김 교수의 것을 먼저 언급하고 필자의 것을 뒤에 했기 때문에 두 저서만 가지고 보면 역시 필자가 표절자로 오인받는 상황을 면할 수 없게 하였다. 1974년이란 연도만 가지고 보면 어떤 방식으로 서술하는가는 후술자 전성운 교수의 자유겠지만, 이것도 더 따져본다면 졸저의 간행 날짜가 '1974년 4월 15일'로 되어 있고, 김무조 교수의 저서는 '1974년 4월 30일'로 필자의 것이 15일 앞선다는 것이다. 그러므로 앞에서 언급한 부분에 대한 전 교수의 인용은 경솔한 판단에서 나온 것이라 아니할 수 없다. 이 부분의 내용이 1970년도에 이미 졸고를 옹하여 이루어진 것을 고려할 때, 전 교수는 저서를 재간행할 때에 이러한 내용을 시정해주기 바란다.

6. James S. Gale 박사의 구운몽 영역본에 대하여

게일의 <구운몽> 영역본(*The Cloud Dream of the Nine*)에 대해서는 필자가 이미 1959년 「구운몽 영역본고」(『국어국문학』 21, 국어국문학회)에서 논한 바 있다. 이 논문은 1960년 「구운몽 이본고」(『아세

---

18) 위의 책, 247, 256쪽.

아연구』7·8, 고려대 아세아연구소)에 재수록되는 과정에서 그 내용이 수정되고 분량이 축소되었다.

근자에는 장효현 교수가 『한국고전소설사연구』(고려대출판부, 2002)를 출간하면서 게일의 <구운몽> 영역본에 대하여 재론하면서 영역본의 텍스트로 한문본과 국문본(이가원본)이 대본이 되었다는 필자의 입장에 의문을 제시하고, 한문본인 을사본 아니면 노존본이 텍스트가 되었다는 설이 제기되었다.[19]

장 교수의 언급대로 1958년 당시에는 게일의 영역본과 비교할 수 있는 <구운몽>의 자료로는 한문본으로는 계해본이 유일한 본이었고, 국문본으로서는 이가원본이 중요하게 다루어질 수밖에 없었다. 이 때문에 현재 한문본에 한정하더라도 을사본·노존본 등이 출현한 상황에서 게일의 영역본 대본 문제를 다시 논의하는 것은 불가피하다 하겠다. 이 문제에 대해 장 교수는 계해본·을사본·노존본 등 여러 이본을 검토한 후에 국문본인 이가원본은 제외시키고, 한문본인 을사본 아니면 노존본 중 한 본이 게일의 영역본의 텍스트가 되었다고 보았다.

이에 대해 필자는 을사본과 노존본 중에서 을사본이 텍스트가 되었으며, 국문본도 제외시킬 수 없다는 견해를 밝히고 싶다. 이가원본·유일서관본·博文本 류의 국문본도 영역 과정에서 삽입된 증거가 있기 때문이다. 게일이 <구운몽>을 영어로 번역할 때, 한문본이 중요 자료로 텍스트가 되었다는 것은 1970년 초에 성공회 소속 Richard Rutt 신부가 캐나다에서 그러한 내용의 게일의 편지를 보았다고 필자에게 알려준 적이 있다. 이런 내용을 접한 필자는 게일의 영역본에 한문

---

19) 장효현, 『한국고전소설사연구』, 고려대학교 출판부, 2002, 713~714쪽.

본·국문본이 함께 저본이 된 문제를 재검토할 계획이었다. 다만 그 당시 필자의 <구운몽> 연구가 한문본 원작설을 밝히는데 초점이 맞춰져 있어서 이를 논문으로 구성할 겨를이 없었다. 이번에 장 교수에 의해 이 문제가 본격적으로 다뤄지게 된 것이다.

　우선 필자에 의해 게일의 영역본이 국문본 이가원본도 텍스트가 되었다는 문제에 대하여는 이번 재검하는 과정에서도 기존 연구에서 그 예로 든 장면[20]이 재확인되었기 때문에, 장 교수에 의해 제기된 한문본의 텍스트가 을사본 아니면 노존본 중 어느 것이 텍스트가 되었는가의 문제에 한정하여 언급하기로 하겠다. 그 방법으로는 필자에 의해 『구운몽 원전의 연구』에서 을사본과 노존본을 가려내는 데 제시된 '을사본과 노존본' 항[21]을 자료로 하여 게일의 영역본이 을사본과 노존본 중 어디에 해당하는가를 살펴보겠다.

제1회

　性眞收拾驚魂, 擧目而見之, 則蒼山鬱鬱而四圍, 清溪曲曲分流, 竹薐茅屋, 隱映草間者, 纔十餘家, 數人相對而立, 私相語曰, 楊處士夫人, 五十後有胎候, 誠人間稀罕之事矣. (을사본)[22]

　性眞收拾驚魂, 擧目而見之, 則蒼山鬱鬱而四圍, 清溪曲曲而分流, 竹薐茅屋, 隱映草間者, 纔十餘家矣. 使者携性眞立於數間精舍門外, 自入於內, 性眞獨立彷徨聽得人語, 數三女人, 相對而立, 私相語曰, 楊處士夫人, 五十後有胎候, 誠人間稀罕之事矣. (노존본)[23]

---

20) 정규복, 『구운몽 연구』, 92~93쪽.
21) 정규복, 『구운몽 원전의 연구』, 23~27쪽.
22) 정규복, 『구운몽 원전의 연구』, 23~24쪽.
23) 위의 책, 24쪽.

Song-jin gathered his scattered senses, and found himself shut in by a range of hills with the waters of a clear, beautiful stream running by. He also saw inside a bamboo paling and between the shady branches of the trees glimpses of thatched roofs, a dozen or more. **Two or three people were standing and talking together,** They said in his hearing: The hermit Yang's wife, now over fifty years of age, is to give birth to a child, a marvellous thing indeed! (영역본)[24]

위의 인용은 <구운몽> 제1회의 성진이 양소유로 환생하는 장면인데, 방점 부분은 노존본과 을사본의 변별점이다. 즉 을사본은 "數人相對而立"에서와 같이 '몇 사람이 마주 보고 서서 양처사 부인이 50세 후에 태기가 있음을 희한한 일이라고 말하는 것'으로 되어 있다. 노존본은 방점부분 "使者携性眞立於數間精舍門外, 自入於內, 性眞獨立彷徨聽得人語, 數三女人"에서와 같이 사자가 성진을 몇 칸으로 된 精舍門 밖에 세워 두고, 스스로 안으로 들어간 사이에 성진이 홀로 서서 이곳저곳을 배회하다가 사람들의 말소리를 듣는 것으로 되어 있다. 이 장면에서 게일의 영역본은 <u>방점</u> 부분 "Two or three people were standing and talking together"에서와 같이 을사본 "數人相對而立"과 일치하고 있다.

다음은 <구운몽> 하권 마지막 제16회에서 들어보기로 하자.

是日與兩夫人六娘子, 登其上, 頭揷一枝黃菊, 以賞秋景, 相對暢飮. (을사본)[25]

---

24) 정병욱 외, 앞의 책, 18쪽.

是日與兩夫人六娘子, 登其上, 頭揷一枝黃菊, 以賞秋景, 乃斥珍羞
屛管絃, 使春雲挈果榼, 使蟾月携玉壺, 滿酌泛菊, 與妻妾以次暢飮.
(노존본)26)

One day he took the two Princesses and the six ladies with him
to the top. Each had a wreath of chrysanthemum flowers encircling
her brow, and as they look off over the autumn valleys **they
passed the glass together.** (영역본)27)

위는 양소유가 그의 말년에 부귀와 공명이 극에 달했을 때, 그의 생
일을 맞이하여 八夫人과 함께 終南山에 올라 秋景을 감상하는 장면이
다. 을사본은 방점 부분 "相對暢飮"에서와 같이 '서로 마주하고 술을
마셨다'라고 되어 있다. 이에 반해 노존본에서는 "乃斥珍羞屛管絃, 使
春雲挈果榼, 使蟾月携玉壺, 滿酌泛菊, 與妻妾以次暢飮"라 하여 '이에
珍羞의 음식과 管絃의 악기를 물리고 춘운으로 하여금 果榼을 들게
하고 섬월에게는 玉壺를 들게 하고 술잔에 국화를 가득 띄워서는 처첩
과 함께 차례로 마셨다'로 훨씬 구체화되었다. 하지만 게일의 영역본은
밑줄 부분 "they passed the glass together"에서와 같이 을사본과 일
치하고 있다.

위의 두 예문은 <구운몽>의 서두 제1회와 말미 제16회를 들어 구체
적으로 살펴본 것으로, 나머지는 번잡을 피해 을사본과 노존본의 변별
성을 드러내는 구절만을 들어 게일의 영역본이 을사본과 일치됨을 밝

---

25) 정규복, 『구운몽 원전의 연구』, 27쪽.
26) 위의 책, 27쪽.
27) 정병욱 외, 앞의 책, 291쪽.

히겠다. 이 부분도 이미 앞에서 제시한 바 있는 '을사본과 노존본'을
텍스트로 삼겠다.

제2회 을사본의 "沽酒而飮, 謂店主曰"은 영역본에는 "where he pur
-chased a drink, he required of the master saying"[28]으로 번역되어
양자가 일치하고, 제3회의 "從來四五年間"은 "Thus for four or five
years"[29]로, 제4회 "生喜而謝, 拜而退"는 "Yang greatly delighted,
took his departure"[30]로, 제5회 "夫人以小姐之言傳之"는 "But the
mother told Justice Cheung what her daughter he said"[31]로, 제6회
"夜至則待來, 日出則待夜"는 "When night came he waited for her
foot-steps, and while day dragged is its way he waited again for
the night"[32]로, 제7회 "先時"는 "the previous day"[33]로, 제8회 "妻問"
은 "and asked"[34]로, 제9회 "捽入南海太子, 厲聲責之曰"은 "The Prince
Imperial of Nam-hai be bought before them"[35]으로 되어 있다. 제10
회 "病未能相接, 至今慚歎"은 의역이 심하여 확인할 수가 없지만[36],
제11회의 "然女兒之詩穎銳, 殊可愛也"는 그 직후에 노존본에 이어지
는 황태후의 칠보시 평석문이 모두 번역에서 제외되어 역시 을사본과
게일의 영역본이 일치됨을 확인할 수가 있다.[37] 제12회 "食邑三萬戶,

---

28) 위의 책, 38쪽.
29) 위의 책, 48쪽.
30) 위의 책, 59쪽.
31) 위의 책, 76~77쪽.
32) 위의 책, 95쪽.
33) 위의 책, 133쪽.
34) 위의 책, 151쪽.
35) 위의 책, 163쪽.
36) 위의 책, 173쪽.

其餘賞賜, 不可勝記"는 "The remaining gifts and presents were so many that it is impossible to record them"[38]으로, 제13회 "豈曰恩也"는 "That is all a joke, why do you talk of such nonsense?"[39]로, 제14회 "汝姑勿放, 卽抽箭翻身仰射, 中鵝左目"은 "fitted an arrow to his bow and let fly"[40]로, 제15회 "丞相爲酒所困, 氣必不平, 汝等卽隨去, 公主承命"은 "The master is upset and feeling ill, you must go and look after him"[41]으로 번역되어 있다. 이런 과정을 통해 을사본이 게일의 영역본의 텍스트가 되었음을 확인할 수가 있다.

필자는 1959년의 논문에서 게일의 영역본 텍스트는 한문본 계해본과 국문본의 '이중적 결합'이라고 밝힌 바 있다. 30여 년 후에 이루어진 장 교수의 재고로 게일의 영역본 텍스트는 한문본 계해본의 원본인 을사본, 혹은 노존본이라는 것이 알려지게 되었다. 1950년대에 필자가 논문을 작성할 때, 한문본은 오직 계해본밖에 없었기 때문에 게일의 영역본과 한문본의 연계는 계해본과 비교 할 수밖에 없는 상황이었다. 이런 연구 조건의 한계로 인하여 계해본에 누락된 '大覺' 장면을 '大覺'이 삽입된 이가원본과 연계시킨 오류가 발생하게 되었다. 그러므로 이번 장 교수의 재고를 통해 종래 '大覺'이 들어있는 게일의 영역본은 그 대본이 이가원본이 아니라 '大覺'이 삽입된 을사본인 것으로 시정하게 되었다.

필자가 재고한 바에 의하면, 위에서와 같이 게일의 영역본 저본은

---

37) 위의 책, 196쪽.
38) 위의 책, 211쪽.
39) 위의 책, 237쪽.
40) 위의 책, 254쪽.
41) 위의 책, 275쪽.

한문본 곧 을사본으로 매김되었다는 것과, 역시 국문본 중 이가원본계
가 교묘히 결합되었다는 것이다. 그렇지만 한문본과 국문본 중 중심의
역할이 된 것은 - Richard Rutt의 언급대로 게일 자신의 편지도 있거
니와 - 이번 재고에서 확인된 바와 같이 한문본이다.42) 이 문제를 총
괄하여 언급하자면, 게일의 영역본 텍스트는 한문본인 계해본·을사
본·노존본 중 을사본이며 이를 위주로 하되 때에 따라서는 이가원본
류인 유일서관본 내지는 博文本도 군데군데 첨가하여 결합시켰다는
것이다.

---

42) <구운몽> 연구의 초창기 선구적 업적을 남긴 이가원과 이명구도 역시 게일의 영역본
  의 대본을 한문본으로 보았다.

정길수의 「구운몽 원전의 탐색」을 읽고

1. 머리말

정길수 교수는 근자 「구운몽 원전의 탐색」에서 필자가 주장해 온 노존B본의 번역으로 이루어진 것이 서울대학본이고 노존B본을 확대한 것이 노존A본이라는 것에 대하여 논지의 일부를 반박하였다. 그 핵심은 노존B본의 번역으로 이루어진 것이 서울대학본이라는 입장은 수용하지만, 노존A본은 노존B본을 확대한 것이 아니라 서울대학본의 번역이라는 것이다.

말하자면 필자의

노존B본 → 노존A본
　　　↘
　　　서울대학본

의 도식을 '노존B본→ 서울대학본→ 노존A본'으로 도식화한 것이다.

정 교수 이전에 D.부셰 박사와 지연숙 박사는 <구운몽>이 국문소설임을 주장하면서 노존B본과 노존A본은 모두 서울대학본의 번역이며, 두 본은 아무런 상호 관계가 없다고 하였다. 필자의

노존B본 → 노존A본
　　　↘ 서울대학본

의 도식을

서울대학본 → 노존B본
　　　　↘ 노존A본

으로 바꾸어 놓은 것이다.[1] 필자의 이들에 대한 비판은 각주로 돌린다.[2]
　이런 상황에서 나온 정 박사의 견해는 우선 필자와 같이 <구운몽>
원작을 노존B본으로 본다는 점에서 이전의 연구자와는 다르다. 다만
노존A본이 노존B본의 번역으로 이루어진 서울대학본의 영향으로 이
루어졌다는 주장은 필자와 다르다. 정 교수는 결말에서 이 문제를 '노
존B본→서울대학본→노존A본→을사본'으로 도식화하였다. 그러나 이
런 도식화에 이르게 된 논리적 과정이 본론에 분명히 드러나 있지는
않다.
　본론으로 들어가기 전에 부언해 둘 것이 있다. 그것은 <구운몽> 이
본에 관한 텍스트의 이름과 <구운몽> 텍스트의 인용이다. <구운몽>
연구에서 '서울대학본'이란 명칭은 이미 1955년에 <구운몽> 연구의
개척자 이가원·이명구 교수가 쓰기 시작하여 현재까지 해당 연구자
들 사이에서 널리 통용되고 있다. 그런데 정 교수는 이번 논문에서 '서

---

1) D. 부셰, 「구운몽 저작언어 변증」, 『한국학보』 68, 일지사, 1992 ; 지연숙, 「구운몽의
　텍스트 연구」, 『한국문학의 이론과 비평』13, 예림기획, 2001.
2) 정규복, 「다니엘 부셰의 '구운몽 저작언어 변증' 비판」, 『한국학보』 69, 일지사, 1992
　; 정규복, 『구운몽 텍스트 문제의 근황』, 『민족문화연구』 40, 고려대 민족문화연구원,
　2004 ; 정규복, 「구운몽 만고」, 『고전과 해석』 창간호, 고전문학한문학연구학회, 2006.

울대학교본'을 '규장각본'으로 명명하여 사용하였다. 이미 학계에서 널리 쓰이고 있는 명칭을 바꿀 필요가 있는가 하는 의문이 들지 않을 수 없다.

다른 하나는 정 교수가 논문에서 노존A본의 텍스트로 선택한 '하버드본'의 문제이다. 필자는 십수 년간 모든 한문본을 수집하여 이들을 노존B본, 노존A본, 을사본, 계해본으로 분류한 바 있다. 사실, 1965년까지는 한문본으로는 계해본이 유일한 것이었다. 하버드본도 10여 종의 노존A본 중의 하나다. 즉 10여 종의 노존A본 가운데 하나이며, 그중 비교적 갖추어져 있는 것이 하버드본·김동욱본·지헌영본 그리고 비장본 등 4종이다. 이들 모두가 크고 작게 오류·상이·누결·첨보 등을 가지고 있는 것이다. 그런데 정 교수는 논문에서 노존A본의 텍스트로 '하버드본'을 선택했다. '하버드본'도 오류·상이·누결·첨보 등의 문제점을 지니고 있다. 그러므로 김만중의 수고본인 원본이 출현하지 않는 이상 노존본의 완본을 재구해 놓아야 할 당위성이 있게 된 것이다. 이런 당위적 필요성을 절감한 필자는 십수 년간 시간을 보내 노존A본의 재구본을 완성하였다. 이 재구본이 이루어진 후, 30년 만에 새로 출현한 진동혁·김동기·사재동 교수, 사업가 문응 사장 등이 소장한 7종의 노존A본이 출현하였는데, 종래의 노존A본 재구본과 이들을 합쳐 비교, 재구한 결과 종래의 재구본의 오류·상이·누결·첨보 등의 수치가 한 글자도 어긋난 것이 없었음을 확인하였다.[3] 이에 앞으로 남은 필자의 숙제는 <구운몽> 노존A본의 첨보작업에서 이루어진 것을 재구본에 끼워 넣는 일이다.

---

3) 정규복, 「구운몽 노존본의 첨부 작업」, 『동방학지』 59, 연세대 국학연구원, 2000.

본론의 텍스트는, 노존A본은 필자의 재구본으로, 노존B본은 국학자
료원에서 출간된 『김만중문학 연구』에 부가된 노존B본으로, '서울대학
본'은 고려서림에서 출간된 것으로 하겠다.

정 교수가 '노존A본 계열은 서울대학본을 대본으로 한역된 작품'이
라는 결론에 이르게 된 과정을 따라 이들에 대해 차례대로 필자의 의
견을 피력하기로 하겠다.

2. 노존B본과 서울대학본

1) 鄭司徒가 그의 아전이 죽자 그의 딸 春娘을 자기의 딸 정소저와 의형제로 삼는 장면

이 장면은 노존B본을 보다 길게 확대한 것이 노존A본이고, 노존B
본을 거의 직역해 놓은 것이 서울대학본인데, 정 교수는 해당 논문의
주6에서 '다만 두 본의 차이는 서두와 결말부의 몇 장에서 발견된다'고
하였다. 이어서 그는 '일찍부터 부셰 교수가 주목했고, 지연숙 박사가
그 의미를 해석한 바 있다'4)고 했는데, 이 둘의 문제가 구운몽의 제1회
서두와 제16회 결말을 지적한 것이라면, 이에 대해 부셰 박사는 '8%'
운운하였고, 지연숙 박사는 '낙장' 운운한 바 있다. 그리고 필자는 이에
대해 그 부당함을 이미 확고하게 밝힌 바 있다.5)

---

4) 정길수, 「구운몽 원전의 탐색」, 『고소설연구』 23, 한국고소설학회, 2007, 9쪽.
5) 정규복, 「구운몽 만고」, 전게서, 132~135쪽.

2) 이미 앞에서 인용된 노존B본과 서울대학본을 재인용하며 서로
   출입이 있다는 것을 전제로 하여 필자의 의견에 동의하는 듯, 다
   음과 같이 언급하였다.

   선행연구에서 거듭 지적한 대로 작품 전반에 걸쳐 이러한 현상이
   확인되므로 어느 쪽이 앞선 것이냐의 문제가 남아 있을 뿐 나중 것(서울
   대학본)이 앞선 본(노존B본)을 직역한 결과임이 분명해 보인다.6)

정 교수가 이처럼 말한 것은 필자의 의견대로 서울대학본이 노존B
본의 직역임을 확인해 준 것이다.

3) 楊生이 鄭司徒의 사위가 된 후에 정사도와 鄭生이 양생의 孤單을
   풀어준 제6회 '賈春雲爲仙爲鬼'의 한 장면 일부에 있어서 서울대
   학본에는 구체적으로 나오지만, 노존B본에는 간략하게 나오고,
   대신 노존A본에는 서울대학본과 같이 구체적으로 나온다.

   뎡싱왈 내 실노 조롱은 ᄒ얏거니와 발죵지시ᄒᆞᆫ 그 사름이 이시니
   어이 다만 내 죄라 ᄒᆞᄂᆄ 양싱이 ᄉᆞ도룰 향ᄒᆞ여 닐오디 원간 악댱이
   뉴의ᄒᆞ시도다 ᄉᆞ되 쇼왈 내 머리털이 임의 누른러시니 어이 아ᄒᆡ젹 쇼
   가ᄒᆞᆫ 일을 ᄒᆞ리오 양랑이 그릇 싱각ᄒᆞᄂᆞᆫ도다 (서울대학본 179쪽)

   鄭生曰: "吾誠有操戱也." 司徒曰: "我頭髮已黃, 豈爲兒時狡獪之事
   乎?" (노존B본 53쪽)

   鄭生曰: "操弄之責, 第案甘心, 發蹤指示, 自有其人, 此豈獨爲小弟
   之罪哉?" 翰林向司徒而笑曰: "苟有是也, 或者岳丈爲少婿, 作遊戱事
   也." 司徒曰: "否否. 老父之髮, 而黃矣, 豈可作兒戱乎? 楊郞誤思也."
   (노존A본 205쪽)

---

6) 위의 인용문 중 방점 부분, 특히 나중 것(구운몽 노존B본-필자주)이 앞선 본(서울대학
   본)이라 본다. 정길수, 전게 논문, 10쪽.

위와 같이 서울대학본은 노존B본의 번역본으로 상당한 분량인데, 그 원본인 노존B본은 예문에서와 같이 "鄭生曰 吾誠有操戲也 司徒曰 我頭髮已黃 豈爲兒時狡獪之事乎"로 짤막하여 번역본 서울대학본에 비해 많은 양이 누락돼 있는 것이다. 이 장면에서는 서울대학본이 길지만, 내용상 당연한 것이고 노존B본은 너무나 간략하여 무엇이 빠져 있는 것이다. 즉 서울대학본의 "뎡싱왈 내 실노 조롱은 ㅎ얏거니와"는 노존B본의 "鄭生曰 吾誠有操戲也"와 같다. 노존B본은 서울대학본의 "발종지시ㅎ믄"부터 "원간 악댱이 뉴의ㅎ시도다"까지의 내용이 빠져 있다는 것이다.

그 빠져 있는 부분은 이 장면의 전내용을 지닌 서울대학본과 노존A본으로 보아 당연히 있어야 할 부분이다. 이 부분은 노존B본의 원본엔 있었을 것으로 짐작된다. 서울대학본의 내용 중 위 방점부분 "발종지시ㅎ믄 그 사름이 이시니"는 노존A본의 "發蹤指示 自有其人"의 직역체에 해당되므로 노존B본의 확대본인 노존A본에도 있는 것으로 보아서, 노존B본에 빠진 장면이 원래 노존B본의 원본에는 있었을 것으로 강하게 추정된다.

4) 양소유의 출생과정과 양소유와 정소저의 初面

이 짜흔 대당국 회남도 쉬 짜히오 이 집은 양쳐스의 집이니 쳐스는 너희 부친이오 쳐스의 쳐 뉴시는 너의 모친이니 수히 드러가 길흔 째를 일치말나 (서울대학본 102쪽)

此大唐淮南道壽州地, 而汝之父親楊處士, 母親柳氏, 以前之緣, 生於此家, 速入無失吉時. (노존B본 15쪽)

此地卽大唐國淮南道秀州縣也, 此家卽楊處士家也. 處士乃汝父親, 其妻柳氏, 乃汝慈母也. 汝以前生之緣, 爲此家之子, 汝須速入, 毋失吉時. (노존A본 173쪽)

위 三者를 비교할 때, 정 교수가 언급한 바와 같이 노존B본의 "以前之緣 生於此家"가 서울대학본에 빠져 있고 노존B본의 지명 '壽'가 노존A본엔 '秀'로 되어 있다.

5) 楊少游와 鄭小姐의 初面

부인이 시비를 도라보아 쇼져룰 나오라 ᄒ니 향긔로운 ᄇ람이 패옥소리룰 인ᄒᆞ더니 쇼졔 나와 부인 겻트로 모쩌거 안거ᄂᆞᆯ 셩이 네ᄒᆞ고 눈을 졍ᄒᆞ여 보니 눈이 브이고 정신이 요란ᄒᆞ여 가히 측냥티못홀너라 (서울대학본 179쪽)

夫人使小姐出來, 香風引佩玉聲, 而偶坐於夫人之傍, 乃定睛望見, 太陽聳於朝, 蓮花橫於水, 眼眩神撓, 不可測也. (노존B본 179쪽)

夫人使侍婢招小姐, 俄而繡幕乍捲, 薌澤微生, 小姐來坐於夫人坐側. 楊生起拜畢, 縱目而望之, 太陽初動彤霞, 芳蓮政映於綠水矣. 神搖眸眩, 不能正視. (노존A본 190쪽)

위의 서울대학본과 노존B본 그리고 노존A본을 비교해 보면, 서울대학본의 방점부분 "향긔로운 ᄇ람이 패옥소리룰 인ᄒᆞ더니"는 노존B본의 "香風引佩玉聲"의 방점부분과 같이 직역구이고, 노존A본은 노존B본을 문장화한 것이다.

이를 정 교수는 '이렇게 볼 때 노존A본(하버드본)과 같은 노존A본

계열의 최초 이본은 직접적인 선행본이 국문본이든 한문본이든 현재
전하는 노존B본이나 서울대학본(규장각본)에 비해 누락이 적은 善本
을 대본으로 삼았다고 생각된다7)라고 했는데 이 내용은 정 박사 결론
에서 도식화한 '노존B본 - 서울대학본 - 노존A본'과는 전연 연관되지
않는다. 정 교수는 본 논문에서 1·2·3항까지 이본 연구의 기본인 출
입 문제를 주로 논하였을 뿐이다.

6) 노존A본의 직접적인 선행의 문제

이 장에서 노존A본의 선행본을 서울대학본으로 보는 문제는 우선
지명과 인명의 다름을 통하여 서술하고 있다. 이에 대한 반론은 이미
작성한 바 있다.8)

이에 대한 문제는 서울대학본을 노존A본의 원전으로 가정하여 同
音異字를 중심으로 서울대학본을 텍스트로 하여 노존A본과 노존B본
이 각각 이루어졌다는 것이다. 이에 대해 필자는 노존B본과 노존A본
의 내용이 같으려니와, 한 장면 한 장면이 같고 노존A본이 노존B본을
확대하는 과정에서도 꼭 같은 구절이 곳곳에 출현할 뿐 아니라, 특히
노존A본과 노존B본의 제1회 서장과 제16회 말장의 내용·구절·서차
가 꼭같고 심지어 토씨까지 일치하는 문제에 대해서 부세 박사는 꼭
같은 부분을 이미 언급한 바와 같이 구운몽 전체의 '8%' 운운하여 본
질적인 문제를 회피하였고, 지연숙 박사도 부세 박사의 논문과 대동소
이하여 역시 그 질문에 대해 '낙장' 운운하여 본질적인 문제를 회피하
였다. 즉 그들의 '8%' 운운과 '낙장' 운운에 대하여 근자에 필자는 이들

---

7) 정길수의 전게 논문, 13쪽 ; 정규복, 「다니엘 부세의 '구운몽 저작언어 변증' 비판」 참조
8) 정규복, 전게 논문. 정규복, 「구운몽 텍스트 연구의 근황」 참조

의 논의가 <구운몽> 이본 연구의 본질적인 문제를 회피한 것임을 밝힌 바 있다.[9]

정 교수는 특히 이 항에서 들고 있는 지명에 대하여 다음과 같이 예를 들었다.

서울대학본	노존A본	노존B본
청하루	淸和樓	淸霞樓
티스당	太史堂	催事堂
화산누	賞花樓	山花樓

즉 서울대학본의 '청하루'는 노존B본엔 '淸霞樓'로 되어 있어 서울대학본과 같고, 대신 노존A본엔 '淸和樓'로 되어 있다. 다음 서울대학본의 '티스당'은 노존A본엔 '太史堂'으로 서울대학본과 같고 노존B본은 '催事堂'으로 되어 있어서 그 뜻이 애매하고 서울대학본의 '화산누'(花山樓)로 표기되어 있는 것은 누각의 이름으론 어울리지 않는다. 이를 노존A본의 '賞花樓'로 한 것은 뜻이 잘 어울리고 노존B본의 '山花樓'도 별로 어울리지 않지만 노존B본의 '山花樓'를 서울대학본의 번역 과정에서 '화산누'로 잘못 표기된 것 같다.

위 도표로 볼 때, 서울대학본의 청하루는 노존B본과 같고 서울대학본의 '티스당'은 노존A본과 같고 '화산누'도 노존B본과 같다고 본다. 이로 볼 때, 서울대학본이 노존B본과 같고 서울대학본의 화산누가 노존B본과 같은 것으로 보면, 서울대학본과 노존B본과 같은 것이 둘이고, 서울대학본과 노존A본과 같은 것은 하나밖에 안 되므로 이 누각의

---

9) 정규복, 「구운몽 만고」, 132~138쪽 참조.

명칭으로 보면, 서울대학본과 노존B본의 관계가 많은 것으로 나타난다. 이런 것을 가지고 영향 관계를 따진다면 서울대학본과 노존B본이 더 밀착됨을 알 수 있다. 결국 이런 방식을 취하는 것은 <구운몽> 이본의 선후 문제를 찾는 데 하등 도움이 안 된다는 것을 인정해야 할 것이다.

다음 지명·인명의 문제도 그렇다.

우리 초짜히 비록 아름다운 남기 만흐나 이런 버들은 보디 아녀노라ᄒ고 양뉴ᄉ롤 지어 읊프니 그 글의 골와시더 (서울대학본 103쪽)

我楚地, 雖多美樹, 而如此之柳, 曾未見也. 遂作楊柳詞, 詠曰 (노존B본 17쪽)

吾鄕蜀中, 雖多珍樹, 曾未見裊裊千枝黧黧萬縷若此柳者也. 乃作楊柳詞, 其詠曰 (노존A본 174~175쪽)

위의 인용문 중 서울대학본은 양소유의 고향이 '초'로 되어 있고, 그의 모본인 노존B본도 '楚'로 되었지만, 노존A본은 '蜀'으로 되어 있는 것은 필사자가 잘못 옮겨놓은 것 이상도 아니고 이하도 아니다. 노존A본엔 이것 외엔 모두가 '楚'로 일관되어 있기 때문이다.

그러나 정 교수는 이 문제에 대해 '노존A본 계열의 최초 이본이 서울대학본(규장각본) 계열의 국문본을 잘못 읽었거나 국문본의 오기를 의심없이 한문으로 표현했다고 보는 것이 한결 자연스러워 보인다'[10]고 풀이했는데, 이는 아전인수격이다. 오히려 서울대학본의 원전 노존

---

10) 정길수, 전게 논문, 15쪽 참조.

B본의 '楚'를 원전에 맞추어 '초'로 번역한 것이고 노존A본은 그의 원전인 노존B본의 '楚'를 확대과정에서 오기를 범한 것으로 보는 것이 훨씬 합리적이다.

다음 양소유가 산속을 헤쳐 들어가다 계곡물에 다음과 같은 것이 떠내려오는 장면이다.

> 신선의 개 구롬밧긔 즈즈니 양랑이 왓는가 (서울대학본 130쪽)
> 仙犹吠雲外 倘是阮郞來 (노존B본 44쪽)
> 仙犹吠雲外 倘是楊郞來 (노존A본 198쪽)

위의 서울대학본과 노존A본이 함께 그들의 원본 노존B본의 '阮郞'을 따르지 않고 '楊郞'으로 고친 것은 <구운몽>의 주인공의 이름이 楊少游로 되어 있기 때문에 의도적으로 '阮郞'을 '楊郞'으로 고친 것으로 보아야 한다.

이상에서 蜀, 阮郞의 문제를 풀었는데 서술 편의상 그 다음에 이어지는 盧充의 문제를 앞장으로 옮겨 풀고 이들에 대한 정 교수의 의견에 대해 논할까 한다.

> 초양왕이 신녀를 만나고 노츙이 귀쳐의게 ᄌ식을 나흐니 어이 일쟉 지홰 이시리오 (서울대학본 169쪽)
>
> 楚襄遇神女而同席, 柳春畜鬼妻而生子, 從古亦然, 我獨何慮? (노존B본, 49쪽)
>
> 楚襄王遇神女而同席, 柳春畜鬼妻而生子, 從古亦然, 我何獨慮?

(노존A본, 203쪽)

위의 서울대학본의 노충(盧充)이 노존B본과 노존A본에 '柳春'으로
된 것을 서울대학본의 '노충'을 노존B본과 노존A본이 잘못 읽은 데서
온 것이라고 정 교수는 풀고 있다.[11] 하지만 필자는 노존B본과 노존A
본이 함께 '柳春'으로 된 것은 노존B본의 '柳春'이 노존A본으로 자연
스럽게 전해지고 서울대학본은 그의 모본인 노존B본의 '柳春'을 잘못
표기하여 '노충'으로 하였거나 아니면 의도적으로 노충(盧充)으로 고
쳤든지 하는 것으로 보아야 한다고 생각한다. 더구나 위의 예문 중 노
존B본의 "從古亦然, 我獨何慮"는 노존A본에 그대로 표기된 것으로
보아 노존B본의 것이 노존A본으로 전해지고 서울대학본은 이를 번역
하는 과정에서 누락했다고 보는 것이 훨씬 자연스럽다. 이를 고려하지
않고 서울대학본만 중심으로 본다면, 서울대학본의 모본인 노존B본까
지도 역으로 서울대학본의 번역본으로 보게 되는 희극적인 역논리의
함정에 빠지게 된다. 이런 편견은 이미 앞에서 논의된 阮郞 및 지명·
누명 등에도 나타나 있다.

3. 노존A본은 서울대학본과 無關

이상의 문제를 쓰고 나서 정 교수는 <구운몽>의 제6회 "貧道不曾
說來……安得不然"과 제1회 서장 및 제16회 말장까지는 '노존A본과
을사본의 중간적 성격'[12]을 지닌 것을 전제로 하고 단도직입적으로

---

11) 정길수, 전게 논문, 18쪽 참조.

'노존A본은 서울대학본의 한역' 운운하였다. 말하자면 부세·지연숙 박사가 서울대학본을 텍스트로 하여 노존B본과 노존A본이 이루어졌다는 것에서 노존B본을 제외하면 정 교수의 견해는 부세·지연숙 박사의 설과 같은 결론으로 돌아가게 된다. 이런 견해가 출현하는 것은 필자의 「서울대학본고」[13], 「서울대학본재고」[14], 「노존본의 이분화」[15] 등을 정독하지 않은 데서 오류를 범한 견해이다.

이 문제 중, 노존B본과 노존A본의 제1회와 제16회의 내용 가운데 문장의 어구 및 토씨까지도 일치하는 문제에 대해 부세 박사와 지연숙 박사가 노존B본과 노존A본이 각각 서울대학본의 번역으로 이루어졌

---

12) 정길수, 전게 논문, 16~21쪽 참조. 정 교수가 제6회 "貧道不曾說來…(700여자)…安得不然"을 주심으로 현 노존B본 50~51쪽에 이르기까지 공란으로 된 부분과 또 이 장면은 공교롭게도 노존B본이 지닌 구어체가 아니라, 古文體로 노존A본과 같다. 이를 정 교수는 어떤 텍스트로 채워놓으려고 남겨놓은 것으로 추측하고, 이를 제1회 서장과 제16회 말장과 연계시켜 '缺落'으로 보고 정 교수가 이미 지 박사가 사용했던 '노존A본과 을사본의 중간적 성격'을 지닌 것으로 채워놓았다고 되풀이해 쓴 것이다. 그렇지만 정 교수의 제6회 "貧道不曾說來……安得不然" 사이의 공란으로 내용과 문맥이 통하지 않거나 하면 문제가 되겠지만 공간이 있어도 여타 <구운몽>과도 같은 것으로 보아 이를 노존A본과 을사본의 중간적 성격을 지닌 것으로까지 확대시킨 것은 徒勞의 생각일 뿐이다. 그리고 지연숙 박사가 쓴 '노존A본과 을사본의 중간적 성격' 운운한 것은 <구운몽> 말미에 노존A본의 '遂引上法座講說經文, 白毫光射世界, 天花下如亂雨'가 노존B본엔 을사본과 계해본과 같이 '遂因法座講說經文, 其經有白毫亂雨弟語' 등 낱말의 차이를 중심으로 섣불리 쓴 말이다. 그러나 여기에서도 위의 을사본의 단어의 차이는 실상 『금강경』에는 '白毫光射世界, 天花下如亂雨'가 없는 것으로 보면 이 장면은 노존A본이 옳고 을사본 및 계해본은 잘못된 것이다. 이와 같이 낱말이 다른 것으로 볼 경우, <구운몽> 노존B본·노존A본·을사본 제14회 명칭 중 아래 구절의 '油壁車招搖占風光'이 서울대학본에는 '유벽거초요고풍광'으로 계해본의 '油壁車招搖古風光'과 같으므로 현 서울대학본은 계해본의 잘못된 찌꺼기가 묻었을 뿐 이를 확대하여 계해본의 성격을 띤 것으로 확대하는 것이나 마찬가지이다.

13) 정규복, 『구운몽 연구』, 고려대학교 출판부, 1974. 158~188쪽 참조.

14) 정규복, 「구운몽 서울대학본의 再考」, 『대동문화연구』 26. 성균관대, 1991.

15) 정규복, 「구운몽 노존본의 이분화」, 『동방학지』 59, 연세대 국학연구원, 1988.

다는 것을 전제로, 부세 박사는 분량으로 계산하여 이미 앞에서 누차 언급한 바와 같이 '8%' 운운하였고 지 박사는 '낙장' 운운하여 본질적인 질문을 회피한 부분이다. 다만, 다른 것은 자료면에서 정 교수의 제6회 "貧道不曾說來……安得不然"에 미처 눈이 가지 않아 빠진 것뿐이다.

정 박사는 노존A본이 서울대학본의 번역으로 이루어진 것을 전제로 하여 노존B본의 제1회와 제16회 중 같은 문제를 노존B본의 앞뒤 결락으로 해석할 수 밖에 없다[16]고 하고, 이어서 '현재 전하는 노존B본의 필사자가 대본으로 삼은 직접적인 선행본은 앞뒤 몇 장씩 빠진 형태이고 그 결락을 노존A본 계열의 본으로 채워 넣었다고 보는 것이 자연스럽다고 본다'[17]고 하였다. 이는 결국 지 박사의 '낙장' 운운한 것과 대동소이한 것으로 그 인용문 중 현존하는 노존B본의 필사자가 대본으로 삼은 선행본은 앞뒤-필자의 생각으로는 제1회와 제16회- 몇 장씩 결락된 부분을 노존A본으로 채워놓았다는 것은 전연 이해가 되지 않는 부세·지 박사의 되풀이다.

이 문제를 풀기 위해 근자 작성된 「구운몽 만고」는 부세 박사의 '8%' 운운한 것과 지 박사의 '落張' 운운한 것과 정 박사의 '缺落' 운운한 것에 대한 좋은 답이 될 것이다.

> 少游十五歲之前, 未嘗離父母膝下, 十六歲及第, 連有職名, 東使燕國, 西伐吐藩之外, 曾未久離京城, 何時與師父十年相從乎? (노존B본 135쪽)

---

16) 정길수, 전게 논문, 20쪽 참조.
17) 정길수, 전게 논문, 같은 곳 참조.

　少游十六歲以前, 不離父母之眼前, 十六歲登第, 連有職名, 不出京城, 南使燕鎭, 西擊吐藩之外, 足跡無所及處, 何時與師傅十年相從乎? (노존A본 280쪽)

　소위 십오뉵셰젼은 부모좌하를 쩌나지 아녓고 십륙에 급졔ᄒ야 년ᄒ야 딕명이 이시니 동으로 연국의 봉ᄉᄒ고 셔로 토번을 졍벌ᄒ 밧근 일죽 경ᄉ롤 쩌나지 아니시니 언제 ᄉ부로 더브러 십년을 샹죵ᄒ여시리오 (서울대학본 215쪽)

　쇼유가 십뉵셰젼의ᄂ 부모 안젼을 쩌나지 아니ᄒ고 십뉵셰 이후ᄂ 등졔ᄒ야 연ᄒ여 직명이 잇셔 경셩에 나지아니ᄒ고 남으로 연나라에 ᄉ신ᄒ고 셔으로 토번을 치러간밧게 다시 다른 곳은 보지못ᄒ 야시니 어느쩌녜 사부로 더부러 십년을 샹죵ᄒ야시리요 (노존A본 번역본18) 下卷 21장)

　위의 예문에 서울대학본의 방점부분은 노존B본의 방점부분과 같고 노존A본의 번역본의 방점부분은 노존A본의 방점부분과 같다. 위 '大覺'장면의 풀이는 부셰 박사의 '8%' 운운한 것과 지 박사의 '낙장' 운운한 것과 정 박사의 '결락' 운운한 것을 헛것으로 돌리는 적중한 장면이다. 즉 서울대학본은 분명히 노존B본의 번역과정에서 이루어진 것을 확증해 주는 것이다. 그 이후에도 大覺 장면에 그와 같은 장면이 계속

---

18) 성진의 '大覺' 장면은 「구운몽 만고」에서는 노존B본의 大覺 장면, 그의 번역본, 서울대학본에서 취하였고 노존A본 번역본의 大覺장면은 경판본에서 취하였으나, 여기서는 대신 鄭藏本을 취하였다. 노존A본의 번역본인 비장본은 3권 3책으로 되어 있는 古本이다. 이는 6.25 후 원로 중국문학자 丁來東 교수로부터 구한 것으로 현재 노존A본의 全譯本으로는 유일본이다. 현재 고려대 박물관에 소장돼 있다.

되는 것은 물론, <구운몽> 全章을 검토하면 계속 이런 장면이 출현할 것이다. 이 문제를 잇는 서울대학본 말미의 偈頌의 삽입은 번역과정에서 삽입된 것으로 보아야 한다. 그 게송의 내용이 원문과 상당히 거리가 있는 엉망의 글이기 때문이다. 이 문제는 필자가 이미 1981년의 논문에서 밝힌 바 있다.[19]

마지막으로 제6회 "賈春雲爲仙爲鬼"에 가춘운이 선녀로 가장하는 한 장면을 정 교수가 예로 들어 '(원)노존B본의 '缺落' 운운한 것에 대해 노존B본과 서울대학본의 예문을 모두 들고 나서 정 박사의 해석에 반론을 제기할까 한다.

> 양셩이 놀나니러나 지게를 열고 보니 간곳을 아디못ᄒ더라 셩이 크게 고이히 녁여 스스로 마리를 ᄆᆞᆫ져보니 승토ᄉᆞ이의 너흔 거시 잇거늘 내어보니 즛ᄉᆞ로 쁜 부작이어늘 대로ᄒ야 ᄶᅮ지저 굴오ᄃᆡ 요인이 내 일을 그릇ᄆᆞᆫ도도다 부작을 쯔져ᄇᆞ리고 흔ᄒ기를 마디아니터니 다시 싱각ᄒᆞᄃᆡ 작일의 뎡십삼이 술을 괴로이 권ᄒ여 내 취흔 후의 가시니 필연 십삼의 일이라 제 비록 ᄉᆞ오나은 뜻이 아니나 나의 됴흔 인연을 파ᄒ야시니 내 반ᄃᆞ시 욕ᄒ리라 ᄒ고 볽기를 기ᄃᆞ려 십삼의게 가보니 나가고 업거늘 연ᄒ여 삼일을 ᄎᆞ지ᄃᆡ 만나디못ᄒ고 녀랑의 쇼식은 더욱 묘연흔디라 셩이 분ᄒ고 스럼ᄒ여 침식을 다 폐ᄒ엿더니(…) (서울대학본 169쪽)

> 翰林大驚而起, 推戶而視之, 已無人形而只有一封書在於階下, 乃拆見之, 卽女娘之所題別詩也. 其詩曰: '昔訪佳期躡彩雲, 更將淸酌酹荒墳. 深誠不效恩先絶, 不怨郞君怨鄭君.' 翰林一吟一唏, 五內焦燥, 且恨

---

19) 정규복, 「구운몽 표기문자에 대하여」, 『개신어문연구』 창간호, 충북대, 1981.

且怪, 以手撫頭, 有一物在於總髮之間, 出而披見, 乃逐鬼符也. 大怒叱
曰: "妖人誤我事也." 遂裂破其符, 痛恚益切, 更把女娘之詩, 微吟一
度, 大悟曰: "女娘之怨鄭君, 亦甚矣. 此乃鄭十三之事也. 雖非惡意, 阻
敗好事, 非道士之妖也, 乃鄭生也. 吾必辱之." 遂次女娘之韻, 作一首,
藏於囊中而歎曰: "詩雖成矣, 誰可贈乎?" 其詩曰: '冷然風馭上神雲,
莫道芳魂寄故墳. 園裡百花花底月, 故人何處不思君.' 達明, 往鄭十三
家, 鄭生出去矣. 又三日往尋, 終未一遇, 女娘影響, 益渺邈矣. 欲訪於
紫閣之亭, 則精靈已歸, 欲尋於南郊之墓, 音容難接, 無處可問, 無計可
施, 抑塞牙軫, 寢食頓減矣. (노존B본 49~51쪽)

위의 노존B본의 방점 부분이 서울대학본에는 모두 번역에서 심하게
빠진 부분이다. 노존B본의 확대본인 노존A본에도 노존B본과 같다.
<구운몽> 전권에서 서울대학본의 제6회 "賈春雲爲仙爲鬼"는 축소·
오역·졸문 등 가장 거친 장이다. 위의 것도 그 중의 하나이다. 이에
비한다면 노존B본은 문장이 얼마나 좋은가. 거기서 노존A본에도 노존
B본 그대로 받아들여 거의 꼭같게 된 것이 아닌가 싶다.

위의 내용에서 노존B본의 내용이 서울대학본에 비해 훨씬 詩感이
넘쳐 흐르지만 서울대학본은 노존B본의 축소로 내용만 간신히 전할
뿐이다. 그러나 정 교수는 이 장면에 대해 '이 대목 역시 서두와 결미
에서 그러했듯이 노존B본이 노존A본 계열과 을사본의 중간적 성격
을 가진 한문본을 옮겨 적었기 때문이라 생각한다'[20]고 되풀이 하였다.
이미 앞에서 언급한 <구운몽>의 제1회 서장과 제16회 말미 내지
정 박사의 서술 중 언급된 제6회 "貧道不曾說來 …… 安得不然"까지

---

20) 정길수, 전게 논문, 21쪽 참조.

무려 7백여 자가 역시 노존B본과 노존A본이 거의 꼭같은 내용과 글자로 되어 있다. 이는 그 문장이 이상이 없어서 노존A본이 노존B본의 확대 과정 중 그대로 받아들였기 때문이다.

그러나 이들 노존B본과 노존A본이 동일한 것에 대하여 정 교수는 이미 앞에서 언급한 바 있는 노존A본 계열과 을사본의 중간적 성격을 지닌 한문본을 옮겨 적은 것으로 보았다. 위의 언급 중 '노존A본 계열과 을사본의 중간적 성격'을 계속 되풀이 하면서 '노존A본 계열은 서울대학본 계열의 국문본을 대본으로 하여 漢譯된 작품'21)이라고 결론을 내렸다.

이 결론을 내리기까지 정 교수가 앞에서 서술한 어느 항에도 노존A본이 서울대학본의 한역임을 논증한 내용이 없었다. 거의가 주관적으로 서울대학본을 중심으로 서술했을 뿐이다. 또한 정 교수가 앞에서 서술했던바, '서울대학본은 언제나 노존B본과 나란히 진행된다'22)고 언급한 것과 노존A본을 서울대학본의 번역본이라고 하는 것은 서울대학본이 노존B본을 직역한 것이라고 이미 언급해 놓은 것과는 그 논의의 중심이 달라진다는 점에서 이 논문의 모순이 아닐 수 없다.

4. 노존B본과 노존A본의 밀착

이제부터 필자의 노존A본은 노존B본의 확대본이고 서울대학본은 노존B본의 국역본이라는 것을 다시 한번 논하고자 한다. 이 문제는 이

---

21) 정길수, 전게 논문, 같은 곳 참조.
22) 정길수, 전게 논문, 같은 곳 참조.

미 여러 차례 언급된 바 있어 그 중 요긴한 부분을 예로 들어 언급할까한다.

우선 제6회 "賈春雲爲仙爲鬼"의 전면을 예로 들어 보기로 하겠다.

生日逢神女之後, 不尋朋友, 靜處花園, 專一心, 望其更遇也. 花園門外, 馬蹄聲出, 二人入來, 前來鄭十三也. 引後來之人, 見生曰: "此師父太極宮杜眞人. 相法學古 袁天綱李淳風一類人. 爲問楊兄之相, 而與之來矣." (노존B본 47~49쪽)

翰林自遇仙女以來, 不尋朋友, 不接賓客, 靜處花園, 專一心, 日出則待夜, 夜至則待來, 惟望使彼感激, 而美人不肯數來, 翰林念轉篤, 而望益切矣. 久之, 兩人自花園挾門而來, 在前者卽鄭十三, 在後者生面也. 鄭生引在後者, 見於翰林曰: "此師傅乃太極宮杜眞人. 相法學與術 與袁天綱李淳風 相頡頑也. 欲相楊兄而來矣." (노존A본 202쪽)

셩이 신녀 만난후는 붕우롤 찻디아니ᄒ고 고요히 화원의 이셔 ᄆᆞ옴을 젼일ᄒ여 다시 만나기롤 ᄇᆞ라더니 화원문밧긔 몰발 소래나며 두 사ᄅᆞᆷ을 인ᄒ여 드러오니 압션쟈는 뎡십삼이니 뒤ᄒᆡ오는 사ᄅᆞᆷ을 인ᄒ여 셩을 뵈고 닐오디 이 스부는 태국궁 두딘이라 상법이 녜 원텬강니슌풍으로 더브러 일류인이라 양형의 샹을 뵈려 드려왓노라 (서울대학본 35~36쪽)

할임이 션녀만는 후로는 붕우을 ᄎᆞᆺ지 아니ᄒ고 빈긱을 디졉지아니ᄒ야 화원에 고요이 쳐ᄒ야 ᄆᆞ옴을 올옷시ᄒ야 싱각을 ᄒᆞᆫ갈갓치ᄒ여 밤이 일은즉 오기을 지다리고 날이 난즉 밤을 지다려 오즉 져로 ᄒᆞ여곰 감격홈을 바래나 미인이 질겨 ᄌᆞ죠 오지아니ᄒ니 할림의 싱각홈이

도답고 브래미 더욱 간절ᄒ더라 오린 후에 두 스름이 화원셤문으로
붓터 온 압히 잇ᄂᆫ ᄌᄂᆫ 곳 졍십삼이요 뒤녜 잇ᄂᆫ ᄌᄂᆫ 생면이라
졍싱이 뒤녜 잇ᄂᆫ ᄌᆯ 인ᄒᆞ야 할림게 뵈여 ᄀ로디 이 샤부는 티
극궁 두진인이라 상보ᄂᆫ 법과 졈짓ᄂᆫ 슐이 니슌풍 원쳔강으로 더부러
셔로 힐항홀지라 양형의 상을 뵈이고져ᄒᆞ야 므자 왓노라 (노존A본 번
역본 중권 1장 전후)

위의 인용문은 노존B본과 그 번역본인 서울대학본 그리고 노존A본
과 그 번역본이다. 노존B본과 서울대학본 중, 노존B본은 구어체가 사
이사이에 있어서 이를 번역한 서울대학본도 위의 방점 부분과 같이 엉
망으로 되어 있다. 노존A본은 노존B본의 비문법화된 부분을 잘 살려
내용을 파악하여 문장화 시켜 놓은 것이다. 따라서 노존A본의 번역본
은 방점 부분에서와 같이 이를 직역화하여 의미를 살려놓았다.

우선 노존B본의 번역본인 서울대학본의 직역화되었다는 것이 무슨
뜻인지 원문을 대조하여 파악하고자 한다. 노존B본의 방점 부분 중 "專
一心"을 방점 부분에서와 같이 서울대학본은 이를 "전일ᄒ여"로 직역
하여 독자는 그의 원본인 노존B본을 대조해야지만 비로소 그 뜻을 알
수 있다. 이와 달리 노존A본에는 노존B본을 따라 "專一心"이라고 했
지만 노존A본의 번역본에는 방점 부분에서와 같이 "므음을 올옷시ᄒ
야"로 되어 뜻을 파악하는데 아무런 지장이 없다. 그리고 노존B본의
비문법화된 것은 역시 방점 부분에서와 같이 "二人入來, 前來鄭十三
也, 引後來之人"은 여기까지 읽은 사람은 앞뒤 문맥을 파악하지 않고
는 정확하게 뜻을 파악하기가 어렵다. 이 부분이 번역된 서울대학본도
뜻을 파악하기가 어렵다. 서울대학본의 번역은 그의 방점 부분에서와

같이 "두 사룸을 인ᄒᆞ여 드러오니 압션쟈는 뎡십삼이니 뒤ᄒᆡ오ᄂᆞᆫ 사룸을 인ᄒᆞ여 싱을 뵈고 닐오디"라 하여 '인ᄒᆞ여'가 두 번씩 출현하여 그의 모본 노존B본이 엉망인 것같이 그 번역도 엉망이 되어 버렸다.

그러나 노존A본은 그의 모본 노존B본의 비문법화된 그 장면을 다음과 같이 문법화시켜 놓았다. 이를 통해서도 노존A본이 얼마나 매끈하게 문장화해 놓았는가를 알 수 있다.

'久之, 兩人自花園挾門而來, 在前者卽鄭十三, 在後者生面也. 鄭生引在後者, 見於翰林曰: "此師傅乃太極宮杜眞人. 相法學與術 與袁天綱李淳風 相頡頏也. 欲相楊兄而來矣.'

위에서 第6回 "賈春雲爲仙爲鬼"를 들어 노존B본과 그의 번역본인 서울대학본 그리고 노존B본을 모본으로 하여 확장된 노존A본과 그 번역본을 들어 예시한 바와 같이, 노존B본의 번역으로 이루어진 것이 서울대학본이다. 그리고 노존B본을 확대하여 문장화된 것이 노존A본이라고 보는 것이 더 합리적이라 할 수 있다. 이런 현상은 <구운몽> 전체에 이르고 있다.

다음은 하권 第14回 "樂遊原會獵鬪春色"에서 예를 들어 보기로 하겠다.

丞相笑曰: "少游其時事言之, 實可笑, 遠方騎驟書生, 過飮村店濁醪, 過天津酒樓, 洛陽才子數十人挾娼樂, 而飮酒賦詩於其上, 小妾亦在其中矣. 少游以弊布之衣, 沾雨之巾, 假酒力而進座上詣其座上, 諸生牽馬之奴, 無有如少游之鹿粗矣. 少游醉中, 元無竣惑荒雜之句, 不知以何爲辭, 而諸詩之中, 少妾擇少游之詩而歌之, 諸人已有約. 故不

敢爭蟾月, 此亦似因緣也." (노존B본 119쪽)

　　丞相笑曰: "少游追念其時之事, 誠可咍也. 下土窮儒, 一驢一童, 間
關遠路, 爲飢火所追迫, 過飮村店之濁醪, 行過天津橋上, 適見洛陽才
子數十人, 大張娼樂於樓上, 飮酒賦詩, 少游以弊衣破巾, 詣其座上, 蟾
月亦在其中矣. 雖諸生僕隷, 未有如少游之疲弊者, 而醉興方濃, 不知
慚愧, 拾掇荒蕪之語, 構成一詩, 不記其詩意何如, 句格何如, 而桂娘拈
出其詩於衆篇之中, 歌而咏之. 蓋座中初旣相約曰: '諸人所作, 若入於
桂娘之歌者, 則當讓與蟾娘於其人.' 故不敢與少游相爭, 此亦緣也."
(노존A본 265쪽)

　　승상이 쇼왈 쇼유의 그째 일을 싱각건대 실노가쇼로우나 나귀 탄
원방셔싱이 촌졈탁쥬롤 과히 먹고 텬진쥬루롤 디나더니 낙양지쟈 수
십인이 누샹의셔 챵악을 끼고 글지으며 술먹으니 쇼쳡이 또 그듕의 잇
더이다 쇼위 헌 비옷과 비마즌 두건으로 쥬력을 비러 좌샹의 나아가니
졔싱의 것마든 죵도 쇼유쳐럼 츄로ᄒᆞ니 업더이다 쇼위 취듕이라 쥰혹
도 업디아녀 황잡훈 글귀롤 무어시라 지여던니 쇼쳡이 모든 글듕의 굴
히여 노러브ᄃᆞ니 임의 졔인의 언약이 잇ᄂᆞᆫ고로 감히 셤월을 다토디못
ᄒᆞ니 이 또훈 인연인가 ᄒᆞᄂᆞ이다 (서울대학본 197쪽)

　　승샹이 쇼왈 쇼유 그써 일을 싱각ᄒᆞ면 진실노 가히 우슬지라 ᄒᆞ토
궁유가 훈 나구 훈 셔동으로 먼 길의 간관ᄒᆞ여 긔흔의 쇼박홈이 되야
촌졈을 지니다가 탁쥬을 ᄉᆞ먹고 천진교샹을 지니다가 마춤 보니 낙양
지ᄌᆞ 슈십인이 크게 챵악을 버려 루샹의셔 슐롤 마시며 그롤 짓거늘
쇼유 폐의파건으로 그 좌샹에 나아가니 셤월이 또 그듕에 잇셔 쇼유
취듕의 춤괴홈을 아지못ᄒᆞ고 황무훈 말로 훈슈 시을 지어시나 그 글
뜻도 기력아니ᄒᆞ고 구격도 엇더훈 쥬를 몰라더니 셤랑이 그 글을 듕편

듕에 니여 을퍼 노러하니 더기 좌샹의셔 처음에 임의 셔로 언약ᄒᆞ야
ᄀᆞ로더 모든 스롭 지은 글듕에 만일 셤낭의 노리예 들면 뭇당이 셤낭
을 그 스롭의게 사양ᄒᆞᆫ고로 감히 쇼유로 더부러 셔로 닷토우지 못ᄒᆞ
니 이 ᄯᅩᄒᆞ 연분이로쇼이다 (노존A본 번역본 하권)

위의 내용은 楊少游와 越王과의 樂遊原 놀이에서 越王이 양소유에
게 桂蟾月을 만난 연유를 물었을 때, 양소유가 지난날 과거를 보러 上
京 중에 天津橋에서 詩酒로써 계섬월과 인연을 맺게 된 것을 술회하
는 장면이다.

우선 노존B본의 139자가 노존A본에는 185자로 되어 46자가 더 첨
가되었다. 그리고 노존B본의 구어체가 노존A본에는 이를 다듬어 문장
체로 확대하였다. 즉 노존B본의 "少游其時事言之, 實可笑"가 노존A
본의 "少游追念其時之事, 誠可哈也"와 같이 문장체로 다듬어졌고, 노
존B본의 "遠方騎驟書生, 過飮村店濁醪"의 단문체가 노존A본의 "下土
窮儒, 一驢一童, 間關遠路, 爲飢火所追迫, 過飮村店之濁醪"에서와 같
이 문장체, 율문체로 다듬어졌다. 노존B본의 "諸生牽馬之奴, 無有如少
游之鹿粗矣. 少游醉中, 元無埈惑荒雜之句, 不知以何爲辭, 而諸詩之
中, 少妾擇少游之詩而歌之"의 산만체가 노존A본에는 "雖諸生僕隷,
未有如少游之疲弊者, 而醉興方濃, 不知慚愧, 拾掇荒蕪之語, 構成一
詩, 不記其詩意何如, 句格何如, 而桂娘拈出其詩於衆篇之中, 歌而咏
之"와 같이 문장화, 율문화되었다.

끝으로 제6회 "賈春雲爲仙爲鬼" 중 소년으로 가장한 狄驚鴻과 양
한림이 만나는 장면을 들어 보기로 하자.

翰林念吾周行兩京, 未見如此少年耳, 必有才之人也. 分付從者請少

年來前路. 翰林到驛館, 少年追來入見. 翰林大悅問曰: "路上偶見潘郎之風采, 便生相愛之意, 而惟恐不我顧也. 今也不棄, 幸何盡言? 願問賢兄姓名." (노존B본 55~56쪽)

翰林曰: "吾嘗周行於兩京之間, 而男子之美者, 未見如彼少年者也, 其貌如此, 其才可知." 謂從者曰: "汝請其少年, 隨後而來." 翰林午憩驛館, 少年已至矣. 翰林使人邀之, 少年入謁, 翰林愛而謂曰: "學生於路上, 偶見潘衛之風彩, 便生愛慕之心, 乃敢使人奉邀, 而惟恐不我顧矣. 今蒙不遺, 幸叨合席, 此所謂傾蓋若舊者也, 願問賢兄姓名." (노존A본 209쪽)

한님이 싱각ᄒᆞ디 내 냥경의 두로 ᄃᆞ녀시되 이런 미쇼년을 보디못ᄒᆞ야시니 필연 ᄌᆡ조잇ᄂᆞᆫ 사ᄅᆞᆷ이로다ᄒᆞ고 종ᄌᆞ롤 분부ᄒᆞ여 쇼년을 쳥ᄒᆞ야 압길노 오라 ᄒᆞ니 한님이 역관의 니ᄅᆞ니 쇼년이 미조차와 뵈거ᄂᆞᆯ 한님이 대희ᄒᆞ야 무ᄅᆞ대 노샹의셔 위연이 반낭의 풍최롤 보고 문득 사랑ᄒᆞᄂᆞᆫ ᄆᆞᄋᆞᆷ을 내여 오딕 날을 도라보디아닐가 져어ᄒᆞ더니 이때 ᄇᆞ리디아니믈 어드니 다힝ᄒᆞᆷᄅᆞᆯ 어이 다 니ᄅᆞ리오 원컨대 현형의 셩명을 드러디라 (서울대학본 142쪽)

할임이 ᄀᆞ로디 내 일즉 두로 양경시ᄂᆞ네 당기되 남ᄌᆞ의 아름다온지 져 소년갓흔 ᄌᆞ를 보지못ᄒᆞ야ᄂᆞᆫ지라 그 얼골이 이갓ᄒᆞ니 그 ᄌᆡ조을 가히 알지로라 종ᄌᆞ다려 일너 ᄀᆞ로디 네 그 쇼년을 쳥ᄒᆞ야 뒤에 ᄯᅡ라오라 할림이 나졔 역관에 쉬이고 소년이 임의 일으ᄂᆞᆫ지라 할림이 ᄉᆞ롬으로 ᄒᆞ여곰 ᄆᆞ지니 소년이 들어가 뵈온디 할임이 샤랑ᄒᆞ야 일너 ᄀᆞ로디 학ᄉᆞᆼ이 로샹의셔 위연이 반위의 풍최을 보고 문득 이모흔 ᄆᆞᄋᆞᆷ이 나 이에 감히 ᄉᆞ롬으로 ᄒᆞ여곰 마지나 오즉 나를 도라보지아니홀가 져허ᄒᆞ더니 이졔 불유흠을 무로써 다힝이 합석ᄒᆞ니 일은바 경

기여구라 원컨디 현형의 셩명을 들어지라 ᄒᆞ니 (노존A본 번역본
상권 15장 전후)

위의 노존B본과 노존A본을 대비하면, 노존B본의 첫 구절 "翰林念
吾周行兩京"을 노존A본에는 "翰林曰: 吾嘗周行於兩京之間"으로 확
대한 것처럼 노존B본의 94자를 노존A본은 129자로 확대하고 있을 뿐
아니라, 이를 문장화하고 있다. 그런 가운데서도 노존B본의 방점 부분
"便生相愛之意"를 "便生愛慕之心"으로 거의 같이 변형시키고 더구나
전자의 "而惟恐不我顧也"와 후자의 방점 부분에는 "而惟恐不我顧矣"
로 '也'와 '矣'만 다르고, 전자의 "願問賢兄姓名"으로 된 것은 우연이
아니라 전자의 것을 의도적으로 "願問賢兄姓名"으로 받아들였다고 본
다. 같은 부분을 서울대학본은 방점 부분처럼 표현하였는데 다음과 같다.

노존B본: 便生相愛之意　문득 사랑ᄒᆞᄂᆞᆫ 마음
노존A본: 便生愛慕之心　문득 이모ᄒᆞᆫ ᄆᆞ음

노존B본: 而惟恐不我顧也　오딕 날을 도라보디아닐가 져어ᄒᆞ더니
노존A본: 而惟恐不我顧矣　오즉 나를 도라보지아니홀가 져허ᄒᆞ더니

노존B본: 願問賢兄姓名　원컨대 현형의 셩명을 드러디라
노존A본: 願問賢兄姓名　원컨디 현형의 셩명을 들어지라

위에서와 같이 서울대학본과 노존A본의 번역본도 거의가 엇비슷하
다. 그렇다면 이처럼 노존B본과 노존A본의 거의 같음을 외면하고 노
존A본이 서울대학본의 영향으로 이루어졌다고 주장하는 것은 무리한

논증이 된다. 더구나 서울대학본 전체를 읽어보면 오역·축역 및 컨텍스트의 불비 내지 대산략 등을 곳곳에서 확인할 수 있어 노존B본을 제대로 옮기지 못한 졸역본임을 알 수 있다. 여기서 다시 한번 노존B본의 간본을 거의 빠뜨리지 않고 확대시킨 노존A본을 엉뚱하게 서울대학본과 연관시킨 정 교수의 논지가 지닌 맹점을 확인할 수 있다.

끝으로 정 교수가 앞에서 인명·지명을 중심으로 서울대학본을 편파적으로 언급한 것을 확인할 수 있었는데, 여기서는 얼마나 서울대학본을 중심으로 보았는가를 살펴보자. 이 항은 이미 앞에서도 언급되었지만 좀 더 자세하게 언급하기로 한다.

초양왕이 신녀롤 만나고 노츈이 귀쳐의게 주식을 나흐니 어이 일쟉 지해 이시리오 (서울대학본 169쪽)

쵸양왕은 신녀을 못나 동셕ᄒ고 뉴춘이라 ᄒᄂᆞ 스롬은 귀신안희을 길너 아달을 나ᄒ시니 녜로좃ᄎ 일어ᄒ지라 내 엇지 호을로 넘녀 ᄒ리요 (노존A본 번역본 상권 3장 전면)

楚襄遇神女而同席, 柳春畜鬼妻而生子, 從古亦然, 我獨何慮? (노존B본 49쪽)

楚襄遇神女而同席, 柳春畜鬼妻而生子, 從古亦然, 我獨何慮? (노존A본 203쪽)

위의 장면에서 정 교수는 노존B·A본이 '뉴춘으로 된 것은 서울대학본의 노츈을 잘못 읽은 데서 비롯된 착오'[23] 운운하였는데, 이렇게 노존B본이나 노존A본이 모두 서울대학본을 잘못 읽어 나온 것으로 보면 이미 언급한대로 정 교수의 주제는 노존A본 뿐만아니라 서울대학본의 선행본인 노존B본까지도 모두가 서울대학본의 번역본으로 보는 부세 박사와 지 박사의 설을 동의하는 것이 된다. 이는 정 박사가 자신의 논문 내에서 스스로 모순에 빠진 것이 된다.

필자는 노존B본의 원본이 '柳春'을 번역과정에서 고치면서 '노춤'으로 뒤바뀐 것으로 보아야 한다고 생각한다. 이는 위의 인용문에서 확인되는 바와 같이 노존B본의 '柳春'이 이를 확대한 노존A본에서도 그대로 '柳春'으로 되어 있기 때문이다. 또 이 글을 잇는 노존B본의 '從古亦然, 我獨何慮'가 서울대학본은 '어이 일쟉 지홰 이시리오'로 의역되어 있는 반면에 노존A본의 '從古亦然, 我獨何慮'를 노존A본 번역본에서는 '녜로좃ᄎ 일어혼지라 내 엇지 호을로 넘녀ᄒ리요'로 올바르게 직역되어 노존A본 원문의 뜻이 그대로 전해지고 있기 때문이다.

위와 같이 볼 때, 정 교수의 논증 과정이 얼마나 편파적인가를 알 수 있다. 인명·지명의 경우, 거의가 서울대학본을 중심으로 무리하게 보았기 때문에 엉뚱한 결론이 나온 것이다.

이들 외에도 제9회의 양소유가 정소저와 이미 약혼으로 결합된 후, 황태후가 강제로 난양공주와 혼약하려는 의도를 공박하는 긴 상소문, 이에 이어지는 吐藩을 쳐 대승을 거두었다는 것을 황상에게 올리는 상소문, 그리고 제12회의 양소유가 노모를 모셔오겠다는 상소문 등이 노존A본에는 첨보됐지만 노존B본과 서울대학본에는 모두 결여되어 있다. 제3회의 계섬월을 획득하게 하기 위한 양소유의 시가 노존A본

---

23) 정길수, 전게 논문, 18쪽 참조.

에는 '楚客西遊路入秦' 등 십이행시로 되어 있는데 노존B본과 서울대
학본에는 '香塵欲起暮雲多' 등 십이행으로 되어 있다는 것, 그리고 제
11회의 兩公主의 칠보시에 대한 황태후의 평석문이 노존A본에는 누
결되어 있는데 노존B본과 서울대학본에는 첨보되어 있다는 것 등에서
노존B본과 서울대학본은 서로 같은 계열인 것이다.

끝으로 정 교수의 '최선행본은 노존B본인가 서울대학본인가'에 대
해서도 더 보탤 말이 있지만 그의 결론이 노존B본으로 이루어져 있기
때문에 이를 생략한다.

5. 마무리

이제 마무리로 들어가자.

첫째, 제1항과 2항의 문제가 노존B본과 노존A본의 제1회 서장과 제
16회 말장의 것으로 추정될 경우 부세 박사는 '8%' 운운하고 지연숙
박사는 '낙장' 운운한 것에 대해 이미 필자가 언급바 있다.

제3항의 경우, 제6회 "賈春雲爲仙爲鬼"에 삽입된 鄭十三과 정사도
가 함께 가춘운을 선녀 張女娘으로 가장하여 양소유를 희롱하는 장면
에 있어서 서울대학본과 노존A본은 모두 자상히 나타나 있지만 서울
대학본과 노존A본의 텍스트가 된 노존B본은 간략하게 이루어져 있다.
즉 노존B본의 번역본인 서울대학본 그리고 노존B본을 확대한 노존A
본에는 전문이 다 기록되어 있는데 이들의 텍스트 역할을 한 노존B본
에서 간략하게 된 것은 매우 이상한 일이다. 거기서 현 노존B본에서
간략화된 것은 내용상 무엇이 빠져 있는 것으로 보이거나 또는 현 서
울대학본이 노존A본과 같이 번역된 것과 서울대학본의 내용 중 일부

는 노존A본 아니면 해석이 지난한 구절이 삽입되어 있다. 이런 점을 감안할 때, 서울대학본과 노존A본이 텍스트로 한 것은 현 노존B본이 아니라 원 노존B본일 것으로 추정된다.

정 교수가 이 항을 삽입한 것은 서울대학본과 노존B본이 함께 전문을 지닌 것을 노존A본이 서울대학본의 한역으로 주장하기 위한 의도일 것이다. 그러나 서울대학본과 노존A본의 성립 시간이 전연 밝혀지지 않은 상황에서는 오히려 역으로 서울대학본이 노존A본의 국역으로 보는 것이 훨씬 합리적이다.

제4항에서 정 교수가 언급한 樓名·지명·인명인 淸霞樓·楚·阮郞·盧充 등에 대해서는 서울대학본을 중심에 놓고 보는 주관적이고 편협한 태도로는 객관적인 논증이 이루어질 수가 없다는 것을 밝히고자 하였다. 또 그것은 <구운몽>의 경우 본질적인 문제의 파악에는 아무런 도움이 안 된다는 것이다.

위와 같은 지엽적 문제까지도 서울대학본을 중심으로 언급하고 나서 단도직입적으로 '노존A본은 서울대학본의 한역'이라고 마무리 지은 것은 얼마나 무리한 일인가를 알 수가 있다. 정 교수는 이 논문을 작성하기 전에 우선하여 노존A본과 서울대학본의 성립시기를 밝혀 놓아야 할 것이다. 이것 없이 작성되었기 때문에 설득력을 지니지 못하게 된 것이다.

필자의 다음과 같은 <구운몽>의 이본도를 제시한 바 있다.

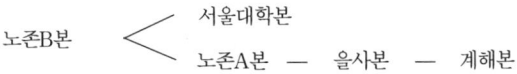

이번 논문을 작성하는 과정에서도 필자가 제시한 이본의 구도가 여

전히 건재하다는 것을 확신하게 되었다. 그리고 정 교수의 논문을 읽으면서 노존B본과 노존A본을 대조해 읽고 두 본이 더욱 밀착돼 있음을 새삼 느꼈다. 노존B본과 노존A본의 밀착은 한 사람이 아니고서는 이루어질 수가 없다는 것이다.

찾아보기

정규복

1927년 서울 출생
아호 石軒

성균관대학교 국어국문학과 졸업
고려대학교 대학원 문학석사·문학박사
國立臺灣師範大學 中文研究所 修學
프랑스 College de France와 파리 7대학 초빙교수
계명대학교 국어국문학과 교수
고려대학교 국어국문학과 교수

현재 고려대학교 명예교수
　　중국 연변대학 명예교수
　　東方文學比較研究會 명예회장

저서
구운몽 연구, 고려대학교 출판부, 1974.
구운몽 원전의 연구, 일지사, 1977.
한중문학비교의 연구, 고려대학교 출판부, 1987.
한국고전문학의 원전비평적 연구, 고려대학교 민족문화연구원, 1992.
한국고소설사의 연구, 한국연구원, 1992.
한국문학과 중국문학(증보판), 국학자료원, 2001.

산문집
인생송가, 나남, 1982.
생명의 畏敬, 국학자료원, 2001.
찰나와 영겁, 국학자료원, 2003.
바람 따라 물 흐르듯, 좋은수필사, 2009.

석헌 정규복 총서 2

구운몽 원전의 연구

2010년 2월 25일 초판 1쇄 펴냄

저 자 정규복
발행인 김흥국
발행처 도서출판 보고사

등록 1990년 12월 13일 제6-0429호
주소 서울특별시 성북구 보문동7가 11번지 2층
전화 922-5120~1(편집), 922-2246(영업)
팩스 922-6990
메일 kanapub3@chol.com
http://www.bogosabooks.co.kr

ISBN 978-89-8433-752-7
      978-89-8433-750-3 (전8권)

정가 32,000원